Max Aub
Blutiges Spiel

SERIE PIPER

Zu diesem Buch

Barcelona, 31. Dezember 1937: Während sich die internationalen Brigaden mit den Franco-Faschisten auf dem Land blutige Schlachten liefern, herrscht in der von Fliegerangriffen heimgesuchten Metropole turbulentes Treiben. In den Hotels lauern ausländische Journalisten ebenso auf Informationen wie die zahlreichen Spitzel und Doppelagenten hinter der Front. Als der Richter Rivadavia und sein Freund Julián Templado, Arzt und Liebhaber der Frauen, um sieben Uhr morgens von der Hinrichtung des Verräters Valdés zurückkehren, ist Templado bereits in höchster Gefahr, denn auch er gerät in die Fänge der faszinierenden Denunziantin und Doppelagentin Lola. In einem prächtigen Panorama und einer Fülle von Figuren und Schicksalen entwickelt Max Aub ein vielschichtiges Tableau einer vom Krieg zerrissenen Gesellschaft, in der die menschliche Beziehung für das Überleben des einzelnen immer wichtiger wird.

Max Aub, am 2. Juni 1903 in Paris geboren, starb am 24. Juli 1972 in Mexico City. Als Sohn eines Deutschen und einer Französin lernte er erst mit vierzehn Jahren Spanisch, als die Familie nach Valencia emigrierte. Er war befreundet mit Ernest Hemingway, André Malraux und vor allem Pablo Picasso. Er kämpfte im Spanischen Bürgerkrieg und gab als Kulturattaché in Paris 1937 den Auftrag an Picasso für »Guernica«. 1940 bis 1942 in Konzentrationslagern, ab 1945 im Exil in Mexiko.

Max Aub
Blutiges Spiel

Das Magische Labyrinth III
Roman

Aus dem Spanischen von
Albrecht Buschmann und Stefanie Gerhold

Herausgegeben und kommentiert von
Mercedes Figueras

Piper München Zürich

Von Max Aub liegen in der Serie Piper vor:
Die besten Absichten (2703)
Der Mann aus Stroh (2786)
Jusep Torres Campalans (2787)
Nichts geht mehr (2788)
Theater der Hoffnung (2789)
Blutiges Spiel (2790)
Die Stunde des Verrats (2791)

Ungekürzte Taschenbuchausgabe
Piper Verlag GmbH, München
1. Auflage August 2002
2. Auflage August 2003

Titel der spanischen Originalausgabe:
»Campo de sangre«

Umschlag/Bildredaktion: Büro Hamburg
Isabel Bünermann, Julia Martinez, Charlotte Wippermann
Foto Umschlagvorderseite: Thrickmorton Fine Art, Inc., New York
Foto Umschlagrückseite: Archivo Biblioteca Max Aub
Satz: Petra Wagner, Hamburg
Druck und Bindung: Clausen & Bosse, Leck
Printed in Germany ISBN 3-492-22790-2

www.piper.de

Inhalt

Erster Teil

Zweiter Teil

Dritter Teil

Anhang

Deswegen heißt dieser Acker Blutacker
bis auf den heutigen Tag

Matthäus 27,8

Erster Teil

1. Morgengrauen für Drei

Barcelona,
31. Dezember 1937

Eine Erschießung ist etwas äußerst Unangenehmes; drei kann man gerade noch ertragen.

»Sehr aufbauend, so früh.«

Über dem Schild des Stahlmeeres, dem verwaschenen Rost des Horizonts steigt die Sonne empor, einer Brustwarze gleich, mit rosenroter Aureole. José Rivadavia – Richter der Republik, kräftiger Körperbau, Plattfüße, dunkelhäutig, das Haar grau meliert, die Hände auf dem Rücken verschränkt; die Schöße seines Gehrocks flattern im Wind, schlagen gegen die gut gepolsterten Rundungen seines Leibes – geht Schritt um Schritt den Abhang der Festung Montjuich hinunter und antwortet Julián Templado – mittlere Statur, hinkend, kurzsichtig, kugelrund, wuschelköpfig, sentenziös, seines Zeichens Arzt, Lästermaul und Freund der Frauen: je schlechter deren Ruf, desto besser.

Kaum sieben Uhr morgens, milchiger Nebel, der vom Landesinnern her aus dem Fluß aufsteigt, sich in Talsenken und über die Ebene legt. Eine Sonne taucht auf zum Anbruch eines langen Tages, aus dem nichtsahnend im Schutz der Stadt schlafenden Meer. Je höher sie steigt, desto heller das Gleißen, desto spärlicher das Blut. Die Kälte dünn und still.

»Die Menschen fürchten den Schmerz, nicht den Tod.«

»Halt den Rand und sei nicht so zwanghaft originell. Die Menschen sterben ohne Scheu, wenn sie wissen, daß ihnen kein anderer Ausweg bleibt: Sobald die Gewehre auf sie gerichtet sind oder der Pfarrer vor der Pforte steht.«

»An der Pforte ins Jenseits«, sagt Templado, »für Freunde von Wortspielen und Kalauern.«

»Schlimm ist es, wenn es noch einen Ausweg gibt: unter Folter singen, Flucht oder ärztliche Hilfe.«

»Nur der Not muß man gehorchen, während der Selbstmord eine Sackgasse ist.«

»Genau, was die Franzosen ›sens unique‹ nennen, Einbahnstraße, einziger Sinn. Aber das Paradies jagt jedem Angst ein. Wenn du sterben müßtest wie die eben, worum würdest du bitten?«

Sie bleiben stehen, Templado zögert einen Augenblick.

»Auf freiem Feld füsiliert zu werden«, antwortet er. »Die Mauer ist schrecklich, der Hof, die Kaserne, keine Sicht auf den Horizont ...«

»Aussichtslos«, legt Rivadavia nach.

»Vor einigen Tagen, als ich aufwachte«, fährt Templado fort und geht wieder weiter, »schien mir die Sonne mitten ins Gesicht, und als ich mit meinem Arm die Augen abschirmte, traf die Sonne auf einen Perlmuttknopf am Ärmel meines Pyjamas, und in ihm brach sich das Licht: wundervoll, das Schillern dieses Materials! Das vor Augen, kann man beruhigt sterben. Es gibt kein größeres Wunder und keinen augenfälligeren Beweis für die Existenz Gottes: Da kann der Heilige Vicente Ferrer noch so viel Wirbel machen. Mit verbundenen Augen sterben, oder in einem Straßengraben, das ist nichts für mich. Eigentlich ist der Perlmuttknopf der Grund, daß ich dich gebeten habe, die Erschießungen mit ansehen zu dürfen.«

Julián Templado macht eine Pause. Er fährt fort:

»Da haben wir ja ordentlich was zu sehen bekommen.«

»Ich dachte, du kennst einen von ihnen.«

»Ganz so abgebrüht bin ich noch nicht. Aber gut zu wissen, was du mir zutraust.«

Templado schielt zu dem Trumm von Mensch neben sich.

»Dein Richteramt macht aus dir noch Haut und Knochen.«

»Hast du Valdés nicht gekannt?«

»Nein, nur vom Sehen; mal hier, mal dort.«

»Und die Verräterin?«

»Die Lola? Die kenne ich, aber auch nur flüchtig, vom Nebentisch.«

»Das wundert mich. So viel, wie du dich im *Ritz* herumtreibst.«

»Nein. Der Perlmuttknopf.«

»Bist du nun zufrieden?«

»Ja. Das frühe Aufstehen hat sich gelohnt.«

Die Vögel und die Sirenen. Ein Hund schießt aus einer Hecke hervor. Das Tackern der Flak: am Rand des Blickfeldes fünf feindliche Bomber im Formationsflug. Im noch immer unentschiedenen, farblosen Himmel die Wölkchen der Granaten. Die beiden Männer recken die Nasen in die Luft.

»Der Tod kommt frei Haus«, kommentiert Templado, »verpackt in silbernes Geschenkpapier. Das wahre Manna. Den Menschen gefällt nun einmal das Roulette, das Spiel; und um so besser, wenn es um etwas Unbekanntes geht. Darum wird es immer Kriege geben: Ich töte dich, du tötest mich, er tötet sich etc. Und das Tollste ist: Alles ist erlaubt, Bluff, Karten im Ärmel, gezinktes Blatt, man muß nur ständig neue Trümpfe erfinden. Wie sagt der Volksmund: Wer als erster gibt, gibt zweimal.«

»Was du für eine Laune hast um sieben in der Früh! Hast du letzte Nacht durchgespielt?«

»Um mich nicht zu verspäten. Bis zwei Uhr hatte ich Bereitschaft. Nicht schlimm. Ich sehe so viel nacktes Elend, daß es mir schon gar nichts mehr ausmacht.«

Templado schweigt für einen Augenblick und zupft im Vorbeigehen ein Blatt von der Hecke.

»Wenn man stirbt, ist man immer nackt; wie die heute morgen; daß die Leute sich anziehen und sagen, ich bin bereit, das ist ein Märchen; man stirbt immer als der, der man ist. Gegen alles kann man Vorkehrungen treffen, dagegen nicht. Man ist ausgeliefert.«

In dreitausend Meter Höhe flogen die Flugzeuge vorüber, flogen eine Kehre, warfen ihre Bomben um den Hafen herum ab. Es kam ihnen vor, als könnten sie vorhersagen, wo sie einschlagen würden.

In den überraschten Morgen, an dem die Tauben noch schliefen, stiegen, mit tragischem Donnerhall, riesige, schwarzgrau bauchige Rauchwolken empor.

»Genau die gleichen Verbrechen sind bei Tagesanbruch noch heimtückischer als bei Nacht. Wie siehst du das, Richter?«

»Dir ist wirklich nichts heilig.«

»Du und deine Freunde, ihr Anhänger klarer Fronten, wohlgesetzter Worte und der Akademie. Bei dir muß das Ernste immer schwer sein.«

Die Bomber drehten ab, aufs offene Meer hinaus; ihnen folgten, sich manchmal überholend, die schwarzen und weißen Blumenkohlköpfe detonierender Granaten. Als in der Nähe ein Geschütz wummerte, stoben die Tauben auseinander und warfen als Schatten silbrigen Schimmer.

»Jetzt starten die Jäger.«

»Waidmannsheil, leider mit Verspätung.«

»Läster nicht. Wenn wir ein bißchen mehr Zeit hätten, könnte ich dir einiges erzählen. Unser Krieg ist eh ein Wunder«, entgegnete Rivadavia.

»Glaubst du an Wunder?«

»Was bleibt einem übrig? An der Front sind sie ja schon glücklich und ihrer Sache sicher, wenn es für zwei Männer ein Gewehr und pro Gewehr drei Magazine gibt. Das weißt du so gut wie ich. An dem Tag, an dem Franco etwas über den Zustand unserer Artillerie und die Zahl unserer Flugzeuge erfährt, muß er sich umbringen; falls er gewinnt. Das ist die letzte Bombe, die wir platzen lassen: Daß er sich unendlich lächerlich macht.«

Während sie gingen, war es Tag geworden.

»Heute haben sie keinen dicken Treffer gelandet«, sagte Templado. »wie in der Lotterie. Von Zeit zu Zeit ein ordentlicher Krieg, es gibt nichts besseres für die Gesundheit.«

»An deiner Stelle würde ich daraus einen Tango dichten.«

»Ist doch nur Spaß. Ich muß immer daran denken, was mir mein Großvater, der Franzose mit den Karpfen, immer gesagt hat.«

»Sag schon.«

»Habe ich dir das noch nicht erzählt? Bestimmt. Mein Großvater war einer der Basken, die durch Sklavenhandel zu Reichtum gekommen sind, im Dienst ich weiß nicht welcher Firma in Lyon: die gleiche, für die später Rimbaud in Abessinien gearbeitet hat. Ja, mein Lieber, in meinen Adern fließt Blut von Menschenhändlern. Eines Tages bezahlte einer der Schuldner meines Großvaters mit einem Château in Mittelfrankreich. Daher sein Spitzname. Seitdem sind wir ziemlich heruntergekommen.«

»Meinetwegen«, sagte Rivadavia. »Aber was haben die Karpfen mit den Bombardements zu tun?«

»Mein Großvater war ein großer Feinschmecker, und mit Fisch kannte er sich aus wie kein zweiter. Die Karpfen waren sein ganzer Stolz, darum setzte er alle vier oder fünf Jahre Hechte in den Teich, denn wenn er das nicht getan hätte, wären die Karpfen in ihrem Müßiggang und ihrer Trägheit erschlafft und hätten an Qualität verloren. Hechte sind gnadenlose Fischfresser, so daß Herr Karpfen ordentlich mit dem Schwanz rudern mußte, um seine Schuppen zu retten, und so wurde sein Fleisch fest und aromatisch.«

»Schlaff oder fest, am Ende hat dein Großvater ihn gegessen.«

»Das steht auf einem anderen Blatt, und unsterblich ist keiner. Fest steht: In den Ländern mit rauhem Klima ist Krieg keine Überraschung. Das ist der Vorteil Kastiliens gegenüber Katalonien, und wenn sie zetern, bis sie schwarz werden. Die Erde kennt kein Erbarmen, je nackter, desto rauher. Hier werden sie vor lauter Feldsalat noch verlieren. Trockenheit lehrt die Gegenwart des Todes. Die Spanier, ich sage Spanier, um dich nicht zu kränken, aber ich meine die Kastilier, geben sich nie geschlagen. Was kann uns schon besiegen? Ein Franzose, erst recht ein Katalane bringt es fertig und leckt dem Sieger den Hintern, wichst ihm die Stiefel, zerreißt sich sein letztes Hemd für den, der stärker war als er. Das ist mediterran.«

»Ich höre zu und habe nichts gehört. Sonst wärst du schon in einer dieser Gruben gelandet.«

Rivadavia stammte aus Murcia, auch wenn sein Name nicht danach klang.

»Niemand kann uns besiegen: Ob gefesselt, gefangen, geschlagen, vom Sieg sind wir immer nur eine Handbreit entfernt. Heute morgen hast du es gesehen. Die drei sind gestorben, als ob es sie nichts anginge; wie Götter.«

»Keiner war Kastilier.«

»Das macht nichts.«

»Um so besser.«

»Wenn es nicht weh tut, rafft sich jeder noch einmal zum Sterben auf.«

»Bei uns ist die Hoffnung das letzte, was verlorengeht, noch nach dem Leben. Das eben war exemplarisch. Jeder ist nach seinen eigenen Regeln gestorben, nicht nach deinen. Sie haben dich übertrumpft: Der Faschist starb mit hochgerecktem Arm und rief ›Hoch lebe Spanien!‹, Valdés hob die Faust, als stünde er in Burgos an der Wand, und der Moreno, wie sollte es anders sein, machte sich in die Hose. Nicht aus Angst, denn wenn es einen überkommt, kann man nichts mehr dagegen tun, so schnell läßt der Schließmuskel locker. Der Feind hatte ihn im Visier, und da schien es ihm naheliegend, seine Not dürftig in Sicherheit zu bringen. Wenn ich das einmal so sagen darf. Das alles kommt von der Trockenheit, der Härte, der Unwirtlichkeit des Bodens. Für uns hier zählt nicht das Leben, sondern die Meinung. Darum ist jeder Spanier Universalist und Kirchturmpolitiker. Am besten ist immer das eigene (waren wir nicht einmal eine Weltmacht?)«

»Was für Sprüche du machst, wenn du nicht genug geschlafen hast.«

Die Schritte auf dem Kies.

»Wo werden sie beerdigt?« fragte Templado.

»Dort unten. Kanntest du Valdés nicht?«

»Nein, habe ich dir doch schon gesagt.«

Der massige Mann zog einen Brief aus der Innentasche seines Gehrocks und reichte ihn aufgefaltet weiter an Templado.

Der Arzt blieb bei einem Zedrachbaum stehen, der seinen ersten Schatten warf.

»Sauklaue.«

»Mach keine Umstände, lies.«

Nach den Grüßen und einigen Empfehlungen las er vor:

»›Das Lächerliche daran ist, daß ich wegen einer Frau sterbe: wegen meiner Dummheit. Der Dummkopf, der weiß, daß er ein Dummkopf ist, ist nochmal so dumm. Ich habe es kommen sehen und keinen Finger gerührt. Trägheit? Die Dinge auf die leichte Schulter nehmen, leben und weitersehen, sich gehenlassen, *mal sehen* und *morgen ist auch noch ein Tag*. Zu denken, alles ist nichts und *was macht das schon*.

Meine Zunge bringt mich an den Galgen, macht mich für immer stumm. Weil ich mich schon immer gerne wichtig gemacht und die anderen in dem Glauben gelassen habe, ich wüßte von Dingen, von denen ich natürlich keine Ahnung hatte. Den Mund so voll genommen, daß man mich jetzt mundtot macht. Die Idioten fielen, ich aber war schon immer Demokrat, und schon daß die meisten mich darum beneideten, machte mich zufrieden. Manchmal glaubte ich es schon selbst.

Vor dem Tribunal wollte ich die Wahrheit nicht zu Protokoll geben. Warum? Meine Narrenrolle hat mir gereicht. Was hätte es geholfen, sich Asche aufs Haupt zu streuen? Sich in die Rolle des reumütigen Verräters zu werfen? Das Büßergewand desjenigen überzustreifen, der sich an eine ausländische Macht verkauft hat? Ich hatte wirklich keine Lust darauf, mir Geständnisse entlocken zu lassen. Ich sterbe wegen Aufschneiderei, weil ich mich aufgeplustert und wichtig gemacht habe.

Ich möchte Ihnen das nach meinem Tod sagen, damit Sie an meinem Wort nicht zweifeln. Ich wußte so gut wie jeder andere, daß Lola für den SIM arbeitet. Und trotzdem habe ich ihr weiterhin gesagt, was sie hören wollte. Das ging nicht von einem Tag auf den anderen. Ich hadere nicht mit meinem Schicksal, denn ich hätte auch dann das gleiche gesagt, wenn ich nicht einer ›von uns‹ gewesen wäre, sondern ein Spion: Es reicht, daß sie eine Nutte ist und ich ihr Spiel durchschaute. Das Gefühl, über ihren Plänen zu stehen, ihre Absichten erraten zu können, hat mich unwiderstehlich gereizt. Hätte mir jemand geglaubt? Das Schlimme an *agents provocateurs* ist, daß man sie nicht ernst nimmt, auch wenn man weiß, daß sie welche sind.

Die Wahrheit hat mich zugrunde gerichtet, wo mich die Lüge gerettet, mir sogar eine Beförderung eingebracht hätte. Aber ich wollte *ehrbar* bleiben. Sauber spielen, dabei verspielte ich meinen ganzen Einsatz, mein Leben.

Ich liebte die Nutten (dieses Imperfekt schreibe ich zu Ihrem Vergnügen). Die Hurerei bleibt im Krieg die gleiche wie zu allem Zeiten, auch wenn viele sich das anders vorstellen. Ich ließ sie zappeln; sie ist nicht dumm, ich auch nicht, obwohl ich es war. Jetzt kann ich lachen: Ich wußte ganz genau, wohin Lola Cifuentes mit den Geschichten ging und mit den Geschenken. Wer hätte mir vor meinem Tod Glauben geschenkt? Nur sie, vielleicht. Wenn sie dieses Blatt zufällig zu sehen bekommt, wird sie alles für posthume Rache halten. Ganz ehrlich, ich weiß nicht, ob mir das gefiele; ich liebe sie und ich habe sie gern. Aber die Republik geht ihren Weg …

In Wirklichkeit habe ich es getan, um mein Vergnügen zu haben, um zu sehen, was passiert, einfach so. Es gibt keinen Grund, nur meine Schnapsidee, die jetzt gen Himmel fährt.‹«

»Himmelfahrtskommando könnte man seine Spielerei auch gut nennen«, sagte Rivadavia, der über die Schulter mitlas.

»›Das Mädchen fragte gerade heraus und hintenrum, dann wieder verquer und um die Ecke, und ich spielte Katz und Maus mit ihr; dabei habe ich Federn gelassen, dafür muß ich zahlen. In Wirklichkeit berührt mich das Sterben nicht. Sollen nur alle mit mir machen, was sie wollen: Man kennt das ja als Republikaner. Sie werden schon sehen, durch die Angelegenheit heute Morgen wird die Menschheit kein bißchen ärmer. Ich bin fertig.‹«

»Seine Uhr war abgelaufen. Fertiggemacht haben ihn seine eigenen Leute. Das heute morgen war Fassade«, urteilte Templado.

»Mit der Fassade und dem Innenleben ist das wie mit der Farbe und der Form, mein Guter. Das ist nichts Neues. Lies auch das Ende vor. Ja, diesen zusätzlichen Zettel.«

»›Um zu leben ist es wichtig, so wenig wie möglich zu schlafen, denn die entscheidenden Augenblicke *sind jenseits aller Träume*. Meine Kommilitonen, die alle keine anderen Erinnerungen haben als die an ihre Promotion in Madrid oder an ein überstandenes Unglück, all die, die jetzt versteckt leben und nichts sehnlicher wünschen, als daß man sie für tot hält ...‹« (Hier war etwas durchgestrichen.)

»›Vielleicht glaube ich am Ende noch, daß ich sie geliebt habe. Ich wollte es glauben. Aber da nun einmal alle Bekenntnisse abgelegt sind und ich die Wahrheit niederschreibe, um die Neugierde der Leser zu stillen, die Laster zu befördern oder sie, wenn Sie wollen, zu rechtfertigen (eine Last wiegt nur halb so viel, wenn man sie mit jemandem teilt, vor allem, wenn der Eingeweihte Gott ist), so sollen Sie wissen, daß ich an den Frauen vor allem den feinen Duft der anderen Männer geliebt habe. Mich interessieren Männer, aber da ich keine Schwuchtel bin, habe ich in jedem weiblichen Wesen die Mutter gefunden, die nach mir rief. Der Krieg war mir nicht genug.‹«

»Was war er von Beruf?«

»Apotheker, Sohn eines Apothekers.«

»Aber du hast doch gesagt, der Pillendreher sei der Faschist.«

»Nein, der war Sohn eines Fabrikanten aus Sabadell. Falangist der ersten Stunde. Mit Geheimsender und allem, was dazu gehört. Der hat nicht mit der Wimper gezuckt. Eitel wie ein Pfau, geradeaus und aufrecht noch in seiner Schande. Einer von denen, die man als Feind exekutieren muß, nicht wie Federico Espada, den man aus dem Verkehr ziehen mußte wegen seiner ... Leidenschaftlichkeit.«

»Er sah richtig gut aus.«

»Und wie! Und eine gute Seele, die für dich durch Bombenhagel gehen würde. Wie damals, als er mit der ganzen Stadtverwaltung von Navalbajo aufgeräumt hat. Für ihn sind wir die Verräter.«

»Waren.«

»Pedant. Während der Mai-Unruhen war der gute Federico Espada Streikführer in einem Bergarbeiterstädtchen in Aragón. Dieser Kerl, mit seiner grobschlächtigen Art, du hast ihn ja gesehen. Er hatte nichts besseres zu tun, als mit sieben Lastwagen voller Nitroglyzerin nach Barcelona zu fahren. ›Um den Leuten vor Augen zu führen, wie barbarisch sie sich verhielten.‹ Seine Worte. Um sieben Uhr abends kam er in Navalbajo an und ging zum Komitee. Er brauchte Benzin für seine Lastwagen. Sie verweigerten es ihm, unter anderem, weil sie gerade die Rede von García Oliver gehört hatten, der dazu aufforderte, das Feuer einzustellen. Hier in Barcelona haben sie ihn nicht einmal beachtet: Mit einer rauchenden Pistole in der Hand kommt man weit, aber nur in den Dörfern macht man damit etwas her. Ich kann mir diesen einfältigen Haudrauf lebhaft vorstellen, zerfressen von Herpes, und ab mit den Lastwagen auf die Landstraße nach Barcelona. Wir Spanier sind groß, wenn wir hundert sind; sind wir mehr, metzeln wir uns gegenseitig.«

»Und wenn wir weniger sind?«

»Je weniger wissen wir zu sterben. Sicher, lernen kann man das Sterben nicht. Ein gewisser Stolz, was den Tod angeht, liegt uns im Blut, als ob er ein persönlicher Verdienst wäre. Nimm dazu unser Mißtrauen und unsere Verachtung gegenüber unseresgleichen, daher unsere Vorliebe für große Reden. Die Eroberung Amerikas ist nach unserem Maß: Eine Karavelle faßt genau die Anzahl Spanier, mit der man handstreichartige Erfolge feiert. Ein Heer hätte das niemals geschafft, aber als Horde wachsen wir über uns hinaus. Das beweisen – in diesem Krieg und in denen der Vergangenheit

– die Guerilleros oder die Bergleute mit ihren Dynamitstangen. Spanisch: Eine Handvoll Leute und los geht's.«

»Für uns gibt's keinen Mittelweg«, sagte Templado, um etwas zu sagen.

»Und in dieser Unfähigkeit zur Mäßigung liegt in gewissem Sinn der Ursprung unserer Größe und unseres Untergangs. Wir sind grausam, weil maßlos. Geld oder Leben, das ist französisch. Bei uns heißt es: Geld und Leben. Heldenmut ist Grausamkeit um ihrer selbst willen. Und die Grausamkeit ist eines der Grundprobleme unserer Wesensart. Ist dir klar, was passiert, wenn ein ganzes Volk die Grausamkeit entdeckt?«

Templado beobachtete Rivadavia, der nicht zu seinen engen Freunden zählte, aus den Augenwinkeln heraus. Sie stießen auf die von Glasspargeln gesäumte Avenida, die zur Plaza de España führt.

»Die Toten zählen nicht in der Geschichte; was in der von uns gelebten Geschichte zählen wird, ist der Mut der Verzweifelten.«

Rivadavia faßte Templado am Arm und fuhr fort:

»Und die Verachtung. Die Leute hier verkaufen sich nicht, sie hassen. Ich weiß, wovon ich rede; sie denunzieren nicht, weil sie sich etwas für sich versprechen, die Leute verpetzen aus Vergnügen, und weil sie es irgendwie für ihre Pflicht halten. Weil sie übertreiben müssen. Gemeinsam ist ihnen die tiefe Abscheu vor ausgleichender Vermittlung, vor Muckefuck. Die Umarmung von Vergara bleibt ein dunkler Fleck in der Geschichte der Nation.«

»Stolz.«

»Vielleicht. Das ist nochmal ein anderer Punkt. Seinetwegen verachten wir die Eitelkeit, während sich die Ausländer über die Aufschneiderei unseres Adels wundern. Die Eitelkeit, dieses Laster, ist die Kehrseite der Kardinaltugend Stolz. Aber bei uns ist die Zügellosigkeit die Wurzel, dieser

Mangel an Mäßigung. Jeder sieht nur sein eiger
Daran ist die Republik gescheitert. Das ist kei
Salomoniker. Wir gehen lieber in Ketten, als
warme Umschläge anlegen lassen. Deshalb d
Anarchisten, und dieses aberwitzige Wunder
mit Stöcken und Steinen gegen Maschinengewehr

»Und dabei untergeht.«

»Jemand von außen wird unseren Krieg kaum verstehen. Man kann ihn nicht erklären. Weil die Menschen sich hier noch immer verzweifelt an ihre Mythen aus dem neunzehnten Jahrhundert klammern, um sich zu retten. Aber das Nützliche siegt zwangsläufig über die Wahrheit und die Disziplin über die Freiheit. Das ist der Tropfen Tragik in unserem ausweglosen Kampf. Die Kommunisten machen jeden Tag und für jeden Irrtum den Individualismus zum Alleinverantwortlichen. Ihrer Ansicht nach sind sie die einzigen, die ernsthaft arbeiten. Möglich. Der Mythos, dem sie jetzt hinterherlaufen, ist ihnen noch nicht einmal richtig in Fleisch und Blut übergegangen. Was sollen wir da tun? Jedenfalls hat Federico Espada das ganze Komitee umgelegt und sein Benzin bekommen, das ist es, was zählt. Und heute morgen hast du ihn ja gesehen, zuerst erleichtert er sich, dann stellt er sich vor das Erschießungskommando, stemmt die Hände in die Hüften und sagt: ›Los geht's, Himmel nochmal.‹«

»Als ob das Himmelreich hinter der nächsten Straßenecke läge.«

Sie hatten die Plaza erreicht. An der Haltestelle warteten sie auf die Straßenbahn.

»Und mit der Zeit, wenn dieser Krieg einmal vorbei sein wird, wofür glaubst du, werden diese drei gestorben sein?« fragte Rivadavia.

»Daß ihre Nachfolger sich weiter die Köpfe einschlagen.«

»Ist das dein Ernst?«

»Warum nicht, mein Lieber.«

2. Julián Templado

Julián Templado war in Madrid zur Welt gekommen, am ersten Januar 1900, in der Calle de Campomanes, ich weiß nicht mehr, ob in Nummer 10 oder 12, in einem dieser nicht weiter auffälligen Häuser, die allein durch ihre Dimensionen einen Hauch von Herrschaftlichkeit atmen. Ein Gebäude mit düsterem Eingang, schmucklosen Balkonen und grauen, verwitterten Holzjalousien, deren an den Enden abgewetzte Lamellen über bröckeligen Putz scheuern. Die Farbe Madrids: schimmernder Schiefer, bläuliches Bleiweiß, eingetrübt von Staub und Wind aus der Sierra. Drei Wohnungen gehen zur abschüssigen Costanilla de Santo Domingo, wo die Hausnummern entsprechend dem Gefälle steigen. Früh morgens murmeln die Betschwestern vorüber, dann schläft die Straße ihren täglichen Schlaf; die Bewohner gehen ein und aus, Besucher werden gezählt. Häuser ohne Zeit, deren Schönheit aus ihrer nackten, klaren Gliederung rührt, an einer Plaza genauso wie in einer Zeile, und deren schmucklose Zurückhaltung und wiederkehrende Regelmäßigkeit sogar Anmut verströmen. Die schmalen Balkone gewähren gerade genug Platz für zwei Blumentöpfe in den Ecken und für die Knie der Dienerinnen und Damen des Hauses; vormittags werden Teppiche geklopft, dann läßt man die Jalousien herunter, es sei denn, ein Müßiggänger mit hochgekrempelten Ärmeln lehnt über der Brüstung, oder ein Mädchen hält Ausschau nach einem Verlobten.

Hinter der Eingangstür herrschen Düsternis und Modergeruch; alles trifft sich auf der großen Treppe vor der Glastür, die sich zum Stiegenhaus hin öffnet. Die Hausmeisterin ist steinalt, und ihr Gatte, taub, Veteran aus dem Kuba-Krieg, schlurft in Pantoffeln durch das stockfinstere Kabuff, das man hinter der Tür erkennen kann, während sie, in ein Schultertuch gehüllt, in einer Schwarte von Pérez Escrich oder Luis de Val schmökert. Auf der Liege schläft eine Katze. Aus einer zugemauerten Abortgrube kriecht säuerlich-fauliger Gestank. Madrid 1790. Ein Haus für Kleriker, Beamte und Militärs im Ruhestand. Nicht weit die Plaza de Oriente, denn die Straße führt hinunter Richtung Schloß. Die schummrige Stiege mündet in finstere Treppenabsätze; ausgetreten die Stufen, der eiserne Handlauf schrundig und zerfressen von so viel feuchter Enge, von so viel kleiner Zeit. Beim Hinaufgehen das Knarzen aus dem Inneren, mit ersticktem Hall. Fußabstreifer und Türvorleger bis zur Webkette abgewetzt. Besucher ziehen, blind und auf gut Glück, an brünierten Klingelketten. Das Vorzimmer ist ein langer, in unfreundlichem Rotbraun gefliester Flur; die Glühbirnen in den wenigen Leuchtern spenden ein gelbliches Licht, den Zähler behält man stets im Auge; die monatlichen Einnahmen stammen in der Regel von Untermietern in Geldnot, und die Ausgaben sind strikt verplant.

Dreimal im Jahr gehen sie ins Theater, an drei Montagnachmittagen: einmal ins *Lara*, einmal ins *Cómico*, einmal ins *Infanta Isabel*.

»Sie lieben das Theater.«

»Ja, wir lieben das Theater. Aber Sie hätten Doña María kennen sollen!«

Im Winter ist alles verschlossen, man schützt sich vor der Kälte so gut es geht, hält die Bettwärme in den Räumen, und im Sommer ebenso, wenn man im Kampf gegen die Hitze die Sonne draußen hält. Einzig im Frühjahr stehen die Balkontüren offen, denn im Herbst ›sind die Herrschaften auf dem Land‹.

Eine Konsole und ein schwarzes Klavier mit vier goldglänzenden Kerzenhaltern dienen als Thron für allerlei Nippes: Gräfinnen und niedliche Schäferinnen aus Zuckerbrot, goldgesäumt, halten Wache vor Portraits kleiner Jungen und Mädchen in Kommunionskleidern, unter den Augen der Familienoberhäupter, die sich auf einer Fotografie, aufgenommen beim Harren auf den Hymenäus, liebevoll anlächeln.

Das Klavier ist das Klavier: Niemand rührt es an. Tante Narcisa, ›wie die spielen konnte!‹ ›Erster Preis des Konservatoriums, wußten Sie das nicht?‹ ›Ihr Professor wollte, daß sie Liederabende gibt, da staunen Sie!‹ An einem Sonntagnachmittag während der faden Ferien klimpert bisweilen ein Neffe darauf herum, manchmal auch der Vater, der sich den Königsmarsch oder die Hymne von Riego zusammenfingert. Das Zwischengeschoß hat sehr niedrige Decken, und die Wände zieren Gemälde mit klobigen Goldrahmen: ein großes vergilbtes Landschaftsbild und gegenüber die Portraits des Großvaters mit den Karpfen und der Großmutter, ›in Öl‹. Sofa und Sessel sind schon leicht aus dem Leim, die Polster etwas verschossen; in der unwirtlichsten Ecke pflegt einer der Sessel seine kranke Pfote.

›Nein, in den setzt sich niemand mehr.‹

Daneben das Arbeitszimmer: In einem Regal vier Ordner, auf einem Tischchen eine alte Schreibmaschine mit allen Zähnen in der Luft. Der Kamin, in dem nie ein Feuer entfacht wurde, auf seinem Kragstein ein Stapel mit Briefen, ein anderer mit Rechnungen und ein Topf mit eingetrocknetem Leim, darin ein unbrauchbarer Pinsel, zwischen dessen zusammengepappten Borsten ein abgestoßener Porzellanaschenbecher steckt.

Die Papiere vergilbt, die Betten aus Eisen, die Küche stockfinster, hoch aufragend der Boiler aus Rotguß, wie das Grabmal einer mittelalterlichen Königin. Selten Fleisch, aber stolz darauf, aus Madrid zu sein.

›Und das einen Steinwurf weit vom Schloß.‹

In einem Regal (im Salon? im Arbeitszimmer?) die *Spanische Geschichte* von Mariana und der *Quijote*, einmal in der Sopena-Ausgabe und einmal als Foliant, mit den Illustrationen von Gustave Doré, rot eingebunden mit goldenen Lettern, ein Erbstück von Onkel Julián, dem aus der Calle Fuencarral. Dahinter, halbherzig versteckt, damit der Neffe nicht danach greift, *Süß und sinnlich* von Jacinto Octavio Picón und der eine oder andere ›Kurzroman‹ von Felipe Trigo. Nach dem europäischen Krieg tauchte auf dem Kaminsims – aus Granada sei der, sagt das Mädchen – ein Kristalldetektor auf, mit seinen Kopfhörern. Juliáns Zimmer, vollgestopft mit Büchern, geht auf den Innenhof.

»Über den Sommer, wissen Sie, da fahren wir nach Torrelodones, dort haben wir eine Hütte, wie mein Neffe das nennt«, – so spricht, mit seiner brechenden Stimme jedes einzelne Wort betonend, Juan Templado senior.

In der Familie gibt es eine hohe Quote alter Jungfern, die Frauen sind fromm und die Männer liberal, außer dem ältesten Bruder, der ist Traditionalist.

»Was sollen wir mit ihm machen? Von jeder Sorte gibt es einen im Weinberg des Herrn.«

Don Juan Templado hat sechs Kinder, nur zwei Jungen. Der Ältere war ein kauziger Schwätzer.

»Ein Monarchist, und dabei habe ich für die Republikaner gestimmt.«

Juan junior hat im Cuatro-Caminos-Viertel ein Geschäft eröffnet. Es läuft nicht gut und bereitet der Familie einiges an Kopfschmerzen.

Seit dem »französischen« Großvater, der neun Kinder

hatte, ist die Familie nicht recht vorangekommen, keiner hatte Fortüne. Don Juan steht ohne eine Pesete da, seit er dem Ältesten die Geschäftsübernahme finanziert und ohne das Wissen der Seinen zehntausend Peseten verliehen hat, an seinen alten Freund Vicente, Inhaber einer Porzellanwarenhandlung in der Calle de Postas.

Kürzlich hat sich Don Juan mit ihm gestritten, es ging um Politik, aber die Schulden spielten mit hinein.

»Je röter er wird, desto reicher will er sein.«

Der Stolz der Familie ist Julián, der unter Opfern und dank der Hilfe eines priesterlichen Onkels auf die Jesuitenschule gehen und ein Medizinstudium aufnehmen konnte. Im Viertel hieß er nur »Herr Hinkebein«; er war ein aufgeweckter Junge, neugierig, ein pfiffiger Drückeberger. Ihm sproß der erste Flaum im pickeligen Gesicht, als er aus dem Internat zurückkehrte, um sich an der San-Carlos-Universität einzuschreiben. Ein hitziges Hausmädchen aus Peñuelas brachte ihn schließlich ab vom rechten Weg. Die Großmutter feuerte sie, als sie die beiden beim Großreinemachen im Salon hinter dem Sofa überraschte, neben dem Wassereimer und dem verlassenen Scheuerlappen, dem untrüglichen Beweis des Verbrechens, während der junge Mann Hand anlegte und der Putzteufel verschwörerisch zischelte:

»Aufhören, mein Herr, sonst sage ich es der Señora!«

Darauf Julián, sie solle nur.

»Herr Julián! Wie können Sie nur!«

Danach trat ein Mannweib aus Tetuán in den Dienst der Familie, blieb aber kaum einen Monat, weil sie den Haushalt nach ihrem Gutdünken führte; danach eine Landpomeranze aus der Alcarria, die ganz nach dem Geschmack des Milchbarts war. So sehr, daß die Familie über seine Mattigkeit und Entkräftung in Sorge geriet. Der Doktor verabreichte ihm Stärkungsmittel, und der Vater, nicht dumm, setzte das Hausmädchen vor die Tür.

Julián lernte leicht und oberflächlich und war Jungstieren und alten Büchern sehr zugeneigt, ebenso Tanzbällen mit angehenden Modistinnen. Seine Prüfungen bestand er mit links, dazu mußte er nur im April und Mai büffeln.

Seine Mutter war eine milde, unscheinbare Frau, die nie den Mund auftat und deren Rügen nicht über die Nennung des Namens hinausgingen:

»Juan!« Oder: »Julián!« Oder: »Paloma!« Oder: »Remedios!«

Von den Geburten war sie aus dem Leim gegangen, weder hörte man sie durch die Wohnung streichen, noch war sie imstande, ihren Willen zu äußern.

»Ganz wie ihr wollt.«

Julián empfand eine tiefe Zuneigung zu ihr. »Ich habe eine Mutter aus Samt«, sagte er häufig.

Die sanfte und schwache Frau tat alles, was in ihrer Macht stand, um den Wünschen der anderen Familienmitglieder zu entsprechen. Für sie gab es nichts außer ihrem Haus und der Gegend von Almudena, wo sie geboren war.

Alles was jenseits ihres unmittelbaren Wirkungskreises geschah, hatte für sie keine Bedeutung.

»Sieh an!« antwortete sie auf Erzählungen selbst der außergewöhnlichsten Ereignisse, oder: »Ach, was es nicht alles gibt auf der Welt!«

Selbst ihre letzte Ruhe fand sie, ohne einen Mucks zu tun, im März des Jahres 1927. Im Haus änderte sich nichts, nur daß jetzt die Großmutter, die von anderem Kaliber war, das Regiment übernahm.

Julián war achtzehn Jahre alt, als, auf besondere Empfehlung einer befreundeten Familie, Matilde aus Alicante in Dienst genommen wurde. Matilde war ein bildhübsches Mädchen und Julián verliebte sich in sie; sie raubte ihm den Verstand, die Stunden, den Willen; es gab keine Freunde mehr, keine Vorlesungen, kein Wetter. Das Kino wurde ihm zur Höhle, der Retiro-Park zur Zelle. Der Tag verkürzte sich auf die Stunden, in denen niemand zu Hause war, und auf die den Besorgungen abgerungenen Augenblicke. Julián entdeckte den wahren Sinn des Sonntags. Er versäumte sämtliche Anatomie-Vorlesungen, weil zur gleichen Zeit Matilde sein Zimmer aufräumte. Matilde hatte die matte Farbe eines glatten Mahlsteins, schwarze Haare und riesige tiefdunkle Augen, die ihr leicht überflossen; hübsch, mit maurisch dunkler Haut, ernst, geil, verschwiegen und passiv.

»Julián, Julián! Aber es geht nicht! Ihre Familie wird das niemals erlauben.«

Der Bursche versprach ihr nämlich alles: die Heirat, die ewige Liebe, die Flucht. Julián Templado erinnert sich beim Anblick eines Gemäldes von Velázquez (vor allem, wenn er *Prinz Don Carlos* oder *Baltasar Carlos* sieht) immer an die Sonntagnachmittage auf den Hügeln des Pardo-Parkes. In der Ferne lief ab und an ein Hirschkalb über eine Lichtung, gelblich schimmerten die Steineichen zwischen den herbstlichen Braun- und Rottönen, der Himmel war blaß, sein Blau so weiß, daß seine Kuppel, belebt nur von wenigen zerrissenen Wolken, unendlich schien. Julián spürte eine große Begeisterung für das Leben, eine große Sicherheit, er wußte nicht warum, weder wie noch woher. Sonntagvormittags ging er üblicherweise ins Prado-Museum, in den Stunden, in denen er nach dem Willen der Großmutter der Messe beiwohnen sollte. Damals entdeckte er, daß ihm die Wärme gefiel, die Sauberkeit, das Trappeln, das Tuscheln, die Heiligen; daß Malerei mehr war als nur kolossale Bebilderung der Geschichte. Dank Matilde sah er in den Hintergründen von Velázquez etwas Lebendiges, eine Art zu sprechen. Er begann, dem Blick der Menschen auf die Welt nachzuspüren, der ihn bald mehr interessierte als die Dinge selbst. Dieser Weg führte ihn zu einer gewissen Selbstgenügsamkeit, zu einem Skeptizismus, der alles verachtete. Mit der Zeit begann er, Gedichte zu schreiben und ein Drama zu entwerfen; die Gedichte las er einigen Kommilitonen vor, die ihn nicht weiter beachteten; das Drama kam über die erste Seite nicht hinaus. Ein Jahr dauerte seine Liebe mit Matilde; zuletzt riefen die Eltern des Mädchens sie ins Dorf zurück, zur Ernte, und sie kehrte von dort nicht wieder.

Julián legte leidlich seine Prüfungen ab und ging als Stipendiat nach Deutschland. Drei Monate verbrachte er in einer rheinischen Kleinstadt, drei weitere in Berlin. Das war um das Jahr 1924. Er riß sich kein Bein aus, poussierte mehr als er studierte und lernte die deutsche Sprache besser nach der Natur statt aus noch so schlauen Büchern. Bei seinen Forschungen über Dienstmädchen kamen ihm sein Status als angehender Mediziner und als Spanier sehr zupaß. Er begegnete nur fröhlichen Widerständen. Seine Erinnerungen an die deutsche Kleinstadt sind wie aus dem Märchen: Konditorei, Schlagsahne, Törtchen und Kaffee, die weißen Schürzen der Serviermädchen, die Strohzigaretten, der frostharte Boden, nackte winterliche Straßen, Tannen; die Erinnerung an lange Spaziergänge, umschlungene Hüften, undeutliche Versprechungen, die um so undeutlicher waren, als sie mit schwachen Sprachkenntnissen vorgebracht wurden; und die schaurigschöne Wärme, die Apfelsinen, das Blau. Deutschland, von außen so steif, dabei so wohlig! Die Sofas, die Sessel, Öfen, die zu etwas taugen, Bücher, die man sich zu Neujahr schenkt, der Schnee, die Kneipen, die Spritztouren. In seiner Erinnerung vermengen sich Deutschland und Wiener Filme: Allen seinen Liebesgeschichten schien ein Walzer unterlegt zu sein. Manchmal fragte er sich, ob er wirklich dort gewesen war. Von Berlin behielt er vor allem das Wohnheim und die Klinik in Erinnerung, und die drei Krankenschwestern, die mehr oder weniger verliebt waren in ›den Spanier‹.

Er kehrte nach Madrid zurück und begann bei einem namhaften Arzt zu arbeiten; abends ging er ins Café *El Henar*, zur Tertulia von Valle-Inclán. In dem Jahr, als seine Mutter starb, fuhr er nach Barcelona, und dort blieb er im Dienst einer anderen Koryphäe, die ihn besser bezahlte als sein Madrider Kollege.

Er disputierte, konferierte, echauffierte und erhitzte sich für die Republik; als wir sie hatten, nahm er sie, wie sie war. Er hatte Liebesaffären, im Plural und ohne Bedeutung, auch mit einer Kollegin, ohne gegenseitige Verpflichtungen ließen sie sich treiben.

Julián Templado glaubte an so gut wie nichts: »Die Welt«, pflegte er zu sagen, »ist auch nur von dieser Welt«, womit er nicht zu verstehen geben wollte, daß er diese nicht geschätzt hätte, ganz im Gegenteil. Er verschlang Geschichtswerke, weshalb ihm für Romane nichts als Verachtung blieb. Sein Fachgebiet war Kinderpsychologie; bald hatte er eigene Patienten. Im Jahr 1934 trat er als Reaktion auf den Rechtsruck der Regierung Lerroux-Gil Robles in die Sozialistische Partei ein. Er beschränkte sich allerdings darauf, seinen Beitrag zu zahlen. Alle staunten, als sie ihn in den ersten Tagen nach dem Militäraufstand den Parteiausweis zücken sahen, wenn die Kontrollpatrouillen nach den Papieren fragten.

Julián Templado liebt das Leben; er liebt alles: die Sonne, den Regen, die Blonden, die Dunkelhaarigen, die Mageren und die Dicken, die Großen und die Kleinen, Kino, Theater, Wein, Wasser, Eintöpfe und raffiniert zubereitete Filets. Sein Charakter besteht darin, keinen zu haben und aus allem Nutzen zu ziehen. Neugierig auf jeden und viel zu willensschwach, um auszuwählen. Unfähig, der geringsten Versuchung zu widerstehen. Es kommt vor, daß er losgeht, um eine Krawatte zu kaufen, und mit einer Schraubenmutter zurückkehrt. Schaufenster sind für ihn Netze, in denen er sich bereitwillig verfängt. Er verliebt sich in alle.

»Ich weiß schon, auf welchem Bein ich humpele«, pflegt er zu sagen. »Mir fehlt immer der letzte Schritt, immer hänge ich in der Luft. Mir mangelt es an Selbstvertrauen, um etwas wohlüberlegt anzugehen; aber auf die Schnelle habe ich eine sicherere Hand als der liebe Herrgott. Daß es einen Plan gibt, ist Grund genug, ihn nicht zu erfüllen. So geht das bei mir. Kaum schwärmt man mir von einer, schon verschmähe ich sie; kaum gehört jemand einer Partei an, schon sympathisiere ich mit ihren Kontrahenten, und meine Vorliebe: die Schutzlosen schützen. Mir fehlt es an Urteilskraft, und ich lasse mich vom Wind treiben. Was ich an Phantasie zu viel habe, fehlt mir an Intelligenz. Ich weiß nicht, ob bei allen Menschen die Ideen im Widerspruch zu denen der anderen entstehen; bei mir jedenfalls ist das so, und in diesem Gefühl der Abhängigkeit liegt meine größte Schmach. Ein Tölpel bin ich, schlau sind die anderen, aber übertölpeln lasse ich mich auch nicht so leicht.«

Neugierig steckte er überall seine Nase hinein, ein Rohr im Wind, Freunde zu finden war schwer.

»Mich rettet nur meine Oberflächlichkeit. Meine Unbedarftheit. Man hat mir das zu verstehen gegeben, was ich als Beleidigung auffaßte ... Später lernte ich, daß manche Tugend schwer greifbar und erst auf den zweiten Blick erkennbar ist. Mir fehlt es an Stärke, Ausdauer und Beharrlichkeit. Ich weiß besser als jeder andere, was für ein schlechter Student ich war, aber später ... Ich verschaffe mir einen ersten Überblick, glaube sofort, alles zu verstehen, dabei verstehe ich nicht viel, aber zu meinem Erstaunen ist das, was ich gelernt habe, zwar nicht das, was mir beigebracht werden sollte, aber schlecht ist es nicht, und es tut es auch ... Nichts vergnügt mich mehr als ein neues Fachgebiet; und nach acht Tagen Schluß. Entjungfern ... Aber wie ich schon sagte, ich suche das Vergnügen. Wie man mir das vorhält! Zu Recht: Denn ich lasse mich nur vom Vergnügen leiten, und wenn ich einer Sache überdrüssig bin, lasse ich sie fallen. In diesen Zeiten kommt die gute Seite dieser Leichtigkeit zum Vorschein: immer obenauf. Die Borke, die sich zum schwimmenden Korken gemausert hat, vom Dummkopf zum Durchblicker. Eine Art Rettungsring. Manchmal ein vorwurfsvoller Blick von ernsthaften Menschen; nichts Ernstes. Nie zuvor hat das Leben mir mehr gegeben und ich ihm so wenig. Manchmal, im Morgengrauen, überkommt mich die Scham, aber die Müdigkeit ist stärker. Zu wenig Zeit und zu viele Verwundete. Bleibt das Gewissen. Ab und an zwickt es. Allzuviel Vertrauen verdiene ich nicht. Man weiß nie, wozu man noch fähig ist. Aber bestimmt nicht dazu, um einen Posten im Ausland zu bitten, wie jene unserer Freunde aus der Maison Dorée, die grummelnd meinen, ›wir haben schon genug getan‹, als ob man eine Pflicht vorab berechnen könnte. ›Wir haben schon genug getan für die Republik, jetzt soll die einmal etwas für uns tun.‹ Nur weil sie drei Monate in Barcelona waren, meinen sie, Giral müsse sie nach Paris schicken; nur weil sie Linsen gegessen oder vier Luftangriffe mitgemacht haben, hätten sie sich schon den Reisepaß in eine andere Welt verdient; oder die von der anderen Sorte, die Mitglied einer Partei sind und deshalb glauben, sie hätten eine Lebensversicherung abgeschlossen. Quotenrepublikaner.«

Kurz nach Ausbruch des Krieges überlegte er sich, daß Ärzte mit Skalpell in der Hand dringender gebraucht würden als die seines Faches, und so trat er die Arbeit im Vallcarca-Krankenhaus an.

In den ersten Monaten gab es für niemanden irgendwelche Einschränkungen, die Cafés blieben Cafés, die Clubs blieben Clubs, und der gute Wein mit seinem schimmernd-blutigen, warmen Abgang, und der gute Cognac mit honigfarbener Fülle, das unbeschreibliche Wohlsein, wenn man tief in einem Sessel einen Drink schlürft oder auch mehrere

– all das paßte dazu, wie die Dinge in der Ferne verschwammen, als ob die Welt selbst kurzsichtig geworden wäre. Kein Eifer für nichts, und Sorgen und Strapazen verdampfen zu einem unbeschwert milden, samtig sanften selig-süßen Wohlsein, das nicht weiter reicht als von den Lippen bis zum nächsten in Angriff zu nehmenden Glas.

»Die Frauen«, sagte er immer, »erobern wir, die häßlichen Männer, durch Belagerung. Handstreichartige Überfälle, Überraschungsangriffe, unerklärliche Schwächen, schnelle Kapitulationen, zur Sache kommen, kaum daß die Feindin gesichtet ist, restlos triumphieren, ohne daß eine Verfolgung nötig gewesen wäre, das sind die Geschichten von Siegen über Schönheiten, keine kommt davon; hingegen verstößt es gegen das Reglement, Häßliche zu erobern. Wer wechselseitige Aufwallung erwartet, hat schon verloren. Vorlieben sind zumeist einseitig, und immer muß man das Gegenüber erst aufwecken. ›Was erlauben Sie sich, mein Herr!‹, das kannst du ebenso streichen wie jenes dezente: ›Sie täuschen sich‹. Frauen sind immer auf der Hut, sie haben den Finger am Abzug und warten nur auf deinen Bückling. Wachsamer als der Herr im Himmel. Noch das letzte Triefauge verdächtigen sie der Schmeichelei. Und dennoch, wenn du ihnen nicht zuwider bist, hast du leichtes Spiel: mit Zeit und Schmeicheleien. Streich um sie herum, und du machst sie verrückt. Sei falsch und laß dich packen von dem Spiel. Sprich und laß dich mitreißen von den Worten; verzaubere dich, und du wirst verzaubern. Alles nur eine Frage der Dicke der Mauern und der Belagerungstechnik, würde Fajardo sagen. Bollwerke, Brustwehre. Alles nur eine Frage der eigenen Waffenfertigkeit, über die Flanken mußt du angreifen, Umarmungstaktik, keine Ausweichmanöver. Frauen leisten Widerstand, weil sie sich fürchten: die einen vor der Schwangerschaft, die anderen vor der Hölle. Die sich vor der Liebe ekeln, muß man aus dem Spiel lassen. Frauen sind wie

Festungen. Die Liebe ist eine Kriegskunst. Es heißt, die Weiber seien ganz verrückt nach Uniformen, nicht nur wegen des Lamettas, vor allem wegen der Taktik. Und wenn zum Sold noch Streifen kommen, um so mehr.«

Templado war der Überzeugung, die wahre Liebe nicht kennengelernt zu haben, trotz seiner Bemühungen. Alle seine Anstrengungen waren zu Abenteuern geronnen, zu nicht wenigen, mit hochgestellten Frauen und mit tief gefallenen. Mit den Jahren bevorzugte er leichte Mädchen und weißen Rum. Die Barmänner kannten ihn und seine Abneigung gegen Cocktails.

»Wie immer, Don Julián?«

Und die Miezen:

»Hallo, Julián.«

Ab und zu zog er sich zu einem Gespräch mit einer der Puffmütter zurück; die erzählten ihm von ihren Geschäften, fragten ihn sogar um Rat; die Mädchen behandelten ihn mit Respekt.

»Wer ist denn der?«

»Keine Ahnung. Ein Freund der Chefin. Ich glaube, einer vom Gesundheitsamt.«

Manchmal, wenn er nicht heimgehen wollte, ging er mit einer; er zahlte gut für seinen Geschmack, darauf gründete sein Ruf.

Er hatte recht genaue Vorstellungen von der Frau, die er lieben würde, und er liebte jede, weil sie anders aussah. Frei heraus setzte er mit voller Kraft und voller Verliebtheit alles auf den Zufall, verführt von der Wahrscheinlichkeitsrechnung. Er gewann Minuten und verschwendete seine Stunden und seine Hoffnungen.

»Junge, an die Nutten habe ich mich so sehr gewöhnt, daß mich die Ehrbaren fast nicht mehr reizen.«

Julián Templados Gespielinnen sind selten bordellesk, sondern solche, die so tun, als würden sie wirklich lieben.

»Im Spiel liegt der Reiz. Die Ehrbaren kriegt man rum, indem man lügt. Das ist der einzige Unterschied. Je älter ich werde, desto schwerer fällt es mir. Lügen ist Kindersache; bei den Erwachsenen reicht es, nicht die Wahrheit zu sagen, und fertig. Wenn ich, ohne zu flunkern, schnurstracks ans Ziel gelange, habe ich inzwischen gar kein Vergnügen mehr daran.«

Das gestand er traurig und beschämt, wenn es auch nicht so klang; denn in seinem Innersten hoffte Julián Templado noch immer, hinter der nächsten Straßenecke die Frau seiner Träume zu finden.

Sein größter Fehler: Selbstversessenheit. Nur gut, daß er das selbst nie vergißt. Er überschätzt sich nämlich nicht, dennoch gilt sein Interesse vor allem sich selbst, denn seine Bescheidenheit verwechselt er mit seinem fehlenden Machthunger, und dabei läßt er ganz außer acht, daß er die Welt nur in Hinblick auf sich selbst zu schätzen weiß. Er glaubt, alle seien wie er, darin ist er ganz unbedarft. Abgesehen von Fajardo, seinem einzigen Freund, »können mir alle«, betont er, »können mir ausnahmslos alle den Buckel runterrutschen.«

Der Krieg heilte ihn von einigem.

»Sehen Sie«, sagte er bei Anbruch der Dunkelheit an jenem 31. Dezember zu Willy Hope, gegen sechs Uhr abends, im *Rheingold*, wo sie sich auf einen Wermut getroffen hatten, dem einzigen alkoholischen Getränk, das in der ganzen Stadt zu haben war. »Sehen Sie, das einzige, was ich im Krieg gelernt habe, richtig gelernt habe, ist der Haß. Und wie! Dabei bin ich lammfromm. Den Haß aber haben mir die Ereignisse, das Blut eingeimpft, und nicht Ideen. All die verhuschten warmen Brüder und pazifistischen Memmen, die weibischen Schwulen, die Konservativen und anderen Halifaxe, die über unsere Grausamkeit verzweifeln und verschreckt von einem Greuel zum anderen eilen – die alle essen Ideen, verdauen Ideen, scheißen Ideen, ohne auf die

Ereignisse zu achten. Die Ereignisse! Die langen Reihen toter Kinder! Was schert mich die christliche Barmherzigkeit« – wenn Julián Templado einmal in Fahrt gekommen ist, hat er sie gefressen, die christliche Barmherzigkeit –, »wenn ich heute sechs arme Schweine zusammenflicken mußte, die in der Frühe von den Splitterbomben erwischt wurden. Daß das nichts miteinander zu tun hat? Einverstanden, aber der Mensch ist zu beschränkt, als daß das alles in seine Rübe ginge. Dieses Sterben und Verrecken, hundertfach, auf den Schlachtfeldern Spaniens ... Was tut es da zur Sache, daß wir hier hundert Priester umgelegt haben, wo sie doch für jeden demütigen Menschen die verfaulteste aller schwärenden Wunden sind, peinigend wie eiternde Geschwüre oder juckender Schorf, schmerzhafte Geißel ganzer Generationen!«

Bisweilen stellte sich Julián Templado die Frage so: Sind die Toten, die wir töten, gut getötet oder nicht? Eine Antwort fand er selbstverständlich nicht. Der gleiche Humanitarismus, gegen den er unentschlossen zu Felde zog, brachte ihn durch die Hintertür selbst ins Wanken. Gegen seine Überzeugung brachte er Physik, Astronomie oder Mathematik auch dort an, wo sie wirklich nichts zu suchen hatten.

»Unter dem Mikroskop sieht der Speichel eines Faschisten genau so aus wie meiner.«

Julián Templado war nicht fähig, ein Problem geradeaus anzugehen; lieber ließ er sich ›von der Sphärenmusik‹ tragen. Insgeheim gefiel er sich darin, die unterschiedlichsten Dinge zu vermengen und miteinander zu verbinden.

»Ich bin eine vager Vagabund«, sagte er ebenso verspielt wie zutreffend. Gerade wenn er hellwach war, brachte seine Phantasie die gleichen unscharfen Definitionen und Unterscheidungen hervor wie der Alkohol. Das war sein Kreuz, und er trug schwer daran. Kein Gedächtnis, darum konnte er weder singen noch tanzen, da zählt nämlich die präzise

Erinnerung. »Außerdem«, sprach er weiter zu Hope, »reden die Leute gerne über Verbrechen, und weil sie sich nicht trauen zu töten, exekutieren sie mit der Zunge. In unserem Krieg wird die Zahl der Wiederauferstandenen die der Toten übersteigen, noch so ein Wunder. Ich meine die laut euren neunmalklugen Gazetten angeblich von uns Getöteten. Auf unserer Seite wurden die Leute im großen und ganzen wegen persönlicher Geschichten und aus Mißgunst zum Spaziergang abgeholt. Beleidigte, die zu Denunzianten wurden, wenn sie nicht genug Mut hatten zur letzten Konsequenz ihres inneren Grolls. Rechnungen wurden beglichen, vor allem ließ man Rechnungen begleichen: Tote Hunde beißen nicht. Die Gehörnten hielten sich schadlos, die Geprügelten nahmen Rache, gute Zeiten für Gauner und Geschäftemacher. Unglückselige starben, nur weil sie das Pech hatten, auf besonders empfindliche Hühneraugen getreten zu sein, unvermittelte Abschiede wurden teuer bezahlt, Streiks jeglicher Couleur, der Vorarbeiter mußte dran glauben und den Patron ließ man laufen. Für Stammbäume wurde gezahlt. Zahltag: Strich drunter, aber keine neue Rechnung, denn nichts wird gelöst, indem man blindwütig vermeintliche Missetäter umbringt. Sogar Zankereien über Radioantennen konnten tödlich enden: ›Meine ist aber länger als deine.‹ Die Matadore wußten zu wenig von der Welt, um die Verantwortlichen zu exekutieren; und in der ersten Zeit war das Jagdrevier nicht zu begrenzen, denn die Hüter der Ordnung hatten sich aus dem Staub gemacht. Auf der Seite Francos, wo man bewußt ans Töten ging, lief das anders ab, mit vorab erstellten Listen und mit Denunzianten aus besseren Kreisen. Wie sagte doch der eine: ›Aus dem Diesseits ins Jenseits, in einem Augenaufschlag, einem Irrlicht gleich.‹ Die feinen Herren wissen, wie man eine Auswahl trifft, und das umso kaltblütiger, wenn sie im Namen einer neu errichteten Ordnung handeln. Erzählen Sie darüber, wie auf unserer Seite das Geschäft aufblühte, zu dem man nur dreist und vorbestraft sein mußte. Diese gerissenen Gauner, unsere Gauner (man sagt halt so), merkten schnell, daß die Reichen bereit waren, für ihre Lebensversicherung jeden Preis zu zahlen, aber weil sie sich trotzdem nur schwer von ihrem Geld trennten, gossen sie Blut über ihre Lösegeldabsprachen: Das gleiche Blut, daß über die Spalten der Zeitungen ihres Landes fließt. Banden schlossen sich zusammen; Lumpen ziehen lieber gemeinsam auf die Jagd. Die Rebellen brachten die Armen nicht wegen des Gewinnes um, sondern aus reiner Lust am Töten, und aus christlicher Nächstenliebe. Auf der anderen Seite sind wesentlich mehr Lehrer ermordet worden als hier Priester, aber die Kleider machen den Unterschied; wenn die Leute von toten Priestern sprechen, haben sie keine zu Boden gestreckten Menschen vor Augen, sondern aufgeknüpfte Kutten, und die blähen sich stärker auf.«

Templado erklärte, was bei ihm selten vorkam, er hielt das für seine Pflicht gegenüber ausländischen Journalisten, selbst wenn diese uns so freundschaftlich verbunden waren wie Hope. Ein stämmiger Mann mit rötlichem Bart, weißem Haar und einem glänzenden, fleckig gebräunten Gesicht; gerade kippte er in großen Zügen seinen vierten Wermut herunter.

»Das gute am Krieg ist«, fuhr Templado fort, »daß man sich wieder im Dreck wälzt, im Schlamm, auf der Erde, denn der Mensch vergißt so leicht, wenn er geruchlos reinlich lebt. Ein bißchen Kot hat noch niemandem geschadet. Man ist der Erde doch näher verbunden, als es den Anschein hat. Sicher, Dung stinkt, aber er läßt wachsen, manchmal über sich hinaus. Und was ich zu den Spaziergängen noch sagen wollte, da erzähle ich Ihnen die Geschichte meines Vaters; es muß so um den 20. August 1936 gewesen sein; um zehn Uhr abends stehen in dem Zwischengeschoß, in dem er wohnt, in dem ich geboren bin, in der Calle Campomanes, da stehen drei junge Männer vor der Tür, machen zuerst einen guten Eindruck, wedeln dann aber eindrücklich mit ihren Pistolen. Dem Hausmädchen verschlug es den Atem, eine pummelige Matrone aus Granada, die schon seit Urzeiten im Haushalt ist.

›Wohnt hier ein gewisser Juan Templado?‹

Mein Vater heißt Juan.

›Hier ...‹, antwortet die arme Nieves, ohne zu antworten.

Zwei treten ein, einer bleibt im Flur. Mein Vater, ein Mann von über sechzig Jahren, geht ihnen entgegen.

›Sie wünschen?‹

›Wir kommen, um eine Hausdurchsuchung zu machen.‹

›Treten Sie ein.‹

Sie schnüffeln im Salon herum und gehen ohne Umstände ins daneben liegende Arbeitszimmer. Dort sitzt, nicht mehr ganz da, meine Großmutter in einem Sessel am Fenster.

›Es ist nichts, Mutter, keine Sorge.‹

Die arme Alte vergeht vor Angst.

›Geld?‹

Mein Vater kramt seinen monatlichen Spargroschen hervor. Sie verschmähen ihn.

›Nein. Papiere.‹

Mein Vater kramt die Unterlagen des Geschäfts meines Bruders hervor, und den Schuldschein seines Freundes Vicente. Sie werfen keinen Blick darauf. Durchwühlen mehrmals die Schubladen. Meine Großmutter, meine Schwestern und das Hausmädchen dicht aneinandergedrängt.

›Wo haben Sie die Quittungen von der Falange?‹

›Ich? Bei der Falange?‹

›Spielen Sie nicht den Dummen.‹

›Ich war niemals in irgendeiner politischen Partei‹, antwortet mein Vater.

›Hier wird nicht diskutiert, reine Zeitverschwendung.‹

Sie ziehen durch das Schlafzimmer und durchwühlen

die Kommode, die feinsäuberlich zusammengefaltete Bettwäsche im Schrank. Der *Jungfrau der Brüderlichen Hilfe*, verschleiert hinter einem Leintuch, verpassen sie einen Nasenstüber.

›Sie kommen mit.‹

›Ich? Wozu?‹

›Nicht so neugierig. Sie werden schon sehen.‹

›Und wenn ich mich weigere?‹

›Dann mit Gewalt.‹

Und der, der spricht, lädt seine Pistole durch.

Der Chor der Frauen bricht los. Meine Schwester Remedios will wissen, wohin sie ihn bringen.

›Machen Sie sich keine Sorgen. Es ist nichts. Eine Anzeige. Er kommt bald zurück.‹

Darauf mein Vater:

›Machen Sie sich keine Sorgen, Mutter. Das ist ein Irrtum. Ich war immer auf Seiten der Linken. Es wird schon nichts sein. Ich bin gleich wieder da.‹

Sie gehen alle hinunter, und die vier setzen sich in einen Wagen. Vereinzelt ein Schuß in der Nacht. Sie fahren hinunter zur Plaza Isabel II., dann fährt das Auto den Paseo de San Vicente entlang. Mein Vater sitzt auf dem Rücksitz, zwischen zwei Burschen. Da wird ihm klar, daß er sterben soll, und ohne allzu große Bestürzung sagt er zu seinen Begleitern:

›Ich weiß, Sie werden mich töten. Aber Sie machen einen Fehler. Sie irren sich.‹

Sie erreichen den Paseo de la Florida.

›Ich bin kein Rechter. Ich habe ein reines Gewissen. Es tut mir für meine Kinder leid. Erinnern Sie sich an die Quittung, die Sie sich nicht einmal ansehen wollten? Es ist eine Quittung über zehntausend Peseten. Die schuldet mir ein Freund. Meine Familie weiß nichts davon. Sie werden das Geld verlieren. Möchten Sie mir einen Gefallen tun?‹

Kurze Sätze, für mehr reicht sein Atem nicht.

Der Gasspeicher.

›Wenn ich tot bin, fahren Sie bitte zurück zu mir nach Hause. Nehmen Sie die Quittung. Geben Sie sie einer meiner Töchter. Oder dem Hausmädchen. Daß nur meine Mutter nichts merkt. Oder treiben Sie das Geld ein und schicken Sie es ihnen. Ich weiß ja, daß Sie nicht eigennützig handeln.‹

Die Landstraße nach La Coruña. Offensichtlich waren sie beeindruckt von der ruhigen Verfassung meines Vaters.

›Ché‹, sagte einer, womit klar war, daß er von der Küste stammte, ›schauen wir uns das Papier an?‹

›Der lügt doch.‹

›Es läuft uns doch nichts davon. Er auch nicht. Ché, kehr um.‹

Und sie kehrten um.

›Der Herr ist schon wieder da.‹

Und dem Hausmädchen gingen die Augen über. Sie suchten die Quittung. Einer, der bis jetzt nicht den Mund aufgemacht hatte, warf einen Blick darauf. Auf der Quittung über die zehntausend Peseten stand im Briefkopf die Adresse der Steingut- und Porzellanhandlung des Freundes Vicente: ›Vicente Calvo y López. Postas, 6. Kacheln und Geschirr aus aller Welt. Spezialität metallische Glasuren. Telefon 14562.‹ In falscher gotischer Schrift, schön protzig. Ich sehe es noch vor mir.

Der Schweigsame sagte:

›Weißt du, wer dich als Faschist denunziert hat?‹

Mein Vater schaute ihn an.

›Der.‹

Und mit seiner Hand, an der zwei Finger fehlten, zeigte er auf den Briefkopf der Quittung.

Dann fuhren sie zu Vicente.

3. Julio Jiménez, Selbstportrait

An die *Feria* in Albacete kommt nichts heran. Nicht die in Játiva, keine der Messen und Märkte in Valencia, noch nicht einmal die in Alcoy. Die in Cocentaina schon gar nicht. Erinnerst du dich an Cocentaina, an das Gerangel mit dem *Moreno*? Weder die in Hellín, noch die in Mula, noch die in Caravaca. Auch nicht die in Utiel; in einem Jahr sind wir nach Utiel und nach Requena gefahren. Habe ich jemals irgendwo so gefroren wie jetzt gerade? Wenn endlich die Straßenbahn käme! Mein Gott! Was für eine Kälte! Vielleicht damals in Chinchilla, oder als ich klein war und wir bis kurz vor Ciudad Real gekommen sind: bis nach Daimiel, oder nach Almagro, das weiß ich nicht mehr genau. Jetzt schneit es! Noch nie hat es in Barcelona so viel geschneit, das sagen selbst die Katalanen. Wahrscheinlich, weil die Stadt kalt ist: ohne Kohle, ohne Holz. Sonst immer, scheint es, erwärmen die Häuser die Luft. Nie sind die Wände so kalt gewesen. Die klamme Feuchtigkeit des Mauerwerks, die einem nachts den Rücken hochkriecht. Wenn doch endlich die Straßenbahn käme!

Wasser, zu Schnee gesponnen, schlägt nieder.

Dabei war der Morgen so schön! Wie geht es wohl dem Kind? Was wird die Matilde sagen, wenn sie mich ohne den Arzt hereinkommen sieht? Was kann ich dafür, daß er nicht gekommen ist? Doña Teresa meint, er wird noch vor sechs da sein. Bestimmt ist er schon dagewesen. Und wenn es dem Kind schlechter geht? Ich habe ihm Bescheid sagen lassen, und Doña Teresa hat die Symptome aufgenommen. Was hätte ich mehr tun können? Warum sollte sie nicht aufrichtig zu mir sein? Wie wird die Matilde mich ansehen! Und dann noch diese Kälte! Vielleicht ist er schon da, wenn ich nach Hause komme. Die Ärzte haben alle ein Auto. Was kümmert einen Arzt schon ein Kind wie das meine? Und zu allem Überfluß kommt diese Straßenbahn einfach nicht. Ich weiß nicht, ob ich mehr am Rücken oder an den Beinen friere. Ein schöner Abschied vom Jahr! Was für ein Sylvester! Jetzt wären wir auf der *Feria* in Valencia. Und wo? In den letzten Jahren ist der Markt öfters umgezogen als es Regierungen gegeben hat: eine Weile lang in der Gran Vía, davor an der Plaza de Castelar, als es noch die Prozession von San Francisco herunter gab. Und die Tapas in der Bar Oliveta! Schließlich auf dem freien Platz am Nordbahnhof, dann an der Avenida de Victoria Eugenia, jetzt hinter der Stierkampfarena. Die Zeit der *Ferias* ist vorbei, Julio.

Ich werde zu Fuß heimgehen. Ich zähle bis zwanzig, und wenn sie dann nicht kommt, gehe ich zu Fuß. Stockfinster, und dazu der Schneeregen. Was für eine Kälte, mein Gott! Was, glaubst du, fehlt dem Kind? Wenn ich nur sicher sagen könnte, wer es verflucht hat! Wenn es Manuel war! Wird es vielleicht sterben? Oder für sein ganzes Leben Schaden davontragen. Zweiundvierzig Peseten für ein Dutzend Eier! Und nichts in der Kooperative. Schuld sind die Faschisten. Jawohl. Und die Regierung. Ich hätte dieses ganze Pack, das in den Restaurants speist, ja schon längst ... Die sind in Wirklichkeit die fünfte Kolonne, die schlimmsten aller Hurensöhne!

Ah, das ist sie vielleicht. Nein, die 54. Jetzt wären wir in Valencia. Verflucht, ich warte nicht länger.

Julio Jiménez vergräbt seine schwieligen Hände in den Taschen seiner Cordhose, verläßt die Plaza de la Universidad und stapft die Calle Aribau hoch.

Bis halb acht habe ich gewartet. Dabei habe ich gesagt, ich käme um sechs. Das geht schon. Hoffentlich hat die Apotheke nicht geschlossen.

Der schwarze Himmel, der auf die schwarzen Häuser der Stadt sackt. Wie Gespenster huschen die Wirbel des Schneegestöbers vorüber, glitschiger Matsch auf den schlammigen Straßen. Im Funkenstrahl der Automobilscheinwerfer glitzern Wasserschlieren und die mit Nadelstichen gespickten Pfützen. Es regnet, seit jeher und für alle Zeiten, für alle Zeiten die Kälte: ein klirrendes Schwert. Plötzlich heulen Sirenen auf, jaulen wie Wind in der Dunkelheit; hüllen die Stadt in ein Heulen, das nach Tod klingt.

Selbst bei diesem Wetter? Sie werden Wolken bombardieren. Ich habe keine Angst, und mir krampft sich der Magen zusammen. Das hat der Matilde gerade noch gefehlt. Wollen sie, daß wir im Dreck verrecken? Schweine!

Motorenbrummen, Donnerhall der Geschütze, die grob nach Gehör, blind, abgefeuert werden. Die Stadt, dunkel und versehrt, fühlt die Kälte noch beklemmender. Als Julio Jiménez an dem Eisengitter der Universität vorübergeht, zögert er einen Augenblick, seine Mütze trieft, sein Gesicht, sein kurzes Cordjackett. Schon längst hat das gebrannte Ocker des Anzugs an Knien und Ellenbogen seinen Flor verloren: Die Webkette ist als erste durchweicht. Der Regen rinnt durch die Furchen in seinem Gesicht, als wären sie Gräben, tropft anschließend von seinem eselsgrauen Schnauzbart, perlt schließlich in alle Richtungen versprengt über seinen dichten Bart, den er seit der Erkrankung des Kindes nicht mehr gestutzt hat. Das Wasser klatscht gegen Brauen und Wangenknochen ohne Wangen, und über die Mulden der eingefallenen Backen rinnt es ihm den Hals hinab: Das

Hemd hält es nicht auf, würde doch neben den Hals noch eine Hand in den Kragen passen, so mager ist der Mann, vor lauter Linsen, dem bißchen Brot. Julio Jiménez ist in den Fünfzigern, nur Haut und Knochen, breit, klein, kräftiger Kiefer, kleine Kappe, Gesicht und Hände gebräunt von Licht und Sonne, während sein Körper käsig ist. Mit dem rechten Fuß tritt er in eine Pfütze, sein Fuß wird, trotz der Stiefel, die aus Almansa sind, klamm und kalt. Das Wasser rinnt die Straße entlang, die Luft ein wirbelndes Grau, ungestüm wie eine Hafenbrise. Der Schnee schmilzt zu Wasser, bei der kleinsten Berührung.

Da siehst du es, jemandem einen Gefallen zu tun, hat sich noch immer ausgezahlt: Ich habe ihr das Gepäck gerettet, und jetzt schickt sie mir einen Arzt und will mir Arbeit verschaffen. Arbeit, Arbeit ... Wer würde sich jetzt schon in eine Jahrmarktsbude stellen und Uhren verkaufen! Señoras und Señores! Ich bin zwar nicht León Salvador ...

León Salvador, König der Jahrmärkte! Mit seinem Feuermal, das ihm das Gesicht zerschneidet. Und mit seinem berühmten Mundwerk. Er allein verkauft mehr Uhren als alle anderen zusammen.

Die *Ferias* finden fast alle im August oder September statt, obwohl die Saison an Magdalena in Castellón beginnt und an Pilar in Zaragoza aufhört, denn der Markt zu Weihnachten in Valencia zählt nicht, eine Dreingabe.

Anzahl und Güte der Karusselle, der Riesenräder und Schaukeln entscheiden über die Bedeutung einer *Feria*, wohingegen auf dem Land die Tiere der Maßstab sind; auf das Vieh kommt es an, und in den Städten auf den Rest. Ohne Vieh ist eine *Feria* nichts weiter als ein Rummelplatz. Die Buden sind Eigentum der Stadtverwaltung, Jahr um Jahr jeder Händler mit demselben Stand, obwohl er ihn sich albernerweise erst ersteigern muß. Dreierlei Handelswaren gibt es: Spielzeug – aus Anda, aus Denia –, Schmuck

– aus der Gegend um Murcia und Valencia –, und schließlich Süßwaren, vornehmlich alle Arten von *Turrón* aus Jijona. Eine kleinere *Feria* verfügt meist über ein Karussell, drei Schießbuden und ein mit Wachsfiguren bestücktes Stierkampfmuseum, mit dem Bolero von ›El Espartero‹ oder dem Stoßdegen von Reverte. Für die jungen Mädchen sind die Auslagen der fliegenden Händler wie die Seiten eines Modemagazins; denn ihr Dorfkrämer legt immer dasselbe aus. Die Jahrmarkthändler sind auf der Höhe der Zeit und bringen die neusten Neuigkeiten aus Barcelona und Madrid. Bevor man in den Städten auf dem laufenden ist, weiß man in den Ortschaften schon, ›was man jetzt trägt‹. Ihnen kann keiner etwas erzählen.

»Nein. Das hier haben Sie im letzten Jahr schon dabei gehabt.«

Die Schaukästen studieren sie mit aller Sorgfalt. Der Preis ist das unwichtigste.

»Sieh: Genau so eine Brosche hat Mariano Felisa geschenkt.«

Jeder Ort hat seine Vorlieben: In Albacete verkauft sich schwarz besser, in Játiva farbiges. In Lorca folgen die Moden rascher aufeinander als in New York. Eine nimmersatte Nachfrage nach Neuem inmitten eines immergleichen Lebens.

»So etwas hat man schon immer getragen.«

»Das? Vielleicht noch für meine Großmutter.«

Die Alten sagen, früher sei alles anders gewesen, früher seien die Armreifen, die Ohrgehänge ... wie auch immer. Aber Julio Jiménez vermutet, daß das Dorfvolk seit jeher nur das Neue will und das Alte verachtet.

Bei den Süßwaren hingegen bleibt alles wie gehabt. Jedesmal wird mehr *Turrón* aus Jijona verkauft als aus Alicante, und mehr von diesem als von dem mit Ei, und mehr von dem mit Ei als von dem mit Früchten; mehr *Turrón* als Marzipan, obwohl letzteres zu Figürchen geformt ist, verziert mit grünen und roten Schleifchen und glitzerndem Flitter.

Dazwischen liegen die Spielsachen, sind Kinder doch Gewohnheitsmenschen: für den verlorenen Ball einen neuen. Modeschmuck besitzt keinen Wert und dient zum Herausputzen – eine Puppe, eine Trommel sind etwas anderes. Spielen ist etwas Ernstes, und die Spielsachen variieren nicht mehr als die Speisen. (In der Regel speist die Kundschaft einer *Feria* Abend für Abend Bohneneintopf.) Vor allem Mädchen sind konservativ: Niemand kann sie dazu bewegen, ihre alte Puppe wegzuwerfen, aber eine neue wollen sie schon. Peitschen, Murmeln, Blecheisenbahnen, Ziehharmonikas – mit grünem, malvenrotem oder rosa Blasebalg –, Reifen, Violinen, bunte Schächtelchen, das alles ändert sich kaum, aber es ändern sich die Kinder. An ihnen sieht man die Spuren der Zeit mehr noch als an den Frauen. Ein kleiner Junge ist zwei Jahre lang ein kleiner Junger, ein junges Mädchen hingegen doppelt so lang jung: bis zu seiner Hochzeit. Außerdem haben Kinder kein Gedächtnis, darum auch sind ihre Vorlieben ewig; anders die Mädchen, deren Lust an Verspieltheit mit dem Ende der Kindheit knospt: Eine Frau erinnert sich stets an die Ringe und Reigen ihrer Hochzeit … Die Männer kaufen Zigarettenspitzen und Uhren. Die Marktweiber überreden sie zu Manschettenknöpfen und Krawattennadeln. Jedes Jahr bringt frischen Nachwuchs und neue Modelle bei Ohrgehängen. Kämme und Necessaires bleiben stets die gleichen.

»Hallo, Julio: Ich möchte einen Kamm aus Schildpatt, so einen, wie du ihn mir vor drei Jahren in Vélez Rubio verkauft hast.«

»Hier hast du einen aus Bein.«

»Nein. Ich möchte einen aus Schildpatt.«

In den Städten gibt es zusätzlich Verlosungen und Attraktionen. Die Schaubuden sind etwas Besonderes: die Frau ohne Unterleib, zumal die Frau mit Bart niemanden mehr anlockt; die Sirene und das mächtigste Monster des Universums: ein Schafbock mit drei Schwänzen und zwei Köpfen oder ein Schäfchen mit sechs Beinen, oder sogar eine Klapperschlange oder ein menschenfressender Alligator. Auf einem Wandbehang vor der Schaubude verschlingt die schlammverschmierte Bestie einen dunkelhäutigen Menschen. Und hinter schweren, karmesinroten Samtvorhängen in Gold gewirkt: Graneros Tod.

»Die *Ferias*. He, Julio, die *Ferias*!«

Bauerntrampel sind am aussterben. Jetzt laufen sie alle rum wie leichte Mädchen, drei in einer Reihe, leicht bekleidet in ihrer ›Abendrobe‹. Sie bewegen die Schultern, nicht die Hüften, zum Takt eines Son, den sie näselnd nuscheln. Die Unglücklichen! Und viele Männer lassen sich um den Finger wickeln. Lachend kommen sie heraus, mit heißen Füßen und kühlem Kopf. Die Tombolas fallen je nach Großmut des Gouverneurs verschieden aus, formidabel sind vor allem die Farben: die 0 schwarz; die 1, die 2 und die 3 rot, grün oder blau. Die bunten Glühbirnen leuchten auf oder erlöschen zu dem Bimmeln des Walfischs an den Messingzapfen, wenn er das Glücksrad durchschifft.

»Die 12! Die gewinnt einen Preis!«

Der Zirkus befindet sich außerhalb, Flügelschlag des großen Welttheaters. Der Zirkus und die himmlische Musik der großen Karussells – *Dichter und Dörfler, Mauren und Christen* und die zweite *Ungarische Rhapsodie* von Liszt – gehören zu einem Universum, das Julio Jiménez kaum kennt: die *Ferias* in den großen Städten, in Vigo oder Cartagena, in Santander und Valencia. Die Welt, in der er großgeworden ist, sind Orte wie Mula, Cienza, Totana, Jumilla, Alhama, Puerto Lumbreras, Mazarrón.

Dort gibt es keine Spielorgeln aus Paris, mit Messingpfeifen wie bei einer echten Orgel, und putzigen Püppchen in kurzen Kitteln, die sich drollig drehen und dabei die Trommel schlagen oder den Taktstock heben.

Hoffentlich bringt mich Teresa Guerrero als Laufburschen unter! Denn ich glaube, das Kleine leidet Hunger. Ein Mann braucht weniger zu essen als ein Kind, dafür ist er ein Mann. Keuchendes, kreuchendes Würmchen. Und dann dieser rasende Puls, so daß ihm das Herz fast zerspringen will. Weiter, weiter. Die Luft schlägt ihn, das Wasser peitscht, klatscht auf dem matschigen Schnee. Ich muß weiter. Und wenn die Flak mich trifft, soll sie mich treffen. Schieß. Je früher, desto besser. Man sieht überhaupt nichts. Und die Kälte, die das ausnutzt und überall hineinschlüpft, als würde sie zahlen. Vorsicht beim Überqueren! Calle de Diputación.

Was wollen sie bombardieren, wenn sie nichts sehen? Schieß. Gib es ihm. Schweine. Hier kennt bestimmt niemand León Salvador. Noch nie war zu dieser Jahreszeit so ein Sauwetter. In Albacete hätte man ihn sehen sollen, oben auf seiner Bühne. Er war kein Händler, er war Künstler. Das werde ich niemals erreichen. Man sagt, ich sei ein Grobian. Was für eine Ehre. León Salvador hat die Auslage zur Bühne gemacht: er klettert hinauf, wo sonst die Ware liegt, stehen seine Füße. Ein Spektakel. Verkaufen und dabei Belustigen. Scharlatan, Betrüger. Die Alten beäugen ihn wie einen Ketzer. Die Leute liegen ihm zu Füßen, sobald sie ihn lachen sehen, mit seinen Glöckchen klingelnd. Sie sind keine Kundschaft, sie sind Publikum. Sein Ziel: das Theater in etwas Profitables umzuwandeln.

»Für fünf bekommt ihr ..., verrate ich nicht! Für zehn bekommt ihr ..., verrate ich nicht! Für hundert ..., schon gar nicht. Das hier verkaufe ich nicht: Aber ich lege einen Fünfundzwanziger-Schein dazu. Wer will alles zusammen, alles, was ich in der Hand halte: Den Fünfundzwanzig-Peseten-Schein, die Armbanduhr, die ich nicht verkaufen will, und dazu noch, warten Sie, diese Kette hier, wer will das alles für zwanzig Peseten? Niemand? Hab ich es nicht gesagt: Ich würde es eh um keinen Preis hergeben. Das Publikum ist dumm. Sie? Sie wollen es jetzt? Jetzt ist es zu spät. Kommen Sie morgen wieder.«

Und die Leute biegen sich vor Lachen. Je unverschämter er sie beleidigt oder betrügt, desto mehr lachen sie. Es sei denn, einer seiner Komparsen schaltet sich ein und schlägt zu, dann meldet sich sogleich ein anderer zu Wort: »Ich auch ...« Und wieder lachen die Leute. Warum? fragt sich Julio Jiménez gallig. Wenn ich so etwas mache, läßt das die Leute kalt. Er ist begnadet.

»Ich gebe es nicht her: nicht für fünf, nicht für zehn, ich lege einen Hundert-Peseten-Schein dazu. Wer gibt mir neunzig für alles?«

Die Menschen drängen sich zusammen, mit gespitzten Ohren.

»Schhh! Still!«

Rechts und links die Karussells und Schaukeln, die Achterbahn, die Rutschbahn, der Rummel in den Zirkuszelten, untrennbar verschmolzen mit dem Quietschen der Kindermädchen. Freudengekreische und als Kontrapunkt das Krachen der Schüsse und das Aufklatschen der Bleikügelchen auf buntgepinselte Metallzungen, worauf sich eine Schmiede in Bewegung setzt oder ein Zug anfährt oder Glöckchen aufgeregt zu bimmeln beginnen; ein Festzug marschiert auf, eine Mühle dreht sich oder das Zündplättchen kracht – »in Deckung«! Nebendran drängeln die, die sich besonderer Treffsicherheit rühmen, darum, ein zweifarbiges Zelluloidbällchen abzuschießen, das auf einer wogenden Wasserfontäne auf und ab tänzelt. Windbeutel und Gipspfeifen sind inzwischen weniger gefragt. Nebendran hampelt hinter Gittern ein Neger, mit aufragendem Zylinderhut, den ihm ein paar Flegel aus der Unterprima unbedingt herunterwerfen wollen, getrieben von dem ungebrochenen Bestreben, den Schwarzen zu erniedrigen: Schlechter als ihre Manieren ist ihre Zielgenauigkeit, und so watet der Wilde weiter in seinem Käfig auf und ab, wie wenn nichts wäre. Bälle prallen gegen die hölzerne Rückwand seines Käfigs und stimmen ein in das Konzert der Schellen, zusammen mit dem Schreien, Tuten, Glöckchenbimmeln, dem Radau überall und dem Palavern von León Salvador, der mit großem Gezeter und schrundiger, aber durchdringender Brummbärstimme das Tohuwabohu zu übertönen sucht: »Sie sehen aus, als wollten Sie eine Uhr kaufen! Als wollten Sie eine Roskof kaufen! Was ist eine Uhr, meine Herrschaften? Niemand weiß, was eine Uhr ist. Diese Uhr hier, meine Herrschaften, hat vierzehn Rubine! Und einen Anker! Eine Schweizer Uhr, meine Herrschaften!« Was ist eine Uhr? Niemand weiß das; León Salvador ist der einzige, der weiß, was eine Uhr ist. Niemand weiß, was eine Uhr ist, aber jeder will eine haben, ohne ihr Innenleben zu kennen. Wer keine Uhr hat, vergeudet Zeit. Ein Leben ohne Uhr ist undenkbar, wenn nicht gar unmöglich. Uhren sind so unentbehrlich wie Frauen, nur eben preiswerter. Ihr sagt mir, daß sie von allein gehen, daß man sie nur aufzuziehen braucht. Anhalten aber kann sie niemand, auch nicht León Salvador, der sie zusammensetzt. »Eine Schweizer Uhr, mit vierzehn Rubinen wie vierzehn Sonnen! Vierzehn unvergleichliche Rubine! Was ist ein Rubin wert, meine Herrschaften, ein echter Rubin, ein makelloser Rubin? Ist er vielleicht weniger wert als fünf Peseten? Du, mein Junge, glaubst du, ein Rubin kann weniger wert sein als fünf Peseten? Nein. Dieses Kind hat keine Ahnung, was ein Rubin wert ist. Aber ein Rubin ist ein Rubin. Und ein Rubin kann nicht weniger wert sein als fünf Peseten. Meine Herrschaften, würde irgendwer von Ihnen mir einen Rubin für weniger als fünf Peseten verkaufen? Niemand. Niemand. Hier habe ich eine Uhr mit der ausgezeichneten Roskof-Mechanik, eine traumhafte Uhr mit vierzehn Rubinen; vierzehn Rubine, die mindestens vierzehn mal fünf Peseten wert sind. Dazu die Deckel, vergoldet, 18 Karat, das Ziffernblatt, die Ziffern, das Werk, die Aufziehfeder, der Anker – es ist nämlich eine Ankeruhr, meine Herrschaften – außerdem die Uhrfeder, die Kette im Uhrwerk, die Rädchen, die Zeiger, das Glas. Eine tadellose Uhr, mit der Garantie von León Salvador, León, der Löwe unter den Händlern, Salvador, der Retter der Kunden! Eine Uhr mit vierzehn Rubinen. Für wieviel verkaufe ich sie? Für hundert Peseten? Für hundertfünfundzwanzig? Nein, meine Herrschaften, nein. So dumm bin ich nicht. Sie hat vierzehn Rubine, von denen jeder einzelne schon fünf Peseten kostet. Für wieviel verkaufe ich sie? Für die vierzehn mal fünf Peseten, die die vierzehn Rubine wert sind? Nein, meine Herrschaften. Nicht für vierzehn, nicht für dreizehn, nicht für zwölf. Nicht für elf, nicht für zehn, nicht für neun: sechs mal fünf, dreißig Peseten, meine Herrschaften. Und mehr als die zwölf in der Schachtel gibt es nicht! Eine für diesen Señor, eine für diesen dort, die hier für den kahlköpfigen Señor dort hinten. Bedaure, mehr gibt es nicht. Bedaure, kommen Sie morgen wieder, vielleicht kann ich Ihnen dann dienlich sein. Nein, mehr gibt es nicht. Jetzt biete ich einen Posten Ketten an! Jetzt biete ich einen Posten Uhrenketten an!«

Das Karussell tutet und bimmelt, das Riesenrad dreht sich, es pfeift der Affe in der Bude.

Eine Straße weiter oben fährt ein Sanitätswagen vorbei, die Sirene gleicht einer aus seiner Erinnerung. Julio Jiménez watet im Schnee. Er schlittert. ›Vorsicht beim Überqueren der Calle Consejo de Ciento? Oder ist sie schon vorbei?‹

Die Nacht, ein Büßergewand.

Unerträglich, diese Kälte! Und immer finsterer! Den Schritt beschleunigen. Je mehr ich mich beeile, desto früher komme ich an. Was soll ich sagen? Wäre doch nur Alarm! Und das zarte Kind, die Augen geschlossen – geöffnet oder geschlossen? – im Fieber. Und ohne Chinin oder wie diese Arznei sich nennt. Das also hat man davon, wenn man heiratet. So ist eben der Mensch. Ohne Frau kann ein Mann nicht leben. Und dabei ist sie sogar leicht zu haben. Trotzdem, niemand kann mir ausreden, daß Miguel den Kleinen verflucht hat. Ich konnte nicht ahnen, daß ihm die Matilde gefällt. Außerdem ist man in solchen Momenten blind. Miguel ist doch genauso mein Sohn wie der kleine Zwerg! Miguel in Teruel; na ja, dort wird er ganz schön frieren. Scheiß Leben, scheiß Faschisten!

Warum sind wir nach Barcelona gekommen? Zur falschen Zeit. Warum habe ich mich an die *Feria* in Valencia erinnert? Jahresende ... Feuerwerk. Scheiß Pfütze, scheiß Leben, scheiß Krieg, scheiß Faschisten. Scheiß Regen, das nimmt ja kein Ende. Wenn er stirbt, ist es Schuld der Faschisten; und wenn nicht, dann muß man erst einmal sehen, wer hier den Streit vom Zaun gebrochen hat! Außerdem ist nirgendwo Nahrung aufzutreiben, noch nicht einmal für einen Genesenden! Wie soll das arme Würmchen da genesen? Und das Schlange stehen. Diese Kälte, daß dieser Arzt, zum Teufel, auch nirgends aufzutreiben ist, der Alarm, man fliegt fast auf die Fresse, soviel scheiß Schlamm überall, scheiß Schnee! Das schlimmste, die Kälte. Das ist das Allerletzte. Mir stockt der Atem. Allein auf der Welt, keine Menschenseele auf der Straße. Was für ein wüstes Wetter, mein Gott! Mir rinnt schon das Wasser über den Rücken, scheiß Schnee! Nicht zu wissen. Was, nicht wissen? Warum wird das Kind sterben müssen? Eine Schande. Es wäre zum Heulen, wenn nicht schon eh so viel Wasser vom Himmel käme. Nicht einen übrig lassen, keinen einzigen! Und jetzt hat Miguel auch noch geheiratet. Bestimmt ein dahergelaufenes Flittchen. Was habe ich getan, daß alles auf mich hereinbricht? Voran, Julio, voran. Vorsicht beim Überqueren. Calle de Aragón? Ja.

Er erkennt sie an den Geländern, dem Schützengraben. Am anderen Ende der Straße fährt eine Bahn vorüber, Wasser auf jedem Waggon, in der Kälte erstarrt; ein zu Wasser gewordener Zug, ohne Rauch.

Renn, du kommst noch zu spät. Kannst du nicht mehr? Ich auch nicht. Wie dumm, wo ich doch ... Hoffentlich bringt mich Teresa Guerrero als Laufbursche unter! Ich, Laufbursche im *Teatro Barcelona!* Mit all seinen Perücken und Tiegeln, Schminktöpfen und all seinen Parfümnoten und Umkleidegewändern.

Und das, obwohl mir die Kälte doch nichts anhaben dürfte.

Julio Jiménez stammt nämlich aus einem kalten Landstrich, um genau zu sein, aus Cabuérniga, und sein Vater war stumm, ein Fährmann. Doch von dort ging er weg in sehr jungen Jahren. Klein ist er geblieben; ein für allemal, sein Kopf wie aus Stein, hart und so gut wie nicht behaart, leuchtende Augen, stechender Blick; die zwei Zeigefinger hohe Stirn in tiefen Falten, als hätte sie Mühe, auf so schmalem Raum den nötigen Platz zu finden. Zum fahrenden Gesellen wurde er, als seine Mutter starb und sein Vater sich mit einer Lumpensammlerin einließ, die glaubte, mit einem stummen Mann das große Los gezogen zu haben. Schlechter kam dabei der Junge weg, der sich bei der ersten Gelegenheit vom Acker machte. So stieß er zum fahrenden *Feria-Volk.* Mit zwölf Jahren, aufgrund einer zufälligen Begegnung. Er wuchs heran, ohne sich dessen bewußt zu werden, und auch sonst nahm niemand davon Notiz. Eines Tages begann er, auf eigene Rechnung Handel zu treiben, lachte sich ein Weib aus Alcoy an, Miguel wurde geboren, zwei Jahre später starb die Frau, woran ist nicht bekannt: Eine Entzündung ... Unter den Klatschbasen munkelte man ... Sei's drum. Inzwischen ist Miguel zwanzig Jahre alt, immerhin. »Und unser Fröschlein ist kurz vorm Sterben.« Was macht das dem Wasser aus! Was macht die Kälte dem Wasser aus! Was macht es dem Wasser aus, ob ich Uhren verkaufe oder es sein lasse! Vorsicht beim Überqueren; Calle Valencia.

Und das unglückselige Weib, das mir sagt, alles widerfahre uns bloß, weil ich die Linken gewählt habe! Arme Dumme, was weiß sie schon! Was wissen schon die Frauen! Die Frauen sollen fegen, waschen, und das Maul halten. Den Kleinen die Hintern saubermachen, dafür machen sie sie doch. Das Maul halten sollen sie! Und wenn dir dein Kleines stirbt? Maul halten! Maul halten, habe ich gesagt! Ist es unsere Schuld? Also, Maul halten, verdammt noch mal! Ist es meine Schuld, daß der Arzt nicht da war? Ist es meine Schuld, daß es keine Milch gibt? Hä? Du sagst nichts? Ist es meine Schuld, wenn der Alarm losgeht? Ist es meine Schuld, daß es regnet? Ist es meine Schuld, daß es so kalt ist? Hä? Da sagst du nichts mehr, was? Scher dich doch zum Teufel! Und halt das Maul! Wenn du das Maul nicht hältst, setzt es was. Oder glaubst du etwa, ich würde jetzt nicht lieber in Valencia auf der *Feria* Uhren verkaufen, auch wenn man hin und wieder jemanden sagen hört:

»Sieh dir den an. Der hält sich für León Salvador.«

Oder glaubst du, ich werde deswegen die Rechten wählen? Was dem Kind fehlt, willst du wissen? Bin ich denn Arzt? Also? Glaubst du, es wäre nicht schon längst geheilt, wenn ich es wüßte?

Warum heiratet man überhaupt? Würde doch anstelle des Kleinen die Alte sterben! Hör auf damit, Unglückseliger! Das hier ist schon die Calle Mallorca. Vorsicht. Man sieht gar nichts. Wie wäre es, wenn sie sterben würde …

Die Vorstellung läßt ihn nicht los, obwohl er sich redlich bemüht, sie aus seinen Gedanken zu verbannen. Zehn Meter weit stapft er unter der Last seiner Verwirrung. Die Kälte bezwingt ihn, und der erbarmungslose Wind, der von der Brust zum Rücken seinen klammen Leib durchdringt.

Mein Gott, wie eisig meine Füße! Gott, steh mir bei! Mach, daß das Kind gerettet wird. Wenn du es rettest … Wenn du es rettest, was dann?

Julio Jiménez ballt seine Fäuste in den Taschen noch fester.

Wenn du es rettest, was dann?

Julio Jiménez hat nichts, was er Gott anbieten könnte.

Wo ich doch nichts habe, was soll ich dir dann geben? Aber, welche Schuld trägt das Kind? Schuld tragen die Nacht, das Wasser, der Alarm, die Faschisten, der Krieg, die Scheiße. Es ist schon lang her, daß die Geschütze zum letzten Mal zu hören waren. Es wird ein Fehlalarm gewesen sein. Besser so.

Ein entgegenkommendes Auto, darauf vertrauend, allein auf der Straße zu sein.

Schließlich und endlich trägst du die Schuld, Gott der Spanier. Sind dir die Reichen etwa nicht genug? Was habe ich dir getan? Fuensanta ist schon gestorben, und du weißt nur zu gut, daß ich sie nicht getötet habe. Sollen sie doch tratschen, bis sie schwarz werden! Ich jedenfalls habe getan, was ich konnte. Was für ein Unglück. Unser Gott ist der Gott des Unglücks. Die Kälte dringt durch Mark und Bein. Mir schmerzen alle Knochen. Noch so eine trügerische Pfütze! Reingefallen! Reingefallen! Rette ihn, er ist doch so klein! Und sollte er sterben, dann mach, daß seine Mutter nicht zu sehr leidet. Ich für meinen Teil habe mich schon abgefunden, nicht umsonst bin ich ein Mann. Schuld an allem ist Miguel, er hat ihm einen bösen Blick zugeworfen. Ich habe es gesehen. Ihm hat wohl die Matilde gefallen? Hätte er das vorher gesagt! Calle Provenza. Beim Hospital werde ich sie überqueren. Ich muß zur Calle Granollers. Der Borrao sagt, dort gäbe es Kartoffeln. Mal sehen, ob Oriol mich in seinem Lieferwagen mitnimmt. Und Clemente? Dummerweise ist eine Uhr ganz schön viel Uhr für zehn Kilo Kartoffeln. Viel Uhr, wenig Brot. Himmel, Arsch und Zwirn, schon wieder eine Pfütze! Und oho, schon wieder ein Sanitätswagen. Faschistenschweine! Vorsicht beim Überqueren; Calle Rosellón.

Warum dreht sich mir bei dem Gedanken an das Kind der Magen um? Ich habe einfach Schweinehunger. Um den Körper eisige Kälte, und im Kopf brennende Wut. Und in den Schuhen Wasser. Womöglich ist der Arzt schon da. Sie hat versprochen, ihm zu sagen, daß er sich sofort auf den Weg machen soll. Er hat bestimmt ein Auto; die Ärzte, glaube ich, lassen sie auch trotz Alarm auf die Straße. Ich habe einfach Hunger. Die Paella damals in Albocacer! Und die Gazpacho in Utiel, an dem Tag, als ich die beiden Hasen erlegt habe. Carretera de Sarriá. Jetzt ist es nicht mehr weit. Wasser über Wasser! Wenn der Himmel es sich so schlecht einteilt, was jammern wir da? Was würden sie in Lorca oder in Puerto Lumbreras geben für diesen Regen? Und obendrein der Schnee! Die *Feria* in Puerto Lumbreras! Wir reisten immer zu zehnt oder zwölft dort an.

Ach, die Gegend von Murcia, wo das Wasser das Land in zwei Hälften scheidet. Dieselbe Erde, dieselbe Luft, dieselbe Sonne: mit Wasser, alles grün; ohne Wasser, alles Staub. Dort dürr, und hier Schlamm über Schlamm!

Entlang der Läufe des Sangronera und Segura. Grüne Kanäle, die das Wasser ausbreiten, soweit es geht. Totana, grün; Puerto Lumbreras, bleich. Abarán, lebendig; Mazarrón, tot. Dürre, soweit das Auge reicht, bleich vor Durst. Espinardo, so grün. Und der Duft nach Orangen und Jasmin!

Die Ziegenhaarmatratze auf dem Boden der Bude, ohne daß der Staub ihnen etwas ausgemacht hätte. Wenn es heiß war, war es heiß; wenn es kalt war, das Kohlenbecken: Er schürte es mit dieser uralten kupfernen Feuerschaufel, von der er vergessen hatte, woher sie stammte. Beim Waschen der Laken halfen ihnen Bekannte: Hinreißend wie keine andere war jene Matilde aus Alhama. Des Nachts war der Stand eingeschlagen in eine fest verzurrte Plane; in ihr fing sich der Wind, wurde sein Ungestüm gedämpft, und sanft und weich strich er über den Rücken des schlafenden Schaustellers. Fegte der Wind von der Raya hinab, bekämpfte er ihn mit einem herben Tropfen der Region, bitter und krätzig, wenn nicht gar stumpf, oder aus der Mancha, tiefschwarz und mit kräftigem Nachgeschmack. Mit den Frauen fand alles seine Ordnung, doch in der Zeit, in der er allein mit dem heranwachsenden Jungen umherzog, fielen die Wanzen über sie her. Dafür immerhin hatte es sich gelohnt, wieder zu heiraten, auch wenn ihm nicht alles daran gefiel. Für den Winter hatten sie eine Wohnung in Murcia.

Und was er nicht alles aß! Heute Linsen, gestern Linsen und morgen Linsen, oh Graus. Warum sind wir nicht dort geblieben? Wozu der Worte: Genauso könnte man Wasser an seine Quelle zurückleiten. Gemacht ist gemacht, Julio. Und: Probieren geht über Studieren. Und vor allem konnte der Junge das Geschäft weiterführen. Und es war nicht lustig, ihn immer dabei zu haben. Und in der Bude hätten wir auch nicht alle schlafen können. Und Matildes Bauch wölbte sich schon. Es war keine schlechte Lösung, hierher, nach Barcelona gegangen zu sein. Puerto Lumbreras. Schweiß und Staub. Der Westwind. Die vier Akazien auf der Plaza. Puerto Lumbreras, dahinter die Wüste, und dann, so sagen die Leute, Andalusien. Der Wind aus Afrika. So wird es sein, denn das sagen die Leute.

Vélez-Rubio, Huercal-Overá, Mazarrón: äußerste Eckpunkte seiner Welt. Die weiter entfernten Dörfer kennt er von Wegweisern, Firmenschildern, von den Schriftzügen, mit denen sich Wanderer an den gekalkten Hauswänden verewigt haben. Nie kam er, schon halb verdurstet, über Puerto Lumbreras, einem Vorposten Lorcas, hinaus. Nirgendwo sonst scheiden sich fruchtbares Land und Wüste so messerscharf, wie auf einem Reißbrett gezogen. Innerhalb von hundert Metern wandelt sich die Vegetation vollkommen: auf der einen Seite Orangenbäume, auf der anderen Espartogras; auf einem Acker Pfirsichbäume, an seinem dürren Ende Kapernsträucher; und dahinter, von Durst gebeugt, ein Feigenbaum. Und Feigenkakteen. Vom Hunger getrieben, darbend vor Durst, dem nackten Horizont ausgesetzt, verlegen sie ihre Suche ins Innere der Erde. Von Cartagena bis Almería ein vom Bergbau ausgeweideter Boden. Das Erdreich ist arm, karg, hart, aber weicher noch als die Oberfläche: nichts als Staub und Disteln. Vor Wahlen sprechen alle von Kanälen und Wiederaufforstung: »In der Sierra Espada hat man fünfhundert Pinien gepflanzt.« Man erwartet Wunder von Reden und Grundsteinen. Karge Cordillere.

Puerto Lumbreras, warm von der Sonne und den Fliegen. An den Wänden der getünchten Zimmer hängen Heiligenbildchen und Kalender, feines Flechtwerk aus Metall verteidigt die Fenster und ein Bambusvorhang den Durchgang in den Wohnraum. Zwei Kasinos und drei Kirchen für die Bewohner und Bewohnerinnen, zweitausend an der Zahl, wenn man die wenigen Hunde mitzählt und die vielen Kinder.

Die *Fiestas* markieren den Jahreslauf. Am späten Nachmittag und in den ersten Abendstunden promenieren die Mädchen und die jungen Männer über die kleine Plaza (vier Mädchen, drei junge Männer; drei Mädchen von zwei jungen Männern eingerahmt; drei Mädchen, zwei junge Männer). Zu später Stunde kommen die Ladenbesitzer, ›die bis spät auf haben‹, und deren Angestellte.

An diesem Ort stirbt die staubige Levante, hier wird Andalusien geboren, und der *Cante Jondo*, sein Gesang.

Jeder kennt die fahrenden Händler bei ihrem Namen oder Spitznamen. Die fahrenden Händler kennen die Bewohner bei ihren Familien- oder Rufnamen.

»Und die Kleine, Don Antonio?«

»In den Fortuna-Bädern, mit ihrer Mutter.«

»Oho! Oho!«

Die Tochter des Herbergsvaters, Crisanto Fuentes, bekannt als ›Don Pi-mal-Daumen‹, machte dem Witwer Augen, ohne zu wissen warum.

Ich, der ich wissen mußte, daß Miguel um sie herumschwänzelte! Sie sagte keinen Mucks. Damals nicht, später nicht. Und der Bursche knochentrocken: Guten Tag und auf Wiedersehen. Man kann seine Augen nicht überall haben. Sie hätte es mir ruhig sagen können; rausgerückt ist sie damit vor dem Großvater. Eigentlich hatte sie recht: Solche Dinge erzählt man nicht seinen Eltern. Die Nacht damals, als ich die Matilde nahm und über den Tresen legte! Und der Nebel! Ich brachte sie in die Bude. Und schließlich, wenn sie nicht gewollt hätte, wäre sie nicht hineingegangen. Geziert hat sie sich natürlich schon, wäre ja noch schöner, aber den Mund aufgetan hat sie nicht; und ich war zur Tat bereit. (Sie zerkratzte ihm das Gesicht; aber er bekam sie.) Dem Jungen habe ich dann gesagt: »Im Grunde wollen die Frauen bloß heiraten. Das andere ... Es ist doch so, von klein an auf der Lauer nach den Männern. Wie Hündinnen, die ihre Nase überall hineinstecken. Und kaum haben sie Witterung aufgenommen ...« Und Miguel ganz ernst, mit großväterlicher Falte zwischen den Brauen. »Jetzt gehört sie mir, also halt die Klappe! Der Altersunterschied, der ist mir schnuppe. Das ist meine Sache, also halt die Klappe! Und wenn du nicht einverstanden bist: Dort ist die Tür.« Und das war der Moment, als er ihm den bösen Blick zuwarf. So ist die Brut!

Jetzt ist der Alarm vorbei. Sie ist imstande zu glauben, ich hätte auf die Straßenbahn gewartet. Scheiß Kälte. Ich muß mich komplett umziehen. Vorausgesetzt, die Socken sind schon trocken. Verdammte Seife: nicht ein Krümel.

Atemlos erreichte er die Tür seines Hauses.

4. Teresa Guerrero

Julián Templado hatte die Nachricht vergessen, die ihm Teresa Guerrero am Abend zuvor geschickt hatte, um ihn ins Theater zu bitten: Als er müde und erschöpft ins Hotel gekommen war, hatte er wie üblich den Nachtportier gefragt: »Etwas für mich?«

Daraufhin gab dieser ihm die Mitteilung der Schauspielerin; er überflog sie, steckte sie in die Manteltasche und schleppte sich, mit den Gedanken woanders und bereits jenseits von Gut und Böse, schlaftrunken die fünf Stockwerke hinauf zu seinem Bett. Er unternahm nicht die geringste Anstrengung, die Verabredung in seinem schlechten Gedächtnis zu verankern. Außerdem, wer weiß, vielleicht schob sich im Labyrinth seiner Hintergedanken die vage Absicht, der unausgesprochene Wunsch in den Vordergrund, einmal auszuprobieren, ob er etwas erreichen konnte, indem er sie auf die Folter spannte, ob seine Abwesenheit ihn ihr näher bringen und ihre Eitelkeit erschüttern könnte – ein Gedanke, den er bei vollem Bewußtsein nicht eine Sekunde in Betracht gezogen hätte.

Wirklich: Er hatte es vergessen; unter äußerst angenehmen Umständen, im Café mit Hope, verstrickt in ein ausuferndes Gespräch.

Willy Hope meinte, den wirklichen Grund für den Krieg

müsse man in der Agrarreform suchen; daß sich das alles auch ›parlamentarisch‹ hätte regeln lassen; daß, ganz allgemein gesprochen, die Schuld bei den Spaniern liege, weil diese schnelle Lösungen vorzögen, und schnell hieße immer gewaltsam.

»Im Zweifelsfall wollt ihr nie abwarten«, sagte er. ›Verzweifelt‹, dachte Julián.

»Und das ist so, weil die meisten von euch nicht wissen, was sie mit ihrer Zeit anfangen sollen. Knoten schlagt ihr einfach durch. Drauflosschlagen, das ist eure Art.« Hope sprach stockend, wobei er das eine oder andere Verb wiederholte.

»Und dann fließt natürlich Blut«, antwortete Templado. »Ja, gut möglich, daß Geduld keine spanische Tugend ist. Um zu überzeugen, beugen.«

»Die geborenen Chirurgen. Ihr kennt keinen Mittelweg.«

»Und auch keinen Ausweg.«

»Ihr seid wegen eurer Ungeduld, nicht, weil ihr eigentlich so seid, intolerant. San Vicente Ferrer wurde heilig gesprochen, weil er auf einen Schlag viertausend Juden bekehrt hat. Alles oder Nichts, das kitzelt dem Stolz, und der ist wirklich eure Nationaltugend. Aufmüpfig wie ihr seid, verachtet ihr den Tod. Von den großen historischen Ereignissen eurer Geschichte habt ihr weder Flandern noch Oran, noch die Eroberung Amerikas in Erinnerung, sondern Sagunt, Numancia oder Zaragoza. Der Sieg ist euch nicht so wichtig, lieber wollt ihr wie Gott dastehen. Und vom Stolz zur Grausamkeit ist es nur ein kleiner Schritt.«

»Ursprung des Stolzes: nicht zuhören wollen«, merkte Templado an.

»Trotzdem werdet ihr euch eines Tages zusammenraufen müssen.«

»Unter wem? Unter Franco? Mauscheleien gibt es für uns nicht. Vergebung nach dem Sieg, das ist etwas anderes.«

»Tja, und wenn ihr verliert, könnt ihr darauf warten, bis ihr schwarz werdet. Oder euch die Würmer ins Hirn kriechen.«

»Ach was! Das ist nicht gesagt! Der Unterschied zwischen Burgos und hier, das hat mir ein Compañero erzählt, der in beiden Zonen war, besteht darin, ›daß dort viele Italiener sind und hier nicht.‹«

»Eben. Sind Sie Kommunist?«

(Sie kannten sich flüchtig und mal duzten, mal siezten sie sich.)

»Ich? Wie kommen Sie denn darauf? Warum sollte ich?«

»Ich weiß nicht. Ich glaube, einer Ihrer Freunde hat es mir gesagt, der von *La Vanguardia*. Wie heißt er noch? Ist auch egal.«

»Heutzutage heißt es von einem: Er ist Kommunist oder bei der CNT, so, wie man früher sagte: Er ist Schreiner oder Klempner oder Maurer. Es gibt tausend Gründe, warum ich nicht Kommunist bin: Erstens, weil ich Spanier bin und der Sieg des Kommunismus die Beherrschung der Welt durch die Russen bedeuten würde, genauso wie eine katholische Diktatur die durch die Italiener. Ich bin Monarchist. Zweitens und vor allem anderen, weil die Kommunisten als gute Hegelianer der Ansicht sind, daß der Mensch nur Mensch ist durch Kultur und Disziplin. Aber vor lauter Disziplin sehen sie den Wald nicht mehr. Und die Zivilisation kann mir im Grunde gestohlen bleiben, für mich zählt der Mensch. Der Kommunismus erkennt nur an, was ihm in den Kram paßt. Ich finde das völlig in Ordnung: soll er nur. Der Bourgeois und der Kommunist bewerten das Individuum nach seiner Produktivität, ich nicht. Ihr Regelwerk ist ihr ein und alles: Freiheit und Ethik sind ihnen egal, mir nicht. Nebenbei gesagt, sie sind die einzigen, mit denen ich zurechtkomme, denn sie sind anständig, fleißig, diszipliniert, was ich auch von den anderen erwarten würde.«

Der Kellner eilte vorbei, und Hope hob Zeige- und Mittelfinger, damit er ihnen noch einmal das gleiche bringe.

»Es reicht, daß ich etwas denke, schon stehe ich dagegen auf«, fuhr Templado fort.

Sie schwiegen, während sie bedient wurden.

»Ich glaube an den Zufall«, sagte Hope. »Einzig an den Zufall. Wenn X nicht Z geheiratet hätte, sähe die Welt anders aus. Wenn Napoleon noch in den Windeln gestorben wäre, sähe die Welt ähnlich, aber anders aus. Deshalb hat Tolstoi unrecht.«

»Du glaubst an die Nase von Kleopatra!«

»Ja, natürlich glaube ich an die Nase von Kleopatra. Ich trinke auf das Wohl der Nase von Kleopatra. Ich glaube auch nicht an die Vorsehung, weder an den Determinismus, noch an das Schicksal. Ich glaube an den Zufall. Das Spiel, ich liebe das Spiel.«

Hope machte eine Pause, trank sein Glas leer. Sein hochroter Kopf erinnerte an eine Wassermelone.

»Heute vor einem Jahr ist Unamuno gestorben«, sagte er und stellte sein Glas auf den Tisch.

»Ja, das stimmt«, pflichtete Templado bei. »Im Krieg fliegt die Zeit nicht, sie verschwindet, so viel hat man zu tun. ›Die Zeit schlägt nicht tot, wir schlagen die Zeit tot‹, das hat ein Witzbold an die Tür eines Landarbeiterlokals geschrieben, in Sevilla.«

Die Sirenen begannen zu heulen, und überall erlosch das Licht. Mit dem Fliegeralarm fiel Julián Templado seine Verabredung mit Teresa Guerrero ein. Hope kehrte ins Hotel zurück (sie wohnten in demselben), und der Arzt schlug sich, mit hochgezogenen Schultern, durch den Regen zum *Teatro Barcelona* durch. Kaum hatte Julián die Baldachine des Theaters erreicht, tauchte er ein in ›Teresas Welt‹.

(Deine Taille rank wie deine Hüften schlank. Königin! Die dunkle Haut und die Mundwinkel weiter auseinander, als es das Ideal vorschreibt; deine großzügigen purpurroten Lippen, deine veilchenblauen Augenhöhlen, dein Haar wie schwarze Oliven, in der Mitte gescheitelt. Klein, mit männlichen Schultern, kantig; deine Arme muskulös, breite Handgelenke, breite Knöchel. Deine Taille schlank wie deine Hüften rank. Du, so klein. Deine weißen Wolfszähne weißer als der Schnee. Dein trippelnder Gang. Deine matte Farbe. Hart. Stein. Die dichte Schwere deines Körpers, fest gefügt. Deine winzigen Brüste, nichts kann sie rühren. Du, so knapp, so dunkel, mit deinem verletzten Mund, Tere, immer ernst.)

So war sie; nicht daß sie traurig gewesen wäre: ernst. Für ihre Hautfarbe gab es keine Schminke, alles machte sie blaß. Die großen Augen, der weite Mund und ein energisches Kinn. Eine tragische Schönheit: grüne Augen, und das bei ihrem dunklen Typ; unerbittlich bei ihren Verwünschungen, hart und fürs komische Fach nicht zu haben. Ein Kobold. Selbstsicher und voller Geringschätzung für alles, was nicht ihrem Geschmack entspricht, denn an ihrem Talent zweifelt sie nicht eine Sekunde lang. Herrin über ihr Leben und ihr Schicksal. Geschlagen mit Schwestern von verschiedenen Vätern und Müttern, die alle zerstritten und beim Theater sind.

»Nein, das ist die Tochter von Alfonso und Carmen, und Nati ist von Alfonso und Doña Juana; genau, mein Lieber, die, die jetzt mit Monfort geht; eine typische Catalina-Darstellerin.« (Für sie gibt es keine Welt außerhalb des Theaters).

Alles opfert sie für ihre Begabung, getrieben, mit einer gewissen androgynen Selbstsicherheit und zugleich sehr feminin. Ihre Taille paßt in eine Hand, ihre Taille, die genauso ist wie ihre Hüften. Kräftig, gewichtig. Eiche massiv.

»Kommen Sie mir nicht mit Furnier, mein Herr. Wir betrügen hier niemanden.«

Teresa Guerrero, gallig und mit Haaren auf der Zunge, ruppig zu jedem. Immer umgeben von Schwulen und Schwuchteln, die sie vergöttern, immer auf der Lauer, noch den geringsten ihrer Wünsche zu erhaschen. Sie folgen ihr, wohin auch immer, warten auf sie, wann auch immer. Maßlos treue Zimmerpagen:

»Tere, möchtest du etwas?«

»Nein. Doch, geh beim Schuster vorbei.« Oder: »Geh zur Wäscherei.« Oder: »Schau bei Asensio vorbei, ob die Strümpfe von Mariposa angekommen sind.« Oder: »Kauf mir eine Tube Nummer fünf, aber achte darauf, daß sie nicht so trocken ist wie das letzte Mal.« Oder: »Sag Mama Bescheid, daß ich nicht zum Abendessen komme, sie soll mir eine Brotzeit bringen.«

(Tere, Lilie.)

Theatertier von allen Seiten: Norden, Süden, Osten, Westen. Oben und Unten. Theatertier seit zwei Jahren. Tochter und Enkelin von Schauspielern. In ihrem Gebaren bar jeder Theatralik, auf der Bühne kein bißchen manieriert. Eine Frau mit sehr wenigen Freunden und sehr wenigen Freundinnen, immer die gleichen, aber von denen unzertrennlich: in der Garderobe, im Café, nur dort lebt sie, woanders geht sie nicht hin. Freunde und Bekannte, es sind vielleicht vier, fünf, die zählen: Freundinnen, wenn es hoch kommt zwei, mit der gleichen fahlen Gesichtsfarbe, ausgelaugt vom vielen Abschminken und abgestandener Luft, als ob der Abgang von der Bühne die Rückkehr von einer langen Reise wäre. Im Café nimmt sie Kaffee oder heiße Schokolade.

»Nein. Ich trinke nicht.«

(Tere, erden, hart. Tere, maulbeerfarben.)

»Ich, mit dem ...? Du hast sie wohl nicht alle! Wenn sie glaubt, ich würde ...«

Von ganz tief drinnen hört man hauptstädtische Arroganz

heraus, und der herabgezogene rechte Mundwinkel betont ihre Verachtung. Madrilenin aus Madrid.

(»Und Sie, woher stammen Sie?«

»Ich?« Und mit übertriebenem Madrider Akzent: »Eigentlich aus Palencia, aber, Sie müzzen wizzen, es ist, als wäre ich in Madriz geboren.«)

Was liebte Julián Templado an ihr? Den Körper wie polierte Eiche? Das Grün ihrer Augen und den undurchdringlichen Blick, der womöglich nichts verbirgt?

Ein Ausdruck, eine Ausdünstung, eine Aura des Ungestümen.

Oder das verborgene Bäuchlein, mit dem dunklen Nabel, wie ein Punkt zu dem weiter unten gezogenen Ausrufezeichen, das sein Blick einmal kurz erhascht hatte, als er unangekündigt in ihr Kämmerchen trat.

»Tschuldigung.«

In einer Ecke die diensthabende Oberschwuchtel. (Immer die Schwulen um sie herum, wie aufgescheuchte Hühner.)

»Ach Tere, wie schön du bist!«

»Ach Tere!«

»Ach Tere, was für eine Frisur!«

Sobald ein Unbekannter eintrat, wurde gescharrt und geschnattert, wurden die Köpfe zusammengesteckt.

»Tere, vergiß nicht, daß Juanito gesagt hat, daß er im Café auf uns wartet.«

Für den Fall, daß der potentielle Verehrer auf die Idee verfallen sollte, sie ›nach der Aufführung‹ sehen zu wollen. Wenn allerdings der soeben Eingetretene ihnen warm zulächelte, was für eine Begrüßung mit Komplimenten und Schmeicheleien! »Du hier …« »Sag, wie geht es dir?« Versedrechsler, Möchtegernmusiker, Pinselschwinger.

»Ach Tere, wie gut du heute abend warst!«

»Schau, wie er dich gezeichnet hat!«

»Das ist nichts. Aber das Heldenlied, das Alfonsito auf die Wolga-Schiffer gedichtet hat! Roces hat es sehr gut gefallen. Was für eine schöne Spange! Wo hast du die denn aufgetrieben?«

Julián ergriff meistens unbemerkt die Flucht, drückte sich an den spanischen Wänden vorbei, um keine Hände schütteln zu müssen, eine ihm ungewohnte Sitte, die ihn anekelte: ›Wozu soll ich dir an die Wäsche gehen, und wenn's nur dein Ärmel ist?‹ Die Sodomiten ließen keine Gelegenheit aus, ständig hatten sie ihn waschlappenweich am Wickel.

»Ach, wie geht's dir?«

Oder sie reckten ihm, schwanengleich, ihre Hand mit hängenden Fingern entgegen. Von der Schwelle rief unser Mann:

»Schon gut, Salud.«

Und verschwand. Die Schwuchteln antworteten einsilbig.

(»Wie denkst du über die Männer, Tere?«

»Die Männer? Keine Ahnung. Denken immer nur an sich.«)

Ihren Mund, den wollte Julián Templado besiegen. Venus, Wollust, Wagnis, unerreichbare Zunge. Denn der Rest ...!

»Sie verschwenden Ihre Zeit, Julián: Hier ist nichts zu holen.«

»Meinen Sie, ich wüßte das nicht.« Er war gewappnet.

»Das sagt man immer, aber sobald sich die Frauen eine Blöße geben, versucht man doch, ihnen den rechten Weg zu weisen.«

»Nein, mein Lieber, wirklich nicht. Es bereitet mir Vergnügen, mit ihr zu reden.«

»Jedem Tierchen sein Pläsierchen.«

Teresas Freundin heißt Cristina, ein zauberhaftes Geschöpf. Früher mehr, heute weniger: Denn mit der Zeit hat sie ihren rosigen Teint verloren und sich Teresas Totenblässe angepaßt. Nach und nach hat das modrige Graugrün der

Tragödin von ihr Besitz ergriffen, wie Moos haben sich schwarze Ringe um ihre göttlichen dunklen Augen gelegt; ihre Pupillen wirken schwärzer und ihre ganze Erscheinung aufgedunsen. Trotzdem sind ihre Wimpern noch endlos lang, die vollen Lippen wie Kirschen, die Ohren zierlich, die üppigen Brüste weich fließend über dem sanften Schwung ihrer Taille, die auf ausladenden Hüften sitzen, die alles besitzen, was Hüften brauchen, sowie lange Beine, an denen nichts darauf hindeutet, daß in ihnen auch Kniescheiben stecken. Durch und durch glühend sich verzehrende achtzehn Jahre, und wer sie sah, fand sie hinreißend.

»Die Männer? Eine Meute Jagdhunde. Abscheuliche Wesen. Alle.«

(Tere, Jelängerjelieber.)

Wegen des Fliegeralarms war die Vorstellung abgebrochen worden. In ihrer Garderobe war Teresa dabei, sich im Schein einer Kerze abzuschminken. Cristina spielte mit den Gliedern eines Armbandes herum. Fehlten nur die Tunten: Die ertrugen keinen Regen.

»Was willst du machen, Liebster? Die sind aus Zucker. Und du, du hättest auch früher kommen können.«

Templado schob irgendeinen Zwischenfall vor.

»Mädchen, ich dachte nicht, daß es so dringend ist. Was willst du?«

»Du bist doch Arzt, oder?«

»Auch wenn ich nicht so aussehe.«

»Auf dich wartet die ganze Zeit ein armer Kerl, dem das Kind wegstirbt. Er ist Schausteller. Wundert dich das? Neulich habe ich ihn auf der Straße getroffen. Eine Seele von Mensch. Ich kenne ihn seit Urzeiten. Einmal, als wir in einem Dorf in der Nähe von Murcia auf einem Jahrmarkt auftraten, brach in unserer Pension ein Feuer aus. Damals war ich mit Doña Irene unterwegs. Er hat mir mein Gepäck gerettet. Als er von seinem Unglück erzählte, habe ich an dich gedacht. Wenn man euch Brüder braucht, seid ihr nirgendwo aufzutreiben, aber sonst steht ihr immer ungerufen auf der Matte. Mal sehen, ob ich ihn hier als Laufbursche unterbringen kann.

»Wo wohnt er?«

»Ich habe seine Adresse. Gleich. Irgendwo bei der Diagonal. Geh noch heute abend zu ihm. Ich habe es ihm versprochen.«

»Jetzt gehe ich nicht. Ich warte, ob der Alarm aufhört und ich eine Straßenbahn nehmen kann. Was gibt's, Cristi?«

»Nichts. Was auch«, sagte die Schönheit. Sie schien nicht zu denken, und sie dachte tatsächlich nicht, verloren im Vakuum ihrer Schönheit; meistens antworteten die anderen für sie.

Überraschend steckte López Mardones seine Nase durch die Tür. Wie gewöhnlich geriet Templados Blut bei seinem Anblick in Wallung.

»Hallo, was treibst du hier?«

»Psst!« antwortete der Neuankömmling. »Bei der Zeitung; im Ministerium. Und du?«

»Ich weiß schon, du bist jetzt eine hochgestellte Persönlichkeit«, sagte ihm der Arzt mit mißgünstigem Unterton.

Schon immer, und er kannte ihn seit ewigen Zeiten, war ihm an López Mardones dessen offensichtliche Scheinheiligkeit verhaßt gewesen, seine honigsüße Art, seine Krämerseele. Eine nebensächliche Angelegenheit hatte Templados Verachtung für den Streberling ein für alle Mal zementiert. Kurz nach Ausrufung der Republik saßen sie in einem Madrider Café in einer Tertulia beisammen, eher ein Gaunertreff als eine intellektuelle Runde, und López Mardones hatte sich seiner intimen Freundschaft mit dem Staatssekretär des Finanzministers gebrüstet:

»Wir haben zusammen Abitur gemacht. Wenn ich ihn nur um etwas bitte ...«

Templado benötigte eine Empfehlung für diesen so wichtigen Herrn, und wenige Stunden später schlug er López Mardones vor, ihn zu seinem Freund zu begleiten und ihn ihm vorzustellen. Das ganze spielte sich im Café *Regina* ab, und sie hätten kaum hundert Meter gehen müssen. In die Enge getrieben begann der Aufschneider, sich mit Grimassen und an den Haaren herbeigezogenen Ausreden zu winden: Mit einer Unerbittlichkeit, die keiner bei ihm erwartet hätte, nahm Templado ihn vor Freunden und Bekannten auseinander.

»Ist ja gut«, meinten die, »jetzt übertreib mal nicht.«

»Diese aufgeblasenen Wichtigtuer bringen mich auf die Palme, sich mit fremden Federn schmücken und sich, selbst wenn's nur Gänsefedern sind, dann für einen Königspfau halten.«

Manchmal kam es vor, daß Templado sich von seinem Zorn ungebremst mitreißen ließ.

Der Lump bekam bei alledem kein Wörtchen heraus. Wenige Tage später trafen sie sich auf der Straße, und der Schöntuer tat so, als wäre nichts gewesen. Immer schnüffelte er herum, und jetzt steckte er seine glatt rasierte Fratze durch die Tür, und wie jedesmal suchte Templado stumm nach Adjektiven, um sein Gegenüber zu charakterisieren.

(Mickrig, mies, ein Hasenfuß. Arglistig, aufgedunsen, aufschneiderisch. Verräter, verlogen, Petze, Blender, Eindringling, Spion. Immer auf seinen Vorteil bedacht, um jeden Preis. Zwielichtig, das Haar blinkt vor Brillantine, und das Gesicht glänzt wie sonst nur nach Ausschweifungen oder Massagen, ein großer Herr, für Schuhputzer. Er stinkt nach Friseur, er denkt: nach Eleganz, unnachahmlicher Eleganz, die Bügelfalten der Hose abgesteppt, damit erst gar keine Zweifel aufkommen. Von niedriger Gestalt, niederträchtig, Denunziant aus purem Vergnügen, den anderen zu schaden, leidenschaftlich gerne gut informiert und die Perversion in Person. Hoher Kragen, Steg, weite Ärmel. Wichtigtuer, Hochstapler: vor seinem Schneider, seiner Wäscherin, dem Straßenbahnschaffner. Falschspieler sogar in seiner engsten Umgebung. Immer mit der Nase vorneweg und als erster in den Nachtlokalen. Mit den ersten Gehversuchen des spanischen Kinos fand er seine Welt. Er war in Joinville gewesen, davon lebte er, und durch die Gründung mehrerer nicht sehr vertrauenerweckender Versicherungsgesellschaften. Schriftsteller und Journalist, nach eigenen Angaben. Er stundete Zahlungen in Madrid, er stundete Zahlungen in Barcelona. Als der Krieg ausbrach, hatte er gerade seine dritte Gesellschaft gegründet. Immer auf der Jagd nach Tratsch, denn nichts findet er schöner, als die anderen auf seine Kragenweite herunterzuziehen; sein zerstörerisches Vergnügen, jeden, der ihm zu nahe kommt, mit seiner Verderbtheit anzustecken; Verräter, seit er den Bauch seiner Mutter verlassen hat: Die war nicht verheiratet gewesen, und der gewölbte Leib hatte sie erst die Stelle gekostet und dann das Leben. López Mardones war Kommunist; es bereitete ihm besonderes Vergnügen, gegenüber der Partei loyal und gehorsam zu sein. Weil ihn sein ganzes Wesen zu unzähligen Durchstechereien trieb, für die er niemals Rechtfertigungen fand, schob der Dreckskerl immer einmal wieder eine Krankheit vor, tauchte ab und erst wieder auf, wenn er hoffen konnte, daß der Rüffel der Partei nur mündlich erfolgen würde. Seine Spezialität: sich durchmogeln.)

Fast jedermann hatte von seiner schleimigen Hinterhältigkeit genug, er aber spielte den Ahnungslosen. Für López Mardones war diese Art aufzutreten selbstverständlich: Die Welt ist ein weites Feld für Mauscheleien, und es geht nur darum, sich von Geschäftchen zu Geschäftchen durchzuschlagen bis zum Tag des Triumphes der Partei, an dem er, ihr selbstloser Diener, reichlich entlohnt werden würde. López Mardones war ehrgeizig. Die Lästereien in seinem

Umfeld, die Verachtung, nichts konnte ihn treffen. ›Du wirst es schaffen‹ sagte er sich. ›Wer, wenn nicht du?‹

»Nun, man hat mir gesagt, du bist beim SIM«, warf ihm Templado an den Kopf.

»Ich? Nein, aber Revilla.«

Sein Freund Revilla war Fotograf, Sohn eines Fotografen aus Ávila, auch ein Nutznießer der halbseidenen Kinowelt. Gauner.

»In letzter Zeit hat man dich wenig gesehen«, meinte Teresa.

»Es ging mir schlecht.«

Diesmal war es die Wahrheit: Vor Wut und wegen einer Gonorrhöe. Erstere, weil ihn die Partei ernsthaft zur Raison gerufen hatte, letztere fing er sich zufällig ein, bei einer genötigten Klientin.

Um seinen Lebensstandard zu sichern, bediente er sich tausenderlei Tricks, zumal er sich an gewisse Annehmlichkeiten gewöhnt hatte. Alle hielten ihn für das, was er war: ein Plattmacher, dummdreist und frech. Verheiratet und Vater dreier Kinder, völlig vernachlässigt von ihrer auf Formen bedachten Mutter, die er in auffällige Fummel gesteckt mit sich herum- und vorführte. Ihn umgab ein Hofstaat von Lehrlingen, von Gaunern, die sich um seine Wünsche und Aufträge kümmerten und ihm Sprüche, Gerüchte und Latrinenparolen aus den unterschiedlichsten Kreisen zusteckten. Er glaubte sich wohlinformiert und bestens auf dem laufenden über die wahren Hintergründe des politischen Geschehens.

»Und du, was treibst du?« fragte er seinerseits Templado.

»Siehst du doch. Weißt du etwas aus Teruel?«

»Nein. Alles bestens.«

Mit einem Unterton, der zu verstehen gab, daß das regierungsamtlicher Optimismus war. Daß er etwas wußte und es verschwieg.

Kurz war es still. Die Detonationen der Flak drangen gedämpft zu ihnen.

»Diese jungen Proklitiker ...«, sagte plötzlich Templado, den die Gegenwart López Mardones' anwiderte.

»Erklär deine Uzereien«, fiel ihm Teresa ins Wort.

»Proklitische Silben sind unbetonte Einsilber, die sich an das folgende Wort dranhängen. Aus sich selbst heraus sind sie nichts, alles gewinnen sie dadurch, daß sie darum kämpfen, sich irgendwo dranzuhängen ...«

»So tapfer?« fragte López Mardones mit unsicherem Lächeln.

»... und sei es an das Allerletzte«, fuhr Templado fort. »Sie sind das Letzte. Und fühlen sich wie die letzten, ein Extrem, extrem falsch, extrem hintendran, extrem überflüssig. Aber sie machen sich wichtig, und weil sie sich extrem reinhängen, schwitzen sie mehr als die anderen und riechen um so schlimmer.«

Templado suhlte sich in seinem Wortgeklingel und schob seinen Stuhl nach hinten, bis er mit dem Hinterkopf den Kretonne-Vorhang berührte, der die Kostüme der Schauspielerin vor Staub schützen sollte. López Mardones merkte sehr wohl, daß das alles gegen ihn ging. Er grinste, ohne eine Antwort geben zu können, und schluckte Gift. Er hätte viel dafür gegeben, diesen Degenstichen mit einem Schwerthieb Paroli bieten zu können, aber mangels Scharfsinn klebte ihm die Zunge am Gaumen. Nicht einmal schlucken konnte er. Seine Verteidigung – ein Lächeln. Er empfand tiefen Haß für den Quacksalber, er hätte ihn niederschlagen mögen, ihm die Knochen einzeln brechen können, Hackfleisch aus ihm machen, ihm mit Stiefeltritten die Rippen knacken, jawohl, und den bluttriefenden Fleischhaufen in die Ecke pfeffern.

Er merkte zwar, wie wenig wohlerzogen er sich benahm, aber Julián Templado schoß weiter seine Pfeile ab, es machte ihm einfach zu sehr Spaß, López Mardones auseinanderzunehmen. (Es ist zu einfach, du bist ohnehin überlegen, schämst du dich nicht?) Außerdem hatte er noch nie einen sich bietenden Spaß auslassen können, so lächerlich er auch sein mochte. Schwäche und Trägheit.

»Die vertrauen«, fuhr er fort, »ganz auf die Macht der anderen und suchen Schutz unter den Röcken der ...«

Templado, der beim Sprechen die Fingernägel seiner kräftigen Pranken betrachtet hatte, hob langsam die Augen zu der Memme, die noch immer am Türpfosten lehnte. Und die immer breiter grinste, bis das ganze Goldgebiß blinkte.

»Wir sehen uns ein andermal«, sagte López Mardones. Und verschwand.

Teresa drehte sich zu Julián.

»Du bist böse. Was hast du davon?«

»Was ich davon habe? Nichts. Es macht mir Spaß.«

»Trinkst du noch ein Glas mit mir?« fragte Teresa, bereit zu gehen.

»Wohin?«

»Ins *Hostalet*.«

»Gut. Wenn Zurriola da ist, gibt er mir sein Auto, damit ich bei deinem Kranken vorbeischauen kann. Du hättest auch eine andere Nacht ausmachen können. Wir essen im *La Palmera*.«

»Trauben?«

»Nein. Von denen muß Cuartero zu Hause schon genug schlucken.«

»Wer ist alles da?«

»Rivadavia, Cuartero, Sancho. Dieselben wie immer. Keine Ahnung, ob sonst noch jemand kommt.«

Es regnete.

»Cristina, nimm Mamas Regenschirm, da ist er, hinten im Kleiderschrank.«

Sie traten hinaus in das Unwetter, das bald nachließ. Teresa, wie von der Tarantel gestochen, platzte heraus:

»Aus, vorbei! Es ist eine Schande. Ich arbeite nicht mehr. Nicht einmal mehr für die CNT, nicht für sonst etwas. Werden die mir einmal die Rente bezahlen? Oder die Strümpfe?«

»Aber du verdienst doch schon mehr.«

»Die paar Kröten, die sie versprechen! Seit anderthalb Jahren reden sie davon, und nichts passiert. Leere Worte. Diese ganze Brut von ... Aber die wird's auch noch erwischen!«

»Halt den Mund Tere, sei still«, sagte Cristina, die ahnte, in welche Richtung die Tirade gehen würde.

»Den Teufel werd ich tun! Wo doch jetzt endlich jeder sagen kann, was er denkt! Nur keine Sorge! Eines schönen Tages wird es hier richtig rumsen, und dann bin ich es, die lacht. Wenn man wenigstens eine anständige Rolle bekäme! In diesem grottenschlechten Stück, das sie uns heute mittag vorgelesen haben, habe ich vier Sätze. Ja, mein Lieber, vier Bissen. Keinen mehr, keinen weniger. Rita kommt groß raus. Und diese Vogelscheuche Villamarín, die sich für die Primadonna hält. Ich sage dir ...! So kommen wir nicht weiter.«

Sie senkte die Stimme.

»Franco wird es denen schon zeigen. Wenn sie wenigstens richtig Theater spielen würden. Aber die sind völlig aus der Bahn geworfen, mein Lieber, weil Muñoz Seca bei den anderen ist. Du weißt gar nicht, wie sehr sie das bedauern. Sie haben schon vorgeschlagen, seine Stücke zu spielen, ohne seinen Namen auf dem Plakat zu nennen. Das Publikum ist strohdumm. Aber die erst!«

»Wenn man ihnen nichts beibringt, wie sollen sie dann lernen zu urteilen?« wandte Templado ein.

»Das sind so deine Haarspaltereien«, antwortete Teresa.

»Halt den Mund, Tere«, gab Cristina zurück.

Der Zorn stand der Schauspielerin gut: das Kinn vorgereckt und ein wenig gespannt die Lippen, begehrenswerte Muscheln.

»Glaubst du vielleicht, daß das so weitergehen kann?«

Templado machte den Mund nicht auf. Wozu? Um ihr zu sagen: Was verstehst du schon davon? Sie würde ihm mit dem Vergleich ihres jetzigen Lebens mit dem früheren antworten. Der Krieg ist nichts für Frauen, auch nichts für Kinder. Dazu der Satz, mit dem jeder Schwachkopf ankommt: ›Hör mir auf mit Politik!‹

Sie erreichten das *Hostalet*. Das Lokal hatte auch während der Revolution seine gepflegte Note bewahrt, ebenso die krawattierte Kundschaft feiner Herren, deren Papiere in Ordnung waren, zu denen sich einige Beamte ohne Familie gesellt hatten, einige gut genährte Basken (›Unsere Vertretung ist um die Ecke‹) und gut aussehende Militärs, darunter mischten sich unauffällige Polizisten und leicht erkennbare Gegenspione: Mal macht man sie an der Hautfarbe aus und am gelockten Haar, mal an der Rasur oder schlicht dadurch, wie sie die Beine übereinanderschlagen. Das Restaurant ist klein, im Stil eines mallorquinischen Landgasthofs, geschmückt mit geblümten Kretonne-Volants, Ersatz für geblümten Taft, eingerichtet mit Sofas und Sesseln aus Korbgeflecht, die Holme rot, die Lehnen blau, an den Wänden unschuldige Schäferszenen wie auf Sammelbildern. Der Tresen, gleich beim Eingang, dient im Grunde nur dem Tabakschmuggel. Alkoholische Getränke gibt es je nachdem, wie die Gewerkschaft mit dem Gastronomiegewerbe steht.

Die gerade Angekommenen blieben am Tresen stehen, nachdem sie einigen Bekannten, die mit ihren jeweiligen Flittchen an den Tischen saßen, ein vages ›Hallo‹ zugeworfen hatten.

»Wo wirst du die Sylvesternacht verbringen?« fragte Templado zu Teresa gewandt.

»Wohl zu Hause. Mit ihr und ihrer Mutter.«

(Früher, im vergessenen Leben, war dies ein Ort der gedämpften Stimmen gewesen; jetzt überschlugen sie sich und übertrumpften einander.)

Neben ihm bezahlten ein paar junge Kerle, ausstaffiert wie Milizionäre, ihre Getränke.

»Kriegen wir jetzt endlich was oder nicht, Rafael?« fragte Templado.

Sie wurden genau in dem Augenblick bedient, als ihre rustikalen Nachbarn auf die Straße traten. Da schob sich hinter dem Mädchen ein backenbärtiger Brummbär vorbei, ein bauchiger Brocken, und betatschte Teresa. Die wurde zur Furie, fuhr herum, und bevor Templado etwas mitbekommen konnte, hatte sie dem Schamlosen eine saftige Ohrfeige verpaßt; der, perplex und schmerzlich getroffen, war wie benommen und wollte die Hand gegen die junge Frau erheben. Dann brach eine rüde Prügelei los. Alle zusammen endeten sie auf dem Revier, wo nach Überprüfung ihrer Papiere nichts weiter geschah. Teresas Augen funkelten wie Feuer, das Gesicht glitzerte unter Tränen.

»Was der sich erlaubt hat! Was erlaubt der sich denn!«

Ihr blieb die Luft weg. Der in die Schranken gewiesene Schürzenjäger war noch immer wie vor den Kopf gestoßen.

»Wer wird denn gleich heulen!«

»Ich bringe Sie gleich zum Heulen, Sie Ekel!«

»Der Gipfel ist«, meinte der so Angesprochene, »daß ich nicht sie betatscht habe, sondern die andere.«

Templado war es unangenehm, mit der Polizei zu tun zu haben. Aber er kannte den Kommissar, und als der erfuhr, daß er einen wichtigen Arztbesuch machen mußte – was Julián anführte, um sich loseisen zu können –, lieh er ihm seinen Wagen. Draußen auf der Straße verabschiedete er sich von den Mädchen. Wie immer strich Templado wie nebenbei über Teresas Hand, ein schwacher Trost, und jeder ging seines Weges.

(Du Depp, Julián, du Depp. Du kannst es nicht mit ihr aufnehmen. Du kannst nicht mit ihr. Sie sagt es doch: ›Schau Julián, wir werden immer Freunde sein.‹ Und das Gespräch erstirbt. Erinnerst du dich, am Anfang, als du alles unternommen hast, damit sie mit dir Essen ging, ohne ihre Cristina? Oder liebst du sie gerade deshalb, weil sie unerreichbar ist? Und was meinen wir überhaupt mit dem Wort lieben? Sie gefällt mir, weil sie eine andere Welt ist.)

Die feuchte Kälte des Autos, das den ganzen Abend im Schneeregen gestanden hatte, kroch allmählich in ihn. Die Kunstlederpolster stanken bestialisch und legten sich saugend an seinen Mantel.

Abgemagert und röchelnd lag das Würmchen im Sterben. Ein blasser verlumpter Schatten dessen, was es hätte sein können, wenn nicht der Krieg mit seinem Mangel es ausgehöhlt hätte. In dem ärmlichen Eisenbett mit angelaufenen Kupferknäufen und schwarzem Kopf- und Fußteil, von dem die Farbe abblätterte, weitete die Abgezehrtheit des Kindes den Raum: Der Strohsack wirkte riesig.

Die Mutter mit Namen Matilde sitzt auf einem niedrigen Stuhl und starrt mit leeren Augen auf die ausgemergelte Kreatur.

»Wie alt ist es?« fragt Templado.

»Zwei«, antwortet Julio Jiménez abweisend.

»Was ihm fehlt, ist etwas zu essen.«

Im gleichen Augenblick bereut Julián seine Diagnose. Ohne ihn sehen zu können, spürt er den Blick des Schaustellers, der wie ein Peitschenhieb auf seinen Rücken zuckt.

»Herr Julián ...«

Templado sieht zu der Frau, und ihn beschleicht jenes Gefühl zwischen Qual, Überraschung und Wut, das einen angesichts der eigenen Unfähigkeit heimzusuchen pflegt, wenn man jemanden vage zu kennen glaubt, ihn aber in keiner Ecke seiner Erinnerung unterbringen kann.

»Erinnern Sie sich nicht an mich? Ich bin Matilde ...«

»Matilde! Wenn uns das jemand gesagt hätte!«

»Es ist der junge Herr«, erklärt die Frau ihrem Mann.

Grummeln. Templado spürt, wie dessen Abneigung ihn bei den Schultern packt und ihm, genau wie die Feuchtigkeit, das Atmen erschwert.

»Was für ein Zufall«, meint Julián verwirrt. Was ist aus deinem Leben geworden?

»Sie, Sie sind doch ein Freund von Señorita Teresa?« hebt der Mann aus Santander an, die Stimme dünner als der Wind.

»Ja.«

»Wenn Sie mir einen Gefallen tun und sie an die Anstellung erinnern würden?«

»Wo?«

»Dort im Theater.«

»Aber selbstverständlich.«

Matilde sagte kein Wort mehr, den Blick starr auf das Häufchen Elend gerichtet, nicht von seinem schmutzstarrenden Kopfkissen weichend, als wollte sie ein noch so geringes Zeichen der Rettung heraufbeschwören.

Julián schrieb sein überflüssiges Rezept, ließ ein paar Peseten zurück und ging zum Abendessen. Sie warteten sicher schon auf ihn.

Als er die enge, knarzende Treppe hinunterstieg, versank der Arzt in seinen Jugenderinnerungen. ›Oh je!‹ Das Aufseufzen entlockten ihm weder der Regen noch die Kälte, sondern die lange Zeit und die Veränderungen.

Er erinnerte sich an sein Elternhaus in Madrid. Das Klavier, das Sofa, der dunkle Flur und das dunkle, heiße, zarte und feste Fleisch Matildes im Alter von achtzehn Jahren.

5. Das Abendessen, 1

31. Dezember 1937.
Halb zehn

»Wer? Dieser Spinner?«

»Er erzählt überall herum, er habe abgelehnt, weil er Spanien nicht verlassen will.«

»Wer? Navarro? Also wirklich! Dieser feige Hund hat doch sein Lebtag noch keine Front gesehen.«

»Und du?« fragt José Rivadavia verschmitzt Santiago Ferro, besser bekannt als Sancho.

»So viel wie du«, antwortet der Angesprochene wütend, die Augenbrauen in Kampfstellung, aufgestellt wie bei einem Stachelschwein.

»Schon gut, mein Lieber, bleib auf dem Teppich. Noch ein Funken und du explodierst: Das gäbe eine Sauerei!«

»Wenn ich so etwas ...«

Wütend funkeln die Augen dieses eingemantelten Menschen. Sancho ist gedrungen, gerundet, und gebürtig aus Aragón. Gesund, rosige Wangen, Mondgesicht, buschige Brauen, kleine Augen, kleine Nase, kleiner Mund, das ganze Gesicht kaum handtellergroß, Speckpolster und Pausgesicht: doppelte Backen und dreifaches Kinn. Zweigeteilt die wulstige Wamme. Einfach im Geist, die Manieren schlecht; immer bierernst, über nichts und wieder nichts regt er sich auf und geht an die Decke. Pingelig, aber stärker noch ist seine fast forsche Rechtschaffenheit. Flucht wie ein Kesselflicker, spritzt Gift wie kein Zweiter, was ihm den entsprechenden Spitznamen und das Pseudonym für seine Arbeit als Karikaturist eingetragen hat. Denn er, dessen Mund sich niemals auch nur zu einem Lächeln verzieht, den noch die kleinste Mücke im Raum verdrießlich stimmt, ist von Berufs wegen Humorist und Meister der Strichmännchen und Sprechblasen. Empfindlich, verfressen, eingebildet, und eifersüchtig seinen Ruhm verteidigend, der nicht so groß ist wie er glaubt. Verfroren: Über dem Mantel trägt er drei Schals um den Hals geschlungen, darunter sechs oder sieben Strickleibchen und Unterhemden, eine wollene Leibbinde, zwei Paar Strümpfe und gefütterte Stiefel. Schläft nur mit Mütze. Ein Gesicht wie ein Engelchen und ein Gemüt wie ein Holzfäller. Aragonese aus Catalayud, als Krabbelkind nach Madrid verfrachtet, wo er unter den albernen Witzbolden der Redaktion von *Buen Humor* aufwuchs, linksgesinnten Bürgersöhnen, solange das zum guten Ton gehörte, die sich aber sofort nach Uniformen zurücksehnten, sobald sie auch nur einen Brotkrumen abgeben sollten: Republikaner, die von fetten Pfründen lebten.

»Hat jemand gesehen, daß Neville für die Republik etwas aufs Spiel gesetzt hätte? Soll mir auch egal sein. Und ein kastriertes Schwein kann keiner bei den Eiern packen.«

Gedrungen, pummelig, rot angelaufen und stinksauer.

»Wieviel Uhr hast du?« fragt ihn Rivadavia.

»Halb zehn. Um wieviel Uhr haben sie gesagt, daß sie kommen?«

»Wir haben gesagt, zwischen neun und halb zehn. Sie müssen gleich da sein.«

In das Separée treten Jesús Herrera und Paulino Cuartero.

»Menschenskind!«

Der Ausruf gilt Herrera in seiner Hauptmannsuniform. Sie stehen auf und umarmen ihn.

»Woher kommst du?«

»Aus Teruel.«

»Verdammt!« ruft Sancho. »Und?«

»So weit so gut.«

Sie setzen sich.

Der Raum ist eng, sie drängen sich um den Tisch, die Decke hängt tief über ihren Köpfen. Die Mäntel müssen sie draußen ablegen.

»Paco!«

Schon kommt der Wirt: ein unförmiger Körper, hoch und breit wie ein Heißluftballon, ein eunuchenartiger Elefant, rundum schwabbelig, das Gesicht voller Blatternnarben.

»Bring uns Wein!«

»Fangt ihr an?«

»Nein, wir warten auf Templado. Er muß gleich kommen.«

Jesús Herrera kam in einem Stall bei Toledo zur Welt, hütete bis zu seinem zehnten Lebensjahr das Vieh und soll von selbst lesen gelernt haben: Der Dorfschullehrer hatte allerdings mitgewirkt an diesem Wunder. Man brachte ihn als Lehrling beim Barbier unter, die Arbeit gefiel ihm nicht, so viel Gefingere und nie an der frischen Luft. Mit zwölf ließ er Pinsel und Messer sein und ging zu Fuß nach Madrid. Kippensammler, Zeitungsjunge, Küchenhilfe, viel schlafen, wenig essen, Lastenträger, mit sechzehn war er ein guter Stukkateur, besuchte Abendschulen, war ständig im Volkshaus, pünktlich bei den Versammlungen der *Juventudes Unificadas*, gerne in der Bibliothek. Ein blonder Bursche mit blauen Augen und rasiertem Schädel, mit einer Stupsnase im leuchtenden, von Wind und Wetter gegerbten Gesicht, riesige Segelohren. Hellwaches Gesicht, furchteinflößende Pranken, fleischige Lippen, großer Mund, durchdringende Stimme, und dabei war er durch und durch schüchtern. Die Kommunisten nahmen ihn unter ihre Fittiche und bildeten ihn aus. Der Mann gab, was er konnte, und das war nicht wenig. Heute hat er alles gelesen, ist Hauptmann des 5. Armeekorps, achtundzwanzig Jahre alt. Spricht knapp, kurz angebunden und präzise.

»Was soll ich euch sagen? Prietos Heeresberichte sind sehr deutlich und sprechen die reine Wahrheit. Das ist kein Witz. Ihr wißt so viel wie ich, dazu noch die Gerüchte. Oder glaubt ihr etwa, ein Soldat wüßte, was er tut? Was er selbst sehen kann, mehr weiß er nicht. Alles andere sind Geschichten. Angekündigt war die Offensive für den elften, aber sie begann am fünfzehnten. Truppenbewegungen zu einem festen Termin klappen nie. Die Leute warteten liegend im Schnee. Um fünf Uhr in der Früh griffen wir an. Manche hatten mehr als achtundvierzig Stunden in der Kälte gelegen. Niemand tat einen Mucks. Alle wußten, daß wir jeden Augenblick losschlagen würden, das heizt ein, ihr könnt es euch nicht vorstellen.«

Er zieht einen Stift aus der rechten Tasche seines Feldhemdes und fängt an, einen Plan auf die Tischdecke zu zeichnen.

»Wir verließen Villel Richtung Süden; Escriche Richtung Westen; Cuevas de Labradas Richtung Norden. Das 22. Korps sollte die Landstraße nach Zaragoza abschneiden, die einzige Straße, über die die Rebellen Nachschub erhalten konnten, am sechzehnten kam die Einheit an; am achtzehnten vereinigte sie sich mit dem 18. Korps, während das 20. im Süden auf Villastar vorrückte. Am gleichen Tag fiel La Muela, und die, die über die Straße nach Valencia vorrückten, nahmen im Handumdrehen Puerto Escandón, das aufgegeben worden war. Am einundzwanzigsten zog sich der Belagerungsring zusammen, am zweiundzwanzigsten rückten wir vor in die Außenviertel, über die Plaza de Toros im Norden; im Osten über Arrabal, im Süden über San Julián.«

»Wer drang zuerst ein?«

»Menéndez, mit einer Truppenverschiebung nach San Blas, und wir, und die 26. Division, in Vivancos. Kennt ihr Teruel nicht?«

»Ich schon«, sagt Sancho.

»Wir nicht. Nur von Fotos und den Karten dieser Tage.«

»Toledo kennen wir alle, oder? Teruel ähnelt ein wenig Toledo.«

»Diese Ähnlichkeit gefällt mir gar nicht«, sagt Cuartero.

»Die Geschichte wiederholt sich nicht«, fährt Herrera fort. »Stellt euch den Fluß Turia wie den Tajo vor. Alles nur in klein. Als weitere Übereinstimmung heißt das Tal beide Male Vega. Was in Toledo der Alcázar war, wird nun das Rathaus mit den angrenzenden Gebäuden: Banco de España, Finanzamt, Hotel Aragón. Im Nordwesten liegt ein weiteres Gebäudeensemble mit dem Priesterseminar und der Kirche Santa Teresa, in Toledo würden wir sagen: am Paseo de la Cruz Verde. In diese beiden Gebäudegruppen haben sich die Rebellen zurückgezogen. In den Kellern ist Platz für viele. Am Dreiundzwanzigsten und Vierundzwanzigsten haben wir Straße für Straße, Haus für Haus eingenommen, vom Dachstuhl zu den Untergeschossen; oben von der Kirche San Juan – wir hatten die Kuppel, sie die Altäre – heizten wir der Banco de España ein. Um jene Tage begann die Evakuierung der Zivilisten. Am Fünfundzwanzigsten eroberten wir die Kaserne in der Calle de San Francisco und die Kirche San Juan. Am sechsundzwanzigsten das Casino und das Theater.«

»Gibt es noch viele von denen?«

»Genug. Die Leute sollen sich nichts vormachen. Wir werden fertig mit ihnen, aber fertig sind wir damit noch nicht. Die Kellergewölbe und die Mauern sind meterdick. Vorgestern, richtig, am neunundzwanzigsten, begann die Gegenoffensive Francos richtig. Über die linke Flanke, über Campillo und San Blas, Richtung Villastar. Ich reiste in der

Nacht ab nach Madrid, aber in Tarancón bekam ich den Befehl, hierher zu kommen.«

»Wirst du länger bleiben?«

»Zwei Tage. Sie haben mehr als hundert Bomber. Eine ernste Sache. Sie haben Pedraza erobert.«

Er macht eine Pause.

»Ich glaube, daß sie nicht durchkommen.«

»Weißt du etwas von heute?«

»Im Kriegsministerium hatten sie den Heeresbericht noch nicht. Im Informationsministerium waren die Nachrichten weder gut noch schlecht. Kämpfe um Cerrogordo; für ein paar Stunden war es in ihrer Hand, für ein paar in unserer. In der Stadt haben wir die Bank gesprengt und einen Wassertank, den sie dort hatten. Die aus dem Priesterseminar gehen hinüber in die Kirche Santa Clara.«

»Du, was glaubst du?« fragt Rivadavia, wohl wissend, daß Herrera nur unbestimmt antworten kann; niemand weiß etwas. Aber das Schicksal von Teruel schwebt über ihnen allen.

»Wenn sie vor zwölf nicht einrücken, rücken sie nie ein«, sagt Sancho.

Der Neujahrsmythos. Alle lächeln, ungewollt.

Der Wirt schlurft heran, in der Hand ein paar Flaschen.

»Und, fangt ihr an?«

»Langsam könnte Templado kommen.«

»Vielleicht ist er im Ministerium vorbeigegangen, für den Heeresbericht.«

»Wir warten noch ein bißchen.«

»Wie, warten? Für kein Geld der Welt!« fährt ihm Sancho in die Parade. »Zur Hölle mit ihm!«

»Mußt du so fluchen?« tadelt ihn Cuartero. »Kannst du dir das nicht sparen?«

Paulino Cuartero bereiten verbale Ausfälle physische Schmerzen.

»Du gehst mir auf den Senkel.«

»Wenn Cuartero nicht wäre, hättest du gesagt: Du gehst mir auf den Sack«, merkt Rivadavia an.

»Ach was: Die Augen sind schuld am schönen Ausdruck. Aber einer Sprache geben Grobheiten erst die richtige Würze. Sie stehen für Lebenskraft, Erdverbundenheit, Wurzeln. Ich kann kein Wort Französisch, aber ich habe gehört, daß es in keiner anderen Sprache so wüste Gotteslästerungen gibt wie in der unseren.«

»Gotteslästerungen gibt es überall. Was man so hört, bei den Ungarn, den Griechen ... Bei uns sind es gar nicht einmal die Blasphemien, sondern die Angewohnheit, ständig göttliche Attribute im Mund zu führen, in jeder x-beliebigen Unterhaltung«, antwortet Rivadavia.

»Ist man ein Lästermaul, wenn man spricht, wie man eben spricht?«

»Wenn sich dein Nachbar erhängt, mußt du dich deshalb ersäufen? Man wird blasphemisch aus Bequemlichkeit«, sagt Cuartero.

»Der direkte Weg eben«, ergänzt Sancho.

»Schweig, du schwallende Schwuchtel«, sagt Rivadavia. »Vor einigen Nächten besuchte mich Aristide. Mein prächtiger, mein wundervoller Aristide: ›Je sais spanisch‹, legt er los. Oho, gebe ich zurück, ›In trois Tagen.‹«

»Spanisch in drei Tagen, oder: Wie man klösterlich die Nacht durchwacht«, meint Cuartero, der alles in einen Titel gießt.

»Die Universalsprache. Die Menschen«, fuhr Aristide fort, »müssen drei Arten von Gefühlen ausdrücken: die vergangenen, die gegenwärtigen, die künftigen; Überraschung, Zweifel, Hoffnung, Bewunderung, Begrüßung, Verabschiedung. Im Spanischen, wie er sagt, werden diese neun Zustände in drei Allerweltsworten formuliert, in folgender Reihenfolge: ›Coño!‹, ›Hombre!‹, ›Mañana!‹ Was so viel bedeutet wie: ›Verdammte Fotze‹, ›Mann oh Mann‹ und ›Immer mit der Ruhe‹. Diese drei und ein richtiges: ›Me cago en Dios!‹, ›Ich scheiße auf Gott!‹ Vier Ausdrücke, aber nur dieser ist wahrhaftig, der die anderen in sich aufnimmt. Da kam Walter, und zwischen den beiden entspann sich auf deutsch eine Diskussion über ›tu madre!‹ denn dieses ›du Hurensohn‹ wollte dieser Germane um jeden Preis in das Walhalla aufgenommen sehen. Aristide setzte sich durch, weil er nachwies, daß ›tu madre‹ keine in die Zukunft weisende Konnotation hat.«

»Das hat uns Churriguera eingebrockt«, sagt Cuartero. »Ein Romanautor steht vor der Schwierigkeit, eine Sprache für seine Figuren zu finden, ohne ihnen diese Schlüsselwörter in den Mund zu legen.«

»Wo die Franzosen ›merde‹, also ›Scheiße‹ sagen, sagen wir ›cojones‹, ›Hoden‹. Ein grundlegender Unterschied«, merkt Rivadavia an. »Jedes Zeitalter hat seine Flüche, jedes Land seine Gotteslästereien. Ich wüßte niemanden, der das einmal untersucht hätte, schade ist das.«

»Ein Idiom ohne Blasphemien ist keine Sprache. Ein treffend plaziertes Schimpfwort, in seinem Landstrich, seiner Zeit, ist unersetzlich. Ein Fluch verbindet und verwurzelt die Sprache mit der Erde, gegen den Himmel. Wenn die Spanier keine Zoten benutzen dürften, würden sie sich schwarz ärgern. Wozu sonst führen wir diesen Krieg? Damit die Gotteslästerei nicht verboten wird.«

Sancho wendet sich zu Herrera:

»Guillén ist in Teruel, oder?«

Der Soldat nickt.

»Ihr kennt ihn, oder?«

»Ich nicht«, antwortet Cuartero.

»Bei der Geschichte ist das auch egal. Es muß im August gewesen sein. August '36 natürlich. Wir kamen nach San Rafael. Guillén war damals Chef des Batallions oder Kommissar oder was weiß ich. Ihr kennt ihn ja, bierernst, ein Gnom. Wir setzten uns mitten in die Höhle des Löwen, am Paß Richtung Puerto. Unten das Dorf mit den Faschisten, die gegen den Hügel anrannten. Wir konnten nicht vor, nicht zurück. Das spielte auch keine Rolle; der Befehl lautete: Halten! Aber selbst wenn der Befehl nicht gewesen wäre, Durchkommen oder Ausbrechen war unmöglich. Ernsthafte Sorgen bereitete uns die Verpflegung. Damals hatten wir noch nicht gelernt, im Bedarfsfall abzunehmen oder sich nur die Finger zu lecken. Zwölf Stunden vergingen, und keine Menschenseele ließ sich blicken, nicht daß sie es nicht versucht hätten, aber sobald sie sich dem Bergrücken näherten, mähten sie sie um. Und da soll einer Melder schicken. Mein Guillén, ganz ernst:

›Keine Sorge, Kameraden, das Essen wird gleich kommen. Wir müssen uns hier halten. Würden wir vom Schlachtfeld desertieren, fiele der Gipfel in die Hand des Feindes, und wer weiß, was dann passieren würde.‹

Und er erklärte ihnen die Bedeutung der Stellung. Nun gut: Der Tag verging, nichts passierte. Wenigstens gab es Wasser. Und sonst, mal fällt dir ein Zweig auf den Kopf, mal platzt ein Pinienzapfen. Oben Steine, unten Steine. Die Jungs in Deckung zwischen den Steineichen. Eichen und Pinien: Treffen oder getroffen werden. Und wenn er dich erwischt, hast du erst recht ein Loch im Magen.«

»Du sagst es«, seufzt Herrera.

»Und keine Hoffnung auf einen Happen. Kein Krümel. Bergwasser und der Schatten der Steine. Die Stunden vergingen. Die Leute murrten. Man denkt an die Wohnung in Chamartín, an die Bar um die Ecke, die einen mehr, die anderen weniger. Zum Teufel mit dem Wasser. Und die auf der anderen Seite verstellen einem den Paß. Jede Viertelstunde ein Schuß: drei Magazine pro Mann. Die übrige Zeit putzt man die Waffen und fragt sich, ob jemand kommt.

Die Angst und die Sonne. Danach, wie sollte es anders sein, die Nacht. Drei sagen, sie seien krank, sie gingen nach Madrid, sie kämen morgen wieder. Mein Guillén nimmt sie beiseite, redet auf sie ein, daß der Proviant eintreffen wird, mit der Dunkelheit werden die Brote und die Fische kommen, ein bißchen wie die gebratenen Tauben. Sie sollen sich nicht so anstellen, sich schlafen legen, bei Nacht hat man keinen Hunger, nichts macht so satt wie der Schlaf. Kurzum, heiße Luft und viele Worte. Die Brüder lassen sich überzeugen, sie bleiben. Tatsächlich kommen kurz nach Mitternacht drei Esel an, beladen mit ... Sardinen. Ja, mit Sardinenbüchsen. Gut. Mein Guillén jubelt, die Männer drängeln, er sagt:

›Seht ihr, wunderbar, alles läuft bestens, sie schicken uns nicht irgendeinen Fraß, sondern Sardinen. Eine Büchse Sardinen pro Nase. Kameraden, alles läuft wie geschmiert. Wunderbar. Nichts Geringeres als Sardinen. Compañeros: So entlohnt die Republik ihre Diener.‹

Die Leute hatten keine Einwände, endlich bekamen sie etwas zu beißen. Die Leckerbissen wurden verteilt. Dann das Desaster.

›Wie bekommen wir sie auf?‹

Man hatte die Öffner vergessen. Von einem Augenblick zum anderen dicke Luft. Alle haben die Calle de Alcála im Hinterkopf. Vorne stand der Widerspenstigste, die Büchse in der Hand, als wäre sie ein übler Scherz, oder eine Bombe. Ihr müßt euch klarmachen, daß die Sache unter anderen Umständen keinen ernsten Gedanken wert gewesen wäre: Man hätte ein Beil genommen, oder ein Taschenmesser, das bestimmt einer hatte. Das Schlimme war, daß sie seit vierundzwanzig Stunden kein Fitzelchen zwischen die Zähne bekommen hatten. Das nur, damit ihr euch den Ton vorstellen könnt, mit dem der Bursche sich vor unseren Freund stellte:

›Und jetzt, womit kriege ich das auf?‹

Mein Guillén, dieser knochentrockene Kerl, stemmte die Arme in die Seite, ihr kennt ihn ja, und schnauzte ihn an:

›Mit der Spitze deines Schwanzes oder mit den Hörnern deines Vaters.‹

Die standen da wie versteinert. Guillén war zu Zeiten der Republik Gouverneur gewesen; auch wenn das nicht wichtig ist, für die Leute zählt das. Außerdem hatte er immer darauf geachtet, seine Zunge im Zaum zu halten, denn nichts verleiht mehr Autorität.«

»Darum wirst du es nie zu etwas bringen«, gibt Rivadavia zurück. »Wenn ein Mann sich aufregt und mit Blasphemien um sich wirft, ist er verloren; der Zorn läßt ihm den Mund überlaufen. Du erzählst das, als wärst du dabeigewesen.«

Sancho zuckt mit den Schultern:

»Sie blieben, öffneten die Büchsen, aßen ihre Sardinen sanft wie Lämmer. Wir halten die Position seit damals bis zum heutigen Tag. Wenn dieser Ausfall nicht gewesen wäre, die Männer wären zurück nach Madrid gegangen.«

Und weiter zu Cuartero:

»Merk dir das, du guter Christ: göttliche Worte.«

»Prost, auf den Frieden.«

»Und hier, wie steht es hier?« fragt Herrera.

Sancho, der mit der Zunge schneller ist als die anderen, antwortet recht gepfeffert, wie es sein Beruf verlangt:

»Wie, du meinst, was die Leute hier machen? So ganz allgemein …? Ein Republikaner arbeitet acht Stunden, zwei Stunden gehen dabei drauf, darüber zu reden, wie er an Zigaretten kommen könnte, zwei weitere von wegen: ›wenn England, wenn Frankreich‹; drei Stunden lang kritisiert er die Katalanen, ebenso lang oder etwas weniger die Kommunisten. Die restliche Zeit ist Luftalarm. Ein Katalane arbeitet mehr oder weniger ebenso lang, spricht schlecht von den Madrilenen und noch schlechter von Kommunisten und

Murcianern. Ein Kommunist arbeitet vielleicht eine halbe Stunde mehr, verbringt viereinhalb mit Versammlungen, Radioansprachen, Vorträgen, Kampfgruppen, und liest eine halbe Stunde in der Parteigeschichte. Er spricht schlecht von den Katalanen, von England und von Largo Caballero. Danach hat er noch einmal zwei Stunden Versammlung. Die von der CNT arbeiten weniger, reden schlecht von den Kommunisten, den Sozialisten und den Republikanern. Bleiben noch die, die schlecht von denen reden, die schlecht über die anderen reden. Hier bekommt jeder sein Fett weg, vom Präsidenten der Republik bis zum letzten Kanalarbeiter, und der bin ich, wenn ich mir um elf endlich und redlich verdient meinen Anis genehmige. Man kann noch ins Detail gehen: Ein Angestellter im Ministerium spricht schlecht von seinem Minister, von seinem Ex-Minister, von denen, die es werden können, von seinem Abteilungsleiter. Jeder Hund leckt seinen Schwanz, und Gott besorgt es ihnen allen.«

»Manchmal wünscht man ihnen eine saftige Bombardierung«, knurrt Herrera.

»Neid kennt keine Mäßigung«, kommentiert Rivadavia.

»Das ist kein Neid«, merkt Cuartero milde an, »nur Lust am Volltreffer.«

»Du bist ja Evangelist.«

»Evangelist, woher denn! Das hat nichts mit Haß zu tun, auch nichts mit Eigennutz: schlichter Wille zum Sieg. Wo die Fäuste nicht hinreichen, kommen die Worte hin.«

»Du wirst weit kommen, sehr weit«, meint Rivadavia mit angedeutetem katalanischen Akzent.

»Wenn Templado in den nächsten fünf Minuten nicht kommt, essen wir. Er und seine Patienten können mir gestohlen bleiben«, sagt Herrera mit Blick auf seine Uhr. »Die Revolution haben sie hier in Barcelona nur angefangen, aber nicht zu Ende gebracht. Runtergebracht haben sie sie. Anstatt etwas aufzubauen, haben sie sich in der Hinterlassenschaft der Bourgeoisie eingerichtet. Dann kam alles zum Stillstand. Große Worte, von wegen die Zukunft gestalten. Die Zukunft sollen sie haben, wie der eine in der letzten Ausgabe von *Esquella* geschrieben hat: Ein Brötchen, das früher einen Real gekostet hat, kostet heute zwei. Und dann stehen sie noch nicht einmal dazu, die Macht zu haben. Wie die Sozialisten in Madrid. Sitzen da und warten, daß ihnen alles in den Schoß fällt.«

»Trotzdem, ich war hier, und glaub mir, es war eine schöne Zeit. Die Leute glaubten wirklich, es hätte eine neue Zeitrechnung begonnen, weil sie Meßwein tranken und die Taxis eine andere Farbe bekamen. Mit der Ankunft der Regierung wurden sie sich ihres Scheiterns bewußt. Das tut ihnen genau so weh wie die Anwesenheit der Kastilier. Weil sie niemandem die Schuld daran geben können, beschuldigen sie alle.«

»Mir«, antwortet Herrera, »wäre das alles egal, wenn sie sich um den Krieg gekümmert hätten. Ob Marcos Redondo ebenso wie der Türsteher fünfzehn Peseten am Tag verdient oder nicht ... Aber leider haben sie sich mit aufsehenerregenden Aktionen zufriedengegeben.«

»Sie haben die Grenze zu nahe in Reichweite«, fügt Sancho hinzu.

»Wenn man aus Madrid kommt, erscheint einem das hier wie eine andere Welt.«

»Es ist eine. Ebenso wie das Land. Dort hat jeder seine Speckschwarte im Rauchfang.«

»Das Problem liegt woanders. Die Bauern rücken ums Verrecken nichts raus. Die Städter sind freigiebiger.«

»Nicht besonders«, sagt Sancho. »Gleich und gleich gesellt sich gern. Und das funktioniert, eines von unzähligen Beispielen: Da ist ein Fabrikant mit zweihundert Arbeitern, einer mit stolzem Wanst, um genau zu sein, ein Mann aus Sabadell, mit einem Haus hier und einem Haus dort und einem Stammsitz in Vallvidrera, ein pfiffiger, umtriebiger Kerl, nennen wir ihn Pedro Durán. Ich kannte ihn, weil ich für seine Damenstrümpfe Marke ›La Mariposa‹ ein Plakat entworfen habe: Mittelscheitel, Doppelkinn, Zigarrenraucher, mit einem Faible für alles ›Moderne‹. Er hatte mit Politik nichts am Hut, ›Ich kümmere mich um meine Angelegenheiten, sollen die anderen sich um ihre kümmern‹, netter Kerl mit guter Zahlungsmoral.«

»Weinst du ihm nach?«

»Ach was, soll er nur seins bekommen. Er hatte eine brillante Idee: Er ließ seine Todesanzeige in *La Vanguardia* setzen. Wer wagt, gewinnt, selbst ohne anständige Waffe.«

»Wenn du wüßtest«, sagt Herrera leise.

»Er glaubte, wenn man ihn für tot hielte, würden ihn die unkontrollierten Banden und einige Vorarbeiter aus seiner Fabrik, die ihn wegen alter und neuer Geschichten im Visier hatten, in Ruhe lassen. Unterm Strich, dachte er, würde ihn das nur eine Zuwendung an die Witwe kosten, eine watteweiche, runzlige Heilige. Schließlich brachte ein Laufbursche die Rechnung für die Todesanzeige. Das Mädchen kommt an die Haustür (der Kassierer hat es mir selbst erzählt), er zeigt die Rechnung. Auftritt der Hausherrin:

›Was gibt es?‹

›Einer von *La Vanguardia*.‹

›Kommen Sie morgen wieder, diese Dinge erledigt der Verstorbene persönlich.‹

Zwölf Stunden später hatten sie ihn schon abgeholt. Ein Erzkatalane erledigte das, ein Bekannter. Wer sich vor dem Donner versteckt, den trifft der Blitz.«

»Der wahrhaft Kluge sucht das Heil in der Rettung, sagt Prudentius«, zitiert Cuartero. »Deine Geschichte gefällt mir.« (Daraus läßt sich ein Theaterstück machen, denkt er.)

Templado kommt herein.

»Welch illustre Runde!«

Er drückt Herrera die Hand.

»Hast du den Heeresbericht?«

(Teruel geht ihnen keine Sekunde aus dem Kopf.)

»Ja. So weit so gut.«

»Sind sie eingedrungen?«

»Laut Queipo ja.«

»Ich glaube das nicht«, sagt Rivadavia. »Sonst hätten sie heute Nachmittag nicht bombardiert.«

»Im Ministerium versichern sie, daß sie nicht eingedrungen sind«, antwortet Templado. »Allerdings hat ein Schützenbatallion der 40. Division, etwa zweitausend Mann, sich aus der Stadt zurückgezogen, als das mit La Muela bekannt wurde. Auf der Landstraße nach Valencia kamen ihnen Sarabia und Matilla entgegen, die hielten sie auf, und sie kehrten zurück. Alles ohne Zwischenfälle.«

»Was sagt der Herresbericht?« hakt Herrera nach.

»Wir haben uns im Westen aus Teruel zurückgezogen und aus einem Teil von La Muela. Die Eindringlinge wurden zurückgeworfen. Im Innern der Stadt leisten nur noch das Rathaus und Santa Clara Widerstand.«

»Das wissen wir schon. Und weiter?«

»Wir haben die Bank besetzt und das Finanzamt.«

»Was sagen die anderen?«

»Daß sie zwei Kilometer vor der Stadt stehen.«

»An Madrid sind sie noch näher dran«, murmelt Herrera. »Nichts weiter?«

»Nein. Wie es aussieht, ist Prieto recht zuversichtlich.«

Alle haben den Plan der wiedereroberten Stadt im Kopf.

»He!« ruft Sancho. »An einem Tag mit so guter Salami werden wir schon nicht untergehen.«

»Und von der Bombardierung heute?«, fragt Cuartero.

»Etwa fünfzig Tote, gut hundert Verletzte«, antwortet Templado.

»Gibt's auch Brot?« fällt ihm Sancho ins Wort.

6. Das Abendessen, II

31. Dezember 1937.
Zehn Uhr

Der Wirt steht wartend in der Tür, durch die er sich zwängen müßte, und streckt den Kopf vor wie eine Schildkröte.

»So. Jetzt wollen wir sehen, was du uns zu Sylvester als Festessen auftischst.«

»Eier und was ihr mitgebracht habt.«

»Oliven?«

»Ja, und pro Nase ein halbes Brötchen. Und fragt nicht nach mehr, ich habe nichts.«

Herrera ruft:

»Ich habe Kommißbrot.«

Rivadavia fragt:

»Und das Olivenöl?«

Affirmatives Grunzen des Hausherrn.

»Trink das Öl von der Olive, und du bleibst stets auf dem quivive«, meint Sancho.

»Dann aber schnell: die Oliven, die Spiegeleier und den Rest. Bring mehr Wein. Laß die Tür offen, der Rauch ist ja nicht zum Aushalten.«

»Fünf Flaschen vom Perelada habe ich euch aufgehoben, gehütet wie meinen Augapfel. Einen passenden Spruch, Sanchito?«

»Wenn du ihn mir in Reales bezahlst«, antwortet der Angesprochene, ein notorischer Geizhals.

Templado zieht eine Hartwurst aus seinem Mantelfutter.

»Von der Kubanischen Botschaft.«

»Hoch lebe Kuba!« kräht Herrera bar jeder Grazie.

»Warum hast du so lange gebraucht?« fragt Rivadavia den Arzt. »Den Wermut haben wir schon ausgetrunken, nimm es als gerechte Strafe.«

»Im letzten Augenblick wurde ich zu einem Säugling gerufen. Keine Chance. Nichts zu essen.«

Kurze Stille.

»Wie ist das Essen bei euch dort oben?«

»Gut, wenn es ankommt«, antwortet Herrera.

»Und dabei haben die nie anständig gegessen«, merkt Rivadavia an, verfressen wie er ist, mit seinen speckigen Handgelenken, seinem reinlichen Rock über der fülligen Wampe.

»So kann man den Krieg aushalten. Andere Soldaten möchte ich hier einmal sehen: ohne Wein, ohne Zigaretten.«

»Schmeckt dem Burschen gut das Brot, bringt der Kuchen ihm den Tod«, wirft der Zeichner ein.

»Sonst noch was?«

»Du kannst sagen, was du willst, es klingt nach Erde, nach der Heuchelei reicher Bauern«, sagt er und flicht eine Anekdote ein. »So ein Grundbesitzer, kein großer, aber einer von denen, die schon etwas haben, die zwanzig Leute brauchen, um die Ernte einzubringen; zwanzig Tagelöhner, die von Sonnenaufgang bis Sonnenuntergang schuften und dafür sechs Reales bekommen und freie Kost. Dieser Don Dickbauch gönnt ihnen nicht ihr Brot. Damit wir uns recht verstehen, er verweigert es ihnen nicht, aber er verteilt es zähneknirschend:

›Noch mehr? Ihr eßt mehr als ihr wert seid.‹

Schließlich rationierte er es. Aber als hätten sie das geahnt ... Dort arbeitete auch ein Griesgram, großgewachsen, hart und trocken wie ein Weidepfosten. Einer aus der Extremadura, mit dem nicht zu Spaßen war. Er näherte sich dem Patron:

›Hören Sie, geben Sie mir zwei Scheiben Brot.‹

›Verflucht! Ist dir eine nicht genug? Nicht mal die Schweine verlangen so viel.‹

Eingemummt in seinen Überwurf steigert sich Sancho in seine Geschichte hinein und fuchtelt mit den Armen wie eine Marionette.

›Geben Sie mir zwei Scheiben Brot!‹

Der Patron, als er ihn so ernst vor sich sieht, zieht das Messer, schneidet und gibt ihm die beiden Scheiben. Der Mann, seelenruhig, steckt sich eine unter den Gürtel und reicht die andere seinem Herrn.

›Stecken Sie sie in den Gürtel.‹

›Aber ...‹

›Sie sollen sie in den Gürtel stecken.‹

Der Mann, leicht verschüchtert, schiebt sie hinein. Sie machen sich an die Arbeit; der Herr ist auf der Hut, ›Laß den Ochs nur pissen und er lohnt dir jeden Bissen‹. Nach Sonnenuntergang kehren sie zum Gut zurück. Der Tagelöhner nähert sich dem Herrn:

›Laß dein Brot sehen.‹

Der Patron, der es völlig vergessen hat, zieht sein Stück heraus, unversehrt. Der Knecht schnallt sich den Gürtel auf: in Krümeln bröselt das Brot heraus. Abschätzig hält er sie dem Bourgeois hin, zeigt mit der Hand auf ihn, sieht ihn durchdringend an und sagt mit beißendem Spott:

›Und innen drin: genauso.‹«

»Schön«, lobt Cuartero. »Paco! Gibt es jetzt Oliven oder nicht?«

»Wir sind gemacht aus dem, was wir essen«, sagt Templado.

»Nein. Gemacht *für's* Essen«, korrigiert Rivadavia.

»Einspruch. Aus dem, was du ißt und atmest.«

»Kommt drauf an, wie dein Atem riecht«, wirft Sancho ein.

»Mach es nicht zu kompliziert. Wenn du aufhörst zu essen, hörst du auf zu atmen.«

»Also bitte«, fährt der Zeichner fort, »und wenn du aufhörst zu atmen, geht es noch schneller. Nach deiner Theorie besteht der Mensch nicht aus Fleisch und Blut, sondern aus Wind.«

»Merk dir eins, du Flasche: Meine Luft ist auch deine, sie ist für uns alle die gleiche.«

»Das mußt du einmal den Bergleuten sagen«, greift Herrera ein.

»Wenn man allem so genau auf den Grund gehen muß, hören wir besser auf zu reden.«

»Man muß sich präzise ausdrücken.«

»Zum Teufel, ihr Korintenkacker!«, entgegnet der Arzt empört. »So macht ihr die Welt zunichte!«

»Genau. Und schaffen eine neue«, spöttelt Herrera.

»Ihr Tagträumer. Die wird sich von der alten so viel unterscheiden wie das neue Jahr, das in dieser Nacht anbricht, von dem, das gerade in den letzten Zügen liegt.«

»Verehrter Herr Viehdoktor: Sobald nicht alles nach deiner Nase läuft, fährst du aus der Haut, keine Contenance; als ob das eine Beleidigung gegen deine offenkundige Überlegenheit wäre. Du bist ein Schwächling, saftlos, kraftlos, sorglos. Du nimmst, was man dir gibt, und das war es dann.«

»Hast du getrunken?«

»Kein bißchen; drei traurige Wermut.«

Der Tisch ist breit, weiße Tischdecke, darauf bauchige Rotweinflaschen als Leuchter, die Templado aus seinem Gesichtskreis zu verbannen sucht und dafür die Aschenbecher heranzieht. Die blutigen Erinnerungen sind zu frisch.

›Niemals werde ich mich von ihnen befreien können‹, denkt er. ›Wenn der Sehnerv menstruieren könnte! Und wie sieht es in dir drin aus? Da fließt ganz, ganz dünn auch dir das Blut.‹

Ihre Hinterköpfe stoßen an die Steinwand, die auf dieser Höhe von einem speckigen Saum geziert ist. Eine nackte Glühbirne spendet schmuckloses Licht.

»Hier ist es arschkalt.«

»Die Kälte steht in direktem Verhältnis zu dem Raum, in dem man lebt. Man paßt sich dem Gemäuer an, das einen umgibt. Die Alten wollen sich nicht evakuieren lassen, die sterben lieber, als ihren Spiegelschrank aufzugeben.«

»Du irrst«, sagt Templado, nur aus Lust am Widerspruch. »Es ist das Gemäuer, das der Einzelne formt. Man paßt sich nicht seiner Grabplatte an, sondern die Grabplatte wird für den Menschen gemacht.«

»Ruhe, du lächerlicher Animist.«

»Von wegen Animismus, mein Guter. Ich glaube an die Welt und an den Menschen, seinen Mittelpunkt«, sagt Templado lachend.

»Seine Parallele«, korrigiert Herrera.

»Und ich glaube an Gott«, wirft Cuartero ein.

»Und wer zuletzt lacht, lacht am längsten«, schließt Sancho. »Nach glorreichem Kampf wurden die Stellungen genommen.«

Der alte Kellner, ein verschmitzter Zigeuner, bringt die Teller, den Wein und die Oliven.

»Wo sind die Oliven vom vergangenen Jahr!«

»Wo auch immer, jedenfalls haben sie uns nur diese hohlen Nüsse übriggelassen.«

Die verschrumpelten und ärmlichen Oliven haben kaum Aroma, aber alle stürzen sie sich gierig darauf.

»Wie kommt es, daß so kleine Oliven so große Kerne haben können«, fragt Sancho, der nur zwei ißt.

»Oliven: Eine göttlich, zwei köstlich, die dritte tödlich.«

»Den kannte ich bisher nur von Streichhölzern. Laß die Faxen und iß.«

Wie ein Verrückter macht sich Sancho über die Hartwurst her.

Herrera kaut mit offensichtlichem Genuß. Templado streicht mit den Fingerkuppen durch seine Bartstoppeln, die, obwohl am Morgen rasiert, schon wieder hervorgetreten sind. Wie gut haben es doch die jungen blonden Milchbärte. Die Jahre, mein lieber Julián!

»Mußt du viel Angst durchstehen?« fragt er Herrera.

»Ja. Und ich sitze im Generalstab. Wenn es um dich herum Bomben regnet, nun: Flugzeuge kann man sehen, du duckst dich, und hörst es über dich hinwegsausen. Aber Artillerie ist ein Fluch.«

Sie trinken schweigend.

»Tapferkeit ist etwas Grundsätzliches«, sagt Cuartero. »Man lernt sie als Kind.«

»Hör auf mit deinen Kindergeschichten. Jeder weiß, aus welchem Holz er geschnitzt ist und wie es bei ihm drinnen aussieht. Kennt ihr den schwulen Felipe? Den müßtet ihr sehen, unerschrocken. Der hält durch wie Don Tancredo. Unglaublich. Nirgendwo lernt man so gut wie im Krieg. Da dachte man, Mut hätte etwas mit Männlichkeit zu tun. Pustekuchen. Ich glaube, wenn sich alle der Tatsache bewußt wären, daß sie sterben können, würden sie auf der Stelle fortrennen. Ich meine: tatsächlich sterben. Denn im Grunde glauben wir immer, daß es den Köter des Nachbarn erwischt.«

»Die rennen auch so fort«, sagt Sancho.

»Werd' nicht ausfallend.«

»Über Mut kann ich nichts erzählen; ich habe keinen. Ein wirklich mutiger Mensch wird niemals sagen, was ihn ausmacht. Darüber reden nur Waschlappen oder Hasenfüße.«

»Des Menschen Füße sind edler als seine Hände.«

Die Eier werden gebracht.

»Was verlangst du dafür?« fragen sie den Wirt.

»Zehn Peseten, weil ihr es seid. Weil ihr Olivenöl mitgebracht habt. Doch. Ich zahle für das Dutzend fünfundvierzig Peseten.«

»Teufel auch!« platzt es aus Herrera heraus; er wirft sich gegen die Wand, alles auf dem Tisch hüpft in die Höhe: Seine Knie sind gegen die Platte gestoßen. »Gestern in Tarancón hätte ich sie für zehn Peseten das Dutzend kaufen können. Ich lehnte ab, weil mir das wie Gangsterei vorkam. Höchstens für fünf fünfzig.«

»Finde das erstmal, mein Lieber.«

»Und ob ich sie finden werde.«

»Für die Truppe.«

»Ich? Das würde Euch so passen.«

»Wenn du wüßtest ...«, hob Rivadavia an.

»Wisch dir den Mund ab, du bist mit Ei verschmiert.«

Das war kein Witz. Der Jurist wischte sich mit dem Tischtuch ab, auf dem ein glitzernder Streifen zurückblieb, ein Eigelbkomet. Bei Seifenmangel sind Servietten rar.

»Die Stadt hat sich in einen Hühnerstall verwandelt«, fährt der Richter fort. »Besonders zu empfehlen ist der Blick auf die Flachdächer. Sogar hinter den Gittertoren der Pedrera ...«

»Was ist die Pedrera?«

»So wird ein Gebäude von Gaudí genannt, am Paseo de Gracia, Ecke Provenza.«

»Ach ja, die PSUC-Zentrale!«

»Dort siehst du, in Käfigen direkt am Boden, die Hühner picken.«

»Jeder Stadtbewohner ist inzwischen Tauschhändler.«

»In jedem Kopf spukt ein Menü. Und danach das nächste. Man denkt nur noch ans Futtern.«

»Was meinst du denn, wozu meine Frau zum Friseur rennt? Um sich Locken legen zu lassen? Zum Ondulieren? Ach was. Um ein Stück Seife für ein halbes Kilo Reis zu tauschen, den sie wiederum für die Kartoffeln gibt, die sie eigentlich braucht. Oder eine Dose Sardinen, die ein Kapitän mitgebracht hat, ein Vetter der Tante der Schwägerin der anderen Tante, die sich über Nacht auf wundersame Weise in ein Stück Seife verwandelt.«

»Beim Schneider verkaufen sie Kartoffeln; im Kolonialwarenladen nur Senf, sonst nichts. Und erst die raren Dinge: Verlangst du Zahnpasta, verkaufen sie dir Sardellen. Barcelona ist zu einer ausufernd wuchernden Börse geworden.«

»Genau, alles geht drunter und drüber.«

»Trottel. Hier sorgt man sich nicht um den Frontverlauf, sondern um Linsen. Die Frauen schmelzen dahin, wenn du zu ihnen ›Schokolade‹ sagst. Liebe geht durch den Magen.«

»Wißt ihr, wo ich die Eier für uns zu Hause kaufe?« fragt Sancho. »In einem Bordell in der Calle de Diputación. Ich muß mich mit den eingemieteten Damen gutstellen, damit sie die himmlischen Kleinigkeiten rausrücken.«

»Es ist doch merkwürdig, wie sehr das Sexuelle in den Hintergrund tritt«, versichert Rivadavia. »Deshalb verabscheuen die Frauen den Krieg. Der Tod und der Hunger verweisen sie in die zweite Reihe. Ihre Macht schwindet. Glaubt nur nicht, daß sie die Schlächterei aus Menschenliebe schrecklich finden. Frauen sind grausamer als Männer. Zu Beginn der Erhebung mußten sie nur den Rock ein wenig lüpfen, wenn sie im Auto mitgenommen werden wollten. Erinnert ihr euch an Colette Colbert in *New York-Miami*? Nun: Sie brauchen keine Filmsternchen und keine Filme, um das zu lernen. Heute beachtet sie kein Aas mehr. Befehl ist Befehl, sagen ihnen die Chauffeure, wie sie mir erzählen, und der Tripper tut das seinige dazu. Aber, meine Lieben, wenn sie den Rock mit einer Zigarette in der Hand lüpfen, halten alle an. Mit Hartwürsten hat es noch keine probiert, aber mit Kartoffeln schon. Wir sind wie abgerichtete Hunde. Früher schauten wir auf Gesichter, heute auf die Hände.«

»Diese Zeit wird in die Geschichte eingehen als die Epoche des Zigarettenstummels.«

»Genau«, sagt Herrera, »die Lebensbedingungen bestimmen die Bedingungen des Geistes und seiner Werke.«

Templado lächelt in sich hinein angesichts dieses erkennbar marxistischen Firnisses.

»Das Wechseln und Tauschen, Geben und Nehmen, Umtauschen, Verschieben, Verschachern und Wuchern. Salate, Tomaten, Paprika, halbe Blutwürste, Preß- und Hartwürste haben unsre Gedanken okupiert. Wir alle kennen jenen Anwalt, seinen Namen muß ich nicht nennen, der seine nicht immer ganz blütenweißen Dienste gegen Eier, Käse, Mandeln oder Wein zur Verfügung stellt.«

»Was schulde ich Ihnen für ihre Hilfe«, äfft Cuartero seine Stimme nach.

»Drei Kilo Zucker und zehn Dosen Kondensmilch. Wenn ich bewirken kann, daß ihr Sohn in der Fabrik bleiben kann und nicht an die Front muß, eine Schachtel *La vache qui rit* und ein Schinken«, spielt Templado weiter.

»Aber sehen Sie, ich kann nur einen halben besorgen.«

»Ihr Sohn wird an die Front gehen!«

»Oh, Herr Anwalt! Ich lege eine Dose norwegischen Hering dazu, den meine Tochter vom Konsul höchstpersönlich bekommen hat. Echter aus Norwegen! Eine große Dose, oval, wundervoll.«

»Die ganze Stadt ein einziger Bazar«, fährt Rivadavia fort. »Bei allen, wie wir hier sitzen, ob wir wollen oder nicht, hat der Magen das Sagen.«

»Auch wenn wir es nicht wahrhaben wollen, wir sind alle Kinder von Mutter Natur«, unterbricht Templado. »Ich will nicht Montesquieu bemühen ...«

»Du Pedant«, knurrt ihn Cuartero halblaut an.

»... aber Wachstum und Vermehrung sind eine Folge übermäßigen Essens. Dessen, was man zu viel ißt. Warum sollen wir unabhängig sein von dem, was wir hervorbringen? Wie sollten wir uns freimachen von dem, was wir schlucken? Wir sind Materialisten und sonst nichts. Der Körper ist unser Herr.«

»Mein sehr geehrter Herr.«

»Und mit den besten Empfehlungen.«

»Wenn ihr so weitermacht, gehe ich.«

»Wenn ich dir jetzt dieses Messer in deinen Körper stoße, ist das deiner Seele unangenehm. Mit Schmerzen kann keiner arbeiten. Ohne Schmerzen in der Seele tust du auch nichts Sinnvolles. Wenn ich dir jetzt den kleinen Finger abschneide ...«

»Halt den Mund, du Schwachkopf.«

»Schwach werden nur Mädchen, kapiert? Du kannst mit deiner ganzen Willenskraft an etwas arbeiten, aber wenn das Schicksal über dich hereinbricht: ist alles vorbei. Zum kreativen Schaffen braucht es einen glücklichen Körper. Laßt uns unseren Körper preisen, indem wir ihn zufriedenstellen: lieblichen Wein oder trockenen, für jeden Geschmack etwas. Leckereien für die Heilige Jungfrau Natur. Der Körper ist unsere Lebensgrundlage«, schließt Templado.

»Öl und Wein, die lassen glücklich sein.«

»Wem am Fleisch das Fett gut schmeckt, dem wird fett der Tisch gedeckt.«

»Und Maultaschen für den Maulaffen.«

»Großmaul, Maulheld, sei nicht affig, genießt sie auch«, meint der Arzt darauf. »Hören wir auf damit, den Genuß zu erzwingen. Sollen sie doch sagen, was sie wollen! Schluß mit dem ich-muß-es-essen-auch-wenn-es-mir-nicht-schmeckt. Laßt uns beten für die Milz und für die Leber, für den Dickdarm und für den Zwölffingerdarm; beten wir für die Niere, die Speiseröhre, die Schilddrüse. Auf daß das neue Jahr kein schlechtes Jahr sein möge! Singen wir das Hohelied des Enddarms! Auf die Pankreas! Preisen wir sie mit Wein! Opfern wir ihnen die wohlschmeckendsten Schafe, die saftigsten Kälber! Dem Dickdarm ein feierliches Opfer! Dem Dünndarm ein feierliches Opfer!«

»Ich erkenne dich nicht wieder«, sagt Cuartero zu Templado.

»Wir bestehen aus dem, was wir essen, mein Herr Theatermann.«

Die weiße Tischdecke, die Wärme der fünf Freunde in dem beengten Raum, der Wein und das Essen macht sie zufrieden, sie fühlen sich weiter, enger miteinander verbunden als sie es wirklich sind. Die weiße Tischdecke, der Dampf, Salz und Pfeffer, die Asche, die Teller, auf denen von den Spiegeleiern nicht mehr die geringste Spur zurückgeblieben ist, das Olivenöl aufgetunkt mit den letzten Resten der Krume, dahin das knusprige Gold des Eiweißes, die Weichheit des Dotters: von der weißlichen Eihaut bis zu sämtlichen Gelbtönen, Goldtöne aller Art zwischen weiß und kupfern. Das Fleisch wurde aufgetragen, mit Tomaten als Beilage. Sancho ist nicht zu bremsen:

»Bei frischem Schwein und jungem Gemüse, zieht es jeden zur Kombüse.«

»Kinder, was für Rippchen!«

»Mehr Wein«, ruft Herrera, »beim Essen vergißt man glatt den Krieg. Besser noch als im Schlaf: keine Träume. Ich esse, also bin ich.«

Schon wieder Teruel in der Luft.

»Darum ist Spanien ein unsterbliches Land«, antwortet Cuartero. »Man ißt nicht, also lebt man nicht, also stirbt man nicht.«

»Möge doch Gott mich dorthin führen, wo ein Ei einen Real wert ist.«

»Ruhe, Ketzer. Wasser und Knoblauch sind genug.«

»Und das heilige Brot.«

»Öl, Kichererbsen oder Bohnen. Steckrüben.«

»Hör auf mit dem Gequassel.«

»Wasser aus dem Duero, Suppe vom Huhn.«

Rivadavia reicht Sancho eine Ecke Brot.

»Lope hat das schöner ausgedrückt«, zitiert Cuartero:

> »Unser moralisches Gerüst
> wird magerer, je größer der Hunger ist.«

»Alles wird magerer«, verkündet Templado, »außer dem Geschlecht, denn es ist das Mittel. Der Mensch verformt die Natur, und die Natur verformt den Menschen. Nette Formel. Zusammen bilden sie kein Ganzes, sondern eine Beziehung. Darum bin ich weder Animist, verehrter Herr Richter, noch Pantheist.«

»Das habe ich nicht gesagt, sondern nur, daß du betrunken bist.«

Templado redet weiter, mit dem professoralen Timbre eines, den sie alle kennen, die Stimme aufgeblasen, in der linken Hand die Gabel, in der rechten das Messer, mit dessen Klinge er den Takt schlägt.

»Man könnte sagen, daß die Natur sich selbst transformiert; also gibt es kein Spiel mehr. Ebensowenig können wir behaupten, daß der Mensch Teil der Natur ist, sobald er sie transformiert. Ich glaube an das Wirken der Himmelskörper auf den Menschen, an den Einfluß der Erde. Ein Lappländer ist kein Abessinier: verantwortlich dafür ist die Sonne.«

Er reckt die Gabel gen Himmel.

»Mir ist wohl bewußt, daß das Tam-Tam eine Sache ist, der freie Wille eine andere. Doch die Spanier vernehmen den dunklen Widerhall der kastilischen Erde, ohne anderen Horizont als ihr eigenes Ende, gepflügt wie das Meer, geteilt bisweilen vom Kielwasser einer Reihe Zitterpappeln, die mehr zappeln als die Sonne auf den Wellen, die den Winden mehr gehorchen als Fächer und Toppsegel. Oder die Wege durch die Sierra?« (Er hatte im Spaß begonnen, aber nun klingt seine Stimme belegt.) »Die Erde grau, grün, mit dem Gelb der Segge, dem matten Violett des Schopflavendels. Einsame Hügel und Felsen Kastiliens; lichtes Blau und fernes Grün. Ist euch das nicht schon in Fleisch und Blut übergegangen? Schmerzen euch nicht diese granitenen Steinwüsten, die unbestechlichen, unversöhnlichen, kargen Berghänge, voller Rosmarin, Galapagar, Torrelodones, Navacerrada, Chozas de la Sierra, Guadalix, Cabanillas, La Cabrera?«

»Sieh an, sieh an, da kommt der Kastilier raus«, amüsiert sich Rivadavia.

»Dieser Schmerz, der bricht bei mir manchmal auf wie eine Eiterbeule. Da hilft kein feuchtwarmer Umschlag. Der Nationalgeist ist ein Schutzgott, ein enges Band, ein höheres Gut gibt es nicht. Vielleicht ist genau diese Kette die Freiheit. Der Valencianer ist dick, der Kastilier dürr, der Andalusier olivgrün, der Katalane hochrot im Gesicht.«

»Gegen Verallgemeinerungen habe ich etwas.«

»Der Reis, die Kichererbsen, die Oliven, die Schlackwürste ... Neulich sagte ein Schweizer zu mir: Wir müßten essen wie Burgunder, und wir essen wie Schweizer, eher schlecht, leidlich, das ist das Wort. Was wollen Sie, wir sind von Natur aus neutral! Für Neutrale neutrales Essen. Wir essen irgendetwas, irgendwie. Der Spanier ist genügsam, denn sein Land ist trocken. Das Fleisch vom Grill, weil es keine Sahne gibt für Saucen; Kastilien kennt keine Orangen, und ein Galicier ist Freund langsam vor sich hin köchelnder Eintöpfe, während der Andalusier lebhaft ist wie siedendes Olivenöl, aber solange ihm das nicht ausgeht, ebenso ruhig wie der Galicier. Aragonesen aus den Bergen, gepökelt. Die von der Küste kommen alle gut miteinander aus, weil sich derselbe Fisch in ihrem Inneren windet. Brüderlichkeit unter Säufern. Seit jeher sind Festmähler Gelegenheiten feierlicher Verbrüderung gewesen.«

»Willst du, daß dir folgt der Hund, gib ihm etwas in den Schlund.«

»Niemals zu schweigen hat einen Namen: Sancho«, sagt Herrera. »Schweig still, Verfluchter.«

»Gut und ein für alle Mal gut, Sancho Martínez.«

»Krieg ist doch nichts anderes, als ein großes Festmahl auszurichten.«

»Und Frankreich sitzt am besten Tisch. Ein endloses Schraubgewinde verbindet den Menschen mit der Erde. Habt ihr noch nie jemanden koterbrechend sterben gesehen? Dann habt ihr etwas verpaßt. Darum lache ich über die Internationalisten. Die schweben im siebten Himmel. Die Luft ist kein Grundnahrungsmittel. Sicherlich, verpestete Luft kann einen töten. Verbindet uns denn etwa die Sprache? Daß ich nicht lache. Ich habe immer voller Befremden auf diese Philologen geschaut, die glauben, die Sprache sei das Bindeglied zwischen Aragón, Kastilien, León, Murcia. Ein Märchen, auch wenn sie das nicht wahrhaben wollen: aus einem Holz geschnitzt. Die Amerikaner sind aus ihrer Erde gemacht, wir aus unserer. Macht die Probe mit den Kindern. Ein Kind von Spaniern, aufgewachsen in Übersee, ist ein Lateinamerikaner wie jeder andere. Sieh dir Martí an. Oder Cecilia Böhl de Faber.«

»... oder die tolldreiste Tochter«, sagt Cuartero.

»Wieso?«

»Ach, keine Ahnung. Das wäre nur ein guter Titel. Abgesehen davon ist die Erde nicht so stark wie die Sprache.«

»Ach sei still, du Erzkatholik. Uns eint die Vorliebe für Wasser, Öl, Knoblauch. Nicht die Geburt zählt, sondern die Ernährung. Die spanische Küche verachten – diese Franzosen –, aber dann vorgeben, Cervantes oder Quevedo zu verstehen! Ignoranten! Olivenöl stößt ihnen auf, als ob die Nase nur für Rosen geschaffen wäre.«

»Da fällt mir das hier ein«, sagt Rivadavia und stimmt ein Lied über die spanische Küche an, eingehüllt in seinen Umhang wie ein Straßensänger: »›Oh, du meine spanische Küche!‹ Die Saucen aus kastilischen Kichererbsen sind kastilische Saucen und keine paraguayischen, wenn es in Paraguay überhaupt so köstlich goldene Speisen gibt. Der Geschmack der Heimaterde. Die Reichen, die immerfort ins Restaurant gehen, enden als Zwitterwesen, sie essen nirgends Saubohnen. Es gibt Leute, die leben sich nie ein in der Fremde: weil sie die vorgeschriebenen Gewürze nicht annehmen. Nirgends sind Engländer so englisch wie in China oder Transvaal, dank Whisky und holländischem Speck. Sobald dir die Küche eines fremden Landes mehr zusagt als deine eigene, bist du entwurzelt. Man stammt aus dem Land, dessen Innereien man mit Vergnügen ißt. Der einzige Nationalismus, den ich gestatte, ist der der Exkremente. Wer wäre spanischer als El Greco, Pater Nürnberg oder Bischof Gelmírez?«

»Jetzt folgt die Verteidigung des Schmortopfes«, warnt Herrera.

»Du weißt ja gar nicht, was ein Schmortopf ist, du Maulheld«, tönt Rivadavia und nimmt den Ball mit einer Stimme auf, die schnell spitz klingt. »Mit Öl, Essig, Knoblauch, Zwiebeln, Gewürzen; das alles langsam garen in einem gut verschlossenen Topf. Weder Eintopf noch Püree, weder Cocido noch in der Glut aufgewärmter Gazpacho, weder Kutscherknoblauch ...«

»›Knoblauch weiß‹ heißt das bei uns. Knoblauch zerstampfen, viel Brotkrume, Salz, Öl, Essig und Wasser ...«

»Ach was, du hast keine Ahnung«, schreit Rivadavia. »Das nennt sich in Wirklichkeit Gazpacho Sevillanisch. Aufgepaßt: Man nimmt sieben Saubohnen und sieben Mandeln, zerstampft sie zusammen mit einer Knoblauchzehe. Tropfen für Tropfen wird das Ganze mit Olivenöl verflüssigt, bis eine sämige Masse daraus wird. Dann gibt man unter ständigem Rühren einen Liter Wasser, einen Eßlöffel Essig, Salz und Paprika dazu. Danach ein halbes Kilo haselnußgroßer Brotkrumen. Aufkochen. Wenn es ›Heißer Knoblauch‹ heißen soll, schmeckt man es mit Cayennepfeffer ab und wärmt es nochmals auf.«

Sancho steht mühsam auf und grölt:

»Stockfisch, Stockfisch, Stockfisch!«

»Bitte um Erklärung, du Spinner.«

»Lob der einzigen Gottheit, die wir in unserem kulinarischen Götterhimmel noch nicht gepriesen haben. Kann ja nicht schaden. Wenn nicht alle Feen genannt werden, bringt das Unglück.«

Er setzt sich, seufzt:

»Könnte man nur hundert Jahre schlafen!«

»Odysseus verteidigte sich gegen Circe«, meint Cuartero gemächlich, »mit Knoblauch. Das rettete ihn davor, in ein Schwein verwandelt zu werden. Ich kann mir die Szene wunderbar vorstellen. Circe, aufbrausend:

›Hinweg, Verräter, du stinkst!‹«

»Jeder Körper riecht nach der Erde, die ihn geboren hat, und das Bergkaninchen nach Thymian und Rosmarin«, nimmt Templado den Faden wieder auf. »Knoblauch führt zu unangenehm beißendem Urin, er fördert den Appetit und erleichtert das Entweichen der Körpergase.«

»Matschkopf!«

»Matsch doch Knoblauch klein«, sagt Sancho, »ein Matschkopf ist, wer massig Knoblauch zermatscht.«

»Das Desinteresse der Spanier gegenüber dem Essen führte in Flandern zu Empörung. Daher rührt unser Ruf, schlicht zu sein. Die Lutheraner verlegten sich aufs üppige Essen.«

»Darum gelten bei uns«, sagt Rivadavia mit spitzer Stimme, »die Spanier als simpel, weil sie katholisch sind; die Deutschen als Freßsäcke, weil sie Lutheraner sind; die Engländer und die Genfer als geschmacklos, weil sie Calvinisten sind; und die Franzosen, wie immer, als Glückspilze.«

»Mein Gott!«

»Nichts zu machen«, kommentiert Cuartero. »Niemand kann uns davon abbringen, über Gastronomie zu reden.«

»Aus Amerika«, fährt Rivadavia fort, »kommen die Grundstoffe, die Tomate, die Kartoffel, die Schokolade, aber nicht die Kunst des Würzens. In Spanien werden Süßspeisen auf Basis von Zucker erst spät bekannt. Der Zucker ist portugiesisch, und der Handel mit ihm jüdisch. Angebaut wird er von Auswanderern in Brasilien, verkauft von Juden aus Amsterdam. Noch Ende des sechzehnten Jahrhunderts konnte der portugiesische König São Sebastião den Spaniern mit Leckereien aus Zucker eine besondere Ehre erweisen.«

»Nun, das Schlaraffenland läßt sich vergessen, aber niemals die Erde, die einen Hungers sterben läßt«, meint Templado.

»Mißachtung vergißt man nie, wohl aber erfüllte Liebe: Aus den Augen, aus dem Sinn. Der Glückliche ist immer unglücklich.«

»Ich«, sagt Cuartero, »zähle zu denen, die der Meinung sind, daß Paris richtig daran getan hat, Venus zu bevorzugen.«

›Womit fängt der denn jetzt schon wieder an‹, denkt Templado, ohne daß die anderen erstaunt wären.

»Wie du es drehst und wendest, wir sind bei den Äpfeln immer leer ausgegangen«, murmelt Sancho.

»Heute würde Juno den Apfel kriegen, denn mit Macht und Geld ...«

»Und Hörnern ...«

»Alles erreichbar.«

»Vor allem, wenn man eine Frau bekommen will«, führt Templado aus. »Mehr war bei Venus auch nicht zu holen, das mit der Liebe steckte noch in den Kinderschuhen, und gegenüber den Herrinnen gab es nichts weiter als züchtige Gefühle. Der Minnesang hat das zerstört, indem er den Frauen Attribute verlieh, die nur Göttern zustanden. Die Reformation war eine antifeministische Bewegung. Misogyn. Später haben sich die ruchlosen Weiber gerächt. Schau dir nur Doña Minerva an! Weisheit und Tugend! Eine Frau unbekannter Herkunft. Königin der *emmerdeuses*. Unterm Strich war Juno schon das ernsthaftere Angebot. Paris, ein trauriger Tropf. Seine einzige Rettung war der Gedanke, daß Helena an der Kindheit hängt.«

»Jetzt kommt aber deine Erziehung im Ausland durch! Hier würde niemand die Götter dämmern lassen. Wie wunderbar dagegen mein antimythisches und realistisches Volk! Hier weiß niemand, wie man Ajax auf spanisch ausspricht«, sagt Rivadavia.

»Bist du betrunken? Was hat denn Helena mit Paris zu tun?« fragt Herrera, aus dem Halbschlaf aufgeschreckt.

7. Reden ist alles

31. Dezember 1937.
Zehn Uhr dreißig

Sie traten auf die Straße und wandten sich in Richtung Paseo de Gracia. Sancho verabschiedete sich; er ging zur Redaktion von *La Vanguardia*.

Dank der Zauberkraft des Weines war die Kälte für die Spaziergänger verflogen. Die Straßen waren wie ausgestorben, die vier schlenderten, in ihr Gespräch vertieft, dahin und hielten hin und wieder auf der Straße inne.

»Der Zulauf zu Sehern und Kartenlegerinnen kommt davon, daß auf keine Institution mehr Verlaß ist«, sagt Rivadavia. »Pessimismus, meine Lieben. Unsicherheit und Glaube an Fortuna, Geburt einer neuen Welt, Übergang von der einen zur anderen. Schnell zum Seher: Junge oder Mädchen? Im Augenblick noch nicht eindeutig zu sagen. Sobald Ordnung herrscht, werden die Handlinien nicht mehr weiterwachsen. Doch solange Troja brennt, will jeder über Fortunas Glücksrad triumphieren. In dieser Zeit können sich die Kartenlegerinnen in Barcelona dumm und dämlich verdienen. Und erst recht in Paris.«

Herrera unterbrach ihn:

»Malorum causa, sagte David und warf die Harfe fort. Silberne Kaninchen. Kaschubäume. Laß die Kerle nur kommen ... wenn es echte sind; macht es auch nichts. Hier kommen sie nicht durch, und auch nicht in Sevilla.«

»Ich glaube an die Vorsehung, das Fatum, die Handlinien, die Horoskope, die Bestimmung, das Schicksal«, sagte Templado, »und an ihrer aller Vater: Freiherr von Zufall.«

»Glück und Fügung«, fügte Cuartero hinzu.

»Genau«, meinte Rivadavia, »und Tugendhaftigkeit. Die Ehre ist eine Tugend und die Tugend eine Ehre. Wir glauben an die Tugend, weil wir Stoiker sind und vom Himmel nicht viel halten. Wenn die Ehre nicht wäre, würde Gott die Tugend tilgen. Kein Heiliger ist so heilig wie ein Laie.«

»... aber auch nicht so aufdringlich«, meinte Templado. »Vielleicht ist die Aufdringlichkeit ja die Tugend des Himmels.«

»Unsere menschliche Würde erwächst aus der Tatsache, daß wir ungläubig geworden sind. Wir sind uns genug«, fuhr Rivadavia fort.

»Wir sind uns über«, sagte Cuartero.

»Wenn du so willst, sind wir uns selbst genug und den andern über. Individualismus«, sprach Rivadavia weiter. »Den Stoikern verdanken wir mehr, als wir uns eingestehen wollen. Genau wie die in Burgos. Die waschechten Faschisten glauben nicht an Gott. Sie glauben, sie seien Gott. Wenn die Pfaffen in ihren Diensten an Gott glaubten, stünden sie nicht in ihren Diensten. Sie dienen ihnen, als ob die Gott wären. Sie unterscheiden nicht mehr zwischen Gott und Kaiser, weil der Kaiser Gott ist. Gott ist der Generalissimus dieses Kreuzzuges, wie Pemán gesagt hat. Deshalb sind unsere Falangisten so hinter dem Prunk der Kirche her: Er wird ihrem Regime den höfischen Glanz liefern.«

Templado: »Aber das Mittel, die Kirche, wird stärker sein. Sie sehnen sich nach einem Caudillo. In Spanien hat es nie Parteien gegeben, nur politische Führer. Unter uns gibt es keine Sozialisten, sondern man ist für Largo oder für Prieto. Und so weiter: dieser ist für Azaña, jener für Nicolau. So ist Spanien beschaffen. Nennt man die Kommunisten nicht die Kinder von Pepe Díaz? Deshalb glaube ich nicht an die Möglichkeit eines kommunistischen Sieges in Spanien. Genau so wenig glaube ich an die Anarchisten. Parteimitglied sein heißt, seinen Beitrag zu zahlen und in etwa einem Programm zuzustimmen. Die Kommunisten sehen das anders, ähnlich wie früher die von der FAI. Die dulden keine Karteileichen. In unserem Blut steckt die Sehnsucht nach einem Caudillo und der Kazikengeist. Wir sind daran gewöhnt, von einem Willen regiert zu werden und nicht von einer Doktrin. Ein Liberaler oder ein Sozialist würde niemals für die Partei auf seine Ticks, seine Angewohnheiten, seine Vorlieben verzichten. Ein Kommunist glaubt blind an seine Partei, beharrt stur auf ihrer Sicht. Der Kommunismus ist eine Religion, eine Gewissenspflicht, eine Beratung, weil er Normen, Unfehlbarkeit, Ordensregeln hat. Der Mensch ist nicht mehr Lehrer, Metzger oder Maurer. Ein Kommunist ist vor allem anderen ein Handlanger der Partei. Die Freimaurerei ist nicht so weit gegangen.«

»Und ist deshalb gescheitert«, sagte Herrera, den die anderen aus dem Augenwinkel beobachteten, denn ihnen war nicht entgangen, daß Templado redete, um etwas von ihm zu hören. »Die Einzelinteressen rückten in den Vordergrund, der Kult blieb äußerlich, die Praxis beschränkte sich auf unverbindliche Hilfe oder Kameradschaft ...«

Herrera verstummte. Er kannte seine Begleiter gut genug, um sich nicht in diese Diskussion verwickeln zu lassen.

»Mit den Sozialisten«, hakte Rivadavia nach, »kann man auskommen, weil man sich bei denen noch irgendwo behaglich einrichten kann; bei den Kommunisten nicht.«

»Pah!« rief Herrera, »ihr besauft euch alle am Ewigen, Unermeßlichen, Unendlichen und an seinen Sternen, ihr erfindet den Urquell der Materie und ihre Filationen, verzweigte Genealogien, in denen ihr euch verliert, die ihr dann aber, um die Sache nicht zu kompliziert zu machen, einfach akzeptiert, und ihr wärt bereit, euch abschlachten zu lassen, nur damit sie weiterbestehen; das alles ist Poesie, Tabu. Und so überlebt der Idealismus, aus Angst, Träume zu beschädigen. Wovor haben die Spanier Respekt? Vor dem Mut des einzelnen, vor viel mehr nicht. Sonst kann uns nichts in die Knie zwingen. Denn einseifen lassen wir uns nicht. Der Mut bewährt sich im Handeln: in der direkten Aktion. Ein im Bombenhagel bewährter Mut.«

»Wir wechseln ohne Umschweife von der Schwäche zur Gewalt«, sagte Rivadavia, »nur aus Angst vor der Schwäche. Tollkühnheit sieht edel aus, Mäßigung hingegen wie Mangel an Schneid, wenn nicht wie Verrat. Wer die Dinge nicht ohne Rücksicht auf Verluste angeht, gilt als unsicher oder gebrechlich. Die mit den meisten Zweifeln gebärden sich besonders radikal, aus Angst vor zweifelnden Stimmen. Kaum beginnen sie, Gefallen daran zu finden, werden sie besiegt und stürzen in ihr eigenes Blut.«

»Wie Jáuregui sagt: Sie wollten, allein mit dem Hauch ihres Atems, Wunderdinge erlangen, ohne dafür zu zahlen«, kommentierte Cuartero gelassen.

»Die Welt ist, wie sie ist«, fing Templado nach einem Augenblick der Stille wieder an, »und wenn wir uns etwas vormachen, ist das unsere Schuld. Deshalb bin ich antiplatonisch, antikritisch und anti-pyrrhonisch. Mich öden diese Leute an, die immer Pro und Contra abwägen, immer Vor- und Nachteile diskutieren. Die Untentschlossenen, die Schwuchteln. Ich hasse den Konjunktiv sogar in der Literatur. Mich ödet Dostojewski an, die Unentschlossenheit zwischen leben und doch nicht leben unserer Mystiker, Schatten und Wirklichkeit unserer Dramatiker. All die kritischen Standpunkte Larras, Ganivets, Ortegas, was haben sie gebracht? Haben sie etwas erhellt? Haben sie zu gangbaren Lösungen geführt? Du glaubst, daß die Ideen Kartoffeln hervorbringen«, sagte er zu Cuartero, »ich hingegen glaube, daß Kartoffeln für Ideen sorgen.«

»Ich«, kommentierte Rivadavia, »daß Ideen Ideen hervorbringen und Kartoffeln Kartoffeln.«

»Was den Menschen von der Kartoffel unterscheidet«, erwiderte Templado, »ist die Vorstellung vom Gewinn, die Vorstellung vom Handel. Alles wollen wir in Gold verwandeln und es mit der Natur gegen ihre Gunstbeweise eintauschen. Der Mensch ist ein Tier mit alchemistischen Instinkten. Kaum macht er sich auf die Suche nach Ähnlichkeiten, will er die Farbe in Wirklichkeit verwandeln, das Fleisch in eine Mahlzeit, die Liebe in eine Erklärung! Wandel, Wandel, Wandel! Ekstase der Verwandlung! Bei einigen Naturvölkern hat der Akt des Tauschens göttlichen Charakter. Wie hier auch, und überall. Recht, im Sinn des römischen Rechts, entspricht nicht unserem Wesen. Ein Rechtsbruch ist nichts, was man vor Gericht löst, sondern von Angesicht zu Angesicht, direkt. Wenn deshalb jemand ›Du Barbar!‹ zu einem unserer Landsmänner sagt, trifft er, ohne es zu wissen, ins Schwarze. Für mich ist das keine Verleumdung. Ich verachte aber auch niemanden, der an die kastilische Ehre glaubt, an Ordale, an den Schmerz. Die Römer kamen nicht auf den Gedanken, die Ehre mit Blut reinzuwaschen; aber alles mit Rechtsprechung und Papierkram regeln zu wollen, war in unseren Augen schon immer Sache der Zauderer und Feiglinge. Die Gesetze scheinen nicht für Spanier geschrieben zu sein. Die persönlichen Beziehungen sind stärker, das ist vielleicht das einzige, was uns von den Westgoten geblieben ist.«

»Deshalb haben hier die Intellektuellen eine solche Bedeutung: als Oppositionelle. In einem Volk, bei dem der Adel nicht viel hermacht und die Bourgeoisie noch nicht volljährig ist, waren sie es, die der Macht die Stirn geboten haben, nicht nur, weil sie Intellektuelle waren, sondern weil sie Spanier waren. All unsere Protestbewegungen kommen aus dieser Wurzel. Die Falange war anfangs eine literarische Bewegung.«

»Da sieht man, wie rückständig wir sind. Wir träumen noch immer von Voltaire, fünfzig Jahre nach dem Tod vom Marx.«

»Der ein Intellektueller war.«

»Mit dem kleinen Unterschied, der zwischen dem *Candide* und dem *Kapital* liegt, zwischen den deutschen oder französischen Höfen und den Arbeitervorstädten von London.«

»Die da«, sagte Templado an die Adresse von Herrera, »sind undankbar, sie mißtrauen dem Intellekt. Wie Erasmus von der katholischen Kirche sagte: »Le baladin qui danse mal n'est que ridicule: si nous avons le malheur de déplaire, nous voilà hérétiques.«

»Erasmus ...«, sagte Cuartero. »In gewissem Sinn feiern wir mit unserem Krieg seinen vierhundertsten Todestag, er starb am 3. Juli 1536. Ferndando de los Ríos vertrat einmal die Auffassung, wir seien Erasmiten. Gut gesagt, aber er vergaß dabei, daß man, um Erasmit zu sein, zuerst katholisch sein muß. Es gibt keinen Spanier, der nicht denkt, er könnte sich allein durch seinen Glauben retten. Die, die glauben, sie könnten sich durch ihre Taten retten, stehen auf der gegnerischen Seite. Hier gibt es nur den einen Kampf zwischen denen, die den Geist von Christi Wort retten wollen, und denen, die den äußeren Schein wahren wollen.«

»Wenn du das glaubst!« rief Herrera.

Als sie den Paseo de Gracia erreicht hatten, ging Herrera mit Cuartero weiter, während Templado einige Meter hinter ihnen mit Rivadavia die Diskussion fortführte.

»Das Gewissen besteht in nichts anderem, als etwas zu wissen, sich bewußt zu sein«, sagt Herrera. »Religion entsteht aus Machtlosigkeit, Machtlosigkeit weckt Angst. Die

Vorstellungskraft regt die Grausamkeit an, und die Machtlosigkeit die Rache. Aus der Machtlosigkeit entstehen Religion und Angst, aus der Religion die Grausamkeit, aus der Angst die Rache, und ebenso die Vorstellungskraft. Machtlosigkeit wird mit Macht geheilt, und diese Kur nennt sich Revolution. Die Religion, Tochter der Angst, und die Grausamkeit, Rache für frühere Angst. Religion heißt, die Seele in Sicherheit bringen: damit keiner sie schnappt, rettet man sich ins Jenseits, zu den seinen (Mich kriegst du nicht!). Die Religion ist das Gewissen des Menschen, der sich nicht gefunden oder sich verloren hat, sagt Marx. Wer verachtet wird, ist grausam; die Grausamkeit ist der Preis der Verachtung. Grausamkeit ist Vergnügen am Schmerz eines anderen, oder Gleichgültigkeit. Individualismus. Völliger Mangel an menschlicher Solidarität. Ich beurteile einen Feind nicht nach dem, was er ist, sondern nach dem, was er tut.«

»Aber ... wenn dein Werk scheitert ...?« merkt Cuartero an.

»Fängt man wieder von vorne an.«

»Wenn du wieder scheiterst?«

»Wieder genauso von vorne anfangen.«

»Fühlst du dich nie allein?«

»Ich bin nie bei mir selbst, sondern stehe immer vor einer Aufgabe. Ich bin meine Arbeit und meine Nützlichkeit. Der Rest ist Unwägbarkeit: Literatur.«

»Und wieviel von dem, was du gerade gesagt hast, ist Literatur?«

Hinter ihnen geht es um das Gleiche, mehr oder weniger. Rivadavia sagt:

»Denk nicht, daß ich mir etwas vormache. Wir Bürgerlichen ... Denn diese soziale Gerechtigkeit, in deren Dienst wir unser Überleben stellen, ist ein Märchen, mein Freund, ein Märchen. Und der Sieg, wenn er denn kommt, wird für uns zu teuer. Seinen Preis werden wir nicht bezahlen können.

Unter dem Joch wurden wir geboren, und gevierteilt werden wir enden. Denn zum Sterben reicht es nicht, Theorien zu haben und an sie zu glauben. Wir denken, daß dieses oder jenes das Beste sei, aber uns fehlt der wahre Glaube, die Selbstgewißheit. Wir sind mit anderen Dingen aufgewachsen. Wir sterben, weil es uns an Phantasie fehlt; besser gesagt, wir kämpfen gegen unsere Phantasie. Oder denkst du, daß es hier noch umherziehende Don Quijotes gibt? Die Männer meiner Generation wissen nicht, was sie wollen. Oder weißt du etwa ganz genau, was du willst? Glaubst du, daß du in einer gerechteren Welt wunschlos glücklich wärst? Genauer gesagt: Wärst du zufrieden, in der UdSSR zu leben? Was uns gefiel, hat man uns genommen: herumspürend durch die Welt zu streunen, an jeder Laterne und an jeder Häuserecke eine Duftmarke zu erschnüffeln. Uns bleibt nichts anderes übrig, als auf eine Wendung zu warten, so unwahrscheinlich sie uns scheinen mag. Warten im Schatten der gerunzelten Stirn.«

Rivadavia zeigt in den wolkenlosen Himmel.

»Schau, sternenklar, unzählige andere Welten, was für eine Ruhe, eine Ruhe, die den Tod bringen kann.«

»Sicher«, antwortet Templado, »aber daran ist nichts zu ändern, denn nach Auffassung der Pythagoreer ist das Böse unendlich, während das Gute Teil der Endlichkeit ist. Das Böse ist verschiedenartig und das Gute eins. Deshalb ist das Böse amüsant und die Tugend langweilig. Beim Amüsement zählt die Abwechslung. Tugendhafte Männer sind unerträglich ... Abwechslung in die Tugenden bringen ... Gesetzt den Fall, die Abwechslung ist der Ursprung des Bösen. Die Ruhe, das Gute; die Bewegung, das Böse. Wie Erde und Meer. Auf einmal, und für alle Fälle, amüsiere ich mich«, sagt er zum Abschluß.

Weiter vorne stehen Cuartero und Herrera und diskutieren:

»Eure beste Wolle werdet ihr im Unterholz zurücklassen. Frohgemut erduldet ihr eine Inquisition. Und was am schlimmsten ist, weder stört es euch, noch leidet ihr«, sagt Cuartero.

»Mich packt das Grausen, peinlich, dich so reden zu hören. Die Geschichte Spaniens ist ein Zufallsprodukt, die Folge eines zufälligen Koitus': Karl V., und einer fixen Idee Isabels: Amerika. Wieviele Spanier kämpften denn überhaupt in der Tercios? Was soll das überhaupt? Das Große, das Überragende an Spanien ist das Volk. Was zählen schon all die Heinrichs, Philipps oder Karls? Alles geschieht ohne, daß das Volk etwas mitbekommt, ohne daß es ihm wehtut. Nur unter dem Joch der wirtschaftlichen Bedingungen hatte es zu leiden. Aber was hatte es mit diesen ganzen Kriegen der Generäle zu tun? Das ist unser Übel, unheilbar ist es, und keiner weiß, woher es kommt, von zu viel Kamarilla, von Ränken und Intrigen zwischen kleingeistigen Führern, jedenfalls blutet das Land aus, ohne daß die Bauern, ohne daß die Arbeiter wüßten, warum. So viel zerfetztes Leben. Aber damit hat es jetzt ein Ende. Das spanische Volk hat begriffen, für wen und wozu es sich den Schädel einschlagen ließ. Jetzt hat es begriffen, zum ersten Mal, daß es um seine eigene Existenz, sein eigenes Überleben, seine eigene Erde kämpft. Damit die spanische Erde ihm gehört. All denen, die wissen, wie ein Fladenbrot schmeckt. All denen, die wissen, wie man Schienen verlegt. All denen, die in den Betrieben wissen, wie man die Hebel bedient. All denen, die die Stirn bieten. Sie wissen, daß ab morgen die Erde, für die sie sterben, auf der sie sterben, in der sie sterben, nicht mehr dem unbekannten Herrn gehört, nicht mehr der anonymen Firma. Weder mit verworrenen Reden noch mit intellektuellen Haarspaltereien oder heiligen römisch-katholischen Spitzfindigkeiten werdet ihr diese wundervolle Erfahrung nachvollziehen können: wie das Proletariat sich seiner

Existenz und seiner Rechte bewußt wird. Es gibt nichts Größeres. Das sprengt die Bank. Vergessen die Frage, was in jedem Individuum vor sich geht, vergessen die Angst vor dem Tod, vergessen die Frage, ob du an die Rettung deiner Seele glaubst, oder ob du aufgehört hast zu glauben. Das alles ist Vergangenheit oder zumindest in deinem Inneren begraben, wo es niemanden mehr interessiert. Vor allem: Es gibt keine Sklaven mehr. Welchen Wert hat denn dein Gewissen, wenn das Leben der Vielen abhängt von der Gewissenlosigkeit, der Dreistigkeit, dem Spott und den persönlichen Launen soundsovieler feiner Herren? Auch für die vielen Anarchismus-Modelle, die nicht mehr waren als die Projektion dieser individuellen Probleme auf die Welt, ist die Zeit abgelaufen. Jetzt haben wir uns zusammengeschlossen, da könnt ihr zetern und kreischen, so viel ihr wollt, aber die Welt wird denen gehören, die sich ein für alle Mal bewußt gemacht haben, daß sie sich die Welt durch ihre eigene Arbeit angeeignet haben. Und entschuldige bitte, aber es ist das erste Mal in meinem Leben, daß ich mich habe gehen lassen ...«

Cuartero hatte Jesús Herrera mit einigem Erstaunen zugehört. Er war fast doppelt so alt und hatte keine solche Jugend erlebt. ›Der Krieg‹, dachte er, ›der Krieg. Und danach? Sie werden dastehen, ohne Studium, ohne Wissen, von allen guten Geistern verlassen. Wenn ich ihm das sagen würde, er würde mich auslachen. Vielleicht zu recht.‹ Als der Hauptmann geendet hatte, antwortete er:

»Manchmal frage ich mich, ob ich nicht aus Haß auf eurer Seite stehe, aus Haß auf dieses Kleinbürgertum, das mich erstickt: knauserig, erbärmlich, elend und niederträchtig im Umgang mit den Besitzlosen; die gesichtslosen Geizhälse haben nichts besseres zu tun, als dem Nepotismus hinterherzuschnüffeln; haben Hochachtung vor Ämterschieberei, Aufgeblasenheit und Eigennutz; immer das Fähnchen im Wind, je nach Machthaber, Wadenbeißer gegenüber allem, was nach Geist riecht, nicht gezwungenermaßen, sondern mit Bedacht, zerfressen vor Neid, suche jede Gelegenheit, an den Heiligen herumzunörgeln; umtriebig, wenn es um ihr eigenes, nölig, wenn es um das Fortkommen aller geht; Taugenichtse, eitel und feige, Schmeichler. Wie sie ihre Silberlinge zusammenraffen: zu jeder Schurkerei und Schacherei imstande, für popelige Gewinne mit gezinkten Karten und falschen Preisen, hinter dem Rücken des Gesetzes; denn listig sind sie, mißtrauisch, und sie fürchten das Licht.«

Templado und der Richter sind zu ihren Freunden gestoßen. Rivadavia lacht und meint:

»Trotzdem, ohne sie gäbe es uns nicht. Denn wir sind Kinder der Stadt und des Handels. Ohne Städte keine Kultur, denn die Klosterkultur des Mittelalters war keine eigene, sondern die nach Mottenpulver muffende Kultur der untergegangenen Städte. Und die Renaissance, Kind der Stadt, Kind der Bourgeoisie. Der Führer, der König, der Chef, die bauten keine Städte, sondern Burgen. Hoch lebe der Luxus, und der, dem wir ihn verdanken. Ich habe ein bißchen Angst, daß an dem Tag, an dem die Bourgeoisie untergeht, die Zivilisation kopfüber hinterherspringt.«

Cuartero antwortet nicht direkt auf Rivadavia, sondern auf Herrera:

»Glaubst du wirklich, daß du allein aus ökonomischen Gründen als Hauptmann uniformiert vor uns stehst? Daß du aus mehr oder weniger wundersamen materialistischen Gründen kämpfst? Ist es nicht eine Wahrheit, die dich treibt? Treibt dich nicht der Geist? Stimuliert dich nicht das moralische Empfinden? Und wenn du dir das zugestehst, warum nicht auch den Völkern? Ist ein Volk denn etwas anderes als die Summe seiner Landschaften und seiner Individuen? Wenn ja, warum sollen die Völker sich nicht von der gleichen

Leidenschaft leiten lassen wie du? Dabei lasse ich jetzt unendlich viele Dinge außer acht, Dinge, die ich begrüße, die aber für sich allein nicht am Anfang von so viel Druck, so viel Tapferkeit, so viel Tüchtigkeit stehen können.«

»Und glaubst du, Cuartero, an das Ammenmärchen, alles Geistige ließe sich mit Zahlen und Statistiken erklären? Nein. Die ökonomischen und sozialen Bedingungen bestimmen ihrerseits metaphysische Zusammenhänge, und diese metaphysischen Zusammenhänge prägen und beeinflussen dialektisch die Dinge unseres täglichen Lebens ... In der UdSSR gibt es wirklich wichtigere Dinge und einflußreichere Neuerungen als diese lächerlichen Auseinandersetzungen darüber, ob ihre Malerei akademisch sei oder nicht und die Musik formalistisch.«

»Schon gut, mein Junge, schon gut«, gab Cuartero Herrera voller Sympathie zurück, »ich kenne die Lektion, aber, was soll ich machen, ich glaube an Gott, dagegen ist kein Kraut gewachsen.«

»Nicht die Auftragsmalerei, der Mensch ist das Problem. Die Technik schreitet schneller voran als der Unwissende, der sich ihrer bedienen soll. Hier mag eine der unerwarteten Stärken der Bourgeoisie liegen, denn auch heute noch wird der Sohn eines Bourgeois leichter Ingenieur als der Sohn eines Bauern.«

»Du bist einer von denen, die glauben, es sei der Wille zum Handel gewesen, der die Menschen aufs Meer getrieben hat. Wir sind nicht alle Phönizier. Irgend jemand hat als erster einen Baumstamm ausgehöhlt, wer weiß warum!«

»Aus Angeberei, aus Stolz, aus Neugierde«, erklärt Templado.

»Ich bin ein noch größerer Hegelianer als du«, spricht Cuartero zu Herrera gewandt weiter. »›Am Anfang allen Lebens stehen das Wissen und das Können zur Fahrt über die gefährliche See. Der Mut der menschlichen Intelligenz –

nicht der Mut an sich, sondern die Kühnheit des persönlichen Geschicks – ist seit diesem Tag das höchste Gut.‹«

Sie erreichen den Eingang zu Cuarteros Haus. Zum Abschied umarmen sie sich.

»Frohes neues Jahr.«

»Frohes neues Jahr.«

Und jeder von ihnen hat im Kopf: Wenn nur Teruel nicht fällt.

Rivadavia sagt zu Paulino:

»Grüße an Pilar.«

Cuartero steckt den Schlüssel ins Schloß.

8. Pilar Núñez de Cuartero

Sie war klein und zierlich, wie ihre Großmutter, und sie kannte weder ihren Vater noch ihre Mutter, die beide bei einem Eisenbahnunglück, das für Aufsehen gesorgt hatte, ums Leben gekommen waren. Gerade neununddreißig Jahre alt geworden, mit sich und der Welt uneins, schäumend vor Wut und Verbitterung, sich grämend angesichts dieser Ungerechtigkeit: daß Jahre zu unterschlagen auch nicht jünger macht; am Morgen danach ist der Schmerz wieder da. Ein graues Haar macht noch keine Großmutter, aber selbst wenn man es ausreißt oder mit Spezialtinktur färbt, es bleibt ein graues Haar; wenn nur dieser unerbittliche Spiegel nicht wäre. Mit Koketterie hat das nichts zu tun, das ist weder Angst vorm letzten Atemzug noch Furcht vorm Vergehen der Liebe. Sondern schlicht Empörung darüber, daß das Leben ist, wie es ist: waschen, putzen, kochen und den Kindern den Arsch abwischen; und wenn einer es endlich alleine schafft, ist schon das nächste Problem da; wenn es nicht Keuchhusten ist, dann eine Angina oder Masern. Und die wöchentliche Wäsche: zwei Taschentücher fehlen.

»Hast du sie genommen, Leonor?«

»Die da, die hat sie!«

Die Angst um Pfennigbeträge. Pfennige.

»Was diese Kinder an Schuhen verschleißen!«

Pilar ist es nun einerlei, ob sie eine Falte mehr oder weniger hat: Sie hat sich aufgegeben, vor nicht allzu langer Zeit. Aber sie wirft sich und anderen vor, daß ihrem Leben jeglicher Sinn fehlt. Sie stichelt, nörgelt, stänkert gegen jeden.

»Ein Tag wie der andere.«

Sie braust auf, mit ihrer barschen Stimme:

»Wenn ich erst einmal kreische, kreische ich euch alle nieder!«

Dann der Zank, die Sticheleien, der Unmut, die Verletzungen:

»Und ich, was habe ich gesehen vom Leben? Was habe ich erlebt? Was habe ich genossen? Bei was auch immer, ich bin schlecht, sehr schlecht weggekommen. Wenn ihr meint, das geht so weiter, dann habt ihr euch aber gehörig getäuscht...«

Und so fort. Voll bitterem Haß auf ›dieses‹ Leben und seinen öden Trott. Das sagte sie allen ins Gesicht. Bei Tisch, wo sie zwischen ihrem Mann und ihrer jüngsten Tochter saß, gegenüber den vier Gören, in der Reihenfolge ihrer Taufe: Pilarín, Nicolás, Juan, Luis; die Jüngste heißt Paloma.

»Von all dem Abwaschen sind meine Hände rauh wie Schmirgelpapier.«

Alle Bitterkeit dieser Worte zielt auf die älteste Tochter, zur Erniedrigung des Gatten. Pilarín senkt die Augen, blickt dann, verstohlen und vorwurfsvoll, zum Vater.

»Meine Hände ...« (Und das Piano, das in Madrid geblieben war! Eine Bombe ist eingeschlagen, Schuld ist Papa. Um den Tisch sitzen die, die das nicht bezweifeln können – das ist eine Frage des Alters – und es nicht bezweifeln.)

»Elende Politik. Hat dich denn jemand gezwungen, deine Nase in diese Geschichten zu stecken? Sieh dir Arniches an, sieh dir Guerrero an, sieh dir Marquina an. Und mir willst du erzählen, daß wir uns nicht schon längst hätten Richtung Argentinien einschiffen können? Wozu hast du denn deine Freundschaften? Nur für die Republik? Sieh dir

Gustavo an, was der für Verbindungen hat. Du änderst dich nie: Für dich die sauren Trauben und für die anderen die reifen. Juan, nicht mit den Fingern in den Teller! So kann dieses Leben nicht weitergehen! Am liebsten würde ich sterben! Du Ferkel, du! Sieh dir diese Hände an! Bis der Geduldsfaden reißt und mit die Hand ausrutscht, aber wie!«

Die Kinder senken die Köpfe, obwohl sie wissen, daß die Drohung Drohung bleiben wird.

»Früher war ich wenigstens ansehnlich, aber jetzt ...«

»Was ist jetzt?« fragt Cuartero besänftigend. »Du bist wunderhübsch.«

»Deine Witze kannst du dir sparen, ich hab so schon genug. Von all dem Abwaschen sind meine Hände rauh wie Schmirgelpapier.«

Groll. Hinter einem Vorhang unnützer Worte bläst Cuartero zum Rückzug.

»Liebling, ich sage doch immer, du sollst nicht Hausmädchen spielen, denn du hast eins; abgesehen davon sind im Krieg alle Hausmädchen, oder niemand, wie immer du willst.«

Er verzichtet darauf weiterzusprechen, macht sich selbst Vorhaltungen, überhaupt angefangen zu haben. Pilars Augen glänzen.

»Willst du damit etwa sagen ...?«

»Ich sage gar nichts.«

»Doch, doch. Du sagst, ich arbeite nicht wie ein Hausmädchen. Führe ich das Leben einer Dame? Nein? Wenn ich wenigstens arbeiten und mir mein Leben verdienen könnte! Stattdessen: fegen, waschen, nähen. Das sieht man nicht. Jeden morgen von neuem, damit der Herr alles ordentlich vorfindet.«

Ihnen gegenüber die Kinder. Paulino Cuartero schweigt und spürt, wie die Kleinen mit ihrer Mutter einer Meinung sind, nicht einfach so, sondern weil sie ihre Mutter ist.

Außerdem wußte er dem nichts entgegenzusetzen. Seine bessere Hälfte trommelt auf den Tisch und sieht ihm zornig ins Gesicht.

»Heute nachmittag habe ich die Frau von Sancho getroffen, so was von elegant«, bohrt sie bissig weiter, »in einem Mantel bis hier. Auf Spaziergang. Genau, mein Junge, richtig gehört; nicht alle sind wie ich. Sie dachte, sie könnte mich hochnehmen und machte mir Komplimente für meine Schuhe. Die habe ich seit vier Jahren, antwortete ich ihr. Das weiß sie besser als ich.«

»Dabei wart ihr so gut befreundet.«

»Befreundet? Mit der?« gibt sie mit überraschtem Blick zurück.

Paulino Cuartero hatte Pilar Núñez als milchbärtiger Schüler bei den Salesianern kennengelernt. Sie war die Nichte einer Schneiderin aus der kastilischen Provinzhauptstadt, vor sich eine sichere Zukunft als Offiziersgattin, wie alle halbwegs hübschen Mädchen in der kleinen Garnison. Als behütetes Küken kleinbürgerlicher Herkunft lernte sie Verkäuferin. (Aber später: »Ich hatte eine Karriere vor mir.« »Wenn ich wollte, ich könnte von meinem Beruf leben.« Pilar Núñez, die Expertin in geschäftlichen Angelegenheiten.) Aber die Familie väterlicherseits besaß einen einwandfreien Adelsbrief – oder hatte einen besessen, ohne ihn halten zu können –, jedenfalls zog sie ihn bei jeder Tertulia hervor.

Paulino machte sein Abitur, ein Junge aus guter Familie, die nicht mehr ganz so gut dastand, will sagen: schlecht genug, um nicht einen Duro für ›seine Auslagen‹ abzwacken zu können. Dieses Mädchen mit dunklem Teint und rehbraunen Augen, flaumbeschattetem Mund und Körper, mit weich knospenden Brüstchen, für deren Beschreibung keine Worte der Welt gut genug gewesen wären, wie sanft und seidig, fest und fein, glatt und begehrenswert, wie weich und schwellend sie waren; mit ehrlich empfundenem Schamgefühl wurden sie verteidigt, verborgen und versteckt, später dann mit einem gestotterten ›ich weiß nicht wieso‹ der Höhlung seiner kindlichen Hände überlassen. Dieses Mädchen entzog ihn der Welt, und er wurde ein Gefangener ihrer Glut, die ihm alles verbarg, was jenseits der Stunden lag, in denen er mit seiner Freundin sprechen und sie preisen konnte. Vier Jahre lebte er so abgeschottet, abgerichtet, alle Gedanken darauf gezielt, mit den Fingerspitzen oder gar der ganzen Hand die pfirsichzarte Haut der Heranwachsenden zu berühren; ihn plagte kein anderes Problem, außer, wie er möglichst umstandslos und unbemerkt die Hand unter ihren Unterrock, ihren Liebestöter, ihre Unterhose, ihren Büstier bekommen konnte. Sein Studium litt zusehend unter dem Stau seiner Säfte. Mit dem Segen ihrer Familien wurden sie verheiratet, und gerade rechtzeitig, denn schließlich kam, was zur Welt kommen mußte: Pilarín; vier Monate nach der Vermählung, in Madrid, damit niemand etwas sagte, während der junge Mann seinen Abschluß in – was sonst? – Jura machte. Sie war zwanzig, er war einundzwanzig Jahre alt.

Noch zwanzig Jahre später spürte Cuartero sein verlorenes Leben, verloren eines Morgens in einem Pinienhain, der an einem Abhang gelegen war. Sie verbrachten den Sommer in einem Dorf im Baskenland, er achtzehn, sie siebzehn Jahre alt. Pilar hatte den ganzen Winter über versprochen, ›ganz ihm zu gehören‹. Während dieser Monate war Paulino, noch Jungfrau, sehr besorgt, denn er war unerfahren und fürchtete, sie zu schwängern. An jenem sonnigen Morgen setzten sie sich, unter tausenderlei Vorsichtsmaßnahmen, von der Familie ab, die hundert Meter weiter unter den Pinien lagerte. Als sie sich ihrer Einsamkeit gewiß waren, legte sich Pilar ausgestreckt auf den Boden. Paulino spürte seinen schmerzenden Herzschlag unter den Rippen, er merkte nicht, was er tat, seine Hände krallten sich in den

Boden. Seine Erregung gestattete ihm nicht, den Akt zu beenden. Sein ganzes Leben schleppt er die Bitterkeit dieses Augenblicks hinter sich her, jenes schreckliche (ironische?): ›Kannst du nicht mehr?‹ aus dem Mund Pilars.

Er nahm sie dann in der Nacht, hastig, irgendwie. Aber jener Pinienduft, jener Geruch nach heißem Sommer, nach durstiger Erde und nadeligem Humus, das Zirpen der Zikaden, das Gefühl der sich in der Erde vergrabenden kraftlosen Knöchel, das verfolgte ihn auf Schritt und Tritt. Tief in seinem Inneren glaubte er, daß das Unverständnis zwischen ihm und seiner Frau aus seinem Unvermögen herrührte, sie an den Freuden des Fleisches teilhaben zu lassen. Die Schuld lag nicht bei irgendwem. Etwas war zerbrochen zwischen ihnen. Manchmal schob er die Schuld auf seine Lauterkeit. Nie hatte er eine Frau kennengelernt, die ihm so gefallen hatte wie seine. Eben diese übertriebene Bewunderung hinderte ihn daran, es zu zeigen.

»Was einer in der Jugend versäumt, muß er im Alter nachholen«, pflegte Pilar zu sagen, womit sie schon damals Fehltritte ihres künftigen Gatten vorhersagte.

Pilar waren die wiederholten Fingereien im Verlauf ihrer endlos langen Verlobungszeit, die sie ihrem Beichtvater in der geforderten Detailtreue schilderte, immer wie ungeheuerliche Delikte vorgekommen. Die feierlichen und nie eingehaltenen Versprechen, nicht rückfällig zu werden, pflanzten ihr die tiefe Überzeugung ein, jede sexuelle Beziehung sei sündig. Auch mit den ehelichen Sakramenten verflüchtigte sich dieses Vorurteil nicht. Ein Spritzer Sperma auf ihrem Bauch oder ihrem Oberschenkel genügte, und sie geriet außer sich. Dann blickte sie haßerfüllt auf ihren Ehemann, als wäre dieser Fleck unauslöschlich. Mit den Jahren und mit den Geburten wuchs ihre Gleichgültigkeit, ebenso Paulinos Schuld, weil er nichts dagegen unternahm. Cuartero sah sich manchmal auf einem Schiff, das in See sticht, und seine Frau blieb am Kai zurück und winkte zum Abschied mit einem weißen Taschentuch.

Die Verlobungszeit, die Ulmen beim Spaziergang, die Sitze im Kino, die Terrassen des Hauses, die Zielpunkte der Ausflüge, sie waren Rahmen und Ordnung der Welten, die Paulino Cuartero in jenen Jahren eingehend kennenlernte.

Als nichts mehr zu machen war, wurde ihm bewußt, was Pilar abging und was ihn hätte retten können: Leidenschaft. Immer ließ sie sich bitten, gab sich hin, als wäre das ein besonderer Gefallen, Zwangsarbeit. Nach der vierten Geburt verlor sie ganz die motorische Fähigkeit bei jener eh kaum vorhandenen Neigung, oder sie glaubte, sie verloren zu haben. Darauf ließ sie den Nutznießer ihrer Gaben nur noch zähneknirschend zum Zuge kommen. Und wenn der Nutzer sie in aller Freundschaft darauf hinwies, brauste sie auf:

»Habe ich es dir jemals abgeschlagen? Ich weiß, daß du einen Anspruch hast.«

Paulino Cuartero, naiv wie er war, dachte:

›Jetzt würden andere *so einer* wohl eine runterhauen.‹

Hübsch war sie mit ihrer zierlichen Statur, den dunklen Augen, den blauschwarzen Haaren, die sich in witzigen Wirbeln über ihrer schmalen Stirn lockten, der leichten Stupsnase; wegen nichts wechselten ihre Lippen ins Karmesinrot. Ihre Haut blaß und matt; tief besorgt wegen ihrer schwitzigen Hände.

»Ich habe es bestimmt auf der Brust. Eines schönen Tages erwischt es mich und ›Adiós Pilar‹. Und du rundum bestens. Und im Jahr drauf frisch verheiratet.«

Sie gebar ohne Schmerzen, karnickelgleich, und gab reichlich nahrhafte Milch. Alle Säuglinge wuchsen kräftig heran und ohne größere Krankheiten; wurden dafür schlecht erzogen, verwöhnt, verheult. Die Stimme der Mutter war laut, und der Vater, staunend über seine Schar und ganz hingerissen von ihr, ließ es geschehen.

In Madrid ließen sie sich nieder. Paulino fand Anstellung bei einer Versicherungsgesellschaft und machte erste Schritte als Theaterautor, von der Buchhaltung zum Direktionsbüro, von einer Bühne zur anderen, zwischen Kabarett und Literatenclub. Seine Eltern und ihre Großmutter halfen, wo immer sie helfen konnten, und nach und nach trugen die Aufführungen das ihre zum Fortkommen der Familie bei (vom Rand zum Zentrum: vom Vorort Fuencarral nach Cuatro Calles, in den ersten vier Jahren ein Stück, in fünf Jahren zwei, in sieben drei, in acht vier). Immer im Wechsel waren zwei der Kinder für gewöhnlich in Valladolid, bei den lieben Verwandten.

Nie war Pilars Welt sehr groß gewesen: Mit dem Gang der Jahre und der größer werdenden Nachkommenschaft wurde sie zusehens kleiner. Nichts kümmerte sie mehr, außer dem Unmittelbaren, dem, was in Greifweite lag, als ob sie immer kurzsichtiger würde, ohne ausgleichende Gläser; zu dieser Zeit wuchs in ihr ein Haß auf alles, was sie nicht erreichen, auch nicht sehen konnte, als ob die Dinge selbst Schuld an ihrem Stumpfsinn und ihrem tristen Arbeitsalltag trügen.

Paulino war ein Bücherwurm; als Kind hatte er zwei Jahre in Belgien verbracht und die Sprache nicht vergessen; auch mit dem Englischen hatte er keine Schwierigkeiten. An seiner Mittelmäßigkeit litt er, weil er das Vorzügliche kannte. Sobald er sich die Dinge imaginierte, fühlte er sich glücklich: erst ihre Umsetzung enttäuschte ihn. Schließlich schrieb er nur noch wenig, und das nicht aus Einsicht, sondern aus ökonomischem Interesse. In den Büchern war ihm nichts begegnet, was seine religiösen Überzeugungen, deren Grundlagen ihm eine intelligente Mutter eingeimpft hatte, hätte ins Wanken bringen können.

»Glaubst du etwa, es wäre der Mühe wert, seinen Glauben abzulegen? Denn ablegen und finden tut man ihn auf die gleiche Weise: indem man sich die Dinge bis zum Gehtnicht-mehr vorsagt. Beantwortet mir irgend jemand die letzten Fragen? Nein? Niemand. Also dann?«

Und lachend:

»Mit dem ewigen Leben vor Augen lebt sich's leicht.«

Er war Purist, gerade heraus. Die Niederschlagung der Oktoberunruhen erfüllte ihn mit Abscheu, und er nahm nun regen Anteil an den Ereignissen des öffentlichen Lebens. Die Erhebung im Juli riß ihn mit, und er bot seine Dienste an, wohin man ihn auch stellen mochte. Er wurde der noch im Juli 1936 gegründeten Kommission zum Schutz und zur Rettung der Kunstschätze zugeteilt. Am 25., dem Tag seiner Ernennung, ging er mit einem anderen Mitglied der Kommission zum Pardo-Park, wohin, so hieß es, ein Lieferwagen mit vier Tunichtguten unterwegs war, die Kirchen anzünden wollten. Sie waren vor ihnen dort und konnten die Expeditionsteilnehmer von ihrem Irrtum überzeugen und sogar erreichen, daß sie sich in die umliegenden Gemeinden aufmachten, um ähnlich geartete Unternehmungen zu unterbinden. Sie betraten das Kapuzinerkloster, um die Geistlichen zu beruhigen. Sie gaben ihnen etwas Geld und schickten sie paarweise hinaus, in Zivil. Eine der Zellen, die sie betraten, war mit einem eigenartig flaumigen Teppich ausgelegt, wie aus gescheiteltem Flachs oder Flockwolle.

»Was ist das für eine Wolle?« fragte Cuarteros Begleiter.

»Die Bärte der Brüder«, gab man ihnen zur Antwort.

»Was haben Sie denen gesagt, damit sie abziehen?« fragte der Superior und meinte die vermeintlichen Brandstifter.

»Die Wahrheit: Warum sie denn anzünden sollten, was ihnen gehört.«

Allein in den ersten drei Monaten brachten alle möglichen Leute einhunderttausend Bilder zur Kommission, um sie zu retten. Außerdem fünfhunderttausend Folianten. Ein Bauer trug auf seinen eigenen Schultern einen Heiligen Franziskus von Mena von Toledo nach Valencia. Aber es war nicht die

Güte der Kunstwerke, die zählte, sondern die der Menschen, die sie retteten, ihr Glaube, ihr Wissensdurst, ihre Sicherheit, zu etwas nütze zu sein.

Viele seiner neuen Kameraden hielten Cuartero für einen komischen Vogel. Seine Haltung war leicht zu bestimmen: Als Antimilitarist und Katholik stand er ohne den geringsten Zweifel auf Seiten der legalen Regierung. Die bisweilen deftigen Scherze auf Kosten seines Glaubens konnten ihn nicht verletzen, und mit seinem guten Willen und seiner gewissenhaften Arbeit entwaffnete er alle; schließlich wurde er von den Gemäßigten geschätzt und von den Sektierern respektiert. Seine Abscheu vor Gewalt war der einzige Makel, der ihm von den meisten vorgehalten wurde.

Er schloß neue Freundschaften, während die Mehrheit seiner alten Bekannten (Schauspieler und Geschäftsleute) sich nicht auf die Straße hinauswagten, es sei denn, um sich hinter die Front in Sicherheit zu bringen.

Sie verließen Madrid im Dezember. Ohne Vorwarnung erreichte sie die Nachricht aus dem Unterrichtsministerium, und mit dem, was sie auf dem Leib hatten, und mit der Kleinen, die noch gestillt wurde, reiste das Ehepaar ab. Die anderen Kinder waren bereits in Burjasot, vor den Toren Valencias. Fünf Kinder sind viele Kinder.

»Wenn du dich nur nicht auf die Politik eingelassen hättest ...«

Anfangs versuchte Paulino Pilar zu erklären, daß schon das Leben Politik sei, daß man ohne Politik gar nicht existieren könne, schon gar nicht mit einem Mindestmaß an Würde. Sie schaute ihn ungläubig an, ironisch, als wollte sie sagen:

›Für wen hältst du mich eigentlich?‹

Ab und an fiel alles von ihr ab und sie lachte wie ein kleines Mädchen:

»Auch ich darf mich vergnügen! Also los!«

Diese Stimmungswechsel wurden immer seltener. Cuartero entschuldigte das und glaubte – einen Vormittag lang – an ein erträglicheres Zusammenleben. Drei Stunden später wieder der Groll.

»Ist das etwa ein Leben für einen anständigen Menschen?«

In ihrem beschränkten Fräuleinchenkopf kommt Abwasch nur als eine unverzeihliche Beleidigung vor.

»So weit ist es mit uns gekommen! Du mußtest dich ja unbedingt auf dieses Schlamassel einlassen!«

Daß Cuartero nicht antwortet, macht die Dinge nicht besser. Das Schweigen wirkt wie Verachtung, schürt ihre Gehässigkeit, aber wüster noch sind ihre Worte:

»Ja, bestimmt werden deine Stücke aufgeführt«, stichelte Pilar, »dreh du nur Däumchen, bis sie dich in Amerika spielen. Wo doch die Roten in Argentinien so beliebt sind! Sieh dir Marquina an, sieh dir Arniches an! Hat Ardavín sich etwa eingemischt? Die lassen sich wenigstens nicht an der Nase herumführen.«

Cuartero schweigt weiter. Unfähig, sich zu erklären, ohne in Zorn zu geraten. Er merkt nicht, daß er sich ihren Launen beugt, er weiß nicht, daß sie das merkt. Er weiß nicht, daß er entschlossen ist, ihr nachzugeben, wenn sie nur sein Gewissen nicht schmäht, daß sie sich nah an dieser Grenze bewegt, wohl wissend, daß er sich nicht verbiegen läßt. Cuartero sieht nicht, daß seine Auswahl unanfechtbarer Prinzipien sie kränkt, aufbringt, aufstachelt, verletzt und verbittert, zumal er nach jedem Krach darum bemüht ist, die Motive für das Verhalten seiner Frau bei sich zu suchen und sie zu entschuldigen. Er kann sich nicht vorstellen, daß es die Grenzmauern seiner moralischen Welt sind, die seine Gattin aufstacheln. Selbst wenn er es könnte, es scheint ihm unmöglich nachzugeben. Cuartero fügt sich dem trübsinnigen Trommelfeuer. Er sucht keinen anderen Ausweg. In seiner

Art zu leben, kommen äußerer Zwang, Kleingeistigkeit oder Selbstmitleid einfach nicht vor. Er akzeptiert die Welt wie sie ist und wie man sie ihm vorsetzt, aus männlicher Standhaftigkeit heraus.

Bisweilen tut die Gattin gerne groß und glaubt, jeder könnte mehr oder weniger dasselbe erreichen.

»Bergamín? Selbstverständlich! Oder bist du etwa schlechter?«

Cuartero stellt sich nicht der Frage, ob Pilar aufgehört haben könnte, ihn zu lieben. So vergeht die Zeit. Und wenn er eine Rechtfertigung suchte, dann diese: Ich ertrage es, weil es schmerzt. Und über allem Gott.

Doch war diese bittere Pille nicht das Schlimmste: Pilarín ist um die fünfzehn, und ihre Mutter träufelt ihr die Verachtung für die wenig einträglichen Beschäftigungen ihres Vaters ein, den sie für alles verantwortlich macht. Er durchschaut nicht ihre Gemeinheit. Das Mädchen widersetzt sich unserem Mann in ungehöriger Weise, hat allen Respekt verloren: Die anderen Sprößlinge verstehen noch nichts und glotzen groß. Der Vater wagt es eines Tages, der Erstgeborenen eine Backpfeife zu verpassen. Nichts wird ihm so sehr weh tun wie die Erinnerung an ihren Blick. Die Dinge verschlimmern sich. Die Tochter verbarrikadiert sich hinter ihrem (so hübschen) Gesicht, kennt kein Lächeln mehr für ihren Erzeuger und tuschelt in den Ecken mit der Mutter. Die Menstruation verbindet die Frauen auf wundersame Art und Weise. Es genügt, daß Pilar seinen Vorhaltungen nicht beipflichtet, um seine Autorität zu untergraben.

»Das ist doch barbarisch«, sagt sie, wenn er bei Tisch mit einem der Kinder schimpft.

»So verleidest du ihnen nur das Essen.«

»Kinder«, erwidert Paulino, »damit ihr es wißt: Wenn ihr schon etwas anstellen müßt, dann wartet gefälligst bis nach dem Essen!«

Mit jedem Mal verkriecht er sich mehr in Schweigsamkeit. Die sexuellen Beziehungen des Ehepaares sind seit der Ankunft in Valencia völlig zum Erliegen gekommen.

Der geringste Grund genügt ihnen zum Streit. Nur einen Anlaß muß es geben, den Rest macht der ruppige Tonfall.

»Ich habe dir schon tausend Mal gesagt, daß du die Schuhe abstreifen sollst, bevor du ins Bad kommst. Wie oft soll ich dir das noch sagen?«

»Ganz wie du möchtest.«

Manchmal tröstet sich Paulino, dieser Tor, mit dem Gedanken an berühmte Vorgänger: Cervantes hatten die Frauen bestimmt mächtig zugesetzt (ganz zu schweigen von den Fährnissen des Schicksals). Fest steht, daß er über die Weiber übel herzieht und von seinen Heldinnen in den höchsten Tönen spricht. Bedarf es weiterer Beweise?

»Siehst du nicht Mamas Augen? Wie abgezehrt und müde sie ist?« spricht Luis ihn eines Mittags an, als ob er daran schuld sei.

Einmal nahm er sich als Schal eines der Tücher, das Pilar von ihrer Großmutter bekommen hatte. Als sie ihn mit dem Tuch um den Hals von der Straße hereinkommen sah, wurde die Frau aschfahl.

»Zieh das sofort aus!«

Cuartero wunderte sich über den Ton und den Glanz in ihren Augen. Sie entriß ihm das Tuch und legte es sorgfältig in die entsprechende Schublade der Kommode. (Es war ein Tuch aus Hellín, rot, blau und gelb mit Paisley-Muster.)

»Ich ziehe auch nichts von dir an. Ich möchte, daß jeder seine Sachen trägt.«

(Ihre Familie, ihr Haus, ihr Geschäft, ihr Titel, ihre Vergangenheit, entehrt durch diesen Emporkömmling, der sie erst in ihre heutige Lage gebracht hat.)

»Und mein gepunktetes Halstuch?« fragt der Gatte spöttelnd.

»Ich dachte, du hättest es aussortiert. Keine Sorge, ich ziehe es nie wieder an.«

»Laß nur, mir macht das nichts aus.«

Pilars Familie, der großväterliche Zweig, war seit jeher auf ihren Status bedacht. Sie hatten, vor achtzig Jahren, einen Einspänner besessen, und zu Zeiten der Altvorderen wurden sie in Valladolid die Mylords genannt. Später ging es abwärts. Wahrscheinlich deshalb wuchs der Ruhm nur innerhalb des Familienkreises, trotz der schneidernden Großmutter. Cuartero sind Herkunft, Klasse und all dieser Zinnober einerlei. Dafür hatte er die unangenehme Angewohnheit, bei Tisch Verse zu schmieden, was Pilar nervös machte. Ihre Tochter sah sie grimassierend an.

»Laß ihn, Kleines, laß ihn!«

Kurz vor Weihnachten begleitete Cuartero eine schwedische Journalistin zu den Schutzräumen, die für die Kunstwerke errichtet worden waren. Später bekam die Frau im Hotel eine Schachtel Pralinen überreicht. Nachdem die Anwesenden die Schachtel mit den Leckereien zur Hälfte verputzt hatten, packte die junge Frau den Deckel darauf und gab sie Paulino:

»Für Ihre Kinder.«

Am Vortag hatte sie sie flüchtig gesehen. Als er mit dem Päckchen nach Hause kommt, drängeln sich die Kinder um ihn. Über allen der wachende Blick Pilars.

»Habt ihr sie etwa aufgemacht? War sie voll?«

Cuartero erklärt, wie es war.

»Tja Kinder, so ist das. Die Reste ...«

Mit dunklem Ton, verächtlich und verbittert. Die Kinder, entzaubert, wagen nicht, die Pralinen zu essen.

»Für dich«, sagen sie zu ihrem Vater.

Paulino trägt die Schachtel auf sein Zimmer, wirft sie aufs Bett, setzt sich in einen Sessel. Seit mehr als einem Jahr haben die Kinder keine Schokolade bekommen.

Wenige Tage später heißt es, daß sie möglicherweise umziehen müßten, hinaus aus Barcelona, zusammen mit den ausgelagerten Kunstschätzen.

»Das ist Politik: Da oben unterschreibt einer ein Papier, und wir haben den Ärger.«

Dann:

»Wo möchtest du, daß ich dir den Kaffee serviere?«

Mit unerbittlicher Betonung auf dem ›servieren‹, um ihm ihre Dienstbotenfunktion aufs Brot zu schmieren.

Zu dieser Zeit fiel Cuartero wieder in die jugendliche Angewohnheit des Onanierens zurück, nur um seine Frau zu nichts zu verpflichten und um seine Wünsche nicht aussprechen zu müssen, zumal Pilar sie standfest überhört hätte. Wenn er sie, zufällig, nachts im Bett streifte, blaffte sie sauertöpfisch:

»Wie, wedelst du schon wieder mit der Palme?«

Fünf Kinder sind viele Kinder, sagte sich Cuartero eins ums andere Mal, weil er sie zu entschuldigen versuchte, aber ihre hartnäckige Boshaftigkeit brachte ihn immer wieder in Rage.

»Paulino?« sagte sie gegenüber ihren Freundinnen, »keine Ahnung, der ist nie zu Hause. Er kommt, sagt Hallo, geht schlafen oder lesen, lesen oder schlafen.«

Paulino, in der Früh:

»Heute nacht hab ich schlecht geschlafen. Und du?«

Pilar:

»Macht nichts. Die Nacht ist vorbei.«

Ihn verletzte, daß seine Arbeit und sein Werk ihr gleichgültig waren, und daß sie nicht an ihn glaubte. Gebetsmühlenartig kam sie immer wieder auf seine einstige Büroarbeit zu sprechen, bei der Versicherung, das war sicher. Das war wenigstens eine Arbeit, wohingegen jetzt …

Im Dezember beendete Paulino ein Stück. Eine Abschrift ließ er, nicht zu übersehen, auf dem Nachttisch liegen. Dort blieb sie einen Monat, ohne daß Pilar einen Blick darauf geworfen hätte. Einmal kam Rivadavia zum Kaffee vorbei, und Cuartero las ihm daraus vor. Als Paulino hinausging, hörte er (und dunkel spürte er ihren ungläubigen Unterton), wie Pilar den Besucher fragte:

»Meinen Sie, daß es gut ist?«

Sobald er die Kinder um etwas bat, kam es wie ein Kehrreim aus ihrem Mund:

»Kind, gehorche deinem Vater, das muß so sein.«

Paulino schluckte seinen Unmut. Wenn er mit ihnen spielte, bekam er zu hören:

»Und dann wunderst du dich, daß sie keinen Respekt vor dir haben?«

In diese Zeit fiel ein Festakt zu Ehren Puschkins. Unter den Rednern war auch Cuartero.

»Kommst du mit?«

»Wozu soll ich denn dorthin gehen?«

»Ich weiß nicht, wie du willst.«

»Dort werden nur sehr intelligente Leute hingehen. Eine wie ich wirkt da nur fehl am Platz.«

»Warum redest du solchen Blödsinn?«

»Wenn ich es doch sage.«

»Das stimmt nicht.«

»Wozu diskutieren? Glaubst du etwa, ich wüßte nicht, wie so etwas abläuft? Habe ich dich etwa in Madrid nicht ins Lyceum begleitet, nur dir zuliebe? Das wird ein Treffen unter Freunden, einer nach dem anderen steigt aufs Podium, schmiert dem Toten Honig um den Bart, und wenn möglich auch den Anwesenden.«

»Er ist der größte russische Dichter.«

»Das bezweifele ich nicht. Aber wird es darum unterhaltsamer? Wenn wenigstens etwas von dir vorgelesen würde ... Aber selbst dann ... Dafür gibt es Bücher.«

»Der Präsident wird da sein.«

»Was kümmert mich das? Wie käme ich dazu, eure Begeisterung für den Krieg zu teilen? Und wenn der Präsident kommt und der Kaiser von China …! Ich nenne die Dinge nunmal beim Namen.«

Cuartero fuchsten die Karten, die in seiner Tasche steckten und die er nur unter Schwierigkeiten hatte ergattern können. Es verletzt ihn, daß Pilar ihn nicht hören wollte. (Puschkin war ihm unwichtig.)

»Aber ich werde hingehen, Liebling, keine Sorge. Wäre ja noch schöner.«

»Niemand zwingt dich, wenn du nicht magst.«

»Sicher, ich weiß schon, daß man mich nirgends vermißt.«

»Das habe ich nicht gesagt.«

»Ich habe schon verstanden, aber ich gehe hin. Keine Sorge.«

»Ich habe doch gesagt, wenn du nicht magst, laß es bleiben.«

»Ich gehe hin, Liebling, schon gut. Auch wenn ich mich langweile und mich fühle wie ein Hund unter lauter Katzen. Ich gehe hin. Wäre ja noch schöner. Du weißt doch, wenn es darauf ankommt, stehe ich selbst sterbenslangweilige Vorträge durch und lächele dazu. Und noch nie hat jemand etwas gemerkt.«

Sie ging nicht hin.

Zwischen ihnen stand außerdem Pilars Vorliebe für alles Billige, was Cuartero nur schwer ertrug. Ihre Leidenschaft für alles Preisgünstige verletzte ihn. Zu Unrecht: Ohne sie hätten sie nicht überlebt. Den Tisch decken, Essen kochen, nicht essen, damit die Kinder zu essen haben, ständig vom Tisch aufstehen, weil etwas fehlte (das Mädchen hatte schon genug um die Ohren), Abwasch, Wäsche waschen – ohne Seife –, Bügeln – ohne Kohle, ohne Strom –, Kochen mit einem Hauch Gas. In die Schlangen stellte sich Maria, aber die Socken, die Unterhosen der Bande zusammenzuhalten, die Laufmaschen der Strümpfe aufnehmen, die Betten machen, fegen, staubwischen, war ihr Part. (Den Boden wischte Maria.) Die Einkäufe. Pilaríns Unterröcke stärken.

»Arbeitest du etwa Luis' Pullover auf? Und die Binden, wäschst etwa du die? Denn im Krieg, bekommst du da Kotex? Nein, mein Lieber, nein. Was, ich bin gereizt? Nerven wie Stahlseile habe ich.«

Cuartero konstruierte Entschuldigungen: Frauen neigen eben zur Übertreibung, zum Aufbauschen, selbst wenn es nur um eine Nichtigkeit geht. Beim geringsten Anlaß blasen sie die Backen auf. Ein Schubs genügt, schon gehen sie in die Luft. Dann kann sie niemand zur Raison bringen. Zwei Stunden später ist es möglicherweise vergessen. Und sie dulden keine Zwischentöne: entweder weiß oder schwarz. Keine Stellen hinterm Komma: entweder eins oder zwei. Wenn sie sagen, das gefällt mir nicht, dann kannst du erklären, bis du schwarz wirst, es gefällt ihnen einfach nicht. Wenn du sagst, ich gehe heute abend aus, dann gehst du allabendlich aus. Wer einmal einen Hund erschießt ...

Und Pilar:

»Du lebst hinter dem Mond.«

Sie urteilte geradeheraus, gegen den Strich. Bei guten Neuigkeiten sagte sie:

»Meinst du?«

Bei schlechten:

»Siehst du! Ich habe es dir ja gesagt!«

Und weil die schlechten überwogen, lag sie meistens richtig. Zuletzt schwieg Cuartero. Bei ihm hatten Phantasie und Vorstellungskraft schon immer über die Wirklichkeit gesiegt. Am Ende hatten ihn die ständigen Triumphe des Pessimismus' seiner Frau kleingekriegt.

»Siehst du? Ich habe es dir ja gesagt.« (Mérida, Talavera, Bilbao, Santander, Málaga. Niederlage um Niederlage.) »Du lebst von Hirngespinsten, mein Lieber. Und davon kann man nicht leben.«

Gerade diskutierte sie mit den Kindern:

»Nicolás, willst du eine Besorgung erledigen?«

»Ja, Mama.«

Der Junge druckste herum.

»Nein, mein Junge, du muß dir keine Umstände machen, wenn das nur mit so einem Gesicht geht.«

Das Tauziehen dauerte länger, als der Junge hin und zurück gebraucht hätte.

Um acht Uhr klingelte der Wecker.

»Schon wieder, die Arbeit ruft.«

»Warte noch ein bißchen.«

»Wenn's doch sein muß, bitte schön.«

Pilar blieb auf dem Rücken liegen, wortlos, bis Cuartero aufstand: dicke Luft für den Rest des Tages.

Wenn Cuartero sie betrachtete, schlafend, am Morgen, dachte er, daß alles am fehlenden Schlaf liegt, daß sie sonst liebenswürdig und lächelnd aufstehen würde. Er liebte sie noch immer wie damals, als sie verlobt waren. Das Schlimmste war der Ton, daß er beim Sprechen aufpassen mußte wie ein Luchs, daß sich hinter jedem ihrer Worte eine Stichelei verbarg, daß sie entweder verächtlich oder ironisch sprach und nur skeptisch zuhörte. Die zankenden Kinder machten das Auskommen nicht leichter, wenn sie die Wohnung mit ihrem Geschrei, ihren Klagen, ihren Vorwürfen füllten, wenn sie jede Minute nach der Mutter riefen, um ihr etwas zu sagen oder um von ihr jede noch so belanglose Frage des Lebens entscheiden zu lassen. Am Ende eines solchen Tages war sie fix und fertig, erhob ihre inzwischen laute Stimme, verlangte nach Ruhe. Sie konnte sich nur unterhalten, wenn sich alle Fäden aller früheren Unterhaltungen zusammenfügten, und wenn auch nur die geringste Kleinigkeit nicht zu etwas zuvor Gesagtem paßte, platzte die Frau heraus:

»Was denn nun? War es so oder so?«

»Sie sagen, daß ich nächsten Monat das Geld für die Papiere in Valencia bekomme. (Eine Denkschrift, die er im Auftrag des Generaldirektors der Abteilung Kunstschätze verfaßt hatte.)

»Dir? Dir? Dir, was bitte sollen sie dir bezahlen, du Unglückseliger?«

Pilar hatte sich angewöhnt, zweimal in der Woche die Zähne zu putzen, was nicht schlecht war, für frühere Verhältnisse in Valladolid. Cuartero hingegen hatte die recht kluge Angewohnheit der täglichen Reinigung. Dieser Unterschied war eine Quelle für Schroffheiten.

»Pilarín, hast du dir die Zähne geputzt?«

Das Mädchen zuckte mit den Schultern, ohne zu antworten. Der Vater mußte an sich halten, die Ohrfeige lag ihm schon in der Hand. Und wie bei der Mundspülung spulte sich das Programm mit jedem Kleidungsstück ab, mit jedem Einkauf, jedem Ausgehen, jedem Kochen, jederzeit.

Ohne Vorwarnung ging Pilar an die Decke, nichts und niemand hielt sie dann zurück.

»Das habe ich gesagt?« wunderte sich Paulino.

»Herrlich. Jetzt sagst du, du hast es nicht gesagt! Pilarín, hast du das gehört? Oder? Wenn du leugnest, was du gesagt hast, brauchen wir überhaupt nicht mehr zu reden und ich halte den Mund. Gesegnet seien die Analphabeten!«

Dieser Spruch kam gebetsmühlenartig. Dennoch untergrub dieses Gezänk nicht Cuarteros Vertrauen in Pilar, es gab nichts, was er nicht mit ihr besprochen hätte. Jedes seiner Worte mußte er auf die Goldwaage legen. Das Gefühl ständiger Feindseligkeit lastete schwer auf seinen Schultern. Der Prachtbau, in dem die Verwaltung untergebracht war, die Cafés, sie waren Orte zum Aufatmen.

»Luis, mach deine Übungen.«

»Direkt nach dem Essen, das ist doch barbarisch.«

»Gute Frau, das ist drei Stunden her.«

»Ich finde das barbarisch.«

»Gut, soll er es lassen.«

Cuartero geht ins Zimmer nebenan, hört die spitze Stimme seiner Frau:

»Luis, mach deine Übungen. Du hast deinen Vater gehört. Bevor du nicht fertig bist, gehen wir nicht aus dem Haus!«

Etwas leiser fügt sie hinzu:

»Sonst gibt es ein Donnerwetter. Mädchen«, zu Pilarín »setz dich an deine Lektüre!«

Cuartero fehlt jegliches Geschick, seine Gefühle oder Wünsche zu verbergen, er kann es noch so sehr versuchen.

»Ihr Lieben, ich gehe mit euch ins Kino.«

»Muß ich mit?« fragt die Mutter, die gegen dieses Vorhaben ist, weil er es vorgeschlagen hat, und weil es nichts gibt, was ihm mehr Spaß machen würde.

»Ich habe Kopfweh«, jammert Pilarín, wie ein Echo.

Am folgenden Sonntag:

»Ich hole euch nachher an der Diagonal ab.«

Ein sonniger Februartag.

»Du wirfst uns raus? Willst du uns loswerden?«

»Was soll denn das? Es ist ein traumhafter Tag.«

»Ja, ja.« Pilar geht hinaus, Pilarín kommt, zieht sich den Mantel an.

»Gut, mein Lieber, bis gleich.«

Getuschel im Flur:

»Ja, auch das noch. Zum Glück hat er nicht gesagt, auf welcher Bank wir uns ausruhen oder an welcher Ecke wir warten sollen. Das hättest du ihn fragen können. Hat er dir nicht gesagt, daß ihr etwas zu spielen mitnehmen sollt?«

Die Frau steckt den Kopf durch den Türspalt:

»Sollen die Mädchen ihre Puppen mitnehmen?«

Cuartero schluckt schwer, antwortet so unbeteiligt wie möglich:

»Mich mußt du das nicht fragen.«

Am späten Nachmittag geht er auf die Suche nach ihnen, findet sie aber nicht. Spaziert alleine umher. Er kehrt nach Hause zurück.

»Bestimmt haben wir uns verpaßt«, sagt Pilar.

Und Paloma:

»Es war so schön, Papa. Wir haben Tauben gefüttert. Auf der Plaza de Cataluña.«

Cuartero tut, als hätte er das überhört.

»Juan, iß dein Fleisch.«

»Laß ihn, wenn der Junge nicht mag ... Es geht nicht alles nach deinem Kopf.«

Cuartero schweigt. Mehr als Pilars Pessimismus bedrückt ihn ihre ständige Geilheit auf Gegeifer. Beide fügen sich in die Situation, ohne daß ihnen einfiele, daß sich alles durch eine Trennung lösen ließe; beide kommen nicht darauf, weil es so ist, wie es nun einmal ist.

»Wenn ich wenigstens das Klavier hätte! Dann könnte ich ein wenig spielen und hätte Unterhaltung. Aber nicht einmal das. Was hatte ich denn von meiner Jugend? Was ist das für ein Leben? Mit diesen Händen? Früher habe ich sie gepflegt und konnte mich sehen lassen. Heute, was bin ich heute? Ein Dienstmädchen. Aber selbst dann! Ein Dienstmädchen hat seinen freien Tag und seinen Urlaub, um zum Dorffest nach Hause zu fahren. Ich hingegen ... Gesegnet seien die Analphabeten!«

Spät am Abend kommt die Kleine, verschreckt und geheimnistuerisch:

»Papa, Mama hat in einer Schachtel ein Röllchen Gift.«

Als wollte sie sagen: Sie wird sich umbringen, und du bist schuld.

»Geh nur und mach dir keine Sorgen.«

Es sind Tabletten gegen Vaginalbeschwerden, gekauft vor zehn Jahren, und Pilar legt sie immer auf den Nachttisch, als Beweis ihres guten Willens und aus dunklem Drang, ihn zu erniedrigen, denn jedesmal, wenn Cuartero den Wecker zurückstellt, sieht er sie noch einmal, bevor er sich hinlegt.

9. Von elf bis zwölf

Nachdem sie Cuartero abgesetzt haben, gehen Rivadavia, Templado und Herrera hinunter zur Plaza de Cataluña.

»Das Christentum versüßt das Leben«, sagt Julián Templado. »Es kleistert alles zu, verpappt es mit Zucker. Für den Krieg unter Christen gibt es keinen Namen. Ein katholischer Fürst soll keinen führen können, nehme ich an. Als Ausweg machte man aus ihm eine ritterliche Angelegenheit. Als Sieger ging dabei die Frau hervor. Jetzt, mit dem Verschwinden jeden christlichen Empfindens und dem Aufkommen des Nazi-Heidentums, feiert der alte Begriff von Krieg wieder seine Auferstehung.«

»Krieg ist Männersache, wie Hektor sagte«, merkt Rivadavia an.

»Sache der Männer und des Materials«, gibt Herrera zurück. »Das kann ich dir sagen!«

Worauf Templado ironisch zitiert:

»›Die materielle Kraft kann einzig von materieller Kraft geschlagen werden, doch auch die Theorie wird zu einer materiellen Kraft, sobald sie die Massen ergreift‹, hat dein Ahnherr gesagt. Aber auch die materielle Kraft verwandelt sich in Theorie, das sage ich, als Amateurmarxist.«

»Mehr Amateur als Marxist.«

»Einverstanden. Kein Verstand kann es mit der Einbildungskraft aufnehmen, jener reicht nie so weit wie sie. Die Natur kennt keinen Fortschritt.«

»Aber sie gibt nicht auf«, spricht Rivadavia zu Ende.

Auf der Höhe des *Hotel Majestic* verabschiedet sich Templado.

»Ich gehe das neue Jahr feiern.«

»Alles Einbildung.«

»Das ist mein Bier.«

Der Richter und der Offizier gehen weiter ins Stadtzentrum.

»Seit wir Spanier uns als Menschen begreifen«, sagt Rivadavia, »ist es unser Verhängnis, daß wir nicht verlieren können. Wir ergeben uns nicht. Weil wir keine Vorstellung von Zeit haben, verstehen wir nicht zu warten. Das ist unsere Krux. Wir können nicht hinnehmen, daß unser Feind im Ringen die Oberhand behält. Wir sehen nicht, daß im nächsten Kampf unter Umständen wir die Siegreichen sind. Unser Wirklichkeitsempfinden zwingt uns das Präsens als das einzig mögliche Futur auf: darum so viele Aufstände, so viele Rebellionen, so viele Erhebungen. Wir verstehen nicht zu verlieren. Bei der ersten Ohrfeige wähnen wir uns verloren und schütten das Kind mit dem Bade aus, ohne die Folgen zu bedenken, die solche Überstürztheit mitsichbringt. Uns mangelt es an Weitsicht. Wir verstehen nicht zu warten. Sie haben nicht gewartet, 1932 nicht und auch nicht im Juli '36; genauso wenig haben wir 1934 warten können. Gier nach Erneuerung, Gier danach, alles auf einmal zu wollen. Wie die kleinen Kinder. Das zahlen wir mit unzähligen Toten, auch wenn es uns manchmal neue Welten einbringt.«

Der wie gewohnt gutgläubige Herrera versucht sich als Proselyt, der Richter schneidet ihm das Wort ab:

»Möglicherweise habt ihr recht, vielleicht sind alle Begebenheiten, die Künste, die politischen Ereignisse geprägt vom sozialen und wirtschaftlichen Auf und Ab. Möglich, aber mir ist das egal. Das hier ist ein ideologischer Krieg. Die Leute bekämpfen sich wegen ihrer Ideen; von Bedeutung sind diese Ideen, und nicht deren Ursprung, der läßt mich so kalt wie Stammbäume von wildfremden Leuten. Wenn die Welt wirklich dem Motor der Wirtschaft gehorchen würde, wie erklärst du dir dann, daß das Volk die Symbole der Unterdrückung zerstört? Eigentlich müßten sie sich mit den greifbaren Dinge zufriedengeben. Oder wie Spinoza sagt: ›Die Unwissenheit ist kein Argument.‹ Da fällt mir eine Geschichte aus grauer Vorzeit ein. Ich weiß ja nicht, woher er diesen Satz hatte, dieser Barbar Spinoza, der sich als öffentlicher Ankläger verdingte und bei allen Angeklagten, die sich üblicherweise hinter ihrer völligen Unwissenheit verschanzten, die Höchststrafe forderte.

›Wissen Sie wo? Wissen Sie wie? Wissen Sie wer?‹

›Ich weiß nicht. Ich erinnere mich nicht. Ich war nicht dabei.‹

Und dieser Besessene verkündete tief überzeugt: ›Die Unwissenheit ist kein Argument.‹ Und schickte sie aufs Schafott. Einen Schlaumeier gab es, der antwortete: ›Einverstanden, aber sie ist auch kein Argument, um mich umzubringen.‹ Gerettet hat es ihn nicht.

Wir neigen zum Phantasieren. Poeten, Wirrköpfe, Krieger. Ortega, ein Philosoph aus Liebhaberei; Azaña, ein Politiker aus Liebhaberei. Die großen Dinge, die Malerei, die Lyrik, werden als Liebhabereien angesehen.«

»Und die Rechtspflege«, fragt Herrera, »ist die in deinen Augen auch Sache von Liebhabern, mein lieber Richter?«

»Was will man machen! Fiat justitia et pereat mundus!« antwortet Rivadavia. »Nein, mein Herr Kommunist. Wenn Gerechtigkeit bedeuten würde, eine Wüste gerecht zu regieren, wäre sie sinnlos. Lieber leben, und dafür ein bißchen Ungerechtigkeit, Herr Christ, leben.«

»Und dafür kannst du einstehen, seelenruhig?«

»Ja. Einige sagen, der Mensch ist Kind seiner Werke. Sie verwechseln den Mensch mit seiner Kultur. Ich nicht.«

»Du bist Anarchist.«

»Nein, du irrst dich. Die glauben an das Gute und lassen sich verführen. Nein. Denen ist nicht zu helfen. Weißt du, was ich bin? Etwas, was für dich sehr schwer zu verstehen ist: ein Gestriger, Herrera, ein Liberaler. Ein alter Liberaler, Atheist und Demokrat. Ach ja, und einer, der an die Menschenrechte glaubt.«

»Freimaurer?«

»So etwas sagt man nicht. Ich bin ein Mann mit gewissen Sympathien für die Kommunisten, weil sie anständig und arbeitsam sind. Sonst nichts. Wenn man einen Spanier in Zeiten der Dekadenz fragt, woran er denkt, antwortet er: an nichts. Und er sagt die Wahrheit, denn der Spanier denkt einzig an Ereignisse oder an greifbare Dinge, und nicht an Beweggründe. Diese Unfähigkeit, sich etwas Verborgenes vorzustellen, macht ihn anfällig für Visionen und Heilige, und für Dichter, die gerne mit Metaphern jonglieren und ihre Verse unmäßig mit Goldflitter behängen. Sieh dich um, und du wirst mir glauben. Wir fragen nicht nach dem Warum der Dinge: etwa bei der Mystik, sie bedeutet Glauben an eine Welt, die man verschwommen, im Zustand der Ekstase gesehen hat, also die Verzauberung der Welt. Später kamen die Germanen, und die Institución Libre, da fingen wir an zu denken. Der Spanier ist Erfinder und dennoch in der Lage, über Jahrhunderte den immergleichen Pflug zu benutzen. Sein Leben leben, wie wir sagen. Wir haben unser Leben gelebt, und so sieht es auch aus. Der Unterschied zwischen uns und den Wilden ist nur der, daß wir uns über nichts wundern. Das ist das Alter, man verliert das Interesse an der Welt und ihren Nichtigkeiten. Wenn es darauf ankommt, ist der Spanier zu Höchstleistungen imstande, aber nur wenige

Anliegen nehmen wir wirklich ernst. Wir akzeptieren die Welt wie sie ist, und suchen nicht weiter nach Erklärungen; daher der Glaube, Techniker seien überflüssig, daher der hiesige Erfolg der deutschen Romantiker und der Anarchisten. Bei uns gibt es nichts poetischeres, nichts, was sich besser als poetischer Stoff eignen würde, als die Männer der FAI. Leider stören sie auf dieser Welt: weil sie sie zerstören wollen. Es gibt ganze Völkerschaften, die nicht in der Lage sind, die vernunftgemäß organisierte Welt als solche zu begreifen: die Afrikaner und viele Orientalen. Der Mystiker ist Individualist, und auch der spanische Anarchismus ist davon infiziert.«

Rivadavia ist machtlos, aber das macht ihm nichts. Er liest und kauft antiquarische Bücher. Und redet, redet, redet. Jetzt sagt er:

»Und dennoch bleibt die drängendste Frage, die nach der Wahrheit. Das vergißt die Welt. Daran verschwendet man keinen Gedanken. Alle umnachtet von Bequemlichkeit und Eigeninteresse. Weil es immer so war? Vielleicht im allgemeinen, aber nicht im speziellen, das trifft nicht zu für die Ideen, die Universitäten, die Beichtstühle, das Denken der Menschen. Die wie Pilze aus dem Boden schießenden politischen Theorien sind nur dazu da, uns vergessen zu lassen, das unser Leben niemandem etwas wert ist. Der Tod ist kein Zweck. Das Nichts ist unmöglich. Sie heiligen die Mittel, indem sie vorgeben, selbst nicht das Entscheidende zu sein, da sie ein Ziel verfolgen, aber wozu dann noch die Mittel? Zum Schlichten, zum Denunzieren, irgendein Mittelding. Die Leute haben schon geglaubt, das Paradies in Händen zu halten, für einige Monate spielten sie Gott, und so wuchs ihre Grausamkeit. Warum sollte sie auch kümmern, warum und wozu sie leben, damit sie mit dem Heiligenschein der Eingeweihten zum letzten republikanischen Gericht antreten können? Du wirst sagen, daß sie um des Geldes willen denunzieren: Das ist wahr, aber nur zum Teil. Sie denunzieren, weil sie bockig sind, sich ruinieren, sich an sich selbst rächen wollen, verzweifelt, voller Verachtung, als geißelten sie sich.«

»Du machst aus einer Maus einen Elefanten. Das alles sagst du wegen López Mardones. Und schließlich ist dieses Empfinden, das du anprangerst, dem nicht unähnlich, das den Eremiten zur Buße treibt. Wie naiv du bist! Wie optimistisch! Du glaubst an das Gute im Menschen, Bakunin. Die Leute denunzieren, um sich ihre Brötchen zu verdienen. Weil sei darin eine Pflicht wie jede andere sehen.«

»Aber ihr stellt sie dafür an.«

»Warum nicht? Es ist der einzige Weg, den Krieg zu gewinnen.«

»Welchen? Diesen Unabhängigkeitskrieg, den ihr erfunden habt? Glaubst du wirklich, daß unser Krieg ein Unabhängigkeitskrieg ist? Wenn das wahr wäre, würdet ihr ihn nicht führen. Er wäre euch egal. Einmal mehr lügt ihr, wie immer. Und das immerhin so geschickt, daß sogar ein Quentchen Wahrheit mit dabei ist. Was mir wehtut: daß ihr anscheinend die einzigen seid, die überhaupt etwas tun, um den Krieg zu gewinnen. Und was mich schmerzt: Daß ihr den Krieg kraft der Lüge gewinnen wollt. Was würde passieren, wenn ihr den Schleier herunterreißen und plötzlich die Wahrheit herausbrüllen würdet? Glaubt ihr, daß die Leute euch nicht folgen würden? Wenn ihr losbrüllen würdet: Die Volksfront, eine Lüge! Der Unabhängigkeitskrieg, eine Lüge! Was wir wollen ist die Diktatur des Proletariats! Glaubt ihr, daß euch weniger Menschen folgen würden?«

»Und das Ausland?«

»Tu quoque? Ihr laßt euch von euren eigenen Zeitungsenten blenden. Vor lauter Reden und Artikeln, vor lauter Diskussionen und Versammlungen glaubt ihr am Ende, eine

Fata Morgana sei wirklich ein Berg. Denkt ihr, ihr könntet damit außer euch selbst noch jemanden Sand in die Augen streuen? Warum diese Verschleierungstaktik? Weil ihr den Schein der Legalität so liebt? Unwahrheit hat sich noch nie gerechnet. Ihr werdet nichts erreichen, bei der französischen Regierung nicht, bei der englischen Regierung nicht, so viele baskische Priester ihr ihnen auch noch vorbeischickt. Im Höchstfall bekommt ihr vielleicht Krankenwagen, Kondensmilch, gesammelt von Quäker-Kindern oder sonstigen Presbyterianern aus der gleichen Ecke, dem Verein der Freunde der Foxterrier, allesamt große Retter blinder Hühner und große Verteidiger toter Kinder. Du sagst nichts darauf?«

»Wozu?«

»Es ist eine Schande, daß ihr überall Grenzen vorschiebt. Die Wahrheit kennt keine.«

»Du besäufst dich an der Ewigkeit.«

»Ach woher. Ihr seid Puritaner, nur auf den Kopf gestellt. Ihr seid die Wahrheit nicht mehr gewöhnt. Wenn es euch in den Kram paßt, nennt ihr den Pfiffigsten einen Verräter. Etwas anderes als die unmittelbare Gegenwart kümmert euch nicht.«

»Und das findest du schlecht, García Prieto?«

»Ich bin weder Prieto noch García Prieto. Ich sage nur – hörst du mir zu?: Ich hasse die Lüge. Ich sage: Ich hasse die Sophisten. Und ich sage: Ich hasse Syllogismen. Ich hasse eure Parolen, die ihr schluckt, wohl wissend, daß sie nicht stimmen, und die bis in den Tod zu verteidigen ihr bereit wäret, nicht weil man es euch sagt, das ist euch egal, sondern weil dieser oder jener gesagt hat, daß ihr sie hochhalten sollt. Du glaubst, was man dir sagt, ohne es zu glauben. Du hast entweder einen Papst, der Prophetensprüche formuliert, über die Farbe der Schuhe oder über Volksküchen oder Negríns letzte Rede. Für jede Sache und für jeden Tag habt ihr einen Papst. Ihr kommt mir manchmal vor wie Kathechismusschüler.«

»Das mag ja alles sein, aber das ist der einzige Weg, den Krieg zu gewinnen. Ich bin mir meiner Naivität bewußt, aber das Lügen, das dich so schockiert, gerinnt zu militärischen Leitlinien. Unsere Männer kämpfen für ihr Land: Das ist ihre Wahrheit; für die Fabriken. Die auf der anderen Seite, diese Elenden, kämpfen für irgendwelche nebulösen Prinzipien. Auf unserer Seite ist mir mein Zimmermann, mein Maurer genug. Sie wissen und haben einen Glauben. Glaube und Tat sind ein und dasselbe. Wenn der Glaube fehlt, bleibt nur die Intelligenz, und die Dekadenz setzt ein. Die Intelligenz ist eine passive, eine bäuerliche Kraft. Nur der Glaube treibt voran. Manchmal der Hunger: Der Glaube, ein Hunger, der nie gesättigt wird.«

»Das hätte Cuartero nicht schöner sagen können.«

»Glaube ohne Tat ist nicht einmal Glaube, sondern ein Deckmantel. Intelligenz ohne Glaube ist reines Ornament, fruchtlos, und reißt andere mit in den Tod. Diese Welt ist zu absurd, als daß die Intelligenz den Menschen Halt geben könnte. Intelligenz entzweit, konfrontiert, prismatisiert, aber zu keiner Zeit entspringt ihr etwas anderes als Spiegelungen und Skeptizismus.«

»Darum hat deine Partei so ein scharfes Auge auf die Intellektuellen ...«

»Darum und wegen vieler anderer Dinge. Bei denen ist die Eigenliebe immer noch stärker als die Überzeugung ...«

»Aha! Aber Politiker sind frei von diesem Laster?«

»Sie handeln aus anderem Antrieb.«

Sie kamen bei der Tür an, wo Rivadavia wohnte.

»Wann fährst du?«

»Morgen«, antwortet der Offizier.

»Siehst du Fajardo?«

»Ja sicher.«

»Grüß ihn. Gehst du zurück nach Teruel?«

Herrera sieht den Richter an und versucht, die Absicht der Frage zu erraten.

»Ja«, antwortet er, »nach Teruel, und sei es nur, um einigen aus der Nachhut noch eine Kugel in den Kopf jagen zu können.«

»Viel Glück und alles Gute im neuen Jahr.«

»Danke, gleichfalls.«

Kalt, und der Himmel klar.

10. Ein Bombardement erlaubt kein Mittelmaß

31. Dezember 1937. Kurz vor zwölf

Im Halbschlaf verlischt das Licht. Die Sirenen heulen in der Höhe wie rudernde Arme, unheilverkündende Fanfaren, schaurig singende Sichel, himmlische Lockrufe in höllische Schutzräume hinein, jaulende Vorboten von Falken, Habichten, und anderen Raub- und Rabenvögeln; schrille Vorzeichen des Todes, die trudelnd durch die erloschene Nacht taumeln. Im Carmelo-Viertel kläffen die Flakgeschütze, die Fensterscheiben zittern.

Templado liegt im Bett mit Mariquilla.

›Ich denke ans Denken. Die Innenfläche meiner Hand sondiert deine Taille und den Hügel deiner Hüfte, gleitet hinab in die leichte Senke deiner zarten Leiste. Ich bin ganz Hand und haltlos, gehorche allein dem Spiel meiner Finger. Muskel bin ich, und du, wohligwarm und nackt, mein Strand; Bizeps bin ich, Trizeps, Deltamuskel, Abduktor meines Daumens.

Das 155er auf dem Montjuich, die Maschinengewehre.

Ich liebe deine Haut, deine Lippen, die fliehenden Vögel deiner Muskelzuckungen, den fliegenden Fisch deiner inneren Doppelgängerin, dein umhülltes Blut, den zuckerfeinen Sand, der deine Pobacken bestäubt. Ich liebe deine Wärme, aber nicht dein Blut; über deiner samtsanften Haut das Blut vergessen; ich fahre durch die verschlungenen Linien deines Flaums.

Die Flakscheinwerfer fächern durch die Nacht, machen sie licht und tief.

Als wenn sie nicht geboren wären, die Venen deiner Kniekehlen, die Arterien deiner Waden, das bläuliche Delta deines Unterarms, die Femoralis, die Safena. Fühlst du deine Brüste, wie ich sie fühle? Voll, fest, schmeichelnd, leicht wie Flaumfedern, in meine Finger geschmiegt wie die Schnauze eines treuen Hundes in die führende Hand seines Herrchens; Kieselquarz und feinste Kleie, göttliche Schalen, königliche Näpfe voll warmer Milch, glimmendes Gefäß, wie eine Frucht, deren Blüte noch Knospe ist, auf den Kopf gestellter Frühling.

Dieses Todespfeifen, das die Bomben ankündigt.

Jetzt, wo du ausgestreckt auf dem Rücken liegst, wirken sie wie vollkommene Hügel – ich der Schläfer in ihrem weichen Dreieck –, Kunstwerke in vollendetem Schwung, die sich von der Warte der Brustwarzen über den Abhang deiner Flanken ziehen. Vergessen dein Oberschenkel, wenn ich dein Becken sehe.

Haarklein kann ich dir erzählen, wie wir gestern jenes Mädchen in deinem Alter operiert haben: Ablation des rechten Beines auf Höhe des Oberschenkels. Das alles wegen eines Fitzelchens, eines kaum sichtbaren Stückchens Metall. Sie ist gestorben. Ist auch nicht mehr wichtig. Ich liebe dich, will dich. Aber dein Blut will ich nicht.

Sie kommen wieder, schwirren, schießen, wie die Scheiben zittern!

Der feine Flaum deines ebenmäßigen Nackens. Deine Zunge, der schwere Volant deiner Zunge, belegt und fiebrig, die gekörnte Feuchtigkeit deiner Zunge, zweigeteilt wie ein Rosenblatt, die öde Höhle deines Mundes, der harte Totenkranz deiner Schneidezähne auf der glühend rauhen

Reife meiner Zunge. Versenke sie in meinem Gaumen, meinem Hals, wenn meine halbgeöffneten Lippen auf deinem vollen Mund liegen, schwarz in der schwarzen Nacht! Stoße sie hinein! Uns bedrängt die Finsternis. Fühlst du deine Brüste, wie ich sie fühle? Angeschmiegt an mein pelziges Brustbein.

Der Tod fällt fächerförmig. Gleich klingelt das Telefon und sie rufen mich fort.

Sieben rechte Arme, sieben einzelne Arme möchte ich, dich zu preisen, sieben Hände, die meine beiden unterstützen: eine, dein schwarzes Haar zu kämmen, eine zweite für den zarten Flaum deiner Schläfen, eine weitere, deine Schulterblätter zu halten, eine für die Hitze deiner Flanken und deine fließenden Hüften, eine weitere für den satten Schwung deiner Hinterbacken; die feinsten Hände für deine Schenkel, wenn nicht für deine Knie oder die Buchten deiner Kniekehlen, und noch zwei weitere für deine Füße als Boden. Und wenn ich mehr als sieben hätte, ich wollte dich streicheln und liebkosen überall, behaglich geborgen in der Beuge deines Brustkorbes.

Rundum regnet der Tod! Umhülle mich, dunkle Einsamkeit, errette mich vor der Dunkelheit, umschlinge mich mit deinen Fingern – jenen jungen Schlingen – diesen meinen alten Stamm. Dein Herz soll klopfen im Galopp! Die Kuppe meines Zeigefingers über den feinen Bogen deiner Brauen gleiten lassen. Und, belüge mich, meine Liebste, belüge mich, während ich deine golden reglosen Kniescheiben berühre, Renetten, Pflaumen aus Eigelb, Pfirsiche, die die Blüten deiner Kniekehlen bedecken.

Es kehrt zu mir zurück, das Schiff meiner hohlen Hand, Oberschenkel aufwärts, schaukelndes Floß, verloren in der Augusthitze deines Fleisches. Welche Erde, einen Morgen lang von der Sonne beschienen, könnte ihre Wärme mit der deinen messen? Welcher Mittag? Welche Siesta mit ihrer

Brise vom Land her? Wärmequell. Meine Heimstatt! Kein Schwimmzug im Meer, leidenschaftlicher Schwimmer, und sei der Sommer noch so leuchtend und brütend heiß, kann es aufnehmen mit dem Halbmond deiner Hüften: weich und hart, heiß und lau, fest und nachgiebig, hoch und kurz, mein und dein, weit oder schlank, je nach Liebkosung oder Griff. Äquator, von dem aus es immer nach Süden geht, als einzige Inseln meine Hände, als einzige Sternbilder über ihm meine Arme, du mein Kontinent, meine See.

Der Schweißfilm, der auf dem weichen, kühlen Pfad deiner Wirbelsäule hervortritt, Quelle reicher Ebenen, fruchtbarer Erhebungen, unser Dunst, dein Zuckerguß, feuchter Schimmer, der meinen Fingern, die Wasserperlen hinterlassen auf ihrer Bahn, den Weg erleichtert: meine Fingerabdrücke in der Ebbe deines Meeres. Ich habe dich mit Haut und Haaren geraubt. Was ist, daß du dich plötzlich in gischtenden Brechern gegen mich rollst, mich, dein Kliff, du mein Gestade, jetzt aufgewühlte See? Schaum.

Auch wenn sie zu hören sind, man hört die Flugzeuge nicht, wenn ich dein fleischiges Ohrläppchen zwischen die Zähne nehme. Aber die Krankenwagen. Sie rasen. Wer hat diese Nacht Dienst? Luis, Jiménez, Segura.

Auf deinem Mund ein Frühstück, in deinem Nabel ein Mittagessen, auf deinen Brüsten ein Nachtisch, zwischen deinen sehnigen Muskeln Abendessen. Moos, Zweige, mein Stamm.‹

»Beschläge, Schlüssel, Scheitelpunkt, Angelpunkt, meine Fabrik.«

»Licht.«

»Du mein alles überspannender Bogen.«

»Bin ich dein Bogen, bist du mein Pfeil.«

Julián Templado redet und antwortet sich selbst.

Im Kielwasser des anhaltenden Sirenengeheuls flackern die Glühbirnen wieder auf. Mariquita, zu einem Accent circonflexe gefaltet, wie ein Segel über ihrem Peiniger gerefft, sagt ganz ernst und mit einem Hauch von Bewunderung in der Stimme:

»Du bist klasse, Doktorchen.«

Der Angesprochene spreizt sich innerlich. Selbstgefällig.

Und sie, aus der Tiefe ihrer Weisheit:

»Ein Bombardement erlaubt kein Mittelmaß.«

Sie treten auf den Balkon hinaus, um Luft zu schnappen. Die Bäume nackt, die Nacht rein, die Passanten, Glühwürmchen auf dem nächtlichen Schlachtfeld, orientieren sich immer wieder an ihrer glimmenden Glut. Die stummen Schritte, ihr Raum. Nur das Gehen der anderen gibt eine Vorstellung von Weite; das eigene, Einsamkeit.

»Ich muß nach Hause. Meine Mutter erwartet mich, zum Traubenessen. Weil es keine gibt, nehmen wir Haselnüsse.«

Aus den Tiefen einer anderen Welt zieht Julián eine Dose Ölsardinen hervor, dann bricht er einen Kanten Brot in Stücke.

»Härter als der Kopf von González Peña.«

»Wer hat dir das denn beigebracht, Mädchen?«

»Keine Ahnung, das habe ich im Café gehört.«

»Schade nur, daß es keinen Wein gibt. Wermut zum Frühstück, Wermut zu Mittag, Wermut zum Abendessen. Wermut um ... Wieviel Uhr ist es? Fast zwölf. Wermut um zwei Uhr morgens.«

»Im *Ritz* gab es vor einem Monat nur Málaga.«

»Du hast die Champagner-Ära nicht miterlebt, Mariquilla. Das war vor heiligen Zeiten. Wenn man einmal ernsthaft die Geschichte des Krieges schreibt, wird man ihn in drei Epochen unterteilen: Die des Champagners, die des Rotweins, die des Wermuts und ...«

»Was?«

»Die der Sintflut.«

Julián Templado dreht am Dosenöffner und bricht ihn ab.

Irgendwie, weiß Gott wie, schafft er es, die Konservendose mit einem Schuhlöffel zu öffnen.

»Eine Sardine«, sagt die Schmeichlerin. »Mensch, Doktorchen? Eine Sardine! Ein Jahr, ohne zu wissen, wie eine Sardine in Öl schmeckt. In reinem Olivenöl. Das steht hier, auf der Dose. Sieh nur, diese silbrig-graue Farbe! Dieser matte Ton in der Höhlung! Dieser Glanz! Diese Festigkeit! Wie rein, und wie sie nach Sardine duftet! Die feinen Gräten, wie graues Haar, und das Fleisch rosa wie alter Marmor! Du öffnest sie, und schon sind es zwei! Schau nur das Rückgrat, wie eine Cordobeser Kette aus Weißgold, so durchscheinend!«

»Spargel und Sardinen gewinnen als Konserve«, sagt der Gastgeber, denn er ist ein beschlagener Mann.

»Hast du Spargel gesagt?«

Das Biest packt das Messer und richtet die stumpfe Klinge gegen seine Brust.

»Hast du Spargel gesagt? Nimm das zurück und schwöre, daß es nicht wahr ist. Bestätige, daß du das nie gesagt hast, daß du dieses Wort nie in den Mund genommen hast. Es ist verrückt, erfunden, Zauber, Abrakadabra. Du weißt gar nicht, was das ist, du hast im Fieber gesprochen, ohne zu wissen, was du sagst; du warst nicht bei dir, wirr, gaga, ballaballa. Was ist ein Spargel? Kannst du mir sagen, was ein Spargel ist, Schönling?«

»Du bist ein Spargel.«

Sagt er und umturtelt sie.

Sie essen.

»Mariquilla, was bist du?«

»Ich bin eine Tochter aus gutem Hause.«

Was stimmt. Gerade perlt das Wasser der Dusche über den Abhang ihrer Schultern, teilt sich vor den kleinen Kegelfelsen ihrer Zitronenbrüste, sprudelt über den Saumpfad ihres Bauches.

Für sie ist die Welt Krieg. Am 19. Juli verlor sie ihre Jungfräulichkeit und beim Fall von Badajoz ihre jugendliche Scham. Beim ersten Kampf um Madrid war er überrascht, wie beherzt sie ihr Schicksal in die Hand nahm. Ihre Fröhlichkeit war nicht gespielt, Bombardements sind für sie Alltag.

»Kennst du Lola?«

»Die mit den Muttermalen?«

»Welche sonst?«

»Nein. Mit der Sorte verkehre ich nicht. Trotz der achthundert Peseten, Nebenkosten extra. Interessiert sie dich? Du weißt, ich bin nicht eifersüchtig. Ich mache es, weil es mir gefällt. Weil du mir gefällst. Warum gefällst du mir, du häßliches Hinkebein?«

»Hat man dir Gegenspionage angeboten?«

»Natürlich! Und Zigaretten, das ist viel wichtiger. Jetzt, wo du nirgendwo mehr welche bekommst. Der Sekretär des Postdirektors ist ein durchtriebener Kerl. Manche Mädchen machen es, damit sie was zu rauchen haben. Alles andere ist ihnen schnuppe, wie mir. Pfeif drauf, denn hinter der nächsten Ecke verkaufen sie dir Essig für Öl.«

Sie zieht sich den Schlüpfer an, die Bluse, den knappen Rock, das ist ihr ganzer Aufzug. Wie alt sie ist? Sechzehn, siebzehn, achtzehn Jahre? Sie ist wie eine Katze. Katzenaugen, katzenhafte Bewegungen, und dazu ihr Schnurren. Julián Templado liebt Katzen.

»Mit der Stelle im Ministerium, meiner Mutter zum Anstehen, und mit dir für das andere, was soll ich mir den Kopf zerbrechen und aus den Leuten herauskitzeln, was ihnen eh auf der Zunge brennt. Mit dem einen ins Bett steigen und noch einmal mit jenem, weil er möglicherweise ... weil vielleicht blabla, vielleicht blabla. Der Gipfel, Doktorchen, der Gipfel ist das. Kommst du mit? Wieso nicht?«

»Es ist kalt.«

»Und ich?«

»Bleib doch.«

»Du weißt, daß das nicht geht. Meine Mutter würde es nicht erlauben. Heute schon gar nicht. Holst du mich morgen ab?«

»Nein.«

»Du kannst mich mal, Doktor. Ich komme zum Abendessen, Doktorchen. Julián, du hast doch Mariquilla.«

Und sie klappert über den Marmor davon, mit allem wiegend, was Gott ihr gab.

›Die drei von heute Morgen, die drei, das Mädchen und die beiden Alten. Das war gestern und zählt schon nicht mehr. Was zählt ist das Heute, der eisige Wind, der über den Balkon streicht. Werden sie Teruel zurückerobern? Sei's drum, ich rauch die letzte Lucky vom Herrn Generaldirektor, dämlicher Dickschädel, alter Hurensohn.‹

Julián steckt den Stengel an, tritt auf den Balkon. Vom Stockwerk tiefer zischelt es zu ihm hinauf.

»Kommst du runter?« flüstert Hope, »Es gibt Flüssiges und Hühner.« (Seine Übersetzung von ›poules‹.)

Julián vermutet Lola dort. Er irrt nicht. Lola und andere Mädchen, Hope, zwei kürzlich angekommene Nordamerikaner, Alfonso Suárez, zwei Flaschen Whiskey, ein Grammophon mit Sordine, Butter, Baguette aus Perthus, schachtelweise Chesterfield.

»Das Paradies in Dosen«, sagt eins der Mädchen.

Alle sind ziemlich hinüber.

»Ich sollte morgen abfahren«, sagt Hope, »aber wegen der Sache mit Teruel bleibe ich.«

»Ihr vergeudet Schlachten«, merkt Suárez an.

»Nein, Gäule. Schließlich ist ein Kriegsberichterstatter am Ende immer ein Picador.«

Der Alkohol schlägt durch bei dem Arzt. Er drängt Lola in eine Ecke.

»Geh nach oben. Ich will mit dir reden.«

»Das kostet Sie fünfzig Peseten.«

»Mehr.«

»Schämt ihr euch nicht!« ruft Suárez. »In eurem Alter! Zu dieser Stunde!«

»Es gibt keine schlechte Stunde«, bemerkt Templado, während er, gefolgt von dem Mädchen, die Treppe hinaufsteigt.

»Sie unverbesserlicher Optimist.«

»Das wurde mir heute morgen schon einmal gesagt, und ich war sehr früh auf. Das kommt vom vielen Fleisch.«

Als er den Schlüssel ins Schlüsselloch steckt, schießt Julián Templado wieder Teruel durch den Kopf, die Stadt, die Kälte, die Kameraden, der Schnee, die Lazarette.

›Muß ich mich denn rechtfertigen? Drei Tage habe ich durchgearbeitet, um diesen einen frei zu haben. Etwas beunruhigt mich, zwickt, beißt. Mit dem Bistouri in der Hand wäre ich ruhiger.‹

»Komm herein.«

11. Geburt einer Komödie

1. Januar 1938.
Ein Uhr morgens

Was für ein Theaterstück, Paulino! Ein schnuckeliges, kleines Hotelchen. Mit Türmchen, sagt man. Wo? In Sarriá? Sancho sagte Salvidrera. Grüne Pinien, weites Blau. Aber die Veranda horcht auf keinen Horizont. Veranda! Honigsüßer Silbenklang! Wer soll das sprechen? Englischen Ursprungs, oder indischen – ich erinnere mich nicht. Fern und nah, und verankert: Veranda. Fremdländischer Klang. Bei uns sagt man: Aussichtsterrasse. Aber Veranda trägt das Heimelige in sich: eine hübsch hergerichtete Veranda, Korbsessel mit geschwungenen Rückenlehnen, weich fließendes Weidengeflecht. Ein Papagei. Papagei und Käfig. Ein goldener Käfig, mit Fuß, mit farbigen Glasplättchen. Die ganze Bühne als Käfig. Vollgepfropft mit Blumen, Fächern, Bodenvasen, Fensterläden. Überall Fensterläden, alles voller Fensterläden. Und eine eingepaspelte Markise. Messingstangen, Trapezschaukeln. In einer Inszenierung von Meyerhold würden die Darsteller auf Trapezen schaukeln: Papageien- und Kakadukomödie. Schleifen und Schärpen in schmeichelnden Tönen: rosarot und bonbonblau. Nachempfunden der Jahrhundertwende. A là …? Wie heißt noch dieser Maler, ein Freund von Gasch? Grau Sala. Lora, geiler Papa, Papagei, sei ruhig. Die Szene verdeckt von einer Wand aus farbigem

Glas. Einmal erscheint alles in Blau getaucht, dann wieder alles in Grün.

Es steht eine Señorita,
an einem Café vor der Tür,
kommt schließlich ein Señorito:
Sieh her, sieh her, sieh her …

Mein Privatier, ein Katalane. Eine Tasse. Ein Puderzuckerbiskuit. Heiße Schokolade. Wie heißt das Gericht, bei dem der Tasse eine Manschette umgelegt wird?

Wunderwelt des Theaters! Gibt es irgend etwas, das dir gleichkommt? Körper! Strahlkraft! Fleischgewordene Ideen! Du sagst, von dem ich will, daß du es sagst. Gott, Theaterdichter. Mit Verlaub. Ist's nicht so? Wir sagen, was wir wollen, aber der Anstoß dazu kommt von höherer Stelle. Meine Figuren geraten auch nicht nach meinem Willen. Willkür. Das Theater ist der beste Gegenbeweis gegen den Gedanken der Vorsehung. Ich weiß nämlich nicht genau, was ich will. Das ist der Feind, der mich in die Knie zwingt. Die Mittelmäßigkeit: nicht zu wissen, was man will. Ich habe alles auf einmal vor Augen, die große Vision, das Ziel. Ich habe den Rahmen und die Handlung. Eine Idee und ihre Welt. Sie muß zum Leben erweckt werden. Der Vorhang hebt sich. Niemand ist auf der Bühne. Niemand?

Die Kunst, für alle und für niemanden! Die Bühne, mein Universum, anderen zugedacht. Alle sitzen vor mir, staunen und raunen, mit offenen Mündern. Verlangen nach dem Mana. Ihnen anstelle des Vorhangs einen Spiegel vorhalten. Die Bühne vorenthalten, gefundenes Fressen für den offenen Mund. Verhangener Blick. Ihnen die Augen öffnen. Triefaugen. Der Vorhang geht auf. Ich: Spiegel für Hunderte.

Die von mir geschaffenen Figuren, quicklebendig. Groß, stämmig und zupackend. Mit echtem Haar, echter Stimme, echtem Blut, als ob auch ihre Seele echt wäre. Täuschend echte Seelen, denen die Rettung versagt bleibt.

»Sie sind mein Vater.«

Wenn mir beliebt, sage ich einfach:

»Sie sind nicht mein Vater.«

Alle werden es glauben. Tutilimundi. Jedermann.

»Wie heißt du?«

»Wie alt bist du?«

»Ich habe meinen Vater getötet.«

Die Schwierigkeit besteht darin, das Leben abzubilden, beziehungsweise Leben zu erschaffen. Leben erschaffen, indem man es abbildet; die Figuren aus dem Spiegel herauslösen. Ihnen Gestalt verleihen. Narziß andersherum. Sehen und sogleich begreifen:

»Eine Figur zum Anfassen! Als würde sie zu einem sprechen!«

Irgendwann gerät man an einen Punkt, da kann man sich nur noch durch das Komische ausdrücken. Abscheu oder Ohnmacht? Die Welt umstülpen wie ein Kaninchenfell. Englischer Humor: Weltverachtung? Nicht wissen, ob etwas ernst oder als Witz gemeint ist: Antilyrisch. Das Volk versteht keine Witze. Es gibt kein anderes Publikum als das Volk. Eine Komödie soll das sein? Das Komische: Gefilde für Freischärler. Passive Verteidigung. Das Komische, oder die Camouflage. Jeder verteidigt sich so gut er kann.

Vom Leben zum Bild. Nein: vom Bild zum Leben, darum geht es. Vom Bild zum Leben: das Kunstwerk. Vom Leben zum Bild: ich. Ich, der Schriftsteller, das Bild, das die anderen von mir haben. Schwarz auf weiß. Von der Wirklichkeit zu mir, von mir zur Wirklichkeit. Kurz und gut: Leinwand. Filter. Leinwand Gottes. Nichts davor, nichts dahinter; meine Herrschaften: das Ei des Kolumbus. Wer läßt sich täuschen? Die Frage der Schöpfung läuft am Ende auf eine Frage des Beschleunigens hinaus. Des Aufschlags. Einen guten Aufschlag haben. Vom Leben zum Bild, von der Hand zur Wand gegenüber. Von der Einbildung zum Bild: Don Quijote. Vom Leben zum Bild: Sancho. Und Américo Castro auf der Flucht nach Amerika, Feigling. Cervantes for ever. Der Quijote oder die Einbildung. Die Phantasie am Leben ausrichten. Die Dinge von oben betrachten oder von unten. Von unten der Lazarillo, der Blindenführer. Der Roman, Sieg der Komödie über die Tragödie. Alles eine Frage des Publikums. Es bekommt das Theater, das es verdient. Situationskomik oder Charakterstück? Den Menschen erkennt man an seinen Verwicklungen. Gut, genug damit. Schreibe ich nun die Komödie oder nicht? Nach der ersten Idee sehe ich sofort das Bühnengeschehen vor mir. Wie heißt der Held? Juan? Pedro Ignacio? Jaime? Diego? Warum nicht Ignacio? Don Ignacio Vallvé y Roca. Vallvé o Vellver? Vellver y Camprodón. Genau: Don Ignacio Camprodón y Serra.

Das Theater und der Roman entspringen mehr oder weniger gemeinsam der Asche von Volksepos und Heldengesang: als die Völker Häuser errichteten.

Don Ignacio Camprodón y Serra: Ansatz zur Glatze, mit Bauch, aber in Maßen. Wer könnte ihn spielen? Borrás? Gott bewahre! Bist du dir sicher? Er wird ihn bestimmt nicht für dich spielen. Bruguera? Und in welchem Theater? Komitée zur Bewirtschaftung der Theater! Mit dem Namen machen sie niemandem etwas vor. Codina? Warum nicht? Ein bißchen zittrig seine Stimme. Aber vielleicht paßt die Rolle ganz gut zu ihm. Codina.

Die Handlung ist gut. Becque. Gehen wir alles der Reihe nach durch – oder der Rolle nach? Don Ignacio hat in *La Vanguardia* seine Todesanzeige veröffentlicht, damit die Überwachungspatroullien ihn tot glauben und in Frieden lassen. Jemand von der Zeitung kommt vorbei, um die Anzeigengebühr einzufordern. Das Hausmädchen:

»Der Señor ist nicht zu Hause. Diese Dinge erledigt der Señor persönlich.«

Soweit Sanchos Erzählung. Gut. Was konnte in Wirklichkeit geschehen sein? Bestimmt ist alles aufgeflogen, da hat sich's ausgelogen. Erster Akt. Die wahre Wahrheit. Sagen Sie, mein Herr: Spricht man im Leben wie auf der Bühne, oder spricht man auf der Bühne wie im Leben? Hören Sie mit diesem Unsinn auf! Auf der Bühne spricht man Theatersprache und im Leben Alltagssprache. Eine Sonntagssprache. So, wie man auf der Bühne spricht, ist es nach meinem Geschmack. Wird man eines Tages im Theater wieder mit Emphase deklamieren? Den Tod der Emphase hat der Roman auf dem Gewissen. Das hat uns Balzac eingebrockt. Das muß ein harter Kerl gewesen sein! Echegaray oder: Wenn der Sohn der Vater ist. Eine alte Idee von mir: ein Stück nur aus Beiseite-Sprechen, mit eingekapselten Schauspielern, die vergeblich versuchen, aus sich herauszugehen. *Strange Interlude*. Ihre Gedanken kann man nicht hören, und sie sind abgeschirmt von den Worten aller anderen. Einsamkeit. Und immer noch gefällt *El Gran Galeoto* in der Besetzung mit Don Enrique. Niemand hat mehr Routine als ein guter Laiendarsteller. Wenn die Kinoleute erst das Theater wiederentdecken ... Das Kino oder: Der maskierte Roman.

Die menschenleere Bühne. Es läutet. Damit gewinnt man Zeit, die Leute werden ruhig. Das Hausmädchen läuft über die Bühne. Rechts, links. Der Bursche, der zum Kassieren gekommen ist: So wird man sofort in die Handlung hineinversetzt. Als wär's ein Stück von Don Jacinto.

Mir wird einfach nicht warm. Vorsicht mit Pilar. Soll ich mir den Mantel überwerfen? Lieber rühre ich mich nicht vom Fleck.

Der Bursche tritt ein. Wartet. Die Señora kommt. Weiß das Hausmädchen über die Angelegenheit Bescheid? In echt vielleicht schon. Oh, ja! Gut möglich. Somit wird man mir die Szene nicht abnehmen. Sie weiß nichts. Also: Ich lasse sie weg. Erfinde eine Tochter. Das Hausmädchen ist, zum Beispiel, gerade entlassen worden. Ich könnte eine Szene einbauen, ganz am Anfang, zwischen Mutter und Tochter, in der sie sich eben dies vorwerfen. Daß doch keine Bediensteten aufzutreiben sind ... Daß man ihr hatte vertrauen können ... Bedauerlich, daß man kein Faschist ist. Was für eine Szene! Ich sehe schon die Fernández de los Villares oder Navarros Torrados.

»Señora, jetzt befehle ich, und Sie schwingen den Besen.«

Und im *Infanta Isabel*-Theater schütteln sie sich vor Lachen. Isabelita Garcés. Die Tochter: bereitet das Treffen der Angehörigen vor. Sie sucht ihre Mutter. Dann der Bursche von *La Vanguardia*, was machen wir aus ihm? Statten wir ihn mit einer besonderen Eigenschaft aus? Was meinst du? Ja. Deine Figuren haben immer etwas Unverwechselbares. Ein Stotterer? Freund des Hauses?

»Huch! Du hier?«

Die ersten Beileidsbekundungen.

»Armer Don Ignacio!«

Nein. Man muß etwas besseres finden: Dialog zwischen Don Ignacio und seiner Frau.

»Ich bin soeben gestorben.«

Soll ich so anfangen? Der Tod des Mattia Pascal, auf den Kopf gestellt.

Eine Phillippika auf die unausstehliche Frau. Erster Auftritt des Oberschlaubergers...

»Jetzt können sie mich mal! Ich ruhe in Frieden.«

Zurück zu dem Jungen: »Was soll das heißen, Sie haben nicht die zweihundert oder dreihundert Peseten für die Todesanzeige?«

Mein Don Ignacio trägt stets die Schlüssel bei sich: an einer vernickelten Schlüsselkette. Ein echter Hausherr.

»Kommen Sie später wieder.«

Der Bursche könnte ihm eine Szene machen.

»Ich habe so einen weiten Weg hinter mir!«

Die eingeschüchterten Frauen. Dann treffen die Angehörigen ein. Warum habe ich von Anfang an im Kopf, daß Verwandte kommen? Eigentlich gefällt mir das nicht. Aber den Leuten könnte es gefallen. Becque. Das Theater, das sie verdienen. Das Publikum schafft sich seine Autoren. Ein Körnchen Originalität im ersten Stück, und anschließend dem Allerweltsgeschmack folgen: Suárez de Deza, Casona, ich. Gegen die Theatergänger kommt keiner an. Denn innen drin ist man doch leer. Die Leute werden lachen, wenn sie mitbekommen, daß der Tote mit anhört, wie die anderen über ihn reden. Wenn er über die Bemerkungen in Rage gerät, wird es besonders lustig. Er ruft die Leute von der CNT. Vermacht ihnen sein gesamtes Vermögen. Und schließlich bekommt er einen Posten im Revolutionskomitée. Ist alles schon vorgekommen. Dieser Arzt vor ein paar Tagen. Er hatte zwei Autos:

»Sie werden verstehen, daß ich mich mit zwei Wagen der CNT anschließen mußte; hätte ich eines gehabt, wäre ich der UGT beigetreten. Sie verstehen doch, oder?«

Vielleicht auch: Ich bin mein Bruder. Ist das von Manuel Abril? Einfluß von Pirandello. Unamuno. Das Theater von Don Miguel de Unamuno.

Das Lachen ist universell, doch die Dramenkunst national und der Gefahr ausgesetzt, ihre Farbe einzubüßen. Shakespeare auf spanisch ist ein farbloser Shakespeare. Die Lyrik gibt Farbe und sie färbt ab. Wenn das richtige Publikum da ist. Wie wenig Erfolg Don Miguel hat. Bissige Szenen, und Charaktere, die auf das Publikum abfärben. Charakter oder Lyrik. Die Lyrik umhüllt, berührt, rührt ... Plakative Szenen. Das beste Theater: das Vaudeville. Die Konflikte, die Don Miguel auf die Bühne bringt, bewegen das Publikum nicht.

Valle-Inclán auch nicht. Galdós schon. Galdós hat aufwühlende Themen bearbeitet, Zeitungsthemen. Im Gewand der Aktualität. Unsterblichkeit ist für die Leute ohne Belang; eifrige Theatergänger werden sie in dem Maße, in dem sie der Kirche fernbleiben. So wie die Leute den Zirkus verlassen haben, um in die Katakomben zu gehen. Das Publikum lief zu den Christen über: stürzte sich selbst in die Arena. Sobald das Publikum selbst zum Schauspieler wird, ist das Theater an seinem Endpunkt angelangt. Das beste Theater, der Krieg. Das Theater des Krieges. Kirchenmuff. Puritanismus der Reformation. Das Spanische Theater und die Gegenreformation. Jungbrunnen. Das achtzehnte Jahrhundert. Die Philosophie des Glücks und der Tod des wahrhaftigen Theaters. Wenn die Menschen glücklich sind, müssen sie zum Weinen ins Theater gehen. Zerstreuen, in den Wind streuen. Die Zensur. Die Gegenreformation bedingt das Fortbestehen des volkstümlichen Theaters. Der Katholizismus hat das spanische Theater gerettet. Das muß ich Bergamín schreiben. Bestimmt werde ich das vergessen. Die Verbindung zwischen Juan de la Cueva und Miguel de Unamuno. Ich kann nicht glauben, daß sie Federico García Lorca umgebracht haben. Eines morgens wird er auftauchen. Das kann nicht sein. Das kann einfach nicht sein.

»Warum haben Sie diesen Krieg angezettelt?«

»Um Federico García Lorca zu ermorden.«

Das soll einer verstehen. In einer Schule:

»Mein Kind, warum hat sich General Franco 1936 erhoben?«

»Um Federico García Lorca umzubringen.«

Er war so viel wert wie eine Million Spanier. Wenn es wahr ist, daß sie ihn umgebracht haben, haben sie den Krieg gewonnen. Der Rest ist Dreingabe. Und die Erde bebte, und sie teilte sich. Und die Gräber taten sich auf. Dieses Mal, damit sie hineinstürzten.

Von den Balkonen aus der Blick
auf die Berge, Berge, Berge,
Maultiere und ihre Schatten
tragen Sonnenblumen auf ihren Rücken.

Wer bloß hat den Befehl erteilt, Federico zu töten? Dieser Mann ist unter uns.

Zwei Córdobas wunderschön.
Córdoba, gebrochen in Wasserspielen,
himmlisches Córdoba, dürr und trocken.

Phädra in Mérida. Margarita Xirgu. Séneca und Don Miguel, ein nicht ganz zufälliges Zusammentreffen: Lesetheater. Nie hat Don Miguel dem Schauspieler, der Figur Bedeutung zugestanden. Auch der Inszenierung nicht: dem Akt an und für sich. Wenn ich da an die Skandale von Valle-Inclán denke. Mein Gott, wenn Valle-Inclán noch leben würde! Die bloße Tatsache der Existenz des Theaters, das Theater von Unamuno. Alles andere ist in seinen Augen überflüssig. Verachtung für die Außenwelt und Grund seines Scheiterns. Ihm kommt es auf das Subjekt an, auf das Innenleben der Figur. Die Figur von Don Miguel, beziehungsweise die dritte und vierte Figur von Don Miguel, seine Bruchstücke von Antagonisten, er stellt sie einfach hin, und dann soll das Fest beginnen. Das Publikum hingegen: daran gewöhnt, daß ihm alles erklärt wird. Das Theater oder: die Physis der Emotionen. Emotionale Physis: wenn ich mit flehenden Armen auf jemanden zu laufe: Liebe. Das alles war für ihn null und nichtig. Das Theaterstück: eine Figur; die übrigen: Hampelmänner. Theater der Innerlichkeit. Ein Stück schreiben, in dem es keine andere Figur als den Helden gibt, in dem seine Gefühle und Erinnerungen sich bewegen wie Figuren; sie treten auf und wieder ab. Dialog mit dem 28. Februar, mit der Umarmung und dem Bäumchen vom 19. März. Das Minderwertigkeitsgefühl, sich selbst in Lüsternheit zu ertappen, ausgelöst von der Vorstellung, dieser oder jene sei nackt ... Das Bühnenbild eines Stücks, fotografiert, das sich im Innern eines Kopfs abspielt. Tschechoslowakischer Blödsinn. Das wäre ein vollkommen blödsinniges Stück. Ein Selbstportrait. Die Franzosen würden sagen: um seiner selbst willen. Also. Das Stück muß mit einem Dialog zwischen dem Katalanen und seiner Frau beginnen. Mit dem Mißverständis spielen.

»Soll ich Trauer tragen?«

»Das fehlt gerade noch! Was würden die Leute sagen?«

»Und die anderen? Was soll ich ihnen sagen?«

»Wie, was sollst du sagen?«

»Sie ist schon erschienen.«

»Was soll erschienen sein?«

»Ach nichts. Wenn dich jemand anspricht, tust du als ob ...«

»Als ob was?«

Die Unmöglichkeit, auf dem Theater wirklichkeitsgetreu zu zeigen, wie sich ein Ehekrach aufschaukelt: die Bestandteile sind viel zu klein. Was würde Pilar sagen? Würde sie sich einsichtig zeigen? Würde das weiterhelfen?

Soll sie die Hand in die Hüfte stemmen? Was für eine Kälte!

Das Theater ist darauf angewiesen, daß die Geschehnisse sichtbar sind. Das Mikroskop ist für eine Theaterszene unbrauchbar: alles in natürlicher Größe. Handlung, Handlung! Ein Theaterstück ohne Handlung, was ist das schon? Das ist doch Mumpitz. Man muß das einsehen, Mumm haben. Die Vorstellung im Kopf, das hat nicht Hand noch Fuß. Die Vorstellung mit beiden Beinen auf dem Boden, Wolkenschatten. Und was bist du anderes, Paulino Cuartero, als eine Vorstellung Gottes? Oder Köhler aus Moranchel.

Was für Ortsnamen! Zauberhaft: Moranchel. Hat nie etwas anderes gesehen als sein Gebirge. Nicht wegzudenken aus seinem Gebirge, und neu in der Welt ... Der Mensch in seiner Landschaft, Berge von Gelboe ... Der schöne Köhler, nein: die schöne Köhlerin oder: Justinas Eifersucht. Das Tier Ungarns oder ... Finsterer Wald, unwegsames Dickicht, Moos. Die Frau oder: das lüsterne, unbändige Tier. Aber niemanden wäre es in den Sinn gekommen: Der Köhler aus Moranchel oder: das unglaubliche Wunder: Theater. Zum Heulen: Dieser Mann, der Himmel sein einziges Dach, Dickicht und Eichenwälder, spart über sechs Monate seinen Soldatensold, Milizkämpfer, mit dem einzigen sehnlichen Verlangen, damit ins Theater zu gehen, sobald als möglich. Welche Vorstellung mag er vom Theater hegen? Er ging hin, und ließ von da an keinen Abend aus. Untrüglicher Beweis, daß es seine Erwartungen erfüllte. Die Wahrheit: Es war ein Revuetheater. Und er: allein in seiner Loge. Niemanden ließ er herein. Aus Schamhaftigkeit, weil er jungfräulich war? Allein in seiner Loge: wie Gott. Für ihn war das die Revolution. Was ist sie für dich, Paulino Cuartero? Daß die Wege länger werden, als ob sich mit einemmal die Straßen am Horizont in den Himmel aufschwingen würden, oder abbiegen und parallel zur Horizontlinie weiterlaufen, ähnlich den Gemälden im ersten Stock des Prado, auf denen ein gesamtes Autodafé Platz finden muß, oder wie auf jenem persischem Gemälde in grün und orange, auf dem die gesamte Stadt Platz fand? Die Gottesstadt. Die Revolution: die Gottesstadt. Durch diese Gottesstraßen gehen, in vollem Gottvertrauen. Und die Kirchen brennen. Schwarze Stumpfe, die in den Himmel ragen. Kohlschwarz ausgehöhlt: Theaterlogen. Das große Welttheater. Franco hat die Geistlichen nicht aus Respekt vor dem Christentum verschont, sondern weil sie Faschisten sind. Wenn nicht, können sie was erleben. Genauso, wie sie mit ihnen hier kurzen Prozeß gemacht haben: nicht als Geistliche, sondern als Feinde. Das rede ich mir nicht ein, um mein Gewissen zu beruhigen. Es stimmt. Ich töte dich, ich vergebe dir, und teile dich dann wie Schlachtvieh in zwei Hälften. Und zack. Grausamer Gang der Dinge. Grüner, grausamer Gang, schwarz. In Dunkelheit gehüllt, zum Licht ...

> Mein Wohl, erwachsen aus meinen Verfehlungen, ...

Ach, Lope!

> Der Mensch will gut sein;
> Das dürfen sie ihm nicht gewähren.

Wer? Der Mensch. Katholisch bin ich, katholisch will ich bleiben. *Divinas Palabras*, göttliche Worte. Das Dramatische, unerwartet und ein Stich tief drinnen. Das, was alle wissen, und das ›wer weiß‹ dessen, was verkehrtherum angepackt wird.

Pilar. Mit ihr kenne ich kein Pardon. Einfach, weil ich nicht will. Genauso wie ich mich jetzt auf die rechte Seite drehen werde, denn die Laken sind jetzt behaglich warm.

Es gibt kein zeitgenössisches Theater. Jedes Theater ist Theater seiner Zeit. Spielt keine Rolle. Ärgerlich nur für Leute mit Namen Fernando. Für Schwachköpfe, die ausgerechnet darauf aus sind. Sie stecken ihre Nase in die Geschichte, aber das Publikum will seinen Spaß. Das Größte: Aristophanes, Molière.

Die große Schwierigkeit: eine Figur menschlich zu gestalten. Nicht komisch, nicht tragisch: komisch und tragisch. Das ist es. Beurteilt werden sie nach ihren Taten, vielleicht noch nach ihren Worten, aber nicht nach ihrem wahren Wesen: denn das ist von Gott. Darum unübersetzbar. Je näher die Eigenschaften an die Wirklichkeit herankommen, desto größer die Verwirrung: Hamlet.

Wie bist du? Wie? Was seufzt du? Über was lachst du? Warum liebst du mich? Warum liebst du mich nicht?

I did love you once.

Das einzig Wirkliche, die Familie. Die Unmöglichkeit, etwas Wirkliches erschaffen zu können. Könnte ich nur glauben, daß meine Einfälle aus dieser Welt geboren werden! Wie angenehm es sein muß, Materialist und Theaterautor zu sein. Am Ende würde man sich sogar ernst nehmen. Eine Erklärung für den schlechten, plakativen Geschmack der Sowjets. Sie glauben es. Historienschinken, nichts weiter. Ich glaube an das wahrhaftige Theater. Das Theater ist der offenkundigste Beweis, der einzig gültige Beweis, für den Irrtum des Materialismus. Das Theater, Beweis für die Existenz Gottes. Mit Realismus bezeichnet man die Arbeit von Stanislawski, dagegen habe ich nichts einzuwenden. Wenn das die Wahrheit ist, wo ist dann die Lüge?

Als ich dich zum ersten Mal sah,
wußte ich nicht wer du bist.
Beim zweiten Mal ja.

Über »Das Paradox des Zuschauers« schreiben. Soll sich der Zuschauer in die Figur hineinversetzen oder nicht? Soll er die leidenschaftlichen Gefühle der Figur als seine eigenen erfahren, oder soll ihm bewußt werden, daß alles nur Theater ist? Soll er das Stück von der Warte des Helden beurteilen oder als Richter? Theater oder Politik? Temperament und Intelligenz. Weitere Kapitel: Das kühle und das begeisterte Publikum. Nachmittags- und Abendvorstellung, Hauptstadt und Provinz, unter der Woche und Sonntag. Einfluß der Kostüme. Inwiefern verstellt ein Wams den Blick auf die Seele? Riechen, was geschehen wird: Hamlet.

What's Hecuba to him or he to Hecuba, etc. ...
I have heard
That guilty creatures, sitting at a play.

Die Schuld nämlich, auch unausgesprochen ... Fraglich, ob das Auftreten des Papstes ein Werk der Hölle ist. Er wünscht sich das wohl sehr. Aus Faulheit. Er läßt sich verleiten durch das Geläufige. Zwischen kristallenem Quell und bösem Blut. Einen katholischen Hamlet schaffen. Zwischen Gut und Böse. Angst vor dem Teufel, dabei läßt er sich verführen. Widerwärtig seine Angst.

I knew him, Horatio ...

Vom Tod zu reden, steht gut zu Gesicht.

Ist es wirklich die Angst vor der Hölle, die die Hand des Selbstmörders zurückhält? Dann hätte es im Mittelalter keine Selbstmorde gegeben. Renaissance: Tod der Hölle.

Wo ist bei all dem mein Don Ignacio geblieben? He, Don Ignacio! Hörst du mich? Ja, ich bin's. Hier, im Paradies. Der Schauspieler hebt den Blick. Man sieht seine spiegelnde Schädelplatte, es ist gerade Probe. Ein bißchen weiter nach rechts, in Hausschuhen. Von dort oben hat er einen großen Kopf: einen Dickkopf. Don Ignacio und Doña Secundina. Woran soll sich meine Gardinenpredigt entzünden? An nichts. An rein gar nichts. Darum kann keiner sie richtig darstellen. Das Theater ist grob. Mit einer Gebärde zu beginnen, führt zusammen. Theater, Gebärde der Gebärden. Also los, zu den anderen. Alles dem Schauspieler anvertrauen. Und wenn ich sterbe?

»Ich stehe jetzt auf.«

»Warum?«

»Weil sie schon zum Morgenappell geblasen haben.«

»Aber all die anderen Tage ...«

»Jetzt hast du es zugegeben.«

Werden die Leute das verstehen? Und wenn schon, so fangen Pilar und ich den Streit des Tages an. Im Grunde versteht niemand irgend etwas.

Wer soll das begreiflich machen? Ein Sandkörnchen unter dem Augenlid.

»Ich gehe.«

»Wohin denn?«

»Das weißt du nicht?«

»Nein.«

»Das solltest du aber.«

Eine Pause. Der bittere Ton in »das solltest du aber«. Oder:

»Bleibst du zu Hause?«

»Warum?«

»Wenn du schon dort bist ...«

»Jetzt hast du es zugegeben ...«

»Was habe ich zugegeben?«

»Ach nichts. Immer das gleiche.«

»Immer das gleiche, was?«

»Noch was?«

»Ach nichts, mein Lieber. Wozu ist man denn da, wenn nicht ...?«

Und Segundina erhebt sich. Sie wendet sich an die Tunte im zweiten Rang rechts.

»Ist doch wahr, oder? Warum bin ich denn da, wenn nicht, um dir Gefallen zu bereiten?«

Nein. Klopft es an der Tür? Das sage ich, um Schwierigkeiten zu vermeiden.

Inwieweit identifiziert sich der Zuschauer mit der Figur?

Jedes Publikum lacht an denselben Stellen. Warum? Und an Stellen, die man nie vermutet hätte. Umgekehrt passiert es ziemlich häufig. Nie gelingt es einem, sich anderen begreiflich zu machen. Nichts zu wollen.

Warum applaudieren sie auf eine Replik? Sähen sie sich gerne dabei, in einer entsprechenden Situation das gleiche zu erwidern?

Das Theater entwickelt sich fort, im Gleichschritt mit den Träumen der Menschen. Als die Menschen Könige sein wollten, gab man ihnen Könige. Als Fabrikanten, Ingenieure, Arbeiter, Prinzen oder Spione beliebt waren, hat man sie ihnen auf dem Präsentierteller dargeboten. Mit dem Naturalismus kam das Zimmer von nebenan. In Zeiten der Revolutionäre gab es Revolutionäre. Das Leben kein Traum, auch kein Theater: Das Theater ein Traum. Träumereien der Zuschauer, dann noch die Träume derer, die dösen.

Das Ewige ist der Geist. Derselbe Geist, wie der der Sprache, der der Literatur. Das Ewige: die Literatur. Theater: Literatur und Gestalt; Körper und Geist; Blut und Literatur. Die Sprache des Theaters. Die Sprache, der Text. Was bleibt, ist die Literatur; das, was gerettet wird. Und ich will gerettet werden. Lope versichert, es sei ihm gleich, ob seine Stücke gedruckt werden. Das gibt er nur vor, Lüge, Lüge, Lüge! Denn wenn das so ist, wozu dann die ausufernden Prologe, sein Ausklamüsern der Versmaße, sein Wettern in den Streitschriften, sein Schimpfen auf apokryphe Ausgaben? Posaunt seine Gleichgültigkeit gegenüber der Nachwelt herum, denkt aber an nichts anderes! Woran denkst du, Paulino? Ist die Sehnsucht nach Unsterblichkeit eine Beleidigung Gottes?

Jeden Sinneseindruck der Gegenwart nutzen und ihn in Szenen gießen; der Wurm der Ewigkeit, er nagt an mir!

Was ist von der Commedia dell arte übriggeblieben? Wohin der Ruhm all der Dramatiker, deren Stücke vergessen sind? Segismundo, Solness, Hamlet, verdanken sie ihre Rettung (Rettung, Nachfolger, Fortbestehen, Ruhm) nicht einzig und allein der Literatur? Wenn ein Mensch das ist, was er gemacht hat (Hegel), dann ist eine Figur, die gemacht ist, mit größerer Berechtigung ... Und Gott. Hätte das Christentum nur die mündliche Überlieferung, was wäre aus ihm geworden? Das Christentum ist vor allem anderen eine Religion mit einem Text. Von A bis Z schriftlich festgehalten. Das Erste Buch (Pascal). Jede Ketzerei, die nicht in Druckform erschienen ist, mußte scheitern. Wie gut für den Index und für die Inquisition! Bacon hat es gesagt: Wissen ist das Maß der Macht.

Das Theater, das einzige Wunder in unserer Reichweite. Sehen, hören und schweigen. ›Pictura est quaedam litteratura illitterato‹ (Walahfrid Strabo). So ein Hund, dieser Walahfrid Strabo, nichts kann ich über ihn herausbekommen. Das mittelalterliche Theater, Malerei, Altarbild. Das Theater ist sein Publikum: Es bekommt das Theater, das es will: Es sieht und besucht das Theater, das es will. Ohne Publikum kein Theater. Sag mir, welches dein Theater ist, und ich sage dir, wer du bist. Zum Sichtbarmachen braucht man Handlung. (Und das chinesische Theater? Was weiß ich von den Chinesen!) Je üppiger das Bühnenbild, desto leichter kann das Publikum auf Handlung verzichten. Ein Theaterstück sieht man. Seit Heraklit ist bekannt, daß die Augen bessere Zeugen sind als die Ohren. Die Überlegenheit des Theaters und der Malerei. Wer hat gleich gesagt: ›Das Theater, Spiegel der Welt‹? Hat das überhaupt jemand gesagt? Das ist keine Entdeckung. Das Theater, Spiegel des Publikums. Für den Romanautor gilt das nicht, wenn er es nicht will. Allein sein Wollen ist ausschlaggebend: Er operiert auf Leichen. Der Theaterautor hingegen besitzt kein anderes Mittel des Ausdrucks als die Stimme. Die menschliche Stimme. Einen Roman hört man nicht, auch wenn das wünschenswert wäre. Ein Theaterautor erschafft sich Eintritt über das Gehör (das Theater selbst über die Augen). Darin liegt der Unterschied zwischen dem Erschaffen von lebendigen, lebensnahen und vielschichtigen Figuren und deren Darstellung auf der Bühne. (Du kannst dir deinen glatzköpfigen Don Ignacio schon lebhaft vorstellen, wie der Schauspieler alles daransetzt ...) Daneben schreibt der Romanautor: Er war groß, hatte einen enormen Zinken und auf der rechten Wange zwei Leberflecken. Und so steht er da: Niemand kann daran rütteln. Spielt das eine Rolle? Die Literatur, jeder versteht etwas anderes darunter. Ein schlecht gespielter Hamlet ist nicht zu ertragen; meine Stücke gut gespielt sehr wohl.

Erinnerst du dich, daß die Chimäre den Körper einer Ziege hatte?

Ich weiß schon, daß ich mich von dem vagen Klang der Wörter täuschen lasse ... Man selbst ist sein Theater. Seine Stücke. Seine Gesamtausgabe. Und nicht seine Absichten. Um diese kümmert sich selbstverständlich kein Schwein. Man ist nicht das, was man macht, sondern das, was man in den Worten der anderen gemacht hat; man wird nicht mit seinem Namen bekannt, sondern mit seinem Ruf. Die Meinung der anderen. Darum sind wir auf die Kritiken angewiesen; auch wenn niemand sie liest. Darin steht, wer wir sind. Ich bin das, was Canedo, Almagro und Floridor über mich gesagt haben. Es spielt keine Rolle, ob ein Stück drei oder zweihundert Aufführungen erlebt hat. Die Überlegenheit des Geschriebenen, weil es bleibt. Und trotzdem irrt Hebbel, wenn er sagt, daß »ein Theaterstück dazu bestimmt ist, gelesen zu werden«. Warum nicht mit dem Ende beginnen? Die Lektüre wäre noch das geringste Übel. Wünschenswert wäre es, ins Theater zu gehen und das Stück sehen zu können, auf das man Lust hat, denn schließlich überlebt das Stück und nicht man selbst, jedoch ... ob du je eine Lösung findest! »Ein Volk ist sein Handeln.« Hegel machte sich keine Vorstellung von Propaganda ... Handlung, Stücke: Bühnenvokabular. Auf die Bühne treten. Sich hinter der Bühne abspielen. Was noch? Will ich über mein Theaterstück nachdenken, ja oder nein?

Was ist eine unausstehliche Frau? Fürs erste könnte es eine Person sein, die alles schlecht findet, außer das, was sie selbst tut. Ein ewiges Hin und Her, Gestichel. Austeilen und einstecken.

»Wenn ich aber doch gesagt habe ... Wenn du ... Wir werden ja sehen ... Wir werden es schon noch sehen ... Von wegen erst mal abwarten!« (Nein, so ist es zu direkt.) »Ich? Ich soll das gesagt haben? Wann?«

Der Mann antwortet, mit gesenktem Kopf. Die Tochter, der Mutter wie aus dem Gesicht geschnitten. Wem könnten sie ähnlich sehen? Vielleicht den Nichten von Enrique Miralles?

»Ausgerechnet jetzt mußt du sterben, wo man nichts erben darf!«

Oder sie wollen nichts erben, aus Angst, daß die Leute vom Komitee davon Wind bekommen.

»Wir werden schon erben, keine Sorge. Wir müssen einfach einen Prozeß führen, der bis zum Ende des Krieges dauern wird. Das wird uns davor bewahren ...«

Weder Hüte noch Krawatten. Das alles riecht nach Farce, und eine Farce will ich nicht schreiben. Ich will aus dem Stoff ein ernsthaftes Drama machen. Halbtot vor Angst. Echte Angst, eine echte Schwierigkeit.

Schließlich stellt er sich den Wachpatroullien. Oder die Geschichte, die Clariana von dem Statisten im *Teatro Cómico*, dem Chef der Patrouille, erzählt hat:

»Nachdem wir uns die Hacken abgelaufen und uns überall vergewissert und nachgefragt hatten, beschlagnahmten wir bei diesem Hamsterer eine halbe Tonne Kohle, und jetzt kommt die Generalitat und zwingt uns, sie ihm zurückzugeben, und niemand weiß, womit er jetzt heizen soll. Er war nämlich Oberst bei der Guardia Civil! Ekelhaft. Ich werde meinen Austritt erklären. Und wieder Schauspieler sein. Auf jeden Fall. Wir kommen schon noch zum Zug. Wir müssen die Revolution machen, ohne wenn und aber. Und das werden wir auch tun. Wozu sonst sind wir auf der Welt?«

Das bekomme ich in meinem Stück nicht unter. Schade. Schade für die CNT. Patrouille, Platzpatrone. Und kehrt. Und der Tote furzt darauf. Ob Tote furzen können? Das muß ich Templado fragen. Dieses Stück kann nicht gut werden, weil ich niemals in Don Ignacios Haut schlüpfen kann.

Die Frau redet sich ein, seine Mutter auf dem Hals zu haben. Ein Schwiegermutterkomplex.

Ich habe dafür kein Händchen. Von der Hand gehen mir Rührstücke. Martínez Sierra gefällt mir nicht, und dennoch würde ich am liebsten Stücke wie von Martínez Sierra schreiben. Seine Stücke. Wunschträume. Ich bin mir meiner Mittelmäßigkeit bewußt. Mein Kreuz. Wenigstens hat Gott mich so geschaffen wie ich bin, und so ist er schuld, daß ich nicht mehr sein kann als ich bin. Allenfalls eine gewisse Erfindungsgabe. Der Wecker mit zwei Klingeln, über den ich heute morgen nachgedacht habe. In Amerika könnte ich mich damit dumm und dämlich verdienen. Er klingelt alle fünf Minuten. Er würde reißenden Absatz finden. Und wenn ich den ›Toten‹ gar nicht auftreten lassen würde?

Die Ankunft der Angehörigen:

»Ach, Secundina!«

Sie, María Vila? Dieses Stück würde auf Katalanisch gut wirken.

Der Tauschhandel. Zum Beginn des Stücks eine Frau, die kommt, um Eier gegen Reis zu tauschen. Sie? Die Jerónima? Das wäre wundervoll. Eine Bordellmutter (das hat Sancho auch erzählt). Was hat sie hier zu suchen? Dreist und nicht aus der Ruhe zu bringen. Allein auf der Bühne. Auftritt des Jungen von der Todesanzeige:

»Mensch, du hier!«

Das Publikum im Zweifel lassen. Bei mangelndem Genie bleibt der Zweifel bestehen. Der Vorhang hebt sich. Auf der

Bühne steht Jerónima: Gehört sie zum Haus? Gehört sie nicht zum Haus? Sie öffnet.

»Ich komme wegen der Todesanzeige.«

»Was für eine Todesanzeige?«

»Die in *La Vanguardia*. Vom Señor.«

»Von welchem Señor?«

»Von dem, der hier wohnte.«

Hartnäckig bleiben. Manchmal fällt beim Publikum der Groschen, manchmal nicht. Lieber auf Nummer Sicher gehen. Besser zuviel als zuwenig. Streichen kann man immer noch.

Und wenn mein Fabrikant eine Geliebte hätte? Die Geliebte wäre in die List nicht eingeweiht. Der gute Don Ignacio denkt: »Auf diese Weise werde ich sie los. Tote Hunde beißen nicht. Zwei Fliegen usw.« Und die Geliebte, die ankommt, um ihren Anteil einzufordern.

Heureka! Warum eigentlich nicht? Szene zwischen den beiden Frauen:

»Zwischen ehelichen und unehelichen Kindern wird heutzutage kein Unterschied mehr gemacht: für die jeweiligen Frauen sollte das ebenso gelten.«

Sie liefern sich eine Szene.

Wie ist es möglich, daß ich, ein vernunftbegabter Mensch, auf solch einen Unsinn komme?

Szene zwischen den beiden Frauen. Dann tritt er auf und schickt sie beide zum Teufel.

»Kein Wort mehr, kein Wort mehr will ich hören!«

Es lebe die Revolution! Das Thema ernsthaft angehen, als Filmdrehbuch für Lubitsch. »Les hommes n'ayant pu guérir la mort, la misère, l'ignorance, ils se sont avisés, pour se rendre heureux, de n'y point penser.« Für andere wird das zutreffen, für uns Spanier nicht. Eine allgemeine, keine spanische Wahrheit. Don Pascal: Wenn es keine größere Freude als die Unsterblichkeit gibt, dann blickt der Spanier dem Tod mit aller Entschlossenheit ins Auge. Der Tod: die einzige Art der Unsterblichkeit. Der Tod für einen Spanier: nicht der Rede wert. Einzig die Spanier fürchten heutzutage nicht den Tod. Die anderen? Windige Luftikusse, Krückenspanier: nicht hüh und nicht hott, ihr Engel in Lima und Erzengel von Paris, Himmel nochmal; ihr Verrückten, glaubt ihr, die Leute vergessen euch? (Wenn ihr das nicht glaubt, seid beruhigt, denn ein Schwamm saugt alle überschüssige Farbe auf, und die Zeit ist der beste Radiergummi.) Protestantische Engel plädieren für die Politik der Nichteinmischung.

Schläfst du, Paulino? Und was ist mit deinem Stück? Da hast du dich mit der Idee zu dem Stück ins Bett gelegt, um die Abfolge der Szenen festzulegen und sie dir vorzustellen, und jetzt schläfst du einfach.

Die Faschisten schlafen alle in Hausdurchgängen mit Schiebefenstern auf den Hof hinaus, zum Güllegraben, zur Pfütze, Mistgrube, Dunghaufen, und dort reifen sie in ihrem Eiter. Nicht berühren! Wir, die Ärmsten der Armen, haben Blick auf die Straße. Im Hintergrund marschieren sie in Hunderterreihen im Gänsemarsch vorbei, schwarze Stahlhelme. Sie ziehen vorbei, vorbei. Jetzt sind sie vorbei. Sie sind vorbei, aber immer noch da.

Paulino Cuartero streckt den Kopf aus der Decke, Stirn und Nase im Freien; die Kälte beißt.

Zurück zu den Wurzeln! Götter auf die Bühne! Es sprechen der Neid, der Ruhm, der Tod!

Das Tragische steuert auf einen Punkt zu, das Komische ist flächig. All das, wozu? Die Frage des Überlebens stellt man nicht anderen, sondern sich selbst; Güte ist Zeit; der Raum gehört allen. Und darüber thront Gott.

Was ist ewig: Wachsein oder Schlaf? Da will man gewichtige Themen oder gültige Antworten finden und jongliert am Ende doch nur mit Gemeinplätzen. Eine Figur soll am Ende so sein, wie ich sie mir vorgestellt habe. Wenn das Stück herauskommt, sagen wir, daß wir keine Verantwortung für die Figuren übernehmen können. Völliger Unsinn, Mangel an Talent. Dem Zuschauer muß man die eigene Vorstellung von der Figur nahebringen. Man darf nicht der Versuchung nachgeben, irgendwelche geistreichen Dinge zu sagen, nur um des Vergnügens willen, sie zu sagen. Nur das Nötigste sagen, damit Don Ignacio Don Ignacio wird. Und damit das Publikum nicht beim Hinausgehen sagt: »Dieser Benavente ...«

Am Ende ist man das, was man gemacht hat. Bin ich meine hundsmiserablen Theaterstücke? Pilar: Ich liebe dich; hörst du mich? Ich bin ich: meine Brust, mein Blut, meine Arme. Ich bin weder Papier noch Tinte. Das, und das vertraue ich dir hiermit an, würde ich gerne sein, aber ich bin es nicht. Ich bin nicht derjenige, der dich liebt. Ist das nicht von Lope ...?

Ja, von Lope. Von dem Lope auf Papier. Dem Lope von heute. Wer anderes als Gott bewegt uns dazu, uns schriftlich zu verewigen? Angeblich hat es Zivilisationen gegeben, die keine Spuren hinterlassen haben. Doch wer keine Schrift kennt, errichtet Bauwerke. Ob Schrift oder Stein, das spielt keine Rolle. Die Schrift, Abdruck Gottes. Du bist infiziert. Ich bin verkommen, Paulino Cuartero, ich bin Schriftspieler. Weder Schriftsteller, noch Schauspieler: schlicht ein Schreiber. Das ist die wahre Tragödie. Weder Tragödie, noch Roman. Was ist es? Don Ignacio Batlle y Martorell ... Martorell.

Und das Wort, nach dem Paulino Cuartero jagt, bringt Städte zueinander; er erinnert sich, wie er als Junge angestrengt versuchte, mit einem Stab Ringe aufzuspießen, die auf einem Karussell an einem Holzpferdchen befestigt waren. Martorell: Teruel, das Doppel-l geschluckt vom einfachen l. Ob sie in Teruel eingedrungen sind?

Teruel liegt mir im Magen. (Er hatte es wirklich am Magen.) Teruel bereitet ihm Magenschmerzen.

Don Ignacio Martorell in Teruel, Gemischtwarenhändler an der Plaza del Torico, nimmt Bicarbonat, und du bist die Magenschmerzen los.

Allein der Gedanke an Bicarbonat befreit Cuartero von seinen Magenschmerzen. Er schläft ein.

Er wälzt sich. Pilar brummt im Schlaf. Ein Auto fährt vorbei. Man hört die Stimme eines Passanten, die Schritte, die Stille.

12. Lolas Geschichte

1. Januar 1938.
Halb zwei Uhr morgens

»Sie sagen, du seist hier mit einem Mädchen gewesen.«

»Stimmt.«

»Du bist mir ja ein …«

»Zwei Wangen, zwei Beine, zwei Arme …«

Was reizt Templado an Lola? Ihre etwas kühle, herablassende Art? Das harte Leuchten ihrer Pupillen?

Die Grazie spaziert durch das Zimmer; Julián beobachtet ihr Hin und Her, wie sie überall ihre Nase hineinsteckt und herumschnüffelt. Sie blättert auf dem Tisch in Papieren, stellt ein Glas beiseite, schnuppert an einem Flakon, wiegt ein Gefäß in der Hand, liest ein Etikett, streicht über die gelbliche Zellophanhülle eines Medikaments. Sie lügt:

»Ich wußte gar nicht, daß du ein Quacksalber bist.«

Wie nebenbei sieht sie Bücher durch, wirft einen Blick in Arzneimittelanzeigen, blättert in Illustrierten, öffnet den Kleiderschrank:

»Was für ein Dreiteiler!«

Art und Anmut wie Rotwild, weite Arabesken die Arme, aber mit ganz eigener Note, nichts Zögerliches; die Hände hängend, wie Schleppen. Sie öffnet die Schreibtischschubladen: schaut, sucht, wühlt, schnüffelt, lacht:

»Hast du etwas zu essen?«

»Du siehst doch. Aspirin.«

Templado wechselt vom Sessel auf das Bett, streckt sich angezogen hin, die Hände hinter dem Kopf verschränkt. Lola geht ins Badezimmer.

»Darf ich?«

»Selbstverständlich.«

»Du bist groß und schlank
Wie deine Mutter ...«

... summt Julián zwischen den Zähnen vor sich hin. Groß und schlank, die Augen von der Farbe reifer Trauben. Deine Schönheit sind die Augen, deine Grazie die Arme, dein Banner die strohblonden Korkenzieherlocken; dein Fehler die leichten O-Beine, dein ausladender Hintern. Das tut dir weh, wenn man dich verletzen will, das ist deine Achillesferse.

Gehüllt in ein Badetuch kommt die Nymphe aus dem Badezimmer, an den Füßen die Pantoffeln des Mieters. Ein Vorhang über den Schönheitsfehlern, wie dieser bemerkt. So kann dir niemand das Wasser reichen ... Das lange Tuch verschiebt die Proportionen und macht aus ihr eine andere, ärmer an Jahren, reicher an Anmut.

Auf das metallene Fußteil des Bettes gestützt schaut ihm die Gazelle fest in die Augen.

»Irgendwo habe ich dich schon einmal gesehen. Wo arbeitest du, Don Hippokrates?«

»Was geht dich das an! Wer war Hippokrates?«

»Kann dir doch egal sein!«

»Rauchst du?«

»Wenn du Zigaretten hast.«

»In der Schachtel dort.«

»Danke.«

Aufflammendes Feuerzeug, konzentrierte Stille eine halbe Zigarette lang, denn ein Glimmstengel ist eine ernste Angelegenheit in diesen Zeiten.

»Wie fein Wasser wäre, wenn man keins hätte. Ich kann nicht ewig bleiben. Weiß du etwas über Teruel?«

»Nein. Du?«

»Bei welcher Partei bist du?«

»Bei keiner. Bei allen. Bei der Männerpartei, gegen die Schlappschwanzpartei. Andere kenne ich nicht. Die, die geben, und die, die einstecken. Mit denen, die nichts haben, gegen die Eunuchen.«

»Die auch nichts haben.«

»Aber die das bewachen, was andere haben.«

»Du bist ein enger Freund von Hope, oder?«

»Nein. Warum?«

»Nur so.«

Die Schlampe blickt ihn fest an.

»Warum hast du mich mit nach oben genommen?«

»Um dich von nahem zu sehen.«

»Das wird teuer für dich.«

»Ich weiß. Aber nicht so teuer wie für andere.«

(Der Brief von Valdés, die Erschießung schnürt ihm die Kehle zu.)

»Was willst du damit sagen?«

»Nichts.«

Templado ist müde und macht sich Vorwürfe, daß er sie bei sich hat. (Valdés mit der erhobenen Faust, das rauhe Krachen der Salve.) Das Weib spinnt weiter an seinem Netz:

»Ich verstehe euch nicht, ihr könnt doch einfach gehen ... Du könntest mir doch vielleicht einen Reisepaß besorgen ...«

Templado beobachtet ihre Manöver. Läßt sich davon jemand einwickeln?

»Wir können den Krieg nicht gewinnen: Keine Waffen, keine Munition, kein Geld.«

Sein Schweigen macht die Klatschtante unruhig, und sie verstummt. Du übertreibst, Kleine, du verschätzt dich; und ich stecke im Dreck, denkt Julián.

Er steht auf, hebt sie hoch, legt sie sanft auf das noch warme Bett.

(»Mariquilla, was denkst du von der Politik?«

»Kann man das essen?«)

Templado legt sich zu ihr, ohne mehr zu berühren als ihr Haar.

»Kanntest du Valdés?«

Die Füchsin tut keinen Mucks. Schweigt, schließt die Augen. Templado zählt innerlich bis drei. Das Tierchen antwortet in natürlichem Tonfall:

»War er ein Freund von dir?«

»Das tut in diesem Fall nichts zur Sache. Ich habe ihn heute morgen sterben sehen. Sehr aufrecht.«

»Glaubst du, ich denunziere Kanaillen?«

Lola Cifuentes richtet sich auf und erhebt sich.

»Du erlaubst, daß ich einen Anruf mache?«

»Warum sollte ich nicht?«

Das Mädchen verlangt eine Nummer. Kerzengerade dastehend, das Badetuch in sich zusammengefallen zu ihren Füßen, zupft sie mit der Linken die Haarsträhnen an ihrer Schläfe zurecht. Der schlanke Hals, der zierliche Nacken, die Haut schneeweiß. Sie wartet, sieht Templado an. Kalt, kalt.

Schlau, gute Reflexe, ein saftiger Happen, in gewissen Regungen jungfräulich, denkt Julián.

»Bist du es? Schick mir ein Auto. Bis gleich.«

Sie legt auf, verschwindet nach nebenan, kleidet sich ohne Umschweife an.

»Ich gehe. Zahlst du?«

»Selbstverständlich!«

Er gibt ihr die Scheine.

»Auf bald?«

»Auf bald.«

Schon ist sie fort.

Lola Cifuentes war Madrilenin seit Januar 1918, ihre Mutter stammte aus Segovia, ihr Vater aus Aragón, er Bauunternehmer, sie Dame des Hauses. Mit dem sogenannten Großen Krieg und seinem Nachspiel scheffelte der Bauherr ein Vermögen. Bei Eisen, Verputz und Verschalung machte ihm niemand etwas vor: Er hingegen machte manchen Baustellenleitern, blind wie Maulwürfe, schwarz für weiß vor. Mit den Arbeitern wußten er und die Regierenden (warum heißen die sonst so?) schon umzugehen. Don Abilio Cifuentes war eine gewichtige Persönlichkeit in der Handelskammer und im Unternehmerverband. Die Familie hatte ein Auto, er zwei; eine Geliebte in der Calle de Almagro, Sommerfrische in Zarauz. Beleibt, reizbar, herrschsüchtig, seiner Sache sicher und voller Verachtung für die Politik. Er schlug sogar einen Parlamentssitz aus, der ihm unter der Diktatur Primo de Riveras angetragen worden war.

»Als Abgeordneter müßte ich der Allgemeinheit dienen; ich habe es lieber, wenn man mir dient.«

Die Tochter war bei den Nonnen und wollte danach Ärztin werden. Bei den Vorbereitungen zu den Vorprüfungen überraschte sie der Militäraufstand. Mutter und Tochter in Zarauz, der Vater in Madrid, wo er, Gegner jeglicher Zugeständnisse an die Gewerkschaften, sich mit dem Streik der Bauarbeiter herumschlug.

»Gibst du ihnen heute zwei, wollen sie morgen drei.«

Von seinem hohen Roß bekam ihn niemand herunter. Als Hilfsarbeiter hatte er angefangen, nur grollend dachte er daran zurück. Dort, wo er jetzt stand, war er nicht dank der Gewerkschaften hingekommen, sondern aus eigener Kraft und Schieberei: Sollen es doch alle so machen; wenn sie es nicht schaffen, ist das ihre Schuld. Sogar beim Unternehmerverband galt er als Starrkopf.

»Ein harter Hund, der Aragonese. Mit jedem springt er um, wie es ihm gerade gefällt.«

Seine notorisch schlechten Manieren waren Born und Quelle seiner Überlegenheit; er war stolz auf sie und ließ ihnen bei jeder sich bietenden Gelegenheit freien Lauf; er rülpste und furzte nach Herzenslust.

Am 25. Juli wurde er in der Nähe der Puerta de Hierro aufgelesen, das wenige Haar zerzaust, ohne Hinterkopf. Lola kam am 27. von Bilbao aus nach Madrid, im Sportflugzeug eines Freundes, eines baskischen Autonomisten. Das Haus fand sie verwaist vor, den Pförtner hilflos vor Angst, Bestürzung und Unverständnis.

Im Leichenhaus erkannte sie ihren Vater, traf Vorkehrungen für seine Beerdigung, ohne sich besonders viel oder wenig um das zu kümmern, was um sie herum geschah; ihre Bekannten waren entsetzt und bekreuzigten sich; deren einzige Sorge bestand in der Regel darin, täglich und nächtlich aufs neue Unterschlupf zu finden, möglichst immer woanders, aber immer bei Republikanern; wer einen Sozialisten zu seinen Freunden zählte, dem sah man neidisch hinterher. Lola quittierte das mit Abscheu, niemals hätte sie gedacht, daß in der Welt Platz sein könnte für so viel Angst, so viel Feigheit.

Die am wenigsten zu befürchten hatten, an die keiner dachte, die Unscheinbarsten, Einfaltspinsel aus höherem Hause, verhuschte Jünglinge, Tagediebe, Muttersöhnchen, Maulhelden, Windeier und andere undurchsichtige Gestalten, die waren es, die die abstoßendsten, die schmutzigsten Geldquellen auftaten. Niemand schlief bei sich zu Hause, bei anderen glaubte man sich sicherer. Feiges Gewusel. Lola, zutiefst verletzt, stand sprachlos vor so viel Erbärmlichkeit und Mangel an Rückgrat.

»Schließlich, ihr Lieben, war er mein Vater.«

Vor der Leichenhalle traf sie einen alten Mann, den Vater eines ihrer Freunde, eines feisten Provokateurs und Falangisten der ersten Stunde; der Alte, innerlich gebrochen, schweißgebadet und mit großen Schwitzflecken unter den Achseln, war auf der Suche nach ihm, ohne seine Überreste zu finden. Er wollte gerade gehen, als ein Angestellter ihn nach dem Namen des Gesuchten fragte.

»Nun, der wird gerade zum Ostfriedhof gefahren.«

Er zeigte auf einen Leichenwagen, der die Straße hinunterfuhr. Der alte Mann, zutiefst erschreckt, rannte hinterher, schrie mit heiserer, spitz und fremd klingender Stimme; der Fahrer hörte ihn, hielt an und wartete.

»Was wollen Sie?«

»Sie haben meinen Sohn da drin. Gestatten Sie, daß ich einsteige?«

Der Fahrer nickte und half ihm hinauf ins Führerhaus. Unter der sengenden Augustsonne fuhren sie, Staub aufwirbelnd, Richtung Friedhof. In der Ferne Madrid und die Sierra.

»Es mußte ja so kommen«, hatte ihr der ältere ohne Verbitterung gesagt, als sie sich begrüßten.

Lola Cifuentes fand sich allein wieder und ohne Geld, denn die Leute aus ihrem Freundeskreis schotteten sich dermaßen ab, daß sie von ihnen nicht mehr Hilfe bekommen konnte als von den Geflohenen.

»Ich verstehe das mit meinem Vater«, sagte sie eins ums andere Mal zu den wenigen, die sie antraf. »Auf niemanden nahm er Rücksicht. Als erstes werden sie mich umbringen, sagte er immer. Und sie haben ihn beim Wort genommen. Wo auch immer er jetzt sein mag, ich bin mir sicher, daß er keine seiner Taten bereut. Er war eben ein Starrkopf. Aber ihr ...«

»Du hast ja keine Ahnung!«

»Wieso keine Ahnung?«

»Du bist so aufrichtig.«

»Das ist keine Frage der Aufrichtigkeit, sondern des gesunden Menschenverstandes. Diese Leute verteidigen das Ihre bis aufs Blut. Wenn Franco sich nicht erhoben hätte, wäre mein Vater noch hier; ihr aber sitzt dumm da. Daß ihr mit der Republik kurzen Prozeß machen wollt, verstehe ich nur zu gut, aber dann kämpft, meine Lieben. Euch fehlt es einfach an Schneid, was nicht heißt, daß die anderen keinen hätten.«

Sie erklärten sie für verrückt und strichen ihren Namen aus ihrem Gedächtnis; kehrten zurück an ihre Radioempfänger, um Kurzwellen und Gerüchte zu erhaschen, gastlich aufgenommen in ausländischen Vertretungen, von wo sie, ganz christlich, die Züchtigung, die Vernichtung und die Auslöschung des triumphierenden Pöbels erhofften:

»Alles Kommunisten.«

Jede ausländische Flagge war tabu.

»Nicht einen werden wir übriglassen.«

Lola Cifuentes schrieb sich beim Roten Kreuz ein. Sie fühlte sich wie abgeschnitten, ohne Boden unter den Füßen. Die Welt schien ihr unbekannt, neu; sie erkannte weder Plätze noch Straßen wieder. Selbst das Blut riß sie nicht aus ihrem Tran. Sie überließ sich dem Erstbesten, der sie ansprach. Das ekelte sie so an, daß sie sich am darauffolgenden Morgen umzubringen versuchte, und so begann ihr Verhältnis mit der Polizei. Verhört wurde sie von José Rivadavia, damals Sonderrichter. Sie erklärte sich einverstanden, in der Abteilung Gegenspionage mitzuarbeiten; sie wäre mit allem einverstanden. Ihr Universum war untergegangen, sie stand da ohne Halt. Die Luft um sie war wie ein Labyrinth, sie magerte ab, wurde blaß, fiel ständig in Ohnmacht. Sie ließ abtreiben. Danach, wieder erholt, begann sie mit der Arbeit; als Einäugige unter Blinden hatte sie Glück und Erfolg.

Julián Templado, an der Schwelle zum Schlaf, fühlte Gemeinsamkeiten mit diesem Wesen. Welche? Weiß er nicht. Eine Aura von Freiheit, fast verschüttet, Abscheu vor Zwang, Lust am Unbekannten. Lebensfreude. Nein, ich bin ich. Dieser verzweifelte Drang, mich in den Dramen der anderen wiederzufinden, am liebsten in den Damen. Eine Welt der Münder.

»Glaubst du, ich denunziere Idioten?«

Nein, so hat sie es nicht gesagt. Wie? Auf jeden Fall hatte sie ihren Worten einen besonderen Tonfall verliehen; das steht einer Frau immer gut. Sie existiert, das ist sicher. Julianillo, du hast dich in ihre Augen verguckt, in die Farbe ihrer Augen. Honig, alter Muskateller, Wespentaille: wespenfarbene Augen. Trinitariergelb, dunkles Gelb, wie das Goldbraun der Levkojen, samtige Orangen.

»Wißt ihr nicht, was Trinitariergelb ist? Die Farbe ihrer Augen, eine warme Farbe, mit einer Schliere Baumharz, grünlich, nein: dunkler Bernstein. Zwischen milchigem Sonnenblumengelb, rötlichem Chrom, Orangengelb und dunklem Braun gibt es eine Farbnuance, die Farbe der Trinitarier, eine ganz eigene Farbe dickflüssigen und warmen Denkens: Genau das ist die Farbe ihrer Augen, eine für mich nicht zu fassende Farbe, rötliches, vergoldetes Gelb; die farbigen Mädchen, tief und mein.

Am folgenden Tag schaute Templado bei Rivadavia im Büro vorbei, sie gingen hinaus in die Wintersonne des Paseo de San Juan.

»Was hältst du von der Kleinen?«

»Schlau. Der Krieg hat sie mittendurch gespalten. Wie so viele Jungen und Mädchen ihres Alters. Gut für einen Mediziner. Schwierig. Nach einigen ersten Aufträgen, die sie sehr intelligent zu Ende gebracht hatte, wollte sie sich losmachen. Sie wurde festgenommen. Wer einmal seine Nase in diese Geschichte steckt, bekommt sie nicht mehr heraus: Nach der Nase kommt der Kopf, nach dem Kopf geht es weiter bis zu den Füßen.«

»Es muß doch irgendwie möglich sein, daß man sie in Frieden läßt.«

»Ich glaube nicht. Sie haben sie scharf im Auge, weil sie

sie zu allem fähig halten. Sei vorsichtig, auch wenn sie dich gar nicht beachtet. Du kannst niemandem etwas vormachen. Du stinkst nach Dilettant, nach Leichtgewicht, nicht ernst genug.«

»Hältst du sie für eine Doppelagentin?«

»Ich nicht. Sie ist ein reines Wesen. Sie rächt sich an sich selbst. Sie wollte sich umbringen. Ich habe sie verhört. Aber der Polizei darf niemand vertrauen. Der Feind braucht weiß Gott niemanden, um zu wissen, was hier passiert, was hier passieren soll oder was wir passieren sehen wollen. Dafür tun unsere Minister und Staatssekretäre, die verbliebenen Abgeordneten, überhaupt Politiker und Militärs aus Berufung schon mehr als genug. Man kann uns lesen wie ein aufgeschlagenes Buch. Was von Vorteil ist, ich bitte das zu beachten: Der Feind fürchtet uns mehr als nötig. Wir sind die Hausierer unserer eigenen Hoffnungen. Aus den Kaffeehausstrategen sind Kabinettsstrategen geworden. Was nichts Außergewöhnliches ist: Werden wir doch regiert von den berühmtesten Tertulia-Diskutanten des Jahrhunderts. Wenn ein Hauptmann eine Geschützbatterie sieht, schwört er Stein und Bein, daß er drei gesehen hat, da gibt es keine Diskussion: ›Ich habe sie doch selbst gesehen.‹«

»Unser Hoffen auf Kriegsmaterial beherrscht uns so sehr«, antwortet Templado, »daß täglich Tausende von Menschen etwas sehen. Die anderen haben Angst vor uns, wir jagen ihnen Angst ein mit den Flugzeugen, die wir jede Nacht in unseren Träumen sehen. Damit halten wir sie auf. So weit reichen unsere Wahrheit und unser Recht. Das Recht wiegt schwer in einem Krieg wie dem unseren.«

»So lange er andauert, denn wenn wir verlieren ...«

»Wenn wir verlieren, mein Lieber, dann gute Nacht. Die sind roher als wir. Wenn nicht, sieh dir doch unsere Anführer an. Muß ich Namen nennen? Rebellisch ist an denen doch nur der Nachname; Speichellecker und sonst nichts.

Auch ohne Titel konnte ein Spanier behaart
Die bacchantischen Germanen tadeln
Und die Holländer für Heidentum und Verrat.
Konnte den Italiener verpönen ob seiner
Eifersucht, doch heute sind wir in der Tat
Nur Kopien, wenn sie denn Originale waren.«

»Was tischst du da auf?«

»Don Francisco.«

»Welchen Don Francisco?«

»Don Francisco!«

»Giner?« fragt der dicke Jurist, »Du meinst den Gründer der *Institución Libre de Enseñanza.*«

»Du hast Ideen, gib dir doch selber die Kugel.«

Bei Einbruch der Nacht Regen, die Fensterscheiben zersprungen, die Stadt friert. Mittags Linsen, abends Linsen, dazu ein halbes Brötchen. Im Hotel wird zu Mittag ein wässriger Sauerwein serviert; noch vor dem Abend ist er ausgetrunken. Hope ist in Perpignan.

»Ich glaube«, sagt Sancho, »Martínez Dolz hat im *Majestic* eine Flasche Cognac.«

Dorthin begibt sich das Trio: Templado, Cuartero und Sancho. In der Drehtür stoßen sie mit Lola zusammen. Templado hält sie zurück.

»Wartet dort auf mich«, ruft Julián den beiden anderen hinterher, die schulterzuckend weitergehen.

»Kommst du mit aufs Zimmer? In der Lobby ist niemand. Gähnende Leere: Du kannst mit mir hochgehen, ohne daß dich jemand sieht.«

»Das wird doch wieder nur viel Lärm um nichts, Doktor. Brauchst du das? Hat dir das gestern nicht gereicht?«

»Offensichtlich nicht.«

»Soll ich mich jetzt geschmeichelt fühlen?«

»Ist dir eine Laus über die Leber gelaufen?«

Sie treten in das eisige Zimmer, schalten die Lampen an. Templado zieht eine halbe Flasche Hennessy hervor, aus einem Koffer, wo er sie vor sich selbst in Sicherheit gebracht hat. Große Aufregung.

»Zwei Monate hüte ich sie schon; ich hole sie ans Tageslicht, weil sie zu der Farbe deiner Augen paßt. Würdest du mir glauben, daß ich zwischen meinen Träumen nach ihr gesucht und sie nicht gefunden habe? Ein guter Cognac ist für uns so weit weg, daß wir noch nicht einmal versehentlich an so was denken. Augenfarbe *Napoléon.*«

Sie trinken. Der Alkohol verströmt Sonnenstrahlen.

»Warum gehst du nicht fort?« fragt Templado.

»Erstens kann ich nicht.«

»Zweitens?«

»Will ich nicht.«

»Ist das die von dir bevorzugte Reihenfolge, die du willst?«

»Mein Glas hat eine trockene Kehle, Don Hippokrates. Geh nicht weiter.«

Auf Zehenspitzen pudert sie sich vor dem Spiegel ihre Wangen nach.

»Warum tust du das? Laß dein Blut vom Alkohol erleuchten.«

»Die Tracht macht die Nonne.«

Sie dreht sich um und packt gewissenhaft ihre Schminke weg.

»Eine Art, gegen sich selbst zu kämpfen, so gut wie jede andere.«

Ein bißchen besserwisserisch, die Kleine, denkt Julián. Und ich ganz schön willfährig und verdreht.

»Ihr Männer macht euch keinen Begriff, was es heißt, die Zeit bei den Rockschößen zu packen, damit sie nicht vorbeigeht, ihr einen Anker anzuhängen, die Finger in sie zu krallen, sie zurückhalten. Für euch ist das Altern kein Problem, für uns gibt es sonst kein zweites. Die Zeit verbringen, das ist ein männlicher Ausdruck.«

»Mag sein. Deshalb macht ihr euch nicht mehr schön, sobald ihr Kinder habt.«

Ihnen wird von innen warm.

»Sagst du das wegen der Blüten, die dieser Wein treibt?«

»Man muß sich nur selbst überleben.«

»Nichts geht über einen guten Cognac.«

Sie schnalzt und kaut ihn. Templado sagt eine Dummheit:

»Was denkst du über den Tod?«

Die Worte trägt der Wind mit sich, aber niemand macht sie ungesprochen.

»Du bist aufdringlich. Plump, ein Grobian. Wozu diese Frage? Du bist noch dümmer als du aussiehst. Was würdest du für ein Gesicht machen, wenn ich dich fragte, ob du an Gott glaubst? Oder?«

»Ich sagte nur ...«

»Laß bleiben, du machst es nur noch schlimmer. Schlaue Menschen gehen mir auf den Geist. Meistens sind sie blind; statt Brillen habt ihr kleine Spiegel auf der Nase, um euer Inneres zu sehen. Kleiner Narziß.«

»Du schmeichelst mir.«

»Wenn du das so siehst.«

Ich bin falsch, denkt Julián. Und sie ist mir gegenüber falsch. Nichts mehr zu machen. Manche Leute passen sich den anderen an, wie die Stimmung es verlangt, und können dann irgendwann nicht mehr anders. Bei Hope bin ich so, bei Riva anders, mir selbst bin ich bei Cuartero und Fajardo noch am ähnlichsten. Jedes Mal, wenn ich jemanden treffe, kommt der Punkt, an dem ich mich von meiner eigenen Art zu sein, verabschiede und genau die Haltung einnehme, die ich demjenigen gegenüber bei früheren Gelegenheiten eingenommen habe. Auf diese Weise habe ich Phrasen gedroschen, von oben herab den Wissenden gespielt, und das klingt so hohl, daß einem dabei angst und bange wird. Sie zahlt mir mit gleicher Münze zurück. Ein Sack voller unfreiwilliger Worte. Weil ich mich an Valdés erinnere und unfreiwillig auf der Hut bin.

Templado ist nicht wohl in seiner Haut, und er versucht es auf dem direkten Weg.

»Bist du dir nicht mehr als fünfhundert Peseten wert?«

»Was heißt hier nur? Für weniger würden wir uns nicht verkaufen.«

»Entschuldigung. Wir haben uns verrannt. Möchtest du nicht auch fünf Minuten schweigen?«

Der Schwanenhals zuckt mit den Schultern. Sie zündet sich eine Zigarette an, Templado seine Pfeife (mit einer Tabakmischung, die er von Rivadavia bekommen hat). Sie trinken. Lola Cifuentes sinkt dem Alkohol in die Arme, ohne es zu merken.

»Du verkaufst dich für weniger, deine Honorare sind geringer als meine. Du zersäbelst einen Menschen für weniger als ... Die Welt hat eine große Schärpe über dem Schmerbauch, darauf steht ›Zu verkaufen‹. Niemand will das. Niemand ist niemand. Was denkst du? Wenn danach nichts kommt, ist alles ein Witz. Wenn danach etwas kommt, und das ist der Witz, sind wir Stehaufmännchen. Gottes Stehaufmännchen: diese Münze ein Witz, Don Hippokrates, meine Augen ein Witz. Ist dir das klar? Also kann ich abwarten, irgendwelchen Schlangenfraß zu mir zu nehmen. Hast du mich verstanden? Im tiefsten Dreck stecken und warten, daß er zu mir kommt, in einer Ecke, wie ein Stein. Schenk nach. Aber das ist nicht wahr. Ich lebe für die Rache. Rache wofür? Das ist das Problem. Ich fühle wirklich, daß ich auf die Welt gekommen bin, um zu rächen. Aber um was zu rächen? Denkst du, ich höre sie nicht schreien wie du auch? Sie wollen Gerechtigkeit, und ich will mit den ekelhaftesten Krankheiten infiziert sein und eine schleimige Spur auf der Welt hinterlassen, wie eine Schnecke.«

Sie stützt die Ellenbogen auf den Tisch, das Kinn in die Hände.

»Mein verlorenes Leben, wer zahlt mir dafür? Ich lebe gegen alles an. Man hat mich herausgefordert.«

Sie lächelt.

»Man hat mir den Fehdehandschuh hingeworfen. Also kämpfe ich.«

Sie lacht.

»Ich kann auch Witze machen. Schweigst du denn wie ein Toter?«

»Wem weinst du nach? Deinem Leben als höhere Tochter? Komm schon! Einen Bankdirektor heiraten oder eine Bank überfallen? Was würdest du jetzt tun? Eine gute Partie? Ist es das, was dir schmerzlich fehlt? Was du durchgemacht hast, kann dir das jemand nehmen?«

»Idiot.«

»Die Tiefe, wer könnte die aus dir streichen? Dein Schmerz, wer nähme es mit ihm auf? Wenn du jetzt das dir versprochene Leben lebtest ... Oder sind es die Kleider und Parfums ...?«

»Ihr Männer werdet nie verstehen, was ein Haus ist, was Spitzen, ein Morgenkleid, ein Kleid von Schiparelli, ein Puder von Elisabeth Arden. Ein Kleid zieht man nicht an, es umhüllt. Zivilisation ist Frauensache.«

»Genau, meine Liebe, und Kultur Männersache.

Hart wie Eisen sei Fortuna, so schilt,
Wer ihre Gaben nicht genießen kann.«

»Halt den Mund, Träumer. Du warst nicht im Gefängnis.«

»Wofür hältst du mich? Jeder anständige Spanier war schon einmal dort.«

»Was weißt denn du schon vom Gefängnis!«

Templado denkt, daß sie vielleicht Recht hat. Das Gefängnis kann man aushalten, wenn der Haß und das Unrecht die Bestrafung ins Gute verkehren; wenn aber der unmittelbare Grund im Dunkeln liegt und unehrenhaft ist, wenn man nichts hat, woran man sich klammern kann, muß die Verzweiflung rabenschwarz sein. Sie leeren die Flasche.

»Und das Risiko?«

»Denkst du, ich wüßte nichts davon? Leben ohne Risiko ist kein Leben. Aber im Augenblick würde ich am liebsten kein Risiko eingehen.«

»Man muß nur auf sich selbst vertrauen und denen von außen mißtrauen. Mein Rat, Kleines: Noch immer hat Vertrauen zu Katastrophen geführt und Mißtrauen zu Überraschungen. Sei weder vertraulich noch mißtrauisch. Vertraue deinem Mißtrauen, oder mißtraue deinem Vertrauen.«

»Du weißt nicht, was du sagst, obwohl das, was du sagst, sehr gut durchdacht ist.«

»Reden ohne zu wissen, tun nur die, die nicht gelitten haben. Absolut sicher ist nur einer: Gott. Wir aber schlagen uns die Köpfe ein. Wer schon einmal eine Leiche gesehen hat, kann mitreden über das Leben.«

»Das ist Ärztegerede und pure Angeberei, Herr Narziß.«

»Das geht mir eben nicht aus dem Kopf, wie meine Schulden. Nur diejenigen, die sich selbst besiegen, können morgen Menschlichkeit vorleben. Die Götter zu besiegen ist kinderleicht, wenn einem die eigene Leiche zu Füßen liegt. Man muß durchhalten, Kleines, um jeden Tag kämpfen, schutzlos wie man ist. Das ist die Quelle! Wer die Welt auf der Angst oder dem Hunger aufbauen will ... Es gibt nur den Schmerz. Wer nicht kämpft, zählt immer zu den Besiegten. Körper auf der Kippe, kippen, kappen, Torsi, Tote.«

»Wie du.«

»Immer mit der Ruh, so schnell sagt mir keiner Buh. Ich will etwas finden, worin ich mich verlieren kann, darum bin ich kein Kommunist. Was riskiert denn ein Kommunist? Sein Leben? Das zählt nicht. Die Orthodoxen haben es nie zu etwas gebracht.«

»Dir schmeckt es nicht, dich wie die anderen zu fühlen. Mach dich nicht lächerlich, Herr Heterodox. Du gibst dein Leben für die Brüderlichkeit, aber die Gleichheit verursacht dir Magenschmerzen.«

»Du kennst mich nicht, Maskenmädchen. Ich trage etwas in mir, das mich antreibt, über alle Hindernisse hinweg.«

»Hast du etwas zu essen?«

»Nein, meine Hübsche. Oder doch: eine Madelaine, eine. Wenig in einer Welt der Vielfraße, für dich: Welt der Vielmännerei.«

»Du bist unverbesserlich.«

›Von so wenig Alkohol kann ich doch nicht so betrunken sein?‹ fragt sich Templado. Wie wundervoll es ist, sich über einem so leichten Hauch so gehen zu lassen.

»Das Denken und das Sein sind entgegengesetzt und identisch, sagt Spinoza. Damit habe ich eine Definition der Liebe. Mein Denken und dein Sein sind entgegengesetzt und identisch. Meine Liebste ...«

»Hör schon auf. Zwischen uns beiden gibt es nicht einmal das. Außerdem gefällst du mir nicht.«

»Dir gefällt niemand. Du kannst nicht knospen, das steht dir ins Gesicht geschrieben.«

»Glückwunsch, Señor Schlaumeier.«

»Liebe ist Hingabe ohne Aufgabe, sich geben und weiter sein. Ein Spiel, im besten Sinne des Wortes. Sich finden im Sein des anderen, sich verflechten, wie rankende Reben, bis aus zwei verschiedenen Fäden ein Knoten wird. Bis man ihn nicht mehr zu entwirren weiß.«

»Nichts als Verwirrung.«

»Wenn du es so willst und witzig sein willst. Sich gehenlassen und sich gleich wiederfinden.«

Die Worte kommen schwer aus seinem teigigen Mund.

»Ein Schnittmuster«, sagt Lola, »ein Billet für Hin- und Rückfahrt.«

»Nein, eine einfache Fahrkarte, bei der man über die Rückfahrt nichts weiß. Aufgabe des eigenen Ich und überraschte Spiegelung in dem Sein dessen, der sich dir hingibt.«

»Du, in welcher Haltung du dich auch gerade siehst, du bist zufrieden. Hauptsache, daß es überhaupt jemand merkt. Es dir ständig sagt. Ich gehe jetzt schlafen. Du bist so anders geworden. Vielleicht werde ich ab und zu bei dir vorbeischauen.«

Pause. Die Nymphe schlüpft in ihren Mantel:

»Verglichen mit den anderen bist du immer noch ... Salud.«

Sie geht. Templado reckt sich: »Ach ja, die anderen ...«

13. Drei Uhr morgens

»Der Alarm ist vorbei. Wir gehen zu Isabel«, bestimmt Teresa Guerrero, von vornherein keinen Widerspruch zulassend.

»Um diese Uhrzeit?« fragt Cristina, gleichmütig im Ton.

»Sie erwartet uns.«

Wie immer fügt sich die Freundin ohne weitere Fragen.

Isabel Rubió wohnt drei Straßenzüge weiter. Der Sternenhimmel, noch immer von Flakscheinwerfern durchfächert. Teresa tritt in eine Pfütze; sie ballt die Fäuste und sagt nichts.

Isabel hat sie erwartet. Ein altes Stadthaus, das Mobiliar in ihrer Wohnung ist aus der gleichen Epoche. Die Bilder wertvoll. Isabel hochgewachsen, ihre Augen hellblau, um die vierzig Jahre alt. Ihr Vater war Katalane, ihre Mutter Holländerin. Sie ist reich und nicht ins Ausland gegangen, damit ihre Besitztümer nicht beschlagnahmt werden; sie weiß, daß sie überwacht wird und pflegt, bei Tag, republikanische Freunde, die ihr, die sich nur liberal gibt, auf den Leim gehen. Bei Nacht spinnt sie Verschwörungen. Sie hält große Stücke auf ihre Fähigkeiten, die in ihren Augen politische sind.

»Wie geht es euch, ihr Lieben?«

»Wie steht es in Teruel?«

»Alles in Butter. Radio Valladolid meldet, daß wir schon eingedrungen sind.«

Später stoßen sie an. Schlückchenweise erzählt Teresa, was im *Hostalet* passiert ist.

»Das sind alles Schweine.«

Sie reden über Julián. Julián Templado ist ein alter Freund von Isabel; einmal hat er ihren Sohn behandelt, ein junger Zauderer, der jetzt in Amsterdam sitzt, bei einer Tante mütterlicherseits.

Isabel ist eine wichtige Figur in der Untergrundorganisation der Falange. Sie hat es verstanden, einen Kontakt zu Luis Salomar herzustellen, der im Montjuich einsitzt und ihr Anweisungen für das weitere Vorgehen gibt.

Isabel hat zwei Lyrikbände veröffentlicht, und so – unter dem Deckmantel der Intellektuellen – fällt es ihr leicht, mit einer Gruppe junger Schriftsteller zu verkehren, die im Propagandaministerium arbeiten oder sogar im Innenministerium. Es ist nicht schwierig, über die Absichten des Ministers auf dem laufenden zu bleiben, weil er rundum erzählt, was passiert ist oder was er sich erhofft, wobei letzteres meist nicht eintritt.

»Es kommt darauf an, in möglichst vielen Dienststellen Agenten oder dumme Freunde zu haben«, tönt Doña Isabel hölzern, durchdrungen von ihrer Wichtigkeit.

Sie kommentieren die morgendlichen Erschießungen und kommen auf Julián Templado zurück.

Templado – wie sollte es anders sein? – hat Isabel zu verführen versucht. Sie hatte es verstanden, ihn auf Distanz zu halten. Die Liebe interessiert sie nicht, sie braucht sie nicht. Jetzt zählt für sie einzig und allein die Konspiration. Sie sieht sich schon mit Orden behangen und, wer weiß, ein Denkmal.

»Templado«, sagt sie, »Templado ... Der ist gut, um an Reisepässe heranzukommen.«

»Willst du fortgehen?« fragt Cristina.

»Nein. Aber ein Freund meines Vaters.«

»Ich werde ihn darum bitten«, sagt Teresa mit ihrer dunkelsten Stimme. »Ich denke, das wird nicht allzu schwierig. Er hat viele Freunde.«

»Glaubst du, er würde ein Päckchen mitnehmen nach Perpignan? Ohne es zu öffnen?«

»Ich weiß nicht«, antwortet Teresa unschlüssig.

»Frag ihn. Nur nebenbei.«

»Und was ist drin?«

»Keine Ahnung.«

»Was soll ich ihm sagen?«

»Brauchst du Schminke?«

»Immer.«

»Erzähl ihm, daß du ihm einige leere Fläschchen und Tiegel mitgibst, die er dort einem befreundeten Parfumeur vorbeibringen soll. Der wird sie ihm aufgefüllt zurückgeben ...«

Doña Isabel lächelt heimtückisch und befriedigt.

Einige Tage darauf trug Teresa Templado das Problem vor. Julián notierte sich die Namen der Produkte, die Gefäße wollte er nicht mitnehmen. Wegen der Reisepässe versprach er, sich zu erkundigen.

Das tat er. Eines morgens rief ihn Rivadavia an.

»Hast du um einen Reisepaß gebeten – oder gebürgt –, für einen gewissen Peruzzi?«

»Ich glaube ja.«

»Weißt du, wer das ist?«

»Nein.«

»Und weiter?«

»Eine Freundin hat mich darum gebeten.«

»Wer?«

»Teresa Guerrero.«

Rivadavia rieb sich die Nase.

»Also«, fragte Julián, »was ist los?«

»Nichts. Wir trauen dem Kerl nicht.«

»Dann ist die Sache gestorben.«

Am Abend ging Julián ins Theater.

»Hör mal«, fragte er die Schauspielerin, »wer ist dieser Kerl, für den ich dir einen Reisepaß besorgen sollte?«

»Der Freund einer Freundin.«

»Man hat ihn mir nicht gegeben. Paß auf und such dir deine Freunde besser aus. Wer ist sie?«

Cristina mischte sich ein.

»Isabel Rubió.«

Teresa warf ihrer Freundin einen wütenden Blick zu. Als Templado gegangen war, fauchte sie sie an. Cristina fing an zu weinen.

Julián ging bei Isabel vorbei.

»Was für eine Freude, dich endlich einmal zu sehen!«

»Die Arbeit, Isabel. Und selbst?«

»Wie immer.«

»Haben Sie Neuigkeiten von Ihrem Sohn?«

»Ja. Und ich soll Sie herzlich grüßen.«

»Vielen Dank.«

Beide wußten nicht weiter.

»Darf ich Ihnen ein Glas anbieten?«

»Immer.«

Templado, der sich für einen vollendeten Schauspieler hält und sich brüstet, niemals zu schauspielern, kommt auf den Punkt.

»Haben Sie denn kein Vertrauen mehr in mich?«

»Warum?«

»Warum in aller Welt suchen Sie einen Mittelsmann, wenn Sie etwas benötigen?«

»Wovon sprechen Sie?«

»Von einem Reisepaß.«

»Ach! Das hat keinerlei Bedeutung! Sie sind schuld. Wie können Sie so sehr auf meine Freundschaft erpicht sein und mich nie besuchen? Ich weiß, daß Sie Teresa häufig sehen und bat sie um diesen Gefallen. Haben Sie ihn dabei?«

»Nein. Ist dieser Peruzzi ein guter Freund?«

»Nein. Ich kenne ihn nicht einmal. Er will weg. Liegt etwas gegen ihn vor?«

»Das weiß ich nicht. Aber man möchte ihm keine Reiseerlaubnis erteilen.«

Und sie unterhielten sich über andere Dinge.

Teresa Guerrero bat López Mardones um den Paß. Der versprach ihn ihr und ging zu Rivadavia.

»Geh vorsichtig vor«, riet ihm der Richter. »Diese Frau« – er meinte Isabel – »genießt den Schutz des holländischen Konsuls. Und vielleicht kümmert sie sich in bestem Glauben um die Sache.«

»Das werden wir sehen«, antwortete der Brillantineträger. »Aber ich denke, daß man das Knäuel vom Faden her aufziehen könnte.«

Er war sehr stolz auf diesen Satz. Er rieb die Knöchel der einen Hand in der Handfläche der anderen.

»Also, bin ich jetzt mit der Angelegenheit beauftragt?«

»Ja«, antwortete Rivadavia.

Zweiter Teil

1. Teruel

3. Januar 1938

»Und du, was bist du?«

Ein Brocken Putz, gefolgt von einem Stück Mörtel, war schuld, daß er nicht hören konnte, ob der andere geantwortet hatte: eine Handbreit neben ihm die Kugel.

»Rühr dich nicht vom Fleck, zum Teufel, die decken uns ein!«

Und mit Mauerwerk zu: Steinbrocken, Splitter, Ziegel.

»Zurück!«

Drei trockene Schüsse und ein Rosenkranz aus dem Maschinengewehr.

Sie schlüpfen zurück hinter die Straßenecke und kauern sich an die Hauswand.

»Das ist ein gutes Stück: mit Gurt. Hätten wir nur eins von der Sorte! Von welcher Brigade seid ihr?«

»Wenn sie glauben, das ist ein zweites Toledo, dann haben sie sich geschnitten ...!«

»Warst du dort?«

»Ich habe es erzählt bekommen.«

»Hier haben wir es auch mit Guardia Civil zu tun.«

»Das hilft ihnen auf Dauer auch nicht. Bei der Artillerie, die wir dabeihaben ...!«

Aus der Calle del Coro brüllt man sie an:

»Zieht euch zurück!«

»Leck mich!«

»Wenn der Hauptmann doch sagt, daß ihr zu weit vorgerückt seid!«

»Erzähl das deiner Großmutter. Ich bleibe.«

»Ich auch.«

Alles in abgehackten Schreien. Sie sind zu dritt: zwei waren schon zusammen. Der dritte, der Neuling, wiederholt:

»Von welcher Brigade seid ihr?«

»Fünfundachtzigste.«

Schon wieder kreischt die Nervensäge an der Ecke:

»Das ist ein Befehl vom Hauptmann!«

»Der kann mich mal.«

»Komm doch, du Hosenscheißer!«

Um zu zeigen, was er meint, wirft sich einer von ihnen nach vorne zwischen die Trümmer. Er streckt sich auf dem Boden, stützt seine Mauser auf die Lehne eines zerborstenen Baststuhls und schießt.

Die anderen warten geduckt hinter den Überresten der Wand.

Die Steinquader von Granatsplittern gefurcht; die Außentüren durchsiebt; die Mauern übersät mit Narben; der Kalkputz abgeplatzt wie krätzige Hautfetzen; im Mörtel die roten Krater des verletzten Ziegelsteins. Sämtliche Säulen wie gerupft, die Armiereisen krümmen sich, ragen in die Luft. Zentimeterhoch Staub überall. Mitten auf der Straße ein Fenstergitter, das ein Barett einsperrt wie in einen Käfig. In eine Stille hinein ist die Kanone am Concud zu hören.

»In La Muela hat sich heute nichts bewegt.«

Die Luft ringsum erzittert.

›Dieser Wind geht einem bis auf die Knochen‹, denkt Miguel Jiménez, steif vor Kälte.

Von dort sehen sie die schneebedeckten Hänge auf der gegenüberliegenden Seite der Schlucht und das dunkle Band der Landstraße nach Valencia. Der Morgen klar, eisige Stille, die alles durchdringt: Blut, Wände, Himmel.

»Worauf schießt du?« fragen sie den Schützen.

(Vom Rathaus antwortet jetzt niemand.)

»Zum Aufwärmen. Chamberlain ist gestern sein Finger am Abzug festgefroren (Chamberlain: ein Großer). Und nur, weil er keinen Schuß losgeworden ist. Ich will keinen Finger loswerden! Das Eisen heiß macht die Faschisten kalt.«

Die anderen beiden bleiben im Schutz der vom Tod gespickten Mauer: klamm vor Kälte. Über ihnen hängt senkrecht ein Balkon, der nur noch von einem Balkenkopf gehalten wird. Gegenüber die zusammengestürzten Häuser mit ihren himmelwärts gereckten Holzskeletten. Die anderen Gebäude entkernt. Ein dreistöckiges Haus ergibt etwa sechs Meter Schutt: Übrig bleiben Fassaden, deren Fenster sich von Himmel zu Himmel öffnen; von den Grundmauern der grobe Schutt; vom Putz der Kalk; von den Wänden Ziegelsteine; überwältigend ist die Anzahl der Balken. Miguel Jiménez, der den Anblick bombardierter Häuser gewohnt ist, auf dem Land, wo kein Stein mehr auf dem anderen steht – im Höchstfall eine zackig aufragende Wand –, oder in der Stadt, wo nur die dünne Seele der durch die Explosion verschlungenen Stahlträger und der Abraum bleibt, ist sprachlos angesichts von so vielen Balken. Sie splittern, aber sie knicken nicht ein. Dieser Tod kennt keine Kurven. Die mittendurch gespaltenen Häuser bieten ihm nichts Neues: die gleichen weißen Zellen mit ihren grünen oder bunten Borten, Kleiderhaken, die gleichen Kalender, die wie durch ein Wunder an der Wand über der Leere hängen; das gleiche Strohgeflecht der Decken im freien Himmel.

Auf die Schüsse des Compañero antwortet, plötzlich, konzentriertes Feuer. Es donnern drei gewaltige Detonationen. Die drei strecken die Nasen in die Luft: Zigarren aus Flugzeugen.

»Irgendwo beim Ovalo.«

Sie waren durch die Ronda de Amberes entkommen.

»Dort unten muß ein Tabakladen sein.« (Wie sollte auch in der Nähe der Zivilverwaltung kein Tabakladen sein?)

Ärgerlich nur, daß die Zivilverwaltung in Händen der Aufständischen war.

»Vorwärts, wir kommen schon durch.«

»Nicht hier lang, haben sie gesagt.«

»Halt die Klappe.«

Alle, die in den Tagen zuvor in die Stadt eingedrungen waren, von San Juan her und von Arrabal, über die Calle del Pozal und die Plaza de la Judería, alle hatten Zigaretten: Die gesamte Oberstadt rauchte.

Die drei schafften es, den Oberkommandierenden in Rage zu bringen.

»Daß dort keiner reingeht! Wie viele sind es?«

Keiner wußte es. Nur von San Juan aus war zu erkennen, daß Leute von uns zum Rathaus hin vorrückten.

»Zurück mit ihnen! Sie haben fünfzehn Minuten! In einer Viertelstunde beginnen wir mit der Bombardierung der Zivilverwaltung. Ich will niemanden in unmittelbarer Nähe haben. Verstanden?«

Das Rathaus liegt neben der Zivilverwaltung.

»Von welcher Brigade?«

»Ich vermute Neunundachtzigste, General.«

»Die natürlich! Glauben wohl, sie könnten das Gebäude Mann gegen Mann nehmen!«

»Ich weiß nicht, General.«

Es waren drei.

Im Rathaus waren Guardias Civiles, einige Frauen, Kinder, und die Verrückten.

»Hör mal, hau ab hier!«

»Laß mich in Frieden!«

»Wir versuchen es durch die Häuser, vielleicht kommen wir ja dort durch. Auf der Straße knallen sie uns ab wie Karnickel.«

»Von ihrer Position aus«, pflichtete sein Compañero bei, »ist das kein Kunststück. Eine leichte Übung. Zerbröselt, ein zerbröselter Haufen.«

An den Tabak dachten sie gar nicht mehr. Sie mußten weiterkommen.

»Wenn sie glauben, das ist ein zweites Toledo ...«

Toledo sitzt ihnen allen wie ein Stachel im Fleisch. Allerdings nicht wegen des auftrumpfenden Getöses der Aufständischen und ihrer Verbündeten – schließlich hatte kein Italiener, kein Deutscher im Alcázar Widerstand geleistet; und durchhalten und Widerstand leisten tut ein Spanier eh von Geburt an. Nichts zu Essen? Wenn es weiter nichts ist? Und so weit kam es im belagerten Alcázar noch nicht einmal. Nein, sie fuchste die Lotterhaftigkeit und Tatenlosigkeit der Belagerer, dieser Mangel an Durchsetzungskraft: ihre Unentschlossenheit und Vertrauensseligkeit, der Glaube, es werde sich schon alles von alleine richten. Seit Toledo war ihnen bewußt geworden, was Disziplin bedeutet. Und so murmelte Jiménez in seinen Bart:

»Aus Niederlagen lernt man.«

Denn aller Mut der letzten drei Tage hatte gegen drei Meter dicke Mauern nichts ausrichten können. Und jetzt, direkt vor ihrem Ziel, wuchs die Wut, der unbedingte Wunsch, gut dazustehen und die Geschichte zurechtzurücken.

Im Norden der Stadt stieg ein riesiger Brand empor, rostig rot glühend; eine rußumwölkte, mennigefarbende Sonne überschattete Schnee und Schutt. Himmel aus Rauch. Jetzt wurde überall geschossen.

»Kommst du mit oder nicht?«

»Ich komme gleich. Nicht, daß ihr den Zug verpaßt.«

Er leerte das Magazin, machte einen Satz zur Einmündung der Straße; die Faschisten schossen ihm hinterher.

»Ein Hoch auf den Erfinder der Straßenecke!«

Er trug eine mit Reißverschluß versehene Lederjacke, Knickerbocker, neue, lehmverkrustete Stiefel, von der Kälte schwer wie Stein; Ohrenschützer aus dicker grauer Wolle, die Felddecke zusammengerollt und von der Schulter quer über die Brust zum Gürtel gebunden. Jiménez trug einen khakifarbenen Poncho, einen französischen Armeehelm mit Ledereinsatz, an den Füßen Bastschuhe, die Bänder über die Waden gebunden. Der andere einen Armeemantel, darüber neue, haselnußfarbene Patronentaschen, ein Barett, Ledergamaschen und feine Offiziersstiefel; in der Hand trug er einen Koffer.

»Pflanz das Bajonett auf.«

Jiménez und der andere hatten das bereits getan. Durch eine Maueröffnung stiegen sie in das Eckhaus.

Verwüstung verstört immer wieder aufs Neue. Von der Decke sind nur die Strohmatten geblieben, die als gestreifter Himmel bis hinunter zu dem pyramidenförmigen Schutthaufen hängen. An der Wand Tapetenfetzen und ein buntes Stilleben. Die Eingangstür nichts als der Rahmen vor einer derart hohen Halde Ziegel, Balken und Gerümpel, daß sie sich den Weg wohl oder übel woanders bahnen müssen. Über die Straße gelangen sie in das Nachbarhaus: Hinter der zerklüfteten Fassade sind anscheinend einige Mauern unversehrt geblieben. Über die schmalen Stiegen steigen sie, ohne zu straucheln, in den ersten Stock. Das an- und abschwellende Jaulen einer Sirene hält sie an.

»Unsere? Sind wir schon so lange in dieser Nobelabsteige hier?«

Sie treten an den ausgehebelten Balkon: Über dem Land nichts als die Saat des Schnees, die durch das aus den Angeln gerissene Fenster noch mächtiger erscheint; zwischen den weißen Flächen die schattengrauen Linien der Feldsteinmäuerchen. Das Heulen verstummt. Wieder perlt das Maschinengewehr: Die Zinkregenrinne zittert und zeigt sich in neuer Gestalt als Sieb. Dort kommen sie auch nicht durch: ein wüstes Gewirr von Tonscherben, Mauerfüllungen und geborstenen Strebebalken. Ganz unverkennbar haben die Häuser Teruels eine Seele aus Holz. Eine Haubitze.

»Was für ein Kracher!«

»Fünfzehneinhalb.«

»Die? Unsere?«

»In der Nähe.«

»*Y què fem?* Was jetzt?« fragt der mit dem Barett.

Als sie hinuntergehen, tritt er in ein Häufchen.

»Welches Schwein hat denn hier hingeschissen?«

»Schweine gibt es hier mehr als du denkst, aber leider keine Spanferkel«, entgegnet sein Compañero.

Sie wechseln ins nächste Haus. Eine Katze. Ein Tisch. Ein Spülstein, der nach Faulschlamm stinkt. Eine Speisekammer mit grünlichen Gefäßen. Das Nebenzimmer existiert nicht mehr.

»Hier ist auch ein Volltreffer reingegegangen. Aber ich glaube, wir kommen durch.«

»Dort entlang. Wir werden ihnen einen ordentlichen Schrecken einjagen.«

Die drei sehen sich schon als Bezwinger des Rathauses. So gut es geht steigen sie über Berge von Schindeln: Sie schlittern, unter ihren Schritten knacken Ziegelscherben. Ihr Lärm steigt in den Himmel, den Balken und freischwebende Latten zerstückeln. Die von Metallsplittern durchsiebte Dachtraufe zeichnet Zickzackmuster in die dreckige Staubwolke, die sie über dem grauen Boden aufwirbeln. Das Fachwerk freistehend, wie amputiert. Alles das macht die Kälte noch frostiger.

»Scheiß Staub!«

»Vorsicht!«

Das Gewehr im Anschlag tapsen sie tastend voran: Ihre Fußstapfen verwischt der Wind. Die Minuten vergehen, zählbar und zäh. Inmitten der Schutthalde dringt das Kriegsgetöse von überall zu ihnen. Schießen sie von hinten auf sie? Worauf zielen sie? Wohin? Die erste zurückeroberte Hauptstadt!

»Und morgen Zaragoza!«

Sie spähen durch die Lücken im Gemäuer. Sie fühlen sich, als säßen sie in einem Granattrichter, verlassener als vorher, eingemauert zwischen einsamen Wänden. Das gleichmäßig mächtige Beben der Luft.

»Hallo!«

Nichts. Noch einmal.

»Verdammt.«

Er schießt. Der Schuß hallt wider. Es flieht: die Katze. Merkwürdig nah das Tackern eines Maschinengewehres.

»Warum mußtest du schießen?«

»Deckung!« (Wo sind wir? Dort gegenüber muß das Rathaus sein.)

Eine Mörsergranate schneidet alles ab. Staub steigt auf und sinkt nieder; die Luft wird dick, erstickt. Vor ihnen sinkt eine Backsteinwand in sich zusammen. Jiménez bleibt mit den Füßen in einem Gemüsekorb hängen.

»Ich glaube, das war eine von uns.«

»Kehren wir um?«

»Und wenn man von dort reinkommt?«

Wieder das Krachen, noch näher. Die Druckwelle wälzt sich über sie hinweg, sie können sich kaum noch aufrecht halten.

»Hoppla, jetzt wird's ernst.«

»Ich habe den Eindruck, sie verlängern die Schußweite.«

»Ja, auf gut Glück. Und dann fällt uns das alles ohne Vorwarnung auf den Kopf.«

Sie betrachten die Mauern: der Kalkputz – Staub und Asche, der Backstein – Staub und Asche, das Gebälk – Staub und Asche. Staub im Mund, in den Augen, in den Ohren.

»Wenn sie nur nicht den Tabakladen treffen!«

»Vergiß jetzt mal den Tabakladen!«

Weiter weg eine Serie von Detonationen. In dem Himmelsquadrat, das sie durch den zerpflückten Dachstuhl erkennen können, werden fünf dreimotorige Bomber von den weißen Knospen der Flakgranaten verfolgt.

»Gebt's ihnen!«

Gebannte Blicke gen Himmel.

»Gib's ihm!«

Das Zickzack des zertrümmerten Daches verdeckt das Schauspiel der Verfolgung.

»Wenn du mich fragst, hier kommen wir nirgendwo durch.«

Sie fühlen sich verloren zwischen all dem Schutt, dem Geröll, dem zersplissenen Holz. Ganz in der Nähe schlägt ein Geschoß ein. Zehn, zwanzig Meter? Der Tod gewährt keine Distanz, er hebt sie auf.

»Verdammt nochmal!«

Sie werfen sich zu Boden, an Ort und Stelle, um Schutz zu finden im Schutt. Alles erstickt im Staub: Nebel, Kalk, Erde, Zeit. Sie versuchen, eins zu werden mit dem umliegenden Geröll. Brennende Augen, bitter der Mund, Gestank nach Kot und Bittermandeln; Schmirgelpapier auf Händen, Hals und Gesicht. Aus einem Schuttberg heraus fletscht eine Heugabel ihre Zähne. Jetzt hört man die Flugbahn des Geschosses.

»Unsere, Himmel, Arsch und Zwirn!«

Da tut sich die Erde auf, und als ob sich eine Falltür geöffnet hätte, schlittern sie in ihren Schlund. Miguel Jiménez schluckt Ziegelstaub, schluckt Kalk. Ist das der Tod? Er hat keine Angst: Man stirbt nur einmal. Ein Stoß. Steinschlag.

Die Beine verschüttet. Nichts wie raus hier. Mit einem Ruck hoch. Er schüttelt sich wie ein nasser Hund: nichts gebrochen. Zieht seine Füße aus den Trümmern. Der mit dem Barett muß neben ihm sein, er erahnt ihn im Dämmerlicht, das vom Zenit zu ihnen dringt. Sie sind in einen Keller gestürzt.

»He da, was machen wir jetzt?«

»Keine Ahnung.«

»Und der andere?«

»Keine Ahnung.«

Eine Maschinengewehrgarbe, nah und fern. Vereinzelte Schüsse und ein kalter Wind, der nach oben zieht.

»Ich glaube, hier unten entlang kommen wir raus.«

»Wer weiß, vielleicht führt uns das direkt zu den Faschos.«

»Und der andere?«

Sie fühlen sich überfordert, allein zu zweit weiterzumachen. Vier Meter weiter oben der enge Himmel und die eingestürzten Mauern. Sie pressen sich an die Kellerwand.

Eine der Wände sinkt in sich zusammen und löst sich in einer Staubwolke auf. Ein bitterer Moder, zweihundert Jahre alt, gelber Dunst, Staub von Staub.

»Ich ersticke!«

In dem dicken Dunst bricht die letzte Wand zusammen, die Trümmer stürzen in den Schlund, in den sie gefallen waren. Sie kauern sich noch enger an die Wand, treten die Steine von sich.

»Ich krieg keine Luft mehr!«

Noch immer diese Räucherluft. Gemäuer zu Scherben, Scherben zu Staub, Staub zu Wolken, Wolken zu Dunst, und aus dem Dunst über kurz oder lang wieder Himmel. Der bitterfeuchte Geschmack eingemauerter Zeit. Staub und Angst verschnüren die Kehle. Durchatmen. Durch den Mund im Dach die gewaltigen Leprakrater anderer Mauern. Nach einem zaghaften, ängstlichen Augenblick der Stille schlägt unvorstellbar scharf eine Sprengbombe ein, blitzartig bebt alles, brandhell. Keulenschlag. Abraum bis auf die Grundmauern. Danach die Stille: der Haubitzen in La Muela, vielleicht der in Villastar, vielleicht der in Celadas.

(Was klebt da so an der Hand? Was für eine Pampe? Was für ein Blut?)

Jiménez denkt an Matilde. Daß er nicht mit ihr geschlafen hat! Das verzeiht er seinem Vater nicht. Weder jetzt, noch in Zukunft. Alter Wichtigtuer. Dabei hat sie mir so gut gefallen: so heiß, so willig. Puerto Lumbreras, und die Kälte dort. Der Wasserkrug am Haken im Gang.

Noch immer wagt er keine Bewegung. Gut so: wie tot. (Werde ich wieder zu den *Ferias* fahren? Wird es möglich sein, daß ich nach dem Krieg wieder zu den *Ferias* fahre? Ist es je schon einmal heiß gewesen?)

»Du, hör mal, was machen wir?«

»Keine Ahnung.«

»Und dein Compañero?«

»Keine Ahnung.«

Raus hier. Sie bewegen sich.

»Sie haben das Feuer eingestellt.«

Sie kommen nicht bis zum Kellergewölbe hinauf.

»Mal sehen, wo es hier hingeht.«

Der mit dem Barett hat seinen Koffer verloren, nicht das Gewehr. Sie lassen sich mehr vom kalten Luftzug führen als vom Licht. Das Bajonett ist eine gute Richtschnur. Nach zwanzig Schritten erahnen sie den Ausgang.

»Hände hoch!«

Im Halbdunkel, genau ihnen gegenüber, zwei verschreckte Männer. Sie ergeben sich.

»Tun Sie uns nichts, wir sind Republikaner. Wir leben hier versteckt und warten.«

»Bei der Kälte?«

»Nein, in den Kellergewölben des Hauses. Als das Bombardement losging, sind wir hierher gelaufen.«

Ein Alter und ein Junger, unbewaffnet.

»Gut, ihr kommt jetzt mit uns. Die Stadt wird evakuiert. Wer seid ihr?«

»Ich«, sagt der Alte, »habe einen kleinen Laden hier in San Julián; das ist mein Sohn: Er ist Lehrer, in Albarracín. Ich war Korrespondent für *El Socialista*, hier in Teruel. Er dort ist auch von der Partei. Darum sind wir hier. Und leben wie die Ratten.« Er lacht. »Seit es losging. Und ihr, wer seid ihr?«

Die Sätze abgehackt, wie erstickt.

»Ich bin von der CNT«, sagt der mit dem Barett.

»Ich bin nichts«, brummt Jiménez.

Sie halten inne, ziehen die Köpfe ein, weil die Artillerie wieder mit dem Beschuß beginnt. Der erste Stock stürzt ein wie vom Schwert gefällt.

»Wir haben schon versucht wegzukommen, das schon. Aber die anderen glauben wohl, daß man von hier zur Zivilverwaltung gelangen kann, und sobald wir nur die Nase rausstrecken, decken sie uns ein. Jetzt, wo ihr hier seid, wollen wir wirklich nicht mehr ins Gras beißen.«

Er sagt das mit einer kindlichen Freude, die über sein ganzes Gesicht strahlt. Und fragt:

»Sagt schon, wird in der Stadtmitte auch gekämpft? Wir hatten bis gestern ein Radio, jetzt ist es verschüttet, dort unten. Davon haben wir gelebt, auch hören kann sättigen. Wir haben einiges durchgemacht. Und wie sie uns gesucht haben! Und ihr, wo seid ihr her? Du, wo bist du überall gewesen? Erzähl!«

Der mit dem Barett heißt Acisclo Martínez, aus Caparroso, an der Grenze zwischen Navarra und Aragón. Seine Eltern, Kleinbauern, waren furchtbar fromm und fruchtbar: sieben Brüder und nur eine Schwester. Dabei starb die Mutter mit nicht einmal dreißig Jahren. Der Vater verheiratete sich wieder, mit einem armen Waisenmädchen, das sie ihm aus einem Hospiz in Zaragoza brachten.

»So ein Luder ... Und als sie sogar vor dem Pfarrer nicht haltmachte, war es um den Haussegen geschehen ... Da kam eins zum anderen. Der Wüstling hatte dem Mädchen – meiner Schwester – gesagt, sie solle allein kommen, er habe sie so lieb, daß er ihr nachmittags einfühlsame Kathechismuslektionen erteilen wolle. Und seine Lektion war wirklich eindringlich. Sie erzählte es dem Vater. Und natürlich ging es mächtig hin und her. Aber dieser fromme Bruder brachte die Sache wieder ins Lot. Reden kann das Pack. Bei der anderen Geschichte rettete ihn das nicht: Der Vater erwischte sie hinterm Weißdorn. Er vermöbelte ihn so wild, daß der Heilige nach drei Tagen starb. Wir zogen um nach Pamplona, aber man machte uns das Leben unmöglich. Ich war damals Viehtreiber. Dann gingen wir nach Zaragoza. Meine jüngsten Brüder starben. Das Mädchen verlor seine Ehre. Ich ging hinunter nach Sagunt. In die Stahlwerke. An allem sind nur die Pfaffen schuld.«

Er war in Talavera gewesen, nach der so wenig ruhmreichen Operation der *Eisernen Kolonne* gegen Valencia.

»Kommunisten hin, Anarchisten her, das ist doch egal. Bei allen gibt es solche und solche, Gute und Schlechte. Das Schlimme ist, daß wir an den anderen immer sehen, was wir sehen wollen.«

»Ich glaube, wir können es wagen, uns auf den Weg zu machen«, sagt Jiménez.

Zu viert erreichen sie ohne Umstände das gekappte Kellergewölbe. Nachdem sie auf ihren Schultern nach oben gestiegen sind, ziehen die Soldaten ihre Wahl-Gefangenen hinauf. Dann klettern sie, das Gewehr über der Schulter, bis in die Höhe des verschütteten ersten Stockwerkes. Obwohl sie immer wieder zurückrutschen, obwohl Steine und Ziegel und Balkenreste den Schutthaufen hinunterpoltern, schaffen sie es schließlich. Sie entdecken den Körper von Acisclos Kamerad, ein lebloser Sack.

»Requiescat in pace!« sagt er, um mit seiner Bildung zu prahlen.

Sein Gewehr nehmen sie mit.

»Die Sanitäter benachrichtigen wir später.«

Hilfe käme ohnehin zu spät: Sein Kopf fehlt, Futter für die Würmer. Als sie aus ihrem vorübergehenden Grab hinaussteigen, fährt ihnen ferner Kanonendonner in die Eingeweide. Über dem Horizont die schwarzen Flocken der gegnerischen Flak. Ganz weit oben drei unserer Jäger.

»Woher war er?«

»Vom Land.«

Ganz allgemein, *vom Land.*

Gemeinsam gehen sie vor zur Plaza del Torico. Die Rebellen im Rathaus haben sich ergeben. Die Männer aus der Zivilverwaltung und dem Finanzamt ziehen sich zurück ins Hotel Aragón.

2. Die Haushaltswaren-handlung Pozal

»Der Ort hier ist gut. Sie meinen, in der Kathedrale sind welche von ihren Leuten, deshalb bombardieren sie nichts in ihrem näheren Umkreis.«

Herrera sitzt auf dem Tresen und läßt die Füße baumeln, in klobigen neuen Stiefeln, die er auf seiner Reise nach Barcelona erworben hat. Er unterhält sich mit Juan Fajardo, den seine innere Unruhe umtreibt; was den Ausdruck in fünf Schritten vorwärts, halber Drehung, und wieder fünf Schritten zurück findet.

»Bleib stehen, du machst mich wahnsinnig!« sagt ihm Herrera, der seinen Blick von diesem Hin und Her nicht lösen kann.

»Wenn sie eindringen, bevor wir mit Santa Clara fertig sind: eine Katastrophe! Wieder ein Alcázar von Toledo. Ich muß zu ihnen zurück.«

»Wohin?«

»Zum Generalstab.«

»Haben nicht sie dich hierher geschickt?« fragt Jesús trocken.

»Sicher. Aber was tue ich? Herumsitzen und warten!«

»Na und?«

»Deine Ruhe möchte ich haben.«

»Ich nehme alles, wie es kommt: wenn nicht, käme es mir hoch. Gehorsam, mein Lieber, Gehorsam; wozu sonst bist du Hauptmann? Mich haben sie dem Befehl des Gouverneurs unterstellt: also unterstehe ich dem Befehl des Gouverneurs. So lange der Gouverneur keinen Befehl gibt, sitze ich hier genauso wie du. Ergo: Ruhe bewahren.«

»Man muß sein Blut zügeln«, sagt Fajardo, der gerne ein bißchen übertreibt.

»Man kann.«

»Du bist blond, für dich ist das nicht so schwer.«

»Disziplin und Zigaretten, Hauptmann, und der Schuster ...«

Die Haushaltswarenhandlung Pozal liegt am Marktplatz, der eigentlich Plaza del Torico heißt; die Türen zerschossen, notdürftig schützen die hölzernen Fensterläden Schaufenster und Geschäftsraum, wenngleich sie ihn nur verdunkeln. Unter der Arkade vor dem Eingang baumelt ein Werbewürfel von einem Haken herab, mittendurch leicht verletzt vom Treffer einer sicherlich verirrten Kugel.

Das Geschäft betritt man durch einen schmalen Türflügel, hinter dem das meiste Licht von einem japanischen Bambusvorhang aufgesogen wird; der Rest fällt auf den schwarzweiß gefliesten Boden. Ineinander gestapelte Schöpfeimer türmen sich bis tief ins Geschäft zu Marksteinen aus Zink, ihr Grau nimmt das Licht der Fliesen auf; zwischen ihnen ungeöffnet eine Partie Pariser Spitzen, darüber eine Musterserie Wasserhähne, die einen aus Kupfer, die anderen vernickelt. Unter der Decke reiht sich ein Sortiment dunkler Beschläge und schwerer Vorhangstangen, golden glänzend, mit ein bißchen Bronze. In einer Schachtel die Musterpalette mit allerlei Ringen, penibel nach Größe sortiert, jeder mit eigenem Etikett versehen, als wären darauf Geburtsdatum und Gewicht verzeichnet: Einmonatsringe, Zweimonatsringe, Dreimonatsringe, Ringe für ein Jahr, Ringe für reifere Jahrgänge, Ringe für ein ganzes Leben. Türbeschläge, Klinken, Riegel, ein Plakat für Vorhängeschlösser der Marke Yale.

In einer Ecke drei der Größe nach gestapelte Kartons mit Zierrat, schillernd und schön anzusehen. Daneben eine Kaskade glänzender Wachstuchrollen, mal kariert, mal mit Blumenmustern; gegenüber einer Vitrine, in der *Geschenkartikel* aus Alpaca und *Meneses*-Silber aufbewahrt und ausgestellt werden, finden sich Eierbecher, Blumenvasen, Mischgläser und Menagen, Caféservice aus tschechischem und japanischem Porzellan.

Aufrecht wie gepfählte Opfer sind lange Reihen Scheren, Messer, Bestecke, Rasiermesser an ihren jeweiligen Schachteln festgebunden. Plakate und Messingtafeln werben für Solinger Stahl. Eine Reihe Vorhangstangenschellen über einem Stapel säuberlich dem Umfang nach sortierter und ineinander geschichteter Waschzuber. Unter der Decke befindet sich, über die Länge des gesamten Geschäftsraums, ein Hängeboden; zwischen dessen Geländern Teppiche aus Kokosfasern oder schütterem Gewebe; daran baumeln Besen und, linker Hand, eine Kollektion Staubwedel, der einzig lebendige Akzent.

Am Ende des Raums, neben der Treppe, die zum ersten Stock hinaufführt, Waschbecken, emaillierte Spülbecken, drei Eisschränke. Hinter dem Tresen, auf dem Herrera sitzt, in einer Reihe die Möbelbeschläge, Musterkollektionen für Küchengeschirr, Scharniere und eine Auswahl an Schraubenziehern, nach Serien arrangiert.

Hauptmann Juan Fajardo ist von mittelgroßer Statur, sein Gesicht breit und frisch rasiert, sein graues Haar gelichtet, gegeelt und gerade nach hinten gekämmt; saubere Uniform, neue Handschuhe, glänzend gewichste Ledergamaschen und Stiefel; die Stimme zu gewichtig, bedeutungsschwanger und ein wenig affektiert.

»Denn die Partei ...«

»Komm mir jetzt nicht mit der Partei!« fällt ihm Herrera ins Wort.

Beide sind Kommunisten.

Vor dem Militäraufstand war Fajardo Lehrer für Spanische Literatur im Gymnasium von Alcoy. Mit dem Krieg sind bei ihm gewisse Dinge in Vergessenheit geraten, darunter sein inniger Wunsch, aus der Welt zu verschwinden. Jesús Herrera kennt ihn seit Jahren, als er kurz nach Ausrufung der Republik nach Madrid gekommen war und Fajardo noch seine Runden durch die Cafés zog, zum Ateneo, ins Lyceum, zur Redaktion der *Revista de Occidente*. Ausgedehnte nächtliche Spaziergänge, endlose Wortgeplänkel bis in den Morgengrauen hatten sie zu guten Freunden gemacht. Das Schicksal hatte dem Lehrer ebenso häufig wie übel mitgespielt. Ein Wunderkind, verdorben durch unmäßige Liebe und Verehrung von Seiten seiner Eltern, die starr vor Ehrfurcht auf die Begabungen und Erfolge des einzigen Sohnes glotzten (zwei Schwestern, und der Chor war komplett). Er lernte leicht und behielt alles mit Leichtigkeit. (Geblieben ist ihm seitdem die Gabe, wie ein Universalgelehrter zu wirken, indem er seine Gesprächspartner unterbricht und ihnen zu verstehen gibt, daß das für ihn zur Allgemeinbildung gehöre. Später wurmte ihn diese Unart, aber er unternahm nichts dagegen.) Ausgezeichneter Student, der beinahe einer jener Strafrechtler geworden wäre, deren Namen in die Annalen der Universität eingehen; dann versuchte er sich im Versemachen. Die Ergüsse wurden von Freunden ebenso wie von Unbekannten in höchsten Tönen gelobt und gedruckt, und die Eltern waren schier von Sinnen angesichts des Ereignisses, den Namen der Familie gedruckt zu sehen, wenn auch manchmal mit Errata.

»Das darf doch nicht wahr sein! Fachardo, Fajarda, Fochoda, Faschoda oder Dejarado ist doch viel schwieriger zu schreiben als Fajardo. Du mußt dich beschweren!«

Im Zuge der familiären Begeisterung wurde entschieden, der Sohn solle die Juristerei (dunkel hatte auch der Beruf des Vaters damit zu tun) sein lassen und sich voll und ganz ›der Pflege der Dichtkunst‹ widmen: Er solle Lorbeerkränze erringen, um den Unterhalt würden sich die Eltern gerne kümmern.

Viel Liebe ist gut; zu viel macht blind. Der Mann verbrachte sein Leben nun bei literarischen Stammtischen und in Dichterzirkeln und in sicherer Erwartung seines Erfolges pries er seine Überlegenheit allerorten. Ein Blinder aber, dem der schelmische Führer fehlt, stößt entweder überall an und Flüche aus, oder er tastet mit vorgestreckten Armen durch die Landschaft seiner Ängste, vorausgesetzt, er verfügt über einen harten, belastungsfähigen Kern, und daran mangelte es unserem jungen Mann. Fajardo gestand sich seine Unsicherheit nicht ein, sondern lebte in seinen Träumen und glaubte felsenfest an sie. Er wähnte sich angekommen, dabei hatte er kein Ziel, geschweige denn einen Ausgangspunkt. Hochgepäppelt mit seinen eigenen Fehleinschätzungen, die ihm in Fleisch und Blut übergingen, waren ihm Zweifel unbekannt. Vielleicht wäre ihm das vergangen, wie die Jugend, doch mit dem Vater, der sich in unvorhergesehenen Fallstricken verfangen hatte, ging es finanziell bergab, und der junge Mann – stur wie ein Esel – sang hartnäckig die immergleiche Leier, was seiner Schreiberei nicht sonderlich bekam. War er knapp bei Kasse, lieh er sich Geld, indem er den Leuten einen Bären aufband, aber nie das Fell rausrückte. Ein nicht gestundeter Kredit, so klein er auch sein mag, hält einen an der kurzen Leine. Die Leute kehrten ihm den Rücken zu, und schlechte Nachrede klebte ihm wie Baumharz an den Sohlen. Überdies sind Finanzen, vor allem wenn unbedeutend oder gar in rot ausgewiesen, schlecht für die Literatur.

Dem Glücklosen, dem Gestrauchelten und vom Zufall Verfolgten, zumal wenn er gutgläubig seine Höhenflüge und

Hoffnungen öffentlich gemacht hat, den ruinierten Fatzken, den bettelnden Beau, den Unglückseligen, der nicht schweigen kann und sich rechtfertigen will und in seiner Verzweiflung baldigen Gewinn aus einer neuen Vision annonciert, der sich selbstverständlich ebenfalls nicht einstellt, den Aufschneider auf dem absteigenden Ast, der es dennoch nicht sein lassen kann: den nennt man bald einen Unglücksbringer. Der Neid verzeiht nicht den Erfolg, den er verschweigt; noch weniger verzeiht er das Scheitern, das er freimütig verkündet. In literarischen Runden und Tertulias sieht man über Schamlosigkeiten hinweg, vergißt moralisch Anstößiges, übergeht man das Fehlen von Treu und Glauben, solange der Betreffende den Fährnissen nur elegant und zungenfertig zu begegnen weiß. Der Unglücksrabe, der das widrige Schicksal um jeden Preis zu wenden sucht und dazu auf Teufel komm raus eine Grazie herauszukehren versucht, die er nicht hat, sieht sich von allen verlassen: Von gesetzten Herren bis zu windigen Jünglingen, Notaren und Schwulen; alle außer den Kellnern – denn das Ritual ist öffentlich – strecken Zeige- und Ringfinger von sich, falten die anderen Finger in die Handfläche und suchen einen Holzleuchter, einen Stuhl, einen Lehnsessel oder ein Sofa, an das sie klopfen können.

»Holz klopfen!«

»Eisen klopfen!«

Der Fortgang der Konversationen ist gehässig: Denn es kostet weniger, eine Mauer zu beschmutzen als sie zu bauen; man will sie nicht einreißen, sondern sie beflecken, kübelweise Schmutz über ihr ausgießen, sie mit Sprüchen vollschmieren, deren Worte überallhin weitergetragen werden.

»Ordòñez? Dümmer als die Polizei erlaubt!«

»Luis? Hör auf, dem gibst du fünf, und er nimmt zehn.«

»Viguri? Ein Schacherer: Denkt nur an sich, und die anderen kann der Teufel holen.«

»Marcos? Ein Wüstling.«

»Leopoldo Romero? Ein guter Kerl, ein bißchen beschränkt, aber ein guter Kerl.«

»Hast du von dem was gelesen? Wie findest du ihn? Habe ich es dir nicht gesagt?«

Unbeholfenheit, Wiederholungen, Schwerfälligkeit, Begabung ohne Anmut, das sind die Zielscheiben des Wortführers der Runde:

»Der? Ein Unglücksrabe.«

Das brauchen nur drei nachzubeten, schon ist der gute Ruf dahin. Die Mädchen meiden ihn, Theaterdirektoren schneiden ihn. Bekannte kennen ihn nicht, wenn er sie anpumpen will.

»Wenn wir sein Stück annehmen, wird es am Tag der Premiere regnen. Das Theater wird abbrennen, wir werden pleite gehen.«

»Bring mir den nicht ins Haus. Das letzte Mal wurde der Kleine krank.«

»Es ist nicht zu fassen! Ich ging zu ihm, und tags darauf brach ich mir das Bein.«

»Er stellte ihn mir vor, und ich verlor meinen Geldbeutel. Ich sah ihn, er sprach mich an, und eine Woche später starb meine Mutter. Bring den nur nicht mit, ein Unglücksrabe!«

Einige protestieren spaßeshalber, denn niemand glaubt ihnen, aber ganz schnell klopfen sie dann trotzdem grinsend auf das rettende Element. Die Wellen der üblen Nachrede schwellen an wie eine Flut, bald steht ihm das Wasser bis zum Hals, ohne daß er das wahrhaben will.

Abhilfe schafft allein die Zeit; aufgeben und untertauchen. Weder gegenhalten noch auf Wunder hoffen. Sich mit der Leiche woandershin verziehen, denn wenn die Pause lang genug ist und sich neuer Erfolg einstellt, ist der böse Zauber bald vergessen: Wenn nicht, durchqueren die Lästereien ganze Wüsten.

»Mir wird etwas zustoßen: ich habe Fajardo gesehen.«

»Erwähne diesen Namen erst gar nicht.«

»Stell dich nicht so an.«

»Du wirst schon sehen.«

Zurückgeworfen auf seine Welt, zurückgedrängt an den schützenden Rand der Arena, ließ Fajardo sich von düsteren und melancholischen Stimmungen besiegen und weinte seine Depressionen an Cuarteros und Templados Schultern aus. Die versuchten ihn aufzurichten. Der junge Mann liebte es eben theatralisch, dabei halfen ihm seine glockenklare Stimme und sein galantes Äußeres. Mehr denn je verteidigte er sich mit Lügen, gefangen in einem nebulösen Drang nach Reinheit, verloren in Tausenden von Höllenfeuern. Aufrecht hielt ihn ein innerer Gesang, der nicht nach außen drang.

»Sieh mal, gib mir fünfzig Peseten, denn um viertel nach elf muß ich Luis Noguera hundert zurückgeben, die er mir gestern geliehen hat. Stell dir vor, ich traf ihn am Ausgang des Ateneo, er war in Begleitung einer eher fragwürdigen als fröhlichen Frau ...«

Alles erfunden. Cuartero geriet in Rage, schrie ihn an:

»Du lügst! Du lügst!«

»Aber wenn es doch wahr ist!«

»Nein und nochmals nein! Außerdem wirst du es noch schaffen, daß ich dir kein einziges Wort mehr glaube. Langsam klingt alles an dir in meinen Ohren falsch. Jedes deiner Worte muß ich abwägen. Und ich dulde nicht, daß du an meiner Freundschaft zweifelst. Du brauchst fünfzig Peseten? Sag: ›Ich brauche fünfzig Peseten.‹ Punkt und Schluß. Wenn ich sie habe, gebe ich sie dir, fertig ab. Überwinde dich selbst. Du mogelst dich durch, indem du dich mit Lügengeschichten rechtfertigst. Und glaubst, damit hättest du deine Schulden beglichen.«

»Aber wenn es doch wahr ist, frag doch Carmona, Noguera ...«

»Dir ist nicht zu helfen.«

Juan Fajardo stammte von der Küste, man merkte ihm das an einem gewissen Überschwang an: Seine Gesten waren raumgreifend, er umarmte nie nur einmal, seine Stimme klang tief und weit, er lachte viel und hoch, er war ein ausgeprägter Großtuer, und heftig wünschte er sich, so viel zu gelten, wie er wert war und noch ein bißchen mehr, was sich in seiner Kränkung über einen Artikel zeigte, den er auf der ersten Seite erwartet hatte und der nur auf der zweiten kam, die Verstimmung über die Überschrift in zu kleinen Typen, seinem Ärger über die Namensnennung in winzigen Lettern, im bitteren Nachgeschmack, wenn lobende Adjektive nicht genug erklärten, in seiner Empfindlichkeit gegenüber dem stichelnden Neid der Kameraden; schließlich zeigte es sich in seinen Reden über Projekte wie über fertiggestellte Dinge:

»Das Beste, was ich je geschaffen habe.«

»Mit das Beste, was ich je geschrieben habe.«

In gewisser Weise strahlte er Überlegenheit aus, unfreiwillig, aber unverstellt.

Madrid fand er beengend und er floh nach Barcelona, wo man ihn mit Applaus empfing, begeistert davon, daß sich ein in Kastilien geschätztes Talent zu ihnen gesellte; ihm unterliefen die gleichen pekuniären Patzer, doch ist dort der Kreditrahmen enger, und er legte den gleichen Weg in einem Viertel der Zeit zurück. Für zehn geschuldete Peseten glaubte man, ihm jeglichen Umgang verweigern zu müssen. Er versank in wenig ruhmreicher Boheme. Freunde – vielleicht drei. Seine Zunge ermattete, und die Sprüche über ihn waren weitaus flinker als sein Verstand. Seinen Mantel arbeitete er zu einem Kittel um. Er gestand sich nicht ein, wie er so weit hatte herunterkommen können: Wo er doch vorher ein so begnadeter Dichter war. Da eröffnete sich eine mögliche Verbindung; die Familie der Angebeteten, über die Barschaft des Bewerbers im Bilde, widersetzte sich der Heirat mit aller Entschiedenheit, und wenig später vermählte sich die Jungfer, mehr dem Gehorsam als dem Abenteuer zugeneigt, mit einem Industriellen. Aus seiner Bitternis saugte der Mann einen Roman, der nicht einmal schlecht war, aber nicht beachtet wurde: Seinen Kritikern nämlich, denen er zudem einiges Geld schuldete, hatte er die schlimmsten Dinge nachgesagt. Er ging nach Albacete, wo, am Rande des Ruins, sein Vater praktizierte. Dort schlug er die Zeit tot, mißmutig und mutlos. Er bewarb sich auf Stellen für ›Spanische Sprache und Literatur‹ und bekam eine am Gymnasium Alcoy. Die Verpflichtungen, das tägliche Einerlei des Berufs berührten ihn peinlich. Die kleine, zwischen baumlose Berge eingezwängte Industriestadt war ihm sympathisch in ihrer lärmenden und knisternden Geschäftigkeit. Unter den Arbeitern, die ›etwas wissen wollten‹, fand er einige Freunde, und einmal die Woche unterrichtete er in einem Gewerkschaftslokal.

Ihn rettete die Liebe: Denn die Eitelkeit, der Drang, im Mittelpunkt zu stehen, sich vor den anderen wichtig zu fühlen, verschwindet, wenn man sich glücklich verliebt. Alle seine Wunden verheilten, seine Reizbarkeit, alles, was ihn zuvor geplagt hatte: Die verspätete Veröffentlichung eines Artikels, das Verschweigen seines Namens, das war ihm jetzt schnurzegal. Was er erreichte, empfing er wie ein Geschenk oder eine unverhoffte Auszeichnung. Er entdeckte die Welt: daß die Jugend albern ist, arrogant, angeberisch und allein darauf bedacht, zu brillieren, weil sie der wahren Liebe entbehrt. Erst wenn sie sich einstellt, faßt der Einzelne Vertrauen zu sich selbst, fühlt sich aufgehoben in der Welt, und die Meinung der anderen wird so unwichtig, daß sie nicht mehr zählt.

Er verliebte sich in eine verheiratete Frau, und seine Liebe wurde erwidert. Sechs Monate gelebtes Glück, zum ersten Mal wurde er für seine verborgenen Seiten geliebt und nicht für das Nichts, um das er viel Lärm machte. Er gab sich hin, gab seine Reinheit, seine Männlichkeit, seine Leidenschaft, sein Begehren, seine Zeit für sein neues Leben. Es kam zum Skandal, und sie gingen nach Frankreich (nachdem er ein Fortbildungsstipendium des Erziehungsministeriums erhalten hatte). Zwei Monate später starb die Geliebte, sie hatte es auf der Lunge.

Er fühlte sich rettungslos verloren. Erneuter Versuch, ein Überleben als Schriftsteller zu erzwingen; was auch immer er sich vornahm, es kam ihm verachtungswürdig vor. All seine Laster kehrten wieder: Er log und belog sich, versank im Elend, schleppte sich lumpig und hungrig weiter, darum bestrebt, anständig zu wirken und sein Leben mit Erinnerungen an bessere Zeiten zu retten. Leben auf der Flucht. Als der Militäraufstand losbrach, war er für einige Tage in Madrid: Ihm schien, die Gelegenheit käme wie gerufen, um aus der Welt zu verschwinden und sich dabei nützlich zu machen. Schnurstracks fuhr er hinauf in die Sierra, mit dem ersten Lastwagen, der ihm in die Quere kam. Die fürchterliche Berührung mit kämpfenden Männern und dem Tod öffnete ihm den Himmel, ließen ihn glauben, klar zu sehen. Wenig später trat er in die Kommunistische Partei ein, in der Überzeugung, dies sei das einzige Himmelreich auf Erden. Alles andere wie weggewischt. Wieder glaubte er, den neuen Menschen zu sehen, wie zur Zeit seiner Liebe, doch diesmal ohne die Möglichkeit der Umkehr. Als man ihm antrug, sich gemeinsam mit anderen ›Intellektuellen‹ um die Rettung von Kunstwerken zu kümmern, lehnte er rundweg ab. Soldat wollte er sein, Parteisoldat, um nichts in der Welt wollte er sich um die Rettung des Geistes bemühen, es sei denn den der Bauern und Arbeiter. Nicht daß er von der Warte seiner neuen Welt aus seine alten Kameraden verachtet hätte, aber sie schienen ihm einer anderen Sphäre anzugehören; was auch immer sie taten, so vernünftig es auch sein mochte, aufgrund seines albernen Dünkels war es in seinen Augen allenfalls zweitrangig.

»Und außerdem: Bei dieser Art von Spezialauftrag wird an Bewerbern um die Hand von Doña Leonor kein Mangel herrschen. Ich bin Soldat.«

Das glaubte er. Wer ihn von früher kannte, hielt ihn für einen Simulanten, der sich um alles in der Welt aufspielen will. Was nicht stimmte. Dagegen sprachen sein Duktus, der Nachdruck seiner Gesten, sein sich Zieren, die Aura des ›Eingeweihten‹. Er machte sich Feinde, aber er hatte seinen Halt gefunden und blieb hartnäckig. Mit dem Ende seiner Geldnöte war auch Schluß mit den kostspieligen Ausreden, wodurch er in seiner Selbstachtung stieg. Er glaubte sich über Nacht neu geboren und ging daran, seine alten Gewohnheiten abzulegen, was ihm auch halbwegs gelang, so daß er mit altem Argwohn aufräumen konnte. Für diejenigen, die vor Jahren, als er das Schreckgespenst jeder Schriftstellerrunde war, mit ihm verkehrt hatten, war sein Wandel wenig glaubwürdig; zumal sie an seiner kommunistischen Gesinnung zweifelten: Sein Enthusiasmus sei der eines Frischlings, geschwätzig und geheimnisumwoben.

»Verstehe mich doch ... Die Partei ...«

Die Partei, eine Sphinx. Die Partei, Eleusinische Mysterien. Sie war sein Bollwerk gegen den Tod. Seine Wiedergeburt. Am 19. Juli 1936 schrieb er seinen drei Freunden in einem Brief, er gehe ›in die Sierra, zum Sterben‹ (ein bißchen wichtigtuerisch, was er sich heute zum Vorwurf machte), und gab ihnen nachfolgend für sein Begräbnis und die Edition seines Nachlasses Anweisungen. (Dennoch war dieser Brief so offen und aufrichtig, daß er Cuartero die Tränen in die Augen trieb.)

Leicht stieg er auf bis zum Hauptmann und dachte daran, auf die Militärakademie zu gehen. Seinen Bekanntenkreis quälte er mit seinen neuen militärischen Fragen, denn weiterhin gab es für ihn nichts Schöneres, als seine Kenntnisse und seinen Sachverstand ausgiebig auszubreiten. Aber seine damaligen Kameraden schätzten seine Intelligenz und seine schnelle Auffassungsgabe. Die Zweifler irrten sich: Er war religiös geworden und hinterfragte nicht weiter. Mit dem Schildkrötenpanzer der Disziplin war er in seinem Element. Die nihilistische Freiheit, die ihm seine Eltern gelassen hatten, fügte sich fröhlich unter die Gesetze des Kasernenhofs, nach anderthalb Jahrzehnten Lotterleben. Er war jetzt fünfunddreißig Jahre alt.

Durch die Glastür und den japanischen Vorhang, der ins Schwingen gerät und klackert wie ein Spielzeugmaschinengewehr, treten Miguel Jiménez und Acisclo Martínez ein, gefolgt vom Schullehrer aus Albarracín und seinem Vater. Herrera rutscht vom Tresen.

»Hier ist Durchgang verboten.«

»Zu Befehl, Herr Hauptmann. Aber diese beiden haben wir in einem Keller aufgelesen. Sie sagen, sie sind Republikaner. Wir wollten von der anderen Seite reinkommen, aber da sind so viele Leute, und er hier wußte das und meinte, wir sollen es hier versuchen. Versuchen kostet nichts.«

Er verstummt.

»Wir wußten nicht weiter«, hilft ihm Jiménez, der gesehen hat, daß der ein wenig freche Ton seines Compañero nicht gut ankommt. »Gefangene kann man sie vielleicht nicht nennen. Und weil wir uns weiter nach hinten durchschlagen müssen, da dachte ich, wir versuchen, hierher zu kommen, um zu sehen, ob wir sie hier abliefern können, bis man sie oben verhört ...«

»Sind viele auf der anderen Seite?«

»Eine Schlange bis dort rüber.«

»In Ordnung. Sie sollen hierbleiben.«

»Zu Befehl.«

Die beiden Soldaten verschwinden. Es baumeln die bunten Bänder des Bambusvorhanges und klimpern wie Glasperlen.

»Setzen Sie sich«, sagt Herrera zu den Männern.

Beide sind klein, ausgezehrt, unrasiert, halten ihre Mützen in Händen; staubbedeckt, die Kleider stehen vor Dreck, ihre Augen sind rot geädert.

Der Alte erklärt, wie sie eingeschlossen wurden und warteten.

Als er fertig ist, meint Herrera:

»Gut, wir werden sehen. Warten Sie einen Augenblick. Später begleite ich Sie zum Evakuierungsbüro. Der Gouverneur ist oben. Ich weiß nicht, um wieviel Uhr die Auslagerung beginnt.«

»Ich will mich mustern lassen«, sagt der Junge.

»Das können Sie in Mora machen oder in Valencia. Das wird man Ihnen schon sagen.«

»Und hier, wie war es hier?« möchte Fajardo wissen. »Was ist passiert? Waren Sie im Juli hier?«

»Sie können sich nicht vorstellen ...«

»Sagen Sie nur.«

»Das ist eine lange Geschichte«, murmelt der Alte. Schweigen breitet sich aus.

»Man weiß gar nicht, wo man anfangen soll«, fügt der Lehrer leise hinzu.

»Das sagt man immer, wenn man nichts sagen will. Wieviele wurden hier in Teruel standrechtlich erschossen?« fragt Herrera trocken.

»Was weiß ich denn! Ein Gemetzel. Es ist schwer zu überblicken, denn anfangs wurden nur die dicken Fische an die Wand gestellt: der Gouverneur, einige militärische Befehlshaber, die sich der Bewegung nicht anschließen wollten ... Ich kannte einen Major ...«

Er schweigt.

»Um hinterher erzählen zu können, die ganze Armee hätte auf ihrer Seite gestanden«, merkt Fajardo an. »Wer würde daran zweifeln! Sie haben mehr Offiziere an die Wand gestellt als wir: sie – die Treuen, wir – die Verräter. Was für ein Unterschied! Selbst im Rahmen ihrer Möglichkeiten konnten sie auf weniger Leute zählen, als wir das dachten.«

»So ist es«, pflichtet der Alte bei, der nicht gefragt worden war. »Danach, danach ging es richtig los«, fährt er fort. »Mehr als tausend steckten sie ins Gefängnis, und die Verschwundenen hat niemand gezählt. Mindestens ebenso viele. Wer nie zur Kirche gegangen ist. Wer selten zur Kirche gegangen ist.«

»Die Einwohnerzahl von Teruel: elftausend«, rechnet Herrera gegen.

»Danach, danach ging es richtig los«, fährt der Alte fort. »Sie müssen Anweisungen von oben bekommen haben, denn allmählich tauchten überall feine Herren in Falange-Uniform auf. Die Hemden mußten sie aus Zaragoza kommen lassen, weil es hier keine gab. Hier war niemand bei der Falange. Wirklich kein Einziger.«

»Bei der Acción Católica schon«, fällt der Sohn ins Wort. »Und bei der CEDA. Aber bei der Falange niemand.«

Der Alte schaut befremdet drein.

»Weiter«, ermahnt ihn Fajardo.

»Damals tauchten die ersten Leichen auf. Sogar die hartherzigsten Kerle sind erschreckt. ›Wir müssen Reinemachen‹, sagten sie, aber sie waren nicht ganz bei Sinnen. Wie die Cholera, als griffe die Cholera um sich. Eine Epidemie. Es war schrecklich.«

Er machte eine Pause, senkte den Kopf, machte eine Faust und rieb sie in der Innenfläche der anderen Hand. Und wiederholte:

»Schrecklich. Auf den Feldwegen, in den Straßengräben, in den Feldern, in den Bergen. Hier und in den Dörfern. Die

Leute merkten, daß mir nichts, dir nichts gemordet wurde, einfach auf Befehl von oben ... Da ... Die Cholera, schlimmer als die Cholera.«

»Diese Art Übel muß eine spanische Cholera sein«, spöttelt Herrera.

»Quatsch nicht«, gibt ihm Fajardo zurück.

»Der Archivar ging zu den ... zu den Oberen, oder wie sie heißen. Er sagte ihnen, sie müßten vorsichtig sein, da sie die Menschen in diesem Land nicht kennen, denn das sei erst der Anfang, weil hier Blut nach mehr Blut schreie. Weil sie ihn sowieso für nicht ganz klar im Kopf hielten, beachteten sie ihn nicht weiter, sein Glück. Er besuchte uns ab und zu, um zu erzählen.«

»Wurde er nicht festgenommen?«

»Das Rathaus hatte nichts mehr zu melden, und er sperrte sich in seinem Archiv ein. Er sieht älter aus als er ist. Ein Liberaler, ein guter Mensch. Seine Frau und meine waren eng befreundet: Sie starben am gleichen Tag. Er war es, der uns die Katakomben unter dem Keller des Hauses gezeigt hat. Vor Jahren. Er ahnte, daß wir uns dort versteckt hatten und kam vorbei. ›Diese Leute wissen nicht, was sie wollen‹, sagte er uns. ›Ohne Orientierung, ohne jede Orientierung. Es geht nur darum, sich zum Herrn zu machen, dann sieht man weiter. Hauptsache sie befehlen, was ist egal. Und damit man sie nicht absägt, sägen sie gleich selbst die Bretter für die Särge ihrer Konkurrenten. Immer das gleiche.‹«

»Das erstickt die Angst im Keim. Ein toter Linker beißt nicht mehr«, kommentiert Herrera.

»›Jetzt geben wir die Befehle‹, das konnte ihnen keiner mehr ausreden.«

»Kopflose Befehle im Nichts«, sagt Herrera. »Befehlen, daß die Köpfe rollen. Was haben sie das Jahr über gemacht, in dem sie Ruhe hatten?«

»Nichts. Töten und beten«, platzt der Sohn heraus.

»Und dem Himmel gedankt, daß sie so viele Seelen befreien dürfen.«

»Und immer nur das Imperium und die Hierarchie. Don Leandro – so heißt der Archivar –, Don Leandro also fragte sie, was das denn sei, dieses Imperium, denn einige sprachen davon, Portugal wieder heimzuholen und Gibraltar. Aber fast alle redeten sich damit heraus, es sei ›ein Wille‹«.

»Genau, der Wille, etwas hinterrücks einzukassieren«, sagt Herrera und setzt sich wieder auf den Tresen.

»Nur langsam«, entgegnet Fajardo. »Dieser irrationale Drang ist ihre einzige Stärke. Ihr einziges Programm, wohin auch immer es sie führt. Diese nervtötende Schwärmerei für das Mittelalter! Nimm nur Spengler oder Don José! Auf die Pferde und vorwärts: Brandschatzen und sich von den Vorräten der Einheimischen ernähren. Nicht nur in den Farben ihrer Flagge ähneln sie den Anarchisten. Imperium, das ist für sie die Eroberung und Unterwerfung der Bauern und Arbeiter. Und von denen wollen sie dann leben.«

»Meinst du, jetzt ist der richtige Zeitpunkt für Theorien? Erzählen Sie weiter«, nickt Herrera dem Alten zu.

»Wie Don Leandro Zamora ihnen prophezeit hatte, wer hier in der Sierra Blut säht, wird Blut ernten. Sie gingen auf die Jagd, bis hoch in die Berge ... In der Gegend hier sind alle große Jäger. Es gibt gute Jagdhunde. Und weil viele Compañeros in die Berge flohen, die einen, um sich zu verstecken, weil der Spuk wohl bald vorbei sein würde, die anderen, um sich nach Valencia durchzuschlagen, also ...«

Er hält inne.

»Also was?«

»Einige wurden gejagt wie Karnickel. Bei anderen war es schwieriger.«

Er senkt die Stimme.

»Acht Leute räucherten sie aus, in einer Höhle. In einer Höhle mit Malereien an den Wänden.«

»Bei Prado del Navazo«, ergänzt der Sohn, »bei Albarracín. Mit der gleichen Unerbittlichkeit, als würden sie Wildschweine jagen. Wie auf den Bildern dort drin. Bestien.«

»Sind das Malereien aus dem Paläolithikum?« fragt Fajardo halblaut. Aber seine Stimme ist zu leise, er bekommt keine Antwort und ist froh. Höhlenmalerei, das erscheint ihm jetzt mehr als unpassend.

»Der Qualm hat sie herausgetrieben«, fuhr der Alte fort. »Sobald sie aus der Deckung vorkamen, wurden sie getötet, wie Ungeziefer. Zwei Frauen waren unter ihnen. Gute Menschen, wirklich gute Menschen. Arbeiter, und der Bibliothekar des Ateneo. Sie machen sich keine Vorstellung. Sie zerrten sie aus ihren Häusern oder aus dem Gefängnis, und Paff, wie die Karnickel: ein Schuß in den Bauch.«

Eine Pause.

»Die Gegend ist immer ein wichtiges klerikales Zentrum gewesen, was die Sache einfach macht: Sie erledigten alle, die nicht zur Messe gingen. Zu dem Freidenker der Stadt sagten sie: ›Du kannst jetzt ruhig sterben, heute morgen haben wir deine Kinder getauft.‹ Sie ermordeten ihn und schickten seine Frau zu den Büßenden Schwestern nach Zaragoza.«

In seinen leuchtenden Pupillen glüht mediterraner Antiklerikalismus.

»Und die Obrigkeit?«

»Die tat so, als bekäme sie nichts mit«, fährt der Sohn fort. »Und weil sie die Leichen überall herumliegen ließen, lautete irgendwann der Befehl, in der Nähe des Friedhofs zu morden. Jeder, der unter dem Verdacht stand, links gewählt zu haben ... Sie horchten die Kinder aus ...: ›Weißt du, ob dein Papa ...?‹ (Offensichtlich traf das ihn als Lehrer besonders schlimm.) In den Dörfern war es noch grauenhafter, wenn das überhaupt geht. Man erzählt von ungeheuerlichen Predigten: ›Jetzt, jetzt wollen wir euch sehen! Ihr Freimaurer, Juden, Liberale, Linke! Jetzt werden wir sehen, wer die wirklichen Männer sind!‹ Ich nehme an, die Berichte stützen sich darauf, daß einige entmannt gefunden wurden ... Nicht einmal zur Zeit der Mauren. Dabei war damals ...«

»Seit jeher war das eine harte Gegend ...«, sagt der Vater.

»Als die Guardia Civil von Castellón heraufkam, kursierten die wildesten Gerüchte: daß man uns von Valencia aus befreien würde ... Doch, doch ... Das war, als sie Casas Sala ermordeten, in La Puebla. Einfach so: Sie kamen gar nicht drauf, ihn und seine Begleiter festzunehmen. Pustekuchen. Sie stellten sie an eine Mauer und – Peng! – ab ins Jenseits. Als wäre das die natürlichste Sache der Welt. Sie wurden triumphal empfangen. Kaum zu glauben, daß wir davon erzählen können.«

»Kaum zu glauben«, bekräftigt der Vater.

»Das Schlimmste aber«, fährt der aus Albarracín fort, »war die Parade der maurischen Elitetruppen. Nach der Geschichte in La Puebla versuchten etwa zweihundert Unglückselige von der CNT, Bezas einzunehmen. Sie kastrierten sie. Und die Mauren begnügten sich nicht mit einem als Beweis. An ihren Bayonetten spießten sie von allen die Ohren und die Geschlechtsteile auf. Wie ich es Ihnen sage. Es gab sogar welche, die schnitten eine Hand ab und stülpten sie über die Machete. So mit ihrer Beute behangen defilierten sie vor den Honoratioren des Ortes über den Platz. Die Straßen herausgeputzt und die Häuser geschmückt, die Leute im Sonntagsstaat. Auf den Balkonen die Señoritas und hinter ihnen die Falangisten, eine Hand erhoben, die andere weiß der Himmel wo. Die Crème, die ›Spitze der Gesellschaft‹, wie sie sie nennen. Es war ein strahlender, sonniger Tag. Der General funkelte nur so, mit all seinen Kreuzen auf der von der Festtagsbinde gehaltenen Brust. Und neben ihm der Bischof. Am meisten Geschrei machten die Novizinnen. Dazwischen flitzten die kleinen Jungen: gute Saat. Man hatte den Eindruck, die Sonne würde das Blut verdunkeln, es war schwarz. ›Olé, was für Männer!‹ riefen sie von den Balkonen. ›So gefällt mir das.‹ Eine teuflische Sonne.«

»Ich kann mir die Dialoge bestens vorstellen«, sagt Fajardo und zeigt allen seine Zähne.

»›Mama, was ist das, was dort aufgespießt ist?‹ fragt ein freches Mädchen.

›Ohren.‹

›Und das andere?‹

›Ich sehe nichts.‹

›Doch, was da hängt.‹

›Kind, so etwas fragt man nicht.‹

Oder der Junge zu seinem Vater:

›Denen haben sie abgeschnitten, womit sie schlimme Sachen machen, nicht wahr, Papa?‹

›Ja, mein Junge.‹

›Und was passiert jetzt damit, Papa?‹

›Jetzt kommen sie in Formalin, mein Junge.‹

Wißt ihr etwas von Deutschen oder Italienern?« fragt er, sich selbst unterbrechend, die beiden Männer.

»Angeblich sollen eine ganze Menge dabei sein. Wir haben keine gesehen.«

Oben von der Treppe ertönt eine Stimme:

»Herrera!«

Fajardo richtet sich die Uniform, zieht seine Jacke glatt, schaut den Angesprochenen an und sagt:

»Du …«

3. Der Gouverneur

3. Januar 1938

»Sie glauben felsenfest, daß wir wirklich grausam sind ... Wissen Sie eigentlich, was in Belchite passiert ist?«

»Nein.«

Don Pedro Guillén, Gouverneur der Republik in Teruel, spricht mit Willy Hope. Der Journalist ist gerade angekommen. Er ist so groß wie der Gouverneur klein. Dessen rauhe Stimme hat eine ironische Färbung, die sich in diesen Tagen noch verstärkt, sobald er mit einem Ausländer spricht; eine unfreiwillige Reaktion, die die Geschehnisse bedauerlicherweise mit sich bringen.

(»Wenn er sagt ›ja, richtig‹ heißt das auch ›ja, richtig‹, wenn er ›nein‹ sagt, meint er auch ›nein‹. Da muß man sich keine weiteren Gedanken machen.« So spricht Onofre, der Leibwächter des Gouverneurs, über seinen Herrn. Und sofort danach hat man den Eindruck, er habe das gesagt, ohne darüber nachzudenken.)

Pedro Guillén hat nicht den Körper, den er verdient. Die Laster der Kleinwüchsigen fehlen ihm, denn er ist vielseitig talentiert. Es heißt von ihm, er sei wendig wie ein tänzelnder Torero: vielleicht mit stichelndem Unterton, weil er in jungen Jahren Stierkämpfer werden wollte. Aus dieser Zeit und aus anderen, leicht nachvollziehbaren Gründen rührt sein

Spitzname ›Linke Hand‹. Aragonese, Altphilologe, Anwalt (was sonst?) und Andalusier aus Passion. Die republikanische Regierung betraut ihn mit den schwierigsten der undankbaren Aufgaben; ihm ist das alles recht.

»Als wir in Belchite einmarschiert sind, machten wir etwa zweihundert Gefangene. Wir steckten sie in ein Kloster. Die Verhöre begannen, nach allen Regeln der Kunst. Für dumm verkaufen lassen wir uns nicht. Belchite hatte gut dreieinhalbtausend Einwohner, als die Gaudi losging. Ob Sie es glauben oder nicht, die Aufständischen haben siebenhundert an die Wand gestellt.«

»Siebenhundert?«

»Siebenhundert sage ich. Eine sieben und zwei Nullen.«

»Ich habe nur nachgefragt, um mitzuschreiben.«

»Wir hatten keine Wahl, wir mußten ein Exempel statuieren. Die Frauen tobten. So ging es nicht weiter. Nachdem wir die Prozesse zu Ende geführt hatten, wurden die schlimmsten der notorischen Denunzianten und eilfertigen Exekutoren zum Tode verurteilt: insgesamt sieben. Sieben. Wir hatten sie in einem riesigen Saal eingesperrt, im Refektorium oder so. Dort saßen sie und warteten. Wir trennten sie voneinander: einhundertdreiundneunzig auf der einen, die sieben, die für ihre Schlechtigkeit zahlen sollten, auf der anderen Seite. Zu diesem Zeitpunkt wurde ihnen der Hintergrund der Zählung nicht mitgeteilt, aus Gründen der Menschlichkeit. In Belchite gab es keinen anderen Raum, wo man sie hätte unterbringen können. Einer der hundertdreiundneunzig, ein verdreckter Mann in Trauerkleidern ohne Kragen und Krawatte, mit Froschaugen, Herpesbläschen und Fünftagebart, ein Señorito, der hielt sich für besonders schlau. Damit Sie sehen, welche Vorstellungen sie von uns haben: ›Diese roten Verbrecher, diese gnadenlose Mörderbande‹, muß er gedacht haben, ›apokalyptische Bestien, blutrünstige, nimmersatte Vampire, Kulturverweser, Ökumenisten, Menschenfresser, sie werden uns allesamt an die Wand stellen und diese sieben verschonen, damit man ihnen nichts nachsagen kann. Aber nicht mit mir.‹ Und unter tausenderlei Schwierigkeiten schleicht er sich, heimlich, still und leise zu der kleinen Gruppe. ›Sie müssen für ihre Begnadigung ganz ordentlich gezahlt haben ...‹ Beim Zählappell ist natürlich einer zu viel. Der Mann will sich rechtfertigen:

›Sehen Sie, dieser Herr dort‹, sagt er und meint einen der Verurteilten, ›ist wie ein Bruder für mich. Was er denkt, denke ich. Was er getan hat, hätte ich genauso getan. Wir sind unzertrennlich. Wohin er geht, gehe auch ich. Nichts in der Welt kann mich von diesem Mann trennen.‹

Der mit der Liste kratzt sich am Kopf.

›Schaun Sie, machen Sie sich keinen Ärger und gehn Sie mit den andern.‹

Ein gemütlicher Katalane, der nicht eben das Pulver erfunden hatte. Bestimmt nicht. Der andere bockt weiter, er werde nicht weichen. Der Katalane berät sich mit mir. Ich sage natürlich, daß er auf die andere Seite soll.

Am Abend wird erneut durchgezählt. Wieder kreuzt mein Katalane auf:

›Mireu, Señor Gobernador, que em salen huit. Wieder acht, Herr Gouverneur. Zweimal habe ich gezählt. Acht, so sicher wie ich zwei Hände habe.‹

›Wer nicht dazugehört, zurück zu den anderen.‹

Es war nichts zu machen.

›Aber dieser Mann ist mein Vater! Was immer diese hier gesagt haben, unterschreibe auch ich!‹

›Er weigert sich, Herr Gouverneur.‹

›Keine Sorge.‹

Denn im Morgengrauen kam der Richter, um ihnen das Urteil zu verkünden. Das schlimmste war nicht der Schlag, der ordentlich gesessen hat, sondern das kriecherische Geflenne:

›Nein, ich habe mit denen doch nichts zu schaffen. Der hier hat den Apotheker angeschwärzt, und der dort die von der Eisenbahn …‹

Señoritos, wie sie im Buche stehen. Unfähig zu Demut.«

Das vertrauliche Gespräch der beiden Männer neben dem glaslosen Erker muß unterbrochen werden; sechs oder sieben Personen, mit Papieren oder Umschlägen in der Hand, fluchen in einer Ecke auf den Journalisten und fixieren den Gouverneur. Immer wieder strecken sie die Köpfe durch die drei Türen des Raumes. Als Herrera eintritt, betrachtet Guillén das Interview für beendet. Er blättert in seinen Papieren und fragt die eintretende Ordonnanz:

»Warten viele?«

Ihm reicht der Gesichtsausdruck.

»Die ersten sollen eintreten.«

Und zu einem der Wartenden gewandt:

»Wer sind die ganzen Leute?«

»Eine Abordnung der Verrückten.«

Der Raum ist großzügig, ehemals das Büro einer staatlichen Dienststelle. Hinten stößt Hope zu Herrera, den er kennt:

»Hör mal, was ist für dich ein Señorito?«

»Jemand, der es nicht bis zum Señor geschafft hat. Eine Kaulquappe, die klein bleibt.«

»Was ist eine Kaulquappe?« fragt der Amerikaner.

»Das Kind eines Froschs. Schmoren in ihrem eigenen Saft, bedürfnislos, es sei denn, es geht um deftige Zoten. Das allein wäre nicht schlimm, aber sie haben nichts an sich, was das kompensieren würde. Eine Mischung aus Faulenzer, Fatzke und Ganove: feist und gravitätisch der eine, ein selbstverliebter Prahlhans der andere, das ganze vermengt mit Mißgunst, sich suhlend in der fauligen Brühe ihrer Nutzlosigkeit. Parasiten, die genau um ihre dank Gott Papa ererbten Vorrechte und ihre angesammelten Reichtümer wissen. Sie pflegen hochnäsig ihre althergebrachte Abscheu vor Arbeit, den kräftigenden Waffendienst haben sie darüber vergessen. Daher ihrer Verachtung für die Arbeiter und ihre Liebe zum Ohrensessel.«

Es ist duster, bitterkalt. Nur eben so kann man noch den Himmel erkennen, der seine Wolken über die Erde schleift, die Menschen niederdrückt und ihnen das ungesund blasse Blau des schmelzenden Schnees gibt. Das Krachen der Mörser, die Druckwellen der Kanonen, das Pfeifen der Schüsse mischt sich mit der Eiseskälte, die überall hineinkriecht. Das Fenster unter dem Kolonadenvorbau zeigt auf die Plaza. Einige Soldaten überqueren sie, immer in Deckung. Die Sicht reicht kaum über den Brunnen in der Mitte der Plaza hinaus. In seinem Becken Sandsäcke. Alles von Schnee überzuckert.

›Zu viel Literatur‹, denkt Hope. »Alles nur eine Frage des Cognacs«, sagt er, zieht eine Flasche aus seinem Trenchcoat und läßt sie herumgehen. Als die letzten aus Bescheidenheit den verbliebenen Schluck nicht austrinken wollen:

»Wenn Sie doch sonst nichts mehr haben.« Willy Hope zieht eine weitere Flasche hervor.

Mitten im Zimmer steht der Gouverneur. Gegenüber dem Erker hat eine Landkarte von Spanien den Halt verloren und hängt nur noch an Galizien. Fünf Männer kommen herein, darunter einer im beigen Staubmantel.

»Herr Gouverneur?«

»Ich bin der Gouverneur.«

»Wir sind die Verrückten.«

»Sie wünschen?«

»Herr Gouverneur: Unsere Compañeros haben uns ausgewählt, um vor Ihnen, mit allem gebotenen Respekt, unseren Protest vorzutragen. Herr Gouverneur: Wir sind die Verrückten, und wir glauben, ein gewisses Maß an Respekt, an Rücksicht erwarten zu können, an der Sie es uns gegenüber fehlen lassen. Wir brauchen Ruhe und Stille. Wir haben uns mit niemandem angelegt. Sie haben kein Recht ... «

»Sie sind nicht recht im Bilde ... « sagt Guillén, vergräbt die Hände in den Hosentaschen und balanciert vom Absatz zur Schuhspitze.

»Dieser Lärm macht uns rasend. Flugzeuge jagen über uns hinweg. Über unsere Köpfe. Das kann so nicht weitergehen.«

»Ganz meine Meinung.«

»Darüber schätzen wir uns sehr glücklich, Herr Gouverneur. Ich bitte Sie, rigide Anordnungen zu treffen, damit das alles aufhört. Hier ist Don Juan Manuel, der Direktor unserer Anstalt und unser Arzt, der ihnen das besser sagen kann als ich. Vielen Dank.«

Und zu den anderen gewandt:

»Wir brauchen Ruhe.«

Einer mit Kittel, dreckiger und trauriger noch als die anderen, tritt vor.

»Ihr ergebener Diener, Direktor der Irrenanstalt und Arzt ebendort. Ich glaube, ich bin der einzige, der nicht verrückt ist«, sagt er mit einem angedeuteten Lächeln, das ironisch sein soll und ihm vom linken Mundwinkel hinunterhängt. »Selbstverständlich bestätige ich, was dieser ... Verantwortliche soeben gesagt hat.«

Alles erbebt, die Glaszungen, die noch in Fensterrahmen stecken, erzittern.

»Schauen Sie«, sagt Guillén, »man wird Sie sofort nach Valencia evakuieren.«

»Ich will aber nicht nach Valencia«, sagt einer mit einem Vogelstimmchen, »ich habe einen Bruder dort, den will ich nicht sehen.«

Guillén dreht in eine Ecke des Raumes ab.

»Machen Sie es gut.«

Die Verrückten bleiben unentschlossen in der Mitte des

Zimmers stehen. Ein Oberleutnant tritt ein, Guillén geht ihm entgegen.

»Was ist?«

»Santa Clara – out! Wenige Gefangene. Sie haben sich in die Kellergeschosse geflüchtet: ohne Wasser eine Frage von Stunden. Etwa achtzig Frauen.«

»Identifizieren und sofort evakuieren. Die Decken sind gekommen. Eine für jede. Und Kaffee. Die Lastwagen sind schon auf dem Rückweg von Mora. In einer halben Stunde will ich niemanden mehr hier sehen.«

Und zu den Verrückten gewandt, die wie angewurzelt dastehen:

»Und was ist mit Ihnen?«

Der Oberleutnant salutiert und geht; Hope hängt sich an ihn und fragt:

»Was ist draußen los?«

»Harte Kämpfe in den Sektoren 1062 und 1076. Aber sie sind am 31. nicht in die Stadt eingedrungen, also werden sie nicht eindringen«, antwortet der Soldat.

»Damals waren die Stellungen besser«, hakt der Journalist nach.

»Kann sein, aber jetzt geht es darum, sie zu verteidigen.«

»Und in der Stadt?«

»Sie haben es ja gehört: Die Kirche Santa Clara ist erobert. Die aus der Zivilverwaltung haben sich ins Finanzamt und ins Krankenhaus zurückgezogen. Zwischen Kranken und Verwundeten halten sich dort über tausend Leute auf. Unter den Gefangenen, die wir heute gemacht haben, war einer, der kam im Keller zwischen Fässern heraus, in Socken, köstlich. Bei der Kälte! Der Idiot hatte nicht daran gedacht, daß auf den Knöpfen an seinem Hosenlatz das Wappen der Guardia Civil war. Und wie sie sich wundern, daß wir sie nicht an die Wand stellen! Von der Kirche ist nichts übriggeblieben. Sie haben richtig gehört, nichts.«

Hope kehrt um, schiebt sich durch die dichtgedrängten Leute, die zum Gouverneur vorgelassen werden wollen.

»Ich bin Französin, ich bin Französin, je suis française, man muß mich vorlassen«, kreischt eine Frau, die wild genug ist, um bis zur Ordonnanz durchzukommen, und gut genug gekleidet und parfümiert, damit ihre Botschaft unverzüglich weitergeleitet wird. Hinter ihr tritt Hope ein, unter allgemeinem Raunen. Die meisten murren.

»Diplomatie, Compañeros, Diplomatie«, fordert einer. »Der Krieg wird nicht nur hier gewonnen.«

Fajardo nähert sich dem Nordamerikaner.

»Hast du Zeitungen?«

»Ja, die von vorgestern. Englische.«

»Und?«

»In Cádiz sind weitere 4000 Italiener gelandet. Hier lies. Da steht es. Und hier, auf der dritten Seite, hat sich der Nicht-Einmischungs-Ausschuß beraten. Du glaubst es nicht. Sieh es dir an.«

Er hält ihm die Zeitung unter die Nase.

»Wenn man das erzählt, glaubt es einem keiner.«

Die Marianne macht auf Turteltäubchen.

»Aus ihr spricht die Stimme der Mutter«, sagt Herrera geziert.

»Monsieur le Gouverneur. Vous me laissez circuler und ich schlage mich schon durch. Ich habe drei Nichten. Sie lassen mich hierbleiben, und ich verteidige mich selbst. Ich habe genug ... na Sie wissen schon. Und ich bin du pays de la liberté, égalité, fraternité.«

»Ja«, antwortet Guillén, »das sehe ich. Vor allem die Brüderlichkeit.«

Er ruft seinen Sekretär.

»Das mit den Nutten, fällt das auch in meine Zuständigkeit?«

»Ich glaube ja.«

»Dann sollen sie alle nach Valencia geschafft werden. Ich will keinen Ärger.«

Wie ein Kugelblitz stürmt Oberstleutnant Ibarrola herein, wutentbrannt. Er baut sich vor Guillén auf und brüllt los:

»Sie haben mir *meine* Kanone weggenommen!«

»Was sagst du das mir?«

»Irgend jemandem muß ich es ja sagen!«

»Dann sag es dem Generalstab, die verteilen die Geschenke.«

»Die haben sie mir doch weggenommen!«

Ibarrola kommandiert ein Armeekorps. Ein stämmiger Baske.

»Eine Kanone habe ich! Eine einzige! Und die nehmen sie mir weg! Wie wollen sie denn den Krieg gewinnen?«

»Jetzt mal halblang. Man wird sie anderswo brauchen.«

»Blödsinn! Entweder geben sie mir meine Kanone zurück, oder ...!«

»Oder was? Besser, du hast gar keine, bevor sie dir einen Mörser auf die Nase drücken wie den, den sie letzte Nacht gegen das Priesterseminar in Stellung gebracht haben.«

»Und was war damit?«

»Nichts. Gestern Nacht schaffen sie einen monströsen Mörser heran, die Mündung mindestens einen halben Meter weit. Als wir das Ding vorbeifahren sahen, hüpfte uns das Herz: Endlich sind sie da! Wir hinter dem Monstrum her, vier, fünf Mann: Herrera, Ernesto, er hier und noch irgendeiner. Kurz und gut, sie bringen das Trumm neben San Martín in Stellung, unter den Torbögen. Der Artillerieleutnant fängt an, das Geschütz zu laden, durch die Mündung, wie du dir denken kannst. Der Kasten machte mächtig was her, bei Nacht. Denen in Santa Clara sagten wir schon schreckliches Unglück voraus. Gut, der Mann ist fertig mit dem Laden. Du hättest sehen sollen, was sie alles in die Mündung reingeschaufelt haben! Er nimmt das Zündkabel und geht zurück in Deckung. Wir halten uns die Ohren zu und sehen, wie der Leutnant die Zündschnur abrollt, und rollt, und rollt. Und wir natürlich hinterher. Hinter der ersten Ecke bleiben wir stehen. Und er? Der Mann geht weiter, entdeckt einen Unterstand, geht hinein, und wir hinterher. Als er nicht mehr tiefer hinunter kann, sieht uns der Mann an, als will er sagen, ›Nun denn‹, und legt den Zünder um. Es gab einen fruchtbaren Donner. Wir rannten raus, so schnell wir konnten, und sahen nach dem Seminar: nichts. Wie vom Erdboden verschluckt. Als sich der Staub gelegt hatte, sahen wir es wieder, und zwar – unversehrt. Dafür war von dem Mörser kein Krümelchen mehr übrig. Später haben wir erfahren, daß er aus dem Stadtmuseum von Barcelona gekommen war. Sie hatten ihn hergeschafft, weil er schon einmal gegen Mauren eingesetzt worden war, ungefähr zu Zeiten von Cisneros«, schließt Guillén und hat mit seinen Worten den empörten Oberstleutnants etwas besänftigt.

Schnaubend verläßt der den Raum. Im Zimmer nebenan das Schluchzen einer weinenden Frau; durch den Türspalt sieht man einen Herrn, der sich an einem Schreibtisch sitzend Notizen macht. Hochelegant, Stehkragen, Schnürstiefel!

»Wer ist dieser gutaussehende Herr?« fragt Guillén, der ihn beim Umdrehen aus dem Augenwinkel gesehen hat.

Niemand weiß es. Augenblicklich nähert sich der Angesprochene.

»Herr Gouverneur? Ich bin der Gerichtspräsident.«

»Das trifft sich wunderbar! Auf Sie habe ich gewartet. Wer ist diese Frau?«

»Die Schwester des Polizeichefs von Barcelona.«

Vertraulich fügt er hinzu:

»Sie ist die Gattin des Oberstleutnants der Garnison, der gerade auf offener Straßen erschossen worden ist. Stellen Sie sich vor: acht Tage ohne Essen.«

Die Frau mußte gemerkt haben, daß über sie gesprochen wurde, und sie stürzte sich auf die Offiziere, die in der entgegengesetzten Ecke beisammen standen.

»Das ist unrecht! Das kann man nicht machen! Das ist barbarisch. In Städten darf man keinen Krieg führen! So etwas gehört auf die Felder, auf die Felder! Mörder! Mörder!«

Ein Leutnant nähert sich dem Gouverneur.

»Die anderen haben ihn getötet, als er von einer Tür zur nächsten huschte. In den Nacken.«

»Bringt sie weg. Und sagt Borillo Bescheid, er soll überprüfen, ob sie seine Schwester ist.«

»Und Sie sind also der Gerichtspräsident? Von welchem Gericht?«

»Vom ... Landgericht in Teruel.«

»Aber, dann ... «

»Ja, mein Herr ... «

Guillén baut sich vor ihm auf.

»Dann sind Sie nichts. Sie sind niemand. Sie sind festgenommen.«

Der Mann verliert Farbe, Gesicht, Stimme, Rückgrat, Haltung.

»Aber Sie können mich nicht festnehmen! In wessen Namen? Ich habe immer meine Pflicht getan! Weshalb rede ich überhaupt mit Ihnen. Ich bin schon immer Republikaner gewesen.«

»Schon gut«, antwortet Guillén. »Sind Sie sich so sicher, daß Sie immer Ihre Pflicht getan haben? Haben Sie sich für die Opfer eingesetzt? Haben Sie sich immer pflichtbewußt um die Einhaltung der Gesetze bemüht? Bestimmt?«

Der Mann, in sich zusammengesunken, murmelt:

»Es gibt Umstände. Sie müssen verstehen ... «

»Man wird Sie nach allen, aber nach allen Regeln der Jurisprudenz aburteilen.«

Der Gouverneur gibt ein Zeichen, damit man ihn abführt. Der Mann klammert sich an ihn:

»Lassen Sie mich mit Ihnen gehen, Herr Gouverneur, mit Ihnen.«

»Sind Sie sich sicher, daß Sie mit mir sicherer sind als ohne mich?« fragt Guillén ironisch.

Leute kommen, gehen, begegnen sich, verschwinden. Jemand flüstert dem Gouverneur ins Ohr.

»Gut, aber, was wollen Sie?«

»Die Frauen sollen einige Tage Station in Mora machen.«

»Wenn der Generalstab nichts einzuwenden hat, von mir aus. Aber vorher eine doppelte Ration Blenochol.«

Ohne sich zu verabschieden, strebt Guillén der Wendeltreppe zu, die eng an der Wand hinunterführt zur Eisenwarenhandlung El Pozal. Sein Sekretär hält ihn zurück.

»Sie sollten die Nonnen sehen ...«

»Was wollen sie?«

»Keine Ahnung. Sie wollen mit Ihnen sprechen, bevor sie nach La Puebla aufbrechen.«

»Sie sollen reinkommen«, sagt er resigniert.

Sie treten ein, lächelnd und ohne Hauben.

»Herr Gouverneur, müssen wir die Faust heben?«

»Wenn ihr sie hebt, schneide ich sie euch ab.«

Und verschwindet, so schnell ihn seine kurzen Beine tragen.

»Dafür hat man dann Latein studiert«, sagt er im Vorbeigehen zu Herrera. »Folgen Sie mir, Hauptmann. Und Fajardo soll auch kommen.«

4. Fajardo und die Evakuierung

8. Januar 1938

Fajardo fällt fast um vor Müdigkeit; schwer ist ihm der Kopf, alles sieht er wie durch Nebel: über dem Schnee die schwarzen Bäume, Sträucher, deren rauchgraue Gräten über Macchia und Kreuzdorn aufragen; am Straßenrand die leeren Teerfässer, der zu Lehmschluchten zerfurchte Boden, der rauhe Bruch der Feldsteinmauern. Über das Feld führen Reifenspuren zu zerschossenen Fahrzeugen, ummäntelt von Schnee, ausgeweidet, bar allem, was man ausbauen kann. In der Ferne verlieren sich die Felder in schwarzer Erde, der Himmel in schwarzblauen Wolkentürmen. In der Höhe, Teruel und sein ummauerter Grat. Eine Kompanie Schützen steigt zur Stadt hinauf, schmutzig ihre Bärte und Helme (Sind meine Augen schuld? Mit müden Augen verschwimmt alles), die Bayonette aufgepflanzt, die Decken umgehängt; ihnen entgegen kommt eine Kompanie vom Schanzen zurück, Hacken und Schaufeln geschultert: kaum aufmunternde Parolen. Weitere Verletzte, weitere Verwundete treffen ein: seine Aufgabe.

»Die Verwundeten nach rechts, die Flüchtlinge weiter.«

»Dort, in die Lastwagen der Sturmeinheiten. Ja, die Pritschenwagen dort. Achtzehn, zwanzig, vierundzwanzig.«

Verstümmelte Bäume schreien in den Himmel, vor dessen

Grau sich ihre dürren Zweige in klingendünnem Bleischwarz abzeichnen, nackt in der Kälte.

›Die Kunst der Zeichnung, mit Malerei kommt man hier nicht weit. Vor allem mit dem Sfumato meiner Müdigkeit. Meine Lider wiegen schwerer als meine Pflicht.‹

Entlang der Landstraße Gruppen wärmesuchender Soldaten, die schwach flackernde Feuerchen am Leben zu halten versuchen. Der Kriegslärm besiegt von der Kraft der Beine: alles nur eine Frage der Entfernung. Ein Kradmelder ist mehr als ein Bomber, das Vorbeimarschieren einer Einheit mehr als eine Fünfzehnfünf.

Mit dem Niederringen des Gegners innerhalb der Stadt machte sich stille, schwere Kriegsmüdigkeit breit. Bei uns, weil wir unser ursprüngliches Ziel erreicht hatten; bei den belagerten Aufständischen, weil ihre Vorräte und damit ihr verbissenes Gegenhalten ein Ende gefunden hatten: Am morgen ergaben sich die letzten aus Santa Clara, die ganze Bande mit Bischof, Oberst und Gouverneur.

(Der Gouverneur wollte besonders schlau sein; er wurde nur durch Zufall erkannt, dank seines Sohnes, der ihn aus den Augen verloren hatte.

›Ach, mein Vater!‹

›Und wer ist dein Vater, Kleiner?‹

›Der Gouverneur.‹

›Schau sie dir an, vielleicht erkennst du ihn.‹

›Ja, Señor, dort ist er.‹)

Ich muß Belagerungstechnik studieren … Was für ein Rotwelsch! Das war eine ordentliche Lektion in Belagerungstechnik. Wenn sie einen wenigstens schlafen ließen. Wie fühlt sich ein Bett an? Madame Hernández sagte schon: Es muß ein Weiser sein, der das Bett erfunden hat!

Verwundete auf Packeseln, die Köpfe verbunden.

»Reitet weiter bis Mora. Schafft ihr das?«

(Nehmt nur die Beine unter die Arme! Was müssen sie

von uns denken? So wie sie uns angefleht haben, die Verwundeten menschlich zu behandeln! Unglaublich frech dann ihre Forderung, die Gefangenen, die das wünschen, ins Ausland ausreisen zu lassen. Der Hohn! Hospital de la Asunción! Tolle Himmelfahrt! Wie die Lämmlein kamen sie heraus. Und Herr Rey D'Harcourt, gestern noch großer Held, heute schon Verräter. So ein Reinfall für Queipo! Und Oberst Barba, der erst dann über seine Kapitulation verhandeln will, als er sich schon ergeben hat!)

Weitere Verwundete. Zwei Ambulanzen. In der Ferne stirbt die Einöde, aus grauen Nebeln steigt der Horizont. Ist es vor oder nach dem Mittagessen? Das Stapfen der Füße im matschigen Schnee. Dort hinten sieht es so aus, als käme die nächste Kolonne für mich. Dafür hast du so viel Literatur durchgearbeitet? Warum nicht? Juanito, die Müdigkeit bekommt dir nicht. Aber du bist nun mal todmüde. Man hat dir gesagt: Mach das, und du hast es gemacht; und wenn es dir wehtut, tut es weh, der Preis ist der gleiche. Der beste Lohn ist der, den man sich selbst zahlt. Darum also – aufpassen! Man hat dir aufgetragen, dich um die Evakuierung zu kümmern und um die Versorgung der Flüchtlinge? Also bist du jetzt Evakuierer, und sonst nichts.

Ein Hund streicht an einem Feldwebel vorbei, der mit seinem ihm verbliebenen linken Auge, das Barett an die Wange gepreßt, eine Landkarte studiert. Leuchtendes Mündungsfeuer aus einer Senke, weiter entfernt Richtung La Muela. Die Detonationen sind nicht zu hören bei so viel Neuschnee. In den Bombenkratern der Landstraße, zum Gipfelgrat hin, ein vom Todeskampf rußschwarz gefärbter Lastwagen und zwei Wagen, zerfetzt, zur Seite gestürzt, gelblich vor Urin. Schwer liegt der dreckige Himmel auf den Gipfeln und dämpft den Lärm. Jeder sucht Erholung mit einem Blick auf die schneebedeckten Hügelflanken. Beißend die Kälte und die Müdigkeit. (Radau in der Nähe eines der

Lastwagen.) Alle zehn Meter eine Akazie; auf einer Bank essende Soldaten, die Zähne weiß blitzend; wer oben keinen Platz ergattern konnte, sitzt auf dem Boden, die Füße im Graben. (Woher bin ich gekommen?)

Dort oben Teruel, eine Seite der Stadt noch immer in Brand. Ein verendetes Pferd, notdürftig aus dem Weg geräumt. Die Theorie, wonach Infanterie und Reservetruppen sich um die Flüchtlinge kümmern. Links bis weit in die Ferne die Reihe der offenen Lastwagen der Sturmtruppen, die im Schutz der schmucklosen Bäume bereitstehen: Die Pritschen mit Holzlehnen, befestigt auf der hohen Ladefläche der Vehikel. Die Soldaten helfen den Zivilisten beim Hinaufsteigen. Alte Männer mit Baskenmützen, Frauen mit zerzaustem Haar oder schwarzen Kopftüchern. Mäntel und Decken. Die Röcke heller als die Leibchen; denn die dunklen Festtagskleider, wenn sie welche haben, werden mit dem Troß nachkommen. Die Stille der Welt, wenn der Krieg schweigt. Gemurmel, irgendwo brummt ein Motor. Vereinzelt eine Krähe. Jeder schleppt sein Gepäck mit sich, in der Hand oder unterm Arm oder über der Schulter oder auf dem Rücken. Die Frauen sind immer älter als die Männer. Ein Soldat mit dem Bündel einer alten Frau, ein anderer mit einem Kind auf dem Arm, ein anderer mit zwei. Mitten auf dem Fahrweg wankt eine hochschwangere Frau, ein Kind auf der Hüfte, das andere an der Hand, es zieht ein leeres Holzkistchen hinter sich her. Ein Trupp Sanitäter, die Tragen geschultert, trabt ihnen auf der Chaussee entgegen. Ein Alter in eine Armeedecke gehüllt, den Arm in einer Schlinge. Die Straße ist in gutem Zustand, aber bedeckt von Schneematsch, den unzählige Räder, Ketten, Schritte durchpflügt und zertreten haben. Ein Scharfschütze, gebeugt unter einem riesenhaften, aus mehreren Säcken zusammengebundenen Bündel; ihm folgt eine lächelnde Alte. Sechs Kinder führt sie an der Hand, die Augen glänzend, die Wangen hungerhohl. Eine andere Greisin mit verbundenem Kopf stützt sich auf eine noch ältere, die am Stock geht.

(*Mein Stab war mehr gekrümmt und weniger schwer...*, Gott, was für eine Sonett!)

Drei Tanklaster fahren vorbei Richtung Teruel, schimmernd wie Walfische. Zwei Frauen schleppen gemeinsam einen Sack, jede packt an einem Ende an. Ein Stück weiter vorn verschnaufen sie, setzen sich auf ihre Last, das Kinn zwischen den Fäusten, die Ellenbogen auf den Knien. Eine trägt einen Rock aus Zitz, mit großen, bunten Blumen. Wieder machen sie sich auf den Weg, brechen auf der Seite der Schwächeren ein. Alte und Verwundete. Ein Junge, allein, mit einem Regenschirm. Drei Frauen mit drei Binsenkörben. Die Frauen tragen Leinenschuhe. Bergaufwärts kommt ihnen eine siebenfünfer Geschützbatterie entgegen; die Menschen weichen aus, stillen ihre Neugier, ruhen kurz aus; sie folgen den Geschützen mit ihren Blicken, verschleiert vor Müdigkeit und Erschöpfung. Im Schutz einer Mauer versuchen ein paar Jungen, ein Feuer zu entfachen.

»Weiter Kinder, nicht stehenbleiben.«

Sie grinsen. Über den Maultierpfaden, die die ferne Klamm hinunterführen, setzt sich Nebel fest; die Gipfel sind schon in einer anderen Welt. Mehr Soldaten: Wenn die Dunkelhaarigen unrasiert sind, sind sie noch dunkler. Vor dem düsteren Himmel wirkt der Neuschnee noch weißer. Frauen mit Decken, Männer mit Decken. Eine Decke, schützend wie ein Mantel: Deckmantel. Die Soldaten machen sich einen Spaß daraus, über das tote Maultier zu springen (war es nicht ein Pferd?). Zwei Kradmelder kommen bergaufwärts. Sie halten an. Was wollen sie? Mich? Gut.

Fajardo quittiert die Meldung. Befehl zum Abmarsch mit den Flüchtlingen. Übernachtung in Mora. Übergabe in Viver.

Teruel in der Höhe. Die Häuser säumen die Felswand wie eine Festung. Die vorgelagerten Stellungen. Das Priesterseminar mit seinen 365 Fenstern. Ein Jahr; die Zeit: Seit Ewigkeiten sind wir hier. Schlaf oder Tod. Hin und wieder schaut jeder zum Himmel (ein Blinzeln, ein Zwinkern, ein Fürallefälle). Sogar von hier, aus mehr als zwei Kilometer Entfernung, sind der Wundbrand, die Krebsgeschwüre in den Wänden zu erkennen. Dort haben es welche geschafft, in einem der Teerfässer ein Feuer zu entzünden. Ein Magnet sondergleichen.

Drei Panzer kriechen bergan.

»Herr Hauptmann: Mit diesen Tragen dort ... ist der Zug vollständig. Man wird Ihnen einen weiteren Sanitätswagen schicken. Einen PKW gibt es nicht. Der Herr Gouverneur läßt ausrichten, daß Sie sich so gut wie möglich einrichten sollen.«

»Ist in Ordnung.«

»Zu Ihren Diensten.«

Die Soldaten der Gruppe in nächster Nähe stehen an zum Rasieren. Die einen in Decken gehüllt, andere in Regenmänteln, andere in Ponchos. Die Bäume, die Weidenzäune, Terassenmauern – alles andere Schnee. Der Himmel schneebemalt. Mein Kopf umwölkt. Verwundete. Der Nebel sinkt, breitet sich über die Erde. Überall Wolken und unbesiegte Müdigkeit, heimtückisch hockt sie hinter jedem Gedanken, hinter der nächsten Straßenecke, kommt verlogen über den Hügel geschlichen. Feuchtigkeit frißt sich durch den Militärmantel: *Orvallo*, Sprühregen, nennt man das in Asturien. Es nieselt. Ach, besudelter Horizont! Ach, meine Füße! Erhebe dich, eisiger Windhauch, töte mich, bevor die Müdigkeit es tut! Weiße Scholle! Wie dieser Alte schwankt! Eine herrliche Pelzjacke trägt der Gauner, wer die für sich bekäme! Und dann sieht er Alcoy und die tote Geliebte aufblitzen, ein Zucken, das die Müdigkeit vertreibt.

Teruel in der Höhe, mit einem Federbusch aus Qualm. Ein Alter und eine Alte Arm in Arm, neben ihnen her geht ein

Soldat und trägt ihr Hab und Gut. Verwundete. Teruel, dort in der Höhe; die Häuser geduckt, zwei Stockwerke; die Balkone schmucklos, ärmlich. Dort hinten ein Fuhrwerk, umgekippt, allein, die Gabeldeichsel ragt hervor. Sie kommen, nur wenige fehlen: Die armen alten Frauen, ganz in schwarz, und die Lahme auf dem Leiterwagen. Was für ein Unterschied zu den Dörfern auf dem Land! Diese hier stapeln keinen Hausrat auf dem Fuhrwerk, sie haben kein Haus mehr, und ein Fuhrwerk hatten sie noch nie. Hoffnungsloses Elend der Stadt. Die drei Greisinnen dort in schwarz, schwarz der Rock, schwarz das Mieder, schwarz das Kopftuch und das Schultertuch, schwarz die Fingernägel. So alt sind sie, daß ihre Schritte kaum mehr Schritte sind. Arme aus elenden Vierteln. Armut wohin man blickt! Schau: und hinter dem Auto ein Toter, die Glieder verdreht wie bei einer zusammengesunkenen Marionette.

»Emilio.«

»Zu Befehl, Herr Hauptmann.«

»Da hinten der klapprige Alte.«

»Ich hatte ihn nicht gesehen, Herr Hauptmann.«

»Salud.«

Es ist der ehemalige Korrespondent von *El Socialista*.

»Hallo! Und Ihr Sohn?«

»Der ist schon gegangen. Hier wird Don Leandro Zamora gebracht. Schlimm verwundet. Er war in Santa Clara.«

»Wer?«

»Der aus dem Rathaus. Der Archivar. Ich habe Ihnen von ihm erzählt. Erinnern Sie sich nicht?«

In den vergangenen drei Tagen hatte der Alte mit Herrera und Fajardo Freundschaft geschlossen.

»Es wird Ihnen Vergnügen bereiten, sich mit ihm zu unterhalten. Er ist ein Gelehrter.«

Das sagt er mit gedämpfter Stimme, als wäre es ein Geheimnis. Der alte Mann drückt sich gewählt aus.

(*El Socialista* pflegt einen guten Stil.)

Sie nähern sich der letzten Trage.

»Don Leandro, das ist Compañero Juan Fajardo, der uns begleiten wird.«

(Woher zum Teufel weiß er ...?)

»Der Schriftsteller?« fragt mit schwacher, aber klarer Stimme der Verwundete.

Fajardo staunt und ist stolz. (Sieh an, wohin überall ...!)

»So ist es.«

»Schön, schön. Sehr erfreut, so weit man sich freuen kann.«

»Ich glaube, er macht es nicht mehr lange«, flüstert der Alte Fajardo ins Ohr.

Fajardo ließ die beiden allein, um den Befehl zum Abmarsch zu geben. Als zwischen den Fahrzeugen genug Abstand war, um nicht die Aufmerksamkeit des Feindes zu wecken, stieg Fajardo in den letzten Sanitätswagen. Er setzte sich neben den Fahrer. Durch das halb geöffnete Schiebefenster zum Laderaum des Wagens drang bald übelriechende Abendkälte. Als er sich umdrehte, hatte er vor sich das Gesicht des Archivars von Teruel, der ihn anlächelte. Sie konnten miteinander reden, ohne sich sehr verrenken zu müssen.

Je höher die Straße führte, desto undurchdringlicher wurde der Nebel, die Kälte, die Müdigkeit.

Plötzlich fuhr die Druckwelle einer Haubitze durch alles hindurch.

»Um uns an die Erde zu heften und uns den Himmel in Erinnerung zu rufen«, sagte lächelnd, als wollte er sich entschuldigen, der alte Archivar.

5. Don Leandro und die Araber

8. Januar 1938

Es war schon finstere Nacht, als sie in La Puebla ankamen. Das Bremsmanöver, ruppiger als das Fahrzeug es zu verlangen schien, schüttelte Fajardo durch. Ein abscheulicher Gestank von Eiter und Karbol verursachte ihm Übelkeit.

»Der Alte hat den ganzen Weg über nicht aufgehört zu reden«, sagte der Fahrer.

Der Offizier hörte ihn schon nicht mehr, da er bereits hin und her eilte, mitten durch den matschigen Schnee. Es war nicht einfach, die Flüchtlinge einzuquartieren, obwohl sie erwartet worden waren. Bis auf einen schwachen Lichtschein, der hier und da durch die Ritzen unter den Türen drang, war es im ganzen Ort stockfinster. Die Verletzten wurden im Lazarett untersucht, das in der Kirche eingerichtet worden war; der Operationssaal lag in der Sakristei. Dort traf er auf Don Leandro, der, als man ihn hineintrug, den Arm unter der Decke heraushob und sich an ihn klammerte; von der Trage stieg modriger Grabesmuff auf.

»Der Hase hüpft dort, wo man ihn am wenigsten erwartet«, sagte der Alte geheimnisvoll, wies mit dem Zeigefinger auf die rauchgeschwärzten Wände des Gotteshauses und dann zu dem halb eingestürzten Deckengewölbe, zwischen dem ein wie brüniertes Eisen schimmernder Himmel zu erkennen war, der auf einmal allem eine unfaßliche Weite verlieh. Verschmitzt zwinkerte er mit einem Auge. Aus dem schwachen, flackernden Licht der offenen Feuerstellen stiegen Zungen aus totem Qualm über den Putz, den einmal schlechter Stuck verunziert hatte, und formten sich zu phantastischen Gebilden: Schatten ohne Körper auf der Kirchenwand; zu Ruß geronnene Flammen, tote Spur des Feuers.

»Der beste Maler ist der Zufall.«

Die Sanitäter gingen weiter nach drinnen.

»Der beste Maler ist Gott«, stammelte Don Leandro auf seiner Trage, als er die Rauchfresken betrachtete.

Die Nacht gibt allem Größe, dachte Fajardo auf dem Rückweg zum Sanitätswagen. Er hatte keine Unterkunft gefunden und wollte im Führerhaus schlafen. Dort lag bereits der Mechaniker und schnarchte, der Kopf zwischen den Armen aufs Lenkrad gestützt. Zwei Sanitäter brachten den Archivar zurück zum Wagen.

»In der Kirche findet keine Maus mehr Platz. Hier ist er besser untergebracht. Bevor wir nicht in Viver sind, kann man nichts weiter für ihn tun.«

Die Männer knallten die hintere Tür des Lastwagens zu. Man hörte, wie sie weggingen. Dann krähte ein Hahn. Einige Minuten vergingen; die finstere Nacht fand keine Ruhe. Jemand wimmerte, ein Auto fuhr vorüber; es begann zu regnen, dünner, anhaltender, gleichmäßiger Regen, aufdringliches Trommeln der Tropfen auf der Karosserie, pausenloses Prasseln, endloses Klopfen, sich ziehende Zeit und die zögerlichen Rinnsale der Regentropfen über die Windschutzscheibe. Ein leichter Wind kam auf, und da fühlte man sich im Wagen wie allein auf hoher See, wie in einem Zelt auf einem Trümmerfeld. Das Singen des Windes läßt Entfernungen klingen, Glieder erstarren. Unabwendbar fuhr Fajardo der Schlaf in die Knochen. Er rollte sich zusammen, auf der Suche nach seiner eigenen Wärme und einer Position, in der er möglichst wenig mit seiner Kleidung in Berührung kam. Kälteschauer.

»He, Hauptmann ...!«

Die Stimme klang fein und gehaucht.

»Mir fehlt das Bein, vom Knie abwärts ... Der Einbeinige von Santa Clara ...!«

Fajardo hörte ein Gurgeln: Der Alte lachte.

»Ich, im Gefecht verletzt! Ungelogen ...! Hauptmann! Das ist schon was! Bei all den Schlachten, die ich gegen meine Aktenstapel gewonnen habe: Die Streusandbüchse war immer die Nachhut, der Bleistiftspitzer die Artillerie; die Federhalter Regimenter, die Pastillen von Dr. Andreu stellten für gewöhnlich die Kavallerie dar ... Viel Kavallerie. Cannae habe ich gewonnen, Austerlitz ...! Sogar Ceriñola! Wie Nemours gefallen ist! Trotz allem, Gonzalo Fernández war ein großer Mann ... Ich wurde am Ersten verwundet, am Jahrestag der Kapitulation von Gaeta, großer Sieg über die Italiener, Hauptmann, und über die Franzosen. Sind Sie noch nie in Katakomben verwundet worden? Verwundet in den Eingeweiden der Erde ... Und das nur, weil ich so vorsichtig und feige bin. In Teruel, Hauptmann. Schlafen Sie?«

Er ließ einen Augenblick der Stille verstreichen, redete dann weiter, einen halben Ton höher, wie getrieben von dem durch die Nacht phosphoreszierenden Fieber, schlafraubende, grelle Gespenster.

»Das einzig sichere sind die Stiere. Die Stiere, Hauptmann. Die Jungstiere von Ur. ›Gefunden ward ein Stier schön anzusehen, und ein helles Gestirn ging über ihm.‹ Von Mesopotamien aus, Hauptmann, Schritt für Schritt. ›Und als darauf der Stier sie sah, da hob er an zu lautem Gebrüll, da sagten die Führer, dies sei ein gutes Zeichen, und daß sie ihre Siedlung gründen sollten dort, wo der Stier sie dazu anwies.‹ Die einzige Zivilisation ist die der Hörner, Hauptmann. Wohin der Stier kommt, kommt auch die Sonne.«

Don Leandro senkte die Stimme und fuhr fort.

»Nehmen Sie sich eine Landkarte und zeichnen Sie auf ihr die Linie des Stiers ein. Sie umschließt die Welt der Muslime, der Berber, Kabylen, Mauren, Araber, Beduinen oder Spanier, wenn Sie so wollen. Sonst gibt es nur noch Rentiere oder Hirsche: Verzweigte Hörner. Kalte Körper. Wir sind heiß und trocken, so sagt zumindest Aristoteles.«

Fiebriges Keuchen. Er verstummte für einen Augenblick.

»Nördlich von Nîmes oder Bordeaux findet man von den Stieren nur noch die Hörner. Hier hingegen packt jeder Bursche seinen Stier, und Gott packt alle miteinander. ›Und unter großen Mühen machten sie sich daran, die Mauern ihrer Stadt zu errichten, nicht allein mit Wasser und Erde und Stein, sondern auch mit Blut.‹ Hören Sie, Hauptmann? ›*Sondern auch mit Blut.*‹ Und dieser stumpfsinnige General hört nicht auf mich! Ich habe es ihm gesagt! Und er hat sich umgedreht! Einfach umgedreht hat er sich! Ich erfinde das nicht, das steht geschrieben. ›Sondern auch mit Blut. Denn die einen gründeten die Mauern, und die anderen kämpften zu unserer Verteidigung und schlugen sich mit den Mauren. Und als erstes bauten sie eine Brustwehr, um sich damit zu verteidigen; und als sie sie gebaut hatten und sich mit den Mauren schlugen, starben an jedem Tage viele Männer auf den Fundamenten der Wehrgänge.‹ Hören Sie, hören Sie! Gründung und Grundmauern aus Blut. Und das seit jeher: Teruel, Grenze zwischen verschiedenen Arten von Blut. ›Und als ich zurückkehrte, sah ich ihr Blut, und noch mehr Blut, das die Fundamente verstärkte.‹ So sehen die Fundamente von Teruel aus.«

Fajardo glaubte, die dünne Stimme habe ihn in den Schlaf gelullt.

»Es gibt nur ein Zeitalter, Hauptmann, die Steinzeit; nur eine Zivilisation, die der Architektur: die gemauerte Spur. Alles andere sind Geschichten, geschichtslos. Nomaden hinterlassen keine Spuren, keine Blutspuren. Überhaupt keine Spuren. Ziehen durch Wüsten, verwüsten. Wenn Sie sich für die Geschichte von Teruel interessieren, Hauptmann, werden Sie auf Ihre Kosten kommen: eine Unmenge an Geschichten. Tho-ra, Thor-bat ... die unglaublichsten Ursprünge, Geschichte zum Schleuderpreis. Das Haus des Stieres. *Domus tauri.* Die Vorstellungskraft ist der Tod des Menschen. Vom größten Gelehrten bis zum letzten Enzyklopädisten. Denn es gibt nichts, was ein Wörterbuch übertreffen könnte. Das alles hat nicht die mindeste Bedeutung. Es zählt nur, was etwas wiegt und ein Zeichen hinterläßt. Wenn es keine steinernen Zeugen gibt, keine Gründungslegenden auf Papier, keine gesicherten Herrscherbilder, ist alles nur Prähistorie und Spekulation. Je vollkommener die Ruinen, desto besser die Literatur, die richtige, die auf Grundlagen fußt. Denn von nichts kommt nichts. So lange es keine Monumente gibt, gibt es keine Poesie. Oder keine Wüste, die ein Monument mit umgekehrten Vorzeichen ist. Die Poesie wird aus den Steinen geboren. Der unbearbeitete Stein ist Erde, Grab. Arbeit ohne Stein ist Nichts. Sobald man die Welt kennt, zählt nur sie allein. Verstehen Sie mich, Hauptmann?«

Er unternahm einen mühseligen Versuch, sich aufzurichten und seine Behauptungen mit einer Handbewegung zu unterstreichen, da wurde der faulige Geruch stärker, die Luft blieb ihm weg, und er begann zu japsen. Als er sie überwunden hatte:

»Wenn es Sie interessiert ... Interessiert Sie das?«

Fajardo wagte nicht zu antworten, zumal er nicht wußte, ob ihm der alte Archivar überhaupt zuhörte. In der kalten Nacht war die dünne Stimme des sterbenden Mannes das einzige Leben. Kontrapunkt zu dem Unwetter, unterstützt vom Auf- und Abwogen des Schneegestöbers, ein Klang, als sei die Karosserie des Sanitätswagens ein gravitätisches

Saiteninstrument, über den der Wind hinwegstreicht, bevor er, alles aufwühlend, in die dunklen Gassen des Dorfes dringt. Fajardo, über seinem Schlaf schwebend, sprach weder ein Wort, noch rührte er sich.

»Es heißt, der Name Teruel komme höchstwahrscheinlich aus dem Keltischen, Hauptmann, er stamme aus der gleichen Wurzel ab wie Thüringen und auch Touraine. Lüge. Und selbst wenn dem so wäre, was ist davon geblieben? Nicht ein einziger Stein. Die Toten: Zuerst Ruhm, dann Vergessenheit, das war's. Von ihnen leben wir, ohne es zu wollen. Einem unsinnigen Volk ein unsinniges Monument. Die einzige wirkliche Kunst ist die Architektur, Hauptmann, und die einzig anständige Wissenschaft die Archäologie. Spanisch, das ist der Mudéjar-Stil und der Barock; Orient und Gotik, die sich über die Meerenge von Gibraltar hinweg vereint haben. Wenn ich Steine sage, Hauptmann, meine ich sämtliche Steine. Unsere Wurzeln sind afrikanisch, arabisch. Mein Erbe: Byzanz.«

Das Wort kämpfte sich durch seinen Hals, als wäre der Kehlkopf wundgeschmirgelt.

»Unser ganzes Land, Spanien, ist maurisch und christlich. Christliche Mauren und unchristliche, Hauptmann. Siebenhundert Jahre Paradies und Fruchtbarkeit. Die Urbarmachung besorgten die Kabylen, Gesetze und Sprache stammen von den Römern; nicht aber das Blut, nicht das Empfinden der Menschen. Schuld daran sind die Kamele. Ganz tief in jedem Spanier steckt noch immer ungestillter Durst nach Kamelmilch. Mythos der Welt, aus der Wüste ans Meer, raubgierig, plündernd.«

Der deklamierende Duktus fiel von ihm ab.

»Ich habe die Geschichte zu spät entdeckt. Fünfzig Jahre meines Lebens vom Eßtisch ins Café, vom Café ins Büro, vom Büro ins Bett, vom Bett an den Eßtisch. Mit ein paar Brocken Französisch! Was hätte ich dafür gegeben, Deutsch zu können! Erst mit fünfzig zu merken, daß es die Geschichte gibt, wenn man schon seinen Kopf hat, die Hirnschale fest, aber das Gedächtnis löchrig ist! Der zornige Wunsch zu wissen, Hauptmann! Der Haß auf alle: auf den Vater, die Mutter, die Frau, die Kinder, vor allem auf sich selbst, daß man etwas verpaßt hat ...«

Und übergangslos:

»Zwanzig Generationen! Gibt es Könige mit weniger ausländischem Blut als die maurischen Herrscher von Granada? Wer könnte spanischer fühlen als sie? Wer sind denn die Ausländer? Alles kippte mit dem Karl aus Gent; und Spaniens größter Kriegsherr hieß Don Juan de Austria.«

Ein Schwall Haß.

»Kennen Sie nicht Schulten, Hauptmann? Nein? Wenn ich nur Deutsch könnte! Und Emilio García Gómez? Nein? Wie ist er? Groß oder klein? Er trägt einen Bart, oder? Hätte ich mich nur getraut, an Don Julián Ribera zu schreiben ... Fünf Jahrhunderte muselmanische Kultur ... ich habe es diesem General, diesem dämlichen Gouverneur gesagt. Fünf Jahrhunderte! Und alle meine Aufzeichnungen verloren. Aber jetzt werde ich mit meinem Beinstumpf schreiben, und dann muß jeder mich lesen, jeder ...«

Er lachte, röchelnd.

»Auch der Graf von Laurencín. Mit Blut und Eiter werde ich schreiben. Es muß doch zu etwas nutze gewesen sein, daß wir die Inquisition nicht nach Teruel hereingelassen haben. Sie saß in Cella und mußte sich ein Jahr gedulden. Wir haben viele Richter getötet, mein Herr, viele. Viele Stellvertreter des Königs haben wir in Teruel aufgeknüpft; diesem ungehobelten Gouverneur habe ich das gesagt, aber er wollte mir nicht zuhören. Seit Jahrhunderten. Wir kennen einzig das Gesetz der Berge. Und Justizia, mein Herr, Justizia kann uns den Buckel runterrutschen. Der König hatte die Schnapsidee, die Stadt zu gründen, und es ist nie gut, dem König nicht Recht zu geben. Sie lachen? Hören Sie, General: Im Jahr 1184, die Mauren waren uns dicht auf den Fersen, haben wir unseren Richter an der Ulme von San Lázaro aufgehängt, für alle Fälle. Köstlich ist auch, daß wir im 13. Jahrhundert, quasi gestern, Rubielos gründeten, und sechs Jahre später bereuten wir es und machten den Ort dem Erdboden gleich. Der schönste aller Landstriche: Christen gegen Mauren, Christen gegen Christen, Mauren gegen Mauren, Familie gegen Familie, Ortschaft gegen Ortschaft, die Landbevölkerung gegen die Städter, und wir Städter brannten Gea de Albarracín nieder, weil sie da ein paar Männer aus Teruel festgehalten hatten. Jahrhunderte, mein Herr, Jahrhunderte. Und dann kommen sie daher und wollen Blut fließen lassen, aber keine Toten sehen. Die einen gegen die einen, denn in Spanien gibt es keine *anderen*. Von Zeit zu Zeit kam ein anderer Richter und enthauptete die Stadtbevölkerung, bis Don Martín *der Menschliche*, um seinem Namen alle Ehre zu machen, einen Vizekönig schickte, der richtig metzelte, fünf Köpfe an einem Tag, angefangen bei dem des Bürgermeisters. Dieser Mann ging nach Rubielos, dort knüpfte er acht auf, und weil er dachte, daß dieses Mißverhältnis nicht bestehen bleiben dürfe, ging er zurück nach Teruel und hängte drei weitere. Ein Ort schleift den anderen, und zwei Jahre darauf schleift dich der Geschleifte, und wer überlebt, wird als Sklave verkauft. Und wenn der König sich von Valencia aus ein Bild davon machen will, dann träumt er, und außerdem sind sie dort keine Christen. Alfons V. ließ den Gemeinderichter auf seinem eigenen Richterstuhl hinrichten. Die *Fueros* und die Freiheit, Hauptmann, damit können Sie mit ihren Untertanen alles machen. Egal, ob es Christen oder Mauren sind. Oder starb der ach so katholische König Pedro II. etwa nicht im Kampf für die Albigenser? Als die Reconquista auf dem Vormarsch war, sind die Mauren geblieben und haben weiter ihre

Scholle beackert: Darin blieben sie von der Eroberung unberührt. Der größte Ruhm der Reconquista: das Schwert, anderer Leute Arbeit verachten und sich der Erde samt Sklaven bemächtigen. Egal, ob es sich um Mauren auf dem Land oder Juden und Christen in den Städten handelt. Was zählt, ist die Zahl der Beine, denn die Eroberer sind immer zu Pferde unterwegs. Aber das Blut bleibt, Hauptmann. Wir alle sind, mindestens, Mozaraber gewesen, christlicher Glaube und maurische Mischlinge. Wie viele Christen haben sich denn im Gefolge der Reconquistadoren in den eroberten Gebieten angesiedelt? Niemand weiß das, Hauptmann. Die Demographie ist eine dunkle Wissenschaft. Invasoren haben mehr Ähnlichkeit mit Modemachern als mit sonst etwas: Nicht ihre Zahl zählt, sondern ihr Geschwätz. Von Invasoren gibt es immer weniger, als sie selbst behaupten. Der mengenmäßige Anteil macht die Farbe, Hauptmann. So viel afrikanisches Blut! Ich weiß schon, darin fließt auch das iberische, aber, weiß denn einer, was das ist? Und das keltische, das römische, das jüdische, das französische. So viel verschiedenes Blut, daß es uns nicht miteinander leben läßt. Verschiedenes Blut, geeint; daher Ausdrücke wie das Leben ist ein Sein zum Tod und andere kryptische Wendungen der Literatur. Finisterre, Hauptmann, wir sind der äußerste Zipfel zweier Kontinente, der Asiens und der Afrikas. Die grenzenlose Agonie, weil man nicht weiter kann, weil man von Meer eingeschlossen ist. Wer außer uns hätte den Sprung nach Amerika wagen sollen? Inzwischen ist ja alles den Bach runtergegangen. Geblieben sind uns eine Handvoll Sandbänke und Riffe: die Steine und die Gischt der Bücher. Das Meer, das alles vergißt, und die Stiere auf den feuchten Wiesen des Guadalquivir, das mythische Tartessos und unsere Tüchtigkeit. Wenn aber das Wasser klar ist, kann man auf dem Grund geschrieben sehen: ›Zur Zeit der Mauren …‹ Glauben Sie etwa, der Marokko-Krieg sei als Krieg unpopulär gewesen wie irgendein anderer Krieg? Gewiß nicht, Herr Hauptmann.

›Warum haben wir sie nicht in Frieden gelassen?‹

›Was haben sie uns denn Böses getan?‹

Mit Verlaub, Hauptmann, aber im Grunde war das Problem: die Blutsbande. Wenn Sie mir nicht glauben, predigen Sie einmal für einen Krieg gegen Frankreich! Dann sehen Sie den Unterschied!«

Der Alte grummelte einige Sätze, die unverständlich blieben:

»Der Stier der Borja ... Der Stier der Borja, ein Wappentier, mohammedanischer Name ... Die Nase Papst Alexander VI. Man darf dem Arabischen nicht zu viel Bedeutung beimessen. Nein, Hauptmann, nein; die Sache ist ernster und hat nichts mit Kultur zu tun. Schon gar nicht mit semitischer Kultur, denn das sind wir selbst: Semi-Semiten.«

Er schwieg einen Augenblick; dann nahm er den Faden seines Monologes wieder auf.

»Der Spanier trägt ein nomadisches Wesen in sich, damit kann man die Konquistadoren erklären. Einen Anflug von Brandschatzerei, daher die Guerilleros. Der Araber, wenn er seßhaft ist, wird jüdisch. Nichts ähnelt der Eroberung Amerikas durch die Spanier mehr als die Eroberung Spaniens durch die Araber. Beide Male wurden dieselben kulturellen und räuberischen Prinzipien angewandt: Gold stehlen, Wissenschaften verbreiten und Gotteshäuser bauen ... Die geographischen Gegebenheiten: von der Meerenge von Gibraltar zur Weite des Atlantiks. Daß auch Franco Mauren mitgebracht hat, zählt nicht, die wahren Mauren seid ihr, und die anderen bloß Söldner. So viele die anderen auch sind, ihr zählt mehr.«

Der Wind trug einige seiner Sätze mit sich fort.

»Das Bürgerliche am Spanier ist eine Fiktion. Ebensowenig können sich die Leute den Erfolg der Anarchisten in

Spanien erklären. Ein andermal werde ich Ihnen das erklären. Wie sollen sie etwas anderes sein? Kabylen sind wir, Kabylen werden wir immer sein. Gläubiger als Gott, treuer als sonst irgendwer, ohne Achtung vor dem Leben. Es gibt keinen Gott außer Gott. Genau so, auf die wilde Art ...«

Fajardo, todmüde, fand nicht in die Arme des Schlafes.

»Wie viele neue Köpfe hat man in den Straßen von Teruel zur Schau gestellt? Sie hatten sie am Sattelknauf hängen, als sie aus Rubielos, aus Camarena oder aus Villel zurückkehrten. Den Buben warfen sie sie hin, und die waren wie wild auf das neue Spielzeug. Man wird zivilisiert durch das Blut oder durch die Sprache. Hauptmann, die Sprache ist immer grausamer. Das Blut nimmt seinen Weg, man muß es nur einsäen; ein wenig wässern, und es wächst von alleine. Tag und Nacht sind ausreichend für seine Vermehrung. Die Sprache bedarf persönlicher Anstrengung. Das Blut kann man nicht verlieren; die Sprache aber, die nimmt der Wind. Die Sprache ändert sich, das Blut, wer sollte es ändern können? Der wirklich entscheidende Einfluß: der Samen. Die Araber ließen die christlichen Kirchen unversehrt, und entsprechend ist es ihnen ergangen. Die Christen waren viel roher und schleiften Moscheen und Synagogen. Sind Sie sich darüber im klaren, Hauptmann, daß wir heute alle Muslime wären, wenn die Mauren auf die gleiche Weise mit uns verfahren wären?«

Er senkte die Stimme:

»Und wir sind Muslime, man darf es nur nicht aussprechen, und die Leute werden es nicht erfahren. Toleranz ist die beste Methode, die eigene Saat aufgehen zu lassen. Die Araber waren nämlich gute Herren, viel menschlicher als die Christen: Der Plebs begehrte nicht gegen sie auf, er unterstützte auch nicht die christlichen Eroberer. Eins wie das andere. Genau wie in einem Lied aus dem letzten Jahrhundert:

Hoch lebe José Botella
Hoch lebe Fernando;
José regiert im Frühjahr
Und im Winter Fernando.

Über die Verästelungen der Kapillaren drang das maurische Blut ein. Alles hatte ich aufgeschrieben, alles belegt. Die Notizzettel, Hauptmann.«

Don Leandro seufzte.

»Wozu nutzt einem die Geschichte, Hauptmann? Sehen Sie, ich habe mir die tiefsten Fundamente, das solideste Gebäude ausgesucht. Sobald die Nachricht von der Belagerung der Stadt die Runde machte, zog ich, ohne jemandem ein Wort zu sagen, mit meinen Aufzeichnungen ins dritte Kellergeschoß des Priesterseminars: der tiefste und am besten geschützte Ort von Teruel. Stellen Sie sich das vor, ich mit meinen Wälzern und ein paar Konserven. Man hält sich gerne für besonders schlau, Hauptmann. Jetzt habe ich meine Papiere verloren und ein Bein. Das Priesterseminar ist der Heiligen Empfängnis und dem Heiligen Toribio von Mogroviejo geweiht. Ich dort unten, und oben Santa Clara! Wer hätte jemals gedacht, daß ein 1369 errichtetes Gebäude so schnell in sich zusammenfallen kann! Ich hätte mich im Krankenhaus verkriechen sollen, je älter, desto besser: Es ist von 1333. Aber es ist für Leprakranke erbaut worden, und das behagte mir nicht. Ganz und gar nicht.«

Hinter seinen geschlossenen Lidern kam Fajardo nicht mehr darauf, was er hatte sagen wollen. Eine Minute später war er wieder wach. Der Alte fuhr fort:

»Der Spanier ist vernarrt in die Gerechtigkeit und haßt die Gesetze. Gerechtigkeit kann man auf drei Arten verstehen: römisch, als Autorität mit ihrem Apparat, dem Staat; christlich, als Liebe und Barmherzigkeit und Gebete, als ›sieh nur her, aber faß mich nicht an‹; und semitisch, jeder nach seinem Gesetz, und dabei hilft einem nur der eigene Arm. Abfällig sagt man dazu: Gesetz der Rache; hier hat man viele Namen dafür, einer lautet Ehre. Aber der Berber ist ein Freund der schnellen und unmißverständlichen Gerechtigkeit; zu dumm nur, daß es so viele Gerechtigkeiten wie Wesen gibt, also gibt es nur individuelle Gerechtigkeit, oder eben den Krieg. Man lebt von dem, was man weiß, nicht von dem, was man hat. Jeder hat seinen eigenen Schatten, Hauptmann. Und ein Buckliger wirft Höcker an die Wand, da hilft alles nichts. Wer das nicht will, dem hilft nur der Strick. Der Spanier lebt aus sich selbst heraus, sogar in seiner Architektur öffnen sich die Mauern nach innen, er ist ein Patio-Mensch. Selbst der Barock war nicht mehr als Dekoration. Verschwiegene Gefühle oder wütende Ausbrüche, die wahre Musik spielt immer innendrin, und jeder Spanier hat sein Guadiana. Seine wortkarge Art verunglimpft man als grausam, dabei ist sie nur schamhaft. ›Arm ist der Mensch, der nur die Dinge kennt, aber nicht Gott‹, sagt der Heilige Augustinus: ein Afrikaner. Der Mensch ist ein Herdentier. Die Landschaft ist der Menschheit gleichgültig. Man nennt das das Mittelalter: von der Pubertät bis zum Greisenalter der Menschheit. Der Heilige Augustinus ist einer jener Menschen, die die Menschheit beschäftigen. Astronomie, Algebra, Medizin sind Wissenschaften, denen sie sich widmen, um Gott zu preisen. Wenn man für sich allein lebt, sind theologische Begründungen sehr bestimmend. Es ist kaum vorstellbar, daß die Nordamerikaner – alle, die sich für zivilisiert halten, sind Nordamerikaner – es ist kaum vorstellbar, daß die Nordamerikaner mit einem Weltbild leben, in dem das, was uns umgibt, keine Bedeutung hat. Die Renaissance ist ein Schritt des Menschen aus sich heraus. Spanien ist das am wenigsten hellenisierte Land am Mittelmeer. Unsere Statuen sind richtige Menschen, in richtigen Farben, und der Triumphbogen ist nicht Nationalsymbol. Dieses nach außen gewandte Leben der Griechen und Römer ... Hier in Spanien wird viel länger als anderswo mit Goldlaminat gearbeitet, hier pflegt man die Kunst, die Figuren auf Tafelbilder vor vergoldeten Hintergründen darzustellen, und die von den Italienern und Flamen entdeckten Landschaften bleiben unbekannt. Daß man hinaus geht aufs Feld und diese innere Kruste sprengt, bringt das Mittelalter zu Fall. Noch nie haben wir gerne über die eigenen Gefühle geredet, darum ist dies kein Land der Memoiren oder Korrespondenzen. Alle Zentren der spanischen Kultur führen nur die arabische Tradition fort. Toledo, Córdoba, Sevilla und Valencia bilden Schulen aus. In Asturien gibt es das nicht, ebensowenig wie altkastilisches Theater oder galicische Malerei. Wo der Beitrag der Berber fehlt, entbehrt das Resultat jeder universellen Bedeutung. Ich habe gelebt, Hauptmann. Denn man lebt nicht, wenn man den Tod nicht kennt. Je näher er ist, desto intensiver lebt man. Wir Spanier sind groß, weil wir nie aufgehört haben, uns gegenseitig umzubringen. Niemand kann es mit uns aufnehmen. Mit der Menschlichkeit ist der Haß zwischen den Dörfern eingezogen, in Form von Prozessionen, Bruderschaften, Fußballvereinen: Gijón gegen Oviedo, Barcelona gegen Español, Alicante gegen Murcia, Vigo gegen La Coruña, Teruel gegen Albarracín. Doch damit nicht genug. Der Bürgerkrieg weckt uns auf, gibt uns mehr Mut, zerstört die Zivilisation, macht den Körper schlank und drahtig, reichert das Blut an für spätere Zeiten, und niemanden läßt er in Frieden. Die Reconquista war ein Bürgerkrieg. Nur Ahnungslose reden über das, was im Augenblick passiert, wie über einen Putsch à la 19. Jahrhundert. Arme Teufel! Seit Spanien Spanien ist, sind die Spanier Krieger.«

6. Don Leandro und Don Juan de Austria

9. Januar 1938

Die Feuchtigkeit legte sich Fajardo wie ein Kragen um den Hals. Don Leandros wirre Reden zogen an ihm vorbei, ohne daß er ihnen recht folgen konnte. In einem Traum hielt man ihm etwas hin – was nur, einen Teller, ein Buch, eine Hand, einen Schleier? So sehr er sich auch mühte, er konnte es nicht greifen. Er reckte sich auf den Zehenspitzen und streckte die Fingerspitzen, so sehr er konnte. Er wollte springen, aber er kam nicht vom Boden weg; die Gelenke schmerzten ihn. Er schlug die Augen auf, rührte die vor Kälte starren Knochen, zog sein Zigarettenetui hervor, zündete eine Zigarette an, die Wärme des Rauches schmeckte nach Paradies. Don Leandro redete wie ein Automat:

»›Weder Tränen noch schmerzliche Seufzer konnten offenbaren, was Don Juan beim Anblick all der toten und verwundeten Christen empfand. Zuvor wutentbrannt, ließ er nun, geleitet von rechtschaffener und heiliger Barmherzigkeit, die einen begraben und die anderen pflegen. Daraufhin ließ er die Noblen zusammenrufen und sprach zu ihnen die folgenden Worte: Die Wunden des heutigen Tages habe uns in gewisser Weise ein Heilmittel gewiesen, ich werde Galera vernichten und schleifen und Salz auf seine Erde streuen, und der unerbittliche Stahl meines Schwertes wird

Kinder und Erwachsene durchdringen, alle, die sich dort befinden, als Strafe dafür, daß sie dort wohnen und als Rache für das Blut, welches sie vergossen haben.‹

Das alles, weil die Mauren sich tapfer verteidigt und einen Santiago-Ritter aufgehängt hatten; sicher, sie hatten ihn ›Glied für Glied zerschlagen‹, aber hätte ein so vornehmer Kerl weniger erleiden sollen? Traurig ist nur, daß der Ritter sich nirgends eingemischt hatte, er war lediglich in Begleitung eines Freundes unterwegs. Nur Freundschaft führt einen zu solchen Extremen.

Über die Belagerung der Feste sind sich die Historiker einig: Dabei explodierten Minen, wozu Mármol schreibt:

›Es war eine große Freude, als er sah, wie einige Mauren im Staub durcheinanderwirbelten, gerade so, wie wenn ein altes Haus einstürzt.‹

Ammenmärchen. Die Mauern stürzen ein und der Staub erhebt sich. Aber bleiben wir beim Thema, Hauptmann.

›Für jedes Haus bedurfte es eines Kampfes, denn jedes war mit Deckung bewehrt und zur Verteidigung bereit ...‹ Mit weniger schon sind wir unsterblich geworden. Die Geschichte hält Ernüchterung bereit, Hauptmann. Sie dämpft Hoffnungen, dafür kräftigt sie den Willen. Ich kenne mich aus. ›So liefen die Feinde zusammen, ihr Stadttor zu verteidigen, groß waren die Verluste, die uns die Balken und Steine zufügten, die von einer hohen Plattform aus hinabgeschleudert wurden von maurischen Berbern und auch von Frauen, die kämpften wie Männer, die gut versorgt waren mit Steinen von anderen Frauen und Burschen, die sie ihnen brachten und in die Hände legten.‹ Besiegte sind immer Verräter, und an allen Ecken und Enden sprießen Jeanne d'Arcs und Amazonen. Sie hatten nur noch wenig Munition, ›das war der hauptsächliche Grund‹, und schließlich wurden sie von sechshundert Männern umzingelt. ›So geschah es, daß die eingeschlossenen Mauren, als sie sich von allen Seiten angegriffen sahen, und da sie wegen des Nebels ohne Orientierung waren, von großer Furcht ergriffen wurden, und sie flohen vor den Waffen unserer Soldaten, und aus Angst vor ihnen gaben sie selbst sich einer dem anderen den Tod. An einem Platz nahe bei dem Haupttore sammelten sie sich, und auf ihm fanden die meisten von ihnen den Tod ... Die Soldaten ergriffen jene Leitern, mit deren Hilfe sich die Feinde von einem Dach zum anderen bewegt hatten, und sie stiegen hinauf und setzten ihnen nach und schlugen mit den Balken Öffnungen in die Dächer und schossen mit ihren Büchsen hinein und ließen sie verlassen zurück, und Spanne um Spanne bemächtigten sie sich des Ortes, bis sie zuletzt zweitausend Mauren auf jenem Platz zusammengetrieben hatten.‹

Sehen Sie, Hauptmann, wie die Welt sich dreht, ohne sich zu verändern?

›Einige verbargen sich in einem Haus, in der Hoffnung, die Waffen möchten bald schweigen, wenn alle tot sein würden, denn auch denen, die sich ergaben, gedachte Don Juan de Austria nicht das Leben zu schenken.‹

Die Herren im Priesterseminar, in Santa Asunción und in der Zivilverwaltung hielten sie sicherlich für Nachfolger von Juan de Austria. ›Sämtliche Straßen, Häuser und Plätze waren gefüllt mit den toten Körpern der Mauren, und es waren mehr als zweitausend und vierhundert, die an jenem Tag im Kampf und durch die Kraft des Schwertes zugrunde gegangen waren ...‹

Gott möge mir verzeihen: Was ich Ihnen gerade erzähle, haben ich auch den Eingeschlossenen im Kloster gesagt. Dafür werde ich büßen, Hauptmann, dafür werde ich büßen, weil ich keine Reue gezeigt habe. Ich habe es vor einem Oberst der Guardia Civil rezitiert. Sie verstehen schon, oder auch nicht, dann tanze ich meinen Tanz allein, wenn es sein muß mit einem Bein. Man ist bisweilen böse, ohne es zu wollen, aber niemals, ohne es zu wissen. ›Während in den

Mauern der Stadt der Kampf tobte, ritt Don Juan de Austria mit der Kavallerie außen um sie herum, und als einige Soldaten, ihre Waffenbrüder weiter den Kampf führen lassend, hinauskamen, die Maurinnen in Gewahrsam zu bringen, gab er den Bogenschützen den Befehl, sie zu töten, und so töteten sie mehr als vierhundert Frauen (in diesem Punkt stimmen alle überein, die den Vorfall berichten) und Kinder (was die Kinder betrifft, so widersprechen sich die Quellen, und ich bin ein Freund der Wahrheit). Und sie hielten nicht inne, bis sie nicht alle getötet hatten, denn die Klagen der Soldaten, denen der Lohn des Sieges genommen ward, rührten ihn nicht – Juan de Austria ist gemeint –, und weiterhin ward bekannt, daß die Stadt unser werden und kein Mann verschont werden sollte, der das Alter von zwölf überschritten hätte, so sehr war sein Zorn entbrannt, als er sich entsann, wie viel Leid die Heiden über uns gebracht, weil sie nie in Demut um Waffenstillstand nachgesucht hatten, und so hieß er die Hellebardiere seiner Leibwache, viele der ihren in seiner Gegenwart zu töten.‹

Ich habe ihn liebgewonnen, diesen Luys de Mármol Carvajal. Und ich glaube, er sagt die Wahrheit. Don Diego de Mendoza hingegen, ein Adeliger, erzählt es anders: ›Der Siegesrausch der Unserigen fand kein Ende, bis daß Galera sich nicht vollständig ergeben hatte, und es blieb in ihr nichts, was hätte widerlegen können, daß durch alles die Klingen gefahren waren.‹ Erst der Friede, dann der Ruhm. Wobei der Prinz von ersterem nicht viel, dafür von letzterem nicht wenig hatte. Nicht einen ließ er am Leben. Ich sage das, weil der gute Ginés Pérez de Hita, der auch dort in der Ecke war, schreibt, Don Juan habe alle enthaupten lassen und nur die Kinder unter fünf Jahren verschont. Machen Sie sich das einmal klar, Hauptmann.

Woran halten wir uns nun? Unsere besten Geschichtsschreiber, die besten der Welt, sind mit dabei, der eine gebürtig aus Granada, der andere aus Murcia. Die besten ihrer Zeit und ihrer Zunft. Und nicht nur das: Da gibt es noch den Grafen von Pontalegre, der ebenfalls dabei war und ebenfalls davon erzählt. Er schreibt wenig, aber deutlich: ›Die Unseren stiegen hinauf, nicht ohne Mühen, aber ohne Gefahr, und pflanzten am höchsten Punkt die Fahnen auf. So brachen sie ihren Mut und bewegten sie zur Aufgabe.‹ Doppelpunkt. ›Sie enthaupteten sie samt und sonders, ohne Ausnahme des Alters oder des Geschlechts. Dessen wurde der Edele Don Juan de Austria überdrüssig und befahl, den Furor der Soldaten zu zügeln und das Blutvergießen zu beenden.‹

Woran halten wir uns nun, Hauptmann? Töteten sie alle Kinder oder alle bis zum fünften oder bis zum zwölften Lebensjahr? ›Vierundzwanzig Hauptleute fanden den Tod: So etwas hatte man noch nie gesehen; später sagen die Bürger von Flandern, um diesem Preis hätten sie die Städte Harlem und Mastricht erworben, womit die Auffassung der Alten bestätigt wird, die unsere Nation verschwenderisch mit dem Leben und voreilig mit dem Tod genannt haben.‹ Wie gefällt ihnen das, Hauptmann? ›Verschwenderisch mit dem Leben und voreilig mit dem Tod.‹ Für solch unscheinbare Sätze ist man froh, Spanier zu sein. Wie schon der sterbende Pármeno rief: ›Tod! Tod! Am wenigsten den der Feinde.‹ Was die Folgen angeht, so sind alle mehr oder weniger einer Meinung; die einen preisen die Jungfrau Maria, die anderen Gott, dafür, daß er die Regenwolken zurückhielt und diesen gar so katholischen Sieg möglich machte. ›Darauf wurden die Beute, die man in ihr gemacht, verteilt, und Feuer an die Stadt gelegt, sowohl damit sie keinen Unterschlupf für Aufrührer biete, als auch zu verhindern, daß die Körper der Getöteten einen Herd für Ansteckung böten; als dies geschehen war, befahl Don Juan dem Heere, auf Baza zu marschieren, wo man ihm einen freudigen Empfang bereitete.‹ So bei Mendoza.

›Die Hauptleute und Soldaten machten reiche Beute an Seide, Gold, Perlen und anderen Waren von großem Wert, die sie mit sich nahmen.‹ So bei Mármol Carvajal, Don Luys. Weiter schreibt er: ›Die Soldaten, die über so viel Frieden in Zorn gerieten ...‹

›Dreitausend Mauren töten sie
Die mit ihnen kämpften.
Und an Kindern und an Frauen
Erschlugen sie die gleiche Zahl.‹

So bei Pérez de Hita. Die Lyrik übertreibt immer. Gottes bedürfen, aber mit Konsonanten würfeln. Abziehen können sie die, die sich gegenseitig umgebracht haben: Das ist die bekannte Geschichte von dem grausamen Mauren, der seine Frau und seine beiden Töchter erschlug und sie dann in einer Grube verscharrte.

In Santa Clara, ich glaube, es war am 2. Januar, hat ein Oberleutnant in der Nacht seine Frau umgebracht. ›Damit sie nicht den Roten in die Hände fällt, die sie *in Gewahrsam nehmen*‹.

Es ist traurig, aber jener Maure hatte recht: Wenn seine Frau den Christen in die Hände gefallen wäre, wäre Schlimmes über sie gekommen, zumindest viele Männer; wohingegen der Aufständische von Santa Clara irrte, ihr Republikaner seid doch Lämmer. Das wird euch noch aufgehen, Hauptmann: daß das Wort liberal bisher immer gleichbedeutend mit dumm gewesen ist. Ein Liberaler, der die Freiheit mit Stockhieben einbleut, das wäre in Ordnung.«

Der Alte schwieg, Fajardo glaubte, Schlaf oder Fieber hätten ihn besiegt. Doch er fuhr fort:

»Ich sterbe im Krieg, Hauptmann. Wie schön doch das Leben ist! Wer im Bett stirbt, sieht so häßlich aus! Gelobt sei Gott, der das gewährt. Wissen Sie warum? Ich bin nicht wirklich Archivar, meiner Ausbildung nach, sondern Angestellter des Rathauses. Alle sagen und glauben auch, ich sei Archivar. Auch ich glaube das. Als ich mich zum letzten Mal in Madrid aufhielt, kurz nachdem meine Frau gestorben war, stand ich am Eingang des Historischen Instituts und sah Menéndez Pidal hineingehen. So wie ich Sie jetzt sehe. Wie klein Ballesteros ist! Wie habe ich die Studenten beneidet, und gewiß nicht um ihre Jugend! Doch der Tod regelt alles: Was Cervantes der Arm war, ist mir das Bein. Es war wundervoll, Hauptmann. Der rote Blitz im Untergeschoß, als die Bombe explodierte. Alles zertrümmert. Die zerfetzten Ratten. Ohne Wasser, ohne Licht, watete ich im Blut ... Meine Papiere verschwunden, ihre Asche im Wind: Sie hatten sie verbrannt, um sich gegen die Kälte zu schützen. Als ob man Kälte mit Glut bekämpfen könnte! Legen Sie mir glühende Kohlen auf meinen Stummel, dann sehen wir, ob ich das aushalte! Mit der Erfindung der Anästhesie starb die Menschlichkeit. Wir Menschen wissen nicht mehr, was es heißt zu gebären. Man kann auch vor Müdigkeit sterben, oder im Traum. Darum sind Träume schön, weil sie dem Tod offen ins Gesicht sehen. Die Geschichte ist das Wissen darüber, was die Toten getan haben und was die Lebenden, die an die Stelle der Toten getreten sind, tun.«

Es verging eine Weile, vielleicht eine Viertelstunde, bis Don Leandro die Stimme wiederfand:

»Die Italiener sind mir unangenehm, Hauptmann; wirklich unangenehm. Wenn Sie mir nicht zuhören wollen, Hauptmann, hören Sie nicht zu und schlafen Sie. Sie sind mir unangenehm, das tut mir leid, denn sie haben mir nichts getan: Das ist eine Aufwallung des Blutes. Aber Al-Andalus verdanken wir mehr als Petrarca.«

(Fajardo hätte ihn am liebsten unterbrochen und ihm die islamischen Einflüsse auf die *Göttliche Komödie* erklärt. Er schwieg.)

»Das eine ist das Blut, das andere sind häufige Besuche. In Italien wurden wir ... wurden wir mit offenen Armen empfangen. Das eine ist die Familie, das andere sind flüchtige Abhängigkeiten. Hat der Escorial Ähnlichkeit mit ...? Womit? Spanisch: plateresk, Churriguera, Mudéjar-Stil. Sagte ich das bereits? Das Verdrehte, Floreale, das Figürliche, die verdreifachte Metapher. Die Grausamkeit. Glauben Sie, daß die Grausamkeit eine ernsthafte Sache ist? Glauben Sie, nur weil niemand die arabischen Poeten liest, sei ihr Einfluß weniger stark? Sicher sind auch Steinmetze und Baumeister aus Köln oder Brüssel gekommen; aber sobald sie einmal die Pyrenäen überquert und sich an uns gewöhnt hatten, sind sie in uns aufgegangen; wenn nicht, kann man das Resultat in der Oidor-Kapelle in Alcalá sehen, oder am Prinzen-Palais von Guadalajara ...«

(›Wenn ich ihm jetzt sage, daß italienische Piloten die Stadt in Schutt und Asche gelegt haben ...‹, denkt Fajardo. ›Sie ruhe in Frieden.‹)

»... die Verkündigungskapelle in Sigüenza. Spanisch die Mutter, Arabisch der Keim. In Portugal haben sie Indios angesiedelt und herausgekommen sind Manuels; bei uns Afrikaner und heraus kommen Spanier. Manche Leute glauben, in der Geschichte käme es auf die hohen Herren an. Über andere Völker weiß ich nichts, Hauptmann. Aber hier kommt es auf das Volk an. Und das Volk ist afrikanisch. Hier kann man ohne das Volk nichts machen. Hier ist es das Volk, das alles macht. Männer aus Andalusien und aus der Estremadura haben Amerika erobert, und sie waren Afrikaner. Achthundert Jahre Blut, das ist viel Blut. Wir waren nicht so lange dort, nur die Sprache haben wir dort gelassen. Die Kreolen haben sich erhoben, so wie wir uns erhoben haben: Sie sind weniger spanisch als wir arabisch. Weniger Jahrhunderte und mehr Seemeilen. Ihre Kleinkönige fochten die gleichen Fehden aus wie die unseren. Wo ist denn der Unterschied zwischen Bolívar und Königin Isabel?«

Don Leandro verstummte, lachte.

»Dieser berühmte Satz, ›Wüsten ermuntern zur Unabhängigkeit‹, mit dem Simón Bolívar *el Libertador* so viel Ruhm eingeheimst hat, wissen Sie, von wem der stammt? Von Ibn Khaldun. Ich habe das vorhin nicht gesagt, um den Amerikanern nicht zu nahe zu treten. Aber jetzt, da ich sterbe ... Damit will ich nicht sagen, Bolívar hätte Ibn Khaldun gekannt. Ich glaube nicht an Plagiate, aber sehr wohl an das gemeinsame Blut. Ein Plagiat ist jedesmal eine Strömung, Hauptmann.«

Die Stimme des Alten überstürzte sich.

»Der Stadtchronist von Zaragoza bediente sich einiger Aufzeichnungen, die ich ihm zur Verfügung gestellt habe. Meiner Aufzeichnungen. Aber als er sein Buch veröffentlichte, hat er deren Herkunft nicht genannt. Glauben Sie, daß es ein Recht gibt? Ich frage das im Ernst, Sie verstehen mich. Jetzt wollen sie uns irgendwelche ausländischen Methoden aufpfropfen. Hier haben äußere Einflüsse, wenn sie nicht aus dem Orient kommen, keine Chance. Dafür ist es zu spät, der Baum ist zu alt. Wir werden sie zurückweisen, so wie wir auch den Liberalismus und alles Französische wieder ausgespuckt haben. Dabei ist es unwichtig, wie gut sie uns tun würden, es geht einfach nicht. Es gibt nichts Gutes, was nicht auch schlechte Folgen hätte. Die Stiere, Hauptmann, die Stiere. Aragón blickt für Kastilien auf das Mittelmeer, Hauptmann. Die Meseta: Sie erst erschafft uns! Die beste Plaza. Und alle hier in der Gegend, die Aragonesen, die Valencianer mit ihrem auf dem Kopf gebundenen Taschentuch, ihrem hoch getragenen maurischen Zeichen. Hier lebt noch der Feuerstier, Hauptmann, die nächtliche Corrida des brennenden Stieres, der Stier und der Stern, Hauptmann, der Ursprung Teruels! ›Groß war die Zahl der Mauren, die in der Umgegend in allen Flecken zu Hause waren‹, so sagte man von diesen Bergen. Ich werde beweisen, daß Teruel ein unabhängiger muselmanischer Staat gewesen ist. Und wieder sein wird. Alles steckt im Feuer. Feuer. Flugasche. Flammen, nichts. Glauben Sie, ich wüßte nicht, daß das niemanden interessiert? Niemanden außer mich? Was ist ein Mensch ohne Schubladen im Kopf? Na? Was ist ein Mensch?«

Plötzlich erstarb seine Stimme. Ganz in der Nähe krähte der erste Hahn; davon erwachte, nach einer Weile, der Fahrer.

»Tja«, sagte er, als er die Fahrertür öffnete, »auf zu unseren Dreihundert.«

7. Don Leandro und die Anarchisten

9. Januar 1938

Kurz nach drei setzte sich die Karawane im Schneckentempo in Bewegung. Der Regen hatte aufgehört, und die Wolken verzogen sich vom Himmel. Über die Anhöhen fegte der Wind. Ein ferner kleiner Mond schien stumpf, wie durch einen Schleier, über das Ödland. Die Sterne glitzernd vor Kälte, ganz nah. In der Ferne die schemenhaften Gestalten der Steineichen, dunkle Flecken, die der Wüstenei etwas Würde gaben: dunkler Buschwald, verwachsen, verkrüppelt, verdorrt. Mondlandschaft. Mit jedem Bremsmanöver ruckten die Körper nach vorne, träge und schwer.

»Spaniens Rettung liegt darin, daß es keine gibt«, sagte Don Leandro und fuhr mit seiner Rede fort.

›Der hört nicht auf‹, dachte Fajardo im Halbschlaf.

»Sie wollen das nicht verstehen. Sie suchen Orientierung und fliehen vor ihrem Spiegelbild, und all ihre Anstrengungen nehmen ein böses Ende. Spanien hat aufgehört, ein katholisches Land zu sein, sagte Azaña; womit er unterstellt, früher sei es katholisch gewesen. Eine Lösung wird weder dieser tranfunzelige Sabbersack Franco finden, mit seinen italienischen Hüfthaltern und seinen deutschen Stützstrümpfen, noch ihr mit euren sowjetischen Schnittmustern. Glauben Sie, wir wüßten nicht, was wir wollen? Wir wollen, daß niemand befiehlt. Sobald sie das hören, kreischen die Bourgeois: ›Wir sind unregierbar!‹ und rufen nach der starken Hand. Wenn wir unregierbar sind, was soll dann die starke Hand? Es sei denn, sie bringen uns alle um ... Wahrscheinlich gebe ich Plattitüden von mir. Es tut mir weh, daß ich so ungebildet bin und nicht weiß, wann ich in Gemeinplätzen rede und wann nicht. Aber dieser Wille, nichts befohlen zu bekommen, ist das Rückgrat unseres Seins. Sie können Eisen, Bronze über die Schultern des Volkes gießen, klein kriegen sie es nicht. Sie sind zu jung, um die Zeiten erlebt zu haben, in denen Don Melchiades noch ein Hoffnungsträger war, berechtigterweise. Jawohl, mein Herr. Die Welt wird föderalistisch sein, oder sie wird untergehen.«

›Wie sage ich ihm, daß er den Mund halten soll?‹

An einer Bewegung Fajardos – der fahrende Wagen sorgte für fahles Licht – mußte der Verletzte gemerkt haben, was in seinem geduldigen Zuhörer vor sich ging. Er schwieg für einige Minuten, nach deren Ablauf er seinen Monolog unerschütterlich wieder aufnahm:

»Für den Afrikaner ist Spanien ein reicheres Land als für den Franken. Die Pyrenäen, Hauptmann! Im Maghreb und in Spanien ist alles gleich. Zwischen Kastilien und der Loire-Landschaft liegen Welten. Das mit Poitiers ist nur eine Legende. Die Ecke gefiel ihnen nicht, zu viele Sümpfe, zu viel Gesträuch, zu viele Barbaren, zu viele Wolken. Die Araber erkoren dieses Land zu ihrem Paradies und vergossen ihr Blut. Die Reinheit einer Rasse hängt von ihrer Armut ab. Je ärmer, desto ehrenhafter, Hauptmann, und desto reiner. Der große Omar geriet in Verzweiflung:

›Woher stammst du?‹

›Aus Arcachon.‹

›Du Hund. Bist du denn ein Schwein, daß du dich nach dem Ort nennst, aus dem du kommst?‹

Sie vergaßen ihre Genealogien, um sich auf ihren Ländereien niederzulassen. So entstanden die Stämme. Und die Araber in Spanien wurden zu Spaniern. Ein bißchen Zweifel lodert immer, Hauptmann. Die Wüste macht mutig. Und der Hunger. Und die Einöde, die man durchquert. Man braucht Kraft, um weiter seinen Weg zu gehen. Der knurrende Magen befiehlt. Gesetze sind eine Erfindung übersättigter Gestalten. Gott zwang die Juden für vierzig Jahre in die Wüste, um ihnen jene Kraft zurückzugeben, die sie in der ägyptischen Gefangenschaft verloren hatten. Die Wüste befördert den Individualismus. Je rissiger, je unfruchtbarer, je unwegsamer die Erde eines Landes, desto ärmer und unabhängiger seine Menschen. Wobei das Rissige auch Raum für Beweglichkeit und Risikofreude eröffnet: Vom Riß zum Risiko ist es nur ein Katzensprung. Erst recht, wenn es sich um Nomaden handelt. Wenn man erst einmal seßhaft ist, wird man gemütlich wie ein Schaf. Wer dient, wird klein, gleichgültig, feige. Knechtschaft raubt einem Stamm die Kraft. Sie dürfen nicht vergessen, Hauptmann: Es gewinnt immer der Stärkere. Die Frage lautet, was ist Stärke. Manchmal versetzen Ideen Berge.«

Fajardo denkt: ›Marx, wo man dich überall trifft!‹

»Ein Mann muß viel sehen von der Welt, sonst gewöhnt er sich an seine Herren. Reisen bildet die Jugend, sagen, so sagt man, die Väter Europas. Recht haben sie. Um gegen etwas zu kämpfen, darf man es nicht ertragen. Damit wir uns richtig verstehen, um dagegen zu kämpfen, nicht um ihm auszuweichen, denn so werden Laster geboren. Hauptmann, Steuern zu zahlen, zieht die Nation in den Schmutz. Die Stämme der Wüste zahlen keine, und niemand ist eifersüchtiger auf seine Unabhängigkeit bedacht als die Rif-Kabylen, sie sind arm und Söhne der nackten Erde. Einer Erde, die diesen Bergen ähnelt, durch die wir gerade fahren, die ich nicht sehe und die ich nicht kenne. Der Spanier, seit Jahrhunderten durch leidlichen Reichtum seiner Scholle geknebelt, ärmlich aber aufrichtig, schlägt sich durch mit Tricks und Kniffen. Weil sie durch Steuern erniedrigt und verweichlicht werden, retten sie sich durch Unterschleif und Schieberei: Den Stromzähler zu überbrücken, ist hier das normalste von der Welt; niemand macht beim Katasteramt wahrheitsgetreue Angaben, nicht weil er die Abgaben nicht zahlen könnte, sondern aus Anstand.«

Er senkte die Stimme.

»Wer Abgaben zahlt, kann kein Imperium gründen. Die Gewalt, Hauptmann. All diese Kompromisse, Verträge, Schiedssprüche, nichts als Geschwätz. Pakte, Abmachungen, Verträge, Unterschriften, Signaturen, nichts als Papier und Literatur. Das können sie kaschieren, drehen und wenden, wie sie wollen: Ein Teufel im Brautrock bleibt doch ein Teufel. Ränke, Trug, Kabale sind die entlegensten Refugien des Individualismus. Das Geschick des Jägers. Die Tugenden des Kriegers: verschüttete Restbestände der Lebensweise unserer beduinischen Vorfahren. Stehende Heere sind eine ausländische Erfindung, obwohl die Geringschätzung des Todes – nicht des Lebens, die Spanier sind das am wenigsten selbstmordgefährdete Volk – aus uns herausragende Infanteristen gemacht hat. Das ist eine andere Geschichte. Militärtaktik haben wir von den Arabern geerbt, Hauptmann. Voll und ganz. Halten sie mich nicht für blöder als ich bin. Wir führen Krieg und wir fühlen Krieg wie Diebe und Banditen. Das sagt man euch nach, gebetsmühlenartig. Leider liegen sie falsch: Ich habe wirklich an die roten Horden geglaubt, und siehe da, vor mir steht eine reguläre Armee. Das müssen Sozialisten oder Kommunisten sein, Leute, von denen ich nicht viel halte. Wenn Sie zu denen gehören, tut es mir leid, Hauptmann. Bürgerkrieg ist nie etwas anderes gewesen als Stehlen, Brandschatzen und Plündern. Räuberei ist menschlich, also ist sie uns gemäß. Euch so uniformiert zu sehen, stößt mir übel auf. Uns entspricht der Überraschungsangriff, nehmen, was man kriegen kann, und zurück in die unwirtlichen Berge, sicher ist sicher. Und wenn der Feind zurückkehrt, findet er den Ort gebrandschatzt und alle über die Klinge gesprungen, Frauen und Kinder zuerst. Rein und wieder raus. Ran und wieder weg. Bis der Feind mürbe ist und uns als Herrn akzeptiert. So sieht keine Regierung aus, nicht im Entferntesten, schon gar nicht auf Dauer. Den Arabern war nicht daran gelegen, Verbrechen zu verhindern oder über die öffentliche Sicherheit zu wachen: Allein das Geldeintreiben zählt, egal wie. Kolonisieren tötet. Sie aber straften nicht körperlich, sie erlegten Geldstrafen auf. Was hat man denn vom Tod des Sünders? Seit jeher zogen sie Bares der körperlichen Züchtigung vor. Ich habe mich geschüttelt vor Lachen, innerlich, als man sich erzählte, daß Don Sowieso und Graf Soundso dieses und jenes an die FAI gezahlt haben, um aus der roten Zone herauszukommen, während mit den Marxisten darüber überhaupt nicht zu reden war. Die Leute konnten sich das nur so erklären, daß die von der FAI eben Banditen seien. Ich mußte lachen: Von den Anarchisten zu den Arabern ist es ein winziger Schritt. Wir verabscheuen es, uns unterzuordnen, uns numerieren, uns befehlen, zu etwas zwingen zu lassen, daß man uns herumkommandiert: ›Mach dies‹ oder ›mach das‹.

Nicht, daß wir es nicht tun wollen: Unsere Selbstachtung – nennen Sie es Würde oder Ehre – verlangt danach, daß man uns respektiert. Wir sind wer, nicht irgendwer. Wir sind arrogant, überheblich und eifersüchtig; pflegen schöne und häßliche Bräuche, sind aufrichtig und frei von verabscheuungswürdigen Eigenschaften, unser Naturell neigt sich dem Guten zu. Wir sind weder unmoralisch noch untreu; unsere dunkle Maurenehre strebt vor allem anderen nach Treue. Wir sind es gewohnt, im Elend zu leben, Hauptmann. All dies belegt, daß wir Spanier mutige Nachfahren der Araber und Berber sind. Beim Sieg denken sie an die Beute, sie kämen nicht auf die Idee, den Unterlegenen eine gute Verwaltung zu geben. Wozu auch? Ihre Wünsche gehen über die Plünderung nicht hinaus, weder streben sie nach einer Position in der Welt, noch wollen sie ein Imperium gründen.«

Und mit einer anderen Stimme:

»Sie werden glauben, Hauptmann, ich sei unerbittlich, und hätte etwas dagegen. Da irren Sie, Hauptmann, mir erscheint das ausgezeichnet. Ich denke, die Menschen müssen so sein. Alles andere ist Zierat, Beiwerk, Ornament und albern. Unsere Anarchisten sind wahre Kabylen, wirkliche Beduinen mit Stammesinstinkt. (Sie sagen Gruppe, Gewerkschaft, wie sie gerade wollen. Was tun wir nicht, damit man uns nichts aufzwingt, und sei es nur ein Name!) Clans. Nomaden. Die nach Frankreich schielenden Katalanen reden sich mit den Worten heraus, die seien Murcianer: Afrikaner, Hauptmann, Afrikaner! Und dort in Barcelona, zwischen den Juden, lassen sie es sich gutgehen; denn in Europa kann man sich nach dem Wüstenleben die Finger lecken: Darum werden sie am Ende verrecken.

Aber mit lebendigem Samen, zu irgendwas mußte uns der Humanitarismus der anderen und all die Christlichkeit rundum doch dienen. Die Anarchisten verkaufen die Errungenschaften der Revolution. Was sonst hätten sie denn machen sollen? Zahme Schäfchen werden? Auf der anderen Seite – ich meine bei Franco und seinen Leuten – töten sie; auf dieser Seite verkaufen sie. Die aus Cogull gegen die aus Altamira und umgekehrt. Die Frage ist, wie man sein Überleben organisiert. Dort verkaufen sie nicht, weil es nicht geht: ihr Feind ist arm. Es ist eben ein Unterschied zwischen verschuldeten Schullehrern und Unternehmern aus Sabadell. Aber die Deckentäfelung des jüdischen Gemeindehauses, haben Anarchisten die verkauft? Hier wird der Besitz beschlagnahmt und der Feind getötet; dort wird der Besitz verbrannt und der Gegner mit Geldstrafen belegt. Wer ist weiter weg von Gott? Hätte eine spanische Armada einen berberischen Cervantes als Geisel genommen, glauben Sie, man hätte ihm die Möglichkeit gelassen, *Sklave in Algier* zu schreiben? Diese immense Masse an Mauren ... ›Diese immense Masse, zerstritten, aufrührerisch, kraftlos, fröhlich dazu verdammt, so das Joch einmal gebrochen, sich einer gegen den anderen zu erheben‹, wie Seneca gesagt hat.«

Er sprach weiter mit einem Hauch von Ironie:

»Jeder Augenblick hat seine eigenen Verräter, man muß ihnen nur auf die Schliche kommen. ›Morde um Morde, wenn es sie schon geben muß, dann sollen sie meines Erachtens für das Volk sein‹, Larra dixit. Ich auch. Wenn sich das Volk erhebt, dann nicht ohne Grund. Heilig und gut. Wenn es die Regierung überwindet, um so besser. Keiner von Francos Vielrednern spricht vom Volk: viel Hierarchie und wenig Brot. Je größer die Exzesse einer Revolution, desto größer die Ungerechtigkeiten, die sie ausgelöst hat. Wenn es keine Erhebung gegeben hätte, würden sich alle unsere Toten bester Gesundheit erfreuen, Hauptmann. ›Das ist keine Verteidigung, aber eine Entschuldigung.‹ Sie dürfen ruhig unterstellen, daß ich mich nicht freue, wenn Klöster verbrannt werden, auch wenn Feuer bisweilen wundermächtige Wirkung entfaltet. Erinnern Sie sich an die Kirche von letzter Nacht? Aber wenn Sie sie abbrennen, wird es einen Sinn haben. Bürgerkriege entstehen dann, wenn die Regierung zu milde und zu nachgiebig ist. Die Anarchisten, gar nicht mal dumm, glauben, ohne Regierung werde es keinen Bürgerkrieg mehr geben. Sie wissen nicht, daß wir uns dann immer im Bürgerkrieg befänden: was ich nicht schlecht fände. ›Haben sie nicht in jedem Kloster nur einen weiteren Kriegsschauplatz gesehen, in jedem Bruder einen weiteren Feind und in jedem gefangengenommenen Faschisten einen geduldeten Staatsverbrecher? War nicht die Macht dieser

Feinde, die Spanien über Jahrhunderte beherrscht hatten, ursächlich für eine über lange Jahre aufgestaute und nie befriedigte Rachsucht?‹ Das sage nicht ich, das sagt Fígaro, nur damit Sie sehen, in welchem Maß wir die Söhne unserer Väter sind. Das Blut verändert sich nicht von heute auf morgen, auch nicht in tausend Jahren. Glauben Sie, nur weil ich meine letzten Jahren zwischen Büchern gelebt habe, sehe ich nicht mehr, was läuft? Wenn sich meinen Vorstellungen Zitate hinzugesellen und nicht eigene Worte, dann deshalb, weil andere die Dinge vor mir, und besser, durchdacht haben. Bücher leben und zittern, Hauptmann. Sie werden geboren, sterben, denn der Bücherwurm will auch von etwas leben. Was mir wehtut in dieser Nacht? Galdós tut mir weh, oder Quevedo tut mir weh. Dann geht man an den Bücherschrank und flößt sich eine Arznei ein. Das beruhigt den Geist und lindert Schmerzen. Durch die Papiere weht ein Wind, den muß man ergreifen. Ich fahre fort mit Larra: ›Daß die angegriffene Masse sich als Masse verteidigt? Daß sie sich, obwohl sie den Feind mit einem Mal zwischen ihren Armen erdrosseln könnte, auf sein schwächstes Glied stürzt, das, das ihr am nächsten liegt?‹ Auch berühmte Strategen fordern nichts anderes, das wissen Sie selbst, Hauptmann. Die Kirchen sind die Leidtragenden: Der Prunk tut Buße. Zum Märtyrer wird man nicht auf eigenen Wunsch. Großzügig kann allein der Sieger sein.

›Das Volk ist nicht die Regierung, aber es regiert sich selbst.‹ Die Republik ist schuld, weil sie die Erhebung nicht vorhergesehen hat; noch mehr die Aufständischen: ›Sie klagen über ihre Unbedarftheit, die es nicht vermochte, beim Errichten der Dämme die Kraft des Wassers zu bedenken.‹ Weder die Republik noch die Monarchie haben es verstanden, ›zur rechten Zeit dem gerechten Zorn des Volkes einen Ausweg zu weisen‹. Worüber beklagen sie sich? Worüber? Daß das Volk nicht verweichlicht ist, wie der ein oder andere geglaubt hat? Gehen Sie einmal die Geschichte durch: ›Ein Mord ist selten gerecht, er ist nie gerecht; aber wenn es nicht einer ist, wenn es nicht eine Bande ist, sondern wenn es ganze Völker sind, die morden, ist es selten so, daß sie aus natürlichem Antrieb handeln.‹«

Die Luft wurde dem Archivar knapp, der Glanz in seinen Augen verstärkte sich. Seine Stimme wurde rauher, als er weitersprach:

»Vermittler, Dorfschulzen oder Pfaffen haben wir hier immer gering geschätzt. In unseren Augen entspricht direkt zu handeln eher der Würde des Menschen. Der Mystizismus ist nichts anderes als die direkte christliche Aktion auf dem Weg zu Gott.«

›Die Heilige Teresa als Revolverheldin‹, dachte Fajardo.

»Wir alle sind lutheranischer, als es auf den ersten Blick scheint. Aber was die Willensfreiheit des Menschen betrifft, i-wo. Da sind wir bockiger als der Papst.«

Don Leandro blieb die Luft weg. Statt zu atmen, röchelte er.

»Hauptmann, he, Hauptmann. Wankelmut ist der Kern unseres Charakters. Wie wollen Sie denn der Form Vertrauen schenken? Es ist doch so, daß wir zu einer Welt gehören, die nicht der unsrigen entspricht: Das schlimmste Übel ist die Meerenge von Gibraltar. Man versteht uns nicht. Das ist kein Problem der Sprache. Ethik, Recht, sie sind einzig dazu da, uns zu einem besseren irdischen und überirdischen Leben zu führen. Um dieses Ziel zu erreichen, ist alles erlaubt. Und für die katholischen Spanier gibt es keine härtere Prüfung, als nicht an die Vorsehung zu glauben. Wenn wir ein bißchen an der Oberfläche kratzen, strotzen alle unsere Regionen von höchst lebendigen Häresien, und zwar folgenschweren, die Unmengen gegrilltes Fleisch gefordert haben. Unglückseliger Padre Feijóo. Hat ihn jemand darum gebeten, die Fenster zur Welt zu öffnen?«

Nach Luft schnappend brach er seine Ausführungen ab. Kurze Zeit später gab ihm die Stille neue Kraft.

»Was soll eigentlich der Individualismus? Da haben sich die Romantiker etwas eingebrockt. Dem Anarchisten gebricht es an jeglichem empfindsamem Kern. Es heißt, bei Ihnen gäbe es anarchistische Minister. Ich kann das nicht glauben: Entweder sind sie keine Minister, oder sie sind keine Anarchisten, oder sie sind keins von beiden. ›Das Naturell der Araber macht sie zu einer Rasse der Diebe und Wegelagerer. Wenn sie Steine benötigen, um ihren Kochtopf darauf zu stellen, so zerstören sie ein Gemäuer, um sich welche zu besorgen (auch wenn sie sie zehn Meter weiter bekommen könnten, ohne der Architektur Schaden zuzufügen); wenn sie Holz benötigen, so nehmen sie es aus dem Gebälk der erstbesten Häuser. Sie sind Gegner jeder Art von Gebäude. Jederzeit bereit, sich Hab und Gut der anderen mit Gewalt anzueignen.‹ Ibn Khaldun. Wie wollen Sie, daß man uns – mit diesem Blut – jenseits der Pyrenäen versteht? Das ist kein Vorwurf, Hauptmann; wir sind so. Und uns ist es auch egal, ob wir die anderen verstehen oder nicht. Verachtung.«

»›Elendes Kastilien, gestern noch allmächtig, in Lumpen gehüllt verachtet es alles, was es nicht kennt‹, hat schon Don Antonio gesagt«, zitierte Fajardo, der zum ersten Mal nicht zuhörte, sondern sein Schweigen brach.

»Sehen Sie?«

Die Pupillen des Alten leuchteten; das weiße Haar, die markanten weißen Schläfen, sein fahles Gesicht, darin die Augen, verglühend.

»Auf der spanischen Halbinsel – oder auf Sizilien – kann der Anarchismus dank des afrikanischen Blutes leben; darum hält er sich. Er muß wieder aufflammen, sobald die Menschen ohne Weiden, ohne Vieh dastehen und ohne Zaumzeug umherziehen. ›Die Erniedrigung dringt in die Familie mit der Pflugschar‹, sagt der Prophet. Und dem Acker folgt im Nu die Steuerpflicht. Und die Steuer ›führt den, der sie zahlt, in den Stand des Untertanen. Sie ist ein Zeichen der Schmach.‹ Das wurde im 14. Jahrhundert geschrieben, Hauptmann. Lesen Sie Ibn Khaldun, aus Sevilla. Ein genialer Schriftsteller, Hauptmann. Und wer glaubt, unsere Ideen hätten als Grundlage Bakunin oder Sorel, liegt völlig daneben. Wenn man sie ließe, wenn man uns ließe, würden wir am Ende wie die Kabylen leben, in ganz kleinen demokratischen Republiken, ohne Zusammenhalt: Ein Staubteppich aus Clans. Kleinstaaten neben Kleinstaaten. Ohne Gespür für moralische Gedanken. Süßes Wunder. Von hier nach da streifen, Gott und dem Teufel dienen und sie sausen lassen, wenn uns danach ist, aus Gründen, die einem Fabrikbesitzer die Haare zu Berge stehen lassen: schlicht unserer Lust und unserer persönlichen Würde entsprechend. Unsere Lust am Kampf treibt uns ebenso vorwärts wie sein Ziel. Ablehnung gegen jedwede Lösung, nicht einfach so, sondern weil sie Ermüdung bedeutet, Seßhaftigkeit, notwendige Organisation, künftige Struktur. Das Ziel heiligt nicht die Mittel. Darum haben sich unsere Anarchisten ein phantasmagorisches Ziel gesetzt: Denn was sie wollen, ist der Kampf, denn nur aus ihm und in ihm leben sie. Der Frieden macht keinen Sinn. Das erste, was sie im Frieden aufgeben müßten, wäre ihre Art zu leben. Wichtig ist die Freiheit, nicht die Macht. Verloren sind sie gegen einen Feind, der ebenso mutig ist wie sie und diszipliniert: Daher die Guerilla-Taktik, die Überraschungsangriffe, die Attentate, die die Bourgeois mit Abscheu erfüllen, denn sie morden die Leute lieber nach den Regeln des Gesetzes. Das Attentat ist etwas Natürliches. Welcher Spanier hat noch nicht daran gedacht, eine Bank zu überfallen, Hauptmann? Nur möchte man auf jeden Fall straflos ausgehen. Das ist der Unterschied: Die Anarchisten haben mehr Mut. Ist denn meine Gerechtigkeit schlechter als die des Richters? Hat er ein anderes Hirn als ich? Wenn er

Hörner trägt und ich nicht, ist das Vernunft? Zivilisation entsteht aus seßhaftem Leben: das Böse schlechthin, der Luxus. Der Anarchist ist ein Wesen ohne Wurzeln. Den Bourgeois verachtet er in der gleichen Weise, wie der durch die Wüste ziehende Beduine den Bauern der fruchtbaren Ebenen. Durch die Wüste ziehen bedeutet, kein Alter zu haben. So lange man nichts hat, altert man nicht. Gute, zivilisierte Menschen wie andere auch, so lange man sie im Zaum hält. Aber sie ahnen, daß Zivilisation Tod bedeutet. Darum verteidigen sie ihre Unabhängigkeit mit allen Mitteln. Daran gewöhnt, nicht zu essen, daran gewöhnt, nicht zu trinken, sind sie Vegetarier und mögen die Magie. Lesen Sie, lesen Sie Feijóo. In keinem anderen europäischen Land war der Einfluß des Aberglaubens, der Astrologie, der Magie so groß. Persischer Einfluß, durch die Araber. Alchemie und Wunderglaube. Das Wunder ist eine unmittelbar göttliche Erfindung, nicht immer zum Gefallen seiner Repräsentanten. Vegetarier und Theosophen und Esperantisten, Hauptmann. Sie suchen weder Ruhm noch Ehre noch Unsterblichkeit, und sie streben auch nicht danach, Gutes zu tun jenseits ihrer eigenen Bequemlichkeit. Wie, glauben Sie, soll Sie ihr Tod bekümmern? Der Heilige Paulus leugnet ihn, während man sich bei den Anarchisten von ihm freikaufen kann. Sie glauben nicht an Gottesgnadentum; sie glauben an einen Gott nach ihrem Bilde. Wer würde Ihnen das vorwerfen? Gott? Glauben Sie? ›Und darum bist du unentschuldbar, oh Mensch, wie auch immer du richten magst.‹«

Die letzten Sätze sprach er flüsternd, nur noch ein Hauchen. Das Keuchen hatte ihn entkräftet. Ob er einschlief oder schlicht nicht mehr konnte, er schwieg – und Fajardo suchte den Schlaf. Wegen der Kälte blieb es ihm versagt, bis auf den Grund seiner Erschöpfung zu sinken. Die anbrechende Morgenröte weckte seine Sinne. Ein steifer Eiswind krallte sich an die Windschutzscheibe, polierte die Planken des

Ambulanzaufbaus und brach mit spitzem Pfeifen in die Ohren ein. Im Schlaf noch murmelte der Alte:

»Sie leben vom Gestank der Mistgrube. Hocken in der Tiefe des Morasts. Warten auf die Erde, so zufrieden. Die Welt existiert nicht, nur die Erinnerung an sie. Das Aufwachen ist langwierig, denn es geht darum, geboren zu werden. Nicht vergessen: Der Stärkere gewinnt immer »

Mit dem Verschwinden des Mondes verdüsterte sich die Nacht, trotz des grimmigen Glanzes der Sterne. In der Ferne blitzte zwischen zwei nackten Felsen ein Streifen Horizont hervor. Über dem Gipfelgrat standen sich Reste einer Burg und ein maurischer Wachturm gegenüber. Die Ebene tauchte auf wie ein Meer zwischen zwei Schilfbüscheln: Dazwischen wurde das Rot des Morgens kräftiger und kräftiger. Je mehr das Schwarz verschwand, desto schärfer die Konturen der Körper. Das Wunder: die Reinheit der Färbung. Der Morgen enthüllte alles, auch das Unwohlsein und die Übernächtigung: Die Schultern schmerzten, die Knie, der Hintern. Die Kilometersteine mit ihren weißen Markierungen maßen mehr noch als die Distanz die Zeit: Noch entzogen sich die Ziffern dem Blick. Aus der Finsternis heraus gewannen die Dinge Körper, als würden sie die Nacht, die sie umgab, aufsaugen. Mit der Dämmerung wurde die Kälte beißend. Ohne Vorwarnung, ohne Ankündigung kam der Tag. Die Feldfurchen wellten sich hin zum Licht. Vereinzelt säumten Johannisbrotbäume die Straßengräben, die den schlierigen Strahl der Scheinwerfer nicht auffingen, sondern Schattenrisse ihrer Zweige in die verwaschen aufhellende Ferne warfen. Weit weit weg brach der erdig schwarze Horizont den Himmel. Dieses Düstere unterstrich das Silber im Himmel des neuen Tages: Zum Zenit hin verfloß die Helligkeit im Dunkel, das mit den Diamanten der verflossenen Nacht gesprenkelt war; von silber zu grau, von grau zu beinahe schwarz. Schon erkannte man rechts und links den höchsten Berg, den undurchdringlichsten Forst. Allmählich öffnete sich das Gewölbe der Welt, wie in einer Sternwarte. Die Kühlerhaube des Wagens wurde sichtbar: Der Fahrer hatte die Scheinwerfer ausgeschaltet. Fajardo bekam Lust, über die Felder zu stolpern und vor Kälte und Müdigkeit unter einem Baum zu sterben. Über dem östlichen Rand des Horizonts glitt aus dem tiefdunklen Indigo der Berge ein perlweißes Gleißen. Aus der Schlucht heraus strömte, wie ein Werk der Alchemie, eine neue Tönung für das Verdeck. Unabwendbar verglimmten die Sterne. Über dem Gelb rötete sich dünn der Horizont, und der niedrige Himmel begann zu schimmern, violett bis rubinrot. Schon wurden die Dinge klarer. Alles war rein. Kein Körnchen Staub in der neuen Luft. Hinter einer Kehre, in einer schwarzgrünen Schlucht, lag ein schlafendes Dorf. Der Fahrer, der während der ganzen Fahrt den Mund nicht aufgemacht hatte, sagte unvermittelt:

»Viver.«

Im trägen Morgengrauen zerfloß die kahle Einöde, bergauf die Hügel, zur Ebene hin Dornbüsche und Ackerland. Zwei Kehren weiter und nachdem sie das rauschende Wildwasser in den Straßengräben hinter sich gelassen hatten, blieb der Sanitätswagen am Ende einer langen Reihe Lastwagen stehen.

›Los!‹ sagte sich Fajardo. »Wir sind da, Don Leandro.«

Er antwortete nicht. Entweder schlief er, oder er war gestorben. Ohne dies weiter nachzuprüfen, stieg Fajardo aus und machte sich an seine Aufgabe.

Im malvenrot glühenden Himmel krächzten vier Raben.

8. Don Leandros Tod

»Wer? Don Leandro? Eine Seele von Mensch! Wie geht es ihm? Ja so was! Ein herzensguter Mann. Tut keiner Fliege was zu Leide. Ein Bücherwurm. Nach dem Abendessen eine Partie Schach im Stammcafé, und danach gleich brav nach Hause. Der beste Spieler in der Provinz, für andere war es Don Julián, der mit dem Tuchlager beim Bahnhof! Aber den setzte er noch jedesmal Matt. Ein wahrer Meister, mit Turm und Pferd konnte ihm keiner was vormachen. Und so wohlerzogen ... Ich habe ihn niemals die Raison verlieren sehen, außer einmal: Als einige alte Hütten hinter der Erlöserkirche abgerissen wurden. Da hat er sich aber aufgeführt! Ich weiß wirklich nicht, was er an ihnen fand. Als hätte ihn der Affe gebissen. Ja, Witwer. Eine Tochter hat er, ein prächtiges Mädchen. Sie ist von all dem in Barcelona überrumpelt worden. Ja, seine Frau, gut, seine Frau ... Sie wissen ja, wie die Frauen sind, nicht ...? Doña Teresita hatte die Hosen an. Er vergötterte sie. Sie war sehr schön, eine wunderschöne Frau. Seinerzeit war er Buchalter bei der bedeutendsten Fabrik in Teruel. Und mit etwas hier und etwas dort nebenbei konnte er gut leben. Als seine Frau starb, gab er alles auf und widmete sich ausschließlich dem Archiv.«

Das alles erfuhr Fajardo vom Korrespondenten von *El Socialista*, der mitten auf der Straße stand und erzählte. Die lausige Kälte, im Kampf gegen die Krakenarme der Müdigkeit, ersetzte die Morgenwäsche. Etwas weiter wurde Kaffee ausgeschenkt. Die Verteilung der Flüchtlinge verzögerte sich, weil Truppen herunterkamen. Plötzlich traf Fajardo Herrera, der am Beiwagen eines Motorrades lehnte.

»Wohin fährst du?«

»Offiziell weiß ich es nicht. Aber ein gewisses Gefühl sagt mir, daß wir gemäßigtere Klimazonen suchen; wenn du dir eine aussuchen willst, nimm die Extremadura. Ab zu den Panzern.«

»Und die Berge räumt ihr?«

»Ich glaube nicht, daß sie die Angriffe wieder aufnehmen werden. Sie sind ganz schön gebeutelt worden. Jetzt, da sich in der Stadt die Eingeschlossenen ergeben haben, warum sollten sie Menschen für Steine opfern? In Badajoz erzähle ich dir mehr.«

Sie stellten sich in die Schlange für den Kaffee. Fajardo gab eine knappe Zusammenfassung der Rede Don Leandros.

»Dort hinten«, sagte Herrera, »kommt ein ehemaliger Abgeordneter von Teruel: Du mußt ihn kennen. Ich warne dich, der Mann ist unerträglich.«

Sie näherten sich einem Wagen, und Herrera zeigte auf einen gedrungenen Mann, von oben bis unten schwarz, insbesondere die sichtbaren Extremitäten, Nägel, Haare und Bart. Fajardo trat näher.

»Aber natürlich! Wie soll ich den nicht kennen! Als ob er mein Vater wäre. Ein Karlist. Wird er sterben? Besser so. Als seine Frau noch lebte, tat er keinen Schritt ohne ihre Erlaubnis. Im Rathaus hat er einige krumme Dinger gedreht, um uns bei den Wahlen auszustechen. Ein Don Niemand, als das Schreckensweib Doña Teresa noch lebte. Ein ehrbarer Mann, das glaube ich schon. Einer von diesen Unglückseligen, die keinen Finger rühren aus Angst vor ihrem Vorgesetzten. Seine Frau hatte einen Vorbau bis hier. Sie sagen, ihn plagt der Brand? Er wird fürchten, auf seine bessere Hälfte zu stoßen. Besser gesagt, auf sein besseres Dreiviertel.«

Dieses spitze Mundwerk redete, was ihm gerade einfiel; Fajardo hatte gelernt, zuzuhören. Weil er ein Schnüffler war und ein Schwätzer, mußte er über jeden lästern, den er erwähnte. Der Kommandant stieg ins Auto, sie verabschiedeten sich. Fajardo umarmte Herrera, der Richtung Valencia weiterfuhr, und machte sich auf die Suche nach dem Ortskommandanten. Während er ins Zentrum des Dorfes hinunterging, numerierte er durch, was er zu erledigen hatte, eine neue Angewohnheit, mit der er sich als gut organisierter Mensch fühlte: Erstens, der Kommandant; zweitens, die Verwundeten; drittens, ein Auto für die Rückkehr nach Teruel finden; viertens, mich von dem Alten verabschieden. Juan Fajardo wunderte sich selbst über seine Anteilnahme. Den Vorgesetzten konnte er nicht finden. Er ging hinauf zum Lazarett, das im besten Herrenhaus am Ort untergebracht war. Als er in die Toreinfahrt trat, erkannte er Don Leandro, benommen auf seiner Trage; seine Fingerspitzen zuckten; er wirkte nicht blaß, sondern gelb.

Fajardo fragte sich durch und sprach mit dem Mayor:

»Der Alte mit dem Stummel? Tja, mein Junge, eine Frage von Stunden.«

»Laßt ihr ihn einfach dort liegen?«

»Die Betten brauchen wir für die, die wir retten können. Ihn nach Valencia zu bringen, kommt nicht in Frage. Das wäre Benzinverschwendung. In einer der Hütten dort drüben, wenn du meinst ... Im Haus des Busfahrers, dort dürfte noch Platz sein. Als ich gekommen bin, wurde gerade einer rausgeschafft. Bring ihn dorthin. Auf jeden Fall kommt er nicht über heute oder morgen hinaus. Und bei dem Fieber spürt er keinen Schmerz mehr, das wäre das einzige, was wir für ihn tun könnten. Mach's gut.«

Fajardo leitete alles Nötige in die Wege, um den Alten in das Haus gegenüber zu bringen. Sie trugen ihn in das Zimmer im Erdgeschoß: Die Trage paßte nicht durch das Treppenhaus.

»Für so etwas ist das Haus nicht gemacht. Die Toten muß man über der Schulter nach draußen tragen«, sagte die Hausherrin, eine Frau Ende sechzig, aber mit kleinen kohlrabensschwarzen Augen, voll Furor und Funkeln. Sie zieht die Gelegenheitssanitäter zur Seite (den Fahrer des Sanitätswagens und einen Soldaten, der zufällig vorbeigekommen war) und fragt sie:

»Ist einer von euch aus Barcelona?«

»Nein«, antwortet der eine.

»Ich«, sagt der Fahrer.

»Hast du dort jemanden kennengelernt, der Rafael López Serrador heißt?« *

Seit Monaten stellt sie diese Frage jedem, der ihr über den Weg läuft.

»Serrador? So ein großer Schlanker, dunkler Typ?«

»Dunkel, ja. Schlank nehme ich an, weil auch mein seliger Mann so war. Groß, weiß ich nicht, seit Jahren habe ich ihn nicht gesehen. Er ist mein Ältester«, erklärt sie.

»Ich kenne einen Serrador, aber nur vom Sehen. Aus einem Café an der Avenida del Paralelo. Ich glaube, er war Metallarbeiter. Am 19. Juli habe ich ihn noch einmal gesehen, vor der Ataranzanas-Kaserne.«

»Weißt du etwas von ihm?«

»Nein, nichts.«

»Ach! Und als du ihn gesehen hast, ging es ihm gut?

»Ja.«

»Danke.«

---

* *Nichts geht mehr!*

Die Frau verschwand nach drinnen und kam mit einem Ei zurück.

»Mehr habe ich nicht. Nimm.«

Der Mann ließ sich nicht bitten.

»Wenn du ihn zufällig triffst, sag ihm, daß es uns gut geht. Er soll sich keine Sorgen machen.«

Die Frau drehte sich um zu Fajardo:

»Er hat ihn gesehen. Mein Mann ist gestorben, als der Krieg begonnen hat. Wenigstens konnte der Zweitälteste weiter den Bus fahren. Später wurde der Bus requiriert, und mein Sohn ist zu den Milizen gegangen. Auch von ihm habe ich seit über zwei Monaten keine Nachricht. Wann wird das alles aufhören?«

Fajardo zuckte mit den Schultern und ging in das Zimmer nebenan. Es stank nach Mist. Don Leandro kämpfte gegen den Schluckauf. Er beobachtete, wie der Hauptmann näherkam, und winkte ihn zu sich. Juan bückte sich, um die dünne Stimme hören zu können.

»Ich möchte beichten.«

»Sie glauben an Gott?«

»An was sonst?«

Die Verblüffung des Hauptmanns schien ihm Kraft zu geben.

»Nehmen Sie Platz.«

Fajardo setzte sich auf die Kante der Trage. Der Gestank war unerträglich.

»Kein Materialist hat Leichen gesehen. Die Ärzte zählen nicht, das ist ihr Handwerk. Der Materialismus ist im Labor gezüchtet: Phantasie und Propaganda. Die Toten sind die Wurzeln des Jenseits. Ihre Fäule, das glaubwürdigste Zeichen Gottes. Der Unterschied von einem Lebenden zu einem Toten ist gerade mal so groß wie eine Seele. Vom Lebendigen zum Gemalten. ›Wie viel von diesen Dingen versteht allein die Hand Gottes, die sie schuf.‹«

Nur durch die Tür fiel Licht in den Raum. In der Dunkelheit scharrte ein Maultier. Ein Huhn näherte sich. An der Wand ein vom Wasser gewelltes Kalenderblatt. Der Boden festgestampfte Erde.

»›Sind dir die Tore des Todes geöffnet worden, hast du bereits den Schatten der Tore des Todes erblickt? Kreist der Sperber über deinem Fleiß?‹ Hauptmann, ich habe zu viel Respekt vor dem Leben und der Architektur, als daß mir das meine etwas bedeuten würde.«

Der Alte sprach im Fieber und unter Schmerzen, immer wieder unterbrochen von Seufzern, die Fajardo in seiner unbequemen Haltung festnagelten; ein Bein schlief ihm ein. Er glaubte, den Sterbenden lächeln zu sehen.

»›Freund, so sterbe auch du. Wozu jene unfruchtbare Mühsal. Patrocles, von dem du so weit entfernt bist, stieg er nicht zu den Toten hinab?‹ Wir aber sind von Dunkelheit umgeben und irren umher wie Trunkene.«

Der Alte hob die Hand und legte sie auf Fajardos Knie.

»›Ihr aber seid das Volk, und mit euch stirbt die Weisheit.‹ Franco kann nicht gewinnen, und wenn er gewinnt, verliert er: ein Verdammter. ›Denn ich selbst werde das Fleisch mit meinen Zähnen reißen und meine Seele in meine Hand legen.‹ Ein Anarchist aus Zaragoza, schwer verletzt, die Polizei dicht auf seinen Fersen, biß sich eine Tätowierung aus dem Arm, um nicht identifiziert zu werden. Die Unredlichkeit kommt nicht von unten. Ich bin nicht volkstümlich genug, um auf den Pfaffen zu pfeifen. Niemand glaubt an die absolute Unabhängigkeit Gottes. Weder der bewandertste Biologe, noch der verstockteste Marxist, noch Gott.«

»Hätte ich mir für Sie eine Religion vorstellen sollen«, sagte Fajardo, »ich hätte Sie für einen Pantheist oder Mohammedaner gehalten.«

»Der Monotheismus ist eine Frage des Stolzes, Hauptmann. Wenn man mit Gott reden muß, soll es ein einziger sein. Der Olymp war ein Salon. Wenn die Hebräer sich das hätten vorstellen können, Gott wäre Spanier geworden. Die Hoffnungslosigkeit ist die einzige Hoffnung.«

Seine Pupillen verschwanden hinter den Lidern, wie fortgetragen von einer langsamen Strömung. Fajardo glaubte, es ginge zu Ende mit ihm.

Mit seinem Unterarm strich er über das Laken, das ihn notdürftig bedeckte. Seine Atmung wurde immer flacher.

Fajardo ging hinüber ins Lazarett, um sich nach einem Priester zu erkundigen. Sie schickten ihn weiter ins Dorf. Er ging hinunter bis zur Plaza und trat ins Rathaus. Dort war niemand außer dem Gerichtsdiener. Der war ein Mann mit großem Kopf und noch größerer Nase. Der prächtige Fortsatz beherrschte völlig die Erscheinung des guten Mannes, und als ob das Maß noch nicht voll genug wäre, war selbiger mit einer Unmenge von Warzen besetzt, deren Zahl ausgereicht hätte, seine gesamte Körperoberfläche zu bedecken. Zu allem Übel war jenes Vorgebirge, das mehr der Spitze eines Streicheisens als einer Nase ähnelte, von solch strotzender Gesundheit, daß es in allen bekannten Rottönen glänzte und durchzogen war von einem feinen Geflecht violetter Venen, die der kapitalen Knolle ein Aussehen verliehen, das zu den widersprüchlichsten Gefühlsäußerungen reizte, Lachen oder Mitleid, je nach Gemüt des Gegenübers, denn dieser Mann mit seiner wie angenagelten Nase war ein Schauspiel. Er trug den Spitznamen »el Muñato« und war der Schrecken alle Kinder. Sie schrien aus Angst vor seiner Nase.

»Der Herr Prediger? Ich glaube ja. Doch, Herr Hauptmann. Salvaora!« schrie er mit donnernder Stimme. »Salvaora!«

»Machen Sie keine Umstände. Sagen sie mir, wo er ist. Ich werde ihn schon finden. So groß ist das Dorf nicht.«

»Trotzdem ist er schwer zu finden. Der arbeitet in den Terassen, in seinem Gärtchen.«

Salvadora kam heraus, Mordshintern, die Hände in die Hüften gestemmt.

»Einen Augenblick. Wo es keine Seife gibt, braucht es um so mehr Arme ... Wir haben zwar keine Kinder im Haus, aber Wäsche fällt immer an. Ich bin sofort so weit ...«

Und während sie im Haus verschwand, wischte sie sich die drallen Unterarme an ihrer schmierigen Schürze ab.

»Wie kommt es, daß euer Pfarrer frei herumläuft?« fragte Fajardo den Nasenmann.

»Wer? Don Alberto? Der ist doch ein anständiger Mann! So was von anständig! Ärmer als eine Kirchenmaus. Als es hier losging, wollten einige ihm auf die Pelle rücken. Da bekamen sie aber etwas zu hören! Ohne seine Kirche, was sollte er denn da noch anrichten? Und seine erste Tat war, die Schlüssel auszuhändigen. Als sie zum Lagerraum umfunktioniert wurde, machte er keinen Mucks. Als das Land verteilt wurde, rief ihn das Komitee; und der Präsident geht auf ihn zu und sagt:

›Um zu beten, muß man essen. Denn wenn man nicht ißt, wer betet dann? Findest du nicht?‹

Und da ist er nun. Und alle sind zufrieden. Wenn jemand die Messe hören will, geht er zu ihm nach Hause, und die arme Seele hat ihre Ruhe.«

Die Frau kam heraus, mit einer Decke, die sie ihrem Mann über die Schultern warf.

»Geh und sieh nach den Kaninchen.«

Der Mann tippte mit dem Zeigefinger an den Schirm seiner Mütze und ging hinüber zu den Verschlägen. Die Frau sah ihm nach.

»Vorsicht mit der Leonor. Und paß auf, daß du dich nicht erkältest.«

Und mit entschuldigendem Blick zu Fajardo gewandt:

»Was für ein Wetter! Und der Arme bekommt es so leicht auf die Lunge ...«

Sie gingen in Richtung Schlucht; zwanzig Minuten brauchten sie, um den Mann zu finden. Dieser ging nach Hause, um das Öl zu holen, und Fajardo machte sich auf die Suche nach einem Fahrzeug. Als er zu dem Haus des Busfahrers zurückgekehrt war, war der Pfarrer noch nicht eingetroffen.

»Der Diener des Herrn kommt gleich, Don Leandro.«

Ob er das wahrnahm oder nicht, war nicht festzustellen: Sein schwaches Röcheln blieb unverändert. Fajardo zog sich zurück, um einen Bissen zu essen, wurde länger aufgehalten, als er dachte, und so kam er erst eine ganze Weile später ins Haus von Serrador zurück. Dort fand er den Alten, entstellt, mit bleiblassem Gesicht, aber lebend, und gesprächig.

»Ich habe Sie erwartet, Hauptmann. Hier, das ist die Adresse meiner Tochter, in Barcelona. Sie wohnt bei einer Tante. Schauen Sie bei ihr vorbei? Oder einer Ihrer Freunde. Sie soll benachrichtigt werden. Von einem Engländer, der mit ihr befreundet ist, weiß ich, daß es ihr gut geht. Sie heißt Rosario. Erzählen Sie ihr von meinen Aufzeichnungen. Sie hat nie geglaubt, daß ich arbeite. Wenn Sie es ihr sagen, wird sie es glauben. Und noch etwas, Hauptmann. Als kleines Mädchen erzählte ich ihr die Geschichte der Liebenden von Teruel. Sie kam aus der Schule zurück und sagte mir, eine Freundin habe ihr erklärt, daß die Geschichte erlogen sei. Daß die Skelette eine Fälschung seien. Ich ließ nicht locker. Der Poesie wegen, Hauptmann, der Poesie wegen. Und weil ich es damals befürwortete, daß Kinder an Legenden glauben. Sie hat allen Respekt vor mir verloren. Ich habe nie viel Glück mit anderen Menschen gehabt. Meine Frau war ein Engel, aber sie kümmerte sich sehr wenig um das, was ich tat. Und Mädchen schlagen immer nach ihren Müttern. Und wenn einer sich geirrt hat, macht er weiter so. Um jeden Preis bis Rom. Wie, bitteschön, hätte ich ihr denn beibringen sollen, daß weder Alventosa noch Yagüe de Sala, weder Rey de Artieda noch Tirso, weder Montalbán noch Hartzenbusch …? Sagen Sie ihr, daß ich sie um Vergebung bitte.«

Ein grauenerregender Gestank machte sich breit. Der Alte versuchte zu lächeln; das las Fajardo aus seinen Augen.

»Alles nur Versatzstücke, aus denen man gemacht ist. Schuld daran sind die Pädagogen und schlechte Angewohnheiten.«

Er schloß die Augen.

»Sie haben sich über meine Beichte gewundert, Hauptmann. Zeugnis ablegen. Es ist immer gut, Zeugnis abzulegen, auch wenn niemand da ist, der es aufnimmt. Das gibt einem Ruhe. Am schrecklichsten ist die Kälte, Hauptmann. Sterben ist nicht schlimm, wenn man warm stirbt. Keiner weiß, was Kälte ist, außer dem, der sie erleidet. In dem Moment, in dem er sie erleidet. Danach vergißt man sie. Schneller als den Durst, schneller als den Schmerz.«

Zwischen Seufzern fuhr er fort:

»Der Mensch ist Wärme. Die Leichen: Erfrorene. Die Wärme kommt nicht von der Sonne, sondern von der Erde: Der Beweis, je höher man steigt, desto mehr friert man, und je tiefer man eindringt, desto mehr schwitzt man. Im Schatten der Berge … Die Wärme, die von den Steinen abstrahlt. Die Sonne ist das Licht, die Erde die Wärme. Man kehrt stets zur mütterlichen Wärme zurück. Die eigentliche Schwierigkeit liegt darin, den Schritt vom Anorganischen zum Organischen zu bestimmen. Manchmal ist die Rede von irgendwelchen Kristallisationen der Tomate …«

Mit einem Mal wurde der Alte unruhig. Er bekam keine Luft mehr. Fajardo, nervös, wußte nicht, was er tun sollte; er mußte gehen und wagte es nicht. Das Auto, das ihn nach Teruel zurückbringen sollte, erwartete ihn.

»Man muß nur verlieren. Aus und vorbei.«

Plötzlich war er nicht mehr er selbst, er sprach jetzt hastig:

»Wie bei Lope. Vielleicht verstehen die Deutschen Calderón, obwohl ich darauf nicht setzen würde. Ich spreche kein Deutsch. Ein Ausländer kann Lope nicht verstehen. Unmöglich.«

Mit einem Mal sah man in seinen Augen den Kampf gegen das Abgleiten, und gegen den Schmerz, nicht sagen zu können, was er dachte. Vor seinen Pupillen, glitzernd und glanzlos, brachen trübe Schleier ineinander; ein innerer Wind stieb sie weg:

»Meine eigene Stimme betrügt mich.«

Er schien zu sagen: ›Sehen Sie, was ich alles weiß.‹

»Aus der Seele empor steigen Schatten
Gedanken zu erbauen«,

sagte ihm Fajardo.

›Ich muß gehen‹, dachte er. ›Aber wenn ich gehe, dann deshalb, weil es mir unangenehm ist, weil es mich ekelt, hierzubleiben. So lange sie mich nicht suchen, habe ich dort draußen nichts zu erledigen. Was tun?‹

Er stand auf und ging hinaus. Die Kälte hatte die Straße leergefegt. Er wartete einige Minuten und ging wieder hinein.

»Lope, ein Mudéjar-Dichter. Sehen Sie Hauptmann, die Spanier:

›Weder der Tod kann sie heilen
Noch die Zeit ihnen helfen.‹

Einen Steinquader kann niemand verbiegen: Man wird sie besingen, aber bewegen wird sie niemand.«

Augenscheinlich begann nun die innere Zersetzung.

»Der Quietismus der Steine«, fuhr er fort, »der Quietismus und die mystische Auslegung werden in klösterlicher Abgeschiedenheit geboren und in der Einsamkeit. Erleuchtung erfährt man nicht, indem man zehn Stunden täglich arbeitet. Arbeit schadet dem Menschen. Anstatt Kohle zu schaufeln: Tanzen!«

Das Todesröcheln verwischte alles.

»Totengräber sind selten Atheisten. Die Stiere ...«

Fajardo hörte einen Wagen bremsen.

»Gut, Don Leandro, bis später.«

Er lallte. Der Hauptmann bückte sich, um ihn zu verstehen:

»Die Stiere mit ihren kräftigen Hörnern ...«

Fajardo ging hinaus.

Don Leandro Zamora starb am darauffolgenden Tag, allein, bei vollem Bewußtsein; wie ein Mensch: empfangend.

Dritter Teil

1. Der Besuch

12. Februar 1938

Fajardo: »Was bedrückt dich?«

Cuartero: »Die Einsamkeit.«

Fajardo: »Welche? Es gibt verschiedene Arten.«

Cuartero: »Es bedrückt mich, alleine zu sein und dabei zu wissen, daß das nicht so sein müßte. Es bedrückt mich, außer dir und Templado keine Freunde zu haben. Der Krieg hat mich betrogen, ich habe geglaubt, Freunde zu gewinnen, und ich wurde enttäuscht. Daß ich für jemanden gehalten werde, der ich nicht bin, bedrückt mich nicht, aber sehr wohl, daß die anderen nicht so sind, wie ich sie mir wünschen würde. Was mich bedrückt wie eh und je, ist die Doppelmoral. Sollen sie nur ihren Vorteil suchen, aber doch bitte maßvoll. Der eine will Ruhm, der andere Geld; die sind nicht einmal die Schlimmsten. Das hätte ich auch gerne. Der nächste möchte ein Empfehlungsschreiben, und wieder ein anderer will nicht an die Front. Und wehe, du kommst ihnen nicht entgegen, dann führen sie sich auf; und wenn ja, noch schlimmer. Dankbarkeit habe ich bei keinem gesehen. Das bedrückt mich, und das ist für mich Einsamkeit. Ich brauche euch, um drauflos reden zu können, ohne gleich denken zu müssen, was die anderen sagen würden. Es bedrückt mich, mich nicht fallen lassen zu können. Mich nicht dem Strom der Worte hingeben zu können. Das Denken in Schubladen bedrückt mich. Die reden wie Automaten und haben dazu noch eine Schraube locker.«

Fajardo: »Dagegen hilft Cognac.«

Cuartero: »Gibt es nicht mehr. Er schmeckt mir nicht und bekommt mir auch nicht.«

Fajardo: »Tust du mir einen Gefallen?«

Cuartero: »Sag.«

Fajardo: »Morgen muß ich bei der Tochter von Don Leandro vorbeigehen. Geh du.«

Cuartero: »Warum?«

Fajardo: »Ich habe viel Unterricht, und wenn ich aus Sarriá zurückkomme, bin ich zu nichts mehr zu gebrauchen.«

Don Leandro war unter ihnen zur mythischen Gestalt geworden.

Am folgenden Nachmittag ging Cuartero zu der Adresse, die Fajardo ihm gegeben hatte: Calle de Balmes 410.

»Außer Betrieb.« Cuartero staunte, als er dort ankam. Der Aufzug, ein Spiegelschrank mit weit aufgerissenem Maul, gefangen in einem Gitter, an dem ein Kruzifix hing. Rahmen und Beschläge bogen und wanden sich in der Manier des beginnenden Jahrhunderts, der Epoche von Kataloniens größten architektonischen Glanzleistungen. Die enge und steile Treppe zwängte sich um die prächtige Apparatur. Durch ein Oberlicht fiel ziemlich viel Licht in den mit spiegelndem Marmor ausgelegten Hof. Auf der rechten Seite führten ein paar Stufen ins Dunkel einer verranzten Portiersloge, wo im gelblichen Schein einer Glühbirne die wirren Verästelungen der Kabel zu erkennen waren: wodurch alles schmutziger aussah, als es vielleicht war. Auf dem Boden hockte ein Kind und spielte mir einer schwarzen Katze. Aus seinen zu kurzen Hosen schauten Beinchen beraus, deren

Schenkel mehr Knochen waren als Fleisch und deren Kniescheiben wie unförmige Fremdkörper vorstachen.

»Rosario Zamora?«

»Fünfter Stock rechts«, antwortete das Kind, schielend.

Wo sonst, dachte Cuartero und nahm die Treppe nach oben. Auch Fajardo hätte ... Ich stecke meine Nase nicht gerne in Dinge, die mich nichts angehen, aber bei jedem unbekannten Haus, das ich betrete, stelle ich mir vor, ich würde dort den Sinn des Lebens finden. Keine Tür ist so unbekannt wie der Krieg, Wartesaal des Todes. Und es gibt weder einen Führer, der so gut wäre wie Gott, noch einen Baedecker wie die Bibel. Am Ende jeder Treppe ein Absatz. Nach dem Sturm die Ruhe. Jede Stiege eine Strophe. Jeder Absatz ein Schlußsatz. »Paquita Suances: Modistin.« Guten Tag, Doña Paca. Was für ein Mensch wird Doña Paquita Suances sein? Wen liebt sie? Sie hat Schmerzen an der Leber, die sie lächelnd überspielt. Sie ist achtundvierzig Jahre alt und wird mit vierundfünfzig sterben. Was wird von ihr bleiben in der Welt?

»Großmutter, wer hat Ihnen diesen Sonnenhut gemacht?«

»Ach, der ist von Paquita Suances, einer Modistin in der Calle de Balmes ...«

Sonst nichts. Die Ewigkeit. Jetzt lebt sie, quicklebendig, eine affektierte Frau, die sich nicht zurechtfindet in dieser für sie erbärmlichen Zeit. Warum nur habe ich eingewilligt, diese Nachricht zu überbringen? Sollte ich mehr noch als Templado an den Zufall glauben? Einer Tochter sagen, daß ihr Vater gestorben ist ... Der hinkende Teufel. Die Hausdächer abdecken. Wäre ich eine Fliege, wohin würde ich mich setzen? Der Romancier, der sich in eine Fliege verwandeln und stenographieren könnte, wäre ein guter Romancier.

Belle Etage. Vier Löcher, in denen vier Nägel einen überstürzt heruntergerissenen gekreuzigten Heiland hielten, markieren im Putz noch immer das Rechteck der Blechfigur.

Belle Etage. Nicht erster Stock, sondern Belle Etage. Wie bourgeois, wie wichtig, wie hohl, wie eitel dieses *Belle Etage* klingt! Sie wohnen in der Soundsostraße, Hausnummer Soundsoviel, Belle Etage. Unterwürfiges Gehabe und feuchter Muff. Krinolinen, hinternwärmende Zierkissen unter stirnrunzelnden raschelnden Reifröcken; Blümchentaft und Bettwärmer; heiße Schokolade mit Biskuit, Zuckerstangen (Sirup, Eiweiß, Zitronensaft, Gaudi-Architektur) und das Klimpern langstieliger Löffelchen im Kristallglas, während sich die Spitzen der zu Zuckertürmen geschrumpften Sagrada Familia im Schokoladenstrudel auflösen. Briefbeschwerer, in denen, wenn man sie auf den Kopf stellt, Schnee auf einen Trocadéro aus Perlmutt rieselt. *Belle Etage*, das Stockwerk der Herren. »Sprechen Sie mit dem Herrn Direktor.« Weder mit dem Direktor, noch mit dem Herrn leitenden Angestellten: mit dem Herrn Direktor. Dies ist ein Krieg gegen die Herren. Widerspruch in sich: Jeder Spanier ist ein Herr. *Zweiter Stock*, wo an der Tür ein Zettel hängt: Doña Concepción Miranda und Gonzalo Torre stehen unter besonderem Schutz sowie etc. etc. der Regierung, der Botschaft, der Gesandtschaft von Kuba? Chile? China? Diese vielen Ausländer auf einmal! Welch innigliche Freundschaft zwischen Spanien und Lateinamerika! So viele Mitbürger aus Nicaragua, aus Honduras! Hier, hinter dieser Tür, steht einer dieser falschen Amerikaner, hört mich die Treppe hinaufsteigen, bei jedem Klingeln klopft sein Herz. »Sie haben sich in der Tür geirrt.« Auf jedem Stockwerk schlägt ein eigenes flaues Herz. *Dritter Stock*. Warum nur habe ich eingewilligt, diese Nachricht zu überbringen? Einer Tochter sagen, daß ihr Vater gestorben ist. Hinkender Teufel. Wäre ich eine Fliege, wohin würde ich mich setzen? Der Romancier, der sich in eine Fliege verwandeln und stenographieren könnte, wäre ein guter Romancier. *Vierter Stock*. Weiter. Setze ich ein Friedhofsgesicht auf, oder spiele ich den Unbeteiligten? Das könnte die erste Szene meines Stücks werden: Ein Unbekannter kommt, um sein Beileid auszusprechen. Noch fünf Stufen. Was für ein Weg. Klingele ich, oder verschnaufe ich einen Augenblick?

Paulino Cuartero streckt die Hand zu dem weißen Klingelknopf aus. Im gleichen Augenblick, als er die Klingel drückt, ist ein Schrei zu hören, geht die Tür auf; der Besucher, der sich gerade die Manschetten zurechtzupfen wollte, steht da, ohne den geplanten Putz.

Auf dem Boden lag eine Frau von ausladender Korpulenz, die Röcke über die Knie gerutscht, wodurch ihre starken Waden und grauen Wollstrümpfe sichtbar wurden; das Gesicht lag hinter dem zerzausten Haar verborgen: Zu erkennen war einzig das Kinn, blutüberströmt. Durch eine Tür fiel Tageslicht in den Flur. Die Tür zum Wohnzimmer, dachte Paulino, sprachlos. Das Licht von hinten verlieh den hochgereckten Unterschenkeln, deren Schatten bis hoch auf die Hüften reichte, stattliche Proportionen.

»Oh Gott, schnell, rufen Sie einen Arzt.«

Darum bat ihn eine dralle junge Frau, die er im Halbdunkel kaum erkannte. Wolltest du nicht ein Drama? dachte er, die Treppe hinunterspringend, hier hast du eins erster Güte.

An der Haustür angekommen, zögerte er. Er entschied sich für das Rote Kreuz an der Rambla de Cataluña. Dort fragte er nach Huerta, einem befreundeten Arzt, von dem er nicht das geringste hielt. Gelegenheit macht Diebe, dachte er. In einem Krankenwagen fuhren sie zurück in die Calle de Balmes. (Nicht ohne Grund, denn ein Freund des Arztes hatte sich vor einer Stunde dessen Auto ausgeliehen:

»Leihst du mir dein Auto? In fünf Minuten bin ich wieder da. Ich habe mein Stethoskop vergessen.«)

»Seitdem die Aufzüge nicht mehr funktionieren, wohnen alle Kranken im fünften Stock. Was sind das für Leute?«

»Ich weiß nicht. Ich wollte ihnen die Nachricht überbringen, daß ihr Vater gestorben ist.«

»Was ist denn das für ein neues Handwerk?«

»Kein Handwerk, kein Gotteswerk. Reiner Zufall.«

Die Verunglückte lag keuchend auf dem Sofa, die Augen weiß. Riesige Nase, lila liniert und blutend. Das Gesicht fahl und wächsern, mit wenigen dunklen Flecken. Ein aufgetragener, verschwitzter Morgenmantel, zusammengezogen über leeren, schlaffen Brüsten. Die junge Frau tupfte mit einem Handtuch das Blut ab. Die Grimassen der Alten waren herzzerreißend. Der Arzt horchte sie ab.

»Sie ist auf die Nase gefallen ...«

»Wären Sie so lieb, mir diese Spritze abzukochen. Ich glaube, es ist nichts Schlimmes.«

Der träge Huertas gab ihr eine Spritze. Der Arzt empfahl Ruhe und kräftige Ernährung.

»Ich weiß schon, Sie brauchen mir nichts zu sagen, aber Krankheiten verlangen vor dem Krieg die gleiche Behandlung wie während des Krieges: Die Arznei bleibt immer die gleiche. Es ist nicht meine Schuld, wenn es keine Eier gibt und Barcelona bombardiert wird.«

Sie halfen der Alten auf, und die junge Frau führte sie in einen der hinteren Räume.

»Wenn keine Arznei zu haben ist, heißt es Zähne zusammenbeißen«, meinte der Arzt zu Cuartero. »Was machst du jetzt?«

»Ich werde noch einmal wiederkommen.«

»Das würde ich Dir nicht raten, womöglich erwischst du den nächsten Herzkasper.«

Die junge Frau kam zurück.

»Was raten Sie mir, Herr Doktor?«

»Tja.«

(Dieses »Tja« war der entscheidende Hemmschuh für Huertas' berufliche Karriere gewesen. Heute, als Major, konnte er seiner Verachtung für die Medizin freien Lauf lassen und seiner Leidenschaft für den Journalismus fröhnen. In den Redaktionen schlug er sich die Nächte um die Ohren, dort war er willkommen. Gerne erzählte er die Geschichte, wie er vor einigen Monaten einen Landsmann, einen Leidensgenossen aus den unendlich fernen Zeiten des Militärdienstes, wiedergetroffen hatte, und der, als Gefreiter zur Armee zurückgekehrt, heute Hauptmann, hatte mit Blick auf seine Schulterstreifen gesagt:

»Sieh uns an, mein Guter, wir haben es ganz schön zu etwas gebracht!«)

»Ihre Frau Mutter ...«, sagte Huertas, zu der Jüngeren gewandt.

»Tante.«

»Ihre Frau Tante braucht vor allem Ruhe und Eier.«

Wie gewöhnlich hatte sein Tonfall etwas Ironisches an sich, was vielen mißfiel und seine außerberuflichen Erfolge erklärte.

Es klingelte. Zwei gutaussehende junge Frauen kamen herein.

»Mein Gott, als wir den Krankenwagen vor dem Haus gesehen haben ...«

»Himmel, die Tante! Was hat sie denn? Guten Tag. Ist es schlimm? Nehmen Sie sie mit?«

»Nein, nein. Wir wollten gerade gehen.«

»Ich wünsche Ihnen alles Gute.«

Als die Tür ins Schloß gefallen war und sie auf dem Treppenabsatz standen, wandte Cuartero sich an Huertas:

»Die Treppe gehe ich nicht nochmal hoch. Es tut mir leid für die Tante, aber ich sage jetzt der Jungen, daß ihr Vater tot ist.«

»Wenn du meinst.«

»Außerdem sind zwei schlechte Nachrichten leichter zusammen zu verkraften als hintereinander.«

»Na gut. Auf bald, und um die Rechnung kümmerst du dich. Nur weil Krieg ist, glauben alle, die Visite sei umsonst«, sagte Huertas und ging die Treppe hinunter.

»Das Gesetz von Angebot und Nachfrage, mein Junge.«

»Ja, Papa, aber umgekehrt, nur daß du's weißt.«

Cuartero klingelte.

»Haben Sie etwas vergessen?« fragte ihn eine der später dazugekommenen jungen Frauen.

»Nein. Ich möchte Fräulein Zamora sprechen.«

»Treten Sie ein. Rosario, für dich. Sie ist meine Cousine.«

Sie kam ins Zimmer. Cuartero betrachtete sie mit der gleichen Zaghaftigkeit, mit der er allen gut genährten Menschen begegnete.

»Schauen Sie, vorhin, als Ihre Tante gestürzt ist, kam ich ...«

»Entschuldigen Sie, ich hatte ganz vergessen, daß ich Ihnen öffnen wollte, als ich auf die Tante gestoßen bin. Ich weiß nicht, wie ich Ihnen danken soll.«

Dunkler, sehr dunkler Typ. Kräftig, füllig, um nicht zu sagen fett, saftig gereift, auf den Punkt, bereit zum Pflücken. Große vorstehende Kuhaugen mit Lidstrich, endlos lange Wimpern, wundervoll gezeichnete Lippen, die Oberlippe ein liegender Schlüssel, die gierige Unterlippe ein fleischroter Abhang. Kerzengerade die Nase, in einer Linie mit der Stirnfalte. Ovales Gesicht, die engstehenden Augen. ›Sie ähnelt gewissen Mosaikportraits der Kaiserin Theodora‹, dachte Cuartero, ›der Tochter des Mauritius' oder des Heraklius'. In Júcar, im Tal des Guadalquivir, stehen noch Ruinen ihres Landsitzes. Ein leichter Anklang an die Dama de Elche, nur besser im Fleisch ... Aber, wenn ich mich recht erinnere, stammt sie aus dem Norden. Eigenartig. ›Byzanz, mein weißer Fleck‹, hat ihr Vater gesagt.‹

»Paquita«, rief aus dem Zimmer nebenan eine ohnmächtige Stimme, »wer ist da?«

»Ich komme schon, Tante.«

Eine der Cousinen ging hinaus, ernst und gesetzt.

Die dicken Brüste, die schlanke Taille, die dazu passenden Hüften. Ihre übergeschlagenen Schenkel waren füllig, unter den klaren Konturen eines gerundeten Bauches. Das anmutige Kleid, die gepflegte Frisur. Breite silberne Armringe.

»Sprechen Sie.«

Eindeutig, dachte Cuartero, ein ernstes Mädchen.

Das Zimmer war groß; auf den Zwischenwänden rote, Damast nachempfundene geriffelte Tapeten, die hier und dort in Fetzen herunterhingen und über dem Sofa von einem speckigen Streifen durchzogen waren. Zwei ovale Fotografien in vergoldeten Rahmen; ein großes Gemälde war verhängt, über andere Säcke gestülpt, und aus dieser Ummäntelung konnte man schließen, daß sie religiöse Szenen zeigten. Von der Stuckrosette hing eine mit bunten Perlenschnüren verzierte, goldfarbene Lampe herab. Der Türsturz war rissig, der Mauersockel bröckelig, und zwischen den Bodenfliesen öffneten sich tiefe Krater.

(»Passen Sie auf, daß Sie nicht stolpern. Schon vor einer Woche haben wir nach dem Handwerker geschickt. Aber mit all diesen Geschichten ... In diesen Zeiten ...«)

Sie saßen vor der Balkontür. Dachlandschaft, die Reißzähne der Sagrada Familia schnitten durch den blaßblauen Hintergrund, der sich über dem mit karmesinrotem Tuch bedeckten Schrankkoffer erhob, an dem gelbe und meerwassergrüne Tressen baumelten. Auf der Straße war es bereits dunkel; im fünften Stock noch nicht ganz, aber die Konturen der Dinge verschwammen bereits.

»Ich bin gekommen, um mit Ihnen über Ihren Vater zu reden.«

»Er ist in Teruel.«

»Ich weiß. Gestern abend habe ich einen Freund getroffen, der ihn dort gesehen hat.«

»Wird er nicht evakuiert? Ich bin sehr in Sorge.«

Cuartero konnte sich nicht vorstellen, wie diese byzantinische Kaiserin ihm gegenüber Besorgnis ausdrücken mochte: Alles an ihr atmete Ausgeglichenheit.

»Doch, und mit gutem Grund: Er ist krank.«

»Ernsthaft?«

»Ja.«

»Tot?«

»Nein.« (In dem Nein steckte das Ja.)

Alles war still. Das Hupen, das von der Straße heraufdrang, verstärkte die Einsamkeit.

Gott, was bin ich für ein Idiot! dachte Paulino. Wie ungeschickt! Du willst Theaterautor sein. Aber in Wirklichkeit kommst du über Abgeschmacktheiten nicht hinaus. Zielsicher trivial. Aber jetzt ist es passiert.

Die junge Göttin blieb ruhig, vollkommen reglos. (Eine Uhr schlug die halbe Stunde.) Der rosige Ton ihrer Wangen war einem blassen Grau gewichen, vielleicht wegen des Sonnenuntergangs, vielleicht wegen der Neuigkeit; die Stirn glänzte, glasiert vom frühen Abend, von einem feinen Schweißfilm bedeckt. Die Ruhe machte Cuartero unruhig. Aber er brachte kein Wort heraus. Rosario vor Schreck erstarrt, hatte sogar aufgehört zu blinzeln. Der Mann streckte die Finger aus und strich über den Handrücken des Mädchens. Sie schien aus einer mit Samt ausgeschlagenen Dunkelheit aufzutauchen, warf sich an Cuarteros Hals und begann zu schluchzen. Paulino, die Hand in der Kurve ihrer Hüfte, spürte die Festigkeit ihres Körpers. Nie hätte er solche Kompaktheit bei einem Menschen für möglich gehalten. Durch die Kleidung hindurch fühlte er die Wärme Rosarios wie einen heißen Stein. Die beiden Cousinen traten gleichzeitig ins Zimmer und bestaunten mit offenen Mündern das Bild.

»Was ist passiert? Aber was ist denn passiert?«

Das Mädchen wurde noch immer von Schluchzern geschüttelt, Paulino wagte keine Bewegung und kein Wort.

»Aber Rosario, Mädchen, sag uns doch, was vorgefallen ist.«

»Ihr Vater«, deutete Cuartero an.

»Ihr Vater? Was?« fragte die Kleinere mit dümmlichem Gesicht.

Im Halbdunkel war ein langes Schniefen, Tränen und Rotz zu hören.

»Gestorben.«

»Ach, der Onkel! Ach, Rosario! Tante, Tante, der Onkel, das hat noch gefehlt!«

So riefen sie und stürzten sich auf Cuartero, der vom Sofa heruntterglitt.

»Paquita! Nieves! Nieves! Paquita!« rief die schmerzerfüllte Stimme aus dem Nebenzimmer. »Was ist passiert? Was ist los? Mächen! Paquita! Was ist passiert?«

»Nichts, Tante, nichts«, rief Rosario zwischen Seufzern als Antwort hinüber. »Wir sagen es Ihnen gleich, es ist nichts.«

Cuartero, feierlich:

»Sie erlauben, ich muß noch ...«

»Sie können jetzt nicht einfach gehen. Sagen Sie mir, wann es passiert ist. Und wie? Setzen Sie sich, tun Sie mir den Gefallen.«

(Wie bist du in diese Geschichte hineingeraten? Aber im Grunde genommen mißfällt dir das nicht. Wie eine Brise empfing er die Wärme und die Festigkeit von Rosarios Körper. Im Hinterkopf die Erinnerung an Pilar.)

»Einer meiner Freunde, ein Hauptmann, hat ihn in seinen letzten Stunden begleitet. Er mußte nicht leiden. Er ist an einer Verwundung gestorben, die er während der Belagerung erlitten hat. Er ist in Viver verstorben, einem Dorf in der Provinz Castellón, wohin er evakuiert worden war. Er war ein bemerkenswerter Mann, hochintelligent.« (Und du Paulino bist ein pathetischer Idiot. Paß auf, was du sagst.) Er selbst hat darum gebeten, Ihnen die Nachricht zu überbringen.«

Sieg der Nacht. Über den Berggrat am Horizont strahlte das letzte topasfarbene Licht. Zwischen Schwelle und Türrahmen tauchte die entstellte Gestalt der Tante auf, in Nachthemd und Morgenmantel.

»Sagt mir endlich jemand, was hier los ist?«

Sie erkannte den Fremden und rief:

»Kündigt mir den Herrn doch an! Mein Gott, diese Mädchen! Sie müssen entschuldigen, guter Herr.«

Die Alte versuchte, ihre zerzausten Locken zu ordnen.

»Diese Mädchen von heute, arbeiten im Ministerium und wissen nicht, daß man Besuch im Haus ankündigt, und daß man das Licht anschaltet. Sie müssen sie entschuldigen, guter Herr. Und dann wollen sie Ärztinnen werden. Paquita, bring mir meinen Hausrock. Hörst du, meinen Hausrock. Den blauen. Ich glaube, ich kenne Sie. Aber natürlich! Sie sind der Neffe von José Maria.«

»Aber Tante, dieser Herr ...«

Die Alte ist taub.

»Sind Sie nicht der Neffe von José Maria? Aber Sie sehen ihm sehr ähnlich. Ist es nicht so, Rosario? Ein sehr lustiger Herr, der eine Kurzwarenhandlung in Gracia führt. Da soll sich noch einer zurechtfinden. Ich dachte, er wäre es und brächte uns ein paar Spulen La-Cadena-Garn, das er uns versprochen hat. Unsereins ist nicht geschaffen für so ein Leben. Sind Sie Katalane? Nein? Aber es ist nicht zu glauben, wie Sie dem Neffen von José Maria ähnlich sehen!«

Cuartero wollte sich erklären, die jungen Frauen bugsierten die Dicke zurück in ihr Zimmer. Sie fragte eines der Mädchen (Rosario hatte sich nicht gerührt):

»Kommt er nicht im Auftrag von Pura, vom Friseur?«

Sie schafften sie fort. Zu hören war noch:

»Und die Eier?«

Cuartero näherte sich Rosario:

»Wo arbeiten Sie?«

»Im Rüstungsamt.«

»Darf ich Sie an einem der kommenden Tage abholen? Ich werde Ihnen so ausführlich wie möglich berichten.«

»Sie sind sehr freundlich.«

»Wann endet Ihr Dienst?«

»Um sieben Uhr.«

»Mein herzliches Beileid.«

»Ich danke Ihnen.«

»Machen Sie sich keine Umstände. Ich kenne den Weg.«

Nieves begleitete ihn, schaltete das Licht im Flur an, wo auf dem Boden noch immer das Blut klebte.

»Sie müssen entschuldigen. So viel an einem Tag.«

Sie wünschten sich gegenseitig einen guten Abend; und als sie die Tür schloß, sagte die junge Frau – aus Gewohnheit – zum Abschluß:

»Danke für Ihre Bemühungen.«

Cuartero, der im Dunkeln nach dem Treppengeländer suchte, antwortete über die Schulter:

»Bitte, bitte.«

Doña Remedios, die Tante, war auf den letzten Drücker, als sie schon fast fünfundvierzig war, schwanger geworden. Das Ereignis traf sie völlig unvorbereitet und sorgte für unbändige Freude. Sie verheimlichte es vor allen, auch dem Vater, einem barceloneser Anwalt, einem Witwer mit bereits erwachsenen Kindern, der sie immer behandelte, als wäre er auf Besuch, er sehr höflich, sie sehr höflich. Sie nannte ihm keinen Grund, als sie ihm eines Mittags nebenbei, als handelte es sich um eine Belanglosigkeit, eröffnete, daß sie ihr Verhältnis als beendet betrachtete.

»Bin ich in Ihrer Wertschätzung gesunken?«

»Nein.«

»Bin ich Ihnen lästig gefallen?«

»Nein.«

»Benötigen Sie mehr Geld?«

»Nein.«

Der Mann saß auf der Sofakante, mit seinem gestärkten Stehkragen und dem verrückten Krawattenknoten, darunter die goldene Uhrkette, und strich sich über den gefärbten Schnauzbart; keine Bewegung, und auf dem Mittelscheitel seines gegelten Haares schimmerte das Licht.

»Worauf muß ich dann zurückführen, daß ich verlassen werde? Werde ich durch jemanden ersetzt?«

»Sie beleidigen mich, mein Freund.«

Doña Remedios fuhr nach Vich, wo sie einen Bruder hatte, und entband. Fortan lebte sie einzig für das Mädchen. Innerhalb von zwei Monaten nahm sie zwanzig Kilo zu und ging völlig aus der Form; jede Mahlzeit war ihr zu spärlich, weil sie dem Säugling noch mehr schenken wollte. Sie, die sich immer gerne herausgeputzt hatte, vergaß Schminke, Kleider und Schmuck: alles für das Gör. Ständig trug sie sie am Leib, und so sehr man ihr auch sagte, sie verziehe es, küßte und herzte sie das Kind in einem fort und tanzte von früh bis spät um es herum. Beim kleinsten Mucks gab sie ihm die Brust, ihre riesenhafte Brust.

»Wer hat dich lieb, meine Königin? Meine Kaiserin, Prinzessin, du Himmelskind, du wunderbares!«

Die Kosewörter sprudelten in ununterbrochenem Strom. Es fehlte nicht viel, und sie hätte das Pipi der Kreatur getrunken und die Augenbutter ausgeschleckt. Das Kind selbst war schwächlich, durchscheinend, ein wässriger Wurm, der den lieben langen Tagen an der Brust hing wie ein Blutegel am Arm oder eine Seemuschel am Schiffskiel. Doña Remedios hatte seit jeher einen guten Schlaf, tief und lang. Mit anderthalb Monaten, als die Mutter in einer Sommernacht die rundliche Masse ihrer schwitzigen Brüste von der einen auf die andere Seite wälzte, geriet die Kreatur unter die schlafenden Last des milchverklebten Fleisches und erstickte, ohne auch nur einen Pieps von sich zu geben.

Die gute Frau kam nie wieder auf die Beine. Zurück blieb ein etwas irrer Blick, der sich nur schärfte, wenn sie Katzen maunzen und miauen hörte: Das lenkte ihre unmäßige Liebe auf die Kätzchen; der Schmerz kehrte zurück, und gerade darin lag ihr Vergnügen, als ob das Schlimmste, was ihr widerfahren könnte, darin bestünde, ihr Vergehen zu vergessen. Sie gefiel sich in ihrer Eigenschaft als arme Seele. Nachts nahm sie hin und wieder ein Kätzchen mit milchverschmierter Schnauze und erstickte es, als wäre es aus Unachtsamkeit, unter ihrer Brust. Das Tier kämpfte natürlich um sein Leben, und die Tyrannin genoß den Schmerz ihrer verkratzten und blutenden Rippen.

»Schau, wie schlimm!« sagte sie jedesmal am darauffolgenden Morgen, wenn sie den zerquetschten Katzenkadaver zwischen den Laken hervorzog.

Vielleicht meinte sie, sie würden ihr die Eingeweide herausreißen. Niemand konnte sich ihre Manie erklären, denn über den Tod ihres Sprößlings verlor sie nie eine Silbe.

Als die Nichten das mitbekamen, versuchten sie, ihr die Tierchen wegzunehmen, sobald sie sie nach Hause brachte, aber das fette Weib schnüffelte den Würfen hinterher und schnappte sie sich überall, zumal bei der allgemeinen Not niemand um ein Katzenjunges feilschte; wenn doch, dann tauschte sie es gegen Essen ein, das sie sich vom Mund absparte.

Die beiden Nichten, die außer Rosario bei ihr wohnten, waren Töchter jenes Bruders aus Vich, der während der ersten Tage des Militäraufstandes zu einem Spaziergang abgeholt worden war. Ein traditionalistischer Gemeinderat, der seine Töchter nach strengsten puritanischen Regeln erzog, die anzuwenden eine Mutter niemals erlaubt hätte; aber seit ihrer frühsten Kindheit waren die Mädchen Halbwaisen. Am 25. Juli kamen sie nach Barcelona, um ihren Vater zu suchen, beunruhigt, daß er so lange fortgeblieben war und sie keine Nachricht von ihm hatten. Sie identifizierten seine Leiche und auf den Rat von Nachbarn blieben sie in der Stadt. Ihre Tante nahm sie auf. Für sie bedeutete der Umzug die Entdeckung der Welt und eine Befreiung: Seidenstrümpfe, Schminke, Kino, Plappern ohne Zaum und Zügel, ausgehen, tanzen und singen. Sie kamen aus dem Staunen nicht heraus: Daß ihre Glieder auch zum Tango taugten, ihre Stimmen zum Schreien oder zum Trällern, ohne auf die Tonlage zu achten, und das Bett, um hineinzusteigen, wenn einen die Lust dazu überkam.

Rosario war anders.

2. Rosarios Jugend

(San Sebastián)

Rosario war am 5. November einundzwanzig Jahre alt geworden, um ihre Erziehung hatte sich niemand recht gekümmert, weder die laxe Großmutter, noch der völlig mit sich selbst und seinen Schicksalsschlägen beschäftigte Vater. Ihre Erinnerungen reichten über San Sebastián nicht hinaus, wo Großmutter Elvira ein kleines Geschäft für Muscheln und Korallen führte, in einem kleinen, engen und düsteren Laden in der Calle de Garibay. Die gute Señora war so ungepflegt, daß man fast meinen konnte, sie wäre nicht ganz da; die Zeit plätscherte für sie ohne Einschnitte dahin, und so konnte es passieren, daß sie die Tage durcheinanderbrachte und es unter den verschiedendsten Vorwänden versäumte, rechtzeitig die Raten ihrer Wechsel zu bezahlen. Hätte sie nur ein bißchen Ordnung gehalten, sie hätte ihr Geschäft ohne den ewigen Ärger vorangebracht, doch bei ausstehenden Rechnungen wandte sie sich allemal lieber an einen Freund, Vertreter oder Kunden, um sich die kleine Summe zu borgen, die zum Begleichen des Protestes vonnöten war, und sie suchte sie noch nicht einmal auf: Den erstbesten, der in ihrem Laden erschien, pumpte sie an, und damit kam sie durch, denn während des Winters schauten nur Bekannte vorbei, und während des Sommers geriet sie nicht in Nöte, dank der vielen Fremden: Reisende aus Zaragoza, vom König bis zum Tagesausflügler, von der Matrone bis zur Ferienliebschaft, von Damen aus Logroño bis zum Madrider Beamten, sie alle erlaubten ihr, ›ordentlich Kasse zu machen‹. Rosario haßte diese Zeit, die sie wie keine andere an den Tresen fesselte; Schmeicheleien waren noch nie ihre Sache gewesen, und die Bücklinge, die sie vor möglichen Käufern machen mußte, verdarben ihr die Laune. Im übrigen Jahr verirrte sich keine Menschenseele in den Laden, und auch die Enkelin ließ sich nur dann blicken, wenn sie zufällig vorbeikam.

Die Stadt wuchs, wenn es Winter wurde; dann weiteten sich die Straßen und die Perspektiven in der Einsamkeit. Rosario mochte das feuchte, regennasse San Sebastián, den weiten Himmel in den Pfützen der glitzernden Straßen, die feuchte Luft im Nieselregen, das gleichmäßige Sticheln des Sprühregens auf den Schultern, während Böhen vom Meer her den dunklen, schlierigen Himmel zerzausten und die Wellen an den gebündelten Pfählen vor der Mole brachen und die Promenade überspülten, den Asphalt, die Steine, mit ihrer ganzen Wucht und wie Peitschenhiebe knallend. Rosario spürte das rauhe, dunkle Schlagen, das Erzittern der Pfähle unter der Brandung in den Tiefen ihrer Brüste, die in einem kneifenden Büstenhalter steckten.

»Durch den Regen laufen ist, wie geborgen in einem Haus zu sitzen«, sagte das Mädchen gerne.

Sie mochte Schnecken.

»Mit ihrem Haus auf dem Rücken, und sie schmecken so gut.«

»Solche wie sie sterben immer im Bett«, merkte die Großmutter an.

Großmutter Elvira war italienischer Abstammung, sie war klein, ergraut und trug eine Brille mit Nickelgestell, kleinen, sehr ovalen Gläsern, die sie ununterbrochen auf- und absetzte: um eine zartrote Koralle anzusehen, eine mehr oder weniger japanische Perle, einen Passanten, eine Fliege, einen Nadelstich, nichts. Den Tag verbrachte sie zwischen Sockenstopfen, Rosenkranz beten, und ihren Rückzügen ins Hinterzimmer des Ladens, um Pfeife zu rauchen; eine häßliche Angewohnheit, die sie nach dem Tod ihres Mannes und dem Beginn ihrer Wechseljahre – was zu ihrem Unglück zusammengefallen war –, angenommen hatte. Der Verstorbene war ein herzensguter Mann gewesen (gebürtig aus Eibar, großer Pelota-Spieler, treuer Kirchgänger und Kofferträger im *Hotel de Francia*), der sie wie eine Königin auf Händen getragen hatte und sie immer an den Klassenunterschied erinnerte; niemals gestattete er ihr, Geschirr zu spülen, den Nachttopf zu leeren oder das Geschäft zu führen. Man gewöhnt sich nur zu gerne daran, auf einen Altar gehoben zu sein, und vielleicht sagte man deshalb ständig über sie:

»Doña Elvira?«

»Eine Heilige.«

Auch nach dem Tod ihres Übermannes wollte die gute Frau weiter ihr Prinzessinnendasein führen, und so wurde das Haus immer schmutziger und unordentlicher, da sie ausschließlich ihre Garderobe in Schuß hielt, blitzsauber und wie aus dem Kostümfundus, so ging die Frau zwischen Regalen, Waren, Rechnungen, auf denen meterdick der Staub lag: Überall hinterließ der Finger Spuren, nur auf dem Spiegel nicht. Niemand durfte ihr ›bei ihren Angelegenheiten‹ helfen, da sie der Überzeugung war, alles sei in bester Ordnung. Ihre bessere Hälfte war zu einer Zeit von ihr gegangen, in der es ihr am wenigsten wehtun konnte; das Laster des Rauchens schaute sie einer Bekannten ab, einer Fischerin vom alten Schlag. Mit den Jahren ließ ihr Gedächtnis nach, und im gleichen Zug häuften sich ihre Schwierigkeiten mit all dem Tohuwabohu. Die Leute in ihrer Umgebung schüttelten über ihre fortschreitende Amnesie ungläubig den

Kopf, denn der Gedächtnisschwund trat ausschließlich im Zusammenhang mit Angelegenheiten auf, die ihr lästig waren oder die gewisse pagatorische Anstrengungen erforderten; wenn etwas umsonst war, war ihr Gedächtnis messerscharf. Sie hatte sich behaglich eingerichtet in ihrer vorsätzlichen Ignoranz, und gegen eine gut gepflegte Dummheit ist kein Kraut gewachsen. Und so lebte sie dahin, sie ganz zufrieden, die anderen weniger. Aus der zarten, lebhaften und schlanken Dame wurde eine fette Tonne. Fettschicht über Fettschicht legte sich über ihre wogenden Flanken, im Fließen erstarrte Lava. Ihrem Putz und ihrer aufwendigen Haartracht konnte das nichts anhaben. Mercedes, die Hausschneiderin, änderte ihr Rock und Bluse des immer gleichen Traueraufzugs, dem ewigen Zeichen ihrer Witwenschaft. Ihr Korsett mußte sie ablegen, das Kleidungsstück, das sie immer als Zeichen fraulicher Würde verteidigt hatte und das für erbitterte Zwistigkeiten zwischen ihr und der Enkelin gesorgt hatte:

»Mein Kind, hast du auch dein Korsett an?«

»Aber Großmutter, so etwas trägt doch heute niemand mehr.«

»Zieh es auf der Stelle an, du Schlampe.«

Manuel, der Hausschreiner, hobelte Millimeter für Millimeter die Beine des mächtigen Sessels ab, in dem sie den Tag zu verbringen pflegte, und Doña Elvira spreizte Stück für Stück die Beine, um Platz zu machen für ihr mächtiges Gesäß; ihre Euter ergossen sich über ihren Bauch wie schwere Trauben ohne Stützgabeln, schwarze Wogen, allein von der Bluse gehalten:

»Mein Kind«, sagte sie häufig in ihren letzten Jahren, wie um zu sagen, daß sie sich geschlagen gab und um Verzeihung bat, »Bequemlichkeit geht vor.«

Sie saß immer am Ende des Tresens, von wo aus ihre Apfelbäckchen leuchteten, die bis auf ein paar leichte Krähenfüße vollkommen glatt und rosig waren, mit dem Rücken zum Spiegel, in dem ihre gepflegte Frisur zu sehen war, mit dem fest zusammengewirkten Dutt, aus dem nicht eine Strähne hing und der schimmerte wie Silber. Ununterbrochen hörte man das Klappern der Brille, die auf die Glasplatte des Tresens stieß. Im Winter – der Laden war feucht –, hüllte sie sich in eine schwarze Decke und bebrütete ein kleines Kohlebecken unter ihrem raschelnden Unterrock. Die Hitze stieg ihr zwischen den Beinen hoch, strömte in ihre Beinkleider mit breiten, mit Noppen und Durchbrüchen reich verzierten Spitzenbordüren, und weiter hoch bis in die Spalte selbst, was ihr ein angenehmen Erinnerungen zuträgliches Hochgefühl verschaffte. Sie hatte zwei Töchter verloren – María und Teresa –, zwei hübsche, kurvenreiche Mädchen, Vergnügungen sowie Schminke, Putz und Müßiggang sehr zugetan. Teresa starb, als sie noch jung war, verheiratet mit jenem Leandro Zamora, der sie viele Jahre lang ausgeführt hatte, ein Einfaltspinsel, den sie erwählte, um weiter herumkommandieren und nichts tun zu müssen. María lebte in Valladolid, verloren in einem ganzen Stall Kinder, derer sieben überlebt und sie aufgezehrt hatten. Ihr Gatte war ebenso gutmütig wie schlecht bezahlt. Die Großmutter hatte in Barcelona eine Schwester, mit der sie nur alle heiligen Zeiten Kontakt aufnahm, was einzig und allein auf die Faulheit beider zurückzuführen war. Die Schwester blickte auf ein weitaus bewegteres Leben zurück als sie: Sie war verheiratet gewesen mit einem kleinen katalanischen Handelsvertreter, in den Jahren der Kuba-Katastrophe, bis er bei einem Brand ums Leben kam und die Witwe für zwei Jahre von der Bildfläche verschwand. Sie behauptete, Ägypten und die Türkei bereist zu haben. Doña Elvira war kein neugieriger Mensch, und so gab die Schwester, da sie nie gefragt wurde, keinerlei Erklärungen ab. Sie hatten sich fast zwanzig Jahre nicht gesehen.

Rosario wuchs zwischen der Avenida, dem Boulevard und dem Hafen auf, und ging hin und wieder zur Schule, denn die Nachlässigkeit der betagten Großmutter kam ihren Treffen mit den jungen Burschen wunderbar gelegen, und der Vater kümmerte sich nur um ihre Vorlieben. Sie wurde lebenslustig und stark, erlitt weder Verdauungsstörungen, Mandelentzündungen, Wundrosen, Masern noch sonstige fieberhafte Erkrankungen. Eines morgens wurde sie ohne zu erschrecken zur Frau, und in der Folgezeit schwoll ihr Busen, daß es zuzusehen eine Freude war.

Sie wollte Friseuse werden, Verkäuferin, Lehrerin, Kosmetikerin, Französisch lernen und Englisch. Sie fing alles an und gab es wieder auf, denn sie ließ sich bereitwillig von der ihr eigenen Antriebsschwäche besiegen, von angeborener Begeisterungsfähigkeit, Spaziergängen, Einladungen zum Essen, Kino, ausgiebigem Schlafen und Schwimmen.

»Und du, was willst du später machen?« wurde sie immer wieder gefragt.

»Ich? Ich will heiraten«, antwortete sie altklug, überzeugt von ihrer Bestimmung, denn Lachen war nicht ihre Art, da sie bereits die Aura einer byzantinischen Kaiserin trug.

Sie hatte alles: Heiratswillige, Bordsteingalane, Vor-der-Türsteher, Allzeitbereite und jede Woche einen Neuling. Deren dichterischen Ergüsse waren wie Honig. Die Großmutter wollte es gar nicht genauer wissen. Ein »Mach keine Dummheiten!«, »Paß auf, was du tust!«, mißmutig in den Raum gestellt, und das war's. Drei oder vier Sonntage ging Rosario zu den Tanznachmittagen von Igueldo. Sofort wurde sie von jungen Männern aus besserer Familie aufgefordert, eifrigen Kasino-Gängern, die herumwirbelnden Modistinnen oder dem großzügigen Duft der Hausmädchen hinterherstiegen. Die jungen Herren luden sie zu Spritztouren ein. Sie schreckte nicht davor zurück, in ein Auto zu steigen, so allein, so nah: nach Pasajes, Fuenterrabía, Zarauz; sie nahm Einladungen zum Essen an – um des Essens willen –, und um der gepolsterten Sitze der Automobile. Schmeicheleien über ihr Wesen fand sie so selbstverständlich wie den Anblick der ergeben bettelnden Burschen. So jung sie war, besaß sie doch Erfahrung und Raffinesse. Flinke Hände abzufangen, die über ein absichtlich zufälliges Streifen hinausgriffen, war ihr ein leichtes. Für sie war dies alles hinreichende Verehrung ihres Frauseins.

Die Zeit vom 15. Mai bis Mitte Juni verbrachte sie bei ihrem Vater in Teruel. Der wiederum kam um Weihnachten für ein paar Wochen nach San Sebastián. In der kümmerlichen aragonesischen Kapitale erging es ihnen beiden schlecht: ihm, weil er sich seinen täglichen Besuch im Kasino und eine Partie Schach versagte; ihr, weil es ihr an Ansprache mangelte, an Gesprächsstoff, und die Enge des Städtchens und die Schüchternheit der Galane sie anödeten; allein ohne ihre Freundinnen; denn die, die sie über ihren Vater kennenlernte, waren duckmäuserische Mädchen in Hemd und Unterrock, mit fernem Geliebtem und Anstandswauwau; und auch die Bewunderung, die sie durch ihre heitere Art weckte, bot keinen Ausgleich. Aber auch sie gab sich verschlossen, wo sie doch so gerne über Mode und Kino plauschte, und das, obwohl der eine oder andere Film auch nach Teruel kam, allerdings so verspätet, daß er schon ranzig schmeckte. Was Vater und Tochter fehlten, waren gemeinsame Erinnerungen, die sie einander nahegebracht hätten, unbedeutende gemeinsame Erlebnisse, die ein Gespräch hätten in Gang bringen können, aufbauend auf dem immer wieder gleichen: »Weißt du noch, damals …«, »Erinnerst du dich noch, als …?« Ihre Erinnerungen waren unecht, hotelhaft; ihnen fehlten Erlebnisse, Alltäglichkeiten, die sie in einer banalen Vergangenheit zusammengeschlossen hätten, in die Vergangenheit eines warmen und belebten Zimmers.

Nachdem sie über ihre Großmutter und Tante hergezogen und die Anbändelungsversuche der Señoritos abgewehrt hatte, hielt die Stille Einzug und machte die Dinge schwieriger. In den letzten Jahren bemühte sich Don Leandro, sie an seinem Studium teilhaben zu lassen, aber die völlige Gleichgültigkeit seiner Tochter für seine Leidenschaft, zu der er sich bekannte, trieb ihn in die Resignation. Die Tage waren lang, und Kinovorstellungen gab es nur an Samstagen und Sonntagen. Rosario zog mit den Töchtern des Apothekers los, während ihr Vater seiner Hauptbeschäftigung im Rathaus nachging. Von Teruel blieb ihr das Bild einer trockenen, staubigen Stadt und summender Fliegen. Inmitten der trostlosen Ödnis jedoch gab es die Sicherheit einer Bindung, eine steinerne Ruhe, eine Verläßlichkeit der Wörter, des Bestehenden. Das Wissen: ›Sie ist meine Tochter‹, ›Er ist mein Vater‹, wenn sie sich flüchtig mit ihren Blicken verständigten.

Mit sechzehn hatte Rosario ihren ersten ›richtigen‹ Freund; es gab Tränen, Eifersüchteleien, Verbote und betörende Fummeleien. Er war ein Mannsbild mit kräftigem Brustkasten. (»In unserer Familie haben wir schon immer die Großen gemocht«, sagte die Großmutter.) Augen mit Schieferglanz, Bärenpranken, Schuhgröße 45, gerade Nase, hellbraunes, stoppeliges Haar; scharfes Kinn, englischer Anzug, kleine Kappe, wie Priester sie tragen. Sohn eines Regenmantelfabrikanten aus dem Gros-Viertel; begeisterter Pelota-Spieler und bei Real Sociedad San Sebastián Flügelstürmer auf der Ersatzbank; ein Vielfraß und Schluckspecht, aber egal wieviel er gekippt hatte, er blieb immer kerzengerade. Eifersüchtig wie ein Stier wachte er über seine Versprochene, während sie unter seiner strengen Aufsicht zahm wurde wie ein Lamm. Als Konservativer und Katholik bekleidete er ein wichtiges Amt bei den Mendigoitzales, einer aktiven Untergruppe der Partei der Baskischen Nationalisten; ein bei Alten und Klerikern gerngesehener Mann, eng befreundet mit Pérez Garmendía, mit dem er am 18. Juli 1936 die Verteidigung des Baskenlandes in die Hand nahm.

Für Rosario war die Monarchie nicht mehr als eine blasse Erinnerung, verbunden mit einer Puppe, einer großen Stoffpuppe aus einem Geschäft, das auch königlicher Hoflieferant war; aber sie hatte sich nie viel aus Puppen gemacht. Sie erinnerte sich noch an das Spektakel bei der Freilassung der Gefangenen am 14. April 1931. (Wie alt war sie damals: zwölf, dreizehn?) Die Monarchisten bestanden aus einer Gruppe feiner Herren, die sich im *Café Madrid* oder im *Náutico* trafen, Sommerfrischler mit Adelstitel: unterm Strich, lauter Niemande. Die Nationalisten, das war schon etwas anderes, allein schon deshalb, weil Tomás – ihr Verlobter – bei ihnen mitmachte, das war Beweis genug. Sie las keine Zeitung und wußte auch nichts von der Welt. Norden war für sie Biaritz und Bayonne, der Westen Bilbao, der Süden Madrid, und mit mehr brauchte man ihr nicht zu kommen. Die Erhebung kam für sie aus heiterem Himmel, sie empfand sie als Unverschämtheit.

»Ausgerechnet jetzt, im Sommer. Dazu haben sie kein Recht! Und was ist mit der armen Großmutter?«

Die Großmutter blieb völlig ungerührt.

»Mein Kind, ich habe schon anderes erlebt.«

Kein Beben kann die Erde so erschüttern wie die ersten Tage einer Volksrevolution; sie wirbelt nicht Staub auf, sondern fördert Schlick und Urgestein zutage, und durch ihre eigene Wucht schaukelt sie sich immer weiter auf und erkennt sich selbst nicht mehr. Jeder Tag ist ein Sonntag. Jugendliches Ungestüm erwacht zu neuem Leben, treibt aus und wärmt das Herz. Alles läuft zusammen, das schürt die Begeisterung: Die Waffen in der Hand, wie Knospen, die Zeit löst sich auf, die Müdigkeit verfliegt. Längst aufgegebene Mythen leben wieder auf und sind zum Greifen nah. Alkoholnachschub, Alchemie für alle. Wer zweifelt am Fortgang der Bewegung? Alle glauben an Gott. (Wozu dann noch die Kirchen?) Der Glaube an eine bessere Welt läßt das Universum in frischem Grün erstrahlen, für jedermann greifbar. Was bedeutet es da schon zu töten, was bedeutet es da schon zu sterben. Alles ist einfach. Alles geben sie für nichts: die Zukunft und den Wein, die Unsterblichkeit und das Benzin, die Macht und die Theater, die Brüderlichkeit und die Bücher, die Eisschränke und die Gleichheit.

Tomás fuhr in seinem Auto, das er zwei Monate zuvor gekauft hatte, im Monteursanzug, mit Pistole, rastlos hin und her. Die ersten Tage verstrichen in Unentschlossenheit. Unentschlossen auch der Militärgouverneur.

»Aber wir sind doch für die Republik! Aber wir sind doch für die Regierung!«

Unentschlossen auch die Befehlshaber in der Loyola-Kaserne:

»Wir dulden nicht, daß man an unserer Loyalität zweifelt!«

Doch dann nutzten die Militärs den Augenblick, in dem die Entschlossenen aus der Hauptstadt San Sebastián in zwei Kolonnen nach Eibar aufgebrochen waren, um sich Waffen zu besorgen, und gingen auf die Straße. Alles stellte sich ihnen entgegen: Anarchisten, Sozialisten, Kommunisten und Nationalisten; Arbeiter und Taugenichtse; im Urbieta- und im Amara-Viertel; im Theater *María Cristina* und im *Gran Casino*, überall kämpfte man gegen die Guardia Civil, gegen die Falangisten (eine Handvoll) und gegen die Offiziere. Und man siegte. Einige der Verlierer flüchteten in die Loyola-Kaserne.

»Ach was, die nehmen sie niemals ein.«

Auf dem Urumea glaubten sie sich sicher. Nach drei Tagen gaben die Belagerten auf. Und das, obwohl ihre Gegner nur mit Flinten, Pistolen und einigen Stangen Dynamit ausgerüstet waren. Die Männer wogen mehr als tausend Maschinengewehre.

In der Zwischenzeit rückten Beorlegui und Solchaga auf Irún vor. Von dort bis Tolosa gab es an einer Front von über hundert Kilometern nach zwei Tagen Kampf noch eine einzige Kiste mit fünfhundert Patronen Munition.

»Schießt erst ganz am Schluß.«

»Ich habe noch drei Kugeln.«

»Ich, zwei.«

»Gib mir ein Magazin, wenn der nächste Zug kommt, kriegst du es sofort wieder.«

»Gib mir ein paar Patronen ...«

Mit leeren Händen ... Die Waffe in der Hand, ohne Munition.

»Gib mir ein paar neun Millimeter, morgen, wenn das Schiff kommt, gebe ich sie dir zurück.«

Die Züge aus Hendaye! Das Schiff aus Pasajes!

»Letzte Nacht ist er gekommen.«

»Heute Abend hat es angelegt.«

»Hast du das denn gesehen?«

»Nein, aber ich habe es aus sicherer Quelle. Perico hat es gesehen.«

»Ich weiß es von Juan Miguel.«

»Tomás Arresti, der Verlobte von Rosario, kümmert sich darum. Er weiß Bescheid. Der Grenzkommissar hat es ihm gesagt.«

»Drei Waggons ...«

»Meinst du etwa, eine Volksfrontregierung wie die in Frankreich würde uns nicht mit Waffen und Munition versorgen?«

Und dort stand nun die Munition bereit. Dort hinter dem Bidasoa. Dort. Man sah sie förmlich, fast in Reichweite, zum Greifen nah, dort, dort. Sie saß dort fest, aufgehalten, starr. Und so eingeschlossen, war sie für mehr Tote verantwortlich, als wenn sie zu ihrem Bestimmungsort gelangt wäre. Ihren tödlichen Zweck erfüllte sie, indem sie treffsicher diejenigen tötete, die sie nicht erhalten hatten.

Eines Nachts kappten die Eisenbahner in Hendaye die Stromleitung, und als nun der Bahnhof im Dunkeln lag, setzten sie die ersehnten Waggons in Bewegung, mit der Kraft ihrer Arme, in Richtung der spanischen Grenze. Sie wurden erwischt und eingesperrt. Die Spanier jenseits der Grenze, die nur die Kugeln bekamen, die sie trafen, wurden weiß vor Zorn und Fassungslosigkeit, und ausgezehrt von ihrer Machtlosigkeit zogen sie sich, mit nichts als dem eigenen Hemd auf dem Leib, aus Irún zurück und verloren den Zugang zur Grenze.

Dort starben auch französische Arbeiter, die erst am Vorabend gekommen waren, erniedrigt und verbittert vor Zorn und Scham:

»Glaubt ja nicht, daß alle so sind.«

Die französische Regierung betrachtete vom Schlagbaum aus die Arena. Das Schiff kam zu spät, als Pasajes schon verloren war, und löschte seine Fracht erst in Bilbao.

Die Faschisten rückten über Gainchurriazqueta vor, um Rentería abzuschneiden. Am Abend des 12. August, nachdem man zu der traurigen Gewißheit gelangt war, daß der Nachschub an Kriegsgerät nicht mehr eintreffen würde, wurde der Entschluß gefaßt, San Sebastián aufzugeben. Die Leute verließen die Stadt in Lastwagen, Bussen, Autos, Zügen, in aller Ruhe und Ordnung, ohne Drunter und Drüber. Die Schiffe mußten die Flut abwarten, um zwölf Uhr nachts, als bereits das Gewehrfeuer der Aufständischen zu hören war.

Rosario und ihre Großmutter fuhren nach Bilbao, wo sie bei einer Nichte mit einer großen Schar Kinder einzogen. Die Alte wurde krank vor Sorgen. Rosario meldete sich als Krankenschwester. Ihre Ruhe und Ausgeglichenheit halfen ihr, und die Ärzte schätzten sie sehr. Nur Tomás sah sie nicht wieder, er war in Gefangenschaft geraten. Obwohl er zum Tode verurteilt worden war, begnadigten sie ihn, nachdem sie ihn dreimal an die Wand gestellt und dreimal seine Exekution simuliert hatten. Das Leben rettete ihm ein stockreaktionärer Verwandter, wohnhaft in Pamplona, der Himmel und Hölle in Bewegung setzte und bürgte, was zu bürgen möglich war. Er scheuchte Karlisten auf, beschwatzte Bischöfe, brachte die Acción Católica ins Spiel, fiel allen ihm bekannten Falangisten auf die Nerven. Kurzum, er zog sämtliche Register, denn die vierte Scheinerschießung würde Tomás nicht überleben.

In Bilbao lebten die Leute auf der Straße, in Hauseingängen, mit ihrer Kinderschar an der Hand, damit sie auf der Stelle in die Schutzräume rennen konnten, sobald Alarm ertönte. An den Ecken saßen Frauen und stopften Strümpfe.

An dem Tag, als die Bomber im Dienst der Rebellen Guernica dem Erdboden gleichmachten, machte sich Rosario auf den Weg nach Santander. Die Großmutter blieb; all das Fett, das ihr das Herz erdrückte, ließ ihr keine andere Wahl.

In der Provinzhauptstadt arbeitete Rosario im Valdecilla-Krankenhaus. Von dort wurde sie im letzten Augenblick evakuiert, über das Meer nach Gijón.

Dort angekommen, vertraute sie sich Luis Sarrasqueta an, einem alten Sozialisten aus Bilbao, der für einen Teil der Evakuierten zuständig war. So ging die junge Frau in La Rochelle von Bord, nach einer Reise, die, abgesehen von dem Beschuß des Schiffs durch ein Flugzeug, ohne Zwischenfälle verlaufen war. Don Luis war bereits über sechzig, und noch immer ein gutaussehender Mann: klein, mit Glatze, die er unter seinem restlichen blonden Haar verbarg, in dem die ergrauten Strähnen fast nicht auffielen. Er war sorgfältig rasiert, Anzug und Barett waren stets vorbildlich gebürstet, das Werk seiner akkuraten Frau, einer vorbildlichen Hauswirtschafterin, die – da kinderlos – ihrem Mann so ergeben war wie sonst nur der Kirche. Luis Sarrasqueta war Stadtverordneter der Sozialisten, nicht etwa, weil er sich ein kleines bißchen mit marxistischen Theorien ausgekannt hätte, sondern aus freundschaftlicher Verbundenheit zu einer hochgestellten politischen Persönlichkeit dieser Couleur. Don Luis' Frau, mit Namen Begoña, hatte ein Pfandleih-Geschäft geerbt, so daß er Nippes und Schmuck für die zahlreichen Betthäschen hatte, denen der große Politiker an die Wäsche ging; daraus erwuchs eine Freundschaft, die über die Jahre Bestand hatte. Sein Sozialismus paßte bestens zu seinem unerbittlichen Antiklerikalismus, den er allen Widerständen der großen Familie zum Trotz verfocht und der ein Stein des Anstoßes war am Anfang seiner Beziehung mit seiner heutigen Gattin. Sie heirateten nur standesamtlich, was in der Stadt Tagesthema war und dem jungen Mädchen mehr als nur eine Beleidigung einbrachte. Wie konnte Begoña so etwas Unerhörtes hinnehmen? Die einzig mögliche Erklärung war, daß »er sie vernascht hatte«. In jungen Jahren hatte Luis den Ruf eines Lebemanns, weshalb allein schon die Erwähnung seiner Liebschaften bei der Verlobten ungeheuerlichen Widerwillen weckten; offenkundig wurzelte darin der Grund ihrer Heirat – zwischen einer Halsstarrigen und einem Hallodri, so war es doch –, weil sie womöglich von dem geheimen Wunsch beseelt war, ihn zu bekehren, ein Vorhaben, das gründlich in die Hose ging. Dazu muß man wissen, daß Don Luis damals bei vielen Damen der besseren Gesellschaft von Bilbao ein ausgesprochen gerngesehener Gast war, und daß er allein mehr Hörner aufgesetzt hatte als Stiere über die *Ferias* getrieben wurden. Die Aussicht, sagen zu können, »er gehört mir«, und Arm in Arm mit ihm durch die Straßen zu spazieren, hatte keinen geringen Einfluß auf Begoñas Gemüt und ihren Entschluß gehabt, verschlossen und willfährig wie sie gleichwohl war. Als Ehemann hatte er seine Kneipentouren und Techtelmechtel fleißig weitergeführt, und auch jetzt, da die Jahre ihn besonnen gemacht hatten, suchte er bei jedem Volksfest sein Tanzvergnügen: Allerdings schwand sein Erfolg bei den Frauen von Mal zu Mal. Das einzige, was in Doña Begoña nagte, war, daß sie keine Kinder bekommen hatte; ein Umstand, den Außenstehende, wenn sie wohlwollend waren, als Strafe Gottes erklärten. Überflüssig, darauf hinzuweisen, daß Luis Sarrasqueta ein sympathischer Mensch war und über sämtliche Ereignisse, Lebensläufe und Klatschgeschichten von Bilbao bestens Bescheid wußte. Obwohl er ein Tunichtgut war, hielt man ihn überall für von Grund auf anständig, und in der Tat war er für einen heimlichen Pfandleiher und Schmuckhändler ein denkbar ehrenhafter Mann. Überdies war er mutig; während der Unruhen des Jahres 1917 tat er für eine ganze Reihe Genossen exzellente Unterschlupfe auf. Damals hatte er getan, was er konnte, und als es nun um die Evakuierung der Stadt ging, kam man erneut auf seine beherzte Art zurück. Er war voll und ganz bei der Sache; er verzichtete darauf, sich auf der »Habana« einzuschiffen, sondern zog es vor, sich mit den anderen auf den Weg Richtung Santander zu machen. In Gijón traf er auf Rosario Zamora, die er aus San Sebastián kannte. Die Großmutter nannte ihn – seit vierzig Jahren – Luisito. Keine Sekunde wollte der Mann sie aus den Augen lassen. Eines Morgens gelangte er zu dem Schluß, daß er sich in das hübsche Mädchen verliebt hatte. Dumm war er nicht, und so wollte er unbedingt vermeiden, sich in aller Öffentlichkeit lächerlich zu machen. Erst in Bordeaux wagte er, sie anzusprechen.

Kaum waren sie angekommen, fing ein anderer an, sie zu umschwänzeln und zu hofieren, und zwar ausgerechnet ein Freund ihres Verlobten mit Namen Ramón Arizmendi, der in einer Vertretung der baskischen Regierung arbeitete. Er war feinsinnig, schlau und scharfzüngig. Schlank wie die

Schneide eines Messers, stets in Grau gekleidet und das Barett tief in die Stirn gezogen, über dem linken Ohr. Sie ließ sich hofieren. Nach den schrecklichen Tagen in Santander und Gijón fand sie alles wunderbar. Eines morgens fand sie sich, ohne zu wissen, wie ihr geschehen war, im Zimmer des Burschen, und dieser eröffnete ihr, mühelos, eine neue Welt; über ihren ganzen Körper strömte der Saft. Kurz darauf wurde der junge Mann nach Barcelona geschickt; sogleich fiel Rosario ihre Großtante ein, und schnurstracks zog sie ihm hinterher. Und beiden hinterdrein Don Luis. Eine Woche später verschwand der windige Stenz mit einer halben Million Francs wieder zurück ins sichere Frankreich, ohne daß er je wieder gesehen wurde. Rosario trug von dem bösen Streich Blessuren mehr körperlicher als seelischer Art davon. Verletzt, voller Begierde auf den Mann, konnte sie sich nicht vorstellen, auf das zu verzichten, was sie mit solcher Verspätung erst kennengelernt hatte. Don Luis, der in dieser wie in allen anderen Angelegenheiten schlau wie ein Fuchs war, machte sich zum Angriff bereit, im Kostüm des platonischen Trösters, und als er an ihr einen Augenblick der Schwäche zu bemerken glaubte, versuchte er, sie für seine Begierden zu gewinnen. Sie widerstand ihm nicht. Don Luis aber wurde toll vor Liebe; alle mußten mit ansehen, wie er auf den Hund kam, vom Fleisch fiel, die Vernunft, seinen Scharfsinn verlor. Nach vierzehn Tagen überdachte Rosario kurz ihre Lage und setzte den Greis aus Bilbao über seine Entlassung in Kenntnis. Da lernte Paulino Cuartero sie kennen.

Don Luis fühlte sich alt und kehrte für immer in den Schoß Doña Begoñas zurück.

3. Rosario und Paulino

2. März 1938

Rosario wartete schon auf ihn. Paulino blieb stehen, um sie zu betrachten. Was zog ihn an? Ihm wurde bewußt, daß weder ihre Brauen, ihre Augen, ihr Mund, ihre Taille, ihr Wuchs, ihr Haar noch ihre Art, sich zu bewegen, mit seinem Idealbild von einer Frau übereinstimmten, soweit er überhaupt eines hatte; weder ihre Gestik noch ihre Vorlieben, noch ihr Geschmack. Rosario glich in nichts den Frauen, die er im Vorübergehen, flüchtig, aus dem Augenwinkel sah und die ihm dabei stumme Ausrufe der Bewunderung entlockten: Was für eine Schönheit! Die möchte ich haben! Eine Wucht! Und trotzdem trieb ihn eine dunkle Kraft, fühlte er sich von einem dunklen Flackern umzüngelt, wenn er mit ihr beisammen war. Er war ein anderer, seit er begriffen hatte, daß Rosario ihn begehrte. Er floß über vor Glückseligkeit. Mit einem Mal existierte die Welt für ihn nicht mehr. Er kämpfte nicht mehr. Er stellte keine Fragen mehr. Wenn er nicht bei ihr war, entschwand sie normalerweise aus seinen Gedanken, bis plötzlich, wie aus dem Nichts das Bild der Frau wieder vor ihm stand. Ihre Gestalt verflüchtigte sich wieder, und Cuartero kehrte zu seiner alltäglichen Verrichtung zurück. Sie war nicht hübsch, aber die Männer drehten sich nach ihr um, als würde sie einen Duft verströmen: Narden, Zimt,

Achselschweiß. Rosario stand unbeweglich da, sie betrachtete beiläufig, aber ohne sich ablenken zu lassen, ein Schaufenster. Sie wirkte nicht ungeduldig, dennoch bemerkte Paulino, daß jeder ihrer Muskeln gespannt war vor Erwartung, und daß das Geschehen um sie herum sie doch nicht im geringsten berührte. Sie hörte nichts, sie sah nichts: Sie wartete auf ihn, sie wartete auf ihn, ohne sich dessen bewußt zu sein: einer Pflanze gleich.

Er strich über ihren Unterarm, und sie legte Cuarteros Arm um ihre Taille. Ein paar Sekunden blieben sie so stehen, und Cuartero sah, wie sich auf Rosarios bloßem Nacken die erloschenen Vulkane der Gänsehaut erhoben.

Es war ein wunderschöner Morgen. Die Straßen waren wenig belebt. Sonntag. Sonnig und kühl. Eine sanfte Brise. Die meisten Schaufenster waren mit Rolläden verschlossen, manche wegen des Feiertags, andere wegen der Spärlichkeit ihres Angebots.

An Sonntagen strahlen Städte etwas wie Friedhofsatmosphäre aus. Jedes Haus trägt eine Inschrift, wie ein Grabstein: Ferreas und Brüder – Gummiartikel – Vilardel & Co. – Strickwaren – Comas-Hemden seit 1860. Man streift durch die Straßen wie an Grabreihen vorbei. An den Fassaden findet man Angaben zum Geburtsjahr, zum Beruf, und wie die Gräber sind die Häuser numeriert. Sonntagsruhe. Die Friedhöfe kommen vor den Städten, Karrees, Häuserblöcken, die Nummerierungen kommen von ... Was denke ich da die ganze Zeit?

Er hatte den Arm soweit um sie gelegt, daß seine Finger Rosarios Finger fassen konnten, und er hielt sie umschlungen wie eine Beute. Wie meist sprachen sie nicht; alle vier oder fünf Schritte spürte er, wie Rosarios Hüfte ihn streifte. In dem schwarzen, gewellten Haar, einem Wasserfall, spielte das Licht. Eine aufwendige Frisur, vom Friseur. Eine Frisur mit zwei Fransen. Sie trug einen weißen Schulmädchenkragen. Einen gepunkteten Schal. Sein Arm um ihre Taille. Die Stadt roch nach Sonne. Schließlich nahmen sie die Metro zur Plaza de España. Von der Calle de Lérida aus betraten sie das Ausstellungsgelände und gingen hoch zum Rosengarten.

»Was ist, Liebling?«

»Nichts.«

Nach zehn Schritten:

»Und bei Dir?«

Paulino Cuartero antwortete nicht; er nahm sie bei den Unterarmen und blickte forschend in ihre riesigen, byzantinischen Augen. Dann beugte er sich neben ihr über die Balustrade. Zehn Meter unter ihnen wuchsen Büsche, Brombeersträucher, eine Pinie, Oleander. Das Dach eines Hauses, ein Abschnitt Landschaft, und weiter hinten, plötzlich, die orange-rosa Weite der ganzen Stadt.

Ich bin erfüllt, denkt Paulino, erfüllt. Erfüllt von was? Überfließend. Ach, Rosario, du wirst es nie erfahren, weil es keine Worte dafür gibt! Wenn ich dir sage, daß ich überquelle, wie würdest du das verstehen? Musik. Ja, Rosario, am liebsten wollte ich singen können: Was ich jetzt am liebsten wollte, ist singen zu können. Wenn man mich jetzt fragen würde: Was willst du? Wünsche dir, was immer du willst, ich würde nur um eines bitten: singen zu können. Rosario, wenn ich dir sage, ich liebe ich, ist das gelogen. Ich liebe die Welt, die du mir heute morgen schenkst. Ich liebe die Welt, wegen dir. Ich liebe mich selbst in dir, ich liebe meine Hingabe, das Verschwinden der Erinnerungen und Gewissensbisse, ich liebe die Gegenwart, den Augenblick. Ich liebe den 2. März 1938. Ich verdanke ihn dir. Ich liebe dich, Rosario.

Sie kehrten ins *Font del Gat* zum Mittagessen ein. Es war wenig los. Sie saßen einander gegenüber, und Paulino spielte an dem Besteck herum. Es kam ihm vor, als verliefe zwischen ihm und Rosario eine Brücke, die sie einte, eine körperliche Verbindung, die sie von allem abtrennte, die um sie herum einen tiefen Graben zog, in dem alle anderen Lebewesen verschwanden. Sie fühlten sich *allein*, und von ihrer Insel aus kam es ihnen vor, als glänzte die Welt für sie *allein*.

Sie gingen zu der Wohnung, die Fajardo ihnen überlassen hatte. Selbstvergessen hatte Cuartero seinen Arm um Rosarios Taille gelegt. An seiner Seite spürte er die biegsame Flanke des Mädchens. ›Tja‹, fragte er sich, ›schön und gut?, Hm?, Gut und schön?, Hm?‹ Ohne zu merken, daß man das so oder so verstehen könnte. Seine Gedanken flossen ineinander. Alles drehte sich, ihn zum Narren haltend. Fest blieb allein der Rumpf, den er in seinen Armen hielt. Schiffbrüchiger in einem Meer aus Öl, das träge, tückisch, in sich selbst kreiste, an diesem arglistigen Sonntagnachmittag. Doch festgeklammert gelang es ihm, obenauf zu schwimmen. Glücklich inmitten der Trostlosigkeit, des Todes überall, des Nichts, umringt von der Stille, dem heißen Asphalt, den Ästen, an denen das frische Grün zu sprießen begann.

»Du tust mir weh«, sagte Rosario zu ihm, dankbar lächelnd.

Wie könnte ich sagen, daß sie Rosario ist? Vielleicht ist sie es nicht. Sie ist da. Sie existiert. Das ist ihre größte Tugend. Sie spürt sich leben. Wenn ich sie sehe, begreife ich, daß die Welt ist. Da ist. Sie nimmt die Dinge, wie sie sind. Sie befaßt sich mit den Schwierigkeiten, die direkt vor ihr liegen. Sie steht mit beiden Beinen im Leben. Ihr gefallen die einfachen Dinge, die eindeutigen Gefühle, während ihr Telegramme, Fotografien, Blumen in Vasen Unbehagen bereiten. Sie versteht keine Ironie; Humor kennt sie nicht. Sie liebt das Landleben, die Natur, und von Malerei oder Musik versteht sie nichts. Unter anderen Umständen wäre sie womöglich eine unerträgliche Frau; jetzt ist sie ein Geschenk des Himmels. Es ist ihr gleich, ob es Schokolade gibt oder nicht. Es ist ihr gleich, ob sie ein Kleid bekommen kann oder nicht.

Ob Gassen oder Plätze, ob das Land, Alleen, bedrohliche Berge – Paulino Cuartero kommt alles unwirklich vor. Er hat das Gefühl, alles um ihn herum wird für ihn aufgestellt, die Welt ist Dekoration, und wenn er, von hoch oben, über die vor ihm ausgebreitete Stadt und das Meer blickt, kommt es ihm vor, als hätte man das alles eigens für ihn vor wenigen Sekunden erst aufgebaut, als wäre die Natur ein Gemälde. Das einzig echte, existierende, plastische, ist Rosario. Der Rest ist Garnierung, Beigabe, Hintergrundlandschaft, Kulisse. Davor Rosario, greifbar, existierend, lebendig: Paulino fühlt sich als Luft, Baum, Landschaft, Umgebung. Paulino Cuartero sieht seine Arme, und er fühlt sich ganz Arm, würde am liebsten die Welt umarmen; die Welt, unerklärliches Phänomen, ist Rosario, einzig Rosario, und indem er sie in Armen hält, empfindet er, als umfasse er die ganze Welt. Und auf Knien dankt Paulino Cuartero Gott, dem Gott des Lichts, dem Schöpfer, daß es ihm gelungen ist, die Welt so schrumpfen zu lassen, daß er sie umarmen kann: Wind, Farben, Felsen, Sträucher, Gras, Meer, die ganze Stadt, der feine Regen, alles ist Rosario. Paulino Cuartero geht durch die Straßen und fühlt, daß die Häuser, die Straßenbahnen, die Telefonleitungen, die Antennen, das elektrische Licht, daß alles in Rosario ist. Er kann sich noch nicht einmal wundern über diese Erscheinung, da sein eigener Schatten, alles, was aus ihm heraustritt, in Rosario ist.

Arm in Arm gehen sie eine beliebige Straße hinauf, sie stoßen sich nicht an den Bordsteinen der einmündenden Straßen, denn sie wissen alles, sie erraten alles; sie sagen nichts, sie sprechen nie. Den Mund tun sie nur auf, um sich zu küssen. Sie bleiben in einer Ecke stehen – es stinkt und sie riechen nichts –, in einem Hausflur, an einem Baum, und sie schweigen. Paulino nimmt Rosarios Arm, und während er ihr Handgelenk drückt, spürt er, wie ihr fester Unterarm auf seinem Unterarm ruht. Das feste Fleisch des Mädchens erinnert Paulino an die Festigkeit des Meerwassers beim Hinausschwimmen, es erinnert ihn an seine Vorstellung von den Stämmen der Bäume, die er nie erklomm, den Rücken der Pferde, die er nie bestieg. Er läßt ihren Arm los und faßt sie um die Taille, sie sieht ihn an, und sie gehen weiter, weiter durch die Straßen der Stadt, ohne sich etwas zu sagen. Die Straßen leeren sich, sie gehen weiter, bleiben stehen, sehen sich an, küssen sich und setzen ihren Gang fort. Sie lassen sich auf einer Bank nieder, bedächtig. Keiner von beiden will dem anderen zulächeln, sie läßt ihren Kopf auf seine Schulter sinken, er legt seine Hand auf ihre andere Schulter, sie fühlt sich an wie ein auf ihr sitzendes, lebendiges Tier, unabhängig, eine Taube, ein kleiner Hund. Über Rosarios Wange und ihrem Hals kräuseln sich die Haare wie ewiger Schaum. Sie sitzen still da, eine ganze Weile.

Rosario läßt sich lieben, sie verehrt Cuarteros Reinheit, die sie auch an sich auszumachen glaubt.

»Lieb mich«, säuselt sie mit milder Stimme, »denn du weißt nicht, was du hast.«

Ist sie dumm? Und wenn schon?

> Je sais qu'il est des yeux
> Des plus mélancoliques
> Qui ne recèlent point
> De secrets précieux.

Dumm? Na und? Du bist dumm, er ist dumm. Sie ist dumm! Was soll's! Ich liebe sie dumm. Ich liebe sie, und sie gefällt mir. Und wenn sie sich mit Eseln gut versteht, na und? Eine Frau ist immer ein bißchen dumm. Ein bißchen dümmer, na und? Sie schmiegt sich an mich, vergräbt sich in mir.

Delphin. Sie denkt nur an mich, sie liebt nur mich, sie ist nur mir verbunden, sie hat Freude nur mit mir, sie lächelt nur, wenn sie mich sieht, sie mag ihre Zeit nur an meiner Seite verbringen; mich sehen, mich berühren, mich anblicken. Wenn sie ein bißchen dumm ist, na und? Was habe ich von einer Schlauen? Daß sie mich piesackt? Daß sie meine Gedanken errät und mich kommen sieht? Daß sie mir vorschreibt, was ich tun und was ich lassen soll? In ihren Augen Anmut und Ablehnung lesen? Wozu muß sie schlau sein? Muß man denn für einen wohlgeformten Busen intelligent sein? Dafür bleibt der ganze Tag; dafür gibt es Unterhaltungen in Cafés, Freunde, das Ministerium, Kino, Zeitung, Dominospiel. Meinst du etwa, das soll ein Witz sein? Meinst du, ich nehme dich auf den Arm? Was ist denn daran lustig? Ha! Wie wenig du mich kennst, *heute*! Cuartero betonte das ›heute‹. So sehr soll ich mich verändert haben? Gegen Panzer helfen nur Panzer, gegen Flugzeuge nur andere Flugzeuge. Hauptsache, man paßt sich den Frauen an, alles andere geben sie einem als Draufgabe. Das hilft immer, außer man versteht sich unglücklicherweise mit seiner Liebsten nicht, dann ist alles Kopfzerbrechen, dann sind alle Vermittlungsanläufe vergeblich. Glaub mir, Paulino: Du hast sie, hier vor dir, dein, für immer, fest, ein Fels, jederzeit, wann immer du willst, an der Straßenecke, auf dem Boden, auf dem Dach, wenn dir danach gelüstet. Sie folgt dir blind.

»Du bist nicht ganz bei Trost, Paulino!«

»Doch, das ist mein voller Ernst.«

Ich vergesse alles, alles verschwimmt. Dann wird mir klar, warum ich mich mit den Jahren, in gewissen Momenten, von außen sehe: weil alles Spiegel ist. Sie liebt mich, sie liebt niemanden anderen als mich; und nicht aus Gewohnheit oder wegen meines Geldes, einfach so, weil es so ist. Und da gibt es immer noch Unverbesserliche, die nicht an Gott glauben.

»Du spinnst.«

»Und wenn schon, zum Teufel mit allen Warnungen. Jetzt jedenfalls verehre ich die kleinen und lebendigen Dinge und schere mich einen Dreck um die Meinung der anderen. Ich bin mir selbst genug. Man ist das wert, was man ist; nur um das zu zeigen, braucht man die anderen. Darum leben die Schlauen auf den Schultern ihrer Mitmenschen, dabei sterben sie einmal denselben Tod.

Sie ist dumm, und ich liebe sie. Nein, sie ist noch nicht einmal dumm: Sie lebt einfach und kümmert sich um nichts weiter. Und ich liebe sie, begreifst du das? Ich liebe sie.

»Du selbst bist es, der das noch nicht begriffen hat.«

Ja. Ich liebe sie, weil sie mein ist. Ich liebe sie, weil ich sehe, wie sie mit mir aus sich herausgeht. Ich liebe sie, weil sie dankbar ist. Ich liebe sie, weil sie sich mir unterwirft.

»Das sind doch alles nur Erklärungsversuche. Du liebst sie, und du weißt nicht, warum. Es ist ein Wunder.«

Nein, es ist das Gegenteil eines Wunders. Für ein Wunder gibt es keine Erklärungen und ich habe tausende. Durch sie erscheint mir die Welt als eine andere.

»Wer anders ist, bist du.«

»Ja, und gerade das wundert mich. In mir regen sich Begehren, Lust ... und Eifersucht.«

»Alles in allem: Du bist rundum glücklich.«

Du sagst es. Und ich wundere mich, daß ich mich vor Pilar nicht im geringsten schäme, mein Gewissen regt sich noch nicht einmal. Nichts. Wie ein Fisch im Wasser. Ich liebe sie, Paulino, ich liebe sie. Begreifst du? Ich liebe sie! Jetzt, wo nichts mehr von Bedeutung ist.

Cuartero hatte sein Leben mühelos unterteilt. Mit Rosario verbrachte er den Nachmittag und den frühen Abend, sie gingen irgendwohin essen und er begleitete sie bis vor die Tür nach Hause. Blind wie er war, bemerkte er gar nicht, daß Pilar vom ersten Tag an etwas ahnte. Sein allzu liebenswürdiger Umgang mit ihr verriet ihn als erstes, dazu seine leichte Zerstreutheit und sein Schweben über den Dingen, das sich in einer neuen Art willfährigen Verhaltens niederschlug. Pilar verletzte mehr sein unschuldiges Gehabe denn seine Abtrünnigkeit. Nie ließ sie auch nur eine Bemerkung fallen, denn das ließ ihr Stolz nicht zu. Dieser Stolz, der die am schwersten auf ihr lastende Buße war und der eigentliche Grund ihres ehelichen Zwistes. Cuartero las ihre jüngsten Qualen allein in den Augen der Kinder, aus denen Groll und Verachtung sprachen. Weil er nicht wußte, woran er sich halten sollte, tappte er in dieselbe Falle noch einmal und überhäufte Pilar mit Liebenswürdigkeiten. Denn er liebte Pilar noch immer, die Pilar, die er immer geliebt hatte, und er hatte nie wirklich begriffen, daß die Pilar von früher auch die Pilar von heute war.

Seine Gedanken zogen Spiralen, ein wirrer Wörterwust:

Du bist mein Ziel, denn an sein Ziel gelangen, heißt nicht nur sterben, sondern auch, sein Begehren stillen. Du bist mein Weg und mein Ziel: mein Zentrum, mein Tod. Ich liebe dich. Deine Liebe gibt mir ein Ziel, und das Ziel rechtfertigt die Mittel und löscht sie aus. Was ist das Ziel anderes als der Tod der Mittel? Ich habe kein anderes Ziel als dich, keinen Ausweg sonst. Denn ein Weg hat keinen anderen Ausweg als sein Ziel, das Begehren, und das Ziel des Begehrens ist Sterben: notwendiger Lauf der Dinge.

Paulino Cuartero denkt in letzter Zeit häufig an den Tod. Nichts verschafft ihm ein stärkeres Gefühl von Lebensfreude, Dauer, Jubel. Man wird geboren, um zu sterben, wunderbarer Lauf des Lebens zum unausweichlichen Katarakt, unablässig fließend; und vor allem gibt einem das Wissen zu sterben, unweigerlich zu sterben, eine tiefe Ruhe, weil man sicher sein kann, daß man einzigartig fühlt. Der Tod versichert einem – ohne jeden Zweifel –, daß man Herr seiner Gedanken ist, freien Willen besitzt. Einzigartig – genau dieses Wort –, unnachahmlich; nur für sich selbst. Für dich und für Gott – aber natürlich nicht für Protestanten und Prädestinationsgläubige. Wie soll man leben, wenn man glaubt, alles wäre schon festgeschrieben? Glorreicher Katholizismus! Er allein erkennt die Größe des Menschen an, er allein zeigt ihm, daß er für seinen Tod selbst verantwortlich ist.

Wir sind eingeschlafen. Du schläfst. Wie spät ist es? Halb zwei. Bis zwei lasse ich dich schlafen. Byzantinerin. Oder vielleicht doch mehr die Iberische Herrin vom Cerro de los Santos. Sollten die Faschisten gewinnen, müssen sie als erstes veranlassen, daß die Dama de Elche wieder aufgestellt wird. Du schläfst: das Mysterium des Auf und Ab deiner Brust, mein Reich. Du schläfst, du weißt nicht, wer du bist: ein Brotkrümel auf deinem Décolleté und ein hauchzarter Schweißfilm, der das Licht zurückwirft, als wäre deine Haut frisch an den Strand gespülter Meeressand. Das unablässige Auf und Nieder des Lebens. Du atmest, lebst und weißt nicht, wer du bist.

Ein Klebeetikett: Rosario. Niemand weiß, daß du hier bist. Du bist allein: heiß, lebendig, unerreichbar für alle und lebendig für mich. Unerreichbar auch für dich, Schlafende. Du reichst mir deinen Schlaf und dein Dasein, mir allein. Das ist das höchste, was du mir geben kannst, ob du willst oder nicht: Du bist hier und nirgendwo anders, wie dieser knusprige Brotkrümel im Farbton deiner Haut, Weizensommersprosse.

Cuartero wartete an der Straßenecke Clarís und Lauria auf Rosario. Aus dem Eckgebäude traten entspannt die Angestellten heraus, wie jeden Tag nach Feierabend. An eine Platane gelehnt sah Cuartero, wie die Vía Layetana zum Hafen hin abfiel und im Spiegelglas des Spätnachmittags versank. Sie schlenderten Arm in Arm, ohne ein Wort zu wechseln, denn ein Kriegsabend tötet die Lichter, ausgenommen das der Schöpfung, das im März noch früh verlischt. Wenige

Straßenbahnen. Das vorbeihuschende Leuchten der Autoscheinwerfer entdeckte ihnen Wohlbekanntes, auch wenn die Wände in der Nähe, so plötzlich erleuchtet, unvermutet Wichtigkeit gewannen. An einer steilen Steigung wiesen die Scheinwerfer eines Autos in den Himmel, und ein ängstlicher Zeitgenosse würde im ersten Moment an Flakscheinwerfer denken. Der hereinbrechende Abend wirkte auf sie wie ein Beruhigungsmittel; glücklich darüber, beisammen zu sein, schlenderten sie durch die Straßen.

Objekt meiner Begierde, Objekt meiner Befriedigung, du stellst meine Einheit wieder her, führst mich zu meinem Ich zurück, du gabst mir zurück, was von mir abhanden gekommen war: das Begehren. In dir finde ich mich wieder, komme wieder zu mir. Und wie Prometheus das Feuer geraubt hat, raube ich dich. Genauso wie der Wilde die Hölzer aneinanderreibt, den Stock in der Schale, genauso wild spiele ich mit dir, bis Flammen aus uns schlagen. Rasende Eifersucht, Sehnen im Alleinsein. Nicht begreifen können, daß etwas Bestand hat, die Ahnung, daß auch das geliebte Wesen einmal welk sein wird, geht, ein anderer sie nimmt. Eifersucht und das Gefühl, Zeit zu verlieren; nicht bei dir zu sein, als wäre etwas Gewonnenes unwiederbringlich verloren: Und so viel ich dich auch bei mir haben mag, sehe ich, niedergeschlagen und ausgelaugt, daß all die Zeit, in der ich dich nicht sehe, verloren ist.

»Was hast du gemacht? Wo bist du gewesen? Mit wem hast du dich getroffen?«

Gegen die Eifersucht: Beisammensein, die Zeit anhalten. Sonst soll sie niemanden treffen! Allein soll sie sein, das kommt meiner Einsamkeit am nächsten. Nachts würde ich gerne träumen, aber meine Nächte fließen in letzter Zeit zäh, bleischwer, weil ich fühle, wie die Zeit verrinnt, und weil es mich grämt, daß der Schlaf mich von ihr fernhält ...

Wie deine Brüste sich in meine Hände schmiegen!

Rosario wacht auf.

Wie der Goldschimmer deines Körpers aus deinen Lippen leuchtet! Wenn ich meine Zunge mit deiner vereine, kommt es mir vor, als wäre mein ganzer Körper Mund, als wären meine Arme Zungen, meine Finger Flammen. Welches Wunder vereint auf so engem fleischgewordenen Raum die Sanftheit deiner Haut und meinen ungestümen Ansturm auf die Flüchtigkeit, den Ausdruck der Unerreichbarkeit deiner Lippen? Deine Haut, Rosario; darum beiße ich dich, dabei stehen meine Zähne unserer völligen Vereinigung im Weg. Du bist mein, ich bin dein, aber du bist du und ich bin ich. Deine Lippen sind das Abbild meines Begehrens, die Festungsmauern, die dem unermüdlichen Ansturm trotzen, der mich zu dir treibt.

Was aus dir geboren wird ...

Cuartero sah, wie sie hinausging, wie sie, von ihm erschaffen, davonschnellte, wie ein Schiff, das ins Meer stach, mit einer Ladung, die er nicht kannte. Ein laichender Fisch. Sturm und aufgewühlte See.

Er wunderte sich selbst darüber, wie schlicht seine Liebe zu ihr war. Cuartero fragte sich, ob der tiefe Graben daran schuld war, durch den sein Alter ihn von der Jugend Rosarios trennte. Adjektive und Koseformen blieben ihm im Hals stecken, aus Furcht, sich lächerlich zu machen. Rosario gab sich ihm schüchtern hin, aber ohne Scham zu empfinden, als wäre es die natürlichste Sache der Welt, und so konnte Paulino nie wirklich glauben, daß sie verliebt sei. Womöglich dachte er auch: Eine oft besungene Welt ist untergegangen, die Welt der Romantik, das Universum Rousseaus. Vorbei die Liebe der Blumengrüße. Rosario lebte, als hätte sie keine Zeit zu verlieren, ihre Liebe war hastig, flüchtig, weiß, ganz anders als das empfindsame Grün provençalischer Felder – oder das liebesschwere Schwarz der afrikanischen Wüste.

Nach einem endlos langen Kuß sank Rosario noch einmal in den Schlaf. Cuartero, der seine Geliebte umarmt hielt, gab sich erneut dem trägen Strömen der ungelenkten Gedanken hin:

Die Wörter gehen hervor aus anderen, verblassenden Wörtern, nach und nach nehmen sie Gestalt an, und ohne zu wissen wie, ist es auf einmal da: fest gefügt, fertig, vollständig, theoretischer Klang, der mit einem Mal Gestalt angenommen hat, als Modell für die Ewigkeit. Man denkt in Ziegeln, Stein auf Stein. Manche Menschen denken in losen Steinen, andere in Staub, in Schotter, in Zement. Ich sehe die Wörter entstehen. Und mein Handeln? Bestehen Handlungen nicht auch aus Wörtern? Aus Wörterstaub? Aus Musik? Nein! Das hat nichts miteinander zu tun. Alle diese Gefühle, die sich Wörter als Fundament suchen, und die am Ende unweigerlich hinter den Wörtern herrennen ... Intelligenz ist die Kunst, mit Wörtern seine Gefühle auszudrücken. Sind die Dinge erst einmal gesagt, fügen sie sich den Wörtern. Man schreibt nie genau das, was man will; die Wörter unterlaufen einem und sagen mehr, als man ahnt. Licht! Gesang! Dankbarkeit! Oder sie geraten stumpf und scheps, wie bitter! Wie bedrückend! Wie trostlos! Es heißt, Anmut erlange man ... doch ich gräme mich tausendmal, ohne sie zu erlangen, untröstlicher Leandro. Einem großen Schriftsteller ist es vielleicht gegeben, nicht an Gott zu glauben. Die ganze Verzweiflung der Menschheit rührt aus der Unmöglichkeit, sich präzise auszudrücken. Verzweifeltes Sehnen nach Intelligenz: Schweigen ist nicht immer Gold. Die Annäherung der Philosophen an die Mathematiker entspringt dem verzweifelten Bestreben, dieselbe Ausdrucksweise anzunehmen, als würde man sagen ›zwei und zwei sind vier‹. Als ob einer erklären könnte, was zwei sind! Vage Hypothesen wurmen uns. Wer nicht an Gott glaubt, kann unmöglich glauben, daß eins und eins zwei sind. Könnte ich dir doch sagen, was du für mich bist, Rosario: Blume, Blüte, Frucht, Vogel, Stimme, Begehren. Könnte ich es doch ergründen, hören, durch den Schleier hindurch sehen, den Nebel, die Unwissenheit, die eigentlich ein Fehlen der Worte ist, durch den Dunst, die Vagheit, Ungenauigkeit, diese Hirngespinste, meine eigenen Vorstellungen, die sich mir aufdrängen! Dich sehen, mich sehen, und meine Unfähigkeit besiegen, dir nicht sagen zu können, warum ich dich liebe, samtene Bande, Untergang, undurchdringlicher Nebel, gefesselt ohne Strick, weitmaschiges Netz. Darum schweigt man und liebt ohne Worte, zuckersüße Stummheit meiner Hand, die über deinen Flaum fährt, geführt von der Furcht, nicht zueinander zu passen, daß du, mein Liebchen, durch die Ritzen meines Schweigens schlüpfst und entkommst. Mögen andere zum Gesang greifen und zu geheimen Kniffen, Bildern und Allegorien. Schweigen aber ist das Liebespfand (der gemeinschaftlichen Einsamkeit), ein Gut, das ich dir reiche, in dem Glauben, daß auch du das tust. Du schläfst nicht, du wachst nicht: du begehrst; eine Zeit, eine Temperatur – von Gewehrschüssen gezeichnet –, ein vollkommenes Vergießen des Seins. Das Wasser sein, das dich bedeckt; Überzug, Etui, Mutter, Bett deines Flusses. Ich will dich trinken, schlürfen, neu auferstehen aus deinem Nabel. Wenn ich wüßte, warum ich dich liebe, liebte ich dich nicht. Man weiß weder, warum man liebt, noch, warum man geliebt hat, und auch nicht, warum man aufhört zu lieben. Du bist Eingebung meiner Sinne: Abbild meines Begehrens. Auch wenn du nicht sprichst: bleiben deine Arme, deine Pupillen, dein Körper, dein Blick, der trügen kann. Ich möchte mich zu einem Kanal öffnen, damit du mich ausbluten siehst.

»Schläfst du?« fragt Rosario schläfrig.

»Ja«, phantasiert Cuartero weiter.

Verstehst du? Ich sehe dich, und du gibst mir Vertrauen in das Leben. Deine Existenz versichert mir, daß wir den

Krieg gewinnen werden, als wärest du eine Landschaft. Alles Gemeinplätze, alles abgegriffene Bilder: Elfenbein deine Stirn, Nelken deine Lippen, Tautropfen deine Zähne, Pfirsiche deine Wangen, ein Stamm deine Taille, Feuer deine Zunge, Gürtel um deine Taille. Alle verschlissenen Metaphern, abgedroschenen Phrasen nehmen in dir Gestalt an, alles erlangt Würde, verliert seinen schalen Geschmack und hervor tritt unvergängliche Wahrheit.

»Es ist sicher schon spät.«

Küß mich, Blume. Die Liebe ist die einzige Möglichkeit, die Gegenwart zu spüren: das Jetzt, den einzig wahren Höhepunkt: und nicht was war, und nicht was wird. Das Jetzt, das den anderen verschlossen bleibt … Was zieht mich zu dir, Rosario? Welcher Magnet? Wer von uns, du oder ich, ist das Eisen? Was gibst du mir? Was bringe ich dir? Ich kenne dich, weil du mir geschenkt hast, was ich von mir nicht wußte, weil du, Eroberin, Rosario, mich entdeckt hast, mein Inneres entdeckt hast. Alles, was ich jetzt spüre, trägst du unbewußt in dir verborgen. Du bist mein eigenes Ich, das erst geweckt werden mußte. Mein Brunnen. Ein wunderbarer Zauberer, der allein durch seine Anwesenheit und Handauflegen neue Bäume in mir hat wachsen lassen. Indem ich dich kennenlerne, lerne ich mich kennen. Ich liebe dich für das, was du mir gibst. Bin ich vielleicht auf Seiten des Volkes, weil es etwas hat, was es mir vielleicht geben kann? Streben nach Gerechtigkeit, ewiger Magnet für die Vorstellungskraft des Menschen.

Doch in Wahrheit … Um vor ihr zu fliehen, fuhr Paulino mit seiner Zeigefingerkuppe über Rosarios Wange, auf der Suche nach einem Makel, einer Unebenheit, einem Warum: Bei ihrem Grübchen hielt er inne.

Nichts kann mich von dir trennen, außer höhere Gewalt. Die Zeit.

»Wieviel Uhr ist es? Es ist sicher schon spät …«

4. Eine verworrene Angelegenheit

1. März 1938

López Mardones* betrat das Büro von Don Luis Monllor, im Gebäude des Militärischen Geheimdienstes SIM.

»Sie waren doch vor einigen Monaten daran, etwas über eine gewisse Isabel Rubió herauszubekommen?«

»Ja.«

»Und?«

Der Spitzel wußte genau, daß der Vorgesetzte seinen Bericht kannte, und kam direkt zum Ergebnis.

---

* »Frau Benita, die Laura aus dem ersten Stock hat im Flur die Wand verschmiert, ich hab's genau gesehen.«

Dann lief er weg.

»Juanito ist das Treppengeländer runtergerutscht.«

Petze und Dickschädel. Wuchs bei seiner Stiefmutter auf. Der Vater konnte ihn nicht ausstehen; die Frau schon, sie erzählte ihm allen Tratsch, und sie selbst war groß darin, Mülltüten zu durchwühlen und an Briefkästen herumzuschnüffeln. Manuel López Mardones schaffte, was der Vater nicht geschafft hatte: Kraft seiner Stänkereien brachte er die Frau gegen ihre eigenen Kinder auf. Die Stiefgeschwister mußten Jahre warten, bis sie ihn sich vorknöpfen konnten, aber dann vertrimmten sie ihn nicht schlecht; die Narbe diente ihm von da an als Beweis angedeuteter Heldentaten.

Das war noch nicht alles. Nachdem er einmal eine Denunziation in vollen Zügen ausgekostet hatte und sich seiner Unverwundbar-

»Herr Rivadavia kam zu dem Schluß, daß für weitere Nachforschungen kein Anlaß bestünde.«

»Wie denken Sie darüber?«

»Sie ist Teil der Weißen Hilfe. Was schwer nachzuweisen sein dürfte. Sie steht unter dem Schutz des ...«

»Ich weiß schon. Darum geht es jetzt nicht. Es sind Pläne aus dem Generalstab verschwunden.«

»Und ...«

»Unterbrechen Sie mich nicht.«

López Mardones verkroch sich in seinen Panzer.

keit sicher war, begann er, Brot zu stehlen und die Schuld einem Nachbarsjungen in die Schuhe zu schieben, einem Spielkameraden, der allerdings mit Murmeln weitaus geschickter spielen konnte als er. Er war klein und konnte nicht verlieren, also suchte er Schutz bei den Stärkeren. Große Fäuste, kräftige Handgelenke, die Grazie der Gewinner zogen ihn an. Er haßte die Fleißigen, vor allem die, die ohne Anstrengung ihre Lektionen lernten. Hinter allem entdeckte er eine göttliche Ungerechtigkeit, gegen die er nichts ausrichten konnte. Er genoß die furchtverbreitende Wirkung seiner Nähe zu den Mächtigen, die mit dem dunklen Drang einherging, sie so bald als möglich umzubringen. Es ging ihm gar nicht so sehr darum zu befehlen, sondern darum, daß die Leute das taten, wozu er gerade Lust hatte; wenn sie es von sich aus taten, umso besser. Als er geschlechtsreif wurde, bekam er unter Einsatz von Drohungen Mädchen, um die ihn die anderen beneideten. Kaum hatten sie ihm verstohlen kleine Freiheiten zugestanden, schon schüchterte er sie mit seinem ›ich sag es deiner Mutter‹ ein und erreichte so, was er wollte. Danach ließ er sie links liegen, was ihm unter den Heranwachsenden im Viertel gewisses Ansehen verschaffte. Er heiratete früh und zum Unglück der Auserwählten. Und zwar in Almería, von wo aus er sich eines Morgens mit dem wenigen Schmuck der Gattin und seinem Wochenlohn aus dem Staub machte. In Madrid begann er, in der Druckerei der Zeitung *El Liberal* zu arbeiten. Nach drei Monaten war er Spitzel der Polizei, und als ihn ein Kommissar zu ersten Mal bat, er möge Platz nehmen, war es für ihn, als sei er im siebten Himmel eingezogen. Die haarigen Handrücken, die schmierige Uniform und der Schlagstock auf dem Tisch gingen ihm durch

»Das ist nicht das Problem. Ein Hauptmann hat sie gestohlen, wir haben ihn festgenommen. Aus ihm war nichts herauszubekommen, aber die Pläne sind via Perpignan nach Burgos gelangt.«

Monllor schwieg. López Mardones auch, aus Rache.

»Glauben Sie, die Frau könne ein Kurier sein?«

»Wie denn? Sie allein bestimmt nicht.«

»Sie gehören zwar nicht zu uns, aber würden Sie im Auftrag des SIM die Nachforschungen übernehmen?«

»Ja.«

Mark und Bein. Vom kleinen Denunzianten stieg er zum angestellten Spitzel auf, aber seine Berichte waren so weitschweifig, daß man ihn beiseite nahm: Er ging ihnen auf den Wecker. Der Groll über diese Rüffel hatte mehrere Folgen: Er hielt es für angebracht, den festen Lohn gegen die Arbeit auf eigene Rechnung einzutauschen. Sein Hebel wurde die Lobhudelei. Seine Fragen kleidete er in Beweihräucherungen. Nur wenige widerstehen wiederholtem Lob; so schmeichelte er sich bei seinem Gegenüber ein, durch die Erwähnung tatsächlicher oder erhoffter Gaben – vor allem literarischer Meriten oder Frauen –, wobei letztere ganz verrückt sind nach Komplimenten, vor allem, wenn sie mit der Herabsetzung anderer verbunden sind. Einem katzbucklerischen Kritiker, so unwissend und wenig vertrauenswürdig er auch sein mag, fehlt es nie an Freunden, wohl aber an Verteidigern. Er war ein Gauner und Streuner, aber auch wenn man ihn verachtete, man kannte ihn und reichte ihm die Hand. Trotz seiner Anzeigen wollte er nie fest mit der Kriminalpolizei zusammenarbeiten. Er wurde Mitglied der Kommunistischen Partei, der er über seine Machenschaften nichts vormachte. Weshalb sie sich auch nicht zierte, von ihnen zu profitieren. Dennoch nagte sein Mangel an Lebensart an ihm, und ein gewisses Minderwertigkeitsgefühl. So weit es in seiner Macht stand und er kleine Vorteile verschaffen konnte, griff er Leuten seiner Sorte unter die Arme und kam so in den Genuß der Freuden eines Leitwolfes. Er stieg ins Filmgeschäft ein und spuckte große Töne.

Um gutes Wetter zu machen, streute er wohlwollende Urteile in seine Gespräche ein. Später wunderten sich die Leute:

»López Mardones? Doch, der hat sehr gut von dir gesprochen!«

Und um sich wichtig zu machen, schob er gleich nach:

»Haben sie Mario Peruzzi schon freigelassen?«

»Wer soll das sein?«

»Ein Italiener. Anarchist ... Er ist aufgrund meiner Nachforschungen festgenommen worden.«

Monllor fragte telefonisch nach.

»Ja, vor zwei Wochen.«

»Danke.«

»Machen Sie Dampf.«

»Keine Sorge. Sie bekommen täglich Bericht.«

Er grüßte und ging.

Die Wahrheit bekommt man nur schwer heraus, denkt Monllor, und wenn nicht mit Hilfe von Spitzeln, Denunzianten, Informanten und Gaunern aller Art, wie dann? Verdorbenheit, Rachsucht und Profitgier spielen Justizia in die Hände.

Monllor war ein ehrbarer, aber recht grobschlächtiger Mensch, in Friedenszeiten der richtige Mann für den Posten, für den Krieg zu ungestüm; dabei konnte er seine Maßstäbe durchaus korrigieren, selbst dann noch, als keinerlei Maßstäbe mehr galten. Er war ein großer Liebhaber der Zarzuela: Er kannte sie alle auswendig, und wenn man ihm einen Gefallen tun wollte, kam man am besten über diese Schiene.

»Don Luis, aus welcher ist das hier?« worauf der Bittsteller ein Thema summte.

»Aus *Fliehende Bilder*, oder aus *Das weiße Kätzchen*, oder aus *Der kleine Judenbub*.«

Und schon trällerte der Abteilungsleiter mit einem beachtlichen Bariton los.

Josefina González de Lara, zweite Hauptrolle am *Teatro Barcelona*, gewährte López Mardones das gleiche wie ihrem Gatten, in den Bann geschlagen von der Wichtigkeit und der einlullenden List dieses Burschen: von den knapp geschnittenen Rockschößen, seinem steif gegelten Haar, den wichtigtuerischen Andeutungen und den amerikanischen Zigaretten, die er bei Schwarzmarktgeschäften, vorgetäuschten Absprachen und Zweckfreundschaften herausschlug. Ihr tägliches Thema: Warum in aller Welt Teresa Guerrero eine bessere Garderrobe hatte als sie. Die Rollen waren ihr unwichtig, Schauspielerin war für sie ein Beruf wie jeder andere – zur Bühne gegangen war sie aus Familientradition, so wie jemand Buchbinder wird, wenn er aus einer Buchbinderfamilie stammt: Etwas anderes wäre ihr nie in den Sinn gekommen. Genauso egal waren ihr die Stücke und die Kritiken, in denen sie nur den Absatz über sich las, entscheidend war für sie die Zahl der Aufführungen und der verkauften Eintrittskarten. Wenn einer ihrer Abgänge gelobt wurde, hielt sie den Artikel für ›grandios‹. Der Lohn zählte. Das Theater war allein Sache der Gewerkschaft, des Geschäfts. Das Theater war ein Fließbandbetrieb, das sah sie ganz richtig. Da sie eine kluge Schauspielerin war, würde sie es ins Charakterfach schaffen: Jede spanische Mimin kam dorthin, wenn das Alter es erlaubte: bei fünfzehn Aufführungen pro Woche mußte man sich schon sehr dämlich anstellen, um es nicht zu schaffen.

»Teresa? Die ist ein schlimmerer Faschist als Queipo. Daraus macht sie keinen Hehl. Die soll mir ...«

»Kommt hier öfter einer mit Brille vorbei, der hinkt, ein Arzt?«

»Wer? Templado?«

»Kennst du ihn?«

»Ja. Sie hat ihn mir vorgestellt. Ein Freund von dir?«

»Ja doch. Paß auf, wer ein und ausgeht. Das interessiert mich.«

»Diese ... diese Cristina grüßt mich nicht einmal. Ich frage mich, für wen hält die sich?«

»Die Jungfräulichkeit verschafft gewisse Privilegien«, gibt López Mardonez bissig zurück.

»Du bist mir einer!«

Josefinas Ehemann war ein Brummbär mit puderbleichem Vollbart; er trug immer einen gefütterten Fellmantel, den er von einem Onkel geerbt hatte, einem berühmten Tenor. Er besaß eine mächtige Stimme und einen schwachen Charakter. Ein gewichtiger Mann, der nichts mitbekam. Sein Debüt hatte er gemeinsam mit Doña María und Don Fernando gegeben; das war noch Theater!

»Die Pino, ja die! Aber heutzutage ...«

Seine Hörner trug er mit kirchlicher Würde, mit Wohlgefallen blickte er auf die Welt. Acht Südamerika-Tourneen wie acht Lorbeerkränze. Er verachtete die Frauen, er verachtete die Autoren, er verachtete die Kritiker, Spanien, er verachtete Amerika, er verachtet die Welt, ausgenommen die Stiere, Shakespeare – ohne ihn gelesen zu haben – und Cafés. Sein Freund López Mardones hatte ihm die Arbeit für die Geheimpolizei vermittelt. Jetzt gab es keine Tür und keinen Rang, keine Wache und keine Losung mehr, die vor ihm sicher gewesen wäre. Ramiro Garizurieta hatte noch keinen Auftrag übernommen, nur eine Frage der Zeit, denn einer wie er konnte sich nicht mit Kleinigkeiten zufriedengeben. Nicht einmal eine Pistole hatte er. Er setzte sich in Cafés und hörte zu. Wenn ihm jemand mit Tratsch kam, schnitt er ihm das Wort ab:

»Sei ruhig, was weißt du denn schon!«

Er wußte über alles Bescheid. Er lebte, wir alle lebten in der besten aller Welten, die Regierung war exzellent, der Kriegsverlauf gut, die Beamten machten ordentliche Arbeit. Ramiro Garizurieta strich am Theater seinen Lohn ein, spielte nicht und brachte den Tag mit einer Tertulia nach der anderen rum. Ein bißchen fühlte er sich wie der hinkende Teufel aus dem Märchen, denn wie er besaß er die geheime

Macht, eingehüllt in seinen Pelz und geschützt durch seine Absprache überall hineinzuschauen. Er fühlte sich so mächtig, als könnte er die Dächer der Häuser abdecken und nachsehen, was in den Wohnungen passierte, nichts entging ihm, ohne Gewissensbisse linste er durch Schlüssellöcher. López Mardones, der mit einer langen Zigarettenspitze an seinen Goldzähnen herumspielte (es waren nicht wenige), fragte ihn:

»Denken Sie nicht, Teresa Guerrero könnte mit der Weißen Hilfe in Verbindung stehen?«

»Wer hat Ihnen denn das erzählt? Pepita? Ach was, Weiberkram. Vergessen Sie's.«

López Mardones bestand nicht darauf. Am folgenden Tag ging er bei Monllor in der Calle de la Bonanova vorbei und schlüpfte vor ihm in seine Rolle als gründlicher, gewissenhafter und selbstsicherer Mann.

»Rufen Sie den neuen Laufburschen, der im *Theatro Barcelona* angefangen hat; er kann Sie darüber auf dem laufenden halten, was in der Garderobe von Teresa Guerrero erzählt wird.«

»Denken Sie, das eine hat mit dem andern zu tun?«

»Ich weiß nicht. Aber ich denke, daß wir über sie zu des Pudels Kern kommen.«

Monllor rief Julio Jiménez zu sich und beruhigte ihn erst einmal, nachdem dieser erfahren hatte, wem er gegenübersaß.

»Ich kann Ihnen nicht viel sagen. Natürlich plappern die den lieben langen Tag. Sie wissen ja, wie die Frauen sind. Wenn sie sich nicht das Maul zerreißen, fehlt ihnen was. Über die eine, über die andere.«

»Und über Politik?«

»Sehen Sie, wenn man wenig zu essen hat, fängt man immer mit der Politik an.«

»Aber ...«

»Sehen Sie, am Hunger ist am Ende immer die Regierung schuld.«

»Halten Sie die Ohren offen. Für jede Information bekommen sie 25 Peseten. Wenn es etwas Wichtiges ist, auch mehr. Hier haben Sie fünfzig für den Anfang.«

»Nein Señor, vielen Dank. Wenn ich das mache, dann für die Republik. Für das Gemeinwohl.«

So ist der großtuerische Julio Jiménez, wenn seine Gefühle sprechen.

Teresa Guerrero teilte Templado mit, daß von irgendwoher das Gerücht gestreut worden sei, sie sei Faschistin.

»Vielleicht ist es besser, du kommst nicht mehr vorbei.«

»Das wäre ja noch schöner.«

»Ich glaube, sie wollen auch dir am Zeug flicken.«

»Kümmere dich nicht darum.«

Im Hinausgehen begegnete Templado López Mardones.

»Glückwunsch«, meinte der zu ihm.

»Wofür?«

»Man hat mir von deiner Operation erzählt. Daß du den Sohn von Fornos gerettet hast.«

Das stimmte. Über das Lob schliefen Juliáns Vorbehalte ein, die eh nie sehr tief verwurzelt waren.

»Ich habe dich immer verteidigt.«

»Mich?« fragte Julián überrascht. »Wogegen?«

»Man kann nie genug Freunde haben.«

»Raus mit der Sprache.«

»Über die Sünde rede ich, aber nicht über den Sünder. Aber sieh dich vor. Es gibt jemanden, der will dir nichts Gutes.«

»Mir?«

Er wunderte sich immer, daß er Feinde hatte.

»Die Leute sind blind«, fuhr López Mardones fort.

»Schluß mit dem Rätselraten. Wir spielen hier doch nicht Kindergeburtstag. Was ist los?«

»Nichts Ernstes. Aber paß auf dich auf. Ciao, ich bin verabredet.«

Dem schlage ich irgendwann den Schädel ein, sagte sich Julián Templado auf dem Weg nach draußen. Er wußte, daß er das nicht tun würde: Noch nie hatte er die Hand gegen jemanden erhoben, was ihm einige amouröse Niederlagen eingebrockt hatte.

López Mardones besuchte Peruzzi, der als Untermieter in der Calle Baja de San Pedro wohnte.

Mario Peruzzi war ein eher hochgewachsener Mann mit einem aus dem Lot geratenen Gesicht, als hätte er wegen einer an der rechten Wange prangenden Beule dort schwerer zu tragen, außerdem einem käsigen Adamsapfel, noch dazu borstig, denn er rasierte sich ebenso selten wie schlecht. Brille mit Goldrand, das Haar licht und struppig, gut über fünfzig. Auf dem Papier war er Zimmermann, im Hauptberuf Garibaldiner und Anarchist; als er wieder einmal in die Mangel genommen wurde und sich völlig verloren fühlte, wurde er wohl oder übel Informant der Polizei, ohne daß seine Genossen ihm das allzu übel genommen hätten, er mußte nur häufiger den Wohnort wechseln. Er offerierte beiden Seiten seine Dienste, ohne deshalb sein Weltbild zu ändern, ja er rechtfertigte sich noch damit, daß andere es noch viel bunter trieben. Am 20. Juli war er über die Grenze gekommen, und wie jedem Ausländer, der an unserer Seite kämpfen wollte, wurde ihm der rote Teppich ausgerollt. Er übernahm eine wichtige Stellung in der Transportarbeiter-Gewerkschaft, bis einige seiner Landsleute Bedenken angesichts seiner möglichen Zweitbeschäftigung äußerten; er kehrte ihnen den Rücken, hielt sich aus allem raus und arbeitete mal hier, mal da. Anarchisten lassen einen alten Weggefährten selten hängen und vergessen seine Vergehen leicht, wenn der Angeklagte Besserung gelobt. Und immer gibt es eine Splittergruppe, die ihre Reihen auffüllen möchte und dabei gerne beide Augen zudrückt. Er schloß sich denjenigen an, die eine Regierungsbeteiligung der Anarchisten streng ablehnten, und im Mai '37 war er an den Kämpfen zwischen Anarchisten und Regierung aktiv beteiligt. Er lebte in einer dunklen und feuchten Wohnung mit einer Blumenhändlerin zusammen, die an den Ramblas verkaufte, eine Dickmamsell mit heiserer Stimme. López Mardones kannte ihn, weil er außerdem Zigaretten schmuggelte.

Der Italiener machte ihm gegenüber keinen Hehl aus seinen Ansichten.

»Hier ist nichts mehr zu machen. Das ist gelaufen. Seit den Mai-Unruhen ist die letzte Möglichkeit für die Revolution gestorben. Franco oder Negrín, einer so schlimm wie der andere. Ich habe hier nichts mehr verloren. Außerdem wollen deine Freunde mich fertigmachen. Zum Glück habe ich noch meine Augen und meine Beine. Ich will fort; wenn möglich ohne Ärger.«

»Wenn du mir hilfst, müßte ich dir einen Paß besorgen können.«

»Die Bedingungen?«

»Hast du Zigaretten?«

Mario Peruzzi sah López Mardones verächtlich an.

»Und Seidenstrümpfe?«

»Komm, rück raus.«

»Wenn nicht, ich besorge dir welche. Außerdem Schokolade und Seife.«

Der Italiener mußte husten und spuckte in sein Taschentuch; er betrachtete das Sputum und steckte das Tuch zurück in die Tasche. Das Frauenzimmer kam herein.

»Sie entschuldigen.«

Der Italiener machte eine Handbewegung, und die Frau verschwand.

»Du gehst ins *Teatro Barcelona*, fragst nach Josefina González, und die wird dich zwei Täubchen vorstellen. Mit denen machst du deine Geschäftchen. Versuch, dich anzufreunden. Nichts ist so verlockend wie das Verbotene, und sei es nur Seife.«

»Aber was willst du wirklich?«

»Ich bin mir sicher, die sind bei der Falange. Ich will wissen, auf welchem Weg Dokumente herausgeschafft worden sind. Vielleicht empfehlen sie dich weiter an Freunde. Du weißt, daß du auf die krumme Tour hier nicht rauskommst; sie haben dich im Auge. Wenn du deinen Teil tust, kommst du über die Grenze.«

»Mal sehen.«

In Monllors Vorzimmer kam López Mardones Julio Jiménez entgegen. Er trat ein.

»Hat er etwas Interessantes erzählt?«

»Ach was. Daß sie die Geldscheine der verbotenen Serien aufheben.«

»Woher haben sie die Listen?«

»Keine Ahnung. Jeder hat sie. Ich habe ihm gesagt, er solle darauf achten, ob sie Radio Burgos hören. Und wo. Er ist auf die Idee gekommen, seine Frau im Theater als Garderobiere der Mädchen unterzubringen. Ihre ist krank geworden. Und bei Ihnen?«

López Mardones erläuterte seinen Plan: Man müßte ihnen in den Kopf setzen, an die Baupläne für die neuen amerikanischen Motoren der Jagdbomber heranzukommen. Sobald sie anbeißen würden, zuschlagen.

»Wie wollen Sie das anstellen?«

»Jeder hat so seine Lockvögel.«

»Legen Sie los. Aber keine halben Sachen. Die falschen Baupläne besorge ich. Wir müssen herauskriegen, über wen sie sie fortschaffen. Wer der Mittelsmann in Perpignan ist.«

»Ich werde selbst hinfahren.«

»In Ordnung. Morgen bekommen Sie einen Paß.«

»Und ein Auto. Ein anständiges. Mit einer Klapperkiste komme ich nicht weit.«

López Mardones stand auf.

»Wollen Sie nicht richtig mitarbeiten, im Haus?«

»Nein danke. Ich arbeite aus Leidenschaft.«

»Das ist mir nicht entgangen«, antwortete Monllor.

López Mardones warf ihm einen farblosen Blick zu.

Der gefällt mir nicht; der gefällt mir überhaupt nicht, dachte Monllor. Den muß man im Auge behalten. Der ist zu allem fähig, um seine Verachtung gegenüber anderen auszuleben. Und zufrieden mit seinem Scharfsinn rief der Polizist seinen Sekretär:

»Der nächste soll reinkommen.«

Julio Jiménez hatte gegenüber Matilde Oberwasser bekommen, die seit dem Verlust das Kindes neben sich stand.

»Komm, zieh dich an. Du hast jetzt eine Arbeit. Hörst du nicht?«

Die Frau saß mit dem Rücken zum Licht, in dem die Haarsträhnen über ihrem Nacken golden und silbern schimmerten. In Zeitlupe las sie die Linsen. Das Elend hatte sie stumm gemacht. Der Haarknoten nachlässig geflochten.

»Haare schneiden, wozu? Davon werde ich auch nicht fröhlicher. Es ist mein Haar und bleibt es auch.«

Stumm, aber nicht taub, das ist das Schlimmste, heißt es. Sie hatte sich in ihrer Teilnahmslosigkeit eingeigelt, aber wenn man ihr zu nahe kam, brach ihr Haß hervor. Innen nagte es, aber ihre Wangen waren rundum rosig.

»Was?«

»Du hast Arbeit.«

»Ich?«

»Wer sonst?«

Julio Jiménez hatte seinen Cordanzug ausgemustert und trug jetzt einen Dreiteiler, der überall spannte, obwohl er genau seine Größe hatte; die Ärmel wurstig, die Weste nicht zugeknöpft und nur von der Uhrkette zusammengehalten, an seinem Hosenschlitz spannten die stumpfen Kanten der Steinnußknöpfe.

»Du wirst Teresa Guerrero beim Anziehen helfen, beim Schminken und Frisieren; die, die das bisher gemacht hat, ist krank geworden.«

»Ah ...«

»Mach schon, beweg dich.«

»Ich kann sowas nicht.«

»Was soll das, du kannst sowas nicht! Muß man jetzt schon Physik studiert haben, um einer Frau beim Anziehen zu helfen?«

»Wozu? Wenn ja der Junge noch ...«

»Schon wieder. Vergiß ihn endlich, du kannst fünfzehn Peseten am Tag verdienen. Wenn du dich anstrengst, mehr.«

»Fünfzehn Peseten fürs Helfen beim Anziehen?«

»Genau.«

Die Hände reglos auf den Knien, brauste die Frau auf:

»Als ob sie das nicht alleine könnten!«

»Das ist nicht dein Bier. Jetzt mach dich fein.«

»Aber ... jetzt sofort?«

Matilde, noch ein Mädchen, war weich und träge. Sie verschwand nach hinten und kam in ausgelatschen Leinenschuhen zurück.

»Da bin ich.«

Julio Jiménez schluckte seinen Groll hinunter. Er hatte geglaubt, seine Frau würde die Stelle mit Freuden annehmen. Ihre Teilnahmslosigkeit verursachte ihm Magenschmerzen. Elender Hunger.

Sie gingen hinunter zum Theater. Es war ihm fremd, mit seiner Frau auf der Straße zu gehen.

»Und achte darauf, was sie reden.«

»Das kann dir doch egal sein.«

»Ist es mir auch.«

»Also?«

Wenn sie ein bißchen zurechtgemacht war, war es die reine Freude, sie anzusehen, trotz ihrer völligen Teilnahmslosigkeit an allem um sie herum. Mit Stoffen konnte sie umgehen, und ihre Säume waren allererster Güte. Sie kamen an:

»Guten Tag, guten Tag, guten Tag.«

»Hier bringe ich Ihnen meine Gemahlin, Fräulein Teresa.«

»Sehr erfreut, sehr erfreut, sehr erfreut.«

»Wie heißt du?«

»Matilde, zu Ihren Diensten.«

»Julio hat Ihnen sicher schon erklärt ...«

»Genau, ich habe ihr alles gesagt. Sie wünschen?«

»Nichts. Im Augenblick. Können Sie nähen?«

»Einigermaßen.«

»Schauen Sie, die Strümpfe dort. Wären Sie so lieb, die Laufmasche aufzunehmen?«

»Ganz wie Sie wünschen.«

Spät am Abend fuhren sie mit der letzten Straßenbahn nach Hause.

»Und, wie war's?«

»Gut.«

»Worüber habt ihr gesprochen?«

»Über nichts.«

»Aber sie untereinander?«

»Was weiß ich denn? Glaubst du, ich kapiere ein Wort von dem, was sie reden? Ist mir auch gleich.«

»War jemand bei ihnen?«

»Alle möglichen Leute.«

»Weißt du nicht die Namen?«

»Die gehen mich doch nichts an!«

Matilde sah ihren Mann an, was selten geschah. Der war unschlüssig.

Wie wenig man sich doch gegenseitig kennt, dachte er. Sie ist meine Frau, und ich weiß nicht, wer sie ist. Julio Jiménez murmelte:

»Du mußt darauf achten.«

Die Frau zuckte mit den Schultern.

Vier Tage später ließ Peruzzi López Mardones in ein Café am Paralelo kommen.

»Die Papiere werden mit der Kurierpost des Französischen Konsulats rausgeschafft.«

»Ah!«

»Hör zu: Ich schlage vor, wir holen sie uns zwischen Gerona und Figueras. Mit sowas kenne ich mich aus. Wir überfallen das Auto: Ein paar Schüsse in die Reifen, dann schnappen wir uns die Posttasche. Wenn etwas Brauchbares drin ist, Fotos machen und nichts wie weg. Wenn nichts drin ist, auch gut. Zwei Tage später findet ihr die geklauten Sachen und gebt sie ihnen unter großen Entschuldigungen zurück und beteuert, die Schuldigen würden exemplarisch bestraft, sobald sie gefaßt sind. Ein Erfolg für deine Freunde.«

»Ich glaube, so kann das nicht laufen.«

»Mein Lieber, wer Fisch essen will, muß sich schon mal den Hintern naß machen. In Perpignan hätte ich sowas im Handumdrehen erledigt.«

»Nein danke. Wie geht's mit den Damen im Theater?«

»Wie geschmiert. Alles in Butter. Gleich bringe ich ihnen sechs Paar Strümpfe vorbei.«

López Mardones setzte Monllor über das Gespräch in Kenntnis.

»Peruzzi? Wenn es nach mir ginge, wäre der schon längst aus dem Verkehr gezogen. Und jetzt erst recht. Das ist eine Provokation. Ich möchte wissen, wann sie die Augen aufmachen! Und Sie verkehren mit dem?«

»Ach was! Im Augenblick ist er mir nützlich.«

»Passen Sie nur auf, ich bin fest überzeugt, daß er mit den Italienern in Verbindung steht, mit denen auf der anderen Seite.«

In der Garderobe von Teresa Guerrero erkannte López Mardones kurz das Profil von Lola Cifuentes. Sieh an, sieh an, dachte er. Don Luis schickt seine Leute. Sie haben angebissen.

Am nächsten Tag wurde der Italiener aufgegriffen und wanderte für achtundvierzig Stunden ins Gefängnis. López Mardones holte ihn raus. Als Peruzzis Genossen seine Entlassung erwirken wollten, wunderten sie sich, daß er schon wieder auf freiem Fuß war.

»Wenn der uns nochmal benachrichtigt«, sagten sie, »kann er lange warten.«

Es schmeckte ihnen nicht, daß man auch über andere Wege als die der Organisation etwas erreichen konnte.

»Als was hast du dich ihnen vorgestellt?« fragte López Mardones seinen Lockvogel. »Als Falangist?«

»Nein, mein Lieber, nein«, grinste der Italiener, »als Roter, als waschechter lupenreiner Roter. So rot, daß mir die Regierung zuwider ist. Was sogar stimmt.«

»Jetzt erst recht, wo du ihnen erzählen kannst, daß du aus dem Knast kommst.«

(López Mardones selbst hatte ihn festnehmen lassen: Um sich seiner Dankbarkeit für die schnelle Freilassung zu versichern, um seine Wichtigkeit herauszustellen, um daran zu erinnern, daß die Polizei ihn keine Sekunde aus den Augen ließ.)

»Intelligent sind die Frauen nicht«, fuhr Peruzzi fort, »aber sie haben einen Riecher.«

(Der ihnen auch nicht viel hilft, wenn du dich ihnen hinter dem Schutzschild ausladender Schmeicheleien näherst, denkt und fühlt López Mardones.)

»Sie werden versuchen, mich auszunutzen. Den Spaß gönne ich ihnen.«

»Sag ihnen, daß eine deiner besten Kundinnen die Frau von Major Chabela ist, dem Befehlshaber des Militärflughafens Sabadell; laß durchblicken, daß er knapp bei Kasse ist, und erwähne, ganz nebenbei, wie viel er derzeit wegen der neuen Motoren zu tun hat. Was verkaufst du ihnen?«

»Seife, Bohnen, Zigaretten und Strümpfe. Warum?«

»Ich könnte etwas Seife gebrauchen.«

Julio Jiménez zeigte die wiederholten Besuche von Peruzzi und Lola Cifuentes an, auch die von Julián Templado erwähnte er. Er nahm seine Rolle sehr ernst und fügte seinen Berichten Kommentare hinzu.

Monllor wies ihn in die Schranken.

»Sie schreiben, was Sie sehen. Sonst nichts.«

Julio Jiménez fühlte sich verletzt.

»Ich schäme mich, Señorita, ich schäme mich wirklich, Ihnen fünfunddreißig Peseten für ein Päckchen Gauloises berechnen zu müssen. Aber es kostet so viel. Wo soll das noch enden, wenn das so weitergeht«, sagte Peruzzi zu Cristina, während er auf Teresas Rückkehr wartete.

»Was soll man nur tun!« sagte sie nach einer Weile, und selbst das kostete sie Überwindung.

»Wissen Sie, wieviel die Frau von Major Chabela für eine Dose Olida-Schinken bezahlt hat?«

»Ich weiß nicht«, antwortete die Schönheit ohne das mindeste Interesse.

Teresa Guerrero kam herein.

»Und? Was haben Sie diesmal?«

»Zigaretten und Kölnisch Wasser. Ich habe Ihrer Freundin gerade gesagt, ich komme aus Sabadell. Die haben dort zu tun, das brummt nur so. Wissen Sie, wieviel die Frau von Major Chabela für ein Kilo Kochschinken bezahlt hat? Ich weiß nicht, wo das noch hinführen soll. Jetzt geht es aber richtig los ... ihr habt keine Vorstellung, wie es dort läuft! Sie haben neue Motoren bekommen, amerikanische, die sollen jetzt hier gebaut werden. Gerade ist ein Freund von mir aus Perpignan zurückgekommen, wissen Sie, was der von mir für ein Kilo Zucker verlangt?«

»Kann man denn Zucker bekommen?«

»Ich werde alles versuchen. Um fünf Uhr nachmittags ist Major Chabela, der, der die Montagefabrik beaufsichtigt, wieder aus dem Haus gegangen, nur drei Stunden Schlaf, hat mir seine Frau gesagt. Die Pläne für den Motor werden gerade entworfen. Sie werden den Messerschmitts ganz schön einheizen, sagen sie. Hier habe ich Ihnen eine Tafel Schokolade mitgebracht, aber sagen Sie das niemandem weiter. Und vor allem nicht dieser Freundin, zu der Sie mich geschickt haben. Die feilscht mir zu viel.«

»Hören Sie mal, sind Sie mit der Frau von Chabela befreundet?«

»Ach, Señorita! Freunde, enge Freunde sind wir nicht gerade. Aber sie vertraut mir.«

»Gut, hören Sie. Gehen Sie zu dieser Adresse. Ich denke, dort können Sie ein Geschäft machen.«

So kam Peruzzi an Hauptmann Pradal, von der Küstenartillerie.

»Mir brauchst du nichts zu erzählen«, sagte er zu dem Italiener. »Ich weiß, wer du bist, und daß du abhauen willst. Die aus deiner Organisation wollen nichts mehr von dir wissen, und die Polizei hat dich ins Auge gefaßt. Krieg raus, ob Chabela die Pläne mit nach Hause nimmt, so weit ich weiß ja. Wenn wir es schaffen, sie zu fotografieren, bist du schon so gut wie in Frankreich, mit genug Geld für die erste Zeit.«

»Wie viel?«

»Wir lassen uns nicht lumpen.«

»In Francs?«

»Einverstanden.«

Peruzzi überdachte das Geschäft, und obwohl er López Mardones weiter auf dem laufenden hielt, verschwieg er die Hauptsache. Er wußte genau, daß die Pläne falsch waren, aber er hatte nichts zu verlieren. Seine Unterhaltung mit dem Hauptmann ließ er unter den Tisch fallen und schrieb den Plan Teresa Guerrero zu. Er deutete an, auch Julián Templado könnte mit der Verschwörung zu tun haben. Monllor, der den Arzt als Freund Rivadavias kannte, ging darüber hinweg.

Peruzzi übergab Pradal die Pläne, kassierte dafür, wieviel, kam nie heraus, und verschwand. Julio Jiménez berichtete, der Italiener sei weder aufgetaucht, noch habe er etwas geschickt. An diesem Morgen befahl Monllor die Festnahme López Mardones'. Der verteidigte sich mit dem Rücken zur Wand. Er versprach, Licht ins Dunkel der Angelegenheit zu bringen und der Zwischenmänner habhaft zu werden. Peruzzi hatte ihm mehrmals von einem Freund erzählt, Gustavo der Franzose, wohnhaft in Perpignan.

»Sie dürfen keine Zeit verlieren. Wenn Peruzzi, was wahrscheinlich ist, die Pläne erst gestern übergeben hat, können sie mit ihnen noch nicht über die Grenze sein.«

Nach Rücksprache mit seinen Vorgesetzten schickte Monllor López Mardones noch in derselben Nacht nach Perpignan, dann begann er den *Hof des Pharao* zu trällern.

5. Vergebliche Warnungen

10. März 1938

Fajardo ging zum Krankenhaus, um bei Templado vorbeizuschauen. Im Hinausgehen begegnete ihm Lola Cifuentes. Er grüßte sie nicht. Seit die Bombardements schlimmer geworden waren, kam Julián fast nicht mehr in die Stadt hinunter, die Arbeit zehrte ihn auf. Der Hauptmann traf den Arzt, als der sich gerade für ein paar Stunden zum Schlafen hinlegen wollte. Sie gingen hinaus auf einen Spaziergang.

»Was hört man für Neuigkeiten?«

»Wenige, und die sind schlecht. Vierundzwanzig Stunden nach Beginn der Offensive ist das 12. Korps verschwunden.«

»Wie bitte?«

»Verschwunden. Sie rücken auf Alcañiz und auf Caspe vor.«

»Das habe ich gehört und nicht geglaubt.«

»Wer hat Dir das erzählt? Etwa Lola?«

»Ja.«

»Woher hat sie das gewußt?«

»Ich habe sie nicht danach gefragt. Sie will weg. Sie hat Angst, daß die Faschisten kommen.«

»General Líster und El Campesino sind schon unterwegs, um sich ihnen entgegenzustellen. Kein Grund zur Besorgnis.

Die Schlacht wird sich zwischen dem Noguera und dem Segre abspielen.«

»So nah?«

»Na und?«

»Ach nichts. *So oder so ist das Leben.*«

»*So oder so wird es gut*. Morgen gehe ich zurück an die Front«, antwortete Fajardo, seiner Sache sicher.

Die ganze Stadt brodelte vor Gerüchten. Der Sender der Aufständischen hatte angekündigt, daß Barcelona alle drei Stunden bombardiert werden würde. Niemand verlor die Ruhe. Die Bewohner der Altstadt verließen ihre Häuser und quartierten sich außerhalb ein. Diejenigen, die auf Francos Sieg hofften, lächelten und harrten aus; die anderen faßten sich ein Herz und harrten ebenfalls aus.

Templado und Fajardo verwickelten sich sofort in eine Diskussion über Disziplin und Gehorsam, ein Thema, das nach ihrer beider Geschmack war.

Der Hauptmann führte ständig die Partei im Munde, was Julián auf die Palme brachte:

»Für euch zählt nur das Hier und Jetzt«, sagte der Arzt, »über allem steht der Gehorsam; nicht für mich. Für euch haben die Organisation und was mit ihr zusammenhängt immer Priorität über alles andere; nicht für mich. Für euch sind der Apparat, die Wirklichkeit, die Gegenwart übergeordnete Dinge; nicht für mich. Für euch ist das Leben Bestandteil der Partei, es hat sich hintanzustellen, sich ihr zu unterjochen; nicht bei mir. Für euch ist die Partei Voraussetzung, für mich wäre sie, wenn überhaupt, eine Folgeerscheinung. Euch das Kloster, mir die Klosterfrauen. Ihr lebt innen. Ich verstehe unter Leben, draußen zu sein. Ihr lebt in Klausur, mit allen Problemen des Weltklerus, von daher die vielen Rückschläge; viele eurer Leute lassen sich in Versuchung führen. Die UdSSR ist ein riesiges Kloster, aber nicht alle, die unter Gottes Sonne wandeln, sind zu Heiligen geboren. So erkläre ich mir die Unzahl an Schauprozessen, Verschwundenen, Richtungswechseln.«

»So redest du und willst Arzt sein? Ist Sterilität nicht Grundvoraussetzung jeder Operation? Und in den meisten Fällen für ihren Erfolg? Aber abgesehen davon: Ist dir noch immer nicht klar geworden, daß man, um zu einem Resultat zu gelangen, das Kleinere dem Größeren opfern muß? Daß es vor allem die Zersplitterung unserer Kräfte ist, die uns schwächt? Wenn zwanzig Mann gute Befehle geben, ist das schlimmer, als wenn einer schlechte gibt.«

»Von mir aus. Mir würde es reichen, wenn man mir sagte ›Mach das‹, um es nicht zu machen oder lustlos. So gut kenne ich mein spanisches Blut. Dabei glaube ich nicht, je anderer Meinung gewesen zu sein als ihr. Ich bin weder Kommunist noch Antikommunist. Und werde es auch nie sein.«

»Dennoch gibt es einige Dinge in deinem Privatleben ...«

»Was soll das denn? Das hat niemanden etwas anzugehen ...«

»Da irrst du dich. Und wenn du in der Partei wärst, hätten wir dich schon lange in die Schranken gewiesen.«

»Ist das eine Warnung?«

»Nimm es, wie du willst. In aller Freundschaft. Du bist dabei, ganz schöne Dummheiten zu begehen. Wenn einer übel dran ist und kurz davor ist zu verrecken, was tust du dann?«

»Wir Ärzte sind verpflichtet, auch in hoffnungslosen Fällen einzugreifen.«

»Eben hast du von Heiligen gesprochen. Fühlst du dich zum Apostel berufen?«

»Nein.«

»Wenn einer Cholera hätte, würdest du ihn nicht unter Quarantäne stellen?«

»Sicher.«

»Würdest du die anderen nicht unbedingt von ihm fernhalten?«

»Du selbst erinnerst mich ständig an meine Pflichten als Arzt.«

»Aber du bist nicht der Arzt der Kirche.«

»Das alles wegen Teresa Guerrero? Oder geht es um Lola?«

»Das hat man mir nicht gesagt.«

»Ich habe nicht die mindeste Ahnung, wo die beiden Grazien überall ihre Nasen reinstecken, es ist mir auch egal ... Mit mir sprechen sie nicht über Politik, und einen Freund lasse ich nicht im Stich, nur weil andere ihn scheel anschauen. Erst recht nicht, wenn man es mir befiehlt.«

»Niemand befiehlt es dir.«

»Wenn man es mir nahelegt. Streiten wir nicht über Worte. Ihr scheint zu vergessen, daß der gegenwärtige Kampf für die Mehrheit des spanischen Volkes ein grundsätzlicher Kampf ist.«

»Das mag sein. Aber ihr seid auf dem Holzweg, wenn ihr glaubt, ihr könntet ihn mit liberalen Reden und biblischen Klagegesängen gewinnen. Oder glaubst du, wir hätten nicht schon genug verloren? Jeder schießt drauf los, und das Volk steht unten in der Arena. Ich nehme an, daß du keiner von denen bist, denen ein Sieg Francos lieber wäre als die Errichtung einer Diktatur des Proletariats in Spanien.«

»Wenn es soweit kommt, warum nicht. Aber auf dem Weg dahin braucht ihr auf mich nicht zu zählen. Ich habe zu viel Achtung vor den anderen, und das verlange ich auch mir gegenüber.«

»Leider können wir nicht mit allen kurzen Prozeß machen, die an die Moral der Gefühle glauben.«

»Womöglich hast du recht. Grundsätzlich habe ich dagegen nichts einzuwenden. Es ist immer feige, etwas aufzugeben, nur weil einen nach etwas anderem gelüstet.«

»Oder wenn einen nach nichts mehr gelüstet.«

»Haarspaltereien. Dafür ist jetzt nicht der Augenblick. Ich bin nichtig und nicht wichtig genug, daß ihr mir meine Fehltritte vergebt. Unter schwierigen Umständen lasse ich einen Freund nicht im Stich.«

»Wenn du meinst. Du setzt dich für Stilfragen ein und setzt dabei dein Leben aufs Spiel. Du bist wie diese alten Leute, die lieber neben ihrer Schrankwand sterben oder in ihrem Bett, als sich evakuieren zu lassen; oder wie diese Soldaten, die sich gefangen nehmen lassen, weil sie ihr Feldgepäck nicht aufgeben wollen. Dir fehlt jegliches Bewußtsein für ...«

»Ich weiß. Glaubst du an das Bewußtsein ...?

»Du glaubst an Wunder.«

»Ja, an die Wunder der Natur.«

»Es gibt keine.«

»Wenn du das sagst.«

»Wozu sind Pflanzen gut? Eine Leiche ist eine Leiche. Kampferöl hat noch nie jemandem geholfen. Eine verlängerte Agonie bleibt immer noch eine Agonie. Wie hieß es doch in *Wie es euch gefällt*?:

›Warum sich aufhalten über einem unglücklichen
Körper, traurig und ohne Kraft.‹

Cuartero würde uns das auf Englisch zitieren. Laß die Siechenden sterben.«

»Sicher, und kümmere dich um deine eigene Rettung.«

»Oder um die der anderen. Aber glaub vor allem nicht, deine Rettung bestünde darin, eitrige Wunden zu küssen. Die Amputation, mit Stiel und Stumpf, das ist die Radikalkur. Sich im Schmutz wälzen aus Demut und aus Nächstenliebe, oder sich aus Sympathie und Mitleid zum Mitkämpfen aufraffen, das verkürzt kein Leid und heilt niemanden. Befriedigung verschafft eine Arznei, nicht die Solidarität. Man muß dafür sorgen, daß das Unglück isoliert auftritt.«

»Du erinnerst mich an den Enkel, der auf den Tod und die Erbschaft seines nächsten Verwandten spekuliert. Ich habe nichts gegen Berechnung: Das liegt mir, aber nicht in diesem Ausmaß. Niemals werde ich einem Ehrenmann den Handschlag verweigern, nur weil er dieses oder jenes denkt. Meine Intuition ist mir wichtig, ebenso dein Urteil. Der Rest ist meine Sache.«

»Paß auf dich auf. Und mach keine Dummheiten. Ich muß hoch zur Schule. Bis bald. Kommst du ins Café?«

Templado war wie vor den Kopf gestoßen. Wenn Fajardo nicht mehr gesagt hatte, dann, weil er nicht mehr wußte. Wie es seine Art war, zuckte Julián mit den Schultern und legte sich für eine Weile ins Bett. Er fand keinen Schlaf. Lola hatte ihn gebeten, ihr beim Weg über die Grenze zu helfen, und er hatte ihr versprochen, sie am nächsten Tag, seinem freien Tag, nach Puigcerdá mitzunehmen. Diesen Kerlen entging aber auch nichts ...

Dabei kam die Geschichte gar nicht aus dieser Ecke, sondern von López Mardones, und Fajardo hatte sie im Vorbeigehen aufgeschnappt.

Zwischen drei und halb vier ist im *Salón Rosa* kein Platz zu bekommen. Das Café mit Sitznischen im amerikanischen Stil liegt im Foyer eines Aktualitäten-Kinos und ist in der Farbe gestrichen, die ihm auch den Namen gab. Das Interieur erinnert entfernt an einen Speisewagen. Die Stuhlrahmen sind aus vernickeltem Rohr, die Sitzbezüge aus rotem Kunstleder. Alle Cafés sind um diese Uhrzeit gut besucht, außer dem *Rheingold*, das für die Ministeriumsangestellten zu weit unten liegt; gegenüber dem *Salón Rosa* liegt die Baskische Vertretung, um die Ecke das Präsidialamt. Die Bombardements gehen üblicherweise nicht über die Plaza de Cataluña hinaus, so daß die Gegend verschont bleibt. Zahlreiche Kundschaft kommt auch aus dem Hotel *Majestic.*

Die Stammgäste der Madrider Tertulias im *Café del Henar* und im *Regina.* Schriftsteller und Schreiberlinge in Begleitung beiderlei Geschlechts rufen, murmeln, fluchen, visionieren, disputieren und trinken Malzkaffee mit Süßstoff, der sich weiß schäumend auflöst. Dazu stoßen Politiker aus der zweiten Reihe und andere, die es gerne wären; manchmal ein Unterstaatssekretär. Schauspieler und mehr oder weniger geheime Agenten bilden ein Grüppchen für sich. An den Tresen gelehnt die Schlange für das Telefon. Wer an der Reihe ist, schreit, damit man ihn versteht. Vor kurzem gab es Kuchen, und die Gäste schwelgen noch heute in der Erinnerung. Man spricht über alles, außer über den Krieg.

»Hallo!«

»Hallo!«

»Salud!«

»Salud!«

»Ist der Soundso schon da?«

»Noch nicht.«

»Hast du Soundso gesehen?«

»Der war seit Tagen nicht mehr hier.«

»Gibt es jetzt Papier oder nicht?«

»Erscheint die Nummer drei oder erscheint sie nicht?«

»Ist sie in der Druckerei?«

»Heute nacht bei ihm zu Hause.«

»Wo bleibt mein Kaffee?«

»Ab heute 1,75.«

»Aber ihr habt doch erst letzte Woche die Preise erhöht!«

»Hier sind zu viele Leute.«

»Wir müssen uns einen anderen Ort suchen.«

»Nein, der Kaffee ist ausgegangen. Es gibt nur noch Mineralwasser. Oder Calisey-Likör, zu acht Peseten die Flasche.«

Um halb vier steigen alle in die Straßenbahn oder machen einen Spaziergang, vorbei an den Buchhandlungen. Don Enrique Díez-Canedo, die Hände hinter dem Rücken verschränkt, Corpus Barga mit seinem eleganten, tief sitzenden Hut, Maroto mit seinem Gehstock, Gil Albert mit seiner Chilaba, Dieste mit seiner Frau, Margarita Garfias mit Ramón Iglesias y Marina und seiner Schwägerin; Max Aub, der von dem Film erzählt, den er zusammen mit Malraux drehen will; Bergamín, wenn er von Paris herunterkommt, mit eingefallener Brust, über der er seinen grauen Wollpullover glattzieht, Emilio Prados, Gaya, Manolo Altolaguirre. An einem anderen Tisch Esplá mit seinen Sekretären und den Brüdern Solsona, mit denen zusammen sie billige Wohnungen mieten wollen. Die von der Front kommen oder an die Front zurückgehen, Herrera Petere, Paredes, Canedo junior. Kein Katalane. Guasp, so schneidig; manchmal María Zambrano, manchmal Masip. León Felipe:

»He, wie geht's dir?«

Fajardo und Julián Templado – es war schon halb fünf – waren fast die letzten.

»Wenn man dich warnen und dir verbieten würde, mit mir zu reden, was würdest du tun?« fragte Julián.

»Nicht mehr mit dir reden«, antwortete der Offizier.

»Selbst wenn du wüßtest, daß ich unschuldig bin?«

»Das würde die Untersuchung dann schon zeigen.«

»Aber während der Untersuchung würdest du mir aus dem Weg gehen.«

»Genau.«

»Und die Freundschaft, die Brüderlichkeit, dein Empfinden als Ehrenmann?«

»Gegenüber der Partei ist das alles nichts.«

»Dabei weißt du genau, daß dir niemand verbieten kann, jemandem die Hand zu geben, was auch immer er sich hat zuschulden kommen lassen.«

»Stimmt, aber das zählt nicht. Es zählt auch nicht, daß du ein ehrenwerter Mann bist. Es zählt nur – wenn du unwissentlich zu etwas benutzt wirst –, wozu du benutzt wirst.«

»Die Spitzel, diese miesen Hunde, werden auch benutzt, und die grüßt du.«

»So ist das. Im Krieg kommt es darauf an, unserer Sache zu nutzen und nicht der der anderen, so ehrenwert ihre Diener auch sein mögen. Alles andere sind Kindereien und Hirngespinste. Ein Krieg muß gewonnen werden, Julián. Jeder Krieg, nicht nur unser Krieg. Und dazu sind alle Mittel recht: Das Schlimme ist nur, daß es gar nicht so viele Mittel gibt. Deine eigenen Bedürfnisse, Ethik, Kunst, das alles kommt später. Wenn du dich mitten in der Schlacht hinter einem Baum in Deckung wirfst, kannst du nicht vorher überlegen, ob er vielleicht morsch ist. Oder würdest du, wenn du umkommst vor Durst, nicht auch aus der Wasserflasche eines anderen trinken?«

»Trotzdem. Gerade deshalb werde ich nie einer von euch sein. Ein Leben ohne Ethik, ohne Kunst, ist nicht mehr lebenswert. Egal, wer befiehlt. Ich schlage mich für die Reinheit des Blutes im ursprünglichen Sinn des Wortes: Sie treibt mich an. Ich schlage mich für *Las Lanzas*, für *Die Familie Karls IV.* Ich schlage mich für die Ehrbarkeit, weil ich nicht mag, daß die befehlen, die schon alles haben.«

»Das sollst du alles bekommen, wenn wir endgültig gesiegt haben. Alle anderen Siege sind nur Scheinsiege.«

»Bist du dir sicher, daß dein toller Sieg nicht auch nur Augenwischerei ist? Seit einiger Zeit beobachte ich, wie ihr euch von mir entfernt: Weil ich Luis verteidige, der bei der POUM ist. Ich verteidige gar nicht die POUM, diesen undurchschaubaren und verräterischen Haufen, aber Luis schon, denn ihn kenne ich wie die fünf Finger meiner Hand. Und die lasse ich mir nicht abhacken. Für mich ist jede politische Frage im Kern ein moralische Frage. Wenn das nicht mehr der Fall ist, können sie mir gestohlen bleiben.«

»Darum hat die Partei tausendmal recht, wenn sie den Intellektuellen nicht über den Weg traut. Ihr würdet für eine Idee, die euch gerecht erscheint – und ich sage nicht, daß sie das nicht auch sein könnte –, alles über Bord werfen. Ohne dabei auch nur eine Sekunde die Folgen eurer Verblendung zu bedenken, denn das Ergebnis ist euch egal. Nein, mein Lieber, nein. Sei nicht so kurzsichtig.«

»Wir werden einander nie verstehen, du Ex-Intellektueller. Und dann seid ihr auf unserer Seite auch noch die einzig ernstzunehmende Kraft, einfach fürchterlich. Dabei können wir euch gar nicht vertrauen: Ihr kennt noch nicht einmal das Ziel, dem ihr euch verschrieben habt. Ihr glaubt nicht an eure Gefühle, sondern an eure Parolen, besser gesagt, eure Parolen sind eure Gefühle: Dank Disziplin und Glauben.«

»Welche Welt hätte Bestand, wenn jeder sich von seinem persönlichen Empfinden leiten ließe? Sind dir die Experimente, derer wegen wir beinahe den Krieg verloren hätten, noch nicht genug? Gerade in diesen Tagen hat kein Armeekorps die Pläne der Befestigungsanlagen bei Cinca. Die katalanische Regierung hat sie bauen lassen, ohne jemandem etwas davon zu sagen. Man darf gespannt sein, wieviel uns das wieder kostet.«

Sie treten auf die Straße. In zwei Stunden fährt Fajardo ab an die Front. Von überall schlechte Nachrichten. Wieder ein Bombenangriff, um den Hafen. Templado begleitet Fajardo bis zum Eingang der Kaserne. Sie reden weiter:

»Stimmt. Ihr seid Eingeweihte«, führt Julián seinen Gedanken fort, »ihr seid in Besitz des Schlüssels. Das ist es: An der Masse vorbei, gefangen in euerem Überlegenheitskomplex. Auf alle anderen schaut ihr von oben herab. Der Besitz eines vermeintlichen Geheimnisses trennt euch von der Gemeinschaft, wie Jung das ausdrückt. Seine Diagnose gilt nicht nur für euch, sondern für jeden, der ein Geheimnis besitzt. Alle, die das merken, wenden sich ab und empfinden Abscheu, Verachtung, ähnlich eurer eigenen, die dann auf euch zurückschlägt. Der Hüter eines Geheimnisses ist Gegenspieler der Masse, die es nicht kennt. Ich kann keiner von euch sein, weil für mich das Leben, und nicht das Parteileben, über allem steht: Die wundervolle Leidenschaft, dieser Schwung der Welt, den ich mir nicht eingezäunt vorstellen kann.«

»Pantheist.«

»Ach was. Das Leben und die Medizin lehren einen zu viele Dinge, um pantheistisch zu werden. Nein, überschwenglich vielleicht, leichtsinnig, unüberlegt, weil ich mich von meinen Intuitionen leiten lasse, anstatt sie in die Schranken des Willens zu weisen. Ich bin impulsiv, unbedacht. Damit kann keine Welt regiert werden? Ich weiß. Aber ich sage, was ich denke.«

»Und das hat uns dorthin gebracht, wo wir heute stehen. Wohin soll uns soviel Disziplinlosigkeit noch führen?«

»Die Disziplin ist kein Problem der Massen, sondern der Führer. Unser Volk ist seinen Regierenden tausendmal überlegen. Man hat nicht immer die Regierung, die man verdient hätte. Vielleicht die Regierungsform, aber die Qualität kommt von Gott. Einen Carnot hätten wir gebraucht.«

»Hör auf. Wenn du unsere Situation mit den Verhältnissen von 1793 vergleichst, kommst du nie auf einen grünen Zweig. Überlaß das den stubengelehrten Herren Albornoz und Pelayo, die aufgewachsen sind voller Verehrung für ein Frankreich, das nur in ihrer Vorstellung existiert, als Fassade. Die sind von Valmy so weit weg wie wir, auch wenn wir mehr als genug vom Schlag eines Dumouriez haben. Wenn du mir nicht glaubst, hier ist der Beweis: Wenn in Frankreich keine Volksfrontregierung an der Macht wäre, sondern eine rechte Koalition, würde sie uns vielleicht helfen, anstatt uns, wie die jetzige Regierung, am langen Arm verhungern zu lassen. Das nationale Interesse gehorcht nicht der politischen Farbenlehre, und Frankreich ist da keine Ausnahme, auch wenn Richelieu das sagt. Sie handeln wider ihre nationalen Interessen für einen Frieden, der in den Sternen steht.«

»Da sind wir einer Meinung.«

»Bleibt nur die Frage, wie hoch unser Einsatz in diesem Spiel ist.«

»Angeber.«

»Ich glaube nicht an den Tod. Davon will ich nichts wissen. Der Spanier zieht die Bestattung in einem Mauergrab einer Erdbestattung vor, weil der Akt, bei dem der Sarg in die Mauernische geschoben wird, entfernt an einen Koitus erinnert. Nische, Nest, oder das Absenken der Kiste auf den Boden, das hat auch seinen Reiz: Friedhofsetymologie, in die Kiste steigen, sich ein Nest bauen. Der Spanier hat in diesem Leben wenig zu verlieren, dafür in dem anderen viel zu gewinnen. Die Vorstellung von Einheit, Monotheismus und einzigem Ursprung führt unweigerlich zum Inzest. Sonne auf der Erde. Darum fluchen wir so viel. Sobald die Frage nach dem Ursprung der Dinge vom Tisch ist, ist es vorbei mit meinem Motto: ›Alles Sterbliche ist Symbol.‹«

»Seit wann das?«

»Jetzt warte doch ... Die Sehnsucht nach Wiedergeburt, nach Unsterblichkeit, die die Psychoanalytiker als Inzest erklären, als ob der Weg zurück der einzige Weg wäre, nicht zu sterben ... Nichts treibt uns mehr an als das, was uns von den anderen unterscheidet. Wenn man die Angst vor dem Tod überwunden, den Tod akzeptiert hat, sieht man die Dinge, wie sie sind. Idealismus und Phantasien sind gut vermummte Ängste. Ich akzeptiere den Tod, wie er ist, weil ich nicht an ihn glaube, und weil ich mich von Trugbildern freigemacht habe, glaube ich, die Dinge so zu sehen, wie sie sind.

Falsch, ich glaube nicht, Fajardo, sondern ich sehe sie, wie sie sind.«

»Wie hat mir doch gestern abend ein Arbeiter gesagt: Der Unterschied zwischen den Intellektuellen und uns besteht darin, daß man denen immer Anweisungen geben muß, was sie tun sollen. Wir fühlen es. Ich habe gekämpft, um diese Bürde loszuwerden. Und oft glaube ich, daß mir das gelungen ist.«

»Aber es bedrückt dich.«

»Es bedrückt mich, manchmal in die alten Angewohnheiten zurückzufallen, dann verachte ich mich, nur weil ich mich von den geistigen Höhenflügen irgendwelcher Neunmalklugen habe beeindrucken lassen. Wir tragen schwer daran, eine Nachkriegsgeneration zu sein, die den Krieg nicht mitgemacht hat. Wir sind in einer Zeit aufgewachsen, in der Politik nur in Kaffeehäusern stattgefunden hat. An uns vorbei ging die Epoche derer, die sich lossagen wollten: Des Baudelaire der *Voyage*, des Mallarmé des *J'ai lu tous les livres*. Des Kubismus und des Surrealismus. Fast keiner hat es in dieser Sackgasse länger ausgehalten. Viele unter uns haben daraus gelernt, daß man eine Welt nicht auf falschen Fundamenten aufbauen kann. Genau das versucht ihr, deshalb kommt ihr nicht voran.«

»Für euch«, sagte Templado, »besteht Politik nicht darin, den Gegner zu bekämpfen und ihn zu beherrschen, sondern ihn zu vernichten und sich die Macht *in eternam* zu sichern. Neuauflage des Absolutismus. Dabei war gerade das die große Errungenschaft des 19. Jahrhunderts: daß die Leute sich ihrer Relativität, ihrer Leichtigkeit bewußt geworden sind.«

»Die Libertinage des 18. Jahrhunderts an der Macht.«

»Sie schüttelten die Vorstellung von der Ewigkeit ab. Der Liberalismus akzeptierte diesen Schnitt. Für euch hat alles absoluten Wert, ihr diskutiert die nebensächlichsten Details mit der gleichen Hitzigkeit, mit der ihr euch ums Grundsätzliche die Schädel einschlagt. Ich dagegen bin vor allem lebensfroh. Dabei bin ich von Berufs wegen Beerdiger. Und ich lasse mich gerne treiben. Mein Motto: Nichts verschmähen. Bittet man mich um etwas, mache ich es mit Begeisterung. Bietet man mir ein Lotterielos an, kaufe ich es. (Nebenbei gesagt, ich habe noch nie etwas gewonnen.)«

»Damit kommst du nicht weit.«

»Du armes Schwein. Wohin willst du eigentlich? Weißt du das überhaupt?«

»Ja.«

»Laß uns in zehn Jahren nochmal darüber reden.«

»Sehr gerne. Sei unbesorgt, die Welt bürgt für mich.«

Templado, der mit Fajardo schon lange eng befreundet war, ärgerte sich, daß der frischgebackene Offizier seinen früheren Vorstellungen so völlig abgeschworen hatte. Darum formulierte er seine Standpunkte viel pointierter, als es eigentlich seinen Überzeugungen entsprach.

»Was willst du denn! Über die Welt legt sich ein Schatten. Die Menschen unserer Generation stehen bereits im Gegenlicht, alles verschwimmt im Nebel, wie die Punkte in den Guckkastenbildern des Sternenhimmels, wo ein pockennarbiger Mond sich um eine Kerze dreht, um Ebbe und Flut zu erklären.«

Templado bleibt stumm.

»Die Zeit. Alle unsere Angst rührt aus dem Mißverhältnis zwischen der Zeit und den Dingen. Zwischen unserem Altern und dem was bleibt. Was wir einmal geliebt haben, wird nach und nach kleiner und bleibt am Horizont zurück. Graue Haare sind eine ernste Angelegenheit. Ganz allmählich versinkt man in der Dunkelheit. Geht unter. Die Freunde gehen und sterben, sonst bleibt alles, wie es war. Ich aber kann es mit der Zeit aufnehmen. Ich sage dir gleich, wie. Eine Theorie, die auf meinem Mist gewachsen ist.«

»Es gibt nur zwei Arten von Menschen: Die, die glauben, daß mit ihnen die Welt verschwinden wird, und die anderen.«

»Darum ist es gut, so viel wie möglich mitzunehmen. Wozu lebst du?«

»Weißt du das denn?«

»Ich frage dich nicht nach den Wurzeln, sondern nach den Zielen.«

»Das ist eine Frage für Schriftsteller, für Intellektuelle, für alle, die nicht wissen, daß sie ihr Leben dem Zufall, einem Zusammenstoß verdanken, und die sich verzweifelt an die Hoffnung klammern, Spuren zu hinterlassen, wie eine Schnecke. Schleim, weißt du: Schleim, Samen oder schlechte Laune, darauf gebe ich nichts!«

»Werke und Kinder.«

»Komm mir nicht mit solchen Märchen. Du bist du und nicht dein Vater. Für die Arbeiter zählt, daß man ihnen gibt, was ihnen zusteht, und das befindet sich im Besitz der Reichen. Moralische Fragen existieren für sie nicht. Aus der Lohntüte ein moralisches Problem zu machen, darauf kommt kein Lohnempfänger, sondern nur ein Intellektuellenschwein wie du oder ich, auch wenn du dich dagegen wehrst.«

»Für die Ausgebeuteten war es wichtig, sich ihrer Ungleichheit bewußt zu werden und zu reagieren.«

»Das alles ist ein Mysterium«, sagte Templado, »Mysterium und Traum. Suchen, sammeln, Empfindungen speichern. Nicht wissen, mit wem man eigentlich spricht, ihn umkreisen, ihn von außen sehen. Durch die Welt gehen, als liefe man durch eine Allee, deren einzelne Bäume man nicht voneinander unterscheiden kann. Man muß extrovertiert leben und nach innen. Etwas tun. Nicht nur auf der Welt sein, sondern auch handeln. Das Leben, Uferlandschaft des Todes, der auf lange Sicht alle besiegt, außer mir, der ihn überwunden hat. Genau so, wie die parallelen Leben der Alleebäume in einem Punkt zusammenzulaufen scheinen, ohne sich je zu vereinigen. Die Augen werden getäuscht, und das verursacht eine Angst, die ganze Welten und Zivilisationen in den Untergang treibt und letztlich zu diesem existenziellen Schaudern vor dem Ende führt. Aber sie laufen nicht zusammen. Vom ersten Tag der Geburt an täuschen uns die Sinne.«

»Wie sagte doch ein Anarchist zu Besuch bei meinem Vater: Ein Intellektueller? Wer im letzten Augenblick kommt und sich auf den besten Platz setzen will.«

Sie verabschiedeten sich.

»Irgendwann mußt du mir dein Geheimnis erklären. Und Grüße an Cuartero.«

»Der ist unterwegs, er will irgendwelche Bilder fortschaffen.«

»Und denk daran: Sag mir, mit wem du gehst, und ich sage dir ...«

»Sei unbesorgt.«

6. Rückkehr aus Perelada

10. März 1938

In der niedrigen, schon dunklen Halle des Rathauses von Perelada, zwischen schmutzigweißen, nackten Wänden – einziger farbiger Akzent ist ein bunter Druck, der eine Allegorie der Republik darstellt, mit phrygischer Kopfbedeckung, rotem Umhang, eingehüllt in die dreifarbige Nationalflagge vor türkischblauem Hintergrund, aus dem eine strahlende Sonne emporsteigt – sitzt ein einsamer Mann an seinem Schreibtisch, der Gemeindeschreiber, der mehr stempelt und siegelt und auflistet als schreibt, an der Stirnseite des Raumes, wo unter sporfleckigen Tuchbahnen der prächtige Sitzungstisch des Gemeinderats steht und Rauchschwaden auf dem bejahrten Putz ihre Spur hinterlassen haben.

Cuartero fragt nach der Ortskommandantur.

»Dort drüben. Auf der anderen Seite der Plaza.«

Der Alte versinkt wieder zwischen Listen und Stempeln. Paulino geht hinaus auf die Straße. Das schaukelnde Rumpeln eines Karrens, die Eisenbeschläge auf dem Pflasterstein; die Nacht wie unsichtbarer Staub, Himmelsasche. Der Anblick der fast verwaisten Plaza mit den beiden kolonnadengesäumten Seiten unterstreicht noch das Gefühl von Vertrautheit und Tristesse, das von der bäuerlichen Landschaft und ihrer Einsamkeit ausgeht; die späte Stunde tut ihren Teil dazu; das ferne Kikeriki eines Hahnes vertont den Würgegriff, in dem die Ebene den Ort hält. Ein paar Kinder an der Hand ihrer Eltern bestaunen den grauen Lieferwagen der *Junta zum Schutz der Kunst- und Kulturgüter*, der halb beladen unter den Arkaden steht. Der Fahrer kippt Wasser in den Kühler.

»Brauchen Sie noch etwas?«

Der Alte folgt Cuartero hinaus.

»Nein. Danke.«

Mehr Neugier als bereitwillige Hilfe, denkt Paulino. Eine Frau mit einem ausgenommenen Kaninchen in der Hand geht vorbei. Im erstarrten Auge des Tieres bricht sich das letzte Licht des Tages.

Cuartero überquert die Plaza, tritt in einen düsteren Eingang, steigt eine Holztreppe mit breitem, poliertem Handlauf empor, in den Ecken stapelt sich Gerümpel: eine alte elektrische Stehlampe mit drei Leuchten, deren Farbe zwischen verwaschen schmutzig und Himbeersirup changiert, eine Standuhr, Lanzen, Hellebarden, ein Wandtisch. Beim Eintreten kommt Cuartero eine Katze entgegen, dann hat er den diensthabenden Oberleutnant vor sich.

»Mein Compañero«, sagt er zu ihm, »ist noch oben in der Burg; die Wache beteuert, es gebe keine Verpflegung für ihn; ich hoffe, Sie tun, was in ihrer Macht steht.«

»Keine Sorge.«

Er salutiert; Cuartero geht und steigt in den Wagen; sie fahren los, unter dem Torbogen hindurch, und rollen nach links die Rampe der alten Befestigungsanlage hinunter. An den Tarnnetzen vorbei biegen sie auf die Landstraße nach Figueras ab; augenblicklich bricht die Nacht herein; das Dorf, gewachsen um die Mauern der alten Burg, bleibt hinter ihnen zurück. Durch das getrübte Wasserblau des Himmels krächzen Riesenvögel; ab und an tönt aus dem Röhricht eine Antwort.

»Um zwölf in Barcelona«, meint Evaristo, der Fahrer.

»Ich bin gespannt, ob wir dort etwas zu Essen bekommen«, antwortet Paulino. (Und Pilar, der er nicht Bescheid geben konnte ... Hoffentlich hat Jaillet sie angerufen, so war es abgemacht ... Ich bin so müde!)

Tags zuvor waren er und ein Kollege weggefahren, hinter dem Lastwagen her. Bis dahin war Cuartero in der *Junta* mit weniger wichtigen Arbeiten befaßt gewesen, mit der Inventarisierung zweitklassiger Werke, der Beaufsichtigung der Bauarbeiten für neue Magazine. Jetzt fuhren dort vor ihm, in einer riesigen Kiste, *Las Meninas*. Sein Kollege Jurado, eigentlich ein schlagfertiger Kerl, bekam den Mund nicht auf:

»Dann kümmern wir uns mal um die Damen, Evaristo.«

Der Fahrer wunderte sich weder über den Plural, noch über das Geschlecht.

Ständig der Blick über die Schulter.

»Wenn jetzt einer von diesen Hornochsen mit einem Tanklastzug kommt ...«

Cuartero hatte nicht die Kiste, sondern das Bild vor Augen: Die Infantin, den Zwerg, den Spiegel.

»Eine Straßensperre?«

»Was haben Sie geladen?«

Die Soldaten stellten sich eine neue Waffe vor.

»Endlich können wir wirklich sagen, wir tragen Kultur in die Dörfer«, sagte Jurado, um seine Besorgnis zu überspielen.

»Allein schon dafür, daß diese Reise notwendig geworden ist, hätte Franco den Strick verdient«, antwortete Cuartero.

Spanien, da rauscht es an ihnen vorbei. Und was, wenn der Lastwagen umkippte? In Flammen aufginge? Die trockene Kehle. Der Wunsch, die Kilometer mögen zusammenschnurren. Und dabei an nichts denken können, absolut an nichts. Bei jedem Brummen denkt man an ein feindliches Flugzeug.

»Nur ein Auto.«

»Nur ein Motorrad.«

Cuartero hatte das Gemälde an seinem sicheren Ort abgeliefert, und nun kehrte er zurück, völlig erschlagen. Augenblicklich überwältigte ihn der Schlaf; in Masnou wachte er auf.

»Hast du zu Abend gegessen, Evaristo?«

»Nein, Señor, ich esse in Barcelona.«

Über Barcelona die Strahlenbündel der Scheinwerfer; auf der Straße das Hupen der Fahrer.

»Halt. Fliegeralarm.«

Ohne Mond war an Weiterfahrt nicht zu denken, noch nicht einmal im Schrittempo. In der Ferne heulten die Sirenen. Das ging vorüber, aber dann legten die Geschütze los, und die gelblichen Scheinwerfer zuckten auf und ab. Zwei Uhr. Die Straßen wie ausgestorben.

»Bis morgen, Don Paulino.«

›Das hätte mich inspirieren müssen‹, sagte sich Cuartero. ›Man fährt nicht jeden Tag einen Velázquez spazieren, und das einzige, was mir durch den Kopf ging, war meine Angst vor Kurven und möglichen Zusammenstößen.‹

Die Sicherheitskette, Pilar saß noch beim Stopfen.

›Jetzt ist es so weit‹, dachte Paulino, ›ich versuche es mit der Wahrheit.‹

»Ich bin völlig erschlagen.«

»Woher kommst du?«

»Ich habe Sachen aufs Land gebracht.«

»Ach!« (Inzwischen fragte sie nicht mehr wohin, nichts fragte sie mehr.)

Und wenn Paulino zu erklären begann, klang ihm alles falsch: Als wäre er angeklagt und müßte sich verteidigen. Wofür muß ich mich verteidigen? Er fühlte sich angeklagt, angeklagt, hier zu sein, angeklagt wegen des Krieges, angeklagt wegen der steigenden Preise und des Mangels an

Lebensmitteln, angeklagt wegen der Magerkeit Pepitos. In diesem Augenblick gestand Paulino sich selbst nicht ein, daß Rosario zwischen ihnen stand.

»Warum hast du dich noch nicht hingelegt?«

»Willst du etwa die Socken stopfen?«

»Ihr wart aber im Schutzraum?

»Wozu?«

»Es war doch einiges los.«

»Wenn du nicht zu Hause bist, stell dir einfach immer vor, wir seien wohlauf und auf der Hut. Das ist bequemer für dich und leichter. Und was ist mit meiner Arbeit, wann kann ich anfangen?«

Derzeit ist Pilar auf eine Anstellung aus, als Schreibkraft bei der *Junta*.

»Ich habe dir doch gesagt, daß du zuerst gut Schreibmaschine lernen mußt.«

»Die anderen können es auch nicht! Nein, sag nichts, es ist immer dasselbe. Dir macht es ja nichts aus, erniedrigt zu werden. Gleich sagst du, daß ich intelligent bin, aber du findest nichts dabei, daß ich die Drecksarbeit im Haushalt mache.«

Paulino streifte sich mit Mühen die Stiefel aus. Er zog sich aus.

»Hast du schon einmal an deine Kinder gedacht? Deine Frau und deine Kinder sind für dich doch nur ein notwendiges Übel, von Gewicht sind einzig deine persönlichen Ziele.«

»Meine persönlichen Ziele? Was haben meine Ziele mit dem zu tun, was ich gerade mache?«

»Was sind wir für dich? Nichts. Alles, was ich euch geopfert habe, nimmst du als Selbstverständlichkeit. Weder erkennst du meine Opfer, noch schätzt du sie. Ich werde mich auch weiter für meine Kinder opfern, aber von heute an nur für sie. Hast du etwa höhere Pflichten? Bis zum Monatsende bleiben mir gerade zweihundert Peseten. Genau das habe ich kommen sehen. Aber du wolltest mir nicht glauben. Es ist ja wunderschön, in Büchern zu denken und zu tun, was einem Spaß macht, aber wovon sollen wir uns ernähren? Hast du schon einmal an die Gesundheit deiner Kinder gedacht? Wer so ist, sollte nicht heiraten.«

»Es wird sich ein Weg finden.«

»Sicher, ein Weg wird sich finden, wenn man überall bittet und bettelt. Von Almosen leben. Vorher hast du mühelos dein Geld verdient.«

»War das nicht auch ein Almosen?«

»Hör doch auf. Du bist ein Träumer. Armer Paulino! Wenn du denkst, du kannst dir darauf etwas einbilden, irrst du dich. Glaubst du, die anderen beachten dich? Sie lachen über dich! Unglückseliger!«

»Alles nur, weil du mich nicht liebst«, sagte Cuartero und fiel damit zurück in die immergleichen Muster.

»Ich liebe dich nicht! Die übliche Behauptung. Das sind deine Ausflüchte: daß ich dich nicht liebe. Als ob du eine Ahnung hättest! Für alles hast du ein kluges Wort auf den Lippen, dabei merkst du gar nicht, wie verletzend deine Worte sind. Oder hast du mir irgendwann einmal gesagt, was du wirklich denkst? Du denkst immer nur an dich selbst, die anderen sollen sehen, wo sie bleiben. Oder glaubst du etwa, ich wüßte nicht, wer sie ist?«

Paulino erstarrte zu Stein.

»Sie?« fragte er mit möglichst unbeteiligter Stimme. »Wovon redest du?«

Er riß sich zusammen und zog sich in seinen Panzer zurück. Er würde leugnen, um jeden Preis.

»Reden wir besser nicht darüber«, sagte Pilar.

Verlegen schlüpfte Paulino in seinen Pyjama. Er beobachtete, wie sich seine Frau behend die Strümpfe abstreift. Er liebte sie, doch, er liebte sie.

Auf halbem Weg unter die Laken fragte sich Cuartero, ob er einfach besser in Madrid geblieben wäre. Was hat mich hierher zurück getrieben? Welcher moralische Druck?

Pilar kam ins Bett, darauf bedacht, ihn nicht zu berühren.

»Was hast du vor, wenn Franco nach Barcelona kommt? Was befiehlst du uns zu tun?«

»Er wird nicht kommen.«

»Du hast doch keine Ahnung.«

»Was die Regierung anordnet.«

»Also ich habe mich entschlossen zu bleiben. Zusammen mit den Kindern. Es reicht einfach. Was immer auch passiert. Mich schleifst du Frauenheld nicht quer durch die Welt.«

»Ich habe dich nie irgendwohin geschleift.«

»Hast du dich jemals mit mir abgesprochen? Immer hast du das getan, wozu du Lust hattest.«

Paulino stiegen Müdigkeit und Wut in den Kopf. Er antwortete nicht. Er wollte schlafen. Nicht denken. Er drehte sich weg, verwirrt. Aber der Schlaf wollte nicht kommen, nicht einmal Entspannung oder Betäubung. (Ich sündige, und die Sünde schmeckt mir nicht schlecht. Bisher war ich ihr treu. Man sagt, einer ist treu, so lange sich keine Gelegenheit bietet. Das ist eine gemeine und dreckige Lüge. Die Gelegenheiten muß man nur ergreifen; und wenn man nach ihnen sucht, bieten sie sich auch: Jedem geht das so, das ist nur eine Frage der Zeit; ständig begegnen sie einem, und mit sanfter Gewalt bekommt man irgendwann auch eine. Wer das ausnutzt und wer nicht, das ist eine Frage des Willens und des Temperaments. Ich bin ihr treu gewesen, weil ich sie liebe, wegen meines aufrechten Ehrempfindens und weil ich gar nicht auf den Gedanken gekommen wäre, sie zu betrügen. Die Schuld liegt bei mir. Sie kennt mich zu gut, und ich bin zu ungeduldig. Wenn ich ihr gefallen würde! Darin sündige ich: daß ich ihr nicht mehr den Hof mache. – Er wälzte sich zur anderen Seite. – Jetzt bilde ich mir auch noch ein, daß ich die *Meninas* gerettet hätte, eitel bin ich außerdem. Jeder andere hätte das ebenso gut gemacht. Was ist meine Pflicht? Mit Rosario brechen? Ich bin allein, mit Gott. Mir fehlt die Kraft, mich zu richten.)

Er rollte sich auf den Bauch.

Lautlos kullerten die Tränen über Pilars Wangen. Sie fühlte sich leer, ohne jeden Antrieb; ausgebrannt, Asche. Tausendmal hatte sie es gesagt: Wenn die Kinder nicht wären, sie würde sich aus dem Fenster stürzen. Bitter stießen ihr die Suppe und der Eintopf auf. Sterben. Was zum Teufel treibt die Männer um? Alles für ihre Gefallsucht und das Urteil der anderen. Für die Verbreitung ihres Namens, als wäre das wichtig. Sie kehrte zurück ins Valladolid ihrer Jugend: die Allee, die Plaza, das Haus der Großmutter; die Schulfreundinnen, das Haus ihrer Eltern, das Eßzimmer, der Flur, die Katze, die Dienstmädchen. Die Allee, die Plaza. Arm in Arm zwischen Ramona Salcedo und Luisita Salvador promenieren. Fronleichnam. Um den Tisch bei Onkel Curro, seine Söhne Alfredo und Rafael, die Tante, die Großmutter, die Mutter, Onkel Salvador. Das immergleiche Festtagsessen: die Nudelsuppe, die Hühnchen, die Fleischpasteten, die Naschereien. Mama legt vor. Joaquín kommt wie immer zu spät, fast um halb drei, und um Viertel nach drei beginnt bereits die Corrida. Die Kinder sitzen – wo eigentlich? Wie kommt es, daß ich so viele Kinder habe, wo ich doch noch ein Mädchen bin? Warum träume ich nie von Paulino?

Ein Krankenwagen raste den Paseo de Gracia hinunter. Niemand hörte ihn.

›Wie spät wird es sein? Halb vier? Vier?‹

Begraben lagen sie da, bedeckt von ihren voneinander getrennten Leben, abgeschottet; unter Einsamkeit begraben, unter vergeblich herbeigesehntem Schlaf, um einen Tag gealtert. Paulino Cuartero wälzte sich auf die rechte Seite.

Wundervolle Einsamkeit, bevölkert von meinen Ungeheuern, meinen lebenden Figuren, Einzelgängern, Sklaven, ich trage eure Last hinter meinem Lamettavorhang, über ein düsteres windstilles Meer. Kalte Einsamkeit, verregnete Einsamkeit. Die Unermeßlichkeit des Himmelsgefängnisses ... Mein Blut gehört mir, mir allein. Groll. Ihr, die ihr alle schreibt, um euch von euch selbst zu befreien, verzweifelte Antennen, nutzlose Anker, weil euch der Grund fehlt. Meer der Einsamkeit, meine Einsamkeit, die sich wie ein schwarzer Mantel über die Menschen breitet. Meine Figuren, an mich gebunden über unzählige Nabelschnüre. Lasse ich euch los, kenne ich euch so wenig wie ihr mich, so wenig, wie ich meine Kinder kenne und über sie staune: Das pralle, von mir vergessene Leben. Einsamkeit meiner selbst, und der feste Wille, nicht zu sterben. Einsamkeit, ohne ein Ende, das abzusehen wäre. Augenblicke, in denen die Brüderlichkeit nichts nützt. Nicht einmal brüderlich ist sie! Sollte ich etwa vergeblich unter so vielen Menschen nach dem einen Gefühl gesucht haben, das uns unwillkürlich, trotz aller Streitfragen, auf unserer Seite der Barrikade eint? Es gibt Augenblicke, da fühle ich mich losgelöst, ungebunden, ohne blaue Flecken, frei von Leid. Wenn mich irgendeine Ungerechtigkeit wirklich schmerzen würde ... Dieser zutiefst weibliche Drang zu singen, zu schreien, zu sein: zu sein für die anderen. Dunkle Einsamkeit der Winternacht, in der sämtliche Gesänge der Dichter nach Rhetorik klingen, nach Versmaß, nach Kunststückchen. Geliebte ohne Namen! (Rosario) Mit einem Namen würdest du existieren, doch so existiert allein die Einsamkeit, die Einsamkeit meiner Gedanken und ihrer Nutznießer. Die Hoffnung der Verlorenen, derer, die verlieren werden. An diesen Stein gekettet, doch ohne Grund, grundlos wie eine von Algen und Muscheln blatternnarbige Landungsbrücke, steinschwer unter dem Seewind, erstarrt vor Einsamkeit.

Die Zukunft liegt in Trümmern, meine taubstummen Figuren, zerschellt unter Einsamkeit und Efeuranken, entstellt, durcheinander, zersprungen, zermürbt von dem Drang zu schreien …

Könnte man nur singen, Einsamkeit, wenn man das nur könnte! Aller Gesang ist stumm, alles, was man hört, ist Subtraktion. Nichts kommt über die Schwelle des Mundes: Die Einsamkeit wühlt auf und spült spitze Schreie empor. Man schreit, und es ist, als würde man nicht schreien. Ich habe niemanden außer dir, Einsamkeit. Die Kälte ist schlimm, aber immerhin existierte sie. Dieser zutiefst tödliche Drang … Über den Schrei hinaus reicht nur die Einsamkeit. Schlammbedeckt, wachsüberzogen, baumwollumhüllt von Einsamkeit. Zwischen dir und mir das Sieb der Einsamkeit. Einsamkeit, Leere, Mutter der Welt. Leere Einsamkeit, Vater meiner toten Stunden. Einsamkeit, du bist die Zeit. Die Welt kann mir nichts bedeuten, selbst wenn ich wollte. Diesen Gegenstand will ich erreichen – meine Armbanduhr – ich will und ich kann. Zwischen meiner Hand und der Uhr in Reichweite meiner Finger die Einsamkeit: Die Einsamkeit, Mutter und Mantel der Welt, verschlossener Umschlag. Eingeschlossen in meine Einsamkeit, die deine Einsamkeit ist. Unsere einzige kalte Einsamkeit. Wenn ich dir sage, daß ich dich liebe, erreicht dich das nicht, denn die Einsamkeit reicht weiter, sie umgibt meinen Schrei. Sie reicht weiter als meine Stimme, mein Schrei. Ich liebe dich in mir, denn was außerhalb von mir existiert, entzieht sich mir im Sarg der Einsamkeit. Einzig meine Figuren, mit mir verbunden durch das Band des Lebens, Verwundete, verletzt durch Wunden der Worte, die sie ausweiden, beschneiden und meißeln, als ob sie Steine wären. Blutrünstige, wortlose Einsamkeit, wenn du dich für immer über mir schließt, ist die Welt unbeteiligt: Was man nicht kennt, kann man nicht vergessen. Ewiger Ruheplatz.

Es begann zu regnen. Anfangs hörte man das Prasseln der Tropfen auf dem Wachstuch, das das Glas in den Fensterrahmen ersetzte; später, als das Trommeln nachließ, wurde es kälter und feuchter. Paulino, in seine Decke gehüllt, wagte nicht, Pilars Wärme oder Kälte zu suchen. Er lag auf dem Rücken, ausgestreckt, stocksteif, und rieb sich die Unterarme an den Rippen, suchte in sich nach der entflohenen Wärme. Kalte Füße dämpfen jegliche Vorstellungskraft. Man schöpft nichts, es sei denn aus sich selbst heraus.

Cuartero wollte an Rosario denken. Er rief sie, doch sie erschien nur in verschwommenen Zügen. In Schlaglichtern, unvollständig.

Pilar lag mit offenen Augen da. Sie machte die Rechnung für den folgenden Tag: Das Brot, das Öl, der Wunsch, alles möge ein Ende haben und sie endlich Ruhe, schlafen und diese Frau vergessen, von der sie nicht genau wußte, wer sie war, und die dennoch zwischen ihr und ihrem Mann stand und die sie daran hinderte, sich zu bewegen, aus Angst, ihn zu berühren.

7. Herreras Tod

14. März 1938

Herrera spürt an seiner linke Schulter den weichen Teil des Ladegurts, an seiner rechten die kompakte Masse der Panzerplatte des Geschützturms. Durch den von den Kollimatorlinien geviertelten Sehschlitz blickt er auf das Feld, die Olivenbäume, Gestrüpp, Geröll.

»Nach rechts, mehr nach rechts.«

Tomás hört ihn nicht. Er tritt ihn gegen die Schulter, der Fahrer zieht an der Steuerstange, und der Panzer schwenkt zur Seite. Was man innen kaum merkt, denn hoch aufgerichtet arbeitet er sich aus der Senke. Das Zickzack eines leeren Schützengrabens ist das einzige, was ihn an den Wald von Remisa erinnert. Über die Wehranlagen hinweg öffnet sich die ganze Weite der Lichtung. Wo ist der Feind? Nie zuvor hat ihn die Einsamkeit in einen vergleichbaren Schwebezustand versetzt: Trotz der vielen Positionen, auf die er vorrücken könnte, bleibt er unentschlossen, tatenlos. Wo sind die anderen? Wohin soll er den Geschützturm drehen? Welches Ziel soll er anvisieren? Woher werden sie auftauchen? Der Turmdeckel engt ein. Ohne Verbindung, ohne Bezugspunkt: verloren wie ein Ertrinkender. Wohin fahren wir? Ihrer aller Angst: Wenn sie uns einkesseln, gibt es kein Zurück.

Die Kanone ist schußbereit, das Maschinengewehr ebenso, die Kurbeln sind gefettet, die Munition liegt griffbereit, die Stiefelsohlen über den Pedalen der Schußvorrichtung. Tomás nimmt seine Panzerhaube ab, damit der Schweiß fließen kann; er trägt sie als einziger, gewissenhaft und vorsichtig und auf seine Aufgabe konzentriert, das ist seine Art; er kratzt sich am Kopf. Herrera, von seiner Warte aus, sieht seine noch junge Glatze. ›Ihm fallen schon früh die Haare aus.‹ Tomás' Halbglatze bringt ihn oft auf andere Gedanken, wenn er sie von oben sieht, von seinem Kommandostand aus. Die Panzer! Herrera dreht so schnell er kann an seinen Kurbeln. Der Wald von Remisa, Las Rozas, Pardo-Park. Wann war das, am 16. oder am 17. November 1936, als sich zum ersten Mal unsere Panzer denen des Gegners entgegenstellten? Panzer, Panzer! Er war an diesem Tag in Bereitschaft (erste Reservekompanie, die dritte in Ruhestellung, das heißt, sie durften sich waschen). Herrera hatte, Jahre zuvor, im Ersten Panzerregiment gedient. Alle halbe Stunde wurden die Motoren angelassen. Im Innenhof eines Herrenhauses, zehn Minuten hinter den Linien. Vier Uhr nachmittags, und jeder war sich sicher, daß nichts mehr passieren würde, als wie ein Verrückter der Melder angerast kam: ›Panzer, Panzer! Die Deutschen!‹ Das Blut schoß ihnen in die Köpfe! Man ist ruhig, ganz ruhig, völlig ruhig, aber das Fleisch zittert. Die Hitze, die in einem hochsteigt, vom ganzen Körper Besitz ergreift. Ruhe, Jesús, ganz ruhig. Was ist zu tun. Alles zu seiner Zeit. Man ruft sich die Vorschriften ins Gedächtnis. Die Fortbildung in Archena. Fehlt auch nichts? Munition? Langsam, sich nicht aus der Fassung bringen lassen. Wenn nur nicht diese Muskelzuckungen in den Waden wären. Ich habe keine Angst, und dennoch ... Ich bin doch Herr meiner Gedanken, warum also gehorchen mir nicht diese Verzweigungen des Nichts, diese blank liegenden Nervenstränge?

Von den zehn Fahrzeugen sprangen nur fünf an. Die übrigen waren um nichts in der Welt zum laufen zu bringen. Ich hätte durchdrehen können! Alles geriet durcheinander. Meine Schweißausbrüche! Alles verschwamm. Zunächst fuhren die ersten fünf los; wir brauchten entsetzlich lang, bis die anderen ansprangen, aber als wir endlich aufbrachen, waren die anderen doch erst hundert Meter weiter. Die Zeit wie aus Gummi. Oder sie rennt davon. Wir überquerten unsere aufgegebenen Schützengräben; sobald die Männer die Motoren der feindlichen Panzer hörten, rannten sie weg. Die verlassenen Schützengräben, und mittendrin im Klostergarten zwanzig leichte Panzer, Marke Fiat.

Herrera wird sie immer vor sich sehen, und wie hinter ihnen, aus den Linien am Waldrand, die Deutschen auftauchten. In einer Reihe. Eine lange Kette Gesichter, eine lange Kette Helme, eine lange Kette mattgrüner Mäntel, eine lange Kette Stiefel. Hergerichtet wie für ein Manöver. Der Abend dämmerte, und sie in achthundert Meter Entfernung. Das Visier, der bewegliche Fadensucher, das Maschinengewehr: vierhundert, plus zweihundert, plus zweihundert, die Entfernungstabelle der Kanone. Sprengmunition? Panzerbrechende Munition? Sprengmunition rot, panzerbrechende schwarz. Die Theorie verwirrt einen. Fünf Teilstriche. Die ersten Schüsse holen einen in die Welt zurück. Man ist zu etwas nutze, das Gefühl, zu etwas nutze zu sein. Wen abschießen? Die leichten Panzer? Die Männer? Sie kommen Schulter an Schulter, einer hinter dem anderen, aufgepflanzte Bajonette in einer Reihe, Traumgestalten. Fünfzig Meter hinter ihnen tauchen die nächsten auf, und zwischen ihnen, die Pistole in der rechten Hand, die Reitgerte in der linken, Offiziere. Einem von ihnen, dem dritten von rechts, scheint die Sonne ins Gesicht, sein Monokel blinkt wie ein Lockspiegel. Vom Waldrand rückt die nächste Reihe vor. Der Versuchung widerstehen, auf den mit dem Monokel zu zielen. Zuerst die gepanzerten Fahrzeuge. Die Treffer sehen, wie sie stehenbleiben! Mein Gott! Und wieder zielen, den Turm drehen! Die Einschläge verfolgen! Die Treffer sehen, und wie sie umdrehen! Die Treffer sehen, und wie sie wie angewurzelt stillstehen! Dann schießen sie auf uns, und nichts passiert. In dem Gewirr seiner Erinnerung hört Herrera wieder das dreifache Echo der Panzerabwehrgeschütze. Er taucht ein in den Lärm und die Abgase, den Rückstoß, die Hitze, das Klirren des Panzers. Feuer! Feuer! Das stumme Toben der Schlacht durch den ganzen Körper, als ob jedesmal jeder Nerv, jede Arterie, jedes Haar hinaushechten würde, um zu sehen, was passiert. Dieser schreckliche Angriff auf Garabites. Siebzehn gingen verloren! Aber am Wald von Remisa! Einer, zwei, drei, vier, achthundert Meter entfernt, sechshundert Meter, und los und noch einen. Schließlich blieben zehn zurück. Und dann mit dem Maschinengewehr, der Fuß am Abzug soll auch seinen Spaß haben. Vier fallen, sie schließen die Reihe; acht weitere fallen, und sie rücken weiter vor, mit ihren Helmen, ihren groben Mänteln. Einmal, und noch einmal. Dann ist es vorbei, wie ein Mann ziehen sich alle zurück, geordnet, die Offiziere zuerst, und ihre Verwundeten nehmen sie mit. Man riecht weder die Abgase noch den Pulverdampf, der Kühler kommt einem gar nicht heiß vor, und die Angst ist wie weggeblasen.

Oft, wenn Herrera nachts eine Erinnerung sucht, an der er sich festhalten kann, sieht er die Lichtung von Remisa vor sich, und Peralta, wie er von innen die Turmluke aufstößt, um den sich zurückziehenden Deutschen hinterherzulaufen, die Pistole in der Hand, wie ein im Rausch … Alle waren sie besoffen von diesem Erfolg; daß sie vier Panzer flottmachen und als Siegesbeute mitnehmen konnten. Herrera blieb die ganze Nacht über dort, hinter unserem verlassenen Schützengraben, und behielt das Schlachtfeld im Auge.

Und jetzt stand er hier, Caspe zur Rechten, und der Feind tauchte nicht auf.

»Wohin fahrt ihr?« hatte ihn ein versprengter Hauptmann auf dem Feld gefragt.

»Richtung Caspe.«

»Das haben sie schon.«

»Wir werden sie aufspüren.«

Und in Caspe war niemand. Vom Feind keine Spur. Und jetzt stand er hier, links versetzt, allein auf dem Feld, allein. Wo sind sie? Was tun?

Herrera schickte einen Melder, der nicht mehr zurückkommen würde.

Was ist passiert? Ständig Rückzug! Wie ist es möglich, daß sie ungehindert vorrücken? Wo sind unsere Einheiten?

Herrera gab den Befehl, zu einer Häusergruppe vorzufahren, die am Fuß des Hügels zu erkennen war. Es war drückend heiß. Über das Feld kamen ihnen fünf Männer entgegen. Herrera befahl stehenzubleiben. Er öffnete den Deckel des Panzerturms.

»Woher kommt ihr?«

»Ha!« sagte einer.

»Wo stehen sie?«

»Was weiß denn ich«, antwortete derselbe.

Die anderen, unbewaffnet, laufen weiter. Herrera streckt sich, zieht sich hinaus und steigt hinunter; er geht durch das völlig zerstörte Dorf. Weit und breit kein Mensch, zwei Hühner picken in der Sonne. Plötzlich tritt aus einer fast völlig eingestürzten Hütte Fajardo, mit einem Poncho über der Schulter und seit Tagen unrasiert.

»Hallo.«

»Hallo.«

»Ich bin auf der Suche nach etwas zu trinken.«

»Bist du allein?«

»Dort oben habe ich fünf Mann und einen Panzer.«

»Wo sind die anderen?«

»Das würde ich auch gerne wissen. Woher kommst du?«

»Aus Caspe«

»Es heißt ...«

»Nein. Noch nicht.«

»Hast du Wasser?«

»Ja.«

»Wie siehst du die Lage?«

»In diesem Krieg ist jetzt jeder auf sich allein gestellt. Sie sind völlig erledigt.«

»Die Faschisten?«

»Nein, meine Männer. Marschieren und nochmal marschieren. Kein einziger Lastwagen.«

»Wieviele Tage bist du schon hier?«

»Vier. Als Meldeposten für das Hauptquartier. Feldtelefone gibt es keine. Keine Kräfte, um eine Front aufzubauen. Mit meinen vier ziehe ich mich jeden Tag zehn Kilometer zurück. Es heißt, die Befestigungsanlagen bei Gandesa gingen in die falsche Richtung.«

»Geschwätz. Líster und Modesto werden den Riegel von Beceite bestimmt halten. Über das Maestrazgo-Gebirge können sie nicht kommen.«

Ein Soldat, aufgetaucht aus dem Nichts, nähert sich ihnen.

»Herr Hauptmann, ich bin kein Deserteur.«

Sie fragen ihn aus und schicken ihn nach hinten zu den anderen. Auf dem Weg dahin stürzt er zu Boden.

»Ich falle nicht, Herr Hauptmann.«

Er war ein Andalusier, dem das Herumalbern noch nicht vergangen war:

»Aber nach hinten zu gehen, hat man uns nicht beigebracht.«

Sie gehen hinauf zu den Panzern, Herrera greift nach einer Thermosflasche, Fajardo trinkt.

»Was hast du vor?« fragt er Herrera.

»Ich erwarte einen Melder.«

»Es gibt hier keinen Tropfen Wasser. Seit vier Tagen sind wir unterwegs; sie können nicht mehr. Und das sind keine kleinen Jungs. Ab und zu haben wir Pause gemacht.«

»Zu fünft?« fragt Herrera ironisch.

»Zu viert, der fünfte ist heute morgen zu uns gestoßen. Jetzt sind wir schon sechs. Das Problem ist das Wasser.«

»Ist denn keine Menschenseele in dem Dorf da unten?«

»Keine Ahnung. Ich bin gerade erst angekommen.«

»Komm.«

Sie schweigen. Beide wissen, daß sie an dasselbe denken: An die Mengen von Material, das der Feind hat. An die italienischen Truppen, die ihnen gegenüberstehen. Die verzweifelte Wut, daß sie nur ihre bloßen Hände haben, um sie aufzuhalten. Ein dürrer Landstrich, Olivenbäume. Sie durchqueren das Dorf. Von deutschen Fliegern in Schutt und Asche gelegt.

»Komm mit hoch«, sagt Fajardo.

Sie gehen dorthin, wo Fajardo seine sechs Männer hat. Drei von ihnen schlafen.

»Herr Hauptmann«, sagt einer. »Dort unten ist ein Gehöft. Wenn Sie wollen, können wir hingehen und nachsehen, ob es einen Brunnen hat.«

»Gehen wir«, sagt Fajardo. »Kommst du mit?«

»Ja«, antwortet Herrera, »mit einem Panzer. Geht vor, ich komme sofort nach.«

So geschieht es.

Die Wirtschaftsgebäude sind leer, aber die Asche im Ofen glüht noch.

»Alle fliehen«, sagt Fajardo. »Die Straßen hinter Caspe müssen völlig verstopft sein.«

»Ein Brunnen, dort ist ein Brunnen!« jubelt Miguel Jiménez, der Mann, der am Morgen zu Fajardos Gruppe gestoßen ist. Alle laufen in den kleinen Hausgarten hinter dem

Schweinestall. Miguel Jiménez trinkt in tiefen Zügen aus einem Schöpfeimer, dann läuft er wie ein Verrückter vor und macht den anderen Zeichen, sie sollen kommen. Die rennen zu ihm, werfen den Eimer in den Brunnen und ziehen ihn wieder hoch, gefüllt mit schlammigem Wasser. Das kümmert sie nicht, sie trinken, alle trinken. Fajardo beugt sich über den Brunnenrand und wirft einen Blick hinunter.

»Schau mal«, sagt er zu Herrera.

Auf dem Grund erkennt er vier oder fünf afrikanische Söldner, die halb aus dem schwarzen Wasser herausragen. Miguel Jiménez, immer noch durstig, läßt den Schöpfeimer erneut hinunter, zieht Wasser nach oben und sagt:

»Was soll's!«

»›Gefaßt zu sein und ungerührt, ist des Mannes Zier‹, schreibt schon Pinzian«, sagt Fajardo.

›Warum spielt er sich so auf?‹ denkt Herrera, dem Fajardos Aufschneiderei jedesmal unangenehm aufstößt. ›Braucht er unbedingt etwas, woran er sich klammern kann, um nicht ständig an den Krieg denken zu müssen?‹ Herrera kommt nicht dahinter. Die Welt reicht nur von diesem Bergrücken bis zum nächsten. Seine Aufgabe: Den Feind aufspüren. Sonst nichts.

Herrera fragt Fajardo:

»Was hast du vor?«

»Mich irgendeiner Einheit anzuschließen.«

Sie schlendern zu den Panzern zurück.

»Wo werden wir sie aufhalten?«

»Wer weiß? Dieselben, die jetzt fliehen, bleiben hundert Meter weiter stehen, und keiner kommt durch. Man muß ihnen die Zähne zeigen, dann scheren sie sich zum Teufel. Uns fehlt es an allem, aber vor allem an Minen und Panzerabwehrwaffen. Glaubst du, daß wir sie mit 37er-Geschützen und einer Handvoll Reservisten aufhalten können? Die Leute sind völlig erledigt.«

»Líster kommt hoch. Und *El Campesino* über Lérida«, wiederholt Herrera voller Überzeugung.

»Man darf gespannt sein.«

Wortlos rauchen sie eine Zigarette.

»Wenn wir aber verlieren ...«

»Daran darf man nicht denken.«

Und in der Tat denken sie nicht daran. Sie sind bedrückt, müde, standhaft, entschlossen. Fajardo tätschelt den Turm eines Panzers.

»Was ist das für ein Gefühl, in so einem Ding zu kämpfen?«

Herrera schaut ihn aus seinen klaren Augen an; Fajardo ist unangenehm berührt. Er weiß, daß er nicht reden, nicht fragen sollte, aber eben dieses ungute Gefühl treibt ihn dazu, nachzuhaken, obwohl ihn eigentlich viel zu viele Sorgen umtreiben, um Herreras halblauter Antwort zu folgen. Der spielt mit einem Bleistift herum, den er aus seiner Beintasche gezogen hat.

»Einsamkeit«, sagt er. »Die Einsamkeit, wie Cuartero immer sagt. Wenn du wie die anderen Krieg führst, siehst du deine Compañeros, du hast sie greifbar nah; diesen vor dir, den dort hinter dir. Einer rechts, der andere ganz nah. Sie feuern dich an, die Stimmen treiben dich weiter, das hat etwas dynamisches, etwas, das zusammenschweißt. Einen Antrieb, ein enges Band, eine kollektive Angst, die dich anspornt. Sich umschauen, im Augenwinkel diesen sehen und jenen. Die Füße von Francisco, der dich hochzieht, der Helm von Narciso, der dir auf die Nase fällt. ›Was sie wohl über mich sagen werden‹, denn jeder sieht dich.«

Die Männer liegen eng nebeneinander im Schatten eines Feigenbaums, sie schlafen oder sehen zumindest so aus.

»Im Panzer«, fährt Herrera fort, »bist du allein, eingesperrt, weggesperrt. Völlig allein, Gottes Gnade ausgeliefert, verstehst du? Blind. Ohne auch nur das geringste mitzubekommen. Was du gehört hast von Fernaufklärungen, Fahrten hin und zurück, das sind Märchen. Eng begrenzte Missionen, sonst nichts. Wenn wir eines Tages Funk haben, wird das anders. Der Platz für die Geräte ist schon vorhanden, aber uns fehlen noch die Bauteile. Dort haben wir jetzt zusätzliche Munition gebunkert. Punktum: ein Maulwurfsdasein. Stell dir vor, ich, der ich die Befehle gebe, habe nur ein Zwei-Zentimeter-Fernrohr, um mich zu orientieren. Der Schütze – keine Ahnung, warum der so heißt, eigentlich lädt er, ich ziele und schieße –, der Schütze sieht nichts. Für ihn hat man nur links eine kleine Öffnung gelassen, dort paßt nicht einmal ein Gewehrlauf durch. Der Fahrer hat einen Sehschlitz mit so dickem Glas, daß er durch ein Aquarium mehr erkennen könnte. Das Schlimmste ist das Licht. Weißt du, was es bedeutet, wenn du von der glühenden Sonne über dir fast grillt wirst, und du sitzt eingepfercht in der Gluthitze, mit einer Glühbirne über der Stirn? Das Schlimmste ist die Hitze. Bei der Schlacht von Brunete fuhren wir vollkommen nackt. Du machst dir keine Vorstellung von den Folterqualen, trotz des Kaffees, trotz des Zitronensaftes und trotz aller Zitronenplantagen dieser Welt. Heißer Kaffee, auch wenn du nicht willst. Die neuen Modelle haben ein anderes Kühlsystem. Die anderen sollen Ventilatoren haben, bei uns – nichts! Es gab einmal einen, der wollte lieber wie ein Sieb durchlöchert sterben und fuhr mit offenem Turm in den Kampf. Inzwischen gibt es auch unten einen Ausstieg, während früher ... Die glühenden Kühler, dazu die Abgase.«

Herrera verstummt. Fajardo schließt die Lücke:

»Überall würde ich wieder hingehen, aber nicht nach Brunete.«

»Warum?«

»Dort habe ich die schlimmsten Augenblicke durchlebt. Kein Loch zum verkriechen, nichts zu sehen, überall der Feind ...«

Fajardo fährt sich mit der Hand über den Nacken.

»Nirgends Deckung. Die ausgedorrte Ebene ... Dort habe ich zum einzigen Mal in dieser typischen Kinoeinstellung gekämpft, im Schützengraben stehend und die Hände oben auf den Sandsäcken, um dich zum Sturm hochzuziehen. Das vertreibt die Angst. Entweder du fliegst wie der Wind über die Erde, oder du buddelst dich in ihr ein wie ein Hund. Stoppelfelder in der Mittagshitze.«

Herrera setzt sich auf den Boden, lehnt sich an die Laufräder des Panzers. Er verliert sich in seinem Inneren: Brunete! Was weiß denn Fajardo von Hitze! Dazu muß man im Juli mit einem Panzer durch die Einöde fahren. Weggesperrt von der Welt. Allein, und über dem Kopf die vergitterte Glühbirne. Die Panzerplatten glühen. Der Schweiß rinnt.

»So ein Panzer gibt bestimmt ein Gefühl der Sicherheit«, sagt Juan.

»Am ersten Tag«, antwortet Herrera, »fühlst du dich unverwundbar. Schildkröte oder Schnecke. Du hörst die Kugeln abprallen, du suchst sie geradezu. So lange, bis die Panzerabwehrgeschütze kommen. Wenn du deren Einschläge siehst, vergeht dir die gute Laune. Weißt du noch, die dreißig Panzer, die Caballero zu dem Tagesbefehl verleiteten: Jetzt sind wir wirklich bewaffnet! Findest du das nicht schrecklich?«

Fajardo erzählt weiter:

»Brunete. Dort habe ich auch zum einzigen Mal das gesehen, was man ›mit dem Maschinengewehr niedermähen‹ nennt. Die kleinen Hügel, von denen aus die MGs wie Schafscherer säbelten. Der Kerl aus Jaén, der mit einem Zwei-Kilo-Käse auf dem Kopf angelaufen kam: ›Wollt ihr Käse ...?‹ Alles Novizen, alles Andalusier. Wie die sich geschlagen haben! Was für ein Volk! Strolche, Strauchdiebe, Tagelöhner. Was für Leute! Ziehen einfach los und kämpfen. Zweifeln keine Sekunde. Sie wissen, daß wir das Volk sind und die anderen die Kaziken. Leute, die nicht nach hinten schauen. Den altgedienten Kämpfern blieb die Spucke weg. Was für ein Volk! Nur Augen dafür, was allen gehört.«

›Geht es ihm schon so schlecht‹, denkt Herrera, ›daß er es nötig hat, sich mit Sätzen zu stärken?‹

»Auf dem alten Friedhof lagen wir einen ganzen Nachmittag in einem Laufgraben in Zick-Zack-Form, genau wie ein Z, die afrikanischen Elitetruppen am einen Ende, wir am anderen, und bewarfen uns mit Handgranaten. Die meisten zielten schlecht und die anderen völlig daneben: Wir konnten nur mit links werfen und kamen kaum über die halbe Distanz.

›Ergebt euch!‹ riefen wir.

›Ergebt ihr euch!‹ schrien sie zurück.

Eine unglückliche Operation«, fährt Fajardo selbstvergessen fort. »Man wollte unbedingt die Widerstandsnester einnehmen, während es von Valdemorillo einen direkten Weg nach Sevilla la Nueva gab, wo der Gegner nur über wenige Truppen in Ruhestellung verfügte. Wenn wir uns nicht in Quijorna und Brunete festgebissen und sie stattdessen eingekesselt hätten, wären wir bis Navalcarnero vorgestoßen, wo der Gegner keine Verteidigungslinie mehr hatte. Aber man wollte unbedingt ...«

Fajardo sagt das etwas selbstzufrieden und mit galligem Unterton, als hätte ihm sein Aufenthalt an der Militärakademie kritischen Sachverstand vermittelt.

»Die Leute sind zu Dutzenden gefallen! Rund um die Uhr. Die Messerschmidts konnten sich nicht beklagen: einfach fünfzig Meter rechts und links der Landstraße draufhalten, und weil die kerzengerade verlief, mußten die Faschistenschweine nur von Brunete aus einen Flakscheinwerfer auf sie richten. Wir gaben ein sicheres Ziel ab. Was für ein Gelände! Die Front bildete ein Hufeisen, an jedem Ende hatten sie ihre Artillerie aufgestellt und machten uns die Hölle heiß.«

»Später wurde schwierigeres Gelände gehalten«, gibt Herrera zu bedenken. »Man weiß nie.«

Sie schwiegen. Sie lauschten den Geräuschen der Erde. Ihnen wurde bewußt, daß keiner dem folgte, was der andere sagte. Das schmerzte sie. Die Nachrichten waren zu schlecht. Die unterschiedlichen Schicksale. Der Tod, der zu nahe herangeschlichen war, um ihnen zu erlauben, sich mit den Erinnerungen des Anderen aufzuhalten. Jeder hatte mit sich selbst genug. Sie glitten aneinander vorbei, wie im Traum, als würden sie wirklich schlafen. Sie redeten und waren sich dabei sicher, daß ihre Worte nicht hängenbleiben würden und ihre Figuren auf dem direkten Weg ins Vergessen waren. Fajardo stand auf:

»Jungs«, rief er seinen Leuten zu, »Abmarsch.«

Wortlos standen sie auf.

»Bis bald«, sagte Herrera.

»Ciao«, antwortete Fajardo. »Ich will unbedingt zurück nach Barcelona. Wie und wann weiß ich noch nicht.«

Sie schüttelten sich die Hände.

»Was machst du jetzt?«

»Wenn der Melder nicht kommt, fahre ich ins Tal und suche selbst nach dem Kommandostand«, sagte Herrera.

Fünfhundert Meter weiter, vor seinen drei Panzern, stieß er auf einen Oberstleutnant.

»Was haben Sie dort zu suchen?«

»Ich erwarte Befehle, Herr Oberstleutnant.«

»Nun, diese Höhen müssen gehalten werden. Um jeden Preis.«

»Und wenn wir eingekesselt werden?«

»Einkesseln lassen sich nur Feiglinge, und ich nehme nicht an ... Es muß nur auf einem Gipfel eine Fahne auftauchen, schon schreien die Männer: Wir sind eingekesselt! Sie müssen Widerstand leisten, so lange wie möglich!«

»Und wenn es unmöglich wird?«

»Widerstand ist immer möglich«, erwiderte der Oberstleutnant.

»Munition?«

»Bekommen Sie.«

Der Vorgesetzte fuhr weiter auf seinem Motorrad.

Herrera ließ seine drei Panzer in Stellung gehen und wartete. Es wurde Nacht, und reihum konnten sie schlafen. Um acht Uhr in der Früh tauchte der Feind auf. Nach den ersten Schüssen aus dem Turmgeschütz schwärmte er aus. Bis zehn Uhr bekamen sie niemanden mehr zu Gesicht. Herrera fuhr ein Stück weit nach rechts. Artilleriebeschuß setzte ein, auf die Stelle, wo er gestanden hatte. Wenig später zeigten sich in zwei Kilometer Entfernung mehrere Panzerabwehrgeschütze. Auf den gegenüberliegenden Hügeln hatte der Feind Maschinengewehre in Stellung gebracht. Herrera gab seinen anderen beiden Panzern den Befehl, sie anzugreifen und danach Caspe anzusteuern. Anschließend fuhr er zielstrebig in Zick-Zack-Fahrt auf die Geschützbatterie zu. Hinter einer Böschung, die parallel zur Straße verlief, war er für den Feind nicht zu sehen und konnte sich ihm bis auf fünfhundert Meter nähern. Mit dem Fuß tippte er Tomás an die rechte Schulter. Und als er aus dem Einschnitt herausschoß, erwischte er eines der Geschütze von der Seite und zerstörte es. Das verschaffte den Mannschaften der anderen Zeit, ihre Kanonen umzudrehen. Herrera dachte: ›Jetzt erwischen sie uns!‹

So war es.

8. An der Grenze

11. bis 14. März 1938

Templado brachte Lola Cifuentes nach Puigcerdá. Sie übernachteten im Hotel. Julián bekam, was er wollte, nicht mehr, nicht weniger. Lola ließ ihn gewähren, kühl, distanziert und lächelnd. Am nächsten Tag brachte Templado sie – als wäre es ein Versehen – über die Grenze. Am Grenzstein verabschiedeten sie sich.

»Ich möchte dich um Verzeihung bitten, Hinkebein.«

»Verzeihung wofür?«

»Daß es dir an den Kragen gehen wird.«

»Ich versteh nicht.«

»Du verstehst sehr wohl. Ich hatte dir doch gesagt, daß dich das teuer zu stehen kommen würde.«

»Es war durchaus zu meinem Vergnügen.«

»Ich hätte dich gerne geliebt, bei Gott. Weil du ein Pechvogel bist. Wie geschaffen zum Ehemann.«

»Sieht man schon die Hörner?«

»Nein. Aber die Stelle, wo sie hinkommen werden, und die Platte für die Prügel.«

»Wie schmeichelhaft du bist.«

Lola sah Templado fest an.

»Komm mit«, sagte sie.

»Wohin?«

»Mit mir. Nach Paris.«

»Du spinnst.«

»Gestern abend habe ich dich denunziert.«

»Wie bitte?«

»Ich habe ihnen geschrieben – damit sie es heute abend bekommen –, daß du mich rausbringst.«

»Wem? Monllor? Rivadavia?«

»Kommst du mit?«

»Nein, meine Liebe. Aber danke für die Warnung. Sag mal, was ist denn in dich gefahren, daß du plötzlich so liebenswürdig bist?«

»Es gab einen Augenblick heute Nacht, da dachte ich, ich liebe dich.«

Tränen stiegen ihr in die Augen. Templado war glücklich. Er versuchte sie zu umarmen.

»Laß das, Dreckschwein! Denkst immer nur das eine. Außerdem betrittst du Frankreich.«

»Ich habe einen Reisepaß.«

»Mit einem Visum fürs Jenseits, wenn du mich nicht begleitest.«

Tempaldo war verblendet genug, auf einmal zu glauben, die Eröffnung der Frau sei eine Erfindung.

»Kommst du also?«

»Nein, Liebste.«

»Vergibst du mir?«

»Ja, meine Liebe. Wir wollen uns verabschieden wie im Film: Du drehst dich um und siehst nicht, wie ich weggehe. Es wird langsam kalt, und um vier habe ich Dienst. Benimm dich.«

Templado kehrte zurück zu dem Auto, das Huertas ihm geliehen hatte.

Wie konnte ich nur so eine Dummheit begehen? dachte er. Spieltrieb und Leichtsinn, und – ja, zum Teufel! – weil sie mich amüsiert und weil sie schön ist. Und diesem Weibsstück ist es tatsächlich zuzutrauen, daß sie mich denunziert hat. Rivadavia wird mir ganz schön den Kopf waschen!

Isabel Rubió ließ Teresa Guerrero über einen Boten ausrichten, sie solle nicht ins Theater gehen: Radio Burgos hatte angekündigt, Barcelona alle zwei Stunden zu bombardieren, bis zur Kapitulation der Regierung. Die Schauspielerin war bereits in ihrer Garderobe, als man ihr die Nachricht brachte. Doña Isabel ließ ihr außerdem Kondensmilch zukommen, Zwieback und Schokolade, die sie über das Holländische Konsulat erhalten hatte. Etwas davon gab Teresa an Matilde weiter.

»Wie gut Sie zu mir sind, gnädiges Fräulein ...! Da soll einer über die Theaterleute lästern! Früher war das vielleicht anders, oder?«

Über dem Spiegel leuchtete nackt die Glühbirne; davor standen auf einer Glasplatte Schminksachen aufgereiht: Alle möglichen Rosa- und Ockertöne in unappetitlich zerdrückten Tuben. Auf dem Plüschsofa ein paar armselige Strümpfe, ein Fächer, ein Mensch-ärgere-dich-nicht-Spiel.

Julio Jiménez kommt herein, um Bescheid zu geben, daß die Vorstellung abgesagt ist. Teresa und Cristina lächeln sich an. Matilde fragt ihren Mann, ob sie zusammen nach Hause gehen. Der Mann schiebt eine Gewerkschaftsversammlung vor.

In Perpignan stieg López Mardones in einem kleinen Hotel ab, auf Empfehlung eines französischen Journalisten. Der Wirt, ein drahtiger älterer Herr mit weißem Schnurrbart wie einst Castelar, war leidenschaftlicher Maler. Nichts war vor seinem Pinsel sicher: Wände, Blumentöpfe, Aschenbecher, Fensterrahmen, das Korbgeflecht der Stühle, Tische und Speisekarten bedeckte er etwas gewollt mit krakeligen, kindlich-naiven Vögeln und Blumen:

»Um ein Meister zu werden«, sagte der Wirt, »muß man an sich arbeiten. In zwei Jahren setze ich mich zur Ruhe, und dann habe ich genug Zeit zum Malen und zum Lernen.«

Seine Gattin duldete diese Leidenschaft, eine unglaublich fette Frau mit mehr Rettungsringen als Oberweite, die auch nicht ohne war, wie ihr Doppelkinn und ihre Wangen, die an hängende Hinterbacken erinnerten; vor allem aber hatte sie ein Händchen für die Zubereitung von Rebhühnern à la catalana, Meerbarben à la provençale und auf Rebenreisig gegrillte Koteletts, womit sie den Laden am laufen hielt. Feinschmecker füllten den winzigen düsteren Speiseraum, in den kein Tageslicht fiel, weshalb einige funzelige Glühbirnen die Malereien des Herrn Hotelwirts zu beleuchten hatten, wenn nicht gerade der Strom abgestellt war.

López Mardones gönnte sich zwei Tage dort. Zum Mittagessen kamen üblicherweise mehrere spanische Polizisten, die unser Mann mit einem herablassenden ›Hallo!‹ grüßte, bevor er sich allein in eine Ecke verzog, wo er seinen Eintopf genoß, mit dicken, weichen, weißen Knoblauchzehen, und das köstliche Rebhuhn à la catalana, mit einer Sauce, in der butterzarte Frühkartoffeln schwammen.

López Mardones ging bei Gustavo dem Franzosen vorbei. Der war ein kleiner, bereits ergrauter Mann mit Allerweltsgesicht, dessen Züge ein Geschwulst, ähnlich einem Kropf, links am Hals entstellte. Leuchtende Augen, ironischer Blick; immer schlecht rasiert, die Anzüge wie aus zweiter Hand; er war auf den Hund gekommen. Keine Finger waren geschickter als seine, kein Taschendieb bekannter als er. Achtundzwanzig Verurteilungen und die Verbannung; zweimal konnte er von Guyana entkommen, kannte ganz Amerika und Europa. Er war ein ausgeglichener und intelligenter Mensch, zum Dieb geboren, zur Welt gekommen in Algerien, Eltern unbekannt, aufgezogen von einem Spanier, Langfinger von Beruf, der noch einen zweiten Sohn hatte: Beiden brachte er schon in jungen Jahren bei, von dem zu leben, was sie sich besorgten, denn das sei die einzige Art ehrenwerter und menschenwürdiger Arbeit. Deshalb sprach Gustavo der Franzose, wenn er von seinen Aktivitäten erzählte, immer von seiner Arbeit.

»Als ich in Buenos Aires gearbeitet habe.«

»Als ich an der *Feria* von Gerona teilgenommen habe.«

Achtmal war er in Frankreich verurteilt worden, als er mit dreiundzwanzig Jahren nach Cayenne verbannt wurde, von wo ihm nach fünf Monaten über Maroni die Flucht gelang. Schon damals war er mit allen Wassern gewaschen und schaffte tausend Francs in Zwanziger Goldmünzen heraus, versteckt in einem Röhrchen in seinem Anus.

»Nicht die Größe stört«, sagte er, »sondern das Gewicht.«

Gefängnisaufenthalte in Buenos Aires und Santiago de Chile; Rückkehr über Bordeaux, drei Jahre darauf geschnappt in Marseille, erneute Verbannung. Diesmal blieb er fünfzehn Jahre dort, im Lager für Wiederholungstäter.

»Das Schlimme war nicht die Arbeit, sondern die Sonne. Aber ich hab's überlebt, und die anderen auch.«

Wieder konnte er entkommen, über den gleichen Weg und auf die gleiche, diesmal aber sinnlose Weise, denn als man ihn Jahre später festnahm, mußte er feststellen, daß er begnadigt worden war: Der Mensch, dessen Namen und Papiere er benutzte, hatte im Krieg zwei Brüder an der Front verloren.

Er war auf der ganzen Welt bekannt: Gustavo der Franzose, ein Freund von *El Moro*, von *Paja*, von *Torero:* den großen Taschendieben des Jahrhunderts. Auf die Welt hatte er sich seinen Reim gemacht:

»Alles eine Frage des Geldes. Und um es zu bekommen, muß man es sich nehmen. Die Regierungen horten es zuhauf, so halte ich es auch.«

Zwei Jahre lang lebte er in Barcelona, in der Calle del Hospital, zusammen mit einer Ladendiebin. Damals hatte er sich auf Bahnhöfe im Morgengrauen spezialisiert.

»Schon um drei Uhr war ich auf den Beinen, wenn wir wußten, daß an diesem Tag die diensthabenden Polizisten mitmachten. Höchst ehrbare Männer. Wenn wir zu zweit arbeiteten, wurde gedrittelt. Arbeitete ich alleine, halbe-halbe. Die Straßenbahn ... Damals gab es noch Gold. Und nirgends mehr als in Belgien. Ich erinnere mich noch an den Tag, als die Weltausstellung brannte und die wildgewordenen Zootiere durch das Gelände irrten. Was für ein Tag!«

»Hast du nie in Deutschland gearbeitet?«

»Nein. Von Deutschland weiß ich nur, was mir die Kollegen erzählt haben. Nicht so gut. Die Deutschen trifft man zwar leicht außer Hause an, aber sie halten einfach zu viel auf distinguierte Freundlichkeit. Ein Deutscher kann es nicht leiden, angerempelt zu werden. Er regt sich gleich auf, schreit. Im Ausland sagt er nichts, dort traut er sich nicht, aber bei sich zu Hause ist nicht an ihn ranzukommen. Sie wahren immer Distanz. In den deutschen Kolonien in Südamerika ist es genau so. Das ideale Land ist Spanien, trotz der starken Konkurrenz. Spanien!«

»Welches Land gefällt dir am besten?«

»Spanien! Barcelona und Madrid, aber vor allem Barcelona. Die Arbeit ist dort so einfach. Alles läßt sich regeln. Die Gefängnisse sind schlecht, aber die Polizisten gut. Außerdem bin ich ein Nachtmensch. Wie oft habe ich bei Tag geschlafen, nachdem ich im Morgengrauen auf den Ramblas gearbeitet hatte. Ach, das Barcelona nach dem ersten Weltkrieg! Auch wenn man keine großen Fische gefangen hat, es machte einfach Laune ...«

»Wo hast du am meisten verdient?«

»In Argentinien. In der Rio-de-la-Plata-Bank. Die beste Bank überhaupt, so viel ist dort los. Vor allem zum Monatsende. Äußerst selten, daß man da nicht einen großen Fang machte. Ich übernahm immer die fünf ersten Tage des Monats. Wenn man Glück hatte und die Polizisten mitmachten, war alles in Butter. Danach ging ich zurück nach Santiago. Dort war ich in einen Mord verwickelt. Unter meinem Dach. (Ich hatte es zu einer Bar mit Spielsalon gebracht.) Natürlich wußte ich, wer geschossen hatte, aber das hätte ich nie gesagt. Das sind Angelegenheiten unter Männern. Dort hängt von so etwas viel ab, und mir haben sie den Laden dichtgemacht.«

»Und Italien?«

»Kannst du vergessen. Dort kommt auf ein Haus ein Polizist, wie jetzt in Franco-Spanien. Ich komme gerade von dort, das kann mir gestohlen bleiben. An jeder Ecke zwei Spitzel. Diebstahl interessiert die nicht, nur Politik; aber sie stören bei der Arbeit.«

»Was hast du vor?«

»Demnächst gehe ich in den Ruhestand.«

»Wo?«

»In Italien. Meine Eltern sollen Italiener gewesen sein. Außerdem gibt es für ein ruhiges Leben nichts besseres als viel Polizei, die auf dich aufpaßt. Ganz im Ernst.«

»Ist dir die Polizei ebenso egal wie die Politik?«

»Sehen Sie denn nicht, daß die beiden Wörter fast die gleichen Buchstaben haben? Und die gleichen Wurzeln, mein Herr? Lassen Sie sich nichts vormachen, die Polizei ist es, die regiert. Natürlich regiert eine Regierung, aber sie regiert nur, so weit die Polizei sich regieren läßt, denn wenn sie die Grenze nicht wahrt, bekommt sie Ärger.«

Am folgenden Tag fragte Gustavo der Franzose López Mardones ganz nebenbei:

»Sie wollen Peruzzi treffen, nicht wahr?«

»Darum bin ich gekommen.«

Der Italiener trat aus einem Hinterzimmer. Sie begrüßten

sich, wie selbstverständlich. Sobald der Hausherr sie allein gelassen hatte, wurden sie sich im Handumdrehen handelseinig. Für eine bestimmte Summe würde Peruzzi den Mittelsmann denunzieren. Nun mußte nur noch herausgefunden werden, wer die Unterlagen nach Perpignan bringen würde.

López Mardones telefonierte mit Monllor, der alles Nötige veranlaßte, damit der Konsul die verabredete Summe auszahlte. Sobald er einen Teil des Geldes in Händen hielt – den Rest würde er bekommen, wenn sich seine Angaben als richtig erweisen sollten –, würde Peruzzi Pradal denunzieren. Da es sich um einen Offizier handelte, hatte López Mardones den Verdacht, die Baupläne könnten als diplomatisches Kuriergepäck außer Landes geschafft werden. Ihn in Barcelona anzurufen, schien ihm zu gewagt, und er wartete.

Zwei Tage später kam ein alter Buick an, mit einem jungen Herrn und dem Kurier unserer Botschaft in Paris. López Mardones kannte ihn.

»Wer ist der andere?«

»Ein Milchbubi, der als zweiter Botschaftssekretär nach Stockholm geht.«

»Wo eßt ihr zu Mittag?«

»Ich bleibe hier, ich darf die Kurierpost nicht aus den Augen lassen.«

»Und Sie ...«

»Ach, wissen Sie ...«

»Um die Wahrheit zu sagen«, meinte López Mardones, »ich war mit einem Freund verabredet. Er ist nicht gekommen. Dabei habe ich Rebhühner vorbestellt. Wollen Sie mich begleiten?«

Der Junge ließ sich breitschlagen, und sie spazierten zur Pension. (Gustavo in sicherer Entfernung.) Aufgrund einer Verwundung am Arm hatte der Junge die Wertschätzung des Ministers und seinen Ruheposten erlangt, als ob persönlicher Mut für Sprachbeherrschung und Diskretion bürgen würden; an beidem mangelte es dem frischgebackenen Diplomaten, einem affektierten Stenz, der, so murmelte man, zu Männern engeren Kontakt pflegte, als es für seinen Posten schicklich war. Plötzlich, der Festschmaus war gerade beendet, bemerkte der Junge den Verlust seiner Aktenmappe. Er verlor die Fassung, obwohl sie, irgendwie mußte sie weggerutscht sein, bald bei den Toiletten wieder auftachte.

Gustavo machte López Mardones ein Zeichen, daß sie danebengelegen hatten: Die Pläne befanden sich nicht in der Aktenmappe.

Nach Einbruch der Dunkelheit traf ein weiterer Wagen ein, in dem ein Zweiter Sekretär der Generalitat, seine Frau sowie ein Industrieller aus Barcelona saßen. Bei ihnen fanden sie die gesuchten Papiere. Gustavo der Franzose stahl sie ohne Mühe, und noch im Morgengrauen fuhr López Mardones mit den Bauplänen zurück nach Barcelona.

Monllor beglückwünschte ihn und bot ihm erneut einen Posten an. Er lehnte ihn erneut ab. Sie sprachen über die in die Affäre verwickelten Leute.

»Ich bin mir sicher, daß Julián Templado auch etwas mit der Geschichte zu tun hat«, sagte der parfümumwölkte Schnüffler.

»Sicher?«

»Ganz sicher. Fragen Sie Julio Jiménez.«

»Wenn das das einzige wäre«, knurrte Monllor.

Dann rief er Rivadavia an.

9. Verhöre

15. März 1938

Rivadavia ließ Templado hereinbringen.

»Nur herein, du Waisenknabe, nur herein.«

»Geht es dir noch gut?«

»Bestens.«

»Und wieso läßt du mich dann ohne jeden Grund hierherbringen?«

»Setz dich.«

Templado setzte sich Rivadavia gegenüber.

»Du mußt verrückt geworden sein.«

»Da will ich nicht widersprechen. Hast du mich kommen lassen, um mir diese Diagnose mitzuteilen?«

»Sie werden dich festnehmen.«

»Ernsthaft?«

»Es ist wirklich ernst.«

»Weswegen?«

»Spionage.«

»Das kann doch nicht dein Ernst ...«

»So sicher wie das Amen in der Kirche.«

»Eine Denunziation?«

»Nein. Zwei.«

»Doña Lola Cifuentes?«

»Das ist die eine.«

»Und die andere?«

»Eine Anzeige des SIM.«

»Glaubst du etwa, ich …?«

»Ich glaube gar nichts. Aber ich sehe kaum eine Möglichkeit, dich ohne Ermittlungsverfahren aus diesem Schlamassel herauszubekomen.«

»Auch Zuga nicht?«

»Weder Zuga, noch Gott. Polizei ist Polizei. Ich kann ihn unterrichten, damit deine Schusseligkeit bewiesen wird und man dich wieder vor die Tür setzt.«

»Aber der Innenminister …?«

»Nicht einmal der Präsident kann dir helfen. Wenn einer festgenommen wird, sagt jeder: Irgendeinen Grund wird es ja haben. Und weil unsereins sich von niemandem an Ehrbarkeit und Gründlichkeit übertreffen läßt, heißt es, Zähne zusammenbeißen und abwarten. Wie kommst du auch dazu, dich in solche Geschichten einzumischen.«

»Das sind keine Geschichten. Ich bin mir selber treu. Was auch immer Gott will, und unter Gott verstehe ich genau das, was du jetzt vor Augen hast. Ich habe viel zu viel Hochachtung vor dem Leben, als daß mir meins wichtig wäre.«

»Ich wußte nicht, daß du so eng mit Teresa Guerrero befreundet bist.«

»Befreundet nicht; sie gefällt mir.«

»Das tut nichts zur Sache.«

»Auch nicht, wozu sie mir gefallen hätte?«

»Das Schlimmste ist der letzte Bericht von Julio Jiménez: Sie habe dich als Arzt empfohlen, ihr wärt zusammen ausgegangen.«

»Tue Gutes ohne Ansicht der Person! Die Gutmütigkeit bekommt man am Ende doch immer um die Ohren geschlagen. Was behauptet dieser Jiménez?«

»Alles mögliche, er redet wie ein Wasserfall, unbedarft und eifrig wie ein Novize. Aus jeder Mücke macht er einen Elefanten. Aber es steht da.«

Rivadavia nahm einen Stapel Papier, sah ihn durch und begann zu lesen:

»Dieser Julián Templado sagt zu ihr, halt den Mund und paß auf, weil man dich hören kann. Die Guerrero sagt, das ist mir egal, worauf der Templado sie ermahnt und ihr sagt, sie sollten beide aufpassen, was sie tun, und sie müßten gut aufpassen. Die Teresa sagt, das sei ihr egal: In spätestens zwei Wochen würden sie hier sein. Dieser Templado sagt mit allem Nachdruck nochmal das mit dem Aufpassen, sie sollten nicht blöde sein und sich nicht unnötig in Schwierigkeiten bringen. Darauf fängt die Teresa wie jeden Abend an, auf die Gewerkschaft der Bühnenschaffenden zu schimpfen, und auf die Regierung, und er sagt, er müsse nach Puigcerdá fahren.«

»Jetzt erinnere ich mich, ich habe ihn einmal ertappt, als ich die Garderobentür öffnete, ich drehte mich zu Teresa um und sagte, da siehst du's.«

»Das steht auch hier, und daß du gesagt hast, du würdest ins Ministerium gehen.«

»Ich wollte, glaube ich, bei Carlos vorbeischauen. Ich erinnere mich nicht mehr. Doch, das war der Tag, als er den Manchego-Käse bekommen und nach mir geschickt hatte.«

»Danach muß sich zwischen den drei jungen Frauen eine furchtbare Szene abgespielt haben. Weil Lola offenbar Cristina nicht abgeneigt war.«

»Das ist doch kindisch.«

»Auch nicht kindischer als das übrige Leben.«

»Das würde ich nie sagen, denn das Leben ist das einzig Ernsthafte, was wir haben. Deshalb hänge ich so an ihm. Deshalb liebe ich Lola. Liebe ich Teresa. Mariquilla. Ich liebe sie alle.«

»Zunächst einmal hat dir deine ganze Liebe diesen Mist eingebrockt. Ich werde veranlassen, daß du im Gefängniskrankenhaus arbeiten kannst.«

»Ich verlange nicht, daß mein Beruf meine Haut rettet. Glaub mir, ich hätte wirklich nicht gedacht, daß ich in sowas drinstecke. Sei's drum. Schon seit langem ist für mich jeder Augenblick die Ewigkeit. Deshalb ist mir egal, wie das alles ausgeht. Weil ich nicht an ein gutes Ende glaube. Jeden einzelnen Tag habe ich gelebt, also ob er *alle Tage* wäre. Der Tod ist nichts weiter als ein Zwischenfall, denn unser Leben setzt sich jenseits des Raumes fort. Eines schönen Tages, in soundsoviel Myriaden Jahren, wenn das Licht unserer Erde bei ihm ankommt, wird irgendein Wesen von irgendeinem Planeten aus in irgendwelchen Apparaten diese Szene sehen können, die sich gerade zwischen uns abspielt. Im Universum haben wir ein ewiges Leben. Ist das nicht genug? Außerdem kannst du mir glauben: Barcelona wird nie wieder so schön sein wie heute. Sub specie aeternitatis.«

Und er zeigte auf die Stadt, die unter dem Fenster ausgebreitet lag wie ein Stadtplan.

»Soll das für dich das Leben sein?«

»Es gibt keine Formel, mein Lieber. Allenfalls Mottos. Jede Formel bedeutet eine Grenze, und für mich dulde ich keine.«

»Du willst dich grenzenlos amüsieren. Ich weiß schon.«

»Die Leute glauben an meine Leichtlebigkeit. Bei dieser Sache ging es mir wirklich nur um mein Amüsement. Ich war hingerissen.«

»Vielleicht, wenn du sagen würdest, was du weißt ...«

Templado verschlug es die Sprache. Als bliebe ihm die Luft weg, als täte sich ein Abgrund auf zu seinen Füßen. Mit einem Schlag fühlte er sich allein, vollkommen allein. ›Auch du, mein Sohn Brutus?‹ dachte er. Und das, obwohl er mich kennt ... Die Welt schlug über ihm zusammen. Er wollte schreien, die Luft zerkratzen, seine Verzweiflung herausbrüllen. Sogar Rivadavia, den er für seinen Freund hielt, zweifelte etwa selbst er an seiner unverstellten Aufrichtigkeit, an seiner Würde? Einer seiner engsten Freunde. Templado schwieg. Er könnte seine Empörung ausdrücken, seine Enttäuschung, seine schmerzliche Vereinsamung: Du also auch! Er spürte den Peitschenhieb der Verdächtigung, auf niemanden mehr rechnen zu können, nicht einmal mehr erwarten zu können, daß man ihn kannte. Wieder einmal war sein Vertrauen in die Menschheit erschüttert, und er betrachtete den Richter mit neuen Augen. Er wirkte auf ihn wie ein Unbekannter. Er erschien ihm monströs, aufgedunsen, und seine Worte waren für ihn leer.

Templado erkannte nicht, daß der Freund beruflichen Zwängen gehorchte, für ihn war er ein anderer Mensch geworden, völlig verändert. Was weiß ich von ihm? Was weiß er von mir? Templado warf sich sein mangelndes Urteilsvermögen vor, seine Apathie, seine Faulheit, seine Neigung, alles so zu nehmen, wie es kam. Es beschämte ihn, daß die anderen ihn für etwas hielten, was er nicht war. Er machte sich zum Vorwurf, daß er so unbekümmert war und so vertrauensselig.

»Was ist? Du sagst nichts.«

»Nein. Ich habe nichts zu sagen.«

Er tadelte sich für den schneidenden Ton. Wozu zeigen, daß er beschämt, enttäuscht, geschlagen war? Julianillo, du unverbesserlicher Idiot. Denkst du etwa, irgendjemand schert sich um deinen Ehrbegriff? Armer kleiner Julianillo, Halm im Wind. Nimm dir das zu Herzen. Wieder einmal. Vielleicht zum letzten Mal. Auch wenn dir das nicht schmeckt. Manch einer muß eben dumm sterben.

»Wenigstens kannst du mir sagen, wer hinter der Anzeige steckt. López Mardones?«

»Nein. Félix Nogués.«

»Einer wie der andere, Pech und Schwefel.«

Félix Nogués war dürr, blatternnarbig, mit langer Nase und matter Gesichtsfarbe, die zu seinem braunscheckigen

Dreiteiler voller Fettflecke paßte. Eine Farbe wie Pergament (wie Bergamín, sagte Sancho). Tabakfarbe, die über Ring- und Zeigefinger, zwischen denen immer ein dunkler Stumpen hing, in seinen Körper drang. Ein Müßiggänger, der die Buchantiquariate durchstreifte. Lesen konnte er nicht, er liebte es, die Buchdeckel zu befühlen und am Papier zu riechen. Frauenfeind, Lästermaul, und, wie er selbst verkündete: Wahrheitsfanatiker. Sein Spitzname: Robespierre.

»Ich sage, was ich denke, und wenn die Welt zusammenfällt, aber wer anders handelt, ist ein verabscheuungswürdiges Wesen: ein Falschmünzer. Lüge ist synonym für Feigheit. Derzeit steckt Barcelona voller Anarchisten und Kommunisten, aus Feigheit. Aus Angst, nicht revolutionär genug zu wirken, aus Feigheit. Sie töten aus Feigheit und sterben als Feiglinge. Man muß doch die Wahrheit sagen!«

Dieser Refrain hatte ihn in den Jahren vor der Republik berühmt werden lassen, zumindest in den Bars und Cafés um die Avenida del Paralelo. Nach 1931 flaute sein Eifer etwas ab, aber seinen Prinzipien blieb er weiterhin lautstark treu; so konnte er seine Flunkereien leichter kaschieren, und manchmal muß man fünfe gerade sein lassen. Regelmäßige Arbeit war ihm ein Greuel, weshalb er alle Posten ausschlug, die man ihm nach Ausbruch des Krieges antrug. Er war Pazifist gewesen, davon war ihm nur noch seine vegetarische Ernährung geblieben. Zu Beginn des Aufstandes wurde sein Bruder festgenommen, ein Falangist, und als er nach dessen Parteimitgliedschaft gefragt wurde, leugnete er sie nicht, was ihm Lobeshymnen von Seiten der Anarchisten eintrug, die seinen Verwandten an die Wand stellten.

»Das Leben ist eine ernste Sache«, sagte er immer. »Man muß ihm die Stirn bieten, und wenn das Gegenüber nicht antwortet, ist es sein Pech.«

Er stromerte durch die Cafés, von einer Tertulia zur nächsten, immer darüber wachend, daß keiner Lügen verbreitete; die Leute mieden ihn, als hätte er die Pest, außer denen, die sich einen Spaß mit ihm erlaubten. Niemand wußte je so genau, wo er sein Geld herbekam, bis sie von Rivadavia erfuhren, daß er ein Spitzel der Polizei war. Was letztlich auch seine Logik hatte.

Templado schwieg einen Augenblick und malte im Geist mit seinen Fingerkuppen Schlangenlinien auf den Glastisch.

»Erinnerst du dich an Sylvester? An den Perlmuttknopf?«

»So schlimm wird es nicht kommen. Aber beim SIM hast du nicht nur Freunde.«

»Wen?«

»Ich weiß es nicht genau. Hast du sie geliebt?«

»Wen?«

»Lola.«

»Geliebt habe ich sie nicht, aber nicht geliebt habe ich sie auch nicht. Wie die anderen auch. Mich interessiert alles, und es ist mir auch wieder egal. Ich lasse mich von meinen Vorlieben leiten und genieße die Augenblicke. Jeden für sich, einen nach dem anderen.«

»Das ist doch leeres Geschwätz. Du blähst dich auf.«

»Mag sein.«

»Du wirst mir doch nicht weismachen wollen, daß dir alles im Leben egal ist?«

»Wenn ich das sage.«

»Erinnerst du dich an den Abschiedsbrief von Valdés? Zum Ende hin führt ihr euch beide als Spinner auf. Das kommt davon, wenn man nichts ernst nimmt.«

»Was meinst du: Muß ich die Sache ernst nehmen?«

»Du wirst belastet von einer ganzen Batterie von Schwuchteln, waschechten Spionen, Möchtegernspionen, und von deinen beiden Töchtern Saphos. Insgesamt fünfzehn Aussagen. Alle werden die Schuld auf dich abwälzen. Die einen wegen eines kindlichen Zusammengehörigkeitsgefühls, mit dem sie sich gegenseitig schützen. Die anderen, weil sie froh sind, einen Feind loszuwerden. Bei den Frauen weiß ich es nicht. Zum Glück ist unter ihnen keine wirklich gefährliche Figur, sie alle wollen nur ihre eigene Haut retten.«

»Wie komme ich aus dem Schlamassel wieder raus?«

»Vielleicht nützt dir die Entlassung von Julio Jiménez ... Wenn es stimmt, was Teresa Guerrero sagt ...«

»Hat man sie festgenommen?«

»Ja.«

»Wann?«

»Gerade eben.«

Templado wollte nach Isabel Rubió fragen, aber er hielt sich zurück. Er wollte nicht als jemand dastehen, der Leute anschwärzt, ohne etwas genaues zu wissen, und selbst wenn es so gewesen wäre, hätte er es sich zweimal überlegt, bevor er etwas sagte.

»Und die Sache mit Lola?«

»Liegt nicht in unserer Verantwortung. Und außerdem ... Wenn wir alle festnehmen würden, die jemandem über die Grenze geholfen haben, wäre die Republik bald entvölkert.«

Über dem Stadtzentrum, weit weg, stiegen riesige graue Rauchwolken empor.

»Da sind sie schon wieder. Vor lauter Sirenengeheul weiß man schon gar nicht mehr, wann der eine Alarm endet und der andere beginnt.«

»Bin ich noch frei?«

»Vollkommen. Du weißt, von mir hast du nichts erfahren.«

»Danke. Du findest mich im Krankenhaus.«

Während Templado die Treppen hinunterging, fragte er sich nach dem Warum dieser Warnung. Sollte er sich verstecken? Hat er mir das alles erzählt, damit ich abhaue? Mit seinem ruhigen Gewissen beschloß Julián abzuwarten, was passierte. Auf jeden Fall sollte ich bei Julio Jiménez vorbeischauen. Aber wenn dieser Schritt hinterher gegen mich verwendet werden kann? Ich könnte um eine Audienz beim Präsidenten bitten ... Ph! Was kommt, kommt.

»Verzeihung.«

Die Wache öffnet die Tür und läßt Teresa eintreten; Rivadavia, der mit dem Rücken zum Fenster steht, sieht das Tageslicht wie eine Ohrfeige auf ihrem Gesicht: farblos, fahl, die Lippen weiß, heller als die Haut, die Poren von der jetzt fehlenden Schminke verbraucht, als ob das Karmesin der Lippenstifte über all die Jahre die Farbe ihrer Lippen ausgesaugt hätte.

So hätte sie ein Mann am Morgen nach der Hochzeit kennengelernt, dachte der Richter.

Ohne Alkohol funkelten die Augen tiefschwarz, betont von dunklen Schatten um sie herum.

»Nehmen Sie Platz.«

Die Schauspielerin sah ihren Verhörenden vor dem Panoramablick auf Barcelona wie einen wuchtigen Scherenschnitt. Das Meer verschwamm auf Höhe der Hüfte ihres Gegenübers zwischen Dunst und Himmel, neben seiner linken Schulter schob sich der Buckel des Montjuich empor. Die Ebene von Llobregat silbern zerstäubt, das Meer von der Sonne plattiert wie ein Ritterschild: Keine direkten Strahlen, aber die Augen taten weh, wenn man hinsah. Die einzigen Geräusche, die in jenen neunten Stock der Calle de la Bonanova drangen, kamen von den Schreibmaschinen und den Fahrstuhltüren. Zehn Uhr vormittags.

Die Schreibfläche des Mahagonitischs war von einer angeschliffenen, wie Chrysopras funkelnden Glasplatte bedeckt, die den Himmel doppelte; das Telefon, schwarz schimmerndes Bakalit, bleckte sein kreisrundes Gebiß und verdrehte hinter sich die Schnur. Der Morgen strahlte über allem. Schach und matt saß Teresa in dem frisch geschminkten Zimmer, an dessen Wänden als einziger Schmuck ein sepiabraunes Portrait des Präsidenten Azaña mit breiter Schärpe und Flagge hing. In einer Ecke, neben einem kupferglänzenden Spucknapf, wühlte ein Schreiber oder Sekretär in den Schubladen seines Schreibtischs. Unvermittelt begann Rivadavia:

»War Cristina über ihre Aktivitäten auf dem laufenden?«

»Nein.«

»Das ist verwunderlich, in Anbetracht der intimen Nähe ihres Zusammenlebens.«

Teresas Mund rötete sich leicht.

»Erschießen Sie mich und aus. Mein Leben ist Ihnen egal, und es vor Ihnen auszubreiten ... (das Blut schoß ihr ins Gesicht) da können Sie lange warten. Mein Leben gehört mir (sie spöttelte) und Ihnen, wenn Sie das befehlen. Zu Ihren Diensten.«

Zum ersten Mal drehte sie ihren Kopf von rechts nach links.

»Ich weiß, wo meine Heimat liegt.« (Als würde sie eine Szene einstudieren, ihre Posen und Pointen, auf der Suche nach dem besten Abgang.)

»Vergessen Sie nicht, daß ihr Fall schwerwiegend ist.«

»Ist das eine Feststellung oder eine Warnung?«

»Wir würden uns damit zufriedengeben, wenn Sie uns sagen, mit wem sie in Kontakt gestanden haben. Sie könnten ihr normales Leben weiterführen.«

»Ich habe Ihnen bereits gesagt, daß ich mit dem, was Sie da erzählen, nichts anfangen kann. Sie sehen Gespenster. Ich kann mir schon denken, aus welcher Ecke man mich denunziert hat. Man hat ja so seine Freunde. Glauben Sie wirklich, eine spanische Schauspielerin könnte Spionin sein? Wann denn bitteschön? Mit zwei Vorstellungen täglich und zwei Proben? Ich bitte Sie!«

Rivadavia trieb sie in die Enge, an Beweisen fehlte es nicht, an ihrer Schuld bestand kein Zweifel. Die junge Frau verstummte, fest entschlossen, keine Silbe mehr zu sagen. Eine Frage nach der anderen blieb ohne Antwort.

»Werden Sie mich erschießen?«

»Dafür bin ich nicht zuständig. Frauen erschießen wir üblicherweise nicht. Das überlassen wir Ihren Freunden.«

»Werden Sie mich freilassen?«

»Das glaube ich nicht.«

»In diesem Fall gebe ich zu Protokoll, daß Cristina über alles auf dem laufenden war«, sagte sie kühl.

»Warum haben Sie das eben noch geleugnet?«

»Das geht Sie nichts an. Wollten Sie es nicht wissen? Jetzt wissen Sie es.«

Sie unterschrieb ihre Aussage. Rivadavia schickte den Sekretär hinaus. Jetzt sah Teresa den Richter noch feindseliger an.

»Ich werde nichts sagen, nicht im Guten, nicht im Schlechten. Da können Sie machen, was Sie wollen.«

»Julián Templado hat mir von Ihnen erzählt«, sagte Rivadavia. »Sind Sie mit ihm befreundet?«

»Ja, gut. Was hat er Ihnen gesagt?«

»Daß er Ihnen aus Haß oder Eifersucht einiges zutraut. Und daß er Ihnen weiterhin die Freundschaft hält. Daß er, wenn Sie etwas benötigen ...«

»Auf die schlaue Tour bekommen Sie mich auch nicht. Und schon gar nicht mit Zuckerbrot und Peitsche.«

Teresa erhob sich und begann, auf und abzugehen. Wie gerne hätte Rivadavia seine nilpferdartige Massigkeit abgelegt.

»Julián, der hat doch immer den Kopf in den Wolken. Ich und eifersüchtig? Auf wen denn? Ich gönne jedem sein Talent: Meinen Stil nimmt mir niemand weg. Und was die anderen betrifft ... Cristina? Die nimmt mir auch niemand weg. Jetzt schon gar nicht. Wenn ich gehen muß, soll auch sie gehen. Eifersüchtig? Weil die von Mutter Natur besser bedacht worden ist als ich? Und bleiben Sie mir mit der Lola und ihren Muttermalen vom Leib! Also wirklich! Außerdem ist es immer noch besser, Spion zu sein als Gegenspion und seine Haut aufs Spiel zu setzen, anstatt sie für achthundert Peseten monatlich zu verkaufen. Hure. Das Bett zum Beichtstuhl machen. Die Informationen aus den Männern ... herauslutschen. Ekelhaft!«

Sie blieb stehen, stieß die Hände in ihre Manteltaschen, in denen kaum Platz für die Finger war, zog den Kopf zwischen die Schultern, widerspenstig. Rivadavia wartete einige Sekunden, bevor er nachlegte.

»Was hat Sie dazu bewogen, für andere zu arbeiten? Bei Ihnen ist über eindeutige politische Ansichten nichts bekannt. Hat man Sie gut bezahlt? Wieviel?«

»Mich?«

Eine Fliege brummte gegen die Scheiben, als wollte sie ihre Existenz nicht wahrhaben.

»Sie glauben, ich hätte für Geld so etwas angefangen?«

»Bei den meisten ist das so.«

Ihr ganzer Stolz als Schauspielerin stand ihr ins Gesicht geschrieben, leuchtete aus ihren Augen; mitten im Raum stehend, beherrschte sie den Text, die Anordnung der Möbel, die Beleuchtung.

»Einmal richtig leben. Verstehen Sie das?«

Aber das war nur ein Strohfeuer.

»Der Ekel vor den schmutzigen, schlecht erzogenen, vulgären Menschen, die befehlen oder Befehle bekommen. Glauben Sie denn, man kann einen Krieg gewinnen mit Leuten, die schlecht riechen? Neid, Sie sind ein neidischer Haufen, grün vor Neid. Außerdem sind Sie verloren, hoffnungslos verloren. Das werden Sie teuer bezahlen. Wenn Sie mich nicht sofort freilassen, werden Sie zahlen, teuer bezahlen ...«

Sie verstummte. Wieder war der Aufzug zu hören, die Schreibmaschinen, die Fliege.

»Und glauben Sie, eine Schauspielerin, kann von fünfzehn Peseten am Tag leben, ohne mit dem Gewerkschaftssekretär ins Bett zu gehen?«

»Wie haben Sie Ihren Lebensunterhalt verdient, damit Sie das nicht machen mußten?«

»Schon wieder?«

Das ferne Kreischen einer Straßenbahn.

»Das ist mehr etwas für die Weiber, die in Ihrem Auftrag arbeiten. Für die Lolas in sämtlichen Häfen.«

»Welche Lola?«

»Das wissen Sie ganz genau, stellen Sie sich nicht dumm.«

Das Meer unter dem bleiblauen Himmel sah aus, als wäre es aus Weißblech, ein spiegelglattes Meer, eingeschlafen die Winde, stürmisch nur in der Höhe, grüner Wind, schwarzblau zwischen Himmel und Wasser, eine Brise, die das Meer nicht in Bewegung bringt, verwandt der toten Gischt, die sprudelnd stirbt auf den schwarz gewordenen Algen der flachen, breiten Strände.

»Es tut mir wirklich leid«, sagte Rivadavia und legte ihr die Hand auf die Schulter.

Sie zuckte zusammen, ohne Ziererei. Sie war ans Fenster getreten, und der Mann stand ihr gegenüber.

»Ich tue Ihnen leid? Weswegen? Sie sollten sich leid tun, wegen der Rolle, die Sie spielen müssen. Denn meine ist die sauberere! Wie weit wollen Sie noch gehen? Was wollen Sie eigentlich? Alle anständigen Leute umbringen? Glauben Sie, das geht? Ihnen ist wirklich nicht zu helfen.«

Sie suhlte sich in ihrer Verzweiflung und ihrem Haß und wollte vor allem die Tränen zurückhalten. Sie fühlte sich klitzeklein vor dem Gebirge an Mensch dieses Richters. Diese Unterlegenheit verletzte sie. Sie maß ihn mit den Augen, vom Scheitel bis zur Sohle und warf ihm entgegen:

»Schon höhere Türme sind gefallen.«

Rivadavia lächelte sie an.

»Wie haben Sie Hauptmann Pradal kennengelernt?«

»Wie lernen Sie denn jemanden kennen? Er wurde mir vorgestellt. Oder hat man jetzt eine andere Methode erfunden?«

»Ich verspreche dir, wenn du mir sagst, wie du die Nachrichten weitergeleitet hast, werden wir dich laufen lassen.«

»Wer hat Ihnen erlaubt, mich zu duzen?«

»Und das von einer Frau. Sie sind, nach all den Bubis von der Falange, die erste, die sich wie ein Mann benimmt. Die singen alle im Sopran. Weil ihnen der Taktstock fehlt, kommen dann die Tränen.«

Rivadavia drückte eine Klingel und sagte zu Teresa:

»Nichts weiter.«

»Der Schlüssel zu dem Ganzen, du hast es sicher schon vermutet«, erzählte Rivadavia später Cuartero, »ist die gute Cristina, die zwischen Pinto und Valdemoro geschnappt worden ist.«

»Wenn das eure Gerechtigkeit ist«, sagte Cuartero, »dann ziehe ich die Gerechtigkeit Gottes vor, denn der braucht dazu nicht im Dreck zu wühlen. Wie kannst du nur damit leben, den ganzen Tag im Eiter zu stochern, aber nicht um zu heilen, sondern um zu strafen? Die beste Inkarnation des Bösen ist die Polizei: alles windige Figuren, du weißt schon, wie ich das meine, ohne eigene Überzeugungen, aber immer sofort dabei, und sowas wird auf die Menschheit losgelassen …

10. Tragisches Zwischenspiel

16. und 17. März 1938

»Festgenommen, sie haben Señorita Teresa und Señorita Cristina festgenommen!«

»Das war mir klar.«

Julio Jiménez, die Füße in einer Schüssel, in einer Hand die Seife, wusch weiter seine Füße.

»Wie, du weißt es schon? Sie haben sie doch erst gestern geholt. Und ich bin sofort zu dir gekommen.«

»Na und? Sie waren schon seit einiger Zeit hinter ihnen her.«

»Und du hast davon gewußt?«

»Natürlich.«

»Und hast sie nicht gewarnt?«

»Spione warnen? Also bitte!«

»Wenn ich das geahnt hätte!«

»Du? Du hast doch bloß Augen für dich selbst. Wenn man ja reden könnte ...«

»Wie meinst du das, reden, worüber denn? Spuck schon aus.«

»Spione der Faschisten.«

»Und wenn schon, was geht dich das an? Waren sie nicht gut zu uns? Haben sie dir nicht gute Trinkgelder gegeben? Haben sie mir nicht zwei Kleider geschenkt? Und drei Paar

Strümpfe? Geschenkt, hörst du, das hast du in deinem ganzen verpfuschten Leben noch nicht getan! Und jetzt sollen sie Spione sein? Das ist doch der Gipfel! Erbärmlich bist du, ein Pantoffelheld, ein Kriegsgewinnler, ein Schamloser, schamlos, das bist du, schamlos, genau das. Nachher hast du sie noch denunziert, du Spitzel! Schamloser Spitzel! Wie kommst du überhaupt dazu, dich in Sachen einzumischen, die dich nichts angehen?«

Julio Jiménez, ein Zauderer, baß erstaunt über den Ausbruch seiner Frau, fühlte etwas in sich hochkommen, die Brust hinaufsteigen, etwas, das ihn in Wallung versetzte und mit Macht aus ihm hinausdrängte. Er stand auf, zog den Fuß aus der Schüssel, und in aller Seelenruhe knallte er ihr eine Ohrfeige mitten ins Gesicht.

»Halt's Maul!«

Matilde wankte einen Schritt zurück, ihre Augen sprühten vor Zorn. Ihre Nase blutete. Nie zuvor hatte sie jemand geschlagen. Nicht einmal ihr Vater. Sie kochte vor Wut. Im Zurückwanken stieß ihre Hand an eine Flasche, die sie Stunden zuvor dorthin gestellt hatte, gefüllt mit einem Viertelliter Olivenöl, den Teresa Guerrero ihr besorgt hatte. Sie packte sie am Hals und schmetterte sie mit unerhörter Wucht und aus schier unglaublicher Höhe auf dem Schädel ihres Mannes. Eine Sekunde lang stand sie blöde da, und erst das Blut, das vermischt mit dem Olivenöl und dem schmutzigen Wasser von seinen nicht fertig gewaschenen Füßen lief, konnte sie aus ihrer Erstarrung lösen; sie war zur Furie geworden und, zersäbelte jetzt mit dem Flaschenhals das schon zerschnittene Gesicht. Die Raserei trieb sie in ungeahnten Furor, mit einem Haß, der stoßweise in ihr aufwallte, ähnlich dem Blut, das aus seinen Wunden schoß. Sie rächte sich für ihr Kind, ihren Hunger, ihr enges Leben, als ob der Verantwortliche dafür dieser purpurrote Lappen gewesen wäre, der jetzt zu ihren Füßen röchelte.

Die Wohnungstür ging auf. Da stand Miguel – sein Sohn – seit acht Tagen unrasiert, stocksteif, stumm. Er tat zwei Schritte und sagte:

»Was ist passiert?«

»Ich weiß nicht ...«

»Wie, du weißt nicht?«

Die Frau schwieg. Den Flaschenhals in der Hand, der Rest der Flasche in die Mitte des Raumes gerollt, von den scharfen Zacken der Bruchstelle tropfte Blut. Der Alte lag reglos auf dem Fliesenboden, inmitten einer Pfütze aus schmutzigem Wasser, Blut und Olivenöl.

»Was ist passiert?«

Sie nahm ihn bei der Hand und ging mit ihm die Treppe hinunter. Noch immer war es nicht ganz Tag. Bis zur Haustür merkte Matilde nicht einmal, daß sie noch immer den Glasstummel umklammert hielt. Mit letzter Kraft warf sie ihn in eine Ecke. Miguel schwitzte; der Tornister lastete schwer. Sie gingen, ohne sich anzusehen.

»Was ist passiert?«

Die Frau gab keine Antwort. Nach einer Weile:

»Woher kommst du?«

»Ich weiß nicht. Von der Front. Von dort, wo eigentlich die Front sein sollte.«

Er war auf der Flucht, ungewollt. Obwohl er sich, eingepfercht auf einem Lastwagen der Intendantur, geschworen hatte, bei seiner Rückkehr nach Barcelona nicht wieder zu seinem Vater zu gehen, war es das erste, was er tat, allen Streit vergessend. Er war hungrig, aber daran dachte er nicht. Er dachte an nichts. Beim Anblick seines auf dem Boden verblutenden Vaters versagte sein Denken. Die Sirenen heulten. Durch eine verwaiste Stadt liefen sie Richtung Hafen. Ab und zu kamen ihnen Menschen entgegen, die unter einer Matratze gebeugt der Oberstadt zustrebten, so schnell sie ihre Füße trugen. Als sie die Calle del Carmen erreichten, erkannte er den blauen Schriftzug eines Hotels, zog die Frau hinter sich hinein. Er trommelte auf den Rezeptionstisch. Es war niemand da. Das Schlüsselbrett war zur Hälfte bestückt, durch eine geöffnete Balkontür fiel Licht auf die Zimmernummern an den klobigen Schlüsselanhängern. Er schnappte sich den erstbesten. Im Halbdunkel sah er nach der Nummer: 23. Sie stiegen die Treppen hinauf. In der Umgebung fielen die ersten Bomben. Er steckte den Schlüssel ins Schloß, drehte ihn um, und sie traten ein. Er knallte die Tür zu.

»Lebst du hier?«

»Was?«

Die Balkontür stand offen. Das Tosen des Bombardements schien zu ihnen nicht durchzudringen. Miguel packte Matilde und warf sie aufs Bett. Die Frau verteidigte sich wild um sich schlagend.

»Nein! Nein! Nein!«

Alle Verweigerung war vergeblich. Mit dem linken Arm drückte er ihre Achseln nieder, und mit den Beinen und der Linken überwand er ihren Widerstand. Er riß ihren Schlüpfer weg, ihren Gürtel und ihre Binde, denn sie hatte ihre Tage, und er drang trotz ihrer verzweifelten und dumpfen Abwehr in sie ein, nachdem er sie bewußtlos geschlagen hatte. Vor seinen Augen tanzten das Blut der Frau, das glitzernde Gesicht seines Vaters, die toten Mauren in der Tiefe des Brunnens, und mit aller Gewalt preßte er die schwammige Masse der Hinterbacken der bewußtlosen Frau. Sie verbrachten dort die Nacht. Am darauffolgenden Morgen sagte er, er ginge in die Kaserne.

»Aber hast du denn noch nicht genug?«

Der Mann gab keine Antwort. Er machte sich auf zur Karl-Marx-Kaserne, wo die Einheiten neu zusammengestellt wurden. Die Frau folgte ihm wie ein Hund bis zum Eingang. Er stellte sich vor, man sagte ihm, er solle um sieben Uhr abends wiederkommen. Im Hof begegnete er einem Landsmann und fragte ihn:

»Weißt du, wo die hingehen, die heute Nacht ausrücken?«

»Zu Líster.«

»Ohne mich.«

»Du kannst sagen, du hast es ganz vergessen, und kommst morgen wieder.«

Am Abend fing Matilde wieder an.

»Warum willst du zurück? Was treibt dich? Du kannst dich leicht verstecken. Wenn du heute schon nicht gegangen bist, kommt es auch nicht mehr darauf an! Es ist eh vorbei!«

Miguel pflanzte sich vor ihr auf:

»Was soll das, es kommt nicht mehr darauf an? Nicht zu Líster zu gehen, das ist eine Sache. Weil ich keine Lust habe. Aber es ist etwas anderes, nicht an die Front zurückzugehen. Oder meinst du, wir führen diesen Krieg zu deinem Vergnügen? Ich habe keine Lust, zu Líster zu gehen, also gehe ich nicht. Ich kämpfe, wann und wo ich Lust dazu habe. Aber ich kämpfe. Das wäre ja noch schöner! Meinst du, weil die Dinge derzeit schlecht laufen, würde ich desertieren? Weder jetzt, noch sonst irgendwann. Ein Mann hat seine Überzeugungen, und denen bleibt er bis zum Ende treu.«

»Und ich, was soll ich machen?«

Plötzlich fiel ihm alles wieder ein.

»Du? Krepieren!«

Er rannte hinaus, zur Kaserne.

11. Dialoge

18. März 1938, nachts

»Im Morgengrauen breche ich auf, zurück an die Front.«

Fajardo unterhält sich mit Cuartero in den Räumen der *Junta*. Es ist schon nach zehn Uhr abends. Die Vorbereitungen für die Evakuierung weiterer Kunstwerke sind abgeschlossen. Überall Bücherstapel.

»Ich habe Herrera gesehen, in der Nähe von Caspe.«

»Wie siehst du das alles?«

»Tja«, sagt Fajardo und greift auf gut Glück nach einem Band. »Warte kurz, ich suche noch etwas.«

»Was?«

»Ein Zitat von Stendhal.«

Er blättert in *De l'Amour*.

»Hier habe ich es. Es stammt von einem neapolitanischen Ökonomen des 18. Jahrhunderts. Pecchio. Hör zu: ›Ziel der Spanier war nicht der Ruhm, sondern die Unabhängigkeit. Hätten die Spanier allein um der Ehre willen gekämpft, der Krieg hätte mit der Schlacht von Tudela sein Ende gefunden. Die Ehre ist von eigenartiger Natur; einmal befleckt, macht sie die Tatkraft zunichte ... Das spanische Heer, von einem falschen Ehrbegriff durchtränkt (ebenso ließe sich sagen: von diesem modernen Europäischen Verhängnis) wäre besiegt worden, hätte es im Geiste von der Idee gelassen, mit der Ehre sei zugleich alles verloren.‹ Heute passiert das Gleiche. Wir führen den Krieg unter Bedingungen weiter, unter denen jedes andere europäische Heer den Kampf schon längst aufgegeben hätte. Jeder Zweifel angesichts des Todes schmeckt uns nach Verrat, so vernünftig der Zweifel auch sein mag. Das ist die Wurzel des Zorns, der Wut, die uns beseelt. Deshalb kann ein Prieto nur verlieren, so vernünftig sein Pessimismus auch sein mag, und Negrín nur gewinnen, so absurd sein Eifer auch sein mag – wahrscheinlich ist er es. Das hat der Spanier immer schon gekonnt: durchhalten. Unsere Leute fliehen in völliger Auflösung, bis aus irgendwelchen Tiefen der Vorwurf mangelnder Ehrhaftigkeit aufsteigt. Und sofort werfen sie sich dem Feind wieder entgegen; das ist weder eine Sache von Befehlen, noch von Taktik oder Geschichte. Wir haben Gebirgsketten aufgegeben und leicht zu verteidigende Schluchten, und jetzt halten wir gegen auf freiem Feld, kein Stein weit und breit, hinter dem man in Deckung gehen könnte.«

»Widerstand«, sagt Cuartero, »ist keine Frage der Stellungen, sondern der Einstellung.«

»Damit will ich nicht sagen, das wir den Krieg gewinnen, denn entscheidend ist, daß diese Hornochsen mit ihrer Nicht-Einmischung endlich das Material zu uns ... Es ist eben unsere Art, ihn so zu führen.«

»Gehen wir nach Hause?«

»Ich muß ins Ministerium, die letzten Befehle entgegennehmen. Ich gehe die Aribau runter, begleite mich doch. Vielleicht ist es das letzte Mal, daß wir uns sehen ...«

»Kannst du nicht einmal aufhören, dich wichtig zu machen?«

»Ich glaube nicht, wenn ich deinen Blick sehe.«

»Erinnerst du dich, wie mich Doña Fuensanta aus ihrer Wohnung rausgeschmissen hat?«

»Was wohl aus ihren Töchtern geworden ist?«

»Sie sind immer noch in Madrid, sonst weiß ich nichts.«

»Erinnerst du dich an *Große Kartoffel* und *Kleine Kartoffel*?«

(Zwei rundum üppige Deutsche, die gerne ihre von Mutter Natur gesegneten Körper lieben ließen und Fajardo hoffnungslos verfallen waren.)

Asche, die beim geringsten Hauch der Erinnerung wieder aufglüht, denn nichts kommt einer Jugendfreundschaft gleich.

»Gestern wurde uns ein Bild von Ribera gebracht.«

»Ein gelungener Handstreich«, pflichtet Fajardo bei, der immer wieder gerne militärisches Vokabular benutzt.

Cuartero ist zufrieden. Er nimmt Fajardo am Arm.

»Und Rosario? Wann stellst du mir diese Tochter Justinians endlich vor?«

»Niemals.«

Cuartero hat niemandem außer Fajardo von dem Mädchen erzählt. Und das auch nur, weil der ihn nach dem Ausgang des Besuchs gefragt hatte. Sonst weiß der Offizier nichts vom Liebesleben seines Freundes. Sie nehmen ein früheres Gespräch wieder auf.

Cuartero: Du glaubst also, Gott ist hoffnungslos verloren?«

Fajardo: Ja, ihr Christen habt die Welt nicht mehr in der Hand. Der Mensch ist nicht mehr allein. Er ist ein Tier, das die Einsamkeit braucht, um sich einen monotheistischen Gott zu erfinden. Moses stieg allein auf den Berg, und die Juden zogen durch die Wüste, angestiftet von allmächtigen Einzelgöttern – den einzigen, die nach deiner Sichtweise zählen. Die anderen nämlich – ob griechische oder neuseeländische – kann man eh vergessen. Jetzt gibt es die Solidarität, sie ist an die Stelle der Kirche getreten. Der Mensch, der einmal das einende Band zu den anderen gespürt hat, fühlt sich frei. Religion ist Unterordnung, Gehorsam.«

Cuartero: Das Wort oder der Atheismus, eins von beidem ...

Fajardo: Mach du nur deine Witze. Wenn euch nichts mehr einfällt, brecht ihr die Diskussion ab und spielt die Überlegenen.

Cuartero: Der Mensch, Erfinder der Moral ... (Cuartero wird plötzlich wütend, das Blut steigt ihm zu Kopf.) Aber, du kannst doch nicht glauben, daß die Phantasie – hörst du mir zu? – daß die Phantasie ein Produkt aus Zucker, Salz und Erde ist! Daß alles, was einem durch den Kopf geht – wo auch immer –, daß die Energieströme ...

(Er wird sich bewußt, wie nutzlos, wie unverhältnismäßig sein Zorn ist. Er verstummt. Fajardo sieht ihn an und lächelt.)

Cuartero: Entschuldigung ... du Humanist.

(Sie gehen weiter. Oberhalb der Mauern ist alles in das milde grünschimmernde Licht der Sterne getaucht. Kein Mensch auf der Avenida de San Gervasio. Der Himmel rein und fern.)

Cuartero: Seit wann hast du nichts mehr geschrieben?

Fajardo: Ich habe nie geschrieben, und ich gedenke auch nicht, es je zu tun.

Cuartero: Warum?

Fajardo: Es reizt mich nicht. Mich interessiert die Strategie. Die Grundfragen des Marxismus-Leninismus scheinen mir wichtiger zu sein als ...

Cuartero: (angesichts von Fajardos Zögern) Als was?

Fajardo: Alle Literatur zusammen. Und du?

Cuartero: Mir fehlt die Zeit. Außerdem, wer inszeniert denn noch, wer druckt?

Fajardo: Du hast einmal gesagt – vor Ewigkeiten, alter Freund –, daß du schreibst, um dich zu retten.

Cuartero: Stimmt ... die Masern ... aber trotzdem, wenn alle so denken wie du, was wird dann aus der Literatur?

Fajardo: Journalismus.

Cuartero: Und die Qualität?

Fajardo: Die kommt schon von allein.

Cuartero: Das glaubst aber auch nur du!

Fajardo ließ sich von seinen Erinnerungen treiben, und außerdem, man muß im Leben doch Bleibendes schaffen:

»Kunst ist Ausdruck. Wenn der Ausdruck, die Mittel des Ausdrucks, zur Reife gelangen, dann entstehen Meisterwerke. Homer, Shakespeare, Cervantes, Molière, Goethe, Salomo, wer auch immer Salomo gewesen sein mag. Umgekehrt kann man sagen, daß die beste Sprache die des besten Autors ist. Desjenigen, der in ihr schreibt oder der sie erschafft ... Die Sprache gehört nicht einem Einzelnen, sondern einer Epoche; deshalb leben in einem historischen Moment höchster sprachlicher Reife viele große Schriftsteller nebeneinander: Darum sind die Spanier des 16. Jahrhunderts nicht intelligenter als die des 18., aber sie drücken sich vollkommener aus, und aus diesem Grund sind sie besser. Es existiert nur, was man macht: Was du denkst, ist nichts. Nicht, daß es nicht existieren könnte: Es existiert nicht. Träume, die Träume bleiben, existieren nicht. Wenn du sie in Worte faßt, sind sie keine Träume mehr, und das, was an ihnen real ist, deckt das andere zu. Sie sind Ausdruck deiner Wünsche.

Ganz unzweifelhaft ist die Schönheit der Sprache für das geschriebene Kunstwerk das, was die Farbe für das Gemälde ist. Der Rest, die Linien, Proportionen, die kann man kopieren, aber nicht das, was die Hand des Meisters geschaffen hat. Frage: Was entspräche bei der Frage nach den großen Epochen in der Malerei dem, was in der Literatur die Pracht der Sprache ist? Gibt es den Augenblick, in dem ein bildlicher Ausdruck existiert, eine Sprache der Farben, die eine perfekte Art zu sprechen ermöglicht? Und wenn ja, was macht ihn aus? Man müßte davon ausgehen, daß die ökonomischen Grundbedingungen, die die Blüte einer Sprache ermöglichen, von vorrangiger Bedeutung sind, und daß diese ökonomischen Grundbedingungen für alle Künste zur gleichen Zeit gelten und ihre Sternstunden ermöglichen. Was die Dekadenz ausmacht, das hat bereits Seneca gesagt, als er die Rhethoriker seiner Zeit geißelte: ›Jenes Laster, das darin besteht, das Notwendige aufzugeben und allein das vortrefflich scheinende zu suchen.‹

Glaub mir: Schon bald werden die künstlerischen Mittel erlauben, näher an das Reale heranzukommen. Das gilt für die Malerei ebenso wie für Literatur und Musik. Jedes kreative Werk ist eine Sprache, die sich das Reale, die Realität, wie sie vor uns steht, anverwandelt. Es kommt der Augenblick, an dem die Künstler erschöpft sind, die Kraft dazu nicht mehr aufbringen, und in Byzantinismen flüchten. Dem entspricht meiner Ansicht nach auch, daß es keine großen Maler gegeben hat zwischen dem 17. Jahrhundert und Cézanne und den Impressionisten, denn erst die haben nach zweihundert Jahren die Welt wiederentdeckt, durch eine neue Tür, eine andere Schrift. Manchmal gibt es auch jemanden, der sich für den Hausgebrauch seine eigene Sprache erfindet, einsame Genies wie Goya. Genauso ist es in der Literatur, wo man nach dem 16. und 17. Jahrhundert bis ins 19. warten muß (Balzac, Dickens, Gogol, Galdós), um eine neue Art des Schreibens und Beschreibens der Welt anzutreffen; und wenn Deutschland seinen Ausdruck am Ende des 18. Jahrhunderts mit Goethe und Schiller findet, so liegt das daran, daß die deutsche Sprache erst in diesem Augenblick ihre höchste Reife erlangt hatte.

Das Material beherrschen, heißt, die Form beherrschen. Alles eine Frage des Gedächtnisses: zu wissen, was man will. Ein Donatello, ein Michelangelo, ein Machiavelli, die machen was sie wollen mit dem Material. Was gemacht ist, wird im Moment des Machens Erinnerung: Deine Figur, für die anderen ist sie kreatives Gedächtnis, Basis, Gerüst, Raster, Vorlage. Die Meister wußten, was sie wollten, sie überließen nichts dem Zufall. Meister ihres Materials. Sie haben ein Gedächtnis für das, was sie wollen. Und das Material kapituliert vor dem Gedächtnis, das Technik, Geschick und Meisterschaft in einem ist. Sie schaffen den vollkommenen Ausdruck ihrer gesellschaftlichen Umgebung, weil sie die dazu nötigen Mittel beherrschen. Wenn man den Menschen auf einen Weg bringt, auf eine neue Route, gelangt er schnell zum Gipfel. Nachdem er sich eine Weile in der Höhe gehalten hat, bleibt ihm nichts anderes übrig, als hinabzusteigen, in einer Hütte Schutz zu suchen und abzuwarten, bis sich ein neuer Weg auftut. Die erhabensten Ideen treten immer in dem Augenblick zu Tage, in dem die Sprache ihren reichsten, kräftigsten und differenziertesten Ausdruck für das Empfinden des Menschen bereithält. Denn alles unterliegt dem Wandel, während der Mensch unsterblich ist und im Grunde immer derselbe. Hunger, Liebe, Machtgier bleiben sich immer gleich, ausschlaggebend sind die Art und Weise, wie sie besungen und ausgedrückt werden. Mit einer wandlungsfähigen Sprache kann der Mensch sich jederzeit ausdrücken; gleiches gilt für Pinsel und Notenschrift. Ist der Weg einmal gebahnt, führt er schnell zum Gipfel.

Man gebraucht die Sprache, die man spricht, wenn nicht, bleiben die Werke beschränkt: Wer schon hat die Wunderwerke des lateinischen Mittelalters genießen können? Wen haben sie beeinflußt? Der *Cantar de mio Cid*, die *Celestina*, der *Quijote*; Feijóo, Zorrilla, Galdós, sie alle schreiben in der Sprache ihrer Zeit. So überlebt sie die Zeit, in der sie lebendig war. Das erklärt die dunklen Epochen, wenn ein Volk die Sprache wechselt, anders spricht, wie eine Schlange, die sich häutet. Die Schriftsteller werden neue Worte erfinden, aber die Wurzel ist der Mensch. Darum können Epochen nur dann wirklich groß werden, wenn die Sprache im Zenit steht, genau in dem Augenblick, in dem sie den Zenit erreicht, und natürlich sind es ökonomische Voraussetzungen, die eine Sprache zu diesem Zenit führen, unterm Strich also ist die Sprache vom Handel abhängig.«

»Wie bekam doch die Heilige Teresa von einer Stimme gesagt«, spöttelte Cuartero grinsend. »›Tochter, der Gehorsam gibt Kraft. Und später habe ich die Demut entdeckt. Die Sicherheit des Zweifels.‹ Alle menschlichen Hervorbringungen hängen von den materiellen Lebensbedingungen ab, einverstanden, aber wer zum Beispiel hat dem menschlichen Empfinden das Streben nach Gerechtigkeit eingeimpft?«

»Glaubst du etwa Pascals *Pensées* wären die gleichen, wenn sie schlecht geschrieben wären? Ganz sicher nicht. Sie verdanken ihre Bedeutung der Form, die Gedanken sind luftig, man muß sie erschnuppern. Wie bei einem Korsett. Ein gutes kann schlecht sitzen, aber dann ist es nicht mehr so gut. Rohlinge sehen das anders, aber sie sind auf dem Holzweg. Qualität verlangt Paßgenauigkeit.«

»Und was ist, wenn du sagst: Qualität verlangt Bequemlichkeit?«

»Das ist nicht so gut. Du kannst es auch auf Chinesisch sagen, dann verstehen es nur die Chinesen. Die Qualität beruht nicht auf dem Leser – sonst würde sie ja mit ihm sterben, und viele verwechseln hier Qualität und Interesse –, sondern auf der Sprache.«

»Einverstanden, aber das löst nicht die Frage Paßgenauigkeit oder Bequemlichkeit.«

»Verlaß dich auf dein Gehör, und du hast es.«

»Sphärenmusik.«

»Du sagst es: Musik.«

»Ist denn ein Calderón-Vers nicht mehr gut, wenn er schlecht deklamiert wird?«

»Nicht in dem Augenblick.«

»Und jemand, der den Dichter nicht kennt, was wird er

von ihm halten? Ein erhabener Vers, in dem du zwei Worte vertauschst, ist nicht mehr erhaben, obwohl seine Aussage dieselbe bleibt. Alles ist Musik, mein Lieber. Einem Mann, der dir beim Reden ins Gesicht spuckt, gehst du aus dem Weg, auch wenn er Wahrheiten von sich gibt.«

»Dir geht es gar nicht um die Wahrheit, sondern um Gerechtigkeit. Du bist gegen alle, denen es egal ist, ob sie gerettet werden oder nicht. Gegen alle, aus denen die Niederlage Verlierer macht, weil sie teilnahmslos, verbittert und mit der Zeit rachsüchtig werden. Die Gerechtigkeit ist der Antrieb, der Antrieb der Dinge. Na, viel Spaß.«

»Vielleicht kommt Franco deshalb bis ans Meer, obwohl das nicht sein müßte. Gib mir Panzer, und ich setze die Gerechtigkeit durch. Auf die Wahrheit ...!«

Das Heulen eines Krankenwagen durch die kalte Stadt.

»Gründe gibt es viele, Wahrheiten nur eine, und Gerechtigkeit ist etwas Flüchtiges.«

Das weiße Auto mit dem roten Kreuz rast vorbei.

»Aber wirklich real ist, daß hier Krüppel rumlaufen, mein Guter. Körper, die sich geopfert haben für die Gerechtigkeit, die wir verteidigen. Unsere Gerechtigkeit, aber deine Wahrheit ist ja die Religion: Die Einsamkeit nährt sie, die Barbarei stärkt sie, der Frieden wird sie ruinieren.«

»Deine Vernunft sagt dir, daß es keinen vernünftigen Grund für deine Existenz gibt. Du bist ein Mensch ohne Ziel. Wie dieser Verrückte, der die Leute daran hinderte, die Rolltreppe zu betreten und wie ein Wilder brüllte:

›Halt, halt!‹

›Was ist denn los?‹ fragten sie ihn.

›Ich zähle die Stufen.‹

Wie du. Das Leben rast, bergauf, bergab, und hat kein Ende. Zähl sie nur, mein Lieber, aber zähl nach! Die Leute denken: Mir passiert das nicht, weder aus Zufall, noch weil zwei und zwei vier sind.«

Sie waren zum Portal der Außenstelle des Kriegsministeriums gelangt.

»Wohin gehst du?«

»Wohin man mir befiehlt. Du kannst dich über unser Gespräch nicht beklagen. Früher ...«

»Und Templado?«

»Setzt keinen Fuß vor's Krankenhaus.«

»Was meinst du, wie lange wird dieses Dauerbombardement anhalten?«

»Nicht lange. Sie werden merken, daß es nichts nützt.«

»Deinen Optimismus möchte ich haben«, sagte Cuartero und umarmte Fajardo.

»Salud.«

»Alles Gute. Auf bald.«

12. Jeder für sich, schlaflos im Morgengrauen

19. März 1938

Templado: Die Leute begegnen mir mit Vorbehalten: Sie ahnen, daß ich glücklich bin. Was man ahnt, vergibt man nicht ohne Erklärung. Ich bin glücklich. Wo auch immer, wie auch immer, so lange ich nur keine körperlichen Schmerzen habe. Ich bin zufrieden mit meiner Neugierde, ich betrachte etwas, schon bin ich glücklich. Mir ist egal, wie gut ein Bett ist, ein Getränk, ein Hühnchen oder Kotelett. Rauchen, Trinken, Lieben – meinetwegen. Ein Quadratzentimeter Erde bedeutet mir so viel wie ein Postkartenpanorama, ein Holzscheit so viel wie ein Zedernbaum. Das verzeihen mir die Leute nicht, oder zumindest glaube ich, daß sie es mir nicht verzeihen, was auf dasselbe hinausläuft. Es kratzt sie wahrscheinlich überhaupt nicht, aber wenn ich sehe, wie sie über Nichtigkeiten verzweifeln, über die Reihenfolge in der Schlange, eine Einquartierung oder über irgendwelche Tertulia-Gerüchte, dann fühle ich mich doch überlegen und halte ihren Neid für angemessen. Ich lasse mich nicht ins Bockshorn jagen, da kann es noch so dicke kommen. Aber wenn mir jemand auf die Hühneraugen tritt, gehe ich an die Decke oder beiße mir auf die Zunge, jedenfalls halte ich mich für das bemitleidenswerteste Wesen auf der Welt. ›Noch nie habe ich solche Schmerzen gehabt.‹ Darum mag ich Betäubungsmittel: alles besser als Schmerzen. Mit Entbehrungen kann ich leben, solange ich nicht meine Seele verkaufen muß. Ich kann mit ihnen leben, weil ich nicht unter ihnen leide, weil sie mir nichts ausmachen. Und weil ich das Leben so gut leiden mag, ist mir der Tod egal, er gehört für mich zum Leben, weil es nicht zwei Dinge geben kann in der Welt. Deshalb fahre ich nie aus der Haut, rege mich selten auf und gelte als ruhig. Was ich habe, ist für mich wie ein Geschenk. Ob es wenig ist oder viel, das macht keinen Unterschied. Kastilien ist so schön wie Galicien, es kommt nur auf den Betrachter an. Die Schutthalden am Stadtrand von Madrid gefallen mir genauso wie die Gärten des Generalife in Granada. Über kurz oder lang langweilt mich alles: In der Abwechslung liegt die Freude und der Sinn der Welt. Wenn es so viel davon gibt, warum sich begrenzen? Wenn man mich jetzt ins Gefängnis stecken würde, fände ich das aufregend.

Ich mag die Welt wie sie ist, wegen ihrer physischen Gestalt. Ich mag die Menschen auf ihr, die sie verändern wollen. Aber ich sitze nur da und schaue zu. Ich frage mich: Und wenn alle wären wie du? Eine Antwort erübrigt sich, denn offensichtlich ist dem nicht so. Ich wachse fest. Ich bin wie eine Pflanze, schlage Wurzeln und gebe mich der Betrachtung hin, dann fliege ich weiter. Darum habe ich etwas gegen die Konservativen: Sie verharren immer in einer Landschaft. Niemand soll mich einen Zyniker nennen. Ich bin einfach glücklich. Ich glaube an das, was ich sehe, darin gehe ich noch weiter als der Hochheilige, der den Finger darauflegen mußte. Mir genügt das Schauen, darum bin ich so formbar. Mir genügen die Formen, denn die Essenz der Dinge, ihre Färbung, ziehe ich schon selbst heraus. Eunuch? Vielleicht. Ich mag mich mit niemandem schlagen, aus Angst, selbst Schläge einstecken zu müssen. Deshalb liebe ich die Frauen. Ich liebe alles, alles erstaunt mich. Alles amüsiert mich. Wie sagte Sancho: Was ich sehe, will ich haben, wenn nicht, drückt mich der Magen. Nein, nicht bei mir. Was ich sehe, habe ich. Was will ich mehr? Bei mir sitzt das Besitzstreben im Sehnerv. Ich brauche nur etwas zu sehen, schon weiß ich, daß es mir gehört. Wer wäre da nicht zufrieden? Ich brauche nichts mit mir herumzutragen. Die Welt gehört mir, und niemand hat etwas dagegen. Der einzige Besitz ist mein Augenlicht: Möge die Heilige Lucía es mir erhalten, und zum Teufel mit meinen Neidern.

Das Leben ist das, was einer lebt. Es ist unsinnig, zu erwarten, daß die anderen für einen leben. Tausende leben als Zuschauer, ohne zu merken, daß sie nicht existieren, und wenn sie existieren, dann in einem lächerlich kleinen Spiegelkabinett, in einem Leben aus zweiter Hand, in einem billigen Leben, in dem die Leute den Müll durchwühlen und sich von den Abfällen anderer ernähren; die Wahrheit erfahren sie erst, wenn sie ihnen jemand erzählt, und wie zwischen Worten und Taten Welten liegen, tun sich je nach Talent des Erzählers Abgründe auf, und der Zuschauer bekommt einen vierten Aufguß serviert: farblos und trügerisch und verlogen. Sie leben von ihren eigenen Lügen, denn die abgewandelte Wahrheit hat mit der Wahrheit nichts mehr gemein, sie ist eine verflüssigte Wahrheit, trügerisch, Halbwahrheit, Viertelwahrheit, eine Mal-so-mal-so-Wahrheit, die man leicht verkaufen kann: Eine Wahrheit, die nicht die ganze Wahrheit ist, heißt Lüge. Darum lieben diese Leute das Kino. Möglicherweise fehlt mir jegliche Phantasie. Ich mag keine Musik. Die Malerei schon. Und dich: Gazelle, Lola. Und dich, Mariquilla. Und dich, Teresa, Poesie …

Rivadavia, auf der rechten Seite

Und wenn sie mich schnappen? Warum sollten sie mich schnappen? Warum sollten sie mich nicht schnappen? Warum darf ich nicht ins Ausland gehen? Ist nicht Peralta auch gegangen, dieser Idiot? Idiot. Freund von Vayo. Aber ein Idiot, Idiot, Idiot. Der hätte besser einen Posten im Ausland angenommen. Ein Geschoßsplitter, und auf Wiedersehen.

Rivadavia, auf der linken Seite
Ich bin gestorben. Ich bin tot. Ich kann mich nicht bewegen. Mich nicht fühlen. Ich bin ein lebender Toter. Die Leber tut mir weh. Ich kann meine rechte Hand nicht bewegen. Ich kann meine linke Hand nicht bewegen. Wenn ich versuche, meinen Kopf zu heben, fällt er vom Körper ab. Alle meine Knochen sind lose. Ich bin gestorben. Ich atme nicht. Mein Herz schlägt nicht. Ich spüre mich nicht. Ich bin tot, tot. Wer hat den Krieg gewonnen? Eine Bombe wird mitten auf meiner Glatze einschlagen. Und wenn ich gehe, was werden die anderen sagen?

Fajardo wartet im Vorzimmer des Generals. Er langweilt sich. Er schläft ein. Er zieht einige Blätter hervor und beginnt, an Cuartero zu schreiben, um die Zeit totzuschlagen. Lächelnd.

»Du bist von der Ungerechtigkeit der gegenwärtigen politischen Verhältnisse überzeugt. Du glaubst an die Notwendigkeit einer besseren Welt. Welche Mittel stehen dir zur Verfügung? Unzählige. Aber nur ein wahrhaftiges. Alle anderen müssen natürlich, gezwungenermaßen, falsch sein. Setze auf das eine erfolgversprechende, blind. Wenn du dich für einen Weg entschieden hast, wird dir das Kraft geben weiterzugehen.

Die Menschen, je nach dem, was sie glauben:

a) Die an die heilige Offenbarung glauben, den Propheten nachlaufen. ›Was soviel heißt wie die meisten Juden und Christen.‹ Du.

b) Die zwar ein künftiges Leben akzeptieren, sich aber seinen Freuden verschließen.

c) Diese ›Menge von Wahnwitzigen, diese namenlose Masse, die der Meinung ist, der Tod sei das reine Nichts, daß Tugenden und Laster ohne Folgen bleiben und daß der Mensch nach dem Tod zum Nichtsein zurückkehrt‹. Man kann sie weder als Bewegung noch als Gesellschaft bezeichnen. Sie sind wahnwitzig und frivol, Sklaven ihrer Leidenschaften, ihrer Gelüste; und dabei wollen sie sich ihre Feigheit nicht eingestehen. Ihre Unzulänglichkeiten versuchen sie zu vertuschen, indem sie ihr Verhalten als maßgeblich verkaufen, als Aufrichtigkeit schlechthin. Sie wollen unbedingt die anderen von ihren Ideen überzeugen und ermuntern sie zu Lüsternheit und Libertinage, zur Hingabe an ihre Leidenschaften. Das heißt, sie geben ihre Freiheit auf und begeben sich unter den Schutz einer Autorität. Der Mensch läßt sich nämlich schnell von seinen Gefühlsneigungen mitreißen.

Nur wer dem widersteht, ist ein Mensch, denn das höchste Gut des Menschen ist die Freiheit.

Wenn du an jemanden glauben mußt, glaube oder begehre das, was die Masse des Volkes glaubt oder begehrt, denn die hatte immer recht, ob als Sieger oder Besiegte.

Entweder glaubst du an eine bessere Welt, oder du glaubst gar nicht:

a) Wenn du nicht glaubst, mußt du alles dafür tun, zum Glauben zu gelangen, damit du ein Mensch wirst.

b) Wenn du glaubst, brauchen wir nicht weiter zu reden.

c) Wenn du zweifelst, mußt du hartnäckig sein.

Nichts ist so nichtig, als sich dem Willen eines Einzelnen zu unterwerfen; nichts ist vernünftiger, als sich dem Willen der Vielen zu unterwerfen, auch wenn dieser Wille von einem Einzelnen repräsentiert wird.

Wenn du auch nur einen leisen Zweifel hegst an der Möglichkeit einer besseren Welt, mußt du deinem Verstand zuliebe unbedingt einen Weg dahin suchen. (Genauso, wie der Verstand von jedem Menschen erwartet, mit Freuden die Schwierigkeiten auf dem Weg zum Glück zu ertragen, oder die Mühen auf dem Weg der wissenschaftlichen Erkenntnis.) Daran führt kein Weg vorbei, solange du dir sicher bist, daß die atheistische Doktrin falsch ist.

Für welche Position auch immer du dich entscheidest, dein eigener Verstand muß von dir fordern, dein Leben der tieferen Kenntnis der Wahrheit und der praktisch gelebten Tugend zu widmen: Vorausgesetzt, du bist bei klarem Verstand und die moralische Integrität deines Geistes ist noch nicht pervertiert.

So wenig du auch die Verwirklichung einer besseren Welt für möglich hältst, wie gering deine Hoffnung auch sein mag: ein Blitz, eine Geste, ein Todeskampf, dein Verstand muß dich am Ende davon überzeugen, deinen Weg unbeirrt fortzusetzen. Selbst, wenn es nur für dein persönliches Wohl ist, die Befriedigung, für etwas besseres zu arbeiten, wird dich mit Freude erfüllen und dich retten. Nichts stürzt einen Menschen mehr in Verzweiflung, als wenn er sich im Angesicht des Stieres oder an der Schwelle zum Jenseits fragen muß: Wozu habe ich gelebt? Besprich dich jetzt mit deiner Bequemlichkeit. Und denk ja nicht, ich würde das sagen, weil ich über das künftige Leben Zweifel hegen würde, ich gehe nur so weit, wie die Grenzen deiner Unwissenheit es zulassen.

Woran kann sich denn jemand halten, der in der Stunde seines Todes sagt: ›Das Schöne kann mir niemand nehmen.‹ Niemand nimmt ihm etwas weg, nein. Wozu? Welche Spur hinterläßt das Schöne? Der Mensch lebt eben nur für die schönen Dinge. Wer danach nicht strebt, nach Macht, Liebe, Ruhm, der lebt nicht. Und wenn er lebt, wie soll er dann leben, ohne dabei an eine gerechtere Welt zu denken? Das Streben nach Macht ist das Streben nach Gerechtigkeit.

Was zählt schon das, was du verlierst, angesichts dessen, was du gewinnst? Du wirst das ewige Glück des künftigen Lebens erlangen, alles andere wird dir nichtig erscheinen. Wie kannst du nur annehmen, was die Masse der Menschen denkt oder gedacht hat, sei falsch?

Niemand leugnet die Möglichkeit einer besseren Welt, nur zählen die meisten die Schwierigkeiten auf, die Widerstände, und verteidigen den Status quo, aus diesem dunklen Drang heraus, den Hobbes in die Welt gesetzt hat: ›Lieber den Spatz in der Hand als die Taube auf dem Dach.‹ Sobald du die Möglichkeit einer besseren Welt zugibst, wie kannst du dich da noch der Pflicht entziehen, zu ihrer Verwirklichung beizutragen? Erfüllt von dem Glauben, dies auf dem einzigen Weg zu tun, der sich bis zum heutigen Tag als der einzig gangbare erwiesen hat? Und wenn du diese Aufgabe angenommen hast, wie sie jeder ehrbare Mensch annehmen sollte, kannst du sie nur erfüllen, indem du deine eigenen Wünsche und Vorstellungen hintanstellst und blind den Befehlen folgst, die man dir erteilt. Das vollendete Werk wird dir Schwung geben für das nächste.

Ich raube dir kein einziges Vergnügen, zumal es keines gibt ohne letzten Grund: die Tugend und die Unsterblichkeit. Jeder Sünder ist gestraft durch seine Nutzlosigkeit. Bist du nie zu Bett gegangen mit dieser nagenden Frage: Was habe ich heute getan? Was wird von mir bleiben?

Um mich kurz zu fassen: Kämpfe für die Zukunft. Pack mit an, eine neue Welt zu schaffen, auf der Platz für alle ist. Unsere einzige Rechtfertigung ist die Vernunft: Wenn es so weit kommt, daß unsere Vernunft unsere Gefühle rechtfertigen muß, ist alles falsch. All unser Glück rührt aus der Vernunft.

Wie kannst du angesichts der bloßen Möglichkeit einer besseren Welt noch zögern, die Ärmel hochzukrempeln? Nur die Blinden sind davon ausgenommen.

Lohnt es sich nicht für einen Menschen, Hunger, Gefängnis, Verfolgung auf sich nehmen, wenn er dafür das ewige Leben gewinnt?

Anders als die, die an das ewige Leben des Einzelnen glauben, glauben wir an ein ewiges Leben der Menschheit: das Leben unserer Genossen, das Leben unserer Kinder, das Leben der Kinder unserer Genossen – das ist wirklich ewiges Leben –; wenn man diese Leute wählen ließe zwischen einem Apfel heute – oder sogar morgen – und einem Apfel morgen und immer und ewig, wofür würden sie sich entscheiden?

Das Leben der anderen ist nämlich dein eigenes.

›Estimons ces deux cas: Si vous gagnez, vous gangnez tout; si vous perdez, vous perdez rien.‹

Wirst du Mitglied der Partei?

Falls du es wissen willst, ich breche jetzt auf nach Gandesa. Danach hat Líster das Wort. Tibi.«

Fajardo, auf einem Laster

Wir müssen gewinnen. Wir müssen gewinnen. Wir sind besser. Wir sind nicht besser. Halt. Prüfen wir die Lage genau: Wir sind mehr. Die Idee ist eine Kraft, sobald sie die Massen durchdringt. Je tiefer sie eindringt, desto stärker werden wir sein. Wenn sie nicht restlos überzeugt sind, lassen sie sich gehen und wir verlieren. Wie bei der Schneeschmelze, alles geht den Bach runter und ins Meer. Ganz Katalonien wird sich auflösen und sich in einem großen Fluß ins Meer ergießen, zerstört. Hoffen, um nicht zu ersaufen. Wir werden alle ertrinken, und wenn es keine Literatur gibt, gibt es eben keine. In einem kultivierten Land braucht man keine Literatur – Literatortur. Wenn die Armen glücklich sind, brauchen sie keine Religion. Das tut mir leid für die Literatur, aber ich weine ihr keine Träne nach.

Fajardo in Tarragona, während des Auftankens, auf einem Stein sitzend

Der Vollmond über den Trümmern. Ziehende Wolken legen sich wie ein dunkler Ring um die Brustwarze des Mondes. Der Warzenhof, eine matte Unterlegscheibe. Silberstaub. Die Schattenfetzen der Ruinen, Silberschein am Saum der Breschen. Kein Mensch weit und breit, eine sanfte Brise und das ferne Rauschen des Meeres. Der Krieg ist ein großer Fluß zwischen zwei Vollmonden. Der Himmel ist sein Ursprung, die Nacht sein Flußbett, und ich sitze hier in der Einsamkeit, ein Schatten, ein Nichts an seinem Ufer. Die Schatten der Toten ohne Schatten, der Mondschatten: Schrecken. Dort ist einer gestorben. Wer? Der da? Der dort? Ich lebe. Tot, er dort, ich kannte ihn. Wer? Der dort, dessen Blut erkaltet ist. Gestorben. Wo? Der Mond über den Trümmern. Die Gebeine. Wie heißt mein Bruder? Der Tod und der ziehende Mond. He, Mond, warte auf mich! Warte auf mich, einen Fuß habe ich schon auf dem Trittbrett, ich hole dich noch ein. Die Straßenbahn ist überfüllt. Alle Trittbretter besetzt. Ich komme nicht ran. Ich kriege keinen Bügel zu packen. Die Straßenbahn zieht davon. Bleib stehen! Bleib stehen! Oh Nacht! Überall Zerstörung!

Cuartero

Was hat dieses Mädchen nur, daß es so ernst ist? Daß es so selten lacht? Alles bereitet ihr Verdruß. Sie befiehlt, und niemand gehorcht ihr. Sie wird wütend und verkriecht sich in eine dunkle Ecke, wo sie ihren Groll hegt, mit schweißglänzender Stirn, glühenden Augen, korkenziehergelockt. Meine Tochter, aus meinem Fleisch, eine Fremde; äußerlich sieht sie mir ähnlich, vor allem die Stirn, die Augen, und dennoch weiß ich nichts von ihr, was nicht auch jeder andere wüßte. Pilar, schon, ja, aber nicht weil sie ihre Tochter ist, sondern weil sie eine Frau ist. Dieses rätselhafte Fluidum, das die Frauen im Inneren zusammenhält! Als stünden sie alle über ihr Geschlecht miteinander in Verbindung: die Tage haben, die Tage berechnen, überfällig sein: Tagediebe. Nur keine Pause, plappern um des Plapperns willen. Eigenartige Sache, diese Rechnerei. Was sind wir für sie?

»Papa, ich möchte sehen, wie die Faschisten leben.«

»Was denkst du denn, wie sie leben?«

»Also, in Höhlen!«

Darauf sofort die Älteste:

»Ach was, Teresa, nein: Die haben doch bessere Wohnungen als wir. Das ist es ja gerade.«

Grillen vergehen, Groll bleibt. Kinder akzeptieren alles, greifen nach allem: Das liegt an ihrer noch engen Verwandtschaft mit den Tieren. Sie haben Angst vor allem, was sie nicht sehen.

Sie folgen ihren Bedürfnissen, ohne Aufschub: Wozu auch warten? Hoffnung ist überflüssig. Die Dinge sind aus sich heraus, nicht durch ihre Beziehung untereinander. Weil sie alles anfassen. Anfassen ist ihnen das größte Vergnügen. Deshalb haben sie keinen Sinn für Malerei, wohl aber für Skulpturen. Pilar als kleines Mädchen, beim Betreten eines Museums:

»Mal sehen, ob es stimmt.«

Und beim Hinausgehen:

»War das alles?«

Zeichnen begreifen sie, modellieren nicht. Die Möglichkeit, nicht an die Welt der anderen zu denken. Wenn es eine Art Mensch gäbe, der alt zur Welt käme und mit den Jahren jünger würde! Man müßte wieder zum Kind werden.

Ist es besser, sie machen zu lassen? Ist es besser, ihnen ständig auf die Nerven zu gehen? Ich lasse sie machen, aus Faulheit. Und das kommt mir gelegen. Ich glaube, ich geh jetzt schlafen.

Wie sehr sehnt sich die Seele nach Musik! Musik, Maestro! Mögen die Verse erklingen! Musik, Musik ...

Stattdessen hört man nur das Gurgeln des Wassers im Abflußrohr, das Zischen der Gasflamme. Verstummte Elektrizität! Das pfropft dich, Stopfen, Korken; zugedeckelt; unter Druck kochen, innen. Musik, Musik für die Seele!

Stumme Einsamkeit, alle, man selbst einbezogen, sind still. Singen. Wenn ich jetzt nur singen könnte. Erstickt wie ich bin. Welt!

Um meine Hüfte gewickelt führe ich Einsamkeit mit mir, frei zum Verkauf. Einsamkeit, Einsamkeit! Wer kauft Einsamkeit!? Willst du sie, meine Hübsche? Willst du sie, Pilar? Sag ja und du bekommst einen Kuß, Rosario.

Du küßt Luft, du Idiot; Luft, du Vollidiot. Was habe ich nicht alles verloren, ich Einsamer. Dumm, dümmer, am dümmsten. Rundum dumm. Sie küssen. Sie. Sie küssen und dann einschlafen. In der Sonne schlafen, beim Rauschen der sich brechenden Wellen, deren keuchendes Inneres mich umspült, deren weißer Schaum an meinen erdverbundenen Flanken stirbt. Die Sonne, die sich durch den rötlichen Fächerschirm der Augenlider offenbart, warme Musik der Welt, von weit her.

»Welche Stunde hat es geschlagen? Drei Uhr?«

Der Glaube ist blind. Darum – und ich sage dir das mit tiefempfundener Scham – werde ich eines Tages etwas schreiben, das etwas taugt, auch wenn mir meine Intelligenz meine Unfähigkeit vorhält. Jeder, der etwas schafft, hört auf sein Inneres und glaubt an Gott. Ansonsten würde er zum Voyeur werden und die anderen auslachen. Leidenschaft bedeutet auch Glaube und Anstrengung. Was mich unüberwindlich von euch trennt, ist euer Glaube daran, daß der Zweck die Mittel heiligt. Ihr kennt keine Scheu, für euch ist nichts schmutzig, schmierig oder schändlich, solange es zu etwas dient.

»Und wenn es der Rettung deiner Seele dient?«

»Das geht gar nicht. Denn die Rettung meiner Seele sind doch die Mittel. Es gibt nämlich keinen anderen Zweck als die Rettung, aber mit diesem Problem beschäftigt ihr euch gar nicht.«

»Unseretwegen nicht, aber für unsere Kinder. Ich weiß nicht, wie weit du dir darüber im klaren bist, wie egoistisch euer Standpunkt ist. Nur um euch zu retten, setzt ihr die Welt aufs Spiel. Ludwig XV. soll ein vorbildlicher Katholik gewesen sein.«

Die Mehrheit derer, die sich Katholiken schimpfen, wollen einzig und allein ihr Leben retten, dieses Leben: Die Religion ist für sie nicht mehr als ein Präservativ, in ähnlicher Manier, wie man damit einer Vaterschaft vorbeugt, ohne auf die Verdammungen der Kirche zu hören. So fühlt man sich ruhiger. Genauso, wie sie im Chor immer denselben Platz einnehmen, rücken sie nicht von ihren Gütern weg. Das gute Leben und ihre Güter, das Leben und das gute Leben sind für sie inzwischen gleichbedeutend, diese Hunde, die den Schwanz einziehen. Sie stinken nach dem, was aus ihnen rauskommt, weil sie ihren Schließmuskel nicht kontrollieren können. Sie wollen nur ihre Landgüter retten, ihre Moneten und, koste es was es wolle, ihre Brut, schmeichelnd und speichelleckend, Hauptsache, alles wird gerettet, außer der Ehre, denn für die kann man sich nicht so viel kaufen. Laßt uns uns erniedrigen bis zum letzten Gefecht. Alles muß gerettet werden, sich selbst zu retten, ist nicht so wichtig. Von der Revolution wollen sie nichts wissen, für nichts in der Welt, weder in dieser noch in jener. Nur nicht verlieren. Wenn sie verlieren, werfen sie alles hin. Kaum haben sie zehn Prozent verloren, verlieren sie sich. Sich verlieren: Damit verscherzt man sich's bei den Frauen! Zur Ewigkeit ist es noch weit.

Lügen! Lügen, nichts als lügen! Etwas anderes können sie nicht, also machen sie nichts anderes. Für sie findet alles seine Lösung in einer Lüge. Schon immer haben sie alle angelogen, sich selbst und die anderen. Und die anderen lügen zurück. Lügen über Lügen. Sie lügen Gott an. Verdorben. Verdorben vor Lügen.

Man kann nicht an Gott glauben, wenn man nicht an ihm gezweifelt hat. Ohne zu verzweifeln. Wer sich der Existenz Gottes vollkommen sicher ist, glaubt nicht an Gott. Was die Menschen über die Dinge denken, ist wichtiger als die Dinge selbst. Oder, wie Fajardo kürzlich gesagt hat:

»Der Mensch, für den Politik ein moralisches Problem ist, ist kein Politiker, sondern Intellektueller. Wenn er an die Moral der Gefühle glaubte, wäre er kein Kommunist.«

Gott sei dank glaube ich nicht, daß die Ideen vom Herzen kommen.

Ihr alle, die ihr nicht an die Intelligibilität glaubt (im Traum wirbelten ihm die Buchstaben durcheinander, und er lächelte), an das Dunkle in unserem Schicksal auf dieser Erde, ihr, die ihr glaubt, nichts zu wissen, ihr tut mir leid, leider. Wie könnt ihr eine genaue Vorstellung von eurem Leben haben, von eurem Daseinszweck, wenn ihr nicht an Gott glaubt. Dieser Irrglaube an die Ehre, an die Mannhaftigkeit, der kein ewiges Fundament hat, wird eines Tages von euch abfallen, wie Schorf, wie Cotena, wie Don Miguel de Unamuno sagen würde. Irgendwann, wenn euch der kleine Finger oder die Ferse wehtun, ihr zweitklassigen Homunculi, ihr Knechte der Biologie, werdet ihr ihm eine Erklärung abringen, indem ihr, euch am Wissen aufgeilend, Atome sortiert.

Wenn ihr nicht an Gott glaubt, erklärt mir bitte, warum es Faschisten gibt: Menschen eines Schlages, einer Schicht, einer Kultur oder Unkultur – aber die einen werden Anarchisten, die anderen sind gleichgültig, man könnte sie Atheisten nennen, andere werden Kommunisten. Erklärt mir das bitte, ohne Gott und ohne freien Willen. Denn sämtliche Wasserstoffatome bleiben Wasserstoffatome, für immer.

Das einzige, was die Tugend vom Laster trennt, ist die Intensität; sie sind das gleiche Gefühl in unterschiedlicher Potenzierung: Sparsamkeit ist eine Tugend, Geiz ein Laster. Die schlimmsten Laster sind die Tugenden; wenn Laster euch zu stark klingt, nennt es Fehler, denn selbst eine Theaterfigur glaubt, das Gute würde ihren Charakter prägen. Der gleiche Fall liegt bei der Eitelkeit und der Bescheidenheit vor. Fast der gleiche zwischen kalt und warm. Hitze fördert schlechte Gefühle und nährt Geschwätzigkeit. Rosario.

Der Heilige Thomas sagt, daß das Verlangen nach dem Guten allein mit seinem Besitz zu stillen sei. Und das nach Schönheit allein dadurch, sie zu sehen oder sie sich vorstellen zu können. Wir kennen das Schöne und schätzen das Gute, sagt der Heilige, woraus folgt, daß die Ästhetik etwas Eindeutiges ist, die Ethik hingegen ein dunkles Streben der Seele. Wir streben nach Perfektion und müssen uns mit der Vorstellung begnügen. Wann werde ich dieses Theaterstück schreiben?

Teresa, in ihrer Zelle
Ich bringe sie um, ich bringe sie alle um. Zerquetschen werde ich sie. Nicht einen werde ich verschonen. Ich bin zu gut gewesen. Mit den Absätzen, zu Brei.

Pilar
Wie hieß er nur, mein Gott? Wie heißt er? Er war Kadett. Dann ist er gefallen. Und Mama trug den Käse auf. Mir tun die Knie weh. Pilarín, Mädchen! Was ist mit dir? Warum schläfst du so unruhig? Bist du krank?

Rosario schläft traumlos.

13. 19. März 1938

»Paulino! Hast du endlich ausgeträumt?« schreit Pilar.

Der Mann läuft herbei.

»Was treibst du denn die ganze Zeit?«

»Nichts.«

»Natürlich, du, wenn es dir nur gutgeht, bist du zufrieden. Die andern können gucken, wo sie bleiben.«

»Was soll ich machen?«

»Hilf mir, ihr Bett beiseite zu schieben. Vorsichtig, keine Zugluft!«

Pilarín ist abgezehrt, hat Ringe um die Augen, atmet keuchend und unter Schmerzen.

»Es geht ihr schlechter«, sagt Paulino. »Ich gehe den Arzt holen.«

»Schlechter?« gibt Pilar zurück. »Du siehst Gespenster.«

»Meinst du?«

Paulino Cuartero ist unentschlossen.

»Wie geht es dir?« fragt er das Mädchen.

»Werden wir weiter bombardiert, Papa?«

»Ich weiß nicht, mein Liebes. Vielleicht.«

»Ich will nicht.«

»Bis hier oben kommen die Bomben nicht. Keine Sorge. Du wirst wieder gesund, und dann fahrt ihr aufs Land.«

»Und du?«

»Ich auch. Komm, schlaf jetzt, schlaf. Ruh dich aus.«

»In die Apotheke«, flüstert Pilar, »können wir erst um zwei, vorher ist das Mittel nicht fertig. Gehst du?«

»Natürlich. Vorher schaue ich im Ministerium vorbei, nachsehen, ob es etwas Neues gibt. Dann muß ich am Nachmittag nicht hin.«

Paulino rief in der *Junta* an, um sich zu erkundigen, ob es etwas Dringendes gebe. Es war noch niemand dort. Der Morgen war wunderschön, und so ging er zu Fuß.

»Wenn sie Lérida überrennen, wer hält sie dann noch auf? Wenn sie das Meer erreichen, wer leistet dann noch Widerstand?«

»Wir. Warum nicht?«

»Zu welchem Zweck? Mit welcher Hoffnung?«

»Bevor man nicht tot ist, weiß man nicht, was das Glück noch für einen bereithält, und wie willst du wissen, was noch alles passieren kann?«

»Mit welcher Moral?«

»Mit der Moral des Unterlegenen. Und die ist stärker als die des Überlegenen.«

»Das ist ja alles gut und schön, aber die Leute werden unaufhaltsam Richtung Grenze strömen.«

»Da merkt man, daß du nie an der Front gewesen bist! Widerstand ist keine Frage der Stellungen, sondern der Einstellung. Wenn wir ihnen wirklich Widerstand leisten wollen, ist Kilometer 60 so gut wie Kilometer 85.«

Rivadavia ist zerknirscht.

»Ich nehme einmal an, du bist keiner von denen, die den Krieg angefangen haben in dem Glauben, wir würden sowieso gewinnen«, sagt Monllor nicht ohne scherzhaften Unterton. »Die Möglichkeit der Niederlage muß man immer mit einberechnen. Aber keine Sorge. Wir werden gewinnen. Das ist nur eine Frage des Widerstandes.«

»Ja, und des Dreizehn-Punkte-Plans.«

»Egal ob dreizehn oder vierzehn.«

»Aber, glaubst du wirklich, daß wir gewinnen können?«

»Jedenfalls leichter, als ›nicht zu verlieren‹, was viele deiner Freunde verfechten, Prieto und Konsorten.«

»Wenn der europäische Krieg bis jetzt nicht ausgebrochen ist ... bricht er nie aus.«

»Sollen wir deshalb aufgeben? Nächstes Jahr um diese Zeit sitzen wir genauso hier wie heute«, sagt Monllor.

»Hoffen wir's. Es heißt, die Bombardements werden im Zweistundenrhythmus weitergehen.«

»Dann bleibt uns ja noch eine halbe Stunde zu leben. Hast du etwas zu essen?«

»Kekse, die mir Bola gestern abend mitgebracht hat.«

»Hoch soll er leben.«

»Die ganze Stadt flieht in die Berge.«

»Das habe ich schon gesehen.«

Barcelona im Bombenhagel. Die Stadt, von allen vier Flanken den italienischen Flugzeuge ausgeliefert, aufgespreizt zwischen den Abhängen des Tibidabo und des Montjuich, flach ausgestreckt Richtung San Andrés. Gesäumt vom verräterischen Meer, über dem man die herannahenden Flugzeuge erst erkennen kann, wenn sie schon über den Köpfen schweben. Einsam ragen die Mauern in den blauen Himmel. Eine einsame Mauer mit Luftfenstern, Balkone ins Nichts; Leere davor und Leere dahinter. Ruiniert von Faschisten. An den Wänden farbige Drucke, Kopien früher Picasso-Gemälde; gestreifter, aufgerauhter Damast in altmodischen Farben, verblichen, vergilbt: Grün, Strohgelb und schmutzige Rosatöne, darauf heller oder dunkler die Umrisse der Möbel. Der Schatten eines Sofas, mit dem speckigen Streifen des Hinterkopfs seines Besitzers an der Wand, das Rechteck eines verschwundenen Kleiderschranks. Was flach ist, hängt noch: Eine Landkarte, eine Fotografie. Inwieweit gleicht ein Haus dem anderen, wenn die Mieten gleich hoch sind? Die gleichen bunten Drucke. Garderobenhaken, Kacheln aus Manises, japanische Ziervorhänge und verknotete Kabelbäume. Soweit von der Wohnung etwas übrig ist, widersteht der Spiegelschrank und selbst der Spiegel, der den Himmel zurückwirft, und in einem Fensterrahmen hängt noch immer ein Käfig. Die Trümmerhaufen sehen einer aus wie der andere. Von den teureren Häuser bleiben mehr ganze Steine und die Keller.

»Was man so hört, schießt die Flak mit Platzpatronen. Weil es keine Munition gibt.«

»Ja, und angeblich haben sie Valencia eingenommen. Latrinenparolen.«

Die Bombardements, ein irrsinniges Spektakel. Menschenleere Straßen, doch sobald eine Granate direkt vor einer Häuserzeile einschlägt, taucht aus allen Kellern, Türen und Fenstern eine taumelnde Menge auf.

»Treffer!«

Dann wechseln alle die Straßenseite und folgen mit den Blicken dem herabfallenden Tod und den Schrapnells in seiner Begleitung.

»Gestern abend war ich in der Liceo-Oper, *Doña Francisquita*, scheibchenweise serviert. Die beste Aufführung bisher. Alles geht vorbei, niemand wird sich daran erinnern, aber dieser Eifer, etwas zu schaffen, wo uns das Wasser bis zum Halse ... Die Lichter gingen aus, man hörte die Bomben, und in dieser Dunkelheit sangen sie weiter, bis die Szene zu Ende war. Mein Gott!«

»Sie führen Gott aber ganz schön oft im Mund, Sie alter Freimaurer.«

»Ach was, anderswo ist es noch schlimmer. Gute Tanzszenen im letzten Akt. Gute Kostüme. Gesang durchschnittlich. Das Theater voll. Ganz unter uns, ich wage es kaum zu sagen, wir sind groß, und heute Mittag ist Probe. Wenn die

Leute im Dunkeln anfangen, die *Hymne von Riego* zu singen oder *Els Segadors*, dann schnürt es mir immer die Kehle zu. Die anderen werden das nie verstehen. Heute habe ich mit einigen unserer feinen Herren von der Falange gesprochen; sie schwören ab, petzen, heulen. Fast ausnahmslos: Und wie haben die sich am Anfang aufgeführt. Sánchez Masas hat einen Brief an Bergamín geschrieben, in dem er schwört, niemals bei der Falange gewesen zu sein.

»Die Vorstellung, *das* könnte uns unters Joch zwingen. Da kommt es mir nicht nur hoch, da muß ich speien.«

»Schon gut. Und was machen wir mit Templado?«

»Was sollen wir machen! Das Verschwinden von Jiménez Frau wird ihm nicht helfen. Jetzt schreit und tobt dieser zersäbelte Laufbursche – wie die den zugerichtet hat –, sein Weib stecke mit der ganzen Brut unter einer Decke ...«

»Paulino* hat mich gestern angesprochen, ob wir ihm nicht einen Paß geben und ihn laufen lassen könnten.«

»Der ist so verrückt, daß der das womöglich gar nicht will. Da sind sie schon.«

Fünf dreimotorige Bomber in U-Formation.

Seit drei Tagen erobern die Bomben die Stadt wie eine Flut. Den Hafen haben sie hinter sich gelassen, nun stürzen sie sich auf das Zentrum. Die Kathedrale ohne Portal; das Palais der Generalitat mit Einschlägen übersäht; das Call, die Puertaferrisa, die Calle del Carmen zersiebt; entlang der Avenida del Paralelo nimmt der Tod Straße um Straße: vom Carrer Nou zur Calle del Hospital, von der Calle del Hospital zur Calle San Pablo, von der Calle San Pablo zur Ronda de San Antonio. Die Zahl der Toten wächst; fünfunddreißig, achtzig, zweihundert.

---

* Paulino Gómez

Die Faschisten nennen das den psychologischen Effekt: Mehr Fäuste denn je recken sich gen Himmel, wer sie jetzt hebt, tut es vor allem als Zeichen der Rache, neuer Haß in alten Schläuchen.

»Das wird niemals vergessen werden.«

»Was bezwecken sie? Was wollen sie?«

Die Menschen fliehen ins Gebirge, wenn sie nicht in den Metroschächten oder Notunterkünften Zuflucht suchen. Viele können sich nicht vorstellen, ohne ihre Siebensachen zu sterben; sie schleppen sie auf dem Rücken mit sich, als ob für das Ableben die eigenen Matratze unverzichtbar wäre, oder der Reisepaß. Decken, Körbe, Koffer, alles wird die Rambla de Cataluña oder den Paseo de Gracia hochgeschleift, als würden sie nicht vor dem Feuer, sondern vor einer Springflut fliehen.

Der blendende Blitz der purpurroten Explosionen. Zuerst fährt es einem durch den ganzen Körper, dann erst bekommt man es mit der Angst zu tun. Die Kinder weinen nicht. Die Hunde verkriechen sich unter Bänken. Jeder mit Handkarren, gemietet. Die Kinder wirken stärker beladen als die Erwachsenen. Die Flak tackert. Aufs Land, unter Pinien schlafen. Einige fahren im Auto weg, auch mancher, der nicht sollte: der ein oder andere Abgeordnete oder Generaldirektor.

»Wohin gehst du?«

»Nach Pins de Vallés.«

Wer glaubt, es spiele keine Rolle, ob es einen hier trifft oder dort, steht am Straßenrand und schaut mitleidig dem Exodus zu. Seit gestern verglüht ein Benzintank am Hang des Montjuich.

»Gehen wir uns den ansehen?«

Die ganze Stadt trägt einen schrecklichen schwarzen Federbusch, eine in den Berg gesteckte Zierfeder. Die verhängnisschwere Wolke reicht viele Kilometer weit. Zinnoberrot und mattschwarz bauchiges Brodeln. Gespeist von Flammen in Rosmarinblütenrot, in karmesin- und glutrot und allen Orangeschattierungen. Plötzlich detoniert eine 155er, ein Blindgänger. Die Mägen federn zurück. Im gleichen Augenblick schlagen die Flammen so hoch wie der graugesprenkelte Qualm. Dann verwandelt sich das Feuer in Rauchwolken, die bauchiger werden, je höher sie steigen und das spiegelglatt schweigende Meer mit einem feinen silbernen, einem reinen quecksilbernen Schimmer überziehen. Die Soldaten, die Hafenpolizisten, die Schaulustigen sehen kommentarlos zu. Raumgreifender Tod.

»Was für ein Elend!«

»Elend oder nicht Elend: Was für eine Zielscheibe! Und erst bei Nacht, wenn wieder der Mond scheint! Der Brand ist übers Meer noch auf hunderte von Kilometern zu sehen!«

Von den Dachgiebeln des Krankenhauses betrachtet Templado die bombardierte Stadt, mit zusammengekniffenen Augen, um besser sehen zu können, um sieben Uhr, um neun, um elf. Er sieht auf seine Uhr, schon eins. Sie sind spät dran. Glauben sie vielleicht, eine Stadt kann sich vor lauter Panik ergeben? So ein Unsinn! Typisch deutsche Unkenntnis der spanischen Seele! Gibt es im Deutschen überhaupt ein Wort für ›über sich selbst hinauswachsen‹? Da kommen sie. Anflug. Diesmal von links. Fünf Junkers. Sie bestreichen die Stadt von Nord nach Süd, und in einer Minute ist sie aufgeschlitzt. Sie glitzern und glänzen in der Sonne. Noch nie waren die Federbüsche der Detonationen so hoch.

»Die sind bei der Calle de Fernando eingeschlagen.«

»Ach was, viel weiter oben. Entlang der Diagonal.«

»Im Paseo de los Cortes oder auf der Plaza Cataluña.«

Wieder so ein monströser Federbusch, schrecklich, noch höher.

»Ich habe gesehen, wie sie hinuntergekommen ist.«

Sechs oder sieben sind es, die aus dem Fenster sehen. Die

Rauchsäulen halten sich. Wie hoch wird die letzte sein? Hundert, zweihundert Meter? Des Todes sichtbarer Umhang.

Sobald der Alarm vorüber ist, ruft Cuartero bei Rosario an.

»Ja, sie ist an der Ecke eingeschlagen. Ich weiß nicht, sie lassen uns nicht raus.«

»Ich hole dich ab.«

Tausende hausen inzwischen in der Metro.

»Wo wohnst du?«

»Ich? In der Diagonal. Unter der Kekswerbung von Artiach. Und du?«

»Wir in der Rocafort. Am Ende, eine gute Ecke, als würde man am Zugfenster sitzen. Noch dazu an einer Haltestelle.«

Die Kinder spielen. Die Frauen nähen, die Alten schlafen.

Der Gestank wetteifert mit der Stickigkeit, aber die Temperaturen sind angenehm, und wie immer ist alles nur eine Frage der Gewohnheit.

»Wie lange lebt ihr schon hier?«

»Zwei Monate.«

Die Strohsäcke sind zusammengeräumt, irgendeine Frau ist immer am Fegen. Gepinkelt wird im Tunnel, man muß nur die Züge abpassen.

»Rafael, Vorsicht.«

Niemand achtet mehr darauf. Die Frauen sitzen in Umhänge gehüllt, die Alten mit Decken über den Schultern, denn die Feuchtigkeit kriecht in die Knochen, trotz der Wärme. Aus dem Inneren der Erde steigt ein schwerer klammer Luftzug empor, und dennoch, um sich zu schützen, kriecht man unter die Erde, in Katakomben, Höhlen, denn derzeit kommen die Bestien aus der Luft, und heute wie gestern und wie schon vor fünfzehntausend Jahren gibt es keinen besseren Schutz als den Bauch von Mutter Erde. Gebäude können einstürzen, in sich zusammenfallen; eine Stadt ist nichts, eine Höhle etwas Anständiges. Die Männer sehen unrasiert aus, die Kinder ungewaschen, die Frauen unfrisiert und als ob sie ihre Tage hätten. Ungeheurer dunkler Tunnel. Die Leute reden wenig. Wie viele hocken dort beieinander, vereint in derselben Furcht, ›nicht vor den Bomben, sondern vor der Stelle, wo sie einschlagen‹, wie Sancho sagt?

»Man hört nichts mehr.«

»Es ist vorbei.«

»Jetzt kommen sie wieder.«

In der Dunkelheit kauern die meisten in den Ecken, die sie für die stabilsten halten.

»Nein, wirklich gefährlich sind die Flaks.«

»Blödsinn.«

Auf dem kieselgrauen Boden der Metrostation fangen sich die spitzen, pfeilförmigen Zungen des Tageslichts, die vom fernen Eingang blaß bis hierher dringen. Aus der dunklen Tiefe des Schlundes ist das auf- und abschwellende Murmeln der vielen Menschen zu hören; die auf ihrem Weg aufgehaltenen verängstigten Flüchtlinge, die Ungerührten. Cuartero preßt sich an die Wand, spürt an seinem Rücken die kühlen Kacheln. Das Rattern der Flak klingt, wie wenn man Papiertüten aufpustet und zwischen den Händen zerplatzen läßt.

Cuartero, die Augen geschlossen, sieht sich wieder als Kind. Neben ihm sagt ein unsichtbarer Compañero zu einem anderen:

»Der Tag des Heiligen Josef! *Quina falla!*«

»Und wo bleiben die Buñuelo-Krapfen?« antwortet ein anderer.

Und ein Dritter:

»Du mich auch!«

Der das sagt, ist Valencianer, und im gleichen Augenblick sieht er die Buñuelos wieder vor sich, rund gewölbt, mit fester Krume, glitzernd vor Öl, das in bräunlichen Schlieren wie Harz über die bauchige Strohpapiertüte rinnt. Während die Buñuelos in einem tiefen schwarzen Kessel goldgelb ausgebacken werden, tänzeln sie auf dem kochenden Fett, umgeben von einer Aureole von Luftblasen; jeder Buñuelo eine Insel mit Riffen rundum und dem Schaum aus Luft und Wasser, der dem Teig entweicht, der sich von der Farbe kandierten Honigs in einen durchscheinenden Goldton verfärbt. Vor dem Kamin, der von der Feuerstelle abgeht, entweicht der Rauch in Höhe der Fenster des Zwischengeschosses, von wo aus er zwischen die Zweige des Baumes sickert, um schließlich über die Regenrinne aus Zink hinweg zu verschwinden, die die engen und niedrigen Häuser der Calle de San Vicente voneinander teilt, benannt nach jenem Heiligen, der für seine Lobreden auf die Buñuelos bekannt ist, als wäre der bittere Geruch verbrannten Öls nicht schon genug Werbung. Die Buchhandlung Botella, ein langer Schlauch, zu der man über zwei Treppenstufen hinabsteigt und in deren Schaufenster eine Weltkarte vergilbt. Das unebene Straßenpflaster. Zwischen den Kopfsteinen ragen einzelne Wacker empor, die Ecken abgewetzt von ungezählten Karren, die nach San Vicente hinausfahren, Richtung Silla, Richtung Ribeira; die Fahrbahn ist so holprig, daß die Karren hin- und herrumpeln; die metallenen Radkränze knallen und wirbeln Staub auf, auf die Gehwege ragen Kohlebecken und die Kaminfächer, die für gute Verbrennung sorgen. Hinter dem riesigen Gerät die Buñuelo-Bäckerin, mit mehr Locken auf dem Kopf als Haaren, mit mehr Haarlack darin als Öl in ihrer Wanne siedet. Das Korsett macht sie zur Statue, sie bewegt die Arme, die Zunge, bewegt ihr von der Hitze gerötetes Lächeln, ihr Dreifachkinn lächelt, ihr dreifaches Ohrgehänge lächelt, ihre Locken lächeln, der Schweiß, der ihr über die mehlbestäubte Stirn rinnt; aber die Hüfte rührt sie nicht, so kräftig sie auch ist. Sie dreht und wendet die Buñuelos, von außen nach innen, von innen nach außen, und wenn sie so weit sind, fischt sie sie mit einem Stäbchen aus dem brodelnden Styx und legt sie zum Abtropfen auf ein Drahtgeflecht, das über dem Rand eines ausladenden Spülsteins liegt. Unterdessen läßt der Buñuelo-Bäcker, ein zum Davonlaufen häßlicher Mann, neue Teigkringel in das knisternde, blubbernde, spritzende, springende Öl fallen, aus dem sie sofort wieder auftauchen und sich mit siedenden Bläschen umgeben.

»He, Roseta! Roseta! *Una lliura*. Eine große Portion. Na Roseta, wie geht's, wie steht's?«

Zu Sankt Joseph ist in Valencia kein Durchkommen. Wonach schmecken Buñuelos?

Jetzt fallen sie. Cuartero hört das nahe Donnern. Plötzlich, ohne zu wissen, wie es dazu gekommen ist, wimmert eine Frau in seinen Armen, eine arme alte Frau, in ein schwarzes Schultertuch geschlungen.

»Keine Angst, das ist am Hafen, keine Angst.«

»Verzeihen Sie, mein Herr, verzeihen Sie.«

Und ihr Schatten verschwindet in der Dunkelheit.

Cuarteros Nebenmann ist weiter in Gedanken bei seiner valencianischen Heimat. Heute, am Tag des heiligen Joseph.

Im hinteren Teil der Buñuelo-Bäckerei sah man eine Reihe rechteckiger Leuchten mit glattem weißem Marmorfuß, die zum niedrigeren Hinterraum gehörten, denn ein Zimmer der darüberliegenden Wohnung im Zwischengeschoß ragte ein Stück weit in das kleine Café. Ein hoher Tresen reichte von rechts bis zu dieser Ausbuchtung. In den Regalen standen Flaschen mit gelbem und rotem Sirup, Zitrone und Himbeere, die Etiketten fleckig. Die Wand war bis in Schulterhöhe weiß gefliest, mit einer Bordüre indigofarbener Zierkacheln, durchbrochen von einigen Kacheln aus Alcora, mit gelben und blauen Blüten. Eine dicke, dumme Frau, eingezwängt in schwarzen Stoff, tausendschön blüht der Herpes ihrer Ausschweifungen, fächelte sich frische Luft in ihr überquellendes Dékolleté und verscheuchte Fliegen.

»Mädchen, *no es pot*, das ist ja unerträglich heiß.«

Und sie lüpfte einige Lagen Röcke und befächerte sich von unten. Weiter hinten standen drei Milchkannen an der Wand; dahinter, in der Dunkelheit, lebte eine Kuh (vorher waren es zwei), tranig und traurig, denn seit sie hierher gebracht worden war, war sie nicht mehr auf die Straße gekommen. Sie war erblindet, und aus ihren ausgezuzelten Eutern ernährte sich die Familie, die sich im Zwischengeschoß zusammendrängte. Die kleinen Tassen heißer Schokolade ...

Der beißende Staub der eingestürzten Häuser quillt in den Metroschacht. Alle haben die Köpfe eingezogen und zwischen die Schultern geduckt. Jener Mann verwechselt den Geruch des Todes mit dem des ranzigen Öls in der Buñuelo-Bäckerei: Beide beißen sich in der Kehle fest, steigen auf und verschleiern, zu salzigem Wasser geworden, die Sicht.

»Die ist in der Calle de Claris runtergekommen.«

»Spanien, verkauft ... für eine Handvoll Peseten.«

Cuartero stürzt auf die Straße. Rosario arbeitete in einer Außenstelle des Ministeriums, die genau dort lag, Calle de Claris Ecke Calle de Caspe. Er läuft ihr in die Arme, sie hat ihn schon ängstlich erwartet.

Über der Stadt liegt Stille, außer fernem Geschützdonner und dem Klingeln der Krankenwagen.

»Los, weg hier.«

Sie kommen zum Paseo de Gracia, als sie das Pfeifen einer Bombe hören. Paulino schreit:

»Deckung!«

Kratertiefes Grab. Cuartero bleibt unversehrt.

Er läuft den Paseo de Gracia hinauf und ist sich sicher, Pilarín tot vorzufinden. Was für eine grauenvolle Rückkehr, sein verzweifelter Unwille, zu gehen. Er will nicht, wollte nicht. Er passiert ein mit Spiegeln eingefaßtes Schaufenster. Sieht sich an und erkennt sich nicht wieder. Der Spiegel ist mit aufgemalten roten Rosen und grünen Blättern gesäumt. Warum gibt es nur ein Wort für seelischen und körperlichen Schmerz? Mir tut nichts weh, und ich vergehe vor Schmerz! Die Seele schmerzt mich! Mich schmerzt die Seele! Ein Wort, ein Wort, das auszudrücken vermag, was ich fühle!

Paulino Cuartero macht sich seinen Versuch, den Schmerz zu umschreiben, zum Vorwurf. Er schämt sich für sich selbst.

»Falsch bist du, falsch, falsch, falsch!« schreit er sich an.

Am meisten schmerzt ihn Pilarín, seine Tochter. Seine Lieblingstochter, die bestimmt gestorben ist. Er nimmt die Strafe an. Weinend läuft er weiter, den Paseo de Gracia hinauf, nach Hause.

Dem Mädchen ging es unverändert. In Todesangst wegen der Bombardements. Als Pilar ihren verstörten Gatten hereinkommen sah, schrie sie ihn an:

»Wo bist du gewesen?«

»Dort unten.«

»Ist dir etwas passiert?«

»Nichts.«

Im Badezimmer wäscht Paulino Cuartero sich die Hände. Rosario, Rose, rot. Blutrot fließt das Wasser aus dem Hahn. Wieder sieht er sie vor sich, weiß, ein reines Bild, durchscheinend, schimmernd im Sonnenlicht und tief innen aus Glas. Jetzt meldete sich die frühe Ahnung wieder, daß ihre Geschichte kein anderes Ende nehmen konnte. Eine düstere Welle von Vorahnungen hatte ihm das eingeflüstert; keine Welle, ein trübes Brackwasser, das er in seinem Herz fühlte. Nie hat er sich Gott näher gefühlt. Angesichts der Offensichtlichkeit seiner Sünde fühlt er sich hundeelend. Was ist das für ein Schmerz? Sie hat bezahlt.

»Rosario, mein Blut.«

Das ferne Klingeln der Krankenwagen.

Das, was da glänzt, dieser rote Klumpen, ihr Blut. ›He, Paulino, Paulino Cuartero! Das ist Rosario.‹

Eisige Kälte steigt in ihm auf.

Aber wenn ich mich nicht retten will, kannst du Herr mich dann retten, obwohl ich mich nicht retten will?

Gott, weise mir den Weg! Ich traue meinem eigenen Denken nicht, aus Angst, daß mich allein meine Unreinheit antreibt. Die einzige Rettung ist die Demut.

Gib mir den Tod, Herr, strafe mich, gibt ihn mir als Zeichen deiner Barmherzigkeit, nicht deiner Grausamkeit. Gib ihn mir als Zeichen deiner Liebe.

Und trotzdem, Vater unser, kann ich nicht glauben, daß Rosario ein Sendbote des Bösen gewesen sein soll. Denn du bist stärker als er.

Wieder sieht Paulino Rosario vor sich, wie sie am Straßenrand verblutet, wieder kommt der bittere Geschmack des Staubes, das Gefühl von Leere, einer aus dem Lot geratenen Welt. Und ihr Schreien. Danach muß sie ohnmächtig geworden sein. Wer hat ihn zu der Bank geführt, auf der er sich alleine sitzend wiederfand? Die rennenden Leute. Der Staub der Zerstörungen noch immer in der Luft. Er ist gerannt und hat gerade noch sehen können, wie Rosario in einen verrotteten Krankenwagen geladen wurde, in dem sich Leichen stapelten. Einer ihrer Arme baumelte herab, kaum gehalten vom Stoff der Bluse. Sie schien keinen Kopf zu haben. Dann dieses formlose Etwas, das wirklich keinen Kopf mehr hatte und das zwei Männer hinter sich herschleifen wie einen Sack, rumpfaufwärts nur noch blutige Masse. Vor seinen Augen schichtet ein Sanitäter mit einem Stock menschliche Körperteile in eine Kiepe, die schwarzbraun war vom geronnenen Blut. In einem Baum Brocken, aus denen Blut tropft. Jaulen der Sirenen. Rauch der Brände. Klingeln der Feuerwehr. Und die ersten Brigaden, die den Schutt wegräumen …

Herr! Ich trete vor dich, die Hände blutbefleckt. Herr, du hast mich gegeißelt mit Blut. Nicht mit meinem, das wäre zu wenig gewesen. Herr, ich nehme deine Strafe an. Ich habe gesündigt und trete vor dich, um zu bereuen. Ich nehme alle Verletzungen und alle Schmerzen an, mit denen du mich geißelst, denn das ist die Buße und der Preis meiner Schuld. Ich bin sündig. Ja: Ich klage mich an und ich bereue. Rette meine Tochter, rette sie. Es heißt, es sei nicht schlimm, aber ihre Verletzung ist die meine, rette sie. Strafe sie nicht an meiner statt, auch wenn so meine Strafe noch größer würde. Strafe mich, nur mich. Herr, vergib mir, daß ich mich von der Wollust habe leiten lassen, und rette sie, Herr, in deiner unendlichen Güte. Der einzig Schuldige bin ich. Herr, du, der du mich kennst, vergib mir meine Verfehlungen. Ich füge mich in den Schmerz, den du mir schickst als Strafe für meine Schuld. Erbarmen für sie, die sich ohne Arg leiten ließ von ihren Gefühlen. Zeige dich in mir. Schlage mich, aber entreiße mir nicht meine Tochter. Dein Wille geschehe, bestrafe meinen Stolz, bestrafe meine Wollust, bestrafe meine Freizügigkeit. Dieses Blut, das an meinen Hände gerinnt, ist ihr Blut. Herr, warum hast du sie erwählt? Vergib mir meine Zweifel. Ich habe immer mit dir gelebt. Ich füge mich in den Schmerz, ich füge mich in den Tod, aber warum müssen die anderen sterben, wenn doch ich der Sünder bin? Nein, ich frage nicht weiter. Ich bitte dich, ich flehe dich an: Herr, nimm meine Tochter nicht mit dir! Wenn dir mein Blut zuwenig ist, zerschmettere mich wegen meiner Schuld. In Demut erkenne ich deine Gerechtigkeit an und speie vor mir selbst aus. Und bitte dich um Vergebung mit all meinen Sinnen, mit meiner ganzen Seele. Ich selbst werde mich strafen, indem ich auf den rechten Weg zurückkehre. Herr, es ist doch nicht feige, so schnell Reue zu zeigen, um die Wärme deiner Vergebung zu spüren? Geborgenheit in deinem Schoß zu suchen. Wünschst du das so, oder ist das nur zu meinem

Wohl? Erleuchte mich, Herr, erleuchte mich, schlage mich! Zu wissen, daß der Schmerz von dir kommt, macht ihn leichter. Ist das dein Wille? Alles Böse ist gut, und alles Gute böse. Bedränge mich, Herr, und wenn dieser schreckliche Fingerzeig bewirken soll, daß ich deine Allmacht nicht vergesse, so danke ich dir für die Wunden, die du mir zufügst, und dafür, daß du der Quelle meiner Begierde so gnadenlos den Garaus gemacht hast. Ich habe dich beleidigt, und du hast mich verteidigt gegen mich selbst. Möge alles Übel über mich kommen, daß zu meiner Rettung nötig ist. Heb dir die Wunder auf für die Feiglinge und für die Armen im Geiste. Es gibt kein größeres Wunder als die Leiden, die du sendest. Herr, ich erkenne dich in den Schmerzen, die du mir sendest, und mit denen du mich eins ums andere Mal prüfst. Ich wage nicht zu bekennen, daß ich ein Nichtsnutz bin und ein Elender, aus Angst, selbst nicht genug an meine Niedrigkeit zu glauben. Die unabänderlichen Übel sind die reichsten Quellen, die du uns gibst. Je mehr Schmerzen wir kennenlernen, desto besser lernen wir sie zu ertragen. Noch einmal sage ich, daß die Auflehnung eine leichtere Last ist, und darum gehe ich weiter auf dem Weg, den du mir gewiesen hast. Vergib mir, Herr; rette sie. Die Erinnerung an Rosario wird mich verbrennen, solange ich lebe, als ewiges Beispiel deiner Macht und meines Elends.

Paulino kommen einige Verse von Don Miguel de Unamuno über die Lippen:

> Bis du mich besiegtest, galt mein Kampf
> der Suche nach der Wahrheit,
> du bist der einzig unfehlbare Beweis
> meiner Unsterblichkeit.

Ich habe dich geliebt, Rosario. Und jetzt haben sie dich einfach fortgerissen. Ich muß begreifen, daß du nicht mehr bist.

Daß ich alleine bin. Allein. Ich schreie, doch wer antwortet mir? Ich bin allein, Rosario, allein. Alle meine Glieder sind schwer, und so weit meine Augen reichen, erkenne ich doch kaum den Horizont. Rosario, mein Leben! Ich bin allein, begreifst du? Allein! Mit Gott, der auf mich herabsieht und mich zermalmt.

Jetzt beginnt mein Ehebruch erst wirklich ...

»Es heißt, die Regierung will Verhandlungen aufnehmen.«

»Es heißt, Prieto will kapitulieren.«

»Es heißt, er hat keine andere Wahl.«

»Es heißt, daß demnächst ein Friedensvertrag unterschrieben wird.«

»Es heißt, alles ist verloren.«

»Es heißt, Negrín ist geflohen.«

»Es heißt, sie stehen in Vinaroz.«

Sancho stapft durch drei Finger hohen Staub und Glasscherben. Das Steingrau der Häuserblöcke rundum an der Plaza de Cataluña. Es riecht nach altem Gemäuer, nach ärmlichen Wohnungen. Die Feuerwehrmänner, die Krankenwagen. Die Polizisten halten alle an, die noch unverletzt sind:

»Los, Schutt wegräumen.«

Die gesamte Häuserzeile zwischen Calle de Balmes und Cortes ist in sich zusammengefallen. Das schwarze Gerippe einer Straßenbahn. Vereinzelt wagen sich Leute auf die stillen Gehwege. Die Zerstörung übersteigt alle Vorstellung. Es werden Gruppen organisiert. Zwei Lastwagen mit Hacken und Schaufeln fahren heran.

»Es heißt, hier drunter sind mehr als hundert.«

Die Leute bilden Ketten und balancieren über zertrümmerte Steine und Ziegel. Schaulustige drängen sich in Halbkreisen an den Gebäuderesten. Ein Kellner läuft vorbei, das Tablett hoch über dem Kopf, ein Blumenhändler mit einem

Strauß: Man hält einen Augenblick inne und macht weiter. Das gleiche Spektakel wie immer: Die Gebäude stellen ihr Innenleben zur Schau.

Eine Menschentraube setzt sich in Bewegung, zu den Ministerien. Sancho folgt ihnen. Niemals aufgeben. Was geht vor an der Front? Wie kann es sein, daß sie vorstoßen ans Meer? Wie ist es möglich, daß man sie nicht angehalten hat? Sancho weiß vom Materialmangel; daß die Einheiten nach der Kraftprobe von Teruel abgezogen und in die Extremadura verlegt worden sind, um den Vorstoß zur portugiesischen Grenze zu versuchen. Immer das gleiche: Zu wenige Eliteeinheiten, auf die die Republik zählen kann. Immer das gleiche. Jetzt hat man sie hergeholt, um den Vormarsch der Italiener über das Maestrazgo-Gebirge aufzuhalten; es heißt, sie kämen zu spät.

»Wir wollen keinen Frieden! Tod den Feiglingen!«

Von wo ist diese Losung aufgetaucht? Keine Ahnung. Wenn man ihn fragt, ist das ohne Bedeutung.

Eine Alte, die neben ihm geht, zeigt auf die Ruinen und sagt:

»In der Oberstadt schaffen sie den Durchbruch, aber unten nicht.«

Die Alte sagt die Wahrheit, selbst wenn Franco morgen in Barcelona wäre, selbst wenn er morgen den Krieg gewinnen sollte.

»No pasarán! In der Oberstadt vielleicht, aber unten nicht!«

Die Demonstration ist jetzt riesig, als ob das vergossene Blut neue Lebenskraft geweckt hätte.

»Wir wollen keine faulen Kompromisse!«

Sie ziehen zum Amtsitz des Ministerpräsidenten.

»Wir wollen keine Kapitulation!«

»Wir wollen keine Feiglinge!«

»Wir wollen keine Verräter!«

Sancho verliert das Gefühl dafür, wer er ist. Plötzlich hat er hundert Arme, tausend Münder, zehntausend Stimmen. Er geht in der Menge auf. Man muß kämpfen.

Nachts auf der Plaza de Cataluña bescheint der Mond den riesigen Federbusch, der sich vom Montjuich aus, wo der Benzintank verglüht, über die halbe Stadt erstreckt. Die andere Hälfte des Himmel ist rein und klar, hier leuchten die Explosionen der Granaten, die die feindlichen Bomber verfolgen, unter dem ewigen Auge der Nacht. Die Häuser, vom Mond gekalkt, nehmen die fahle Farbe von Skeletten an; die Häuserlücken tiefschwarz.

In einer Ecke des Platzes an die Wand gelehnt, schaut Templado hinauf zu dem atemberaubenden, tragischen Spektakel und sagt zu Cuartero, mit dem Kopf zum Himmel deutend, von dem hinab der Tod kommt:

»Poesie.«

Eine unvermittelte Stille unterstreicht die Behauptung. Cuartero erschauert.

Paris/Marseille, 1940–1942

Anhang

Anmerkungen

von Mercedes Figueras

Seite 7

Blutacker – Span.: *Campo de sangre.* Titel des Romans im spanischen Original.

Seite 9

Festung Montjuich – Die 1694 auf dem Hügel Montjuich, direkt über dem Hafen von Barcelona errichtete Festung diente seit dem frühen 18. Jahrhundert als Gefängnis und war als Ort der Folter und der Vollstreckung von Todesstrafen bekannt.

Seite 10

der Heilige Vicente Ferrer – (Valencia 1350–Vannes 1419), spanischer Theologe, Mitglied des Dominikaner-Ordens. Er gilt als einer der bedeutendsten Bußprediger des Mittelalters in Spanien.

Seite 16

SIM – *Servicio de Inteligencia Militar,* Militärischer Informationsdienst bzw. Geheimpolizei. Der SIM stand zunächst unter Kontrolle der spanischen sozialistischen Partei (PSOE); ab 1937 dann unter Kontrolle der kommunistischen Partei. Der SIM war für seine rücksichtslosen Methoden bekannt.

Seite 19

Mai-Unruhen – In der ersten Mai-Woche 1937 kam es in der republikanischen Zone zu einer schwerwiegenden politischen Krise: Straßenkämpfe zwischen Anarchisten und POUM (*Partido*

Obrero de Unificación Marxista, eine Partei, die mit den Trotzkisten sympathisierte) einerseits und den Kommunisten andererseits legten während dieser Zeit nicht nur in Barcelona den Kampf gegen die nationalistische Front lahm. Die Krise brachte das Ende der Regierung Largo Caballeros (siehe Anm. zu Seite 118) und den Anfang der Regierung Negríns (siehe Anm. zu Seite 161).

García Oliver – Juan García Oliver (Reus 1901 – Jalisco, Mexiko 1980) war einer der wichtigsten Anarchistenführer sowie Präsident des Zentralkomitees der antifaschistischen Milizen. Im November 1936 wurde er Justizminister.

Seite 20

Die Umarmung von Vergara – Anspielung auf den Friedensvertrag, mit dem im August 1839 in der baskischen Stadt Vergara (bzw. Bergara, Provinz Guipúzcoa) der 1. Karlistenkrieg (1830–1839) beendet wurde. Der zwischen den katholisch-konservativen Karlisten (Anhänger Karls von Habsburg) und den Liberalen (Anhänger der Bourbonen) ausgehandelte Vertrag wurde mit der Umarmung der zwei unterzeichnenden Generäle (dem Karlisten Maroto und dem Liberalen Espartero) symbolisch bekräftigt. Der Vertrag stellte einen Sieg der Liberalen dar; die politische Ordnung Spaniens blieb jedoch weiterhin von tiefgreifenden dynastischen, regionalistischen, verfassungs- und kirchenpolitischen Gegensätzen bedroht.

Seite 24

aus dem Kuba-Krieg – Gemeint ist der sog. Unabhängigkeitskrieg (1895–1898). Das Eingreifen der USA (1898) besiegelte die Niederlage Spaniens und den endgültigen Verlust der Kolonie Kuba.

Pérez Escrich – Pérez Escrich (Enrique), (Valencia 1829 – Madrid 1897), erfolgreicher spanischer Dramatiker und Romanautor. Am Ende seines Schaffens widmete er sich hauptsächlich dem populären Fortsetzungsroman.

Luis de Val – (Valencia 1867–1930), beliebter spanischer Romancier, Verfasser von mehr als 200 Fortsetzungsromanen. Einige dieser Romane erreichten bis zu 22 Auflagen.

Seite 25

den Königsmarsch oder die Hymne von Riego – Der *Königsmarsch* ist ein Militärmarsch, den der Bourbonenkönig Karl III. 1710 zum Ehrenmarsch der Spanier proklamierte; später wurde er die spanische Nationalhymne. Die *Hymne von Riego,* ebenfalls ein Militärmarsch. Von Rafael Riego (span. Militär und glühender Verfechter des Konstitutionalismus) um 1820 in Auftrag gegeben. Nach der Niederlage des Konstitutionalismus und Riegos Hinrichtung (1823) wurde der Marsch verboten. Die *Hymne von Riego* wurde zur Hymne der spanischen Revolution; während der 2. Spanischen Republik war sie die Nationalhymne.

Seite 26

die Spanische Geschichte von Mariana – Juan de Mariana (Talavera de la Reina 1536 – Toledo 1624), spanischer Historiker und Theologe. Als sein wichtigstes Werk gilt die *Historia general de España* (Allgemeine Geschichte Spaniens, 1592 auf Latein; 1601 in hervorragender spanischer Prosa erschienen).

Jacinto Octavio Picón ... Felipe Trigo –

Jacinto Octavio Picón (Madrid 1842 – 1923), Schriftsteller, Anhänger republikanischer und antiklerikaler Ideen. Literarisch stand er dem französischen Naturalismus nahe.

Felipe Trigo (Villanueva de la Serena 1865 – Madrid 1916), Schriftsteller, der seine Erfahrungen als Militärarzt im Philippinenkrieg (1898) in dem Roman *Cuatro Generales* (Vier Generäle) schilderte. Naturalist, Vertreter eines leidenschaftlichen Pansexualismus sowie eines eigenwilligen Sozialismus. Seine Popularität verdankte er seinen erotischen Romanen.

Seite 28

Almudena – Ehemalige maurische Zitadelle, die im zeitgenössischen Madrid zur Altstadt gehört.

Seite 31

Café *El Henar* ... Valle-Inclán –

El Henar, ein Café im Zentrum von Madrid, das durch die regelmäßigen Diskussionsrunden (sog. Tertulias) von Literaten und Intellektuellen um Ramón del Valle-Inclán berühmt wurde.

Ramón del Valle-Inclán (Villanueva de Arosa, Pontevedra 1866–Santiago de Compostela 1936), einer der wichtigsten Schriftsteller der spanischen Moderne und berühmter Bohémien Madrids. Bekannt sind vor allem seine grotesken Theaterstücke.

Regierung Lerroux-Gil Robles –

Alejandro Lerroux García (La Rambla, Córdoba 1864–Madrid 1949), Begründer der *Partido Republicano Radical* (Radikale Republikanische Partei) im Jahr 1908. Lerroux' orientierte sich politisch zunehmend nach Rechts. 1931 wurde er Mitglied der republikanischen Übergangsregierung; 1933 bis 1935 war er Regierungspräsident.

José María Gil Robles (Salamanca 1898–Madrid 1980), Mitbegründer und Führer des katholisch-konservativen, deutlich rechtsgerichteten Parteienbündnisses CEDA *(Confederación Española de Derechas Autónomas)*. Die CEDA wurde bei den Novemberwahlen 1933 stärkste Partei; Gil Robles war seit 1935 als Kriegsminister tätig. Das Regierungsbündnis der rechtsgerichteten Parteien wurde bei den Februarwahlen 1936 von einer Volksfrontregierung abgelöst.

Seite 33

Giral – José Giral (Kuba 1879–Mexiko 1962), spanischer Politiker. Die am 19. Juli 1936 unter der Präsidentschaft Girals gebildete Regierung organisierte die Mobilisierung der Zivilbevölkerung zum Widerstand gegen die Aufständischen. 1937 bis 1938 war er Staatsminister. 1939 ging er ins mexikanische Exil.

Vallcarca-Krankenhaus – Vallcarca ist ein Stadtteil im Nordwesten von Barcelona.

Seite 36

Willy Hope – Der Journalist Willy Hope ist eine zentrale Figur in Max Aubs Theaterstück *El rapto de Europa o Siempre se puede hacer algo* (Der Raub Europas oder Man kann immer etwas tun), das von der Situation der Exilanten in Marseille Anfang der vierziger Jahre handelt. Er tritt ebenfalls im 2. Band des Magischen Labyrinths *Theater der Hoffnung* auf.

Rheingold – (El Oro del Rhin). Großes, sehr beliebtes Café in der Gran Vía, unweit vom Zentrum Barcelonas, das ähnlich dem

El Henar (siehe Anm. zu Seite 31) durch die dort stattfindenden Tertulias bekannt war.

und anderen Halifaxe – Edward Fredrick Lindley Wood, Earl of Halifax (Devonshire 1881 – Garrowby Hall, bei Yorkshire, 1959). Vizekönig von Indien (1926–1931), engl. Kriegsminister (1935) sowie Außenminister (1938–1940). In dieser Funktion mitverantwortlich für die Nichteinmischungspolitik der westlichen Demokratien im Spanischen Bürgerkrieg. Halifax stand der Republik äußerst kritisch gegenüber.

Seite 38

zum Spaziergang abgeholt – Span. *dar el paseo*, wörtl. *einen Spaziergang machen*. Während des Bürgerkrieges Euphemismus für ›jemanden zum Exekutionsort bringen‹. Dieser Ort lag in der Regel außerhalb der Stadt bzw. des Dorfes.

Seite 40

Falange – Eine rechtsgerichtete Gruppe von zunächst untergeordneter Bedeutung, die sich stark radikalisierte. Sie wurde 1933 von dem Anwalt José Antonio Primo de Rivera gegründet und schloß sich 1934 mit den JONS *(Juntas de Ofensiva Nacional Sindicalistas)* zusammen. Die neue Partei hieß *Falange Española Tradicionalista (FET) y de las JONS* und bezeichnete sich explizit als nationalistisch, zentralistisch, antimarxistisch, imperialistisch, korporativ, antiliberal und wirtschaftsreformerisch. 1936 unterstützte sie den Militäraufstand, der zum Bürgerkrieg führte.

Seite 46

die Saison an Magdalena ... Pilar in Zaragoza – Den Tag der Heiligen Magdalena, der Schutzheiligen von Castellón, feiert man am 22. Juli; den Tag der Jungfrau des Pilar (Jungfrau auf der Säule), der Schutzheiligen von Zaragoza, am 12. Oktober.

Seite 47

***Turrón* aus Jijona** – Turrón, eine Süßigkeit aus Mandeln, Pinienkernen, Haselnüssen oder Walnüssen, meistens mit Honig gemischt. Jijona, eine kleine Stadt in der Provinz Alicante, ist für die Produktion jeglicher Sorte von Turrón berühmt. Die Sorte *Jijona* besteht aus einer weichen Masse; die Sorte *Alicante* dagegen ist recht hart.

***Turrón* ... Alicante** – Siehe Anm. oben.

Seite 49

Graneros Tod – Manuel Granero y Valls (Valencia 1902 – Madrid 1922), einer der größten Idole des spanischen Stierkampfes. Sein früher Tod in der Arena von Madrid, herbeigeführt durch einen Stier namens *Pocapena* (wörtl.: jemand, der wenig Mitleid fühlt), machte ihn zu einem Mythos.

Seite 60

Cante Jondo – Wörtl.: tiefer Gesang; eine Art des Flamencogesangs, die sich durch monotonen Rythmus und melancholisch-klagenden Ton auszeichnet. Dieser traditionelle andalusische Gesang wurde vor allem durch Federico Garcìa Lorcas Gedichtsammlung *Poema del Cante Jondo* (1931) bekannt (siehe Anm. zu Seite 182).

Seite 64

Flandern ... Oran ... Sagunt ... Numancia ... Zaragoza –

Flandern gehörte seit der Regierung Karls V. bis zu den Friedensverträgen von Utrecht (1713) und Rastatt (1714) zum Gebiet der spanischen Krone.

Oran (Wahran), Hafenstadt an der algerischen Küste, war von 1509 bis 1708 in spanischen Händen und dann wieder von 1732 bis 1792. Flandern wie Oran sind in der spanischen Geschichte Chiffren für langanhaltende kriegerische Konflikte.

Sagunt, Stadt in der Provinz Castellón, unweit der Küste, seit der Antike eine wichtige Handelsstadt. Vom 2. punischen Krieg (219 v. Chr.) bis zur bourbonischen Restauration (1875) spielte Sagunt eine zentrale Rolle im politischen Geschehen Spaniens. 1868 fand in Sagunt der Militäraufstand statt, mit dem die liberale ›Revolution‹ endete und die Restauration der bourbonischen Monarchie ihren Anfang nahm.

Numancia, iberische Stadt in der Prov. Soria. Die Stadt wurde 134 v. Chr. monatelang von den Römern belagert, bis sie sich schließlich ergab. Die meisten Einwohner entzogen sich der Gefangennahme, indem sie sich das Leben nahmen und die Stadt in Brand steckten. Miguel de Cervantes nutzte den Stoff für seine Tragödie *Die Belagerung von Numancia*, die von Rafael Alberti zu Ehren des republikanischen Widerstands in Madrid neu bearbeitet wurde.

Zaragoza wurde während des Unabhängigkeitskrieges gegen Napoleon bzw. nach den Belagerungen von 1808 und 1809 zum Symbol des Widerstands gegen die französischen Truppen.

Seite 65

zwischen Burgos und hier ... Italiener – Burgos war die Hauptstadt der nationalen Zone Francos; Barcelona lag in der republikanischen Zone. Italien unterstützte Franco mit großen Truppenkontingenten und anderen militärischen Hilfsmaßnahmen.

La Vanguardia – 1881 gegründet, die älteste Zeitung Barcelonas sowie eine der ältesten Tageszeitungen Spaniens. In seinen Anfängen war das Blatt deutlich liberal. Während der Republik inoffizielles Organ der Partei *Esquerra Republicana* (Republikanische Linke), deren Vorsitzender, Luis Companys, Präsident der katalanischen Regierung war. *La Vanguardia* unterstützte die Politik Negríns ab Mai 1937.

CNT – *Confederación Nacional del Trabajo*, eine anarchistische Gewerkschaft, die 1911 gegründet wurde. Seit 1931 stärkste Gewerkschaft Spaniens mit dem Ziel der Verwirklichung eines freiheitlichen Kommunismus. 1936 war die CNT stärkste politische Kraft in Katalonien.

Seite 66

Unamuno – Miguel de Unamuno (Bilbao 1846 – Salamanca 1936), Essayist, Romancier, Lyriker, Dramatiker und Philosoph. Er war Professor für Griechisch und Rektor der Universität Salamanca. Unamuno zeigte zunächst Sympathien für die Aufständischen. Aber im November 1936, einen Monat vor seinem Tod, wurde er seines Amtes enthoben (er war damals Honorarrektor), da er sich in einer denkwürdigen Rede in der Universität öffentlich und in Anwesenheit ranghoher Militärs für die Republik ausgesprochen hatte.

Seite 74

Joinville – Joinville-le Point (Val du Marne), ein Vorort östlich von Paris. Zentrum der Foto- und Filmindustrie.

Seite 75

SIM – Siehe Anm. zu Seite 16.

Seite 78

CNT – Siehe Anm. zu Seite 65.

Muñoz Seca – Pedro Muñoz Seca (Puerto de Santa María 1881 – Paracuellos del Jarama 1936), Schriftsteller, der sich fast ausschließlich dem Theater widmete, und zwar einer Komödiengattung mit der Bezeichnung *Astracanada:* Parodie und humorvoller Unsinn. Er wurde am Anfang des Krieges von Republikanern erschossen.

Seite 84

Buen Humor – Eine der humoristischen Zeitschriften aus den dreißiger Jahren, die zum Teil erst nach dem Krieg erfolgreich wurden.

Neville – Edgar Neville (Madrid 1899 – 1967), Schriftsteller, Dramatiker und Autor von Erzählungen. Er war Mitarbeiter verschiedener humoristischer Zeitschriften und arbeitete darüber hinaus als Drehbuchautor und Filmregisseur.

Seite 85

Juventudes Unificadas – (Vereinigte Jugend). Die sozialistische und die kommunistische Jugendorganisation wurden 1936 vereinigt. In der letzten Kriegsphase übernahmen viele ihrer Mitglieder das Kommando von Truppen, ohne militärische Erfahrung zu besitzen.

Seite 86

Prieto – Indalecio Prieto (Oviedo 1883 – Paris 1950) war Journalist und einer der wichtigsten Führer der UGT (*Unión General de Trabajadores*, die sozialistische Gewerkschaft), sowie der sozialistischen Partei (PSOE). Als Verteidigungsminister der Regierung Negrín spielte er bis 1938 in der Kriegsführung während des Bürgerkrieges eine wesentliche Rolle. Negrín übernahm die Regierung am 17. Mai 1937 (siehe Anm. zu Seite 161).

Seite 87

Diese Ähnlichkeit – Im September 1936 durchbrach der aufständische General José Enrique Varela die zweimonatige Belagerung der Festung von Toledo *(el Alcázar)* durch Regierungstruppen. Das nationale Heer nahm Toledo ein. Die Festung, traditioneller Sitz der Infanterie-Akademie, erlangte einen herausragenden symbolischen Wert. Franco selbst erschien in Toledo und wurde dort zum Generalissimus und zum Regierungschef des spanischen Staates ernannt. Die Repressionsmaßnahmen der Franquisten gegen die Verlierer von Toledo waren von unbeschreiblicher Brutalität.

Seite 90

Churriguera – José Benito Churriguera (Madrid 1665–1725) herausragendes Mitglied einer Familie spanischer Architekten und Bildhauer. Nach ihm wird eine bestimmte sehr verzierungsreiche Form des spanischen Barock genannt, der *Churriguerismo*, der vor allem in Lateinamerika breiten Anklang fand.

Seite 91

Chamartín – Stadtteil im Norden von Madrid.

Seite 92

Calle de Alcála – Belebte Geschäftsstraße in Madrid; sie führt vom Zentrum *(Puerta del Sol)* in Richtung Nordosten.

Seite 95

Ausgabe von *Esquella* ... Real gekostet –

Esquella, *L' Esquella de la Torratxa* war eine republikanische Wochenzeitschrift, die von 1879 bis 1939 in Barcelona herausgegeben wurde. Die satirische Zeitung erschien in katalanischer Sprache. Sie war äußerst populär und einflußreich.

Real, die in Spanien heute noch volkstümliche Bezeichnung für 25 céntimos; als Münze nicht mehr im Umlauf.

Mit der Ankunft der Regierung – Am 31. Oktober 1937 verlegte die republikanische Regierung ihren Sitz von Madrid nach Barcelona.

Seite 95/96

Sabadell ... Vallvidrera –

Sabadell, seit Mitte des 19. Jahrhunderts eine wichtige Industriestadt; westlich von Barcelona.

Vallvidrera, in der Nähe von Barcelona und Sabadell gelegen, entwickelte sich dieser Ort zum Ausflugsziel und zweiten Wohnsitz des städtischen Bürgertums.

Seite 97

Queipo – Gonzalo Queipo de Llano y Serra war neben Mola und Franco einer der für den Putsch verantwortlichen Generäle. Queipo hatte sich von einem begeisterten Republikaner zu einem entschiedenen Faschisten entwickelt. Er war als äußerst verschlagen und aggressiv bekannt: Unter schwierigen Bedingungen konnte er im Juli 1936 Sevilla erobern und dort die Macht der Aufständischen befestigen; bereits Ende Juli standen weitere Hauptstädte Andalusiens (Cádiz, Córdoba, Granada) unter aufständischer Kontrolle. Auf den Befehl Queipos geht die Ermordung des Dichters Federico García Lorca im August 1936 zurück. Queipo hatte im Laufe der Krieges auch in Teruel und an anderen Fronten Führungspositionen inne.

La Muela – La Muela de Teruel, ein knapp über tausend Meter hoher Berg westlich von Teruel, wurde am 17. Dezember 1937 nach hartem Kampf von den republikanischen Truppen eingenommen. Am 30. Dezember wurde La Muela wieder von den Aufständischen besetzt.

Sarabia – Juan Hernández Sarabia (oder Saravia), republikanischer General.

Seite 99

Perelada – Sekt aus Ampurdán; die Gegend an den Ausläufern der katalanischen Pyrenäen ist bekannt für ihre Sektkellereien.

Seite 105

PSUC – *(Partit Socialista Unificat de Catalunya)* entstand im Juli 1936 aus der Verschmelzung mehrerer Parteien: der katalanischen kommunistischen Partei (abhängig von der spanischen kommunistischen Partei PCE), des katalanischen Bunds der PSOE, u.a. Sie gehörte der kommunistischen Internationalen an und besaß ein eigenes Presseorgan, *El Treball* (Die Arbeit). Während des Krieges entwickelte sich die PSUC vor allem innerhalb der Armee zu einer bedeutenden Macht. Nach den Straßenkämpfen zwischen Anarchisten und Kommunisten in Barcelona (Mai 1937) ging die PSUC gestärkt aus dem Konflikt hervor.

Seite 110

Lope – Lope Félix de Vega y Carpio (Madrid 1562–1632), einer der großen Autoren des spanischen Barock, ist vor allem als Dramatiker bekannt.

Seite 112

Martí ... Cecilia Böhl de Faber –

José Martí (La Habana 1853–Dos Ríos 1895), der berühmte kubanische Schriftsteller und Politiker, war Sohn spanischer Eltern. Im Unabhängigkeitskrieg gegen Spanien spielte er eine zentrale Rolle; er fiel im Krieg.

Cecilia Böhl de Faber (Morges, Schweiz, 1796–Sevilla 1877) ist unter dem Namen Fernán Caballero in die Literaturgeschichte Spaniens eingegangen. Ihr Vater war der deutsche Hispanist Nikolaus J. Böhl von Faber.

Seite 113

El Greco, Pater Nürnberg oder Bischof Gelmírez –

Domenikos Theotokopoulos, genannt El Greco (Candia, Kreta 1541–Toledo 1614), seit 1577 in Toledo. Trotz anfänglicher Schwierigkeiten mit Philipp II., der den manieristischen Stil des Malers nicht billigte, wurde er zu einem der anerkanntesten Künstler der spanischen Renaissance.

Juan Eusebio Nieremberg (Madrid 1595–1658), Sohn deutscher Eltern, trat 1606 in den Jesuitenorden ein. Humanist und

Theologe, Verfasser von politischen und philosophisch-moralischen Schriften.

Diego Gelmírez (ca. 1065–1140), gallizischer Geistlicher. Er war der erste Erzbischof von Santiago de Compostela und wurde zum Tutor des künftigen Alfons VII., König von Galicien, ernannt.

Seite 116

emmerdeuses – Im Original auf Französisch; deutsch: Nervensäge, Ekel.

Seite 118

Pemán – José María Pemán (Cádiz 1898–1981), Schriftsteller. Er hinterließ Theaterstücke, Romane, Lyrik, Chroniken und vor allem Zeitungsartikel. Ideologisch stand er der katholischen Rechten nahe.

Largo ... Prieto ... Azaña ... Nicolau –

Francisco Largo Caballero (Madrid 1869–Paris 1946), Politiker und Gewerkschafter. Er trat 1890 in die UGT ein, 1894 in die PSOE. 1917 wurde er Generalsekretär der UGT, 1918 Abgeordneter. Während der 2. Republik war er Arbeitsminister (1931–1933). Seine Auffassungen wurden zunehmend radikaler, weshalb man ihn den spanischen Lenin nannte. Generalsekretär der PSOE (1932–1935). Während des Krieges (Sept. 1936 bis Mai 1937) war er Regierungschef, mußte dann aber zurücktreten. Als er 1939 die Grenze nach Frankreich überquerte, wurde er von der französischen Regierung festgenommen und 1943 ins KZ Sachsenhausen deportiert. Er starb 1946 in Paris.

Prieto, siehe Anm. zu Seite 86.

Manuel Azaña y Díaz (Alcalá de Henares 1880–Montauban 1940), ein linksliberaler Intellektueller mit republikanisch-demokratischer Gesinnung. Azaña gründete 1930 die Partei *Acción Republicana* und war Mitglied des Revolutionskomitees. Als Kriegsminister der republikanischen Übergangsregierung versuchte er 1931 durch eine Heeresreform, die Loyalität des Militärs gegenüber der neuen Regierung zu sichern. Von Oktober 1931 bis November 1933 war er Ministerpräsident; im Mai 1936 wurde er zum Präsidenten der Republik ernannt.

Luis Nicolau d'Olwer (Barcelona 1888–Mexiko 1961), Politiker und Schriftsteller. Er war Wirtschaftsminister in den Regierungen von Alcalá Zamora (1931–1936) und im ersten Kabinett von Azaña (April–Dez. 1931) sowie Vorsitzender der Katalanischen Republikanischen Partei. Er verfaßte mehrere Studien und Aufsätze über Geschichte und Literatur.

Seite 119

FAI – *Federación Anarquista Ibérica*. Diese radikale anarchistische Organisation wurde 1927 im Untergrund gegründet. Sie versuchte zu verhindern, daß die CNT (siehe Anm. zu Seite 65) den Weg des echten Anarchismus verließ. Die FAI hatte 1931 einen starken Einfluß auf die CNT, besonders über Verteidigungskomitees der CNT sowie die Vereine in Stadtteilen und Unternehmen.

Kazikengeist – Kazike (indian.): Bezeichung für die Stammes- und Dorfhäuptlinge in Mittel- und Lateinamerika. In Spanien übliche Bezeichung für einen Menschen mit starker Autorität bzw. für jemanden, der aufgrund seiner wirtschaftlichen oder gesellschaftlichen Position einen enormen politischen Einfluß auf einen Ort oder eine Gegend ausübt.

Seite 120

Jáuregui – Juan de Jáuregui (Sevilla 1583–Madrid 1641), Dichter der Sevilla-Schule.

Larras, Ganivets, Ortegas –

Mariano José de Larra (Madrid 1809–1837), Schriftsteller und Journalist. Von seiner kritischen Haltung gegenüber der politischen Situation in Spanien zeugen in erster Linie seine Artikel in Zeitungen und Zeitschriften. In ihnen nahm er sich bissig und satirisch der Haltung des Kleinbürgertums an. Seit den 1830er Jahren unterzeichnete Larra seine Artikel mit dem Pseudonym Fígaro.

Angel Ganivet (Granada 1865–Riga 1898), spanischer Diplomat und Schriftsteller. Kernstück seiner Essays, Theaterstücke und Romane sowie seines Briefwechsels mit Unamuno (siehe Anm. zu Seite 66) ist die kritische Reflexion der politischen und moralischen Situation im Spanien des 19. Jahrhunderts.

José Ortega y Gasset (Madrid 1883–1955), einer der wichtigsten spanischen Philosophen des 20. Jahrhunderts. 1910 wurde er Professor für Metaphysik an der Universität Madrid. Seine elitäre Kunst- und Gesellschaftsauffassung, letztere in der 1929 erschienenen Abhandlung *Der Aufstand der Massen* dargelegt, war von Anfang an umstritten. Sein einflußreichstes kunsttheoretisches Werk, *Die Entmenschlichung der Kunst*, war für die Entwicklung der spanischen Avantgarde ausschlaggebend. Er gilt nach wie vor als einer der brillantesten Essayisten der spanischsprechenden Welt.

Seite 122

Falange – Siehe Anm. zu Seite 40.

Le baladin qui danse ... hérétiques – *Ein Possenreißer, der schlecht tanzt, ist nur lächerlich: wenn aber zu unserem Unglück wir Mißfallen erregen, sind wir sofort Häretiker.* Erasmus von Rotterdam (Rotterdam 1469–Basel 1536). Textstelle nicht gefunden.

Fernando de los Ríos – Spanischer Politiker (Ronda 1879–New York 1949). Professor für Rechtswissenschaften an der Universität Madrid. Er gehörte dem Vorstand der PSOE an. In den verschiedenen Regierungen der 2. Republik hatte er mehrmals Ministerposten inne: Justiz, Bildung, Staat. 1945–1947 war los Ríos Außenminister der republikanischen Regierung im Exil.

Seite 125

Tercios – Einheiten der spanischen Infanterie.

Seite 132

Arniches ... Guerrero ... Marquina –

Carlos Arniches (Alicante 1866–Madrid 1943), Dramatiker. Begann als Librettist für *Zarzuelas* (siehe Anm. zu Seite 378). Später spezialisierte er sich auf *Sainetes*, eine Komödiengattung, deren Figuren volkstümliche Typen darstellen. Arniches' Humor wurde zunehmend dunkler und kritischer.

Jacinto Guerrero (Aljofrín, Toledo 1895–Madrid 1951), Komponist. Er widmete sich vor allem der *Zarzuela* (siehe Anm. zu Seite 378).

Eduardo Marquina (Barcelona 1879 – New York 1946), Schriftsteller. Seine Popularität verdankte er seinen historischen Versdramen.

Seite 139

Oktoberunruhen – Vor dem Hintergrund des Rechtsrucks in der Republik kam es im Oktober 1934 zu einer Rebellion Kataloniens gegen die Zentralregierung in Madrid. In Asturien erhoben sich die Berg- und Industriearbeiter und schlossen sich dem Revolutionsversuch gegen die rechte Regierung an. Der Aufstand wurde von der Regierung brutal niedergeschlagen; aber die »rote« Revolution bzw. »Oktoberrevolution« galt hinfort der gesamten Rechten als akute Bedrohung der Republik.

Die Erhebung im Juli – Gemeint ist der Militäraufstand gegen die Republik am 18. Juli 1936, der zum Bürgerkrieg führte.

Seite 142

Bergamín – José Bergamín (Madrid 1895 – San Sebastián 1983) war einer der herausragendsten Schriftsteller und Intellektuellen Spaniens. 1933 gründete er die Kulturzeitschrift *Cruz y Raya*; 1936 wurde er Präsident der *Allianz Antifaschistischer Intellektueller.* Bergamín schrieb vor allem Prosa, seine bevorzugte Gattung war der Essay. Nach dem Krieg ging er ins Exil nach Mexiko.

Seite 156

nicht gewartet, 1932 ... Juli '36 ... 1934 –

1932, Anspielung auf die bewaffneten Aufstände von monarchistischen Militärs in Madrid sowie von General Sanjurjo in Sevilla am 10. August 1932 gegen die republikanische Regierung. Die Aufstände scheiterten in beiden Städten.

Juli '36, siehe Anm. zu Seite 139.

1934, ebd.

Seite 157

Fiat iustitia et pereat mundus! – *Die Gerechtigkeit muß ihren Lauf nehmen, und sollte die Welt darüber zugrunde gehen!* Dieser Satz entstammt Johannes Manlius, *Locorum communium* *collectanea*, Basel, 1562. Bei Luther nachzulesen in seiner Predigt vom 10. Mai 1535 (Weimarer Ausgabe, 41, 138).

Seite 158

die Institución Libre – Die *Institución Libre de Enseñanza* (ILE) wurde 1876 von liberalen Intellektuellen in Madrid gegründet und faßte bald auch im Baskenland und in Katalonien Fuß. Ihrer Idee nach sollte sie eine staatlich unabhängige Bildungseinrichtung sein; Richtlinien der Institution waren der Laizismus, der politische Liberalismus sowie in der Pädagogik die Koedukation und die Theorien der Ganzheitlichkeit des Menschen. Die Begründer der ILE hatten aufgrund ihres Anspruchs auf Nichteinmischung der Kirche in universitäre und wissenschaftliche Belange Berufsverbot bekommen. Viele Persönlichkeiten und Einrichtungen, die das intellektuelle und kulturelle Leben in Spanien entscheidend geprägt haben, sind aus der ILE hervorgegangen.

Seite 160

Tu quoque? – »Tu quoque, fili« Lt. Sueton Ausruf von Julius Cesar, als er seinen Vertrauten Brutus unter den Attentätern erkennt (an den Iden des März, 15.3.44 v.Chr.).

Seite 161

García Prieto – Manuel García Prieto, Herzog von Alhucemas (Astorga 1859 – San Sebastián 1938), Mitglied der liberalen Partei; verschiedene Ministerialposten. Sein unentschlossenes Lavieren machte ihn als Politiker zum Sündenbock für Rechte wie Linke.

Prieto – Gemeint ist Indalecio Prieto (siehe Anm. zu Seite 86).

Negríns – Juan Negrín (Las Palmas 1992 – Paris 1956), Politiker und Arzt; seit den zwanziger Jahren Mitglied der PSOE und ab 1931 Abgeordneter. Nach Kriegsbeginn war er Finanzminister und für die Organisation der Kriegswirtschaft verantwortlich. Nach dem Abtreten von Largo Caballero übernahm Negrín im Mai 1937 die Regierung.

Seite 165

Carmelo-Viertel – Stadtteil im Nordwesten von Barcelona, der sich an Vallcarca anschließt (siehe Anm. zu Seite 33).

Seite 169

zum Traubenessen – Ein in Spanien heute noch üblicher Brauch: In der Sylvesternacht wird bei jedem Glockenschlag eine Traube gegessen, um sich im neuen Jahr vor Unglück zu schützen.

González Peña – Ramón Gonzalez Peña (Las Regueras 1888 – Mexiko 1952), Politiker, Mitglied der PSOE und einer der führenden Köpfe der Oktoberrevolution in Asturien 1934 (siehe Anm. zu Seite 139).

Seite 171

Am 19. Juli – Der 19. Juli 1936 ist der Tag nach dem Militäraufstand (siehe Anm. zu Seite 139) und damit der Tag, an dem die gesellschaftliche Ordnung zusammenbrach.

beim Fall von Badajoz – Die Stadt Badajoz (Extremadura) fiel am 14. August 1936 in die Hände der Aufständischen.

Seite 175

Sarriá – Ein Stadtviertel im Südwesten von Barcelona, in dem vorrangig die gehobene Mittelklasse, Handwerker und Kunsthandwerker leben. Eigenwillige Villen, nicht allzu hohe Wohnhäuser mit Vorgärten sind für Sarriá charakteristisch.

Gasch – Gasch i Carreras (Barcelona 1897 – unbek.), Kunst- und Theaterkritiker. Er war Mitarbeiter der avantgardistischen Kunstzeitschrift *L'Amic de les arts* (Der Freund der Künste) und anderer Kulturzeitschriften. Er hat u. a. mit Dalí zusammengearbeitet; mit dem Schriftsteller Federico García Lorca war er eng befreundet.

Grau Sala – Emilio Grau Sala (Barcelona 1911 – Sitges 1975), Maler, Illustrator, Bühnenbildner, Innenarchitekt. Ab 1936 lebte er in Paris. Licht und intensive Farben kennzeichnen sein Werk.

Seite 178

Américo Castro – (Cantagallo, Brasilien, 1885 – Lloret de Mar 1972), Intellektueller und Essayist; Mitbegründer der renommierten *Revista de filología española*. Er war Mitarbeiter am Institut für historische Studien und Professor an der Universität Madrid (1915–1939). Besonders bekannt sind zwei seiner Werke: *El pensamiento de Cervantes* und *España en su historia* (Spanien in seiner Geschichte, 1948), später *La realidad histórica de España* (1954), das die These vertritt, die spanische Kultur habe sich aus dem Zusammenwirken der jüdischen, islamischen und christlichen Kulturen entwickelt. Nach dem Bürgerkrieg lehrte er in Princeton, USA.

Lazarillo – Die Bezeichnung *Lazarillo* für Blindenführer entstammt dem Schelmenroman *La vida del Lazarillo de Tormes* (Das Leben des Larillo von Tormes, anonym 1554). Der Protagonist berichtet auf satirische Weise über sein schwieriges Dasein als Blindenführer. Der Hunger und der Kampf um das Überleben gehören zu den wichtigen Motiven des Romans.

Borrás – Enrique Borrás (Badalona, Prov. Barcelona 1863 – Barcelona 1957), einer der bekanntesten Schauspieler Spaniens; Interpret des modernen wie des klassischen Theaters.

Komitée zur Bewirtschaftung der Theater – Einrichtung, die für die Leitung und Koordination der Theater in Barcelona zuständig war.

Becque – Henry Becque (Paris 1837–1899), französischer Dramatiker, Autor der Boulevardkomödie *La parisienne* und der beißenden Satire über die bürgerliche Gesellschaft *Les corbeaux* (Die Raben).

Seite 179

Echegaray – José Echegaray (Madrid 1831–1916), spanischer Dramatiker, Ingenieur und Professor für mathematische Physik an der Universität Madrid. Als Dramatiker war er zu seiner Zeit sehr erfolgreich; in seinen mit Pathos beladenen Dramen geht es häufig um Fragen der Ehre. Sie stellten eigentlich einen Rückschritt in der spanischen Literatur dar; trotzdem bekam Echegaray 1904 den Nobelpreis für Literatur.

El Gran Galeoto – (Der große Galeerensträfling) ist das erfolgreichste Theaterstück von José Echegaray.

Don Enrique – Gemeint ist der Schauspieler Enrique Borrás (siehe Anm. zu Seite 178).

Don Jacinto – Jacinto Benavente (Madrid 1866–1954), spanischer Dramatiker, der 1922 den Nobelpreis für Literatur erhielt. Politisch hat er keine klare Haltung bezogen, obwohl er Sympathien für Franco zeigte.

Seite 181

Suárez de Deza – Marcial Suárez (1918–unbek.), spanischer Dramatiker. Von ihm ist nur ein einziges Stück bekannt: *Las monedas de Heliogábalo* (Die Münzen des Heliogabale).

Casona – Alejandro Casona (Tineo, Asturien, 1903–Madrid 1965) wurde als Dramatiker und Leiter der Theaterabteilung der *Misiones Pedagógicas* während der 2. Republik bekannt. Casonas Theateridee war stark von der Ästhetik der Avantgarde, von geistreichem Witz sowie der Verschmelzung von Phantasie und Wirklichkeit geprägt. In den 30er Jahren und im amerikanischen Exil gewannen seine Werke an sozialkritischem Gehalt.

Manuel Abril – (1884–1940), spanischer Romancier, Dramatiker, Lyriker und Kunstkritiker. Er war Redaktionsmitglied der 1933 von José Bergamín gegründeten Kulturzeitschrift *Cruz y Raya* (siehe Anm. zu Seite 142).

Don Miguel de Unamuno – Siehe Anm. zu Seite 66.

Seite 182

Valle-Inclán – Siehe Anm. zu Seite 31.

Galdós – Benito Pérez Galdós (Mallorca 1843–Madrid 1820), einer der bedeutendsten spanischen Schriftsteller des 19. Jahrhunderts sowie der Zeit der Jahrhundertwende. Sein Gesamtwerk umfaßt über 100 Titel, in der Mehrzahl Romane und Erzählungen. Darunter ein episches Monumentalwerk über die spanische Geschichte: *Episodios Nacionales* (46 Bde.). Galdós hinterließ 24 Theaterstücke.

Bergamín – Siehe Anm. zu Seite 142.

Juan de la Cueva – (Sevilla 1543/50–1610), spanischer Dichter, lebte eine zeitlang in Mexiko. Seine Lyrik steht in der Tradition Petrarcas, er widmete sich aber auch dem Versepos und dem Theater.

Federico García Lorca – (Fuente Vaqueros 1898–Víznar 1936, beide Prov. Granada), einer der bekanntesten und zugleich komplexesten Dichter der spanischen Moderne. Sein vielschichtiges Werk umfaßt alle literarischen Gattungen; zudem besaß er als Musiker und Zeichner ein ausgeprägtes Talent. Wie kaum einem anderen Dichter seiner Generation ist es ihm gelungen, Tradition, Moderne und Politik zu verbinden. García Lorca wurde am 18. August 1936 von Faschisten hingerichtet.

Seite 183

Von den Balkonen aus der Blick – Erste Strophe von »*San Miguel/Granada*«, 8. Gedicht des *Primer romancero gitano* von Federico García Lorca.

Zwei Córdobas wunderschön – Die drei letzten Verse von »*San Rafael/Córdoba*«, 9. Gedicht des *Primer romancero gitano*.

Mérida ... Margarita Xirgu – In **Mérida**, Prov. Badajoz und Hauptstadt von Extremadura, befindet sich das am besten erhaltene römische Theater Spaniens. Seit den dreißiger Jahren finden dort alljährlich Theaterfestspiele statt, die dem Engagement von **Margarita Xirgu** (Molins de Rey, Prov. Barcelona, 1888 – Montevideo 1969) zu verdanken sind. Margarita Xirgu, berühmte Schauspielerin des spanischen Theaters, Lieblingsschauspielerin von Federico García Lorca. Miguel de Unamuno übersetzte Dramen von Seneca eigens für Margarita Xirgu ins Spanische, die sie dann in Mérida inszenierte.

Seite 185

Das große Welttheater – Anspielung auf das bekannte Theaterstück von Pedro Calderón de la Barca (Madrid 1600–1681). Der Widerspruch zwischen dem im Prunk lebenden Hof und dem Zerfall des Reiches waren der Ausgangspunkt für die Theateridee Calderóns: Die Welt als Schein und die ganze Welt als ein von Gott inszeniertes Theater.

Seite 186

Mein Wohl – Vers 1 des Sonetts 178: *A la Sepultura de Teodora de Urbina* (Dem Grab von Teodora de Urbina) von Lope de Vega.

Divinas Palabras – Eines der besten Stücke von Ramón del Valle-Inclán (siehe Anm. zu Seite 31). Eine bittere Tragikomödie, die auf der Überschneidung von Mythos und Realität beruht; mit äußerster Grausamkeit und tiefstem Mitleid betrachtet Valle-Inclán seine Figuren.

Spielt keine Rolle ... Fernando – Anspielung auf den Spruch *Tanto monta, monta tanto Isabel como Fernando*, der sich auf das Katholische Königspaar bezog. Danach bestand zwischen Isabella von Kastillien und Ferdinand von Aragón kein Unterschied; beide waren Inhaber der Macht; ihr Wort wog in den durch die Heirat vereinten Königreichen gleich viel. Tatsächlich allerdings war Isabella, d.h. Kastillien, insgesamt mächtiger und bestimmte die Politik.

Seite 187

I did love you once – William Shakespeare, *Hamlet*, I. Akt, III. Szene, Vers 115.

Als ich dich zum ersten Mal sah – Vermutlich ein altes spanisches Volkslied.

Seite 188

What's Hecuba to him ... I have heard ... That guilty ... a play – William Shakespeare, *Hamlet*, II. Akt, II. Szene, jeweils Vers 553, 584, 585.

I knew him, Horatio – Ebd., V. Akt, I. Szene, Vers 178. Hamlet bezieht sich auf den Hofnarren Yorick, dessen Schädel er auf dem Friedhof findet.

Seite 190

Das Leben kein Traum ... Das Theater ein Traum – Anspielung auf das Theaterstück *Das Leben ein Traum* von Calderón de la Barca.

Seite 191

›Pictura est ...‹ (Walahfrid Strabo) – Walahfrid Strabo (Schwaben 808/809 – in der Loire ertrunken, 849), Benediktiner und Dichter; Hofmeister Karls II., des Kahlen; Abt des Klosters Reichenau. Strabo gehört zu den bekanntesten Äbten in Reichenau. Sein Werk umfaßt eine Gedichtsammlung sowie Heiligenviten.

Seite 192

Canedo, Almagro –

Enrique Díez-Canedo (Badajoz 1879 – Mexiko 1945), spanischer Dichter und einer der scharfsinnigsten Literatur- und Theaterkritiker. Er schrieb u.a. für *El Sol*, eine seit 1917 in Madrid erscheinende linksliberale Tageszeitung. Canedo war ein enger Freund von Max Aub.

Melchor Fernández Almagro (Granada 1893 – Madrid 1966), spanischer Theaterkritiker und Historiker.

Seite 194

Martínez Sierra – Gregorio Martínez Sierra (Madrid 1888 – 1947), Dramatiker, bedeutender Vertreter des *Modernismo*. Er übertrug wichtige zeitgenössische Dramatiker ins Spanische, z.B. Maeterlinck, Shaw, Pirandello. 1931 wurde er zum Vorstand der spanischen Abteilung der Filmproduktionsfirma *Fox* ernannt. Für Manuel de Fallas Komposition *El amor brujo* schrieb er das Libretto.

Seite 195

Les hommes n'ayant ... point penser – *Da die Menschen gegen Tod, Elend und Unwissenheit nichts ausrichten können, haben sie, um glücklich zu werden, den Ausweg gewählt, nicht daran zu denken.* Blaise Pascal (Clermont en Auvergne 1623 – Saint-Etienne-du-Mont 1662), aus *Pensées: Misère de l'homme, Divertissement.*

Seite 200

Du bist groß und schlank ... – Ein bekanntes spanisches Volkslied aus Salamanca.

Seite 203

Zarauz – Stadt an der kantabrischen Küste, Prov. Guipúzcoa. Ein beliebter Badeort; wohlhabende Leute, insbesondere die Aristokratie und das Großbürgertum Spaniens verbrachten dort traditionell die Sommermonate.

Seite 209

Auch ohne Titel ... Originale waren. – »Epístola satírica y censoria contra las costumbres presentes de los castellanos, escrita a Don Gaspar de Guzmán, Conde-Duque de Olivares, en su valimiento«, aus: *Poemas morales* (146) von Francisco de Quevedo y Villegas (Madrid 1580 – Villanueva de los Infantes 1645), einem der wichtigsten Vertreter der spanischen Barockliteratur. Sein Werk umfaßt moralische, religiös-asketische, politische und literaturkritische Texte in Vers und Prosa. Als Autor des pikaresken Romans *El Buscón* ist Quevedo einer der größten satirischen Schriftsteller der spanischen Literatur. Ein Band mit Gedichten von Quevedo war das einzige Buch, das Max Aub im Gefängnis und im Konzentrationslager bei sich hatte.

Giner – Francsico Giner de los Ríos (Ronda 1839 – Madrid 1915), spanischer Schriftsteller, Rechtswissenschaftler und Pädagoge. Er war Mitbegründer und Motor der *Institución Libre de Enseñanza* (siehe Anm. zu Seite 158).

Seite 218

Falange – Siehe Anm. zu Seite 40.

Luis Salomar – Ein Intellektueller und Falangist; zentrale Figur in *Nichts geht mehr*, dem 1. Band des Magischen Labyrinths.

Seite 223

ein zweites Toledo – Siehe Anm. zu Seite 87.

Seite 230

Die erste zurückeroberte Hauptstadt – Gemeint ist Toledo, Hauptstadt der gleichnamigen Provinz. Toledo lag wie Zaragoza in der nationalen Zone.

Seite 234

El Socialista – Das Presseorgan der PSOE (der Sozialistischen Arbeiterpartei Spaniens).

Seite 235

Operation der *Eisernen Kolonne* – Die *Eiserne Kolonne* war eine militärische Einheit der CNT, die für ihr hartes Durchgreifen bekannt und gefürchtet war. Ihre Mitglieder waren zum großen Teil freigelassene Häftlinge, darunter nicht nur politische.

Seite 240

Ateneo – Von griech. Atheneum. Die kulturelle Einrichtung der Ateneos spielte seit der Mitte des 19. Jahrhunderts eine wichtige Rolle in den spanischen Städten: Dort fanden Vorträge und Lesungen statt; sie besaßen eine eigene Bibliothek.

Lyceum – Eine kulturelle Einrichtung in Madrid, die ähnliche Funktionen wie die Ateneos besaß. Das Lyceum verfügte über ein Auditorium mit einer Bühne für Theateraufführungen.

Revista de Occidente – 1923 von José Ortega y Gasset (siehe Anm. zu Seite 120) in Madrid ins Leben gerufen. Die Zeitschrift führte die bedeutendsten Vertreter der europäischen Intelligenz, insbesondere der Geistes- und Kulturwissenschaften, in Spanien ein. Trotz der kleinen Auflage erlangte die *Revista de Occidente* immense Bedeutung.

Seite 251

Falange – Siehe Anm. zu Seite 40.

Acción Católica – Eine von der katholischen Kirche ins Leben gerufene Laienorganisation mit der Aufgabe, revolutionäre Tendenzen unter den Kirchenmitgliedern zu verhindern und die sozialen Probleme der industriellen Revolution auf katholische Weise zu lösen.

Seite 253

Don José – Gemeint ist José Ortega y Gasset (siehe Anm. zu Seite 120).

Seite 255

Casas Sala ... La Puebla – Casas Sala war Abgeordneter der Partei *Izquierda Republicana* für Castellón. In La Puebla de Valverde, einer Ortschaft östlich von Teruel, wurde die Truppe von Casas Sala Opfer eines Verrats der Guardia Civil, die sich republikfreundlich gegeben hatte. Casas Sala befand sich unter den fünfzig Erschossenen. (Max Aub beschreibt diese Falle im 2. Band des Magischen Labyrinths: *Theater der Hoffnung*, S. 63 ff.).

Seite 266

Cisneros – Francisco Jiménez de Cisneros (Torrelaguna, Prov. Madrid, 1436 – Roa, Prov. Burgos, 1517), Erzbischof von Toledo und Primas von Spanien; Großinquisitor und Kardinal. Nach dem Tod Isabellas von Kastillien (1504) übernahm Cisneros für zwei Jahre die Regentschaft in Spanien.

Seite 271

Rey D'Harcourt ... Queipo ... Barba –

Domingo Rey D'Harcourt, Oberst der nationalistischen Truppen, befehligte die Garnison in Teruel. Er hielt dem Ansturm der Gegner bis zum 7. Januar 1938 stand. Da er sich den Republikanern ergab und einen Unterwerfungsvertrag unterzeichnete, wurde er von den Franquisten als Verräter betrachtet.

Queipo, siehe Anm. zu Seite 97.

Oberst Bartolomé Barba war ebenfalls mit der Verteidigung Teruels beauftragt. Er hatte sich im Priesterseminar eingeschlossen und ergab sich am 31. Dezember 1937 gemeinsam mit mehreren hundert Franquisten.

Seite 273

Mein Stab war mehr gekrümmt und ... – Francisco de Quevedo, Vers 11 des Sonetts *Salmo XVII*, in: Heráclito cristiano.

Seite 279

Pastillen von Dr. Andreu – In kleinen Blechdosen verpackte und in der Bevölkerung sehr beliebte Mentholpastillen.

Ceriñola – Auf einem Hügel erbautes italienisches Städtchen in der Provinz Foggia. Gonzalo Fernández de Córdoba (siehe unten) besiegte dort 1503 die französischen Truppen. Der Heerführer der Franzosen, der Herzog von Nemours, fiel im Kampf.

Gonzalo Fernández – Gonzalo Fernández de Córdoba (Montilla 1453 – Granada 1505), *El Gran Capitán*, stand im Dienst Isabellas I. von Kastillien. Er gründete das spanische Berufsheer.

Seite 279/280

Gefunden ward ein Stier ... die Fundamente verstärkte – Don Leandro zitiert hier vermutlich aus einer Stadtchronik von Teruel.

Seite 283

Karl aus Gent – Karl I. (Gent 1500 – Kloster San Jerónimo de Yuste, Extremadura, 1558). Als Enkel Ferdinands II. fiel ihm von mütterlicher Seite das spanische Erbe zu, er wurde Spanischer König (1516–1556). Von väterlicher Seite war er zugleich Herr der Habsburgischen Besitzungen in Österreich und Burgund. 1519 wurde Karl I. zum deutschen Kaiser gewählt und 1530 überdies als Karl V. zum Kaiser des Heiligen Römischen Reiches (1530–1556) gekrönt. Mit Karl V. wurde Spanien stärker in die europäischen Verwicklungen hineingezogen und entwickelte sich als politisches Kernland des Kaisertums zur stärksten europäischen Macht des Jahrhunderts.

Don Juan de Austria – (Regensburg 1547 – Bouge, bei Namur, 1578), spanischer Feldherr, unehelicher Sohn Karls V. Er schlug den Aufstand der Morisken (Mauren, die nur zum Schein konvertierten) nieder (1569/70). 1571 befehligte er die Flotte der *Heiligen Liga* gegen das Osmanische Heer und siegte in der Seeschlacht bei Lepanto. Der glänzende Sieg von Lepanto, mit dem die türkische Vorherrschaft im Mittelmeer gebrochen wurde, stellte einen der letzten Höhepunkte der Spanischen Expansionspolitik dar.

Schulten – Adolf Schulten (Elberfeld 1870 – Erlangen 1960), deutscher Archäologe und Althistoriker. Ausgrabungen in Numancia, Prov. Soria (Numantia 1913–31); Forschungen über Tartessos (*Tartessos*, 1922; siehe auch Anm. zu Seite 285), die Geografie Spaniens in der Antike (*Iberische Landeskunde*, 1955) und die Eroberung der Iberischen Halbinsel durch die Römer.

Emilio García Gómez – (Madrid 1905 – unbek.). Seine Übersetzungen und Arbeiten über die arabische Literatur haben ihn zu einem der bedeutendsten Arabisten Spaniens gemacht. Er lehrte und forschte in Madrid und Granada.

Seite 284

Don Martín *der Menschliche* – Martín I., genannt der Menschliche (Gerona 1356 – Barcelona 1410) war König von Aragón, Sardinien und Sizilien (1395–1410).

Die *Fueros* – Begriff für Rechtsordnung, Gesetz und Gesetzessammlung; er steht insbesondere für Sonderrechte wie das

Stadtrecht, aber auch für (nichtfestgeschriebene) Gewohnheitsrechte.

Seite 285

Guadalquivir, Tartessos – Die an der spanischen SW-Küste, an der Mündung des Gualdalquivir (damals Tartessos) gelegene Stadt Tartessos gehörte zu den berühmten Städten des Altertums. Zinn-, Gold-, Silber- und Kupferhandel beförderten schon früh eine blühende Kultur und die Beherrschung eines großen Gebietes, das vom heutigen Mittelmeerhafen Cartagena bis Lissabon reichte. Die vereinte Monarchie von Tartessos löste sich um 500 v. Chr. auf; die Stadt wurde zerstört.

der Marokko-Krieg – Den Verlust Kubas, Puerto Ricos und der Philippinen (1898) versuchte Spanien mit der Eroberung Marokkos auszugleichen. 1911 erhielt Spanien das Rifgebiet in Marokko, konnte aber erst ab 1926 (bis 1956) seine Herrschaft über das spanische Protektorat in Marokko sichern. In derselben Zeit befriedete Frankreich den südlichen Teil Marokkos. Don Leandro deutet an, der Krieg sei unpopulär gewesen, da die Marokkaner letztlich mit den Iberern verwandt seien.

Seite 286

Der Stier der Borja ... Alexander VI. – Der Stier war das Wappentier des Hauses Borja, ein aus Spanien stammendes Adelsgeschlecht. Mit der Papstwahl Alonso Borjas (1455) gelangten die Borjas im Italien des 15. Jahrhunderts zu enormem politischem Einfluß. So baute sein Neffe Rodrigo de Borja als Papst Alexander VI. (Játiva, Valencia, 1431–Rom 1503) durch Vetternwirtschaft Reichtum und Einfluß der Borjas außergewöhnlich aus. Charakteristisch für die Politik Alexanders VI. war die erfolgreiche Zurückdrängung Spaniens und Frankreichs in Italien. Wie fast alle Borjas besaß Alexander VI. eine stark ausgeprägte Nase, die an seine Herkunft erinnerte.

Seite 288

José Botella ... Fernando –

Joseph Bonaparte (Corte, Korsika, 1768–Florenz 1844), ältester Bruder Napoleons I. Die Einsetzung Joseph Bonapartes als

König von Spanien (1808–1813) löste den spanischen Unabhängigkeitskrieg aus. Joseph Bonaparte hatte den Ruf, oft und viel Wein zu trinken; daher der Name José Botella (Joseph die Flasche).

Ferdinand VII. (San Ildefonso 1784–Madrid 1833) wurde im Mai 1808 von Napoleon zum Tronverzicht gezwungen; er kehrte nach der französischen Niederlage 1814 zurück und restaurierte das absolutistische Königtum unter Aufhebung der national-liberal geprägten Verfassung von Cádiz (1812).

Seite 289

Guadiana – Fluß, der in La Mancha entspringt und ab Badajoz die Grenze zwischen Portugal und Spanien bildet. Sein auffälliges Merkmal besteht darin, daß er kurz nach seiner Quelle bei Lagunas de Rhidera in den Boden versickert und nach einigen Kilometern, bei Ojos del Guadiana, wieder aus dem Untergrund tritt.

Seite 291

Don Juan de Austria – Siehe Anm. zu Seite 283.

Seite 294

Luys de Mármol Carvajal – (Granada ca. 1520–1600), spanischer Historiker, der lange in Nordafrika lebte und seine Erfahrungen in dem Buch *Descripción general de Africa* (1573–1599) niederschrieb. Zurück in Spanien verfaßte er *La historia de la rebelión y castigo de los moriscos* (1600), in dem er das harte Vorgehen gegen die aufständischen Morisken verteidigt.

Diego de Mendoza – Hurtado de Mendoza, Diego (Granada 1503–Madrid 1575), spanischer Dichter, Geschichtsschreiber, Diplomat. Neben Versdichtungen hinterließ er vor allem *La Guerra de Granada* (Geschichte der Empörung der Mauren in Granada, 1627) über den letzten Aufstand der Morisken.

Ginés Pérez de Hita – (Mula ca. 1544–ca. 1619), spanischer Schriftsteller und Geschichtsschreiber, der in Murcia ansässig war und den Krieg gegen die Alpujarras erlebt hatte. Sein wichtigstes Buch ist der historische Roman *Guerras civiles de Granada* (Bürgerkriege in Granada, 1595/1619). Aufstände der Alpujarras: Die Morisken im Königreich Granada rebellierten gegen die ungerechte Landverteilung unter der kastillischen Aristokratie und gegen die von Cisneros (siehe Anm. zu Seite 266) durchgeführten Christianisierungsmaßnahmen, die 1567 im Verbot der arabischen Sprache sowie der islamischen Religion ihren Höhepunkt fanden.

Seite 295

Pármeno ... der Feinde – Pármeno, Hauptfigur des berühmten Prosadramas von Fernando de Rojas *La Celestina* (ca. 1499).

Seite 297

Historischen Instituts ... Menéndez Pidal – Ramón Menéndez Pidal (La Coruña 1869–Madrid 1968), spanischer Philologe und Historiker. 1899 Professor in Madrid, 1925–1938 Direktor der *Real Academia Española* und gemeinsam mit Américo Castro (siehe Anm. zu Seite 178) Mitbegründer des *Centro de Estudios Históricos* in Madrid. Verfasser grundlegender Werke über die Geschichte der spanischen Sprache und der spanischen Literatur des Mittelalters.

Ballesteros – Antonio Ballesteros y Beretta (Rom 1880–Pamplona 1949), spanischer Historiker; Verfasser der *Historia de España y su influencia en la historia universal* sowie Herausgeber von *Historia de América y de los pueblos americanos.*

Seite 299

Ibn Khaldun – (Tunis 1332–Kairo 1406), Arzt, Philosoph und Historiker, einer der berühmtesten Intellektuellen der islamischen Welt; hoher Hofbeamter in Spanien und in Nordafrika. Er schrieb eine Weltgeschichte; insbesondere die ausführliche Einleitung des Werkes ist bemerkenswert: Danach können aus historischen Ereignissen allgemeine Gesetze abgeleitet werden.

Seite 302

Melchiades – Melchiades Alvarez, Monarchist und Reformer mit liberalen Neigungen. Er plädierte für eine konstitutionelle Monarchie. Während der Republik war er allerdings Mitglied einer rechten Gruppierung. Er wurde in den ersten Tagen des Bürgerkrieges (Juli 1939) erschossen.

Poitiers – In der Schlacht zwischen Tours und Poitiers (732) schlugen die Franken unter Karl Martell die Omajaden und verhinderten damit das weitere Vordringen der Araber im Westen.

Seite 306

Die aus Cogull … Altamira –

Cogull, Höhle in der Provinz Lérida (Lleida), dem Mesolithikum-Epipaläolithikum zugerechnet (nach 8 000 v. Chr.) mit Felsmalerei: Gruppenszenen, meistens Jagd- oder Ritualtanzszenen in stilisierten Formen von hoher Dynamik zeichnen die Malereien aus.

Altamira, Höhle bei Santillana de Mar (Prov. Santander) aus dem Magdalénien (15 000 – 9 000 v. Chr.) Die Felsmalereien und -gravierungen sind im Unterschied zu Cogull feiner und realistischer in der Darstellungen von Mensch und Tier. Es handelt sich meistens um einzelne, sehr detailliert entworfene Gestalten; besonders berühmt ist der große Bison oder Stier von Altamira.

Seite 307

Larra dixit – Siehe Anm. zu Seite 120.

Seite 308

Fígaro – Siehe Anm. zu Seite 120.

Galdós … Quevedo –

Galdós, siehe Anm. zu Seite 182.

Quevedo, siehe Anm. zu Seite 209.

Seite 309

Feijóo – Benito Jerónimo Feijóo y Montenegro (Casdemiro, Prov. Ourense, 1676 – Oviedo 1764), spanischer Benediktinermönch, war einer der Hauptvertreter der spanischen Aufklärung.

Seite 310

Don Antonio – Antonio Machado y Ruiz (Sevilla 1875 – Collioure 1939) gilt als einer der bedeutendsten spanischen Dichter der Moderne. Sein Werk reicht vom Symbolismus bis hin zur poetisch-philosophischen Reflexion, die sich in scheinbar beschreibenden Gedichten über die Geschichte und Landschaft Kastilliens niederschlägt. Sein Engagement für die Republik wird vor allem in seinen Apokryphen (z.B. *Juan de Mairena*) und seinen Essays deutlich. Er starb nach Kriegsende während der Flucht über die Pyrenäen (1939). Die hier zitierten Verse entstammen dem Gedicht *A orillas del Duero* (An den Ufern des Duero).

Seite 314

Viver – Viver de las Aguas, eine Ortschaft im Landesinnern der Provinz Castellón, unweit der Grenze zu Aragón. Die Handlung des ersten Bandes des Magischen Labyrinths: *Nichts geht mehr* nimmt hier ihren Anfang.

Seite 318

Rafael López Serrador – Der Bauernjunge Rafael López Serrador ist der Protagonist des ersten Bandes des Magischen Labyrinths: *Nichts geht mehr.*

Seite 321

el Muñato – Auch boniato: süße Kartoffel.

Seite 323

Geschichte der Liebenden von Teruel – *Die Liebenden von Teruel* (1837) ist ein Theaterstück des Schriftstellers Juan Eusebio Hartzenbusch (Madrid 1806–1880), eines der Hauptvertreter der spanischen Romantik. Das berühmte Drama handelt von der unglücklichen Liebe zweier junger Menschen unterschiedlicher sozialer Zugehörigkeit.

Seite 324

Rey de Artieda ... Tirso ... Hartzenbusch –

Andrés Rey de Artieda (Valencia 1549–1613), spanischer Schriftsteller, schrieb 1549 ein Versdrama über die Liebenden von Teruel.

Tirso de Molina (eigentl. Gabriel Téllez, Madrid 1584–Soria 1648), spanischer Schriftsteller, einer der bedeutendsten Vertreter des spanischen Barockdramas, u.a.: *El burlador de Sevilla o El convidado de Piedra* (Der steinerne Gast).

Hartzenbusch, siehe oben.

Seite 325

Aus der Seele empor – Vermutlich von Pedro Calderón de la Barca (Madrid 1600–1681). Siehe Anm. zu Seite 185.

Seite 329

Der hinkende Teufel. Die Hausdächer abdecken – Anspielung auf den Schelmenroman *El diablo cojuelo* (Der hinkende Teufel) (1641) von Luis Vélez de Guevara (Écija 1579–Madrid 1644). Der Protagonist landet auf der Flucht vor der Justiz in der Dachkammer eines Astrologen. Dort befreit er den hinkenden Teufel *(Diablo cojuelo)* aus einer Phiole. Aus Dankbarkeit deckt dieser die Dächer von Madrid ab, um die wahren Verhältnisse der Menschen zu zeigen.

Seite 334

die Dama de Elche – Eine iberische Büste in Naturgröße (3. Jhd. v. Chr.) aus feinem weißem Kalkstein, früher bemalt. Es handelt sich wahrscheinlich um eine sitzende Dame in ihrer besten Kleidung.

Seite 341

zu einem Spaziergang abgeholt – Siehe Anm. zu Seite 38.

Seite 350

dem Gros-Viertel – Das Gros-Viertel entstand in der Mitte des 19. Jahrhunderts auf einem Areal, das die Stadt San Sebastián (Bask. Donosti) dem wohlhabenden Tomás Gros verkaufte. Es gehört zu den reicheren Vierteln der Stadt.

Mendigoitzales – Bergsteiger, Bergwanderer (wörtl.: Liebhaber der Berge). Eine traditionsreiche Bewegung im Baskenland.

Seite 351

Pérez Garmendía – Erster Kommandant der republikanischen Streitkräfte in Guipúzcoa. Er wurde Ende Juli 1936 von den Aufständischen unter Beorlegui (siehe Anm. zu Seite 353) gefangen genommen und starb kurz darauf an seinen Verletzungen.

14. April 1931 – An diesem Tag wurde die 2. Spanische Republik ausgerufen. Es gab eine allgemeine Amnestie.

Seite 352

Eibar – Eine kleine Stadt in Guipúzcoa, bekannt für Maschinenbau und Waffenproduktion. In dieser Stadt wurde die 2. Spanische Republik zuerst ausgerufen. Während des Bürgerkrieges wurde sie praktisch vollkommen vernichtet.

Seite 353

Beorlegui und Solchaga –

Alfonso Beorlegui, Oberst, führte den Teil der franquistischen Truppen in Guipúzcoa, das im September 1936 in die Hände der Nationalisten fiel. Er kam dabei ums Leben.

José Solchaga, General, führte die franquistischen Truppen im Baskenland und in Asturien.

hinter dem Bidasoa – Dieser Fluß bildet im letzten Teil seines Laufs die Grenzlinie zwischen Spanien und Frankreich. An seiner Mündung liegen die Häfen von Fuenterrabía und Hendaya.

Seite 355

Acción Católica – Siehe Anm. zu Seite 251.

Guernica – Bask. Gernika, Stadt in der Provinz Vizcaya. Die Stadt wurde am 26. April 1937 von Bombern der Legion Condor zerstört. Die Hauptverantwortung dafür trugen der faschistische General Emilio Mola (siehe Anm. zu Seite 97) und sein Generalstabsschef. Picasso hat den Opfern des Massakers mit seinem berühmten Gemälde *Guernica*, das er für den spanischen Pavillion in der Pariser Weltausstellung (1936) schuf, ein Denkmal gesetzt.

Seite 361

das Ausstellungsgelände – Gemeint ist die Weltausstellung, die 1929 auf dem Montjuich in Barcelona stattfand (siehe Anm. zu Seite 9). Das Gelände wurde danach zu einer großen Parkanlage mit Theatern, Museen und Messehallen.

Font del Gat – Benannt nach einem Brunnen in der Parkanlage vom Montjuich, der für sein (damals noch) frisches Wasser aus den Bergquellen berühmt war. Der Brunnen war ein Treffpunkt für Liebespaare.

Seite 364

Je sais ... secrets précieux – Ich weiß, daß es gerade die melancholischen Augen sind, die keinerlei kostbares Geheimnis bergen. Charles Beaudelaire, *L' amour du mensonge*, Vers 17f., in: Les Fleurs du Mal.

Seite 368

Dama de Elche – Siehe Anm. zu Seite 334.

Seite 378

Zarzuela – Die Bezeichnung Zarzuela für die spanische Operette stammt aus ihren frühen Aufführungen unter Philipp IV. (Ende des 17. Jahrhunderts) in einem eigens für Theatervorstellungen vorgesehenen Raum des Pardo-Palastes – *La Zarzuela*. Die Zarzuela erlebte ihr Blütezeit in der 2. Hälfte des 19. Jahrhunderts.

Seite 380

Doña María und Don Fernando – María Guerrero (Madrid 1867–1928), bekannte spanische Schauspielerin. Ihr Repertoire umfaßte sowohl das klassische als auch das moderne Theater. Sie gründete gemeinsam mit ihrem Mann **Fernando Díaz de Mendoza**, ebenfalls ein renommierter Schauspieler, eine eigene Theatertruppe, die den Namen der Schauspielerin trug.

Seite 384

Negrín – Siehe Anm. zu Seite 161.

Seite 385

Falange – Siehe Anm. zu Seite 40.

Seite 395

General Líster und El Campesino –

Enrique Líster (Ameneiro, La Coruña, 1907 – Madrid, Anfang der 90er Jahre) war spanischer Politiker, Militär und Mitglied der Kommunistischen Partei. Einer der herausragendsten republikanischen Offiziere während des Bürgerkrieges. Er hatte als Oberst die Führung des Fünften Regiments und der Elften Division inne, die den Namen *»Division Líster«* trug.

El Campesino, eigentl. Valentín González (Malcocinado, Badajoz, 1909 – Madrid, 1983), war Mitglied der Kommunistischen Partei. Bei Ausbruch des Krieges meldete er sich beim Fünften Regiment. Er nahm an mehreren entscheidenden Kämpfen teil, u.a. in Teruel. Ihm unterstand die *Brigada el Campesino*. Líster und El Campesino waren oft zusammen an der Front.

Seite 396

So oder so ist das Leben – Span.: *Lo que sea sonará.* Redensart: ›Was geschehen soll, wird geschehen. Wir haben keinen Einfluß darauf.‹

Seite 400

Aktualitäten-Kinos – Kinos, in denen Wochenschauen und informative Beiträge gezeigt wurden.

Seite 401

Café del Henar ... Regina –

Café del Henar, siehe Anm. zu Seite 31.

Café Regina, im Zentrum von Madrid, war ein beliebtes Lokal für Tertulias. Im *Regina* hatte Valle-Inclán seine Tertulia, bevor er gegen Ende der zwanziger Jahre in das *Café del Henar* umzog (siehe Anm. zu Seite 31).

Seite 402

Díez-Canedo ... Esplá ... Brüdern Solsona ... León Felipe –

Díez Canedo, siehe Anm. zu Seite 192.

Corpus Barga, eigentl. Andrés García de la Barga (Madrid 1887 – Lima, Perú, 1975), spanischer Schriftsteller und erstklassiger Journalist. Nach dem Bürgerkrieg ließ er sich in Lima nieder, wo er die Schule für Journalismus an der Universität San Marcos leitete.

Gabriel García Maroto, spanischer Maler der Avantgarde.

Juan Gil-Albert (Alcoy 1906 – Valencia 1999), spanischer Schriftsteller, Prosa und Lyrik. Er war Sekretär der wichtigen republikanischen Zeitschrift *Hora de España*. Nach dem Krieg ging er ins Exil nach Argentinien und Mexiko, kehrte jedoch 1947 nach Valencia zurück.

Rafael Dieste (Rianjo 1899 – Santiago 1981), spanischer Schriftsteller. Er engagierte sich sehr für die *Misiones Pedagógicas*, dem republikanischen Programm zur Verbreitung der Kultur. Als Schriftsteller war er in allen Gattungen zu Hause. Seine Bücher schrieb er auf spanisch und auf galizisch.
Margarita Garfias, vermutlich die Schwester des Dichters Pedro Garfias (Salamanca 1901 – Mexiko 1967).
Ramón Iglesias, spanischer Historiker.
André Malraux (Paris 1901 – Créteil 1976), französischer Schriftsteller und Politiker, Autor des Romans *Die Hoffnung*, den er 1937 mit Max Aub in Barcelona und Umgebung unter dem Titel *Sierra de Teruel* verfilmte.
José Bergamín, siehe Anm. zu Seite 142.
Emilio Prados (Málaga 1899 – Mexiko Stadt 1962), spanischer Lyriker, gründete und leitete mit seinem Freund Manuel Altolaguirre in Málaga die Literaturzeitschrift *Litoral*. Prados ging nach dem Krieg ins Exil nach Mexiko.
Ramón Gaya, spanischer Maler und Zeichner, der derselben ›Künstler-Gruppe‹ wie García Maroto angehörte.
Manolo (Manuel) Altolaguirre (Málaga 1905 – Burgos 1959, durch einen Autounfall); spanischer Schriftsteller, vorrangig Lyrik; Buchbinder sowie Herausgeber verschiedener Zeitschriften. U. a. *Litoral* (siehe Prados). Er ging ins mexikanische Exil.
Oscar Esplá (Alicante 1889 – Madrid 1976), spanischer Komponist, Schüler von Max Reger und Camille Saint-Saëns.
Die Solsonas, vermutlich Braulio Solsona (Valencia 1895 – unbek.) und seine Frau. Er war Journalist, Mitglied der Partei *Izquierda Republicana* (Republikanische Linke). 1939 ging er ins Pariser Exil.
José Herrera Petere (Guadalajara 1909 – Genf 1977), spanischer Romancier, Lyriker und Dramatiker. 1938 bekam er für seinen Roman über die Front *Acero en Madrid* (Stahl in Madrid) den Nationalpreis für Literatur. Von ihm stammen die Texte vieler berühmter spanischer Kriegslieder.
Paredes, Oberst, Panzerspezialist, stand der Kommunistischen Partei nahe.
Canedo junior, Sohn von Enrique Díez-Canedo (siehe Anm. zu Seite 192).

María Zambrano (Vélez-Málaga 1907 – Madrid 1991), spanische Philosophin und Essayistin, Schülerin von Ortega y Gasset. Professorin für Philosphie in Madrid. Nach dem Bürgerkrieg lehrte sie an der Universität in Morella (Mexiko) und La Habana. 1984 kehrte sie aus ihrem Genfer Exil nach Spanien zurück.

Paulino Masip (Granadella, Lérida, 1899 – Mexiko Stadt 1963) war Journalist, Romancier und Drehbuchautor.

León Felipe (Tábara 1884 – Mexiko Stadt 1968), spanischer Dichter, leidenschaftlicher Republikaner. War seine Lyrik zunächst dem *Modernismo* und der Avantgarde zuzurechnen, wandte er sich während des Bürgerkrieges politischen und gesellschaftskritischen Themen zu. 1939 ging er ins Exil.

Seite 403

Las Lanzas ... Die Familie Karls IV. – *Las Lanzas* (Die Lanzen), auch als *Die Übergabe von Breda* (1635) bekannt. Historienbild von Diego Velázquez (Sevilla 1599 – Madrid 1660). Das Bild zeigt die Übergabe der niederländischen Stadt Breda an den in spanischen Diensten stehenden General Spinola im Juni 1625. *Die Familie Karls IV.* (1801), eines der berühmtesten großformatigen Portraits von Francisco de Goya y Lucientes (Fuendetodos, Zaragoza, 1746 – Bordeaux 1828) stellt die Familie des Bourbonenkönigs Karl IV. dar, ohne daß sich Goya um eine besonders schmeichelhafte Darstellung bemüht hätte.

POUM – Diese Partei *(Partido Obrero de Unificación Marxista)* wurde 1935 von zwei ehemaligen Kommunisten, Joaquín Maurín und Andrés Nin gegründet. Die Partei orientierte sich am Trotzkismus, folgte aber auch anarchistischen Ideen (siehe Anmerkung zu Seite 19).

Seite 405

Carnot – Eine Familie berühmter französischer Politiker und Wissenschaftler. Lazare Carnot (Nolay 1753 – Magdeburg 1823), *le Grand Carnot* genannt, war Militäringenieur, Jakobiner, Mitglied der gesetzgebenden Versammlung und des Konvents. Während der Napoleonischen Zeit hatte er trotz seiner offenen Kritik am Personenkult um Napoleon verschiedene politische

Posten inne. Carnot, ein Patriot, hatte ein enormes Organisationstalent und herausragende Führungsqualitäten.

Albornoz und Pelayo –

Claudio Sánchez Albornoz (Madrid 1893 – Avila 1984), spanischer Historiker und Politiker, Professor für Geschichte in Barcelona und Madrid. Er gehörte der Partei *Acción Republicana* an. Während der Republik war er Präsident der *Kommission für öffentliche Bildung*, Staatsminister, Botschafter in Portugal und Vizepräsident der Cortes. Im Juli 1936 ging er nach Bordeaux, 1940 nach Argentinien, wo er das Institut für spanische Geschichte gründete. 1959 – 1970 war er Präsident der spanischen Republik im Exil. Er kehrte 1984 nach Spanien zurück. Autor bedeutender Werke über das spanische Mittelalter wie *España, un enigma histórico* (Spanien, ein historisches Rätsel, 1957). Das Buch ist eine polemische Antwort auf Américo Castros Theorie (siehe Anm. zu Seite 178). Albornoz schreibt dem germanischen Element für die Entwicklung der spanischen Kultur eine bedeutende Rolle zu.

Marcelino Menéndez y Pelayo (Santander 1856 – 1912), Gelehrter und Historiker, Professor der Geschichte in Barcelona, dann Leiter der Nationalbibliothek Madrid. Er widmete sich vor allem der Erforschung der kulturellen Vergangenheit Spaniens aus einer nationalistischen, konservativ-katholischen Perspektive.

Dumouriez – François Dumouriez (Cambrai 1739 – Turville Park, Oxfordshire 1823), französischer General und Geheimdiplomat. Er stand Ludwig XVI. nahe, dem er zum Krieg gegen Österreich riet. Während der Französischen Revolution agierte er allerdings auf Seiten der Jakobiner. Demouriez führte die französischen Truppen erfolgreich in der *Kanonade von Valmy* (20. 9. 1792). Mit dem Sieg von Valmy begann der Vormarsch der französischen Revolutionstruppen an den Rhein.

Seite 430

Pinzian – Hernán Núnez de Toledo y Guzmán (Valladolid 1475 – Salamanca 1553), spanischer Humanist. Er wurde *el Pinciano* (Pinzian) genannt, da er diesen Namen oft neben seine Unterschrift setzte. Neben seinen Übersetzungen für die *Biblia Polí-*

glota Complutensis, erlangten seine kritischen Ausgaben verschiedener klassischer Autoren (u.a. Seneca) großes Ansehen. Pinzian gab ebenfalls eine Sammlung spanischer Sprichwörter heraus.

Seite 439

Castelar – Emilio Castelar y Ripoll (Cádiz 1832 – San Pedro, Murcia, 1899), spanischer Schriftsteller und Politiker; Außenminister (1873) und Ministerpräsident (1873/74). Er vertrat einen konservativen Republikanismus. Castelar war einer der glänzendsten Redner seiner Zeit. Er hinterließ ein umfangreiches literarisches Werk.

Seite 450

Sub specie aeternitatis – Lat.: unter dem Gesichtspunkt der Ewigkeit, mehrfach in: Spinoza, *Ethik* (1677).

Seite 452

wie Bergamín – Siehe Anm. zu Seite 142.

Seite 460

Falange – Siehe Anm. zu Seite 40.

Seite 473

***Cantar de mio Cid,* die *Celestina* –**

Cantar de mio Cid, Gedicht vom Cid, anonym; ist das älteste überlieferte spanische Heldenepos. Es entstand um 1140 und besingt die Taten des legendären Heerführers Rodrigo Díaz de Vivar (Burgos 1043 – Valencia 1099) im Kampf gegen die Mauren.

die *Celestina*, siehe Anm. zu Seite 295.

Feijóo, Zorrilla, Galdós –

Feijóo, siehe Anm. zu Seite 309.

José Zorrilla (Valladolid 1817 – Madrid 1893), spanischer Lyriker, Dramatiker und Journalist; einer der meistgelesenen Autoren der spanischen Romantik. Sein berühmtestes Werk war *Don Juan Tenorio*, eine Bearbeitung des Don-Juan-Stoffes.

Galdós, siehe Anm. zu Seite 182.

Seite 480

Vayo – Julio Alvarez del Vayo (Villaviciosa de Odón, Asturien, 1885–Genf 1975), spanischer Politiker und Journalist. Er studierte in England und verbrachte einige Zeit in Deutschland, wo er in engen Kontakt zu Rosa Luxemburg trat. Seit 1915 Mitglied der PSOE, bald Führer ihres linken Flügels. Während der Republik war er Botschafter in Mexiko und in der UdSSR, 1936–1939 Staatsminister und enger Vertrauter Largo Caballeros (siehe Anm. zu Seite 118). Nach dem Krieg ging er ins Genfer Exil.

Seite 484

Estimons ces deux ... rien – Betrachten wir beide Fälle: Wenn ihr gewinnt, gewinnt ihr alles; wenn ihr verliert, verliert ihr nichts.

Seite 493

des Dreizehn-Punkte-Plans – Am 30. April 1938 verkündete Juan Negrín (siehe Anm. zu Seite 161) einen neuen Regierungsplan, das sog. *Dreizehn-Punkte-Programm*, das von allen Parteien der Volksfront angenommen wurde. Das Programm zielte auf die Bedingungen des friedlichen Zusammenlebens aller Spanier nach dem Krieg ab. Zu den wichtigen Inhalten gehörten: die rasche Wiederherstellung der Demokratie und Garantie der politischen und bürgerlichen Freiheiten; die Anerkennung der einzelnen Regionen unter der Prämisse der Einheit des Staates; die Ablehnung jeder politischen Einmischung von Außen.

Seite 494

Liceo-Oper, *Doña Francisquita* –

Gran Teatro del Liceo, die Oper in Barcelona, gegr. 1874.

Doña Francisquita, 1923 uraufgeführte Zarzuela in drei Akten (siehe Anm. zu Seite 378) des spanischen Komponisten Amadeo Vives (Barcelona 1871–Madrid 1932). Das Libretto entstand nach der Verwechslungskomödie von Lope de Vega *La discreta enamorada* (Die kluge Verliebte, 1653).

Seite 495

Els Segadors – Katalanische Nationalhymne. Ihr Titel *Die Schnitter* ist eine Anspielung auf die Zustände in Katalonien während des Krieges zwischen Spanien und Frankreich 1648. Philipp IV. und sein Minister, der Conde-Duque de Olivares, zwang Katalonien, vor allem die angrenzenden Bergregionen, sich aktiv am Krieg gegen Frankreich zu beteiligen. Die Bauern, die Schnitter, trugen damals die Hauptlast der Versorgung des kastillischen Heeres. Sie erhoben sich am Fronleichnamstag 1648, eine Episode, die in die Geschichte als *Krieg der Schnitter* eingegangen ist.

Falange – Siehe Anm. zu Seite 40.

Sánchez Mazas – (Madrid 1894–1966), Intellektueller und Journalist bei der monarchistisch-konservativen Madrider Tageszeitung *ABC*. Autor von Romanen, Essays und Gedichten. Er war einer der Begründer der Falange.

Paulino Gómez – Paulino Gómez, Mitglied der PSOE, war von 1938 bis Kriegsende Innenminister.

Nachwort

Vom Überleben der Verräter und vom Tod der Unschuldigen
Max Aubs *Blutiges Spiel*

Barcelona brennt, und weder Max Aubs Alter ego, der Sozialist Julián Templado, noch sein kritisches Gegenüber, der katholische Intellektuelle Paulino Cuartero, wissen, was der kommende Tag bringen wird. Ganz ähnlich endet *Nichts geht mehr*, der erste Band des Magischen Labyrinths, auf dessen letzten Seiten der Bauernjunge López Serrador durch das nächtliche Barcelona taumelt, alle Kirchen brennen und er spürt, daß eine neue Zeit anbricht. Doch was im Juli 1936 Hoffnung war, ist nun, knapp zwei Jahre später, lähmender Verzweiflung gewichen. Damals zündeten linke Milizen zum Zeichen ihres Sieges über die Aufständischen die Kirchen an, jetzt ist die Stadt schutzlos deutschen und italienischen Bombern ausgeliefert. So unumkehrbar damals der Triumph des Volkes schien, so unausweichlich ist nun der Gedanke an die nahende Niederlage. Doch bis dahin, bis zum endgültigen Sieg Francos, wird es noch ein Jahr dauern, und Max Aub hat der noch folgenden Tragödie die ganze zweite Hälfte seines sechsbändigen Romanzyklus' vorbehalten.

Umgekehrt bilden die ersten drei Bände, die die Vorgeschichte und den Aufstand der Generäle erzählen *(Nichts geht mehr)* und vor dem Hintergrund der ersten Kriegsmonate *(Theater der Hoffnung)* und der militärischen Wende des Konflikts *(Blutiges Spiel)* spielen, ebenso eine Einheit.

Die um so enger ist, da die Romane zeitgleich konzipiert und und in rascher Folge entstanden sind. Ab dem Sommer 1939, nachdem Aub *Nichts geht mehr* fertiggestellt hatte, arbeitete er parallel am zweiten und dritten Band seines Zyklus'. Während seiner Inhaftierung in dem südfranzösischen Konzentrationslager Vernet plante er sein Projekt weiter, so daß er, als er 1941 wieder auf freiem Fuß war, die Arbeit vor allem an *Blutiges Spiel* fortsetzen konnte. Doch wenig später wurde Aub erneut gefangengesetzt, höchstwahrscheinlich hatte ihn ein Landsmann denunziert, den er Tage zuvor bei einem zufälligen Treffen in den Straßen von Marseille als Doppelagent beschimpft hatte – die schneidende Beschreibung des Berufsdenunzianten López Mardones im Buch könnte dadurch motiviert sein. Es folgten die Deportation nach Algerien, die Flucht aus dem Lager, seine Odyssee durch Nordafrika – erst nach seiner Einschiffung ins mexikanische Exil konnte Aub am Magischen Labyrinth weiterarbeiten. 1943 erschien der erste Band, 1945 dann *Blutiges Spiel* in Mexiko (vor dem chronologisch zweiten Band *Theater der Hoffnung*, den er erst 1951 fertigstellte).

Auch wenn die Handlung vor allem in Barcelona spielt, im Mittelpunkt von *Blutiges Spiel* steht Teruel. Im ersten Teil ist das Schicksal der Stadt ständiger Bezugspunkt aller Gespräche, im dritten werden die Folgen ihres Verlustes besichtigt, und im zentralen zweiten Teil ist die Winterschlacht in den Ruinen der Provinzhauptstadt selbst das Thema. Diese hervorgehobene Anordnung – im Mittelteil des zentralen Bandes des gesamten Zyklus' – entspricht der politisch und militärisch kriegsentscheidenden Bedeutung des Kampfes um Teruel. Im Verlauf des Jahres 1937 hatte die neue republikanische Regierung unter Ministerpräsident Juan Negrín den Verlust der wirtschaftlich enorm wichtigen nördlichen Provinzen Vizcaya, Santander und Asturien hinnehmen müssen, ein schwerer moralischer Schlag. Zudem verdichteten sich Hinweise auf eine erneute Großoffensive Francos gegen die Hauptstadt Madrid, die angesichts der militärischen Überlegenheit der Aufständischen eine ernste Gefahr bedeutete. So war das republikanische Kommando aus mehreren Gründen gezwungen, selbst die Initiative zu ergreifen: um Handlungsfähigkeit zu demonstrieren und die Moral zu heben, um die Madrider Front zu entlasten und um einen ersten Sieg zu erzwingen. Die Wahl fiel auf das nur von einer kleinen Garnison verteidigte Teruel, das in einer Ausbuchtung der nationalen Linien und zudem in gebirgigem Gelände lag, wo die hohe Motivation der republikanischen Soldaten materielle Unterlegenheit wettmachen konnte. Am 15. Dezember begann die Offensive, schnell drangen die Republikaner in die Stadt ein, wo sich die Aufständischen in Kirchen und alten Verwaltungsgebäuden verschanzten. Franco nahm, gegen den Willen seiner deutschen und italienischen Verbündeten, die Schlacht an und startete eine Gegenoffensive: Er erhoffte sich einen ähnlichen Prestigegewinn wie im Herbst 1936, als er die damals im Alcázar von Toledo eingeschlossene Nationalisten aus der Einkesselung befreit hatte. Doch diesmal schien das Glück auf Seiten der Regierung zu stehen: Am 8. Januar ergaben sich die letzten der eingeschlossenen Militärs, zum ersten Mal war eine Provinzhauptstadt zurückerobert worden, Ministerpräsident Negrín triumphierte. Doch der Kampf ging weiter, bald standen sich bei Temperaturen von unter minus 20 Grad auf wenigen Kilometern Front 180 000 Soldaten gegenüber, Franco führte immer wieder frische Truppen heran und nahm die Stadt aus 300 Geschützbatterien unter Beschuß. Auf der Gegenseite wurde der Nachschub knapp, Reserven waren nicht vorhanden, und so mußten die Republikaner, um der drohenden Einkesselung zuvorzukommen, Teruel am 22. Februar räumen.

Die Folgen waren fatal. Die gesamte Aragón-Front brach zusammen, und im April erreichten Francos Truppen das Mittelmeer: die Republikanische Zone war zweigeteilt. Nach schweren Bombenangriffen brach in Barcelona zeitweise Panik aus, die endgültige Niederlage schien unmittelbar bevorzustehen. Die Verantwortung für diese dramatische Entwicklung wurde dem Verteidigungsminister, dem gemäßigten Sozialisten Indalecio Prieto angelastet. Er gab sein Amt auf, der Einfluß der Kommunisten in der Regierung wurde immer stärker, womit die Chancen auf eine Annäherung an England und Frankreich weiter sanken.

Doch wie immer bei Max Aub werden diese Ereignisse der *grande histoire* kaum skizzenhaft erzählt – Miguel Jiménez in den Trümmern Teruels, Jesús Herrera bei dem letzten Versuch, an der Aragón-Front Widerstand zu leisten –, sondern vor allem in Dialogen berichtet und kommentiert, kritisiert und verflucht und so ständig rückbezogen auf eine *longe durée* menschlicher Grundkonflikte: Aus Templado und Herrera etwa sprechen nicht *der* Sozialist und *der* Kommunist, sondern zwei Individuen mit inneren Widersprüchen, die unter den Extrembedingungen des Krieges um Verantwortung und Schuld, um Willensfreiheit und Unterwerfung unter ein höheres Ziel ringen.

Aber keiner geht so weit zurück wie Don Leandro, der verwundete Archivar, der am Höhepunkt des äußeren Geschehens und an der Scharnierstelle des gesamten Magischen Labyrinths in einem langen *ritardando* die Wurzeln des iberischen Wesens ausbreitet: Da der Spanier der Kultur von Tartessos entstamme, einer Kultur des Stieres, und enge Blutsbande mit seinen islamischen Eroberern eingegangen sei, müsse ihm Europas Zivilisation auf immer fremd bleiben. Daher sein zutiefst anarchischer Geist, sein selbstverständliches Verhältnis zum allgegenwärtigen Tod, der ihm den Krieg zur natürlichen Lebensform werden lasse.

Don Leandro redet im Fieberwahn, zwar präzise zitierend und argumentierend, dann aber wieder wirr und widersprüchlich – Aub drängt seinem Leser diese Interpretation des spanischen Bürgerkrieges als Episode eines jahrhundertealten Dauerkonfliktes nicht auf, aber er stellt sie zur Disposition. Vielleicht war er sich seiner Sache selbst nicht ganz sicher und meinte die Don Leandro-Kapitel, als er am 19. Januar 1945, kurz vor der Fertigstellung des Romanmanuskripts, in sein Tagebuch notierte: »Ich kämpfe und ringe, um aus mir selbst herauszutreten. Einmal schaffe ich das nicht, ein andermal schon. Dann ist mir etwas gelungen. (In *Blutiges Spiel* kann man das gut erkennen, dort stehen Kapitel beiderlei Art nebeneinander.)«

Schließlich stirbt Don Leandro, in dem Haus, in dem Rafael Serrador, der Protagonist des ersten Bandes, geboren worden war (wieder ein Kreis, der sich schließt). Doch zuvor bittet er Fajardo, seiner Tochter in Barcelona die Nachricht von seinem Tod zu überbringen – jener Tochter, die am Ende unschuldig sterben wird, vollkommen unschuldig, wie Cuartero in seiner Anrufung Gottes immer wieder betont. Der trotz aller historischen Exkurse, trotz aller Diskussionen, Witzeleien und Zynismen nicht zu begreifende Tod eines Unschuldigen im Krieg, das ist Aubs großes Thema, seine offene Frage in diesem Roman, der in Anlehnung an das biblische Motto von *Blutiges Spiel* im spanischen Original ja schlicht *Campo de Sangre*, ›Blutacker‹ heißt: Nach jenem Acker, der mit den dreißig Dinar des Judas gekauft wurde, mit dem Blut eines Unschuldigen.

Albrecht Buschmann
Mercedes Figueras

»Max Aub ist wunderbar.«

Elke Heidenreich

Max Aub

Das Magische Labyrinth I-VI

6 Bände im Schuber

Nichts geht mehr (Band 1)
Theater der Hoffnung (Band 2)
Blutiges Spiel (Band 3)
Die Stunde des Verrats (Band 4)
Am Ende der Flucht (Band 5)
Bittere Mandeln (Band 6)

Aus dem Spanischen
von Albrecht Buschmann
und Stefanie Gerhold
Herausgegeben und kommentiert
von Mercedes Figueras
2804 Seiten · Leinen mit SU

€ 149,90 (D) · sFr 299,–

ISBN 3-8218-0738-5

Als der junge Rafael López Serrador vom Land nach Barcelona kommt, wird gerade die Republik ausgerufen. Vicentes Dalmases, ein Kommunist, verliebt sich beim Ausbruch des Bürgerkriegs in Ascunsión und verliert sie wieder, Jules Hoffmann wird anstelle seines Bruders in ein Konzentrationslager verschleppt: In einer Fülle von Figuren und Schicksalen entfaltet Max Aub in den sechs Bänden des *Magischen Labyrinths* ein »Monumentalgemälde des Spanischen Bürgerkriegs« (*Basler Zeitung*), sein »literarisches Welttheater rückt Grauen und Groteske, Zerstörung und Zärtlichkeit nebeneinander« (*Der Spiegel*).

www.eichborn.de EICHBORN ▸ BERLIN